JAMES ELLROY | La Dalia Negra

byblos

Título original: *The Black Dahlia*

Traducción: Albert Solé

1.ª edición: noviembre 2004

© 1987 by James Ellroy
© Ediciones B, S.A., 2004
　Bailén, 84 - 08009 Barcelona (España)
　www.edicionesb.com

Diseño de cubierta: IBD
Diseño de colección: Ignacio Ballesteros

Printed in Spain
ISBN: 84-666-1702-7
Depósito legal: B. 40.789-2004

Impreso por LITOGRAFÍA ROSÉS

JAMES ELLROY | La Dalia Negra

Para
Geneva Hilliker Ellroy
1915-1958

Madre:
veintinueve años después,
esta despedida de sangre

Y ahora te doblo, mi borracho, mi navegante,
mi primer guardián perdido, para amarte
o para mirarte después.

ANNE SEXTON

Prólogo

Jamás le conocí en vida. Existe para mí a través de los otros, mediante la evidencia de lo que su muerte les obligó a hacer. Trabajando con el pasado, busqué sólo hechos, y la reconstruí bajo la forma de una muchachita triste y una puta, en el mejor de los casos como alguien que-pudo-ser... una etiqueta que podría serme aplicada también a mí. Desearía haber podido concederle un final anónimo, relegado a unas pocas palabras lacónicas sobre el informe de un policía de Homicidios, la copia en papel carbón que se manda a la oficina del forense, más papeleo necesario para llevarle al cementerio. Lo único que había de malo en mi idea es que ella no hubiera querido que las cosas ocurrieran de ese modo. Por brutales que fueran los hechos, ella hubiese querido que tales hechos llegaran a ser conocidos. Y dado que le debo mucho, y soy el único conocedor de la historia, he empezado a escribir esto.

Pero antes de la Dalia estuvo la relación, y antes de eso, la guerra, los reglamentos militares y las maniobras en la División Central, los cuales nos recordaban que también los polis éramos soldados, aunque fuésemos mucho menos populares que quienes estaban combatiendo contra los alemanes y los japoneses. Después del trabajo de cada día, los patrulleros tenían que participar en simulacros de ataque aéreo, pruebas de oscurecimiento y entrenamientos para la evacuación en caso de incendio, lo cual nos obligaba a ponernos firmes en la calle Los Ángeles, a la espera de que el ataque de un Messerschmitt nos hiciera sentir un poco menos estúpidos. La llamada para los servicios del día seguía siempre un orden alfabético, y poco después de haberme graduado en la Academia, en agosto de 1942, conocí a Lee allí mismo.

Ya había oído hablar de él por su reputación y estaba enterado de nuestros historiales respectivos: Lee Blanchard, peso pesado, 43 victorias, 4 derrotas y 2 nulos; con anterioridad, atracción regular en el estadio de la Legión de Hollywood. Y yo: Bucky Bleichert, peso ligero, 36 victorias, ninguna derrota, y ningún nulo, colocado una vez en el puesto número diez del *ranking* por la revista *Ring*, tal vez porque a Nat Fleisher le divertía la mueca desafiante con que solía contemplar a mis adversarios, en una exhibición de mis dientes de caballo. Pero las estadísticas no contaban toda la historia. Blanchard pegaba duro, y recibía seis golpes para poder colocar uno, un clásico cazador de cabezas; yo bailaba, hacía fintas y buscaba el hígado, siempre con mi guardia en alto, pues temía que si recibía demasiados puñetazos en la cabeza mi aspecto se estropearía aún más de lo que mis dientes lo estropeaban. En cuanto a los estilos de pelear, Lee y yo éramos como el aceite y el agua, y cada vez que nuestros hombros se rozaban cuando nos repartían las tareas a primera hora del día, yo me preguntaba quién ganaría.

Durante cerca de un año nos estuvimos midiendo mutuamente. Jamás hablábamos del boxeo o del trabajo policial y limitábamos nuestra conversación a unas cuantas palabras sobre el tiempo. En lo físico, éramos tan distintos como pueden serlo dos hombres: Blanchard, rubio, de complexión sanguínea, medía metro ochenta y dos y tenía los hombros y el tórax enormes, con las piernas gruesas y arqueadas y el nacimiento de una tripa dura e hinchada; yo era de tez pálida y cabello oscuro, un metro noventa de flaca musculatura. ¿Quién ganaría?

Finalmente, dejé de intentar predecir quién sería el ganador. Pero otros policías habían adoptado la pregunta como suya y, en ese primer año en la Central, oí docenas de opiniones: Blanchard por un KO rápido; Bleichert por decisión de los jueces; Blanchard parando el combate, siendo retirado de éste por heridas... Todo, salvo Bleichert noqueando a su adversario.

Cuando no me veían, les oía susurrar nuestras historias fuera del ring: el ingreso de Lee en el Departamento de Policía de Los Ángeles; sus rápidos ascensos, conseguidos gracias a los combates privados a los cuales asistían los peces gordos de la policía y sus amigotes de la política; cómo capturó a los atracadores del Boulevard-Citizens, allá por el 39, y se enamoró de una de las chicas de los ladrones, lo que le impidió engrosar las filas de los detectives cuando la chica se fue a vivir con él —en una completa violación de las reglas del Departamento sobre no mezclar el trabajo y la vida privada— y, por último, la petición de ella para que dejara de boxear. Los rumores sobre Blanchard me llegaban igual que los golpes y las fintas del ring, y yo me preguntaba hasta qué punto serían ciertos. Los fragmentos de mi propia historia eran como puñetazos en el estómago, por su veracidad al ciento por ciento: el ingreso de Dwight Bleichert en el Departamento para escapar de problemas bastante graves; la amenaza de expulsión de la academia cuando se descubrió que su padre pertenecía al Bund germano-estadounidense; las presiones sufridas para que denunciara ante el Departamento de Extranjeros a los chicos de ascendencia japonesa con los cuales había crecido para así asegurar su posición dentro del Departamento de Policía de Los Ángeles... No le habían pedido que celebrara combates privados porque no era un buen pegador, de los que dejan inconsciente a sus adversarios a las primeras de cambio.

Blanchard y Bleichert: un héroe y un desgraciado.

Acordarme de Sam Murakami y de Hideo Ashida, esposados y camino a Manzanar, hizo que las cosas quedaran bastante simplificadas entre nosotros dos... al principio. Más tarde entramos en acción, codo a codo, y mis primeras impresiones sobre Lee —y sobre mí mismo— se fueron al garete.

Era a principios de junio de 1943. La semana anterior, los marineros se habían peleado con unos cuantos mexicanos vestidos de cuero negro en el muelle Lick de Venice. Corrían rumores de que uno de los chicos había perdido un ojo. Empezaron a producirse escaramuzas tierra adentro: personal de la marina procedente de la base naval de Barranco Chávez contra los pachucos de Alpine y Palo Verde. A los periódicos llegaron noticias de que los mexicanos llevaban insignias nazis, además de sus navajas de muelle, y centenares de soldados, infantes de marina y marineros de uniforme cayeron sobre las zonas bajas de Los Ángeles, armados con bates de béisbol y garrotes de madera. Se suponía que en la Brew 102 Brewery, en Boyle Heights, los pachucos se agrupaban en número similar y con armamento parecido. Cada patrullero de la División Central fue llamado al cuartel y allí se le proporcionó un casco de latón de la Primera Guerra Mundial y una tranca enorme conocida como sacudenegros.

Al caer la noche, fuimos conducidos al campo de

batalla en camiones que habían sido prestados por el ejército y se nos dio una sola orden: restaurar la paz. Nos habían quitado los revólveres reglamentarios en la comisaría; los jefazos no querían que ningún 38 cayera en manos de esa asquerosa y jodida ralea mexicano-argentina, los gángsters morenos. Cuando saltamos del camión en Evergreen y Wabash, llevando en la mano sólo un garrote de kilo y medio con el mango recubierto de cinta adhesiva para que no resbalara, me sentí diez veces más asustado de lo que jamás había estado en el ring, y no porque el caos estuviera acercándose a nosotros desde todas las direcciones.

Me sentía aterrado, porque, en realidad, los buenos eran los malos.

Los marineros estaban reventando a patadas todas las ventanas de Evergreen; infantes de marina con sus uniformes azules destrozaban sistemáticamente las farolas, lo cual producía cada vez más y más oscuridad en la que poder trabajar. Soldados y marineros de agua dulce habían dado de lado la rivalidad entre las distintas armas y volcaban los coches aparcados ante una bodega al tiempo que jovencitos de la marina vestidos con sus acampanados pantalones blancos molían a palos a un grupo de mexicanos, al que superaban con mucho en número, en un portal de al lado. En la periferia de la acción pude ver cómo unos cuantos de mis compañeros se lo pasaban en grande con gente de la Patrulla Costera y policías militares.

No sé cuánto tiempo permanecí allí, quieto y aturdido, mientras me preguntaba a mí mismo qué debía hacer. Entonces, miré hacia la calle Primera, al final de Wabash, donde vi casitas y árboles; nada de pachucos, polis o infantes de marina sedientos de sangre. Antes de saber muy bien lo que hacía, corrí en esa dirección a toda velocidad. Hubiera seguido así hasta derrumbarme pero una aguda carcajada que brotó de un porche me hizo frenar en seco.

Fui hacia el lugar de donde me llegaba el sonido.

—Eres el segundo de los polis jóvenes que sale como si se le quemara el culo de la animación —me dijo una voz bastante cascada—. No te culpo. Resulta bastante difícil saber a quién le has de poner las esposas, ¿verdad que sí?

Me quedé en el porche, sin moverme, y miré al viejo.

—La radio dice que los taxistas han ido hasta los cuarteles de la parte alta de Hollywood para traer a los marineritos hasta aquí. Según la KFI, esto es un asalto anfibio, han estado tocando *Levando anclas* cada media hora y he visto unos cuantos reflectores giratorios al final de la calle. ¿Crees que esto es lo que llamáis vosotros un asalto anfibio?

—No tengo ni idea, pero yo me largo.

—No eres el único, ¿sabes? Hace muy poco, un hombretón pasó corriendo por aquí.

El abuelo comenzaba a parecerme una versión de mi padre, aunque algo más correosa.

—Hay unos cuantos pachucos que necesitan ver su orden restaurado.

—¿Y cree que eso es sencillo, amigo?

—A mí me lo resultaría.

El viejo lanzó una risita de placer. Bajé del porche y volví hacia donde debía estar, mientras me daba golpecitos en la pierna con el garrote. Ahora, todas las farolas estaban rotas; resultaba casi imposible distinguir a los mexicanos de los soldados. El observar aquello me proporcionó un camino fácil para salir de mi dilema, y me dispuse para lanzarme a la carga. Entonces, a mi espalda, oí gritar: «¡Bleichert!», y supe quién era el otro tipo que también había salido corriendo.

Retrocedí. Allí tenía a Lee Blanchard. «La esperanza blanca de Southland que no era lo bastante grande», enfrentándose a tres infantes de marina de uniforme azul y un pachuco con todos sus cueros de gala. Los tenía acorralados en el camino que cruzaba el patio de una cabaña bastante maltrecha y los rechazaba con rápidos gestos de su sacudenegros. Los marineritos le lanzaban golpes con sus garrotes, y fallaban siempre porque Blanchard no paraba de moverse, atrás y adelante, hacia un lado, sosteniéndose con gran agilidad sobre las puntas de los pies. El pachuco no cesaba de acariciar las medallas religiosas que le colgaban del cuello y su expresión era la de no entender nada.

—¡Bleichert, código tres!

Entré en el jaleo, y comencé a mover mi garrote, con el que golpeé relucientes botones de latón y cintas de campaña. Recibí unos cuantos golpes, no muy bien dados, sobre mis brazos y hombros y avancé cuanto pude para que los infantes de marina no tuvieran mucho espacio en el que hacer girar sus garrotes. Era como intentar agarrarse a un pulpo mientras se espera que la campana suene, pero allí no había árbitro ni campana que marcaran los tres minutos del asalto, así que dejé caer mi garrote por instinto, bajé la cabeza y empecé a soltar puñetazos, haciendo que mis puños entraran en contacto con blandos estómagos cubiertos de tela. Luego, oí gritar:

—¡Bleichert, retrocede!

Obedecí, y allí estaba Lee Blanchard, el sacudenegros levantado por encima de su cabeza. Los infantes de marina se quedaron paralizados; el garrote bajó con rapidez: una vez, dos, tres, limpios golpes sobre los hombros. El trío quedó reducido a un confuso montón de ropas azules.

—A jugar en Trípoli, cagones —dijo Blanchard, y se volvió hacia el pachuco—. Hola, Tomás.

Meneé la cabeza y me estiré. Los brazos y la espalda me dolían; y sentía un sordo latir en los nudillos de mi mano derecha. Blanchard estaba esposando al mexicano:

—¿A qué venía todo eso? —fue cuanto se me ocurrió decir.

Blanchard sonrió.

—Disculpa mis malas maneras. Oficial Bucky Bleichert, ¿puedo presentarle al señor Tomás Dos Santos, objetivo de una orden de busca y captura por homicidio cometido durante una felonía Clase B? Tomás le dio un «tirón» a una vieja en el cruce de la Sexta con Alvarado, la vieja cayó al suelo con un ataque de corazón y empezó a chillar como una loca. Tomás tiró el bolso y salió corriendo como si huyera del infierno. Dejó un hermoso juego de huellas dactilares en el bolso y tantos testigos oculares como desees. —Blanchard le dio un codazo al mexicano—. ¿Hablas inglés, Tomás?

Dos Santos meneó la cabeza: no. Blanchard movió la suya con aire de tristeza.

—Está frito. Homicidio en segundo grado es un viaje a la cámara de gas para los chicanos. Este chaval dirá el «Gran Adiós» dentro de seis semanas.

Oí disparos que venían de Evergreen y Wabash. Me empiné cuanto pude sobre la punta de los pies y vi llamas que brotaban de una hilera de ventanas rotas, llamas que se convirtieron en una cortina de estallidos blancos y azules cuando llegaron a los cables de teléfono y el tendido del tranvía eléctrico. Miré hacia el suelo, donde los marines estaban, y uno de ellos me hizo un gesto obsceno con el dedo.

—Espero que esos tipos no te hayan tomado el número de la placa —dije.

—Si lo han hecho, que los jodan del revés.

Señalé hacia un grupo de palmeras que se habían incendiado y convertido en bolas de fuego.

—Esta noche no conseguiremos meterle en chirona. ¿Has venido aquí para darle una paliza a ésos o qué? ¿Pensaste...?

Blanchard me hizo callar con un puñetazo juguetón que se detuvo justo antes de estrellarse en mi insignia.

—Corrí hasta aquí porque sabía que no podía hacer ni una jodida mierda en eso de restaurar el orden y si me quedaba en mitad del jaleo como un idiota podrían matarme. ¿Te suena familiar eso?

Me reí.

—Cierto. Entonces, tú...

—Bueno, vi como esos capones perseguían a este chaval, el cual se parecía demasiado al objetivo de la orden de busca y captura cuatro once barra cuarenta y tres. Me acorralaron cuando volvías al jaleo para que te hicieran daño, así que, al verte, creí mejor llamarte para que te hicieran daño por una buena razón. ¿Te parece razonable eso?

—Funcionó.

Dos de los infantes de marina habían logrado ponerse en pie y estaban ayudando al otro para que se levantara. Cuando empezaron a andar por la acera, de tres en fondo, Tomás Dos Santos clavó su pie derecho con rotunda dureza en el mayor de los tres traseros. El infante de marina gordo al cual pertenecía se volvió para encararse con su atacante; yo di un paso hacia delante. Entonces, abandonaron su campaña en el este de Los

19

Ángeles, y los tres avanzaron cojeando hacia la calle, los disparos y las palmeras en llamas. Blanchard revolvió con su mano el cabello de Dos Santos.

—Ah, capullito, ya eres hombre muerto. Vamos Bleichert, busquemos un sitio donde dejar a este individuo.

Encontramos una casa que tenía un montón de periódicos tirados en el porche, a unos cuantos bloques de distancia, y nos metimos en ella. En el armario de la cocina había una botella de Cutty Sark, llena en sus dos quintas partes. Blanchard le quitó las esposas de las muñecas a Dos Santos, y se las puso en los tobillos a fin de que pudiera tener las manos libres para echar un trago. Cuando terminó de hacer bocadillos de jamón y unos combinados, el pachuco había liquidado la mitad del licor y se dedicaba a eructar a gritos *Cielito Lindo* y una versión mexicana de *Chattanooga Chu Chu*. Una hora después, la botella estaba vacía y Tomás se había quedado dormido. Lo puse en el sofá y lo tapé con una colcha.

—Es el noveno de su clase que pillo en 1943 —comentó Blanchard—. Dentro de seis semanas, él estará chupando gas; yo, en tres años, trabajando en la Noreste o en la Brigada Central.

La seguridad de sus palabras me molestó.

—Nanay. Eres demasiado joven, no te han nombrado sargento, te acuestas con una tía sin estar casado y perdiste a tus amigotes de alto rango cuando dejaste de boxear para ellos, aparte de no haber hecho ninguna ronda de a pie. Tú...

Me detuve al ver que Blanchard sonreía, se acercaba a la ventana de la sala y miraba por ella.

—Incendios en Michigan y Soto. Precioso.

—¿Precioso?

—Sí, precioso. Sabes mucho de mí, Bleichert.

—La gente habla de ti.

—También lo hacen de ti.

—¿Qué dicen?

—Que tu viejo es algo así como un chalado que babea por los nazis. Que entregaste a tu mejor amigo a los federales para conseguir ingresar en el Departamento. Que inflaste el número de tus victorias porque te dedicabas a pelear con tipos que estaban demasiado fondones...

Las palabras quedaron colgando en el aire como la cuenta final de un asalto.

—¿Dicen eso?

Blanchard se volvió hacia mí.

—No. Comentan que nunca has capturado a nadie que valga la pena y aseguran que puedes vencerme.

Acepté el desafío.

—Todas esas cosas son ciertas.

—¿Ah, sí? Pues también es cierto lo que oíste de mí. Salvo que me encuentro en la lista de sargentos, que en agosto me trasladarán a la Brigada Antivicio de Highland Park y que en la oficina del fiscal del distrito hay un muchacho judío que se moja los pantalones por los boxeadores. Me ha prometido el primer puesto libre en la Criminal que él pueda encontrar.

—Estoy impresionado.

—¿Sí? ¿Quieres oír algo que es todavía más impresionante?

—Suéltalo ya.

—Mis primeros veinte noqueados fueron desgraciados a los que mi mánager elegía. Mi chica te vio pelear en el Olímpico y dijo que se te vería muy bien si te arreglaras los dientes y que, tal vez, pudieras vencerme.

No estaba muy seguro de lo que buscaba aquel hombre: quizá una pelea, tal vez un amigo; podía ser que estuviera poniéndome a prueba y me buscara las cosquillas o intentara sacarme información. Señalé hacia Tomás Dos Santos, que se retorcía en su modorra alcohólica.

—¿Qué hay del mexicano?

—Lo llevaremos a la comisaría mañana por la mañana.

—Tú serás quien le lleve.

—La mitad del premio es tuyo.

—Oh, gracias, pero no.

—De acuerdo, socio.

—No soy tu socio.

—Puede que algún día lo seas.

—Tal vez nunca lo sea, Blanchard. Puede que tú trabajes en la Criminal, comas papeles y te encargues de mandarles más papeles a esos capados de la parte alta, y puede que yo me chupe mis veinte años, que cobre mi pensión y me largue a buscar un trabajo tranquilo en algún otro sitio.

—Podrías ir con los federales. Sé que tienes amigos en el Departamento de Extranjeros.

—No sigas con ese tema. No me presiones tanto.

Blanchard miró de nuevo por la ventana.

—Precioso. Serviría para una postal. «Querida mamá, ojalá estuvieras aquí para ver el pintoresco motín racial de Los Ángeles este.»

Tomás Dos Santos se revolvió y murmuró algo.

—¿Inés? ¿Inés? ¿Qué Inés? —Blanchard fue hasta un armario y encontró una vieja manta de lana que le echó por encima. El calor prestado por la manta pareció calmarle; sus balbuceos se apagaron—. *Cherchez la femme* —dijo después.

—¿Cómo?

—Buscad a la mujer. Incluso con media botella dentro, el viejo Tomás no es capaz de olvidar a Inés. Te apuesto diez contra uno a que cuanto entre en la cámara de gas ella estará justo allí, a su lado.

—Quizá tenga éxito con la apelación. De quince años a cadena perpetua, y en veinte años a la calle.

—No. Es hombre muerto. *Cherchez la femme*, Bucky. Acuérdate de eso.

Recorrí la casa en busca de un sitio donde dormir y al fin me decidí por un dormitorio de la planta baja con una cama demasiado corta para mis piernas y un colchón lleno de bultos. Al tenderme en ella, escuché sirenas y disparos a lo lejos. Me fui quedando dormido. poco a poco, y soñé con mis mujeres, demasiado escasas en número y con demasiado tiempo entre una y otra.

Por la mañana, los disturbios ya se habían enfriado; el cielo había quedado cubierto con una capa de cenizas y las calles llenas de botellas de licor rotas, garrotes y bates de béisbol abandonados. Blanchard llamó a la comisaría de Hollenbeck para que un coche patrulla transportara a su noveno delincuente de 1943 a una celda del Departamento de Justicia. Tomás Dos Santos lloró cuando los patrulleros lo apartaron de nosotros.

Blanchard y yo nos dimos la mano en la acera y luego seguimos caminos separados hacia la parte alta de la ciudad: él, a la oficina del fiscal del distrito para escribir su informe sobre la captura del ladrón de bolsos; yo, a la estación Central y a nuevos deberes.

El Consejo Ciudadano de Los Ángeles declaró ilegal la cazadora de cuero, y Blanchard y yo volvimos a nuestras corteses conversaciones previas a la asignación de puestos. Y todo lo que había afirmado con tan molesta certeza esa noche en la casa vacía acabó por convertirse en realidad.

Blanchard fue ascendido a sargento y trasladado a la Brigada Antivicio de Highland Park a primeros de agosto; Tomás Dos Santos entró en la cámara de gas una semana más tarde.

Transcurrieron tres años y yo seguía metido en un patrullero con radio de la División Central. Entonces, una mañana le eché un vistazo al tablón de ascensos y cambios de puesto y en la cabecera de la lista vi: Blanchard, Leland C., sargento, Brigada Antivicio de Highland Park a Brigada Criminal Central, efectividad 15/9/46.

Y, por supuesto, nos convertimos en compañeros. Cuando vuelvo la vista hacia atrás, sé que él no poseía ningún don profético; se limitaba a trabajar para asegurar su propio futuro, en tanto que yo avanzaba con un caminar incierto hacia el mío. Lo que continúa su acoso en mi mente es su voz ronca e inexpresiva cuando decía: *Cherchez la femme*. Porque nuestra relación no fue nada, sólo un torpe camino para llevarse a la Dalia. Y, al final de ese camino, ella acabaría poseyéndonos a los dos por completo.

PRIMERA PARTE

FUEGO Y HIELO

1

El camino de nuestra relación empezó sin que yo lo supiera, y fue un rebrote de toda la agitación sobre el combate Blanchard-Bleichert lo que me hizo enterarme.

Yo volvía de un largo día de trabajo en una trampa de velocidad situada en Bunker Hill, donde me había dedicado a atrapar infractores de las normas de tráfico. Tenía el cuaderno de multas lleno y el cerebro atontado de haber pasado ocho horas siguiendo con los ojos el cruce de la Segunda y Beaudry. Cuando cruzaba la sala general de la Central, entre una multitud de policías de azul que esperaban oír el informe general de la tarde, casi pasé por delante de Johnny Vogel sin enterarme de lo que decía.

—No han peleado desde hace años, y Horrall ha prohibido los combates clandestinos, por lo que no creo que se trate de eso. Mi padre es uña y carne con el judío, y dice que él probaría con Joe Louis si fuera blanco.

Entonces, Tom Joslin me dio un codazo.

—Hablan de ti, Bleichert.

Miré hacia Vogel, que charlaba con otro policía a un par de metros de distancia.

—Suéltalo ya, Tommy.

Joslin sonrió.

—¿Conoces a Lee Blanchard?

—¿Conoce el Papa a Jesucristo?

—¡Ja! Trabaja en la Brigada Criminal.

—Dime algo que yo no sepa.

—Pues a ver qué te parece esto: el compañero de Blanchard está a punto de cumplir sus veinte años de servicio. Nadie pensó que lo consiguiera, pero se ha salido con la suya. El jefe de la Criminal es Ellis Loew, ese tipo de la oficina del fiscal del distrito. Le consiguió el puesto a Blanchard y ahora anda buscando un chico brillante para que sustituya a su compañero. Corre la voz de que los boxeadores lo enloquecen y quiere que tú ocupes el puesto. El viejo de Vogel está en la brigada de los detectives. Se lleva bien con Loew y no hace más que presionar para que su chico consiga el puesto. Con franqueza, no creo que ninguno de vosotros dos esté cualificado para ocuparlo. Yo, en cambio...

Sentí un extraño cosquilleo, pero conseguí responderle con una broma. Quería que Joslin viese que nada de eso me importaba.

—Tienes los dientes demasiado pequeños. No sirven para morder como es debido cuando los boxeadores se agarran en el combate. Y hay muchos de éstos en la Criminal.

Pero sí me importaba.

Esa noche me quedé sentado en los escalones que había delante de mi apartamento y contemplé el garaje donde guardaba las dos bolsas con mis trastos, mi álbum con los recortes de prensa, los programas de combates y las fotografías publicitarias. Pensé que era bueno aunque no realmente bueno, que me hubiese mantenido en mi peso cuando podría haber ganado unos cinco kilos más y luchar en la categoría de los pesos pesados, y pensé en los combates con pesos medios mexicanos repletos de tortilla en la Sala de la Legión de Eagle Rock donde mi viejo iba a sus reuniones del Bund. El peso semipesado era una categoría que, en realidad, no pertenecía a nadie y pronto comprendí que había sido hecha a mi medida. Podía bailar sobre los dedos de mis pies durante toda la noche, mientras pesase ochenta kilos, y llegar al cuerpo del otro con toda precisión; además, sólo una pala cargadora hubiera sido capaz de aguantar mi gancho de izquierda.

Pero no había palas cargadoras en esa categoría porque cualquier boxeador con ganas de subir, que pesara ochenta kilos, tragaba y tragaba hasta lograr convertirse en un peso pesado de verdad, incluso si sacrificaba en ello la mitad de su velocidad y la mayor parte de su pegada. El peso semipesado era un sitio seguro. En esa categoría tenías garantizadas bolsas de cincuenta dólares sin que te hicieran daño. La categoría era salir en el *Times* citado por Braven Dyer, verse adulado por el viejo y sus amigotes comejudíos y ser un tipo importante mientras que no abandonara Glassell Park y Lincoln Heights. Era todo lo lejos que como boxeador con un talento natural podía llegar... sin verme obligado a demostrar que tenía redaños.

Y entonces, Ronnie Cordero apareció.

Era un peso medio mexicano llegado de El Monte, rápido, con el poder de noquear en las dos manos y una defensa parecida a la de un cangrejo, la guardia alta, los codos pegados a los flancos para desviar los golpes dirigidos al cuerpo. Sólo tenía diecinueve años y poseía unos huesos enormes para su peso, con el potencial de crecimiento suficiente como para hacerle subir de un salto dos categorías hasta el peso pesado y los montones de dinero. Había conseguido catorce victorias seguidas por KO en el Olímpico, al cargarse de forma fulgurante a todos los pesos medios importantes de Los Ángeles. Como todavía estaba creciendo y anhelaba que la calidad de sus oponentes fuese más alta, Cordero me lanzó un desafío mediante la página deportiva del *Herald*.

Sabía que iba a comerme crudo. Sabía que perder ante un cocinero de tacos arruinaría mi celebridad local. Sabía que huir del combate me haría daño, pero que librar ese combate me mataría. Empecé a buscar un lugar al cual huir. El Ejército, la Armada y la Infantería de Marina parecían buenos sitios pero entonces bombardearon Pearl Harbour y les dieron un aspecto distinto por completo. Además, mi viejo sufrió un ataque, perdió su trabajo y su pensión y empezó a tomar papillas para bebé a través de una paja. Conseguí librarme del reclutamiento por mi situación familiar y me uní al Departamento de Policía de Los Ángeles.

Me daba cuenta de hacia dónde iban mis ideas. Los imbéciles del FBI me preguntaban si me tenía por alemán o por estadounidense y yo les daría mi respuesta con la demostración de que estaba dispuesto a probar mi patriotismo. Luché contra lo que venía después de aquello y me concentré en el gato de mi patrona, que acechaba a un arrendajo sobre el tejado del garaje. Cuando el gato saltó sobre él, admití ante mí mismo hasta qué punto deseaba que el rumor de Johnny Vogel fuera cierto.

La Criminal era la celebridad local para un poli. La Criminal era el traje de paisano, sin necesidad de llevar abrigo ni corbata, emoción, aventura y dietas por kilometraje en tu coche de civil. La Criminal era la persecución de los tipos realmente malos y no el tener que atrapar a los borrachos y a los vagabundos que se reunían delante de la Misión de Medianoche. La Criminal era el trabajo en la oficina del fiscal del distrito, con un pie metido en la categoría de los detectives y cenas tardías con el mayor Bowron, cuando él estuviera de buen humor y quisiera que se le contasen historias de guerra. Al pensar en ello, empezó a dolerme. Fui al garaje y comencé a darle puñetazos al saco de entrenamiento hasta sentir calambres en los brazos.

Durante las siguientes semanas trabajé en un coche con radio cerca del límite norte de nuestro perímetro. Me encargaba de curtir a un tipo que siempre hablaba demasiado y que se llamaba Sidwell, un niñato que acababa de servir tres años como policía militar en el Canal. Estaba pendiente de cada palabra mía con la babeante tenacidad de un perrito faldero y se había enamorado hasta tal punto del trabajo policíaco civil que se dedicaba a rondar por la comisaría después de haber terminado su turno. Allí, hacía el idiota con los carceleros, golpeaba con la toalla a los carteles de «Se busca» que había en la sala y, por lo general, molestaba a todos de tal forma que alguien se cansaba y le decía que se fuera a su casa.

No tenía el menor sentido del decoro y podía hablar con cualquiera de lo que fuese. Yo era uno de sus temas favoritos y se encargaba de transmitirme todos los cotilleos de la comisaría.

La mayor parte de los rumores me dejaban frío: el jefe Horrall iba a poner en marcha un equipo de boxeo que abarcaría todas las comisarías y me mandaría como un cohete a la Criminal para asegurarse de que yo figurara en él junto con Blanchard; al parecer, Ellis Loew, el trepador de la oficina del fiscal, había ganado un montón de dinero apostando por mí antes de la guerra y ahora me estaba concediendo una recompensa con atrasos. Horrall había rescindido su orden prohibiendo los combates privados y algunos jefazos que tiraban de los hilos adecuados querían tenerme contento para así poder llenarse los bolsillos cuando apostaran por mí. Todas esas historias me sonaban demasiado raras y ridículas, aunque, en cierto modo, sabía que el boxeo se encontraba detrás de mi posición como un tipo con posibilidades de subir deprisa. A lo que sí le di crédito era a que la elección para la Criminal se estaba reduciendo a Johnny Vogel o a mí.

Aquél tenía un padre que trabajaba a los tipos de la Central; cinco años antes, yo había conseguido treinta y seis victorias y no había perdido ni un solo combate en la categoría de pesos que llamaban la-tierra-de-nadie. Sabiendo que el único modo de combatir al nepotismo era dar el peso adecuado, empecé a golpear sacos, me salté comidas y practiqué con la comba hasta que de nuevo volví a ser un perfecto peso pesado ligero, seguro y sin problemas. Luego, esperé.

2

Pasé una semana en el límite de los ochenta kilos, harto de entrenarme. Cada noche soñaba con filetes, hamburguesas con chiles y pasteles de coco a la crema. Mis esperanzas de conseguir el puesto en la Criminal se habían reducido hasta el punto de que las habría cambiado con toda alegría por unas costillas de cerdo en el Pacific Dinning Car. El vecino que cuidaba del viejo por cien pavos al mes me había llamado para decirme que su comportamiento volvía a ser raro: les disparaba a los perros del vecindario con su escopeta de balines y se gastaba el cheque de la Seguridad Social en revistas de chicas ligeras de ropa y modelos de aeroplano. Había llegado a un punto en el cual tendría que hacer algo con él; por eso, cada abuelo sin dientes que me encontraba hería mi vista como una gargolesca versión de Dolph Bleichert, el chalado. Observaba a uno de ellos, que cruzaba con pasos inseguros de la Tercera a Hill, cuando recibí la llamada de radio que cambió mi vida para siempre.

—11-A-23, llame a la comisaría. Repito: 11-A-23, llame a la comisaría.

Sidwell me dio un codazo.

—Tenemos una llamada, Bucky.

—Acusa recibo.

—El encargado ha dicho que llamemos a la comisaría.

Giré a la izquierda y estacioné el coche. Después, señalé el teléfono de la esquina, encerrado en su caja metálica.

—Usa la llave maestra. Esa que llevas colgada al lado de las esposas.

Sidwell obedeció. Unos instantes después volvió al trote al coche patrulla, con grave expresión de seriedad.

—Se supone que debes presentarte de inmediato al jefe de detectives —dijo.

Mi primer pensamiento fue para el viejo. A toda velocidad, recorrí con el coche las seis manzanas que me separaban del ayuntamiento, y le dejé el coche-patrulla a Sidwell. Luego, subí en el ascensor hasta las oficinas del jefe Thad Green, en la cuarta planta. Una secretaria me dejó entrar en el santuario del jefe y allí, sentados en sillones de cuero, me encontré a Lee Blanchard, más peces gordos de los que nunca había visto reunidos en un solo sitio y un tipo delgado como una araña que vestía un traje de mezclilla, con chaleco incluido.

—El oficial Bleichert —anunció la secretaria, y me dejó allí, de pie, en medio de la habitación muy consciente de que el uniforme me colgaba del cuerpo, enflaquecido, igual que una tienda de campaña. Entonces, Blanchard, que vestía pantalones oscuros y una chaqueta marrón, se levantó de su sillón y jugó a ser maestro de ceremonias.

—Caballeros, Bucky Bleichert. Bucky, de izquierda a derecha en uniforme, tenemos al inspector Malloy, al inspector Stensland y al jefe Green. El caballero trajeado es Ellis Loew, de la oficina del fiscal del distrito.

Asentí con la cabeza y Thad Green me señaló un asiento vacío encarado al grupo. Me instalé en él y Stensland me entregó un fajo de papeles.

—Lea esto, oficial. Es el editorial de Braven Dyer para el próximo *Times* del sábado.

La primera página tenía como encabezamiento la fecha 14/10/46, con un título debajo en letras mayúsculas: «Fuego y hielo entre lo mejor de Los Ángeles»; debajo, empezaba el texto escrito a máquina:

Antes de la guerra, la ciudad de Los Ángeles se vio agraciada con dos boxeadores locales, nacidos y criados apenas a ocho kilómetros de distancia el uno del otro, pugilistas con estilos tan distintos como el fuego y el hielo. Lee Blanchard era un molino de viento con las piernas arqueadas cuya pegada tenía la potencia del tiro de una honda, y cuando daba puñetazos las chispas llovían sobre las primeras filas de asientos. Bucky Bleichert entraba en el cuadrilátero tan tranquilo e impasible que resultaba fácil creer que era inmune al sudor. Podía bailar sobre la punta de sus pies mejor que Bojangles Robinson, y sus ganchos aderezaban cada vez el rostro de su oponente hasta que parecía el filete tártaro que sirven en el Mike Lyman's Grill. Los dos hombres eran poetas: Blanchard el poeta de la fuerza bruta, Bleichert el poeta contrario de la velocidad y la astucia. En conjunto, ganaron 79 combates y sólo perdieron cuatro. Tanto en el ring como en la tabla de los elementos, el fuego y el hielo resultan difíciles de vencer.

El señor Fuego y el señor Hielo jamás pelearon entre ellos. Los límites de los territorios formados por las distintas categorías los mantenían aparte. Pero cierto sentido del deber hizo que se acercaran en espíritu, y los dos hombres ingresaron en el Departamento de Policía de Los Ángeles, y siguieron peleando fuera del ring... esta vez en la guerra contra el crimen. Blanchard resolvió el asombroso robo al banco de Boulevard-Citizens en 1939 y capturó a Tomás Dos Santos, autor de un asesinato imposible de olvidar. Bleichert sirvió de forma distinguida durante la guerra de las cazadoras, del 43. Ahora, ambos son oficiales en la Central: el señor Fuego, 32 años, es sargento en la prestigiosa Brigada Criminal; el señor Hielo, 29 años, patrullero, cubre el peligroso territorio de la zona sur de Los Ángeles. No hace mucho tiempo, les pregunté, tanto a Fuego como a Hielo, por qué habían perdido sus mejores años en el cuadrilátero para, después, convertirse en policías. Sus respuestas indican el carácter de esos soberbios hombres:

Sargento Blanchard: «La carrera de un boxeador no dura para siempre; sin embargo, la satisfacción de servir a tu comunidad, sí.».

Oficial Bleichert: «Yo quería luchar contra oponentes más peligrosos, sobre todo los criminales y los comunistas.»

Lee Blanchard y Bucky Bleichert hicieron inmensos sacrificios para servir a su ciudad y en el día de elecciones, el 5 de noviembre, los votantes de Los Ángeles verán cómo se les pide hacer lo mismo que ellos: votar una moción de conceder cinco millones de dólares al Departamento de Policía de Los Ángeles para modernizar su equipo y proporcionar un aumento del ocho por ciento de su paga a todo el personal. Tengan en mente los ejemplos del señor Fuego y el señor Hielo. Vote «Sí» a la propuesta B el día de las elecciones.

Cuando hube terminado, le entregué de nuevo las páginas al inspector Stensland. Abrió la boca para decir algo pero Thad Green le hizo callar.

—Díganos lo que le ha parecido esto, oficial. Y sea sincero.

Tragué saliva para que la voz no me temblara.

—Es muy sutil.

Stensland se ruborizó, Green y Malloy sonrieron, Blanchard lanzó una risotada sin contenerse.

—La propuesta B va a ser derrotada —dijo Ellis Loew—, pero hay una posibilidad de someterla de nuevo a votación en las elecciones de la primavera próxima. Lo que teníamos en...

—Ellis por favor —le cortó Green y se volvió otra vez hacia mí—. Una de las razones por las que la moción no saldrá adelante es que el público no se encuentra nada satisfecho con el servicio que se le ha dado hasta ahora. Nos faltó gente durante la guerra y algunos de los hombres que contratamos para remediarlo resultaron ser manzanas podridas y nos dieron mala fama a todos. Además, desde que la guerra acabó, nos hemos visto inundados por los delincuentes, y un montón de hombres buenos se han jubilado. Hay que reconstruir dos comisarías y necesitamos ofrecer unos salarios iniciales más altos con el fin de atraer a mejores hombres. Para todo eso hace falta dinero, y los votantes no van a dárnoslo en noviembre.

Empezaba a ver el cuadro con bastante claridad.

—Ha sido idea suya, consejero —dijo Malloy—. Explíqueselo usted.

—Apuesto dólares contra donuts a que podemos hacer pasar la propuesta en la votación especial del cuarenta y siete —dijo Loew—. Pero necesitamos que haya más entusiasmo público hacia el Departamento para lograrlo. Hemos de levantar la moral dentro del Departamento e impresionar a los votantes con la calidad de nuestros hombres. Los buenos boxeadores de pura raza blanca resultan atractivos, Bleichert. Eso usted lo sabe.

Miré a Blanchard.

—Usted y yo, ¿eh?

Blanchard me guiñó el ojo.

—Fuego y Hielo. Cuéntele el resto, Ellis.

Loew torció el gesto al oírle utilizar su nombre de pila, y continuó:

—Un combate a diez asaltos dentro de tres semanas a contar desde hoy en el gimnasio de la academia. Braven Dyer es un buen amigo personal mío y se encargará de ir creando la expectación en su columna. Las entradas costarán dos dólares cada una y habrá una mitad de aforo para policías y sus familias y otra mitad para civiles. Los ingresos irán al programa de beneficencia de la policía. A partir de ahí, construiremos un equipo de boxeo de todas las categorías, todo con chicos blancos de pura raza y buen aspecto. Los miembros del equipo tendrán un día libre a la semana para enseñarles a los niños de pocos medios el arte de la autodefensa. Montones de publicidad, hasta que llegue la elección especial del cuarenta y siete.

Todos los ojos permanecían clavados en mí. Contuve el aliento, en espera de que se me ofreciera el puesto en la Criminal. Cuando vi que nadie decía palabra, miré a Blanchard de soslayo. Su torso parecía dotado de un poder brutal pero su estómago se había ablandado y yo era más joven, más alto y, también quizá, mucho más rápido que él.

—Estoy de acuerdo —dije, antes de encontrar alguna razón para echarme atrás.

Los peces gordos saludaron mi decisión con una salva de aplausos; Ellis Loew sonrió, y al hacerlo, dejó al descubierto unos dientes que parecían pertenecer a una cría de tiburón.

—La fecha es el veintinueve de octubre, una semana antes de la elección —dijo—. Ambos podrán usar, sin limitaciones, el gimnasio de la academia para su entrenamiento. Diez asaltos es pedirle mucho a dos hombres que han estado inactivos durante tanto tiempo como ustedes, pero cualquier otra cosa resultaría ridícula. ¿No están de acuerdo?

Blanchard lanzó un bufido.

—O propia de comunistas.

Loew le dedicó una mueca toda dientes afilados.

—Sí, señor —dije.

El inspector Malloy alzó una cámara y trinó:

—Vigile el pajarito, hijo.

Me puse en pie y sonreí sin separar los labios; una

bombilla de flash hizo erupción. Vi las estrellas, me dieron unos cuantos golpes en la espalda y cuando la camaradería acabó y se me despejó la visión, Ellis Loew estaba delante de mí.

—He apostado mucho por usted y el premio es muy alto —dijo—. Y si no pierdo mi apuesta, espero que pronto seremos colegas.

—Sí, señor —respondí, aunque pensé: «Eres un bastardo muy sutil.»

Loew me dio un fláccido apretón de manos y se fue. Yo me froté los ojos para quitarme la última estrella de ellos y vi que la habitación estaba vacía.

Bajé en el ascensor y, mientras lo hacía, pensaba en sabrosos modos de recuperar los kilos que había perdido. Blanchard debía pesar algo más de noventa; si yo me enfrentaba a él con mi viejo y cómodo peso de ochenta kilos me dejaría hecho polvo cada vez que lograra atravesar mi guardia. Intentaba elegir entre la Despensa y Little Joe's cuando llegué al aparcamiento y vi a mi adversario, en carne y hueso... que hablaba con una mujer que le lanzaba anillos de humo a un cielo que parecía de postal.

Me dirigí hacia ellos. Blanchard se apoyaba en un patrullero sin señales de identificación, y agitaba las manos ante la mujer, la cual seguía muy concentrada en sus anillos de humo, que dejaba escapar en grupitos de tres o cuatro al mismo tiempo. Cuando me acerqué, ella se encontraba de perfil, la cabeza ladeada hacia arriba, la nuca arqueada y una mano sobre la portezuela del patrullero para sostenerse. Una cabellera castaño rojiza cortada al estilo paje le rozaba los hombros y el largo y delgado cuello; la forma en que le quedaba su chaqueta Eisenhower y su falda de lana me indicó que todo su cuerpo era delgado.

Blanchard me vio y le dio un codazo. Ella se volvió,

no sin haber vaciado antes sus pulmones de humo. Ahora, cerca de ella, distinguí un rostro fuerte y bonito que parecía estar hecho con partes que no encajaran entre sí: la frente alta y despejada, que daba un aire incongruente a su peinado, la nariz torcida; labios generosos y unos grandes ojos entre el negro y el marrón.

Blanchard hizo las presentaciones.

—Kay, éste es Bucky Bleichert. Bucky, Kay Lake.

La mujer aplastó su cigarrillo con el pie. Yo dije «Hola», al tiempo que me preguntaba si sería la chica que Blanchard había conocido durante el juicio por el atraco de Boulevard-Citizens. No actuaba como la muñeca de un atracador de bancos, ni aunque hubiera estado años acostándose con un policía.

Su voz tenía un ligero deje de las praderas.

—Te vi boxear varias veces. Y ganaste todas ellas.

—Siempre gano. ¿Eres aficionada al boxeo?

Kay Lake meneó la cabeza.

—Lee solía llevarme a rastras a los combates. Iba a clase de arte antes de la guerra, así que me llevaba mi cuaderno de dibujo y hacía esbozos de los boxeadores.

Blanchard pasó un brazo alrededor de sus hombros.

—Me obligó a dejar los combates a puerta cerrada. Dijo que no tenía ganas de acabar viendo cómo hacía el baile de los vegetales.

Empezó una imitación de un boxeador sonado que intentara parar los golpes y Kay Lake se apartó un poco de él, con el gesto torcido. Blanchard la miró rápidamente y luego lanzó unos cuantos ganchos de izquierda y unos cortos pases al aire con la derecha. Los puñetazos se veían venir a kilómetros de distancia y en mi mente conté el contraataque rápidamente: uno, dos, a su mentón y a su estómago.

—Intentaré no hacerte daño —dije.

Kay me miró con ojos furiosos ante mi observación; Blanchard sonrió.

—Tendré que hablar semanas enteras con ella para convencerla de que me deje boxear. Le he prometido un coche nuevo si no pone demasiados morritos.

—No hagas ninguna apuesta que luego no seas capaz de cubrir.

Blanchard se rió y luego, dando un paso hacia Kay, la abrazó con fuerza.

—¿A quién se le ha ocurrido todo eso? —pregunté.

—A Ellis Loew. Consiguió que yo entrara en la Criminal; después, mi compañero presentó sus papeles de jubilación y Loew empezó a pensar en ti para sustituirle. Hizo que Braven Dyer escribiera toda esa mierda del Fuego y el Hielo y luego le llevó el pastelito a Horrall. Jamás se lo habría tragado pero todas las encuestas decían que la propuesta se iba a hundir hasta el fondo de los mares, así que a regañadientes acabó dando luz verde.

—¿Ha apostado dinero por mí? ¿Conseguiré entrar en la Criminal si gano?

—Algo parecido. Al fiscal del distrito no le gusta mucho la idea y, además, piensa que nosotros dos no funcionaremos de compañeros. Pero va a seguirles la corriente... Horrall y Thad Green lo convencieron. Personalmente, casi espero que ganes. Si pierdes, me quedaré con Johnny Vogel. Está gordo, se tira pedos, le apesta el aliento y su papi es el capullo más grande de toda la Central. Siempre le hace recados al niño prodigio judío... Además...

Con suavidad, clavé la punta de mi índice en el pecho de Blanchard.

—¿Y qué sacas tú de todo esto?

—Las apuestas funcionan en los dos sentidos. A mi

41

niña le gustan las cosas bonitas y no puedo permitir que se lleve un disgusto. ¿Verdad que no, cariño?

—Sigue hablando de mí en tercera persona —dijo Kay—. Es algo que me encanta.

Blanchard alzó las manos en un burlón gesto de rendición; los oscuros ojos de Kay parecían arder.

—¿Qué piensa usted de todo el asunto, señorita Lake? —pregunté al sentir una cierta curiosidad hacia ella.

Ahora sus ojos bailaban llenos de lucecitas.

—Por razones estéticas, espero que los dos tengáis un buen aspecto con la camisa quitada. Por razones morales, espero que el Departamento de Policía de Los Ángeles se vea puesto en ridículo por perpetrar esta farsa. Por razones financieras, espero que Lee gane.

Blanchard se rió y dio una fuerte palmada en la capota del patrullero; yo olvidé mi vanidad y sonreí, con toda la boca abierta. Kay Lake me miró a los ojos y, por primera vez —sí, era algo extraño, pero estoy seguro de ello—, tuve la sensación de que el señor Fuego y yo estábamos haciéndonos amigos. Extendí la mano.

—Toda la suerte del mundo, victoria aparte —dije, y extendí la mano.

Lee me la apretó.

—Lo mismo para ti —replicó él.

Kay nos abarcó a los dos con una mirada indicativa de que nos consideraba dos niños algo retrasados. Me llevé la mano al ala del sombrero, lo ladeé un poco en señal de despedida y comencé a andar.

—Dwight... —llamó Kay, y me pregunté cómo sabía mi auténtico nombre. Cuando me di la vuelta, dijo—: Se te vería muy bien si te hicieras arreglar los dientes.

3

La pelea se convirtió en la gran sensación del Departamento y, luego, de Los Ángeles entero. Todo el aforo del gimnasio de la academia estaba vendido a las veinticuatro horas de que Braven Dyer anunciara el acontecimiento en la página deportiva del *Times*. El teniente de la calle Setenta y Siete nombrado como apostador oficial del Departamento empezó poniendo a Blanchard como favorito por tres a uno, en tanto que los apostadores auténticos favorecían al señor Fuego con un noqueo por dos y medio a uno y por decisión final de los jueces de cinco a tres. Las apuestas entre los departamentos internos de la policía estaban al rojo vivo, y en todas las comisarías montaron cuartos especiales para recogerlas. Dyer y Morrie Ryskind, del *Mirror*, alimentaban la locura en sus columnas y un locutor de la KMPC compuso una cancioncilla llamada *El tango del Fuego y el Hielo*. Respaldada por un grupo de jazz, una soprano de voz aguardentosa canturreaba: «Fuego y Hielo no son como el azúcar y la sal; ciento ochenta kilos duros como el hierro no son cosa de broma. Pero el señor Fuego enciende mi llama y el señor Hielo me enfría la frente, ¡y lo que yo saco es un servicio nocturno de primera clase!»

De nuevo, me convertí en una celebridad local.

Cuando repartían los turnos vi cambiar de manos las fichas de los apostadores y me saludaron polis a quienes nunca había conocido antes; Johnny Vogel, «el gordo», me miraba como si quisiera echarme mal de ojo cada vez que pasaba junto a mí en los vestidores. Sidwell, siempre con su atención a los rumores, dijo que dos tipos del turno de noche habían apostado sus coches y que el jefe de la comisaría, el capitán Harwell, se encargaba de guardar las apuestas de cada uno hasta después del combate. Los de la Brigada Antivicio habían suspendido sus incursiones contra los apostadores clandestinos porque Mickey Cohen recibía diez de los grandes al día en fichas y le estaba pasando el cinco por ciento de todo a la agencia de publicidad empleada por el ayuntamiento en su esfuerzo por conseguir que la propuesta de fondos tuviera éxito. Harry Cohn, el señor Pez Gordo de la Columbia Pictures, había apostado un buen fajo en mi favor por pensar que ganaría por decisión final de los jueces, y si yo cumplía, tendría derecho a un ardiente fin de semana con Rita Hayworth.

Aunque nada de todo eso tenía sentido, resultaba agradable y logré no volverme loco al tener que entrenarme más duro de lo que jamás había hecho antes.

Cada día, al acabar mi turno, me iba directo al gimnasio y trabajaba. Sin hacer caso de Blanchard, de todos los entrometidos que lo rodeaban y de los policías libres de servicio que me rondaban igual que moscas, me dedicaba a golpear el saco, gancho de izquierda, derecha cruzada, un buen izquierdazo, cinco minutos en cada sesión, todo el tiempo sobre las puntas de los pies; me entrené con mi viejo compañero Pete Lukins y me concentré en el saco de los golpes rápidos hasta que el sudor me cegó y sentí que los brazos se me convertían en goma. Salté a la comba y corrí por las colinas del Parque Elíseo con pesas de un kilo atadas a los tobillos, mientras le lanzaba puñetazos a los árboles y a la vegetación, y dejaba atrás a los perros que vivían allí, alimentándose de lo que encontraban en los cubos de basura. Cuando estaba en casa, me atiborraba de hígado, enormes filetes y espinacas y me quedaba dormido antes de que pudiera quitarme la ropa.

Entonces, faltando nueve días para la pelea, vi a mi viejo y decidí lanzarme a por el dinero.

La ocasión que aproveché fue mi visita mensual. Viajé en coche hasta Lincoln Heights. Me sentía culpable por no haber asomado la nariz allí hasta haber recibido noticias de que volvía a hacer el loco. Le llevé regalos para calmar un poco mi culpabilidad: conservas que había cogido de las tiendas durante mi ronda y unas cuantas revistas de chicas, confiscadas. Cuando frené delante de la casa, me di cuenta de que eso no bastaría.

El viejo estaba sentado en el porche y daba tragos de una botella de jarabe para la tos. En una mano sostenía su pistola de balines; con aire distraído, disparaba contra toda una formación de aeroplanos hechos con madera de balsa que estaba alineada sobre la hierba. Estacioné el coche y fui hasta él. Tenía las ropas manchadas de vómito y por debajo de ellas le asomaban los huesos, que le sobresalían como si se los hubieran colocado todos en ángulos equivocados. El aliento le apestaba, tenía los ojos amarillos y bastante velados y la piel que podía ver por entre su descuidada barba blanca estaba iluminada por las venas rotas. Me incliné para ayudarle a que se levantara y él me apartó las manos de un golpe.

—*Scheisskopf!* —farfulló—. *Kleine Scheisskopf!*

Tiré de él hasta conseguir levantarle. Dejó caer al suelo la pistola de balines y una buena cantidad de Expectolar.

—*Guten Tag, Dwight* —murmuró, como si me hubiera visto el día anterior.

Yo aparté las lágrimas de mis ojos con la mano.

—Habla en inglés, papá.

Él se agarró el codo derecho con la otra mano y comenzó a agitar el puño ante mí.

—*Englisch Scheisser!* —gritó—. *Churchill Scheisser! Amerikanisch Juden Scheisser!*

Lo dejé en el porche y recorrí la casa. La sala aparecía repleta de piezas para montar aeroplanos y de latas de judías a medio abrir con moscas que zumbaban a su alrededor; el dormitorio estaba cubierto con fotos de chicas, la mayor parte de ellas puestas cabeza abajo. El cuarto de baño apestaba a orines viejos y en la cocina había tres gatos que andaban husmeando latas de atún medio vacías. Cuando me acerqué a ellos, me bufaron; les tiré una silla y volví a donde estaba mi padre.

Se encontraba en la barandilla del porche, mesándose la barba. Temí que se cayera, y lo agarré del brazo. Pensé que me echaría a llorar en serio.

—Háblame, papá —dije—. Lo que sea. Haz que me enfade. Dime cómo has logrado dejar la casa tan jodida en tan solo un mes.

Mi padre intentó soltarse. Yo lo sujeté con más fuerza y luego aflojé mi presa ante el temor de quebrarle los huesos igual que si fueran ramas secas.

—*Du, Dwight? Du?* —murmuró. Y yo supe que había sufrido otro ataque. Había vuelto a perder la memoria y sólo sabía hablar alemán. Rebusqué en mi propia memoria, en un intento de hallar frases en alemán y no logré encontrar nada. Le había odiado tanto de pequeño que me obligué a olvidar el idioma que me había enseñado—. *Wo ist Greta? Wo, Mutti?* —añadió.

Lo rodeé con mis brazos.

—Mamá está muerta. Eras demasiado tacaño para traerle licor de contrabando, y acabó por comprarse un poco de aguardiente de uvas de los negros del Flats. Era alcohol de quemar, papá. Se quedó ciega. La metiste en el hospital y se tiró desde el tejado.

—¡Greta!

Lo abracé con más fuerza.

—Sssssssh. Eso ocurrió hace catorce años, papá. Mucho tiempo.

Él intentó apartarme; yo le empujé hacia la puerta del porche y lo aprisioné contra ella. Sus labios se curvaron para lanzar una invectiva y, entonces, el rostro se le quedó vacío de toda expresión: no lograba encontrar las palabras. Cerré los ojos y las encontré yo en su lugar.

—¿Sabes lo que me cuestas, so cabrón? Podría haber entrado en la policía con un historial limpio, pero descubrieron que mi padre era un jodido subversivo. Me hicieron delatar a Sammy y Ashidas, y Sammy murió en Manzanar. Sé que sólo te uniste al Bund para hacer el imbécil y tomar copas, pero tendrías que habértelo pensado mejor antes, porque yo ni siquiera tenía eso.

Abrí los ojos y descubrí que estaban secos; los ojos de mi padre carecían de toda expresión. Le solté los hombros.

—No podías saber lo que ocurriría —dije—, y todo eso es asunto mío: yo cargaré con él. Pero siempre fuiste un maldito cerdo tacaño. Mataste a mamá, y eso sí es culpa tuya.

Se me ocurrió una idea para ponerle fin a todo aquel maldito embrollo.

—Ahora tienes que descansar, papá. Yo cuidaré de ti.

Esa tarde, me quedé a ver el entrenamiento de Lee Blanchard. Su régimen de trabajo consistía en asaltos de cuatro minutos con pesos pesados de la categoría ligera, tipos flacuchos y ágiles que habían sido prestados por el gimnasio de la calle Main, y su estilo era el ataque total. Cuando avanzaba, inclinaba el cuerpo hacia delante, siempre haciendo fintas con el torso; me sorprendió lo bueno que era con el gancho. No se trataba del cazador de cabezas o del pato a la espera de que le pegaran un tiro que yo había imaginado, y cuando le soltaba ganchos al saco de entrenamiento, yo podía oír los golpes aunque me hallaba a quince metros de distancia. Si había dinero de por medio, no resultaba fácil saber lo que sería capaz de hacer, y ahora el combate era por dinero.

Así que el dinero me obligó a tomar medidas serias.

Volví a casa en coche y llamé al cartero retirado que se ocupaba de echarle un vistazo a mi padre de vez en cuando. Le ofrecí un billete de cien si limpiaba la casa y se pegaba a mi viejo igual que si fuera un cubo de engrudo hasta después de la pelea. Dijo que estaba de acuerdo. Entonces llamé a un antiguo compañero de clase de la Academia que trabajaba en la Antivicio de Hollywood y le pedí los nombres de algunos apostadores. Él pensó que yo deseaba apostar por mi propia victoria, y me dio los números de dos independientes, uno que trabajaba con Mickey Cohen y otro que estaba con la pandilla de Jack Dragna. Los enterados y el apostador de Cohen tenían a Blanchard favorito por dos a uno, pero el tipo de Dragna andaba igualado, Bleichert o Blanchard, la misma cantidad de apuestas, con el dinero nuevo moviéndose según los informes de que yo parecía estar fuerte y rápido. Podía doblar cada uno de los dólares que invirtiera.

Por la mañana, llamé a la comisaría y dije que me encontraba enfermo. El jefe de turno de día se lo tragó porque yo era una celebridad local y el capitán Harwell no quería que me tocara las narices. Una vez me hube librado del trabajo, liquidé mi cuenta de ahorros, cobré mis bonos del Tesoro y pedí un préstamo bancario por dos de los grandes, usando mi Chevy casi nuevo del 46 como garantía. Desde el banco había un corto trayecto hasta Lincoln Heights y una conversación con Pete Lukins. Estuvo de acuerdo en hacer lo que yo quería; dos horas después, me llamó con los resultados.

El apostador de Dragna, al cual yo le había enviado, aceptó su dinero por Blanchard con un KO en el último asalto, ofreciéndole apuestas de dos a uno en contra. Si yo mordía la lona entre los asaltos ocho al diez ganaría 8.640 dólares... lo suficiente para mantener al viejo en un asilo de primera durante dos o tres años como mínimo. Había cambiado el puesto de la Criminal por una liquidación de las viejas y malas deudas, con la estipulación del último asalto, siendo un riesgo apenas suficiente como para hacer que no me sintiera demasiado gallina. Era un trato que alguien me ayudaría a saldar, y ese alguien era Lee Blanchard.

Cuando sólo faltaban siete días para la pelea, comí hasta ponerme en ochenta y siete kilos, aumenté la distancia recorrida en mis carreras y subí el tiempo de mis sesiones con el saco pesado hasta los seis minutos. Duane Fisk, el oficial asignado como entrenador y segundo mío, me advirtió sobre los riesgos de pasarme en el entrenamiento pero yo no le hice caso, y continué igual hasta que faltaron cuarenta y ocho horas para el combate. Luego, bajé el ritmo a unos suaves ejercicios gimnásticos y estudié a mi oponente.

Desde la parte trasera del gimnasio observé a Blanchard, que se entrenaba en el ring central. Busqué defectos en su ataque habitual y calibré sus reacciones cuando sus compañeros de entrenamiento intentaban pasarse de la raya. Me di cuenta de que doblaba los codos para desviar los golpes dirigidos al cuerpo, lo cual le abría la guardia para recibir pequeños pero potentes directos que le harían alzarla todavía más y lo dejarían en posición de recibir unos buenos ganchos en las costillas. Me di cuenta de que su mejor golpe, el cruzado de la derecha, lo anunciaba siempre por dos medios pasos que daba a la izquierda y una finta que hacía con la cabeza. Vi que contra las cuerdas era letal y que podía mantener a oponentes de menos peso clavados en ellas con empujones de los codos alternados con puñetazos cortos al cuerpo. Me acerqué algo más y pude ver un poco de tejido cicatrizado en su ceja, algo que debería evitar que se abriera si quería impedir que el combate fuera detenido a causa de sus hemorragias. Eso era una molestia, pero una larga cicatriz que bajaba por la parte izquierda de su caja torácica parecía un lugar soberbio para hacerle muchísimo daño.

—Al menos, tienes buen aspecto sin la camisa.

Me volví al oír esas palabras. Kay Lake estaba frente a mí; por el rabillo del ojo vi a Blanchard, que descansaba en su taburete, y nos miraba.

—¿Dónde está tu cuaderno de dibujo? —pregunté.

Kay agitó la mano mirando a Blanchard; él le arrojó un beso con sus dos manos cubiertas por los guantes de boxeo. Sonó la campana y tanto él como su compañero de entrenamiento avanzaron el uno hacia el otro en un intercambio de golpes.

—Lo dejé —respondió Kay—. No era demasiado buena, así que decidí graduarme en otra cosa.

—¿En qué?

—Medicina; después, psicología; luego, literatura inglesa y, más tarde, historia.

—Me gusta una mujer que sabe lo que quiere.

Kay sonrió.

—A mí también me gustan, pero no conozco a ninguna. ¿Qué es lo que tú quieres?

Mis ojos recorrieron el gimnasio.

Treinta o cuarenta espectadores estaban sentados en asientos plegables alrededor del ring central, la mayoría de ellos policías libres de servicio y periodistas, y casi todos fumando.

Sobre el ring colgaba una neblina que siempre parecía estar a punto de disiparse y las luces del techo la hacían brillar con un resplandor sulfuroso. Todas las miradas se clavaban en Blanchard y su contrincante, y todos los gritos y bromas iban dirigidas hacia él... pero si yo no estaba dispuesto a vengarme de los viejos asuntos, todo eso no significaba nada.

—Formo parte de esto. Es lo que quiero.

Kay meneó la cabeza.

—Dejaste de boxear hace cinco años. Ahora eso ya no forma parte de tu vida.

La agresividad de aquella mujer me ponía nervioso. No pude contenerme.

—Y tu amiguito es alguien que nunca consiguió llegar a nada, igual que yo; y tú andabas meneando el culo delante de unos atracadores antes de que él te recogiera. Tú...

Kay Lake me hizo parar con una carcajada.

—¿Has estado leyendo mis recortes de prensa?

—No. ¿Has estado leyendo tú los míos?

Yo no tenía réplica alguna para eso.

—¿Por qué dejó Lee de pelear? —pregunté—. ¿Por qué ingresó en el Departamento?

—Atrapar criminales le hace sentir que todo está en su sitio. ¿Tienes alguna amiga?

—Me reservo para Rita Hayworth. ¿Te dedicas a ligar con muchos polis o soy un caso especial?

De entre los espectadores brotaron unos cuantos gritos. Miré hacia allí y vi como el compañero de entrenamientos de Lee Blanchard caía sobre la lona. Johnny

Vogel trepó al cuadrilátero y le quitó el protector de la boca; el tipo dejó escapar un largo chorro de sangre. Cuando me volví hacia Kay observé que estaba pálida y apretaba su chaqueta Ike alrededor del cuerpo.

—Mañana por la noche será peor —dije—. Deberías quedarte en tu casa.

Kay se estremeció.

—No. Es un gran momento para Lee.

—¿Te ha pedido que vengas?

—No. Él nunca haría algo así.

—Es del tipo sensible, ¿verdad?

Kay hurgó en sus bolsillos en busca de su cajetilla de cigarrillos y encendió uno.

—Sí. Igual que tú, pero no tan susceptible.

Sentí que enrojecía.

—¿Siempre estáis allí cuando el otro os necesita? ¿En la enfermedad y en la salud..., todo eso?

—Lo intentamos.

—Entonces, ¿por qué no estáis casados? Acostarse con alguien sin estar casado va contra el reglamento, y si los jefazos decidieran ponerse idiotas podrían crucificar a Lee por ello.

Kay lanzó unos cuantos anillos de humo hacia el ring y luego alzó los ojos hacia mí.

—No podemos.

—¿Por qué no? Lleváis años juntos. Dejó de disputar combates a puerta cerrada por ti. Permite que le hagas la corte a otros hombres. A mí me parece que es todo un mirlo blanco.

Hubo más gritos. Miré de soslayo y vi que Blanchard estaba sacudiéndole el polvo a un nuevo contrincante. Empecé a moverme para esquivar los golpes, haciendo agitarse la atmósfera estancada del gimnasio. Después de unos cuantos segundos, me di cuenta de lo que estaba haciendo y me detuve. Kay lanzó su cigarrillo hacia el ring.

—Ahora tengo que irme —dijo—. Buena suerte, Dwight.

Sólo mi viejo me llamaba así.

—No has respondido a mi pregunta.

—Lee y yo no nos acostamos juntos —repuso Kay, y se marchó antes de que yo pudiera hacer nada que no fuera ver cómo se alejaba.

Rondé por el gimnasio alrededor de una hora.

Cuando ya oscurecía, los reporteros y los fotógrafos empezaron a llegar en manada y se dirigieron hacia el ring central, hacia donde estaba Blanchard y su aburrida serie de victorias por noqueo sobre idiotas con la mandíbula de cristal. La frase con que Kay Lake se había despedido constituía una obsesión para mí, junto con fugaces visiones de su risa, de la forma en que sonreía y cómo podía ponerse triste apenas transcurrido un segundo. Al oír que un sabueso de la prensa gritaba: «¡Eh! ¡Ahí está Bleichert!», salí del lugar y corrí al aparcamiento y hacia mi Chevy, ahora hipotecado por partida doble. Cuando me marchaba, me di cuenta de que no tenía ningún sitio al que dirigirme y nada que deseara hacer salvo satisfacer mi curiosidad sobre una mujer que parecía llevar un gran dolor dentro y que me afectaba en lo más profundo.

Así que me fui a la parte baja de la ciudad para leer sus recortes de prensa.

El empleado del depósito de cadáveres del *Herald*, impresionado por mi placa, me llevó hasta una mesa de lectura. Le dije que estaba interesado en el asalto al banco del Boulevard-Citizens y el juicio de los atracadores capturados, y que yo pensaba que la fecha del atraco había sido a principios del año 39, quizá hacia el otoño de ese mismo año para el procedimiento legal. Me dejó allí sentado y regresó al cabo de unos diez minutos con dos grandes volúmenes encuadernados en cuero. Las páginas de los periódicos habían sido pegadas con cola a gruesas hojas de cartón negro, y colocadas en orden cronológico. Tuve que pasar del 1 de febrero al 12 del mismo mes antes de hallar lo que deseaba.

El 11 de febrero de 1939, un grupo de cuatro hombres asaltó un coche blindado en una tranquila calleja de Hollywood. Usaron una motocicleta caída en el suelo como distracción; después, los ladrones dominaron al guardia que salió del coche blindado para investigar el accidente. Le pusieron un cuchillo en la garganta, y así obligaron a los otros dos guardias que seguían dentro del coche a que les abrieran. Una vez dentro, dieron cloroformo a los tres hombres, los ataron y amordazaron y dejaron seis bolsas llenas con recortes de guías telefónicas y chatarra a cambio de las seis bolsas de dinero que el coche llevaba.

Uno de los ladrones condujo el vehículo blindado hasta la parte baja de Hollywood; los otros tres se pusieron uniformes idénticos a los que llevaban los guardias. Los tres tipos vestidos de uniforme entraron por la puerta del Boulevard-Citizens Savings & Loan situado entre Yucca e Ivar, con los sacos de papeles y chatarra en las manos, y el gerente les abrió la bóveda acorazada. Uno de los ladrones le atizó con una porra al gerente; los otros dos cogieron sacos de dinero y se fueron hacia la puerta. Para aquel entonces el conductor había entrado ya en el banco y se había encargado de reunir a los empleados. Los llevó hasta la bóveda, donde les dio una ración de porra, luego cerró la puerta y la aseguró. Los cuatro ladrones se encontraban de nuevo en la calle cuando un patrullero de la comisaría de Hollywood, alertado por una alarma banco-a-comisaría, llegó al sitio. Los agentes ordenaron a los atracadores que se detuvieran; éstos abrieron fuego y los policías respondieron a sus disparos. Hubo dos ladrones muertos y otros dos que escaparon... con cuatro bolsas llenas de billetes de cincuenta y cien dólares sin marcar.

Al no ver mención alguna de Blanchard o Kay Lake, me salté una semana entera de la primera página y dos informes sobre las investigaciones del Departamento de Policía de Los Ángeles.

Los atracadores muertos fueron identificados como Chick Geyer y Max Ottens, dos tipos duros de San Francisco a los cuales no se les conocían socios en Los Ángeles. Los testigos oculares del banco no pudieron identificar por las fotos del archivo a los dos que habían escapado, y fueron incapaces de proporcionar descripciones adecuadas de ellos: llevaban las gorras de guardias caladas hasta las cejas y los dos lucían gafas de sol oscuras. No hubo testigos en el lugar donde robaron el coche blindado y los guardias narcotizados habían sido reducidos a la impotencia antes de que pudieran echarle un buen vistazo a sus atacantes.

El atraco pasó de las segunda y tercera páginas a la columna de escándalos. Bevo Means lo mantuvo en circulación durante tres días, con la teoría de que la banda de Bugsy Siegel perseguía a los atracadores que habían escapado porque una de las paradas hechas por el coche blindado para recoger el dinero era una tapadera del Gran Bug. Siegel había jurado encontrarles, aunque el dinero con el que se habían largado los dos tipos fuera el del banco... no el suyo.

Las informaciones en las páginas de sucesos se fueron haciendo más y más espaciadas y yo continué pasando las hojas hasta topar con el titular del 28 de febrero: «Informante permite a un policía ex boxeador resolver sangriento atraco a un banco.»

La página estaba repleta de alabanzas al señor Fuego; sin embargo, resultaba bastante parca en hechos. El agente Leland C. Blanchard, de 25 años, policía perteneciente a la División Central de Los Ángeles y antiguo «conocido habitual» del estadio de la Legión de Hollywood, al interrogar a sus «conocidos del deporte» e «informadores» consiguió enterarse de que Robert «Bobby» de Witt era el cerebro que se encontraba tras el trabajo del Boulevard-Citizens. Blanchard le pasó el dato a los detectives de Hollywood y éstos hicieron una incursión en la casa que De Witt tenía en Playa Venice. Encontraron marihuana, uniformes de guardias y bolsas de dinero del Boulevard-Citizens Savings & Loan. De Witt protestó, gritó su inocencia y fue arrestado y acusado con dos cargos de «asalto a mano armada en grado uno», cinco cargos de «asalto con agravantes», un cargo de «robo automovilístico cualificado» y otro de «posesión de drogas ilícitas». Fue mantenido en prisión sin fianza... y seguía sin haber palabra alguna de Kay Lake.

Como empezaba a estar harto de tanta historia de ladrones y policías, seguí pasando páginas. De Witt, nacido en San Berdoo y con tres condenas anteriores por proxenetismo, seguía afirmando a gritos que la banda de Siegel o la policía le habían hecho cargar con el mochuelo: la banda porque algunas veces había metido la nariz en el territorio de Siegel, la policía porque necesitaba urgentemenete un idiota al que cargar con el trabajo del Boulevard-Citizens. No tenía ninguna coartada para el día del atraco y dijo que no conocía a Chick Geyer, Max Ottens o al cuarto hombre, que todavía seguía en libertad. Fue a juicio y el jurado no le creyó. Le consideraron culpable de todas las acusaciones y acabó en San Quintín, condenado a un mínimo de diez años y un máximo de cadena perpetua.

Al fin, Kay apareció en un artículo de interés humano titulado: «Chica de banda se enamora... ¡de un policía! ¿Seguirá el camino recto? ¿Acabará en el altar?» Junto a la historia, había fotos de ella y de Lee Blanchard, así como una instantánea policial de Bobby de Witt, un tipo de cara afilada tocado con un sombrero grasiento. El artículo empezaba con la explicación del trabajo del Boulevard-Citizens y el papel que Blanchard había representado en su solución, para caer luego sin más en lo almibarado:

... y en el momento del atraco, De Witt le ofrecía cobijo a una joven demasiado fácil de impresionar. Katherine Lake, de 19 años, venía del oeste, de Sioux Falls. Dakota del Sur, y llegó a Hollywood en 1936 no en busca del estrellato sino de una educación universitaria. Lo que consiguió fue graduarse en la universidad de los más duros criminales.

«Acabé con Bobby porque no tenía ningún otro sitio al que ir —le dijo "Kay" Lake al reportero, Aggie Underwood, del *Herald Express*—. La Depresión no había terminado y los trabajos escaseaban. Solía dar paseos alrededor de esa horrible pensión donde tenía un catre y así fue como encontré a Bobby. Me proporcionó una habitación para mí sola en su casa y dijo que me conseguiría un trabajo en el Club del Valle si yo mantenía la casa limpia. No lo hizo y tuve mucho más de lo que ya había deseado.»

Kay pensaba que Bobby de Witt era músico pero en

realidad era un traficante de drogas y un proxeneta. «Al principio, se portó muy bien conmigo —dijo Kay—. Luego, me hizo beber láudano y quedarme en casa todo el día para contestar al teléfono. Después de eso, todo empeoró.»

Kay Lake se negó a explicar con más claridad cómo «empeoró» todo y no se sorprendió mucho cuando la policía arrestó a De Witt por su papel en el sangriento robo del 11 de febrero. Encontró alojamiento en un pensionado femenino de Culver City y cuando la fiscalía la llamó para testificar en el juicio contra De Witt lo hizo... a pesar de que sentía pánico hacia su antiguo «benefactor».

«Era mi deber —dijo—. Y, por supuesto, en el juicio conocí a Lee.»

Lee Blanchard y Kay Lake se enamoraron. «Tan pronto como la vi supe que era mi chica —explicó el agente Blanchard a Bevo Means, especialista en sucesos—. Tiene ese tipo de belleza delicada e infantil que me vuelve loco. Ha llevado una vida muy dura, pero yo me encargaré de enderezar su rumbo.»

Para Lee Blanchard, la tragedia no es algo desconocido. Cuando tenía catorce años, su hermanita, de nueve, desapareció y nunca se la ha vuelto a encontrar. «Creo que por eso dejé el boxeo y me convertí en policía —dijo—. Atrapar criminales hace que sienta que las cosas están donde deben estar, en su sitio.»

Y así, una historia de amor ha surgido de lo que fue una tragedia. Pero ¿dónde terminará? Kay Lake dice: «Ahora, lo importante es mi educación y Lee. Los días felices han vuelto.»

Y con el gran Lee Blanchard ocupándose de Kay, da la impresión de que esos días felices van a durar.

Cerré el volumen. Nada de todo eso representaba una sorpresa para mí, salvo lo de la hermanita. Pero el asunto despertaba en mí sólo una idea, la de que algo había ido mal, muy mal: Blanchard, que no había sabido sacarle el provecho necesario a su caso más glorioso porque se había negado a seguir celebrando combates a puerta cerrada; una niña, a la que estaba claro habían asesinado y luego tirado en cualquier parte, igual que una bolsa de basura; Kay Lake, que dormía a los dos lados de la ley. Al abrir el volumen de nuevo clavé mis ojos en la Kay de siete años antes. Incluso a los diecinueve, parecía demasiado lista para pronunciar las palabras que Bevo Means había puesto en sus labios. El hecho de que fuera presentada como una chica ingenua me irritó.

Devolví los volúmenes al empleado y, cuando salí del edificio Hearst me pregunté qué había ido a buscar, a sabiendas de que era algo más que una simple prueba de que el cambio de tercio de Kay era auténtico y legal. Me dediqué a conducir sin rumbo para matar el tiempo, y así agotarme y ser capaz de dormir más tarde. De repente, durante mi vagabundeo, lo comprendí todo: con alguien que se cuidara de mi viejo y la perspectiva de mi puesto en la Criminal muerta, Kay Lake y Lee Blanchard eran lo único que había de interesante en mi futuro, y yo necesitaba llegar a conocerles más allá de las frases ingeniosas de doble sentido, las insinuaciones y el combate.

Me detuve en Los Feliz, un lugar donde hacían carnes asadas, y me tragué un enorme filete, con espinacas y judías; después, fui hacia el Hollywood Boulevard y el Strip. No había ninguna marquesina de cine que me pareciera invitadora y los clubs del Sunset parecían demasiado lujosos para una celebridad de tan poca monta como yo. En Doheny terminaba la prolongada hilera de neón y me dirigí hacia lo alto de las colinas. Mulholland estaba llena de motoristas apostados en las trampas de velocidad y tuve que resistir el impulso de pisar el acelerador para llegar hasta la playa.

Al fin me cansé de conducir como un buen ciudadano observante de la ley y fui hacia el muelle. Los reflectores encendidos en Westwood Village pintaban el cielo sobre mí; observé sus giros, que iluminaban las nubes que colgaban a baja altura. Seguir las luces con los ojos resultaba hipnótico y dejé que fueran obnubilando mi mente. Los coches que pasaban a toda velocidad por Mulholland apenas si lograban penetrar mi adormecimiento. Cuando, por fin, las luces se apagaron, mi reloj de pulsera señalaba algo más de la medianoche.

Me desperecé mientras miraba hacia las escasas luces que aún seguían encendidas en las casas, y pensé en Kay Lake. Si leía entre líneas lo que el artículo del periódico ponía, la veía atender a Bobby de Witt y a sus amigos, quizá prostituyéndose para él, el ama de casa de un gángster enganchada al láudano. Todo eso sonaba verosímil aunque desagradable, como si fuera una traición a los chispazos que se encendían entre nosotros dos. La frase final de Kay también empezaba a sonarme verosímil y me pregunté cómo era posible que Blanchard viviera con ella sin llegar a poseerla del todo.

Las luces de las casas se apagaron una a una y me quedé solo. Un viento frío soplaba colinas abajo; me estremecí y, en ese momento, supe la respuesta.

Sales de una pelea que acabas de ganar. Empapado de sudor, con el sabor de la sangre en la boca, más alto que las estrellas del cielo, todavía con el deseo de atacar. Los apostadores que han hecho dinero gracias a ti te traen una chica. Una profesional, una que se medio dedica al asunto, una aficionada que está probando el sabor de su propia sangre. Lo haces en el vestidor, o en el asiento trasero del coche que resulta demasiado pequeño para que puedas estirar bien las piernas, y algunas veces rompes la ventanilla de una patada. Acabas de hacerlo y, al salir, la gente se apelotona a tu alrededor para tocarte y vuelves a subir tan alto como las estrellas. Se convierte en otra parte del juego, el undécimo asalto de un combate a diez. Y cuando vuelves a la vida corriente es como si te debilitaras, como si hubieras perdido algo. Durante todo el tiempo que Blanchard se había mantenido lejos del juego, tuvo que saberlo y habría querido que su amor por Kay se mantuviera separado de todo eso.

Entré en el coche y fui hacia casa. Me preguntaba si alguna vez le contaría a Kay que no había ninguna mujer en mi vida porque, para mí, el sexo tenía sabor a sangre, a resina y a las barras que se usan para suturar los cortes en el boxeo.

4

Salimos de nuestros vestidores al mismo tiempo cuando el timbre de aviso sonó. Al empujar la puerta, yo era un resorte a punto de saltar, un paquete de adrenalina viviente. Había masticado un gran filete dos horas antes, tragándome el jugo y escupiendo la carne, y podía oler la sangre del animal en mi propio sudor. Bailaba sobre la punta de mis pies mientras avanzaba hacia mi esquina y me abría paso por entre la más increíble multitud de asistentes a un combate que jamás había visto en mi vida.

El gimnasio aparecía lleno hasta los topes y los espectadores se apiñaban en angostas sillas de madera y en todos los espacios que había libres entre ellas. Cada ser humano presente daba la impresión de estar gritando y la gente que ocupaba las sillas de los pasillos tiraba de mi albornoz y me apremiaba a matar a mi contrincante. Habían quitado los rings laterales; el central estaba bañado en un cuadrado perfecto de cálida luz amarillenta. Me agarré a la última soga y me subí a la lona.

El árbitro, un veterano del turno de noche de la Central, hablaba con Jimmy Lennon, el cual se había tomado una noche de permiso de su trabajo habitual como animador en el Olímpico; al lado del ring vi a Stan Kenton, que formaba un apretado grupo con Misty June Christy, Mickey Cohen, el alcalde Bowron, Ray Milland y toda una colección de peces gordos vestidos de civil. Kenton me hizo una seña, yo grité: «¡Arte en el ritmo!», mientras lo miraba. Se rió y yo abrí la boca, para enseñarle mis dientes de caballo a la multitud, ésta demostró su aprobación con un rugido. Un rugido que fue en aumento hasta llegar a un crescendo; me volví y pude ver que Blanchard había entrado en el cuadrilátero.

El señor Fuego me hizo una reverencia; se la devolví con toda una salva de golpes cortos al aire. Duane Fisk me llevó hasta mi taburete. Una vez allí, me quité el albornoz y me senté de espaldas al poste que sujetaba las cuerdas con los brazos apoyados encima de la más alta. Blanchard se movió hasta quedar en una posición similar; nuestros ojos se encontraron. Jimmy Lennon le hizo una seña al árbitro para que se colocara en una esquina y el micrófono del ring bajó hacia él sujeto a un palo suspendido de las luces del techo. Lennon lo cogió y gritó, haciéndose oír por encima del rugido:

—¡Damas y caballeros, policías y partidarios de lo mejor de Los Ángeles, ha llegado el momento del tango del Fuego y el Hielo!

La multitud perdió el control y comenzó a aullar y dar patadas en el suelo. Lennon esperó hasta que se hubieron calmado y el ruido de fondo se convirtió en un zumbido. Luego, con su voz más melosa, continuó:

—Esta noche tenemos diez asaltos de boxeo en la división de los pesos pesados. En el rincón blanco, con calzón blanco, un policía de Los Ángeles con una historia profesional de cuarenta y tres victorias, cuatro derrotas y dos nulos. ¡Con noventa y dos kilos trescientos gramos de peso, damas y caballeros... el gran Lee Blanchard!

Blanchard se quitó el albornoz, besó sus guantes y se inclinó hacia los cuatro puntos cardinales. Lennon dejó que los espectadores se volvieran locos durante unos segundos y luego hizo que su voz, amplificada por el micrófono, se alzara de nuevo.

—Y en el rincón negro, con ochenta y seis kilos y medio de peso, un policía de Los Ángeles, imbatido en treinta y seis combates como profesional... ¡el escurridizo Bucky Bleichert!

Me dejé empapar por el último hurra que me dedicaron, al tiempo que memorizaba los rostros que se hallaban junto al ring y fingía que no iba a dejarme caer. El ruido del gimnasio se fue apagando y me dirigí hacia el centro del ring. Blanchard se aproximó a donde yo estaba; el árbitro farfulló unas palabras que no oí; el señor Fuego y yo dejamos que nuestros guantes se tocaran. Me sentí muerto de miedo y retrocedí hasta mi rincón; Fisk me puso el protector en la boca. Entonces, la campana sonó y todo hubo terminado y todo estaba empezando.

Blanchard cargó hacia mí. Le recibí en el centro del cuadrilátero y comencé a largarle golpes con las dos manos mientras que él se agazapaba para quedarse ante mí, y sacudía la cabeza.

Mis golpes fallaron y me moví hacia la izquierda, sin hacer ningún intento de contraatacar, esperando engañarle para que me fuera posible soltarle un buen derechazo.

Su primer golpe fue un rápido gancho de izquierda al cuerpo. Lo vi venir y avancé para esquivarlo, mientras le lanzaba un corto de izquierda cruzado a la cabeza. El gancho de Blanchard me rozó la espalda; era uno de los golpes fallidos más potentes que había recibido en toda mi vida. Tenía la derecha algo baja y logré meterle un buen corto. Llegó a él con toda nitidez y, en un descuido de Blanchard, que subía la guardia, le largué dos golpes en las costillas. Retrocedí con rapidez antes de que pudiera agarrarse a mí o buscarme el cuerpo, y recibí un izquierdazo en el cuello. Me dio una buena sacudida; entonces, me puse de puntillas y comencé a bailar a su alrededor.

Blanchard intentaba cazarme. Yo me mantenía fuera de su alcance y hacía llover golpes cortos sobre su cabeza, sin cesar de moverme, de modo que lograba llegar al blanco más de la mitad de veces, recordándome a mí mismo que debía golpear bajo para no abrirle sus maltrechas cejas. Blanchard se irguió un poco y empezó a soltarme ganchos dirigidos al cuerpo; retrocedí y los frené con combinaciones de golpes dirigidos a sus puños. Después de casi un minuto, yo había logrado sincronizar sus fintas y mis golpes; así, cuando movió la cabeza de nuevo, me lancé sobre él, con ganchos cortos de la derecha sobre sus costillas. Bailé, di vueltas y golpeé con la mayor rapidez posible. Blanchard me buscaba, intentaba hallar un resquicio que le permitiera lanzar su golpe de derecha. El asalto se acababa y me di cuenta de que el resplandor de las luces del techo y el humo de la multitud habían distorsionado mi sentido de las distancias en el ring... no podía ver las cuerdas. Por puro reflejo, miré por encima de mi hombro. Y, al hacerlo, recibí el gran puñetazo en un lado de la cabeza.

Volví, tambaleándome, hacia el rincón blanco; Blanchard estaba en todas partes, y caía sobre mí. La cabeza me latía y los oídos me zumbaban igual que si cazas Zero de los japoneses estuvieran lanzándose dentro de ella para llevar a cabo un bombardeo en picado. Levanté las manos con el fin de protegerme el rostro; Blanchard lanzó demoledores ganchos de izquierda y derecha sobre mis brazos para hacérmelos bajar. Empecé a sentir que la cabeza se me despejaba; entonces, di un salto, atrapé al señor Fuego en un sólido abrazo de oso, que lo mantenía quieto, sintiendo que me recuperaba a cada segundo que pasaba mientras él nos hacía avanzar tambaleándonos, pues yo lo empujaba a través del ring. El árbitro acabó todo aquello y gritó: «¡Suéltense!» Yo seguí agarrado y el árbitro tuvo que separarnos.

Retrocedí de nuevo, ya sin el zumbido de orejas y el mareo. Blanchard vino hacia mí, plantando sólidamente los pies en el suelo, toda la guardia abierta. Hice una finta con la izquierda y el Gran Lee se puso justo delante de un derechazo perfecto. Cayó sentado sobre la lona.

No sé quién de los dos quedó más aturdido. Blanchard, en la lona con la mandíbula fláccida, escuchaba contar al árbitro; yo me aparté de él y fui hacia uno de los rincones neutrales. Blanchard estaba de pie al llegar el árbitro a siete y esta vez fui yo quien cargó sobre él. El señor Fuego tenía los pies bien separados, como si estuviera clavado en la lona, dispuesto a matar o morir. Nos encontrábamos ya casi a la distancia necesaria para golpear cuando el árbitro se metió entre nosotros y gritó: «¡La campana! ¡La campana!»

Fui hacia mi rincón. Duane Fisk me quitó el protector y me limpió con una toalla húmeda; yo miré hacia los espectadores, que se habían puesto en pie y aplaudían. Cada rostro que vi me dijo algo que ahora ya sabía: que, pura y simplemente, podía darle una paliza a Blanchard. Y durante una fracción de segundo imaginé que cada voz me gritaba que no dejara pasar esa ocasión.

Fisk me hizo girar y me puso el protector en la boca con algo de brusquedad.

—¡No te acerques a él! —siseó en mi oído—. ¡Manténte lejos! ¡Trabaja con el golpe en corto y los ganchos!

Sonó la campana. Fisk salió del ring; Blanchard vino en línea recta hacia mí. Ahora se mantenía erguido, sin vacilar, y me lanzó una serie de golpes que se quedaron cortos por milímetros, mientras avanzaba un solo paso cada vez, midiéndome para un gran derechazo cruzado. Yo seguí mi baileteo sobre la punta de los pies y le lancé rápidas series de golpes con los dos puños; aunque me hallaba demasiado lejos para que le hicieran daño, intentaba establecer un ritmo de pegada que hiciera confiarse a Blanchard, adormeciéndole para que descuidara su guardia.

La mayor parte de mis golpes dieron en el blanco; Blanchard seguía con su acoso, intentando acercarse. Le solté un derechazo a las costillas; él se movió con rapidez y lanzó su derecha hacia las mías. Nos dedicamos a lanzar golpes al cuerpo con los dos puños, muy cerca el uno del otro; como no había bastante sitio para coger impulso, los golpes eran sólo espectáculo de brazos y Blanchard mantenía el mentón pegado al pecho: obviamente, se cuidaba de mis golpes cortos.

Nos mantuvimos a esa distancia, con golpes a los brazos y los hombros. Durante todo ese intercambio, sentí la fuerza superior de Blanchard pero no intenté zafarme de él, quería hacerle algo de daño antes de empezar otra vez con mi numerito de la bicicleta. Me preparaba para una seria guerra de trincheras cuando el señor Fuego se mostró tan astuto como el señor Hielo en sus momentos de mayor astucia.

En mitad de un intercambio de golpes al cuerpo, Blanchard dio un paso hacia atrás y me soltó un fuerte izquierdazo en la parte baja del vientre. El golpe me dolió y retrocedí, preparándome para bailar de nuevo. Sentí las cuerdas y subí la guardia, pero antes de que pudiera moverme hacia un lado para apartarme de él, una izquierda y una derecha me dieron en los riñones. Bajé la guardia y un gancho de izquierda de Blanchard hizo impacto en mi mentón.

Reboté en las cuerdas y caí de rodillas sobre la lona. Oleadas de aturdimiento y dolor iban de mi mandíbula a mi cerebro; distinguí una imagen danzante del árbitro que contenía a Blanchard y le señalaba uno de los rincones neutrales. Me levanté sobre una rodilla y me agarré a la última soga, para perder el equilibrio y caer sobre el estómago. Blanchard había llegado al poste del rincón neutral y el estar echado consiguió que la vista me dejara de bailar. Hice una honda inspiración; el nuevo aliento hizo que ya no sintiera tanto el efecto de que me habían abierto el cráneo. El árbitro volvió junto a mí y empezó a contar; al seis probé qué tal estaban mis piernas. Las rodillas se me doblaban un poco pero era capaz de mantenerme bastante bien. Blanchard estaba agitando los guantes, les enviaba besos a sus partidarios, y yo empecé a hiperventilar con tal fuerza que casi me sale disparado el protector de la boca. Al llegar a ocho, el árbitro me frotó los guantes contra su camisa y le dio a Blanchard la señal de continuar la pelea.

La ira me hacía sentir como si hubiera perdido el control, igual que un niño humillado. Blanchard vino hacia mí sin mover sus miembros, con los puños abiertos, como si yo no mereciera enfrentarme a un guante cerrado. Lo recibí de frente y le lancé un golpe, que fingí vacilante, cuando entró en mi radio de acción. Blanchard esquivó el puñetazo con facilidad... tal y como se suponía que debía hacer. Se preparó para soltarme un tremendo derechazo que acabara conmigo y, en el momento en que se echaba hacia atrás, yo le solté un golpe en la nariz, un derechazo dado con todas mis fuerzas. Su cabeza saltó hacia un lado; seguí con un gancho de izquierda al cuerpo. La guardia del señor Fuego cayó bruscamente; me lancé sobre él con un directo corto. La campana sonó justo cuando se tambaleaba contra las cuerdas.

La multitud cantaba: «¡Buck-kee! ¡Buck-kee! ¡Buck-kee!» cuando me dirigí hacia mi rincón con paso algo inseguro. Escupí mi protector y jadeé en busca de aire; miré hacia los espectadores y supe que ya no importaban las apuestas: aporrearía a Blanchard hasta convertirle en comida para perros y luego exprimiría a la Criminal en busca de cada ventaja y dólar fácil que pudiera sacar; con ese dinero pondría a mi viejo en un asilo y conseguiría obtener todo lo que estaba en juego.

—¡Dale! ¡Dale! —gritó Duane Fisk.

Los jefazos que hacían de jueces junto al ring me sonrieron; yo les devolví el saludo de Bucky Bleichert, con todos sus dientes de caballo al aire. Fisk introdujo el gollete de una botella de agua en mi boca, yo tragué un poco y escupí en el cubo. Rompió una ampollita de amoníaco, me la puso bajo la nariz y luego volvió a colocarme el protector... entonces sonó la campana.

Sólo se trataba de actuar con cautela y sin errores: mi especialidad.

Durante los cuatro asaltos siguientes bailé, hice fintas y solté puñetazos desde una media distancia segura, usando la ventaja que mis largos brazos me daban, sin permitir nunca que Blanchard lograra inmovilizarme o ponerme contra las cuerdas. Me concentré en un blanco —sus maltrechas cejas—, y lancé una y otra vez mi guante izquierdo hacia ellas. Si el golpe daba en el blanco con nitidez, y Blanchard alzaba los brazos por reflejo, yo avanzaba un paso y le soltaba un gancho con la derecha justo al centro del estómago. La mitad de las veces, Blanchard podía responder golpeando mi cuerpo; cada puñetazo que me asestaba se llevaba un poco de la flexibilidad de mis piernas, y hacía que mi aliento emitiera un ligero *umf*. Hacia el final del sexto asalto, las cejas de Blanchard eran una rota línea ensangrentada y a mí me dolían los costados desde la cinturilla del calzón hasta la zona de las costillas. A los dos se nos estaba agotando la presión.

El séptimo asalto fue un combate de trincheras librado por dos guerreros exhaustos. Intenté quedarme a media distancia y trabajar los golpes largos; Blanchard mantenía los guantes altos para limpiarse la sangre de los ojos y, al mismo tiempo, proteger sus heridas e impedir que se abrieran todavía más. Cada vez que yo me adelantaba, lanzando el uno-dos hacia sus guantes y su estómago, él me clavaba un buen puñetazo en el plexo solar.

La pelea se había convertido en una guerra librada

segundo a segundo. Mientras esperaba el octavo asalto, me di cuenta de que tenía el calzón manchado de pequeñas gotitas de sangre; los gritos de «¡Buck-kee! ¡Buck-kee!» me hacían daño en los oídos. Al otro lado del cuadrilátero, el entrenador de Blanchard le estaba frotando las cejas con un lápiz cauterizador y aplicaba minúsculas tiritas a los pedazos de piel que colgaban de las heridas. Derrumbado en mi taburete, dejé que Duane Fisk me diera agua y me hiciera masaje en los hombros, mientras yo mantenía los ojos clavados en el señor Fuego durante todos los sesenta segundos del descanso, en un intento mío de que se pareciese a mi viejo para que el odio me diera la fuerza necesaria para aguantar los nueve minutos siguientes.

La campana sonó. Avancé hacia el centro del ring con las piernas flojas. Blanchard, el cuerpo encogido, vino hacia mí. También le temblaban las piernas y pude ver qué sus heridas estaban cerradas.

Le lancé un puñetazo débil. Blanchard lo encajó sin detenerse y prosiguió su avance hacia mí. Apartó mi guante de su camino como si no existiera y mis piernas se negaron a bailar hacia atrás. Sentí como los cordones del guante le abrían las cejas de nuevo; noté un retortijón en el estómago al ver el rostro de Blanchard cubierto de sangre. Las rodillas se me doblaron; escupí mi protector, me doblé hacia atrás y golpeé las cuerdas con el cuerpo. Una bomba con forma de mano derecha venía hacia mí en un lento arco. Daba la impresión de que había sido lanzada desde kilómetros y kilómetros de distancia y supe que tendría tiempo suficiente para responder. Puse todo mi odio en mi propia derecha y la proyecté en línea recta hacia el blanco ensangrentado que tenía delante. Sentí el inconfundible crujir del cartílago de la nariz y luego todo se volvió negro, caliente y amarillo. Alcé los ojos hacia la luz cegadora y noté que me levantaban; Duane Fisk y Jimmy Lennon se materializaron junto a mí y me sostuvieron por los brazos. Escupí sangre y las palabras «he ganado».

—Esta noche no, chico —dijo Lennon—. Has perdido... KO en el octavo asalto.

Cuando comprendí lo que me había dicho, reí y me solté los brazos de un tirón. Lo último que pensé antes de perder el conocimiento fue que había logrado sacar de apuros a mi viejo... y de una forma limpia.

La insistencia del doctor que me examinó después del combate me consiguió diez días libres. Tenía las costillas cubiertas de hematomas, mi mandíbula se había hinchado hasta el doble de su tamaño normal y el derechazo causante de tal hinchazón me aflojó seis dientes. El matasanos me dijo después que Blanchard tenía la nariz rota y que habían hecho falta veintiséis puntos de sutura para sus heridas. Si se tomaba como base el daño que nos habíamos infligido el uno al otro durante el combate, no había habido ganador.

Pete Lukins recogió mis ganancias y juntos nos dedicamos a recorrer asilos hasta encontrar uno que parecía apto para que en él vivieran seres humanos: la Villa Rey David, a una manzana de Kilómetro Milagroso. Por dos de los grandes al año y cincuenta al mes deducidos de su cheque de la Seguridad Social, el viejo tendría su propia habitación, tres áreas comunes y un montón de «actividades en grupo». La mayoría de los viejos del asilo eran judíos y me gustó que ese loco *kraut* fuera a pasar el resto de su vida en un campamento enemigo. Pete y yo le instalamos allí y cuando nos fuimos ya estaba buscándole las cosquillas a la jefa de enfermeras y no apartaba los ojos de una chica de color que hacía las camas.

Después de eso, no me moví de mi apartamento; me dediqué a la lectura y a escuchar jazz en la radio, me atiborré de sopa y helado, los únicos alimentos con los que podía vérmelas. Me sentía contento porque sabía que había hecho todo cuanto pude... y que, además, haciendo eso, había conseguido llevarme la mitad del pastel.

El teléfono sonaba constantemente; como yo sabía que debían ser reporteros o policías que deseaban ofrecerme su condolencia, nunca contestaba. No escuché los noticiarios deportivos y no leí los periódicos. Quería apartarme para siempre de ser una celebridad local, meterme en mi agujero, y ése era el único modo de conseguirlo.

Mis heridas curaban bien; al cabo de una semana, ya estaba impaciente por volver al trabajo. Empecé a pasarme las tardes en los escalones de la parte trasera, viendo como el gato de mi patrona acechaba a los pájaros. *Chico* tenía los ojos clavados en un arrendajo que se encontraba en una rama cuando oí una voz ronca y gutural:

—¿Todavía no estás aburrido?

Miré hacia abajo. Lee Blanchard se encontraba al final de los peldaños. Tenía las cejas cubiertas de puntos y la nariz púrpura y aplastada. Me reí y dije:

—Me voy acercando.

Blanchard se metió los pulgares dentro del cinturón.

—¿Quieres trabajar en la Criminal conmigo?

—¿Cómo?

—Ya me has oído. El capitán Harwell te ha llamado por teléfono para decírtelo pero, joder, estabas hibernando.

Todo el cuerpo me cosquilleaba.

—Pero perdí el combate. Ellis Loew dijo...

—Que se vaya a la mierda lo que Ellis Loew dijo. ¿No lees los periódicos? Ayer salió aceptada la propuesta, probablemente por haberles dado a los votantes tan buen espectáculo como les dimos. Horrall comunicó a Loew que Johnny Vogel quedaba descartado, que tú eras su hombre. ¿Quieres el trabajo?

Bajé los peldaños y luego alargué mi mano hacia él. Blanchard la estrechó y me guiñó el ojo.

Así empezó nuestra relación.

5

La División Central Criminal estaba en la sexta planta del ayuntamiento, situada entre el Departamento de Homicidios de la Policía de Los Ángeles y la División Criminal de la oficina del fiscal del distrito. Era un espacio delimitado con paneles de madera y cristal con dos escritorios, uno frente a otro, dos archivadores metálicos de los que los expedientes se desbordaban y un mapa del condado de Los Ángeles que tapaba la ventana. Había una puerta de cristal esmerilado con un rótulo que decía: «AYUDANTE DEL FISCAL DEL DISTRITO ELLIS LOEW», y que separaba el cubículo del jefe de la Criminal y el fiscal del distrito, Buron Fitts —su jefe—, y no había nada para separarlos del cubil de los tipos de Homicidios, una enorme habitación con hileras de escritorios y paredes cubiertas con tableros de corcho de los que colgaban informes sobre crímenes, carteles de

«Se busca» y todo un revoltijo de papeles y otras cosas. El más maltrecho de los dos escritorios que había en la Criminal llevaba un cartelito en el que ponía «SARGENTO L. C. BLANCHARD». El escritorio de enfrente tenía que ser el mío y me derrumbé en la silla mientras me imaginaba «AGENTE D. W. BLEICHERT» grabado en la madera, junto al teléfono.

Me encontraba solo y era la única persona de la sexta planta que lo estaba. Acababan de dar las siete de la mañana y yo había ido temprano a mi primer día en el nuevo trabajo para saborear mi debut de paisano. El capitán Harwell había llamado para decir que debía presentarme el lunes 17 de noviembre por la mañana, a las 8 horas, y que ese día empezaría con la asistencia a la lectura del sumario de los delitos cometidos durante toda la semana anterior, algo que era obligatorio para todo el personal del Departamento de Policía de Los Ángeles y la División Criminal del fiscal del distrito. Después, Lee Blanchard y Ellis Loew se encargarían de informarme sobre el trabajo y luego vendría el perseguir a los fugitivos sujetos a órdenes de busca y captura.

La sexta planta albergaba las divisiones de elite del Departamento: Homicidios, Administrativa, Antivicio, Robos y Atracos, junto con la Central Criminal y el Grupo Central de Detectives. Era el dominio de los polis especializados, aquellos con poder político que siempre acababan subiendo, y ahora era mi hogar. Llevaba mi mejor chaqueta deportiva y unos pantalones a juego, con mi revólver reglamentario metido en una nueva pistolera de hombro. Todos los policías estaban en deuda conmigo por el aumento del ocho por ciento de paga que acompañaba a la salida adelante de la Proposición 5. Mi posición en el Departamento era buena pero estaba sólo al principio. Me sentía dispuesto a cualquier cosa.

Excepto a pasar de nuevo por el combate. A eso de las 7.40 el lugar empezó a llenarse con agentes que hablaban con gruñidos de resacas, mañanas de los lunes en general y Bucky Bleichert, el maestro de baile que se había convertido en gran pegador, el chico más nuevo de la manzana. Me mantuve oculto en el cubículo hasta que les oí desfilar por el pasillo. Cuando el lugar se quedó en silencio fui hasta una puerta que ponía «DETECTIVES-SALA COMÚN». Al abrirla, recibí una gran ovación.

Era un aplauso al estilo militar, los casi cuarenta policías de civil que había allí, en pie junto a sus sillas, aplaudían al unísono. Cuando miré hacia la parte delantera de la habitación vi una pizarra en la que habían escrito con tiza «¡¡¡8 %!!!». Lee Blanchard estaba junto a ella, al lado de un hombre pálido y gordo que tenía aspecto de ser un jefazo. Mis ojos miraron al señor Fuego. Él sonrió, el hombre gordo se dirigió hacia un atril y lo golpeó con los nudillos. Los aplausos se apagaron y los hombres tomaron asiento. Yo encontré una silla al fondo de la habitación y me instalé en ella; el hombre gordo golpeó el atril por última vez.

—Agente Bleichert... los hombres de la Central Criminal, Homicidios, Vicio, Atracos y etcétera —dijo—. Ya conoce al sargento Blanchard y al señor Loew, yo soy el capitán Jack Tierney. Usted y Lee son las celebridades del momento, por lo que espero haya disfrutado de su ovación teniendo en cuenta que no conseguirá oír otra hasta que se jubile.

Todos rieron. Tierney golpeó el atril y habló de nuevo, esta vez a través del micrófono adosado a aquél.

—Basta de gilipolleces. Esto es el sumario de los delitos correspondientes a la semana que finalizó el 14 de noviembre de 1946. Presten atención, que viene bueno.

»En primer lugar, tres asaltos a licorerías, las noches del 10/11, 12/11 y 13/11, todos cometidos en un radio de diez manzanas en Jefferson, comisaría de University. Dos caucasianos adolescentes con escopetas recortadas y bastante nerviosos, obviamente drogados. Los de University no tienen pistas y el jefe quiere que un equipo de Robos se ocupe del asunto a jornada completa. Teniente Ruley, venga a verme a las nueve para hablar del asunto y que todos pongan al corriente de esto a sus respectivos chivatos... los atracadores drogados son un mal problema.

»Si nos desplazamos hacia el este, tenemos a unas cuantas putas que trabajan por libre las cafeterías de Chinatown. Prestan sus servicios en los coches aparcados y les están quitando el negocio a las chicas que Mickey Cohen usa allí porque sus tarifas son más bajas. De momento, la cosa no es grave pero a Mickey C. no le gusta y tampoco a los amarillos porque las chicas de Mickey utilizan los hoteluchos rápidos de Alameda... todos propiedad de los amarillos. Más pronto o más tarde, tendremos jaleo, por eso quiero ver calmados a los dueños de las cafeterías y arrestos de cuarenta y ocho horas para cada puta de Chinatown que podamos pillar. El capitán Harwell mandará una docena de policías del turno nocturno para hacer una barrida cuando la semana esté más avanzada y quiero que los de Antivicio repasen todos sus archivos de putas y que se repartan fotos e historiales de todas las independientes conocidas por trabajar en el centro. Quiero que dos hombres de la Central estén en ello, con supervisión por parte de los de Antivicio. Teniente Pringle, venga a verme a las nueve y cuarto.

Tierney hizo una pausa y se estiró; yo paseé los ojos por la habitación y vi que la mayoría de los hombres es-

76

taban escribiendo en su cuadernillo. Me maldije por no haberme conseguido uno.

En ese momento, el capitán golpeó el atril con las palmas de la mano.

—Y aquí hay algo que le encantaría ver al viejo capitán Jack. Hablo de los robos cometidos en las casas de Bunker Hill sobre los que han estado trabajando los sargentos Vogel y Koenig. Fritzie, Bill, ¿habéis leído el informe de los científicos sobre el asunto?

Dos hombres, sentados uno al lado del otro, que se encontraban unas pocas filas por delante de mí dijeron: «No, capitán» y «No, señor». Pude echarle un buen vistazo al perfil del más viejo de los dos: era la viva imagen de Johnny Vogel, el gordo, sólo que estaba más gordo.

—Sugiero que lo lean de inmediato al acabar esta reunión —dijo Tierney—. En beneficio de quienes no estén metidos en la investigación: los chicos de huellas encontraron un juego aprovechable en el último robo, justo al lado del armario de la plata. Pertenecían a un varón blanco llamado Coleman Walter Maynard, treinta y un años, dos acusaciones por sodomía. Un perfecto degenerado violador de criaturas.

»Los de libertades condicionales del condado no saben nada. Vivía en una pensión entre la Catorce y Bonnie Brae, pero cuando empezaron los robos se largó a toda pastilla. Los de Highland Park tienen cuatro sodomías por resolver, todos los casos niños de unos ocho años. Quizá es Maynard y quizá no, pero entre ellos y los de Robos podríamos regalarle un bonito billete de ida sola a San Quintín. Fritzie, Bill, ¿en qué otra cosa andáis trabajando?

Bill Koenig se encorvó sobre su cuadernillo; Fritz Vogel se aclaró la garganta y respondió:

—Hemos hecho una batida en hoteles y pensiones de la parte baja. Hemos pillado a unos cuantos revienta-puertas y también a varios carteristas.

Tierney golpeó el atril con un grueso nudillo.

—Fritzie, ¿eran Jerry Katzenbach y Mile Purdy los revientapuertas?

Vogel se removió en su asiento.

—Sí, señor.

—Fritzie. ¿se delataron el uno al otro?

—Ah... sí, señor.

Tierney puso los ojos en blanco y miró hacia el techo.

—Dejad que ilustre a los que no se encuentran familiarizados con Jerry y Mike. Son maricas y viven con la madre de Jerry en un lindo nidito amoroso situado en Eagle Rock. Llevan acostándose juntos desde que Dios se chupaba el dedo, pero de vez en cuando se pelean y entonces les entran deseos de hacer una ronda por las gallinitas de la cárcel, y el uno delata al otro. Después, éste le corresponde, y los dos se pasan una temporada por cuenta del condado. Mientras están dentro, se mantienen alejados de las pandillas, se benefician de unos cuantos chicos guapos y acaban con la sentencia reducida merced a los chivatazos que dan. Es algo que ha estado sucediendo desde que Mae West era virgen. Fritzie, ¿en qué más has estado trabajando?

Risas ahogadas resonaron por toda la habitación. Bill Koenig empezó a levantarse, torciendo la cabeza para ver de dónde provenían las carcajadas. Fritz Vogel le hizo volver a sentarse, tirándole de la manga.

—Señor —dijo—, también hemos estado trabajando un poco para el señor Loew. Trayéndole testigos.

El pálido rostro de Tierney estaba esforzándose por no volverse rojo.

—Fritzie, el comandante de los detectives de la Central soy yo, no el señor Loew. El sargento Blanchard y el agente Bleichert trabajan para el señor Loew, tú y el sargento Koenig, no. Por lo tanto, dejad lo que estáis haciendo para el señor Loew, dejad en paz a los carteristas y haced el favor de coger a Coleman Walter Maynard antes de que viole más niños, ¿de acuerdo? En el tablón de anuncios hay un informe sobre sus relaciones conocidas y sugiero que todo el mundo se familiarice con él. Ahora Maynard es un fugitivo y puede que se haya ocultado con alguna de ellas.

Vi que Lee Blanchard abandonaba la sala por una puerta lateral. Tierney hojeó algunos papeles que tenía sobre el atril.

—Aquí hay algo que el jefe Green piensa deberíais conocer —continuó—. Durante las tres últimas semanas, alguien ha estado dejando gatos muertos hechos trocitos en los cementerios de Santa Mónica y Gower. La comisaría de Hollywood tiene media docena de informes sobre este asunto. Según el teniente Davis, de la calle Setenta y Siete, ésa es la tarjeta de visita de una pandilla juvenil de negros. La mayor parte de los gatos fueron dejados los martes por la noche y la pista de patinaje de Hollywood está abierta para los embetunados los martes, así que quizá exista alguna relación.

»Haced preguntas por la zona, hablad con vuestros informadores y transmitid cuanto sea pertinente al sargento Hollander, en Hollywood. Ahora, los homicidios. ¿Russ?

Un hombre alto de cabello gris que vestía un traje inmaculado de anchas solapas ocupó el atril; el capitán Jack se dejó caer en la silla vacante más cercana. El hombre alto se movía con un porte y una autoridad que parecían más propias de un juez o de un abogado de gran calidad que de un policía; me recordó al tieso y algo relamido predicador luterano que visitaba al viejo hasta que el Bund entró en la lista de organizaciones subversivas.

—El teniente Millard —murmuró el agente que estaba sentado junto a mí—. Es el número dos de Homicidios, pero, en realidad, es quien manda. Un tipo realmente aterciopelado.

Moví la cabeza, asintiendo, y escuché hablar al teniente con una voz suave como el terciopelo.

—... y el forense ha declarado que el asunto Russo-Nickerson es un asesinato-suicidio. La oficina se está encargando del atropello seguido de huida que ocurrió entre Pico y Figueroa el 10/11 y hemos localizado el vehículo, un sedán La Salle del 39, abandonado. Está registrado a nombre de Luis Cruz, mexicano y varón, cuarenta y dos años, de Alta Loma Vista, 1.349, en el sur de Pasadena. Cruz ha vestido dos veces el traje a rayas en Folsom, en ambas ocasiones por robo en primera. Hace tiempo que no se le ve y la mujer afirma que su La Salle le fue robado en septiembre. Dice que se lo llevó el primo de Cruz, Armando Villareal, de treinta y nueve años, el cual también ha desaparecido. Harry Sears y yo empezamos a encargarnos de él y los testigos oculares dijeron que dentro del coche viajaban dos varones mexicanos. ¿Tienes alguna otra cosa, Harry?

Un hombre rechoncho y no muy arreglado se puso en pie y giró sobre sí mismo para encaramarse a la sala. Tragó saliva unas cuantas veces y luego empezó a tartamudear:

—La mujer de C-C-C-Cruz está jojojodiendo con el ve-ve-vecino. Nunca puso denuncia de que el co-coche hubiera sido ro-ro-robado, y los vecinos di-dicen que ella busca que se declare la nulidad de la libertad condicional del pri-primo para que C-C-Cruz no se enter de su asunto con el se-segundo.

Harry Sears volvió a sentarse con un gesto brusco. Millard le sonrió y dijo:

—Gracias, compañero. Caballeros, Cruz y Villareal han violado su libertad condicional y son ahora fugitivos de prioridad. Se han emitido órdenes de busca y captura para ellos y para quienes los escondan. Y aquí viene el postre: los dos tipos son de esos que empinan el codo y entre ambos suman cien denuncias por embriaguez. Los conductores borrachos que atropellan y se dan a la fuga son una condenada amenaza, así que a por ellos. ¿Capitán?

Tierney se puso en pie y gritó: «¡Pueden irse!» Un enjambre de policías me rodeó, dándome la mano, palmaditas en la espalda y suaves puñetazos en el mentón. Aguanté todo el chaparrón hasta que la sala se despejó y Ellis Loew se acercó a mí, mientras jugueteaba con la llavecita insignia de la hermandad universitaria Phi Beta Kappa que colgaba de su americana.

—No tendría que haber aflojado con él —dijo, girando la llavecita entre sus dedos—. Iba por delante en las tres tarjetas de los jueces.

Sostuve la mirada del ayudante del fiscal sin dejarme amedrentar.

—La Proposición 5 fue aprobada, señor Loew.

—Sí, desde luego. Pero algunos de sus jefes perdieron dinero. Agente, intente ser un poco más inteligente aquí. No deje perder esta oportunidad igual que hizo con el combate.

—¿Estás listo, espalda de lona?

La voz de Blanchard me salvó. Me fui con él antes de hacer algo para perder esa oportunidad allí mismo y en ese instante.

Nos dirigimos hacia el sur en el coche civil de Blanchard, un cupé Ford del 40 con una radio de contrabando metida bajo el salpicadero. Lee hablaba y hablaba del trabajo mientras que yo contemplaba el escenario callejero de la parte baja de Los Ángeles.

—... básicamente vamos detrás de los fugitivos con prioridad, pero algunas veces nos encargamos de cazar testigos materiales para Loew. Aunque no demasiado a menudo... suele utilizar a Fritzie Vogel para que le haga los recados, con Bill Koenig a su lado poniendo los músculos. Los dos son unos mierdas. De todas formas, algunas veces tenemos períodos relajados y se supone que debemos visitar las comisarías y echarle un vistazo a sus asuntos con prioridad... las órdenes de búsqueda y captura emitidas por los tribunales de la región. Cada comisaría del Departamento de Policía de Los Ángeles destina a dos hombres para que trabajen en ello pero se pasan la mayor parte del tiempo perdiendo a su gente, por lo que se supone que debemos echarles una mano. Algunas veces, como hoy, oyes algo en el informe semanal o consigues encontrar algo interesante en el tablón. Si las cosas están realmente calmadas, puedes encargarte de ayudar a los burócratas del Departamento 92 con su papeleo. Te darán tres pavos por una tanda de informes, siempre se saca algo de calderilla con eso...

»De momento, la cosa anda bastante reposada. Tengo listas con delincuentes de H. J. Caruso Dodge y la Yeakel Brothers Old, todos esos tipos duros negros que los agentes normales tienen miedo de molestar. ¿Alguna pregunta, socio?

Resistí el impulso de preguntar: «¿Por qué no estás tirándote a Kay Lake?», y, «Ya que hablamos del tema, ¿cuál es su historia?».

—Sí. ¿Por qué dejaste de pelear y te uniste al Departamento? Y no me digas que lo hiciste por la desaparición de tu hermana pequeña y porque el atrapar criminales te hace sentir que todo está en su sitio. Ya he oído eso un par de veces y no me lo trago.

Lee mantenía los ojos clavados en el tráfico.

—¿Tienes hermanas? ¿Tienes algún pariente de esa edad, un crío que te importe de verdad?

Negué con un movimiento de cabeza.

—Mi familia está muerta.

—Laurie, también. Lo comprendí al fin cuando tenía quince años. Mis padres seguían gastando dinero en poner anuncios y en detectives, pero yo sabía que se la habían cargado. No paraba de imaginármela creciendo. La reina del baile, la primera en todas las asignaturas, con su propia familia creada... Me dolía mucho, así que empecé a imaginar que crecía en el mal sentido. Ya sabes, una cualquiera. La verdad es que eso resultaba consolador, pero me daba la misma sensación que si me estuviera cagando encima de su cara.

—Oye, mira, lo siento —dije.

Lee me dio un suave codazo.

—No lo sientas, porque tienes razón. Dejé de pelear y me uní a la poli porque Benny Siegel empezaba a hacerme sudar. Compró mi contrato y asustó a mi mánager para que se largara. Después, me prometió una oportunidad con Joe Louis si hacía dos tongos para él. Le contesté que no e ingresé en el Departamento porque los chicos judíos del Sindicato tienen una regla que prohíbe matar polis. Estaba cagado de miedo, temía que me matara de todas formas, entonces, cuando oí decir que los atracadores del Boulevard-Citizens se habían llevado un poco de dinero de Benny junto con el del banco, sacudí todos los troncos cercanos hasta conseguir la cabeza de Bobby de Witt encima de una bandeja.

Y se lo ofrecí a Benny para que hiciera lo que quisiera con él. Su segundo de a bordo le convenció para que no se lo cargara, así que llevé el tipo a la policía de Hollywood. Y ahora Benny es mi amigo. Siempre me pasa datos sobre a qué caballos debo apostar. ¿Siguiente pregunta?

Decidí no pedir más información sobre Kay. Al mirar hacia la calle, vi que la ciudad había cedido el paso a bloques de casitas mal cuidadas. La historia sobre Bugsy Siegel continuaba por la cabeza; seguía con ello cuando Lee redujo la velocidad y llevó al coche hacia la acera.

Logré farfullar un «Qué diablos...».

—Esto es para mi satisfacción personal —dijo Lee—. ¿Recuerdas al violador de criaturas del informe?

—Seguro.

—Tierney dijo que hay cuatro sodomías por resolver en Highland Park, ¿correcto?

—Correcto.

—Y mencionó que había un informe sobre sus relaciones conocidas, ¿no?

—Seguro. ¿Qué...?

—Bucky, leí ese informe y reconocí el nombre de un tipo... Bruno Albanese. Proporciona coartadas y es un perista de poca monta. Trabaja en un restaurante mexicano de Highland Park que utiliza como base. Llamé a los polis de Highland Park, conseguí los lugares donde se habían producido las violaciones y me enteré de que dos de ellas sucedieron a un kilómetro escaso del tugurio que ese tipo ronda. Ésta es su casa y, según los archivos, tiene todo un montón de multas de tráfico por pagar y se han emitido citaciones por ello. ¿Quieres que te haga un esquema del resto?

Salí del coche y crucé un patio delantero cubierto de hierbajos y cagadas de perro. Lee me alcanzó cuando ya estaba en el porche y llamó al timbre; del interior de la casa brotaron furiosos ladridos.

La puerta se abrió con una cadena de seguridad que iba de ella hasta el marco. Los ladridos crecieron en intensidad; por la abertura distinguí a una mujer bastante desaliñada. «¡Agentes de policía!», grité. Lee metió su pie a modo de cuña en el espacio que había entre el quicio y la puerta; yo introduje la mano y arranqué la cadena de un tirón. Lee abrió de un empujón y la mujer salió corriendo hacia el porche. Entré en la casa, pensando dónde estaría el perro y cómo sería. Me encontré en una sala sucia y más bien miserable cuando un gran mastín de color marrón saltó sobre mí, con la boca abierta del todo. Busqué a tientas mi pistola... y la bestia empezó a lamerme la cara.

Nos quedamos inmóviles, las patas delanteras del perro sobre mis hombros, igual que si estuviéramos a punto de bailar. Una lengua enorme me lamía sin parar y la mujer chilló:

—¡*Hacksaw*, sé bueno! ¡Sé bueno!

Agarré las patas del perro y le hice ponerlas en el suelo; sin perder ni un segundo, el animal concentró su atención en mi ingle. Lee le hablaba a la mujer, y le enseñaba una tira de instantáneas policiales. Ella meneaba la cabeza en una continua negativa, las manos en las caderas, el vivo retrato de una ciudadana airada. Con *Hacksaw* pisándome los talones, me reuní con ellos.

—Señora Albanese —dijo Lee—, este agente es el encargado del asunto. ¿Quiere contarle lo que me acaba de contar a mí?

La mujer agitó los puños; *Hacksaw* empezó a explorar la ingle de Lee.

—¿Dónde está su esposo, señora? —dije yo—. No tenemos todo el día.

—¡Se lo dije a él y se lo diré a usted! ¡Bruno ha pagado su deuda con la sociedad! ¡No se mezcla con criminales y no conozco a ningún Coleman, se apellide como se apellide! ¡Es un hombre de negocios! ¡El agente encargado de su libertad condicional le hizo dejar de rondar por ese sitio mexicano y no sé dónde está! ¡*Hacksaw*, pórtate bien!

Yo miré al auténtico agente encargado del asunto, que se hallaba baileteando torpemente con un perro de noventa kilos.

—Señora, su esposo es un conocido perista con un montón de infracciones de tráfico. En el coche tengo una lista de mercancías calientes y si no me dice dónde está, pondré patas arriba su casa hasta encontrar algo sucio. Entonces, la arrestaré a usted por tener mercancías robadas. ¿Cuál de las dos cosas prefiere?

La mujer se golpeó las piernas con los puños; Lee luchó con *Hacksaw* hasta conseguir que se pusiera a cuatro patas.

—Hay gente incapaz de responder adecuadamente a la cortesía —dijo—. Señora Albanese, ¿sabe usted qué es la ruleta rusa?

La mujer hizo un mohín.

—¡No soy tonta y Bruno ha pagado su deuda con la sociedad!

Lee sacó una 38 de cañón corto de la parte trasera de su cinturón, comprobó el cilindro y lo cerró de un golpe seco.

—En este arma hay una bala. ¿Crees que hoy es tu día de suerte, *Hacksaw*?

Hacksaw dijo: «Woof» y la mujer exclamó: «¡No se atreverá!» Lee puso la 38 en la sien del perro y apretó el gatillo. El percutor hizo clic en una cámara vacía; la mujer dio un respingo y empezó a ponerse pálida.

—Faltan cinco —dijo Lee—. Vete preparando para el cielo de los perros, *Hacksaw*.

Lee apretó el gatillo por segunda vez; yo contuve la risa, notando como me temblaba el estómago, cuando el percutor hizo clic de nuevo y *Hacksaw* le lamió las pelotas, aburrido del juego. La señora Albanese estaba rezando fervorosamente con los ojos cerrados.

—Hora de conocer a tu creador, perrito —dijo Lee.

—¡No, no, no, no, no! —balbuceó la mujer—. ¡Bruno está en un bar de Silverlake! ¡El Buena Vista o el Vendome! ¡Por favor, deje en paz a mi niño!

Lee me mostró el cilindro vacío de su 38 y volvimos al coche con los felices ladridos de *Hacksaw* despertando ecos a nuestra espalda. Me estuve riendo durante todo el camino hasta Silverlake.

El Buena Vista era un bar con parrilla construido igual que un rancho de estilo español: paredes de adobe encalado y torretas festoneadas con luces navideñas seis semanas antes de la festividad. El interior era fresco, todo en madera oscura. Había un largo mostrador de roble justo al lado de la entrada, con un hombre detrás que estaba limpiando vasos. Lee le mostró su placa durante una fracción de segundo.

—¿Bruno Albanese?

El hombre señaló hacia la parte trasera del restaurante, con los ojos bajos.

La parte trasera del salón era estrecha, con reservados tapizados en cuero y luces tenues.

Del último reservado nos llegaron los ruidos producidos por alguien que comía con voracidad: era el único ocupado. Un hombre delgado, de tez morena, estaba encorvado sobre un plato lleno de judías, chiles y huevos a la ranchera, y se metía la comida en la boca como si se tratara de la última que fuese a disfrutar en la Tierra.

Lee golpeó la mesa con los nudillos.

—Agentes de policía. ¿Es usted Bruno Albanese?

El hombre alzó la vista.

—¿Quién, yo? —preguntó a su vez.

Lee se deslizó al interior del reservado y señaló hacia el tapiz religioso colgado en la pared.

—No, el niño en el pesebre. Hagamos que esto vaya rápido para que no me vea obligado a verle comer. Tiene una orden de busca por infracciones de tráfico, pero a mi compañero y a mí nos gusta su perro, así que no vamos a detenerle a usted. ¿Verdad que es un gran gesto por nuestra parte?

Bruno Albanese eructó.

—¿Significa eso que usted desea pillar a otro?

—Chico listo —dijo Lee, y puso sobre la mesa la foto de Maynard alisándola con la mano—. Le gusta metérsela a los niños pequeños. Sabemos que le vende cosas a usted y no nos importa. ¿Dónde está?

Albanese miró la foto y soltó un hipo.

—Nunca he visto a este tipo antes. Alguien les ha conducido en mala dirección.

Lee me miró y suspiró.

—Hay gente que no responde a la buena educación —comentó.

Entonces, agarró a Bruno Albanese por la nuca y le metió el rostro en el plato, lo cual hizo que le entrara grasa por la boca, la nariz y los ojos, mientras agitaba los brazos a lo loco y golpeaba la mesa con las piernas. Lee lo mantuvo en esa posición y dijo:

—Bruno Albanese era un buen hombre, un buen esposo y un buen padre para su hijo *Hacksaw*. No cooperaba mucho con la policía, pero ¿quién espera hallar la perfección? Socio, ¿puedes darme una sola razón para que perdone la vida a este mierda?

Albanese estaba emitiendo fuertes gorgoteos; sus huevos a la ranchera se estaban llenando de sangre.

—Ten compasión —dije yo—. Incluso un perista merece una última cena mejor que ésta.

—Muy bien dicho —replicó Lee y soltó la cabeza de Albanese.

Éste se levantó, lleno de sangre y jadeante, en busca de algo de aire, limpiándose todo un recetario mexicano de la cara. Cuando tuvo algo de aliento logró graznar:

—¡Apartamentos Versalles, entre la Sexta y Saint Andrews, habitación 803 y, por favor, no revelen que yo se lo he dicho!

—Buen provecho, Bruno —dijo Lee.

—Eres un buen chico —apostrofé yo.

Salimos a la carrera del restaurante y fuimos a toda velocidad hasta la Sexta y Saint Andrews.

Los buzones de correos que había en el vestíbulo del Versalles tenían a un Maynard Coleman en el Apartamento 803. Subimos en el ascensor hasta la octava planta e hicimos sonar el timbre; yo pegué la oreja a la puerta y no oí nada. Lee sacó una anilla llena de ganzúas y empezó a trabajar en la cerradura hasta que una de ellas encajó y el mecanismo cedió con un seco chasquido.

Entramos en una habitación pequeña, caliente y oscura. Lee encendió la luz del techo, que iluminó una cama plegable tipo Murphy cubierta de animales de peluche: ositos, pandas y tigres. El lecho apestaba a sudor y a un olor medicinal que no logré identificar. Arrugué la nariz y Lee se encargó de identificarlo por mí.

—Vaselina mezclada con cortisona. Los homosexuales lo utilizan para lubricar los traseros. Iba a entregarle a Maynard personalmente al capitán Jack, pero ahora dejaré que Vogel y Koenig le den un repaso antes.

Fui hacia la cama y examiné los muñecos; todos tenían mechones de suave cabello infantil pegados entre las patas con cinta adhesiva. Con un estremecimiento, miré a Lee. Estaba pálido, sus rasgos faciales retorcidos por toda una serie de gestos. Nuestros ojos se encontraron y salimos en silencio de la habitación. Luego, bajamos en el ascensor.

—¿Ahora, qué? —pregunté cuando estuvimos en la acera.

A Lee le temblaba un poco la voz.

—Busca una cabina telefónica y llama a los de tráfico. Dales el alias de Maynard y su dirección y pregúntales si tienen procesada alguna papeleta rosa de infracción que coincida en el último mes o algo así. Si la tienen, consigue una descripción del vehículo y el número de la matrícula. Me reuniré contigo en el coche.

Corrí hacia la esquina, encontré un teléfono público y marqué el número de la línea para información policial de tráfico. Me respondió uno de los empleados:

—¿Quién pide la información?

—El agente Bleichert, Departamento de Policía de Los Ángeles placa 1611. Información sobre multas de un coche, Maynard Coleman o Coleman Maynard, Saint Andrews Sur, 643. Los Ángeles. Es probable que sean recientes.

—Entendido..., un minuto.

Esperé, cuaderno de notas y pluma en mano, mientras pensaba en los animales de peluche. Unos buenos cinco minutos después el «Agente, positivo» que oí logró sobresaltarme.

—Dispare.

—Sedán De Soto, 1938, verde oscuro, licencia B de Boston, V de Victor, 1-4-3-2. Repito, B de barco...

Lo anoté todo, colgué y regresé corriendo al coche. Lee examinaba un callejero de Los Ángeles, y tomaba notas.

—Lo tenemos —dije.

Lee cerró la guía.

—Es muy probable que merodee por las escuelas. Sabemos que las había cerca de los sitios donde ocurrieron los sucesos de Highland Park y por aquí hay media docena de ellas. He hablado por radio con las centrales de Hollywood y Wilshire y les he dicho lo que tenemos. Los coches patrulla se pararán cerca de las escuelas y se dedicarán a buscar a Maynard. ¿Qué tienen los de tráfico?

Señalé hacia mi cuaderno de notas; Lee cogió el micrófono de la radio y conectó el interruptor de emisión. Hubo un estallido de estática y luego el aparato se quedó muerto.

—¡Mierda, pongámonos en marcha! —exclamó.

Recorrimos las escuelas elementales de Hollywood y el distrito de Wilshire. Lee conducía y yo examinaba las aceras y los patios de las escuelas buscando De Sotos verdes y tipos que anduvieran rondando por allí. Nos detuvimos en un teléfono de la policía y Lee llamó a Wilshire y a Hollywood para darles los datos obtenidos de tráfico y conseguir la seguridad de que serían transmitidos a cada coche que tuviera radio en cada uno de los turnos.

Durante esas horas, apenas si pronunciamos una palabra. Lee se agarraba al volante con los nudillos blancos, y conducía lo más despacio que podía junto a las aceras. La única vez que su expresión cambió fue cuando nos acercamos para echar un vistazo a unos chicos que estaban jugando. Entonces, sus ojos se nublaron y sus manos temblaron, yo pensé que o se echaba a llorar o estallaba.

Pero lo único que hizo fue mirarles durante unos segundos, y el simple acto de volver a meternos en el tráfico pareció calmarle. Era como si supiera con exactitud hasta dónde podía perder el control como hombre antes de volver al estricto deber policial.

Poco después de las tres, nos dirigimos hacia el sur por Van Ness, un trayecto que nos llevaría a la escuela elemental de la Avenida Van Ness. Nos encontrábamos a una manzana de distancia, junto al Palacio Polar, cuando un De Soto verde, BV 1432, se cruzó con nosotros y entró en el estacionamiento que había delante del local.

—Le tenemos —dije—. El Palacio Polar.

Lee hizo un giro en U con el coche y lo detuvo, justo delante del estacionamiento, atravesado en la calle. Maynard estaba cerrando la portezuela del De Soto, mientras miraba hacia un grupo de niños que iban camino de la entrada con sus patines colgados de los hombros.

—Vamos —dije.

—Cógelo tú —me pidió Lee—. Yo podría perder la calma. Asegúrate de que los chicos están lejos, y si intenta hacer cualquier tontería, mátalo.

Actuar solo yendo de paisano iba en contra de todas las reglas.

—Estás loco. Esto es un...

Lee me dio un empujón para que saliera del coche.

—¡Ve a por él, maldita sea! ¡Esto es la Criminal, no una jodida aula! ¡Ve a cogerle!

Esquivé el tráfico a través de la Van Ness hacia el estacionamiento sin perder de vista a Maynard, que entraba en el Palacio Polar mezclado con un gentío de niños. Corrí hacia la puerta principal y la abrí; al hacerlo, me decía a mí mismo que debía obrar despacio y con calma.

El aire frío me aturdió: la dura luz que reflejaba la pista de hielo me hizo daño en los ojos. Me los protegí con la mano y miré a mi alrededor: vi fiordos de *papier-mâché* y un puesto de bocadillos y refrescos en forma de iglú. Había unos cuantos chicos que hacían piruetas sobre el hielo y un grupo de ellos ante un gigantesco oso polar disecado que se sostenía sobre sus patas traseras junto a una salida lateral. No se veía ni un solo adulto en todo el lugar. Entonces, tuve la idea: comprobar en los servicios de caballeros.

Un cartel me indicó que me dirigiera al sótano. Me encontraba a mitad de la escalera cuando Maynard empezó a subir por ellas, con un pequeño conejo de peluche en la mano. El olor pestilente de la habitación 803 volvió a mí; cuando estaba a punto de pasar junto a mí dije:

—Agente de policía; queda arrestado. —Y saqué mi 38.

El violador alzó las manos de pronto y, el conejo salió por los aires. Lo empujé contra la pared, lo cacheé con rapidez y le esposé las manos a la espalda. Mientras le obligaba a subir a empujones la escalera, la sangre me retumbaba en la cabeza; de repente, sentí que algo me golpeaba las piernas.

—¡Deja en paz a mi papá! ¡Deja en paz a mi papá!

Mi atacante era un niño pequeño con pantalones cortos y una chaqueta de marinero. Me hizo falta medio segundo tan sólo para identificarle como el hijo del violador: se parecía mucho. El niño se cogió a mi cinturón y siguió chillando.

—Deja en paz a mi papá.

El padre empezó a gritar que le diese tiempo para despedirse del crío y encontrar alguien que lo cuidara. Le obligué a subir la escalera y a cruzar todo el Palacio Polar, con mi pistola apoyada en su cabeza; con la otra mano le empujaba para que anduviese hacia delante al tiempo que el niño, detrás de mí, aullaba y me daba puñetazos con todas sus fuerzas. Se había formado una pequeña multitud.

—¡Agente de policía! —grité, hasta conseguir que me abrieran un pasillo para que pudiera llegar a la salida.

Un viejo carcamal se encargó de abrirme la puerta.

—¡Eh! ¿No es usted Bucky Bleichert? —farfulló.

—Encárguese del chico y busque a una matrona que lo cuide —logré jadear.

El pequeño tornado me fue arrancado de la espalda.

Vi el Ford de Lee en el aparcamiento, empujé a Maynard durante todo el camino hasta él y, de un último empujón, lo metí en el asiento trasero.

Lee dio un bocinazo y arrancó a toda velocidad. El violador murmuraba algo de Jesús y otras palabras que no se entendían. Yo no cesaba de preguntarme por qué el bocinazo no había podido apagar los chillidos del niño, que pedía la vuelta de su papá.

Dejamos a Maynard en las celdas del Palacio de Justicia y Lee telefoneó a Fritz Vogel, que estaba en la central, para comunicarle que el violador estaba detenido y listo para ser interrogado sobre los robos de Bunker Hill. Después, tuvimos que volver al ayuntamiento, hacer una llamada para notificarles el arresto de Maynard a los de Highland Park y otra llamada al Departamento Juvenil de Hollywood con el único fin de calmar mi conciencia sobre el crío. La matrona con la que hablé me dijo que Billy Maynard se encontraba allí, en espera de su madre, la ex mujer de Coleman Maynard, una tipa que se dedicaba a trabajar en los coches y había sido acusada seis veces de prostitución. El niño continuaba con sus gritos de que fuese su papá, así que colgué el auricular con el deseo de no haber llamado.

A esto siguieron tres horas de redactar los informes por escrito. Hice a mano el del agente que había practicado el arresto y Lee lo pasó a máquina, sin mencionar en absoluto nuestra entrada ilegal en el apartamento de Coleman Maynard. Ellis Loew rondaba por el cubículo mientras trabajábamos, y murmuraba: «Una pesca soberbia», y, «Usaré lo del chico en el tribunal y no habrá problemas».

Terminamos nuestro papeleo a las siete. Lee hizo una mueca en el aire, como si escribiera en una pizarra imaginaria y dijo:

—Otro tanto para Laurie Blanchard —aseveró—. ¿Tienes hambre, compañero?

Me puse en pie y me desperecé. De pronto, pensé que eso de la comida me parecía una gran idea. Entonces vi a Fritz Vogel y Bill Koenig que se acercaban al cubículo.

—Pórtate bien —me susurró Lee—. Están en buenas relaciones con Loew.

Vistos de cerca, los dos parecían viejos jugadores de la línea media del Los Ángeles Rams que hubieran abandonado su cuidado personal. Vogel era alto y gordo, con una pálida cabezota que brotaba directamente del cuello de su camisa y los ojos azules más claros que yo había visto jamás; Koenig, sencillamente inmenso, le sacaba casi cinco centímetros a mi metro noventa, con un corpachón de jugador de rugby en las primeras fases del ablandamiento.

Tenía la nariz grande y achatada, las orejas como abanicos, el mentón torcido y unos dientes pequeños y repletos de melladuras. Parecía estúpido. Vogel, por el contrario, astuto; y ambos daban la sensación de ser unos malos bichos.

Koenig soltó una risita.

—Ha confesado. Tanto las gorrinadas con los críos como los robos en las casas. Fritzie dice que todos vamos a conseguir menciones honoríficas. —Alargó la mano hacia mí—. Hiciste un buen combate, rubito.

Yo estreché su enorme puño, y observé que había manchas de sangre fresca en la manga derecha de su camisa.

—Gracias, sargento —dije.

Entonces, alargué mi mano hacia Fritz Vogel. Él la aceptó durante una fracción de segundo, clavó en mí sus ojos, de una furiosa frialdad, y luego la dejó caer como si se tratara de una boñiga caliente.

Lee me dio una palmada en la espalda.

—Los ases de Bucky. Sesos y cojones. ¿Has hablado con Ellis de la confesión?

—Es Ellis sólo para los tenientes y los de más arriba —advirtió Vogel.

Lee se rió.

—Soy un tipo privilegiado. Además, tú le llamas chaval y pequeño judío a sus espaldas, así que, ¿te importa algo?

Vogel se ruborizó; Koenig miró a su alrededor con

96

la boca abierta. Cuando se volvió, vi manchas de sangre en la pechera de su camisa.

—Vamos, Billy —dijo Vogel.

Koenig le siguió, obediente, de regreso a la sala común.

—Hermosa pareja, ¿eh?

Lee se encogió de hombros.

—Unos mierdas. Si no fueran policías, estarían encerrados en Atascadero. Haz lo que te digo y no obres como yo, socio. A mí me tienen miedo, y tú no eres más que un recién llegado aquí.

Me devané los sesos en busca de una réplica cortante que fuera adecuada. Entonces, Harry Sears, que parecía el doble de soñoliento y desaliñado que por la mañana, asomó su cabeza por la puerta.

—Lee, he oído algo que deberías saber.

Pronunció las palabras sin el menor rastro de tartamudeo; pude oler licor en su aliento.

—Dispara —dijo Lee.

—Estaba en la sección de libertades condicionales —dijo Sears—, y el supervisor me contó que Bobby de Witt acaba de obtener un número clase «A». Andará dando vueltas por Los Ángeles en libertad condicional a mediados de enero. Pensé que te interesaría saberlo, nada más.

Sears hizo una seña dirigida a mí con la cabeza y se marchó. Yo miré a Lee, que estaba moviendo la cara igual que había hecho en la habitación 803 del Versalles.

—Socio... —dije.

Lee logró sonreír.

—Vamos a buscar algo de comida que meternos entre pecho y espalda. Kay iba a hacer estofado y me dijo que debía llevarte a casa.

Me había imaginado cosas pensando en cómo era la mujer, y el decorado me dejó asombrado: una casa de contornos aerodinámicos y color beige, a medio kilómetro al norte de Sunset Strip.

—No menciones a De Witt —me dijo Lee al cruzar el umbral de la entrada—; Kay se preocuparía.

Asentí y entré en una sala que parecía sacada de un plató de cine.

Las paredes aparecían cubiertas con paneles de caoba pulida, los muebles eran de estilo danés moderno, y había madera dorada y reluciente en media docena de tonalidades distintas por todas partes. De las paredes colgaban litografías con una representación de los más avanzados artistas del siglo XX, y alfombras con dibujos modernistas, rascacielos suspendidos entre la niebla o grandes árboles perdidos en un bosque o las torres de alguna factoría expresionista alemana. Junto a la sala había una zona para comer, y en la mesa flores frescas y fuentes tapadas de las que brotaba el aroma de algo muy bueno.

—No está mal logrado con la paga de un poli —dije—. ¿Algunos sobornos, socio?

Lee se rió.

—Beneficios del combate. Eh, cariñito, ¿dónde andas?

Kay Lake salió de la cocina. Llevaba un vestido floreado que hacía juego con los tulipanes de encima de la mesa. Me alargó la mano.

—Hola, Dwight.

Me sentí igual que un chico pobre metido de repente en un baile de alumnos pudientes.

—Hola, Kay.

Dejó caer mi mano con un leve apretón, terminando así lo que había sido el apretón de manos más largo de la historia.

—Tú y Leland compañeros... Te dan ganas de creer en los cuentos de hadas, ¿verdad?

Miré a mi alrededor buscando a Lee y vi que había desaparecido.

—No. Soy de los realistas.

—A mí me ocurre lo contrario.

—Ya lo he observado.

—Ha habido suficiente realidad en mi vida como para que me dure siempre.

—Lo sé.

—¿Quién te lo ha dicho?

—El *Express Herald* de Los Ángeles.

Kay se rió.

—Entonces, has leído mis recortes de prensa. ¿Alguna conclusión al respecto?

—Sí. Los cuentos de hadas no funcionan.

Kay me guiñó el ojo como Lee; tuve la sensación de que ella era quien le había enseñado a hacerlo.

—Es por eso que tienes que convertirlos en realidad. ¡Leland! ¡Hora de cenar!

Lee reapareció y nos sentamos a comer, Kay descorchó una botella de champaña y llenó nuestras copas.

—Por los cuentos de hadas —dijo cuando hubo terminado de hacerlo.

Bebimos, Kay volvió a llenar las copas.

—Por la Proposición B.

La segunda dosis de burbujas me hizo cosquillas en la nariz y me obligó a reír.

—Por el segundo combate entre Bleichert y Blanchard en Polo Grounds, algo más grande todavía que el de Louis y Schmeling —propuse.

—Por la segunda victoria de Blanchard —dijo Lee.

—Por que no gane nadie y que no haya sangre —agregó Kay.

Bebimos, terminamos la botella y Kay trajo otra de la cocina. Hizo saltar el corcho, dándole a Lee con él en el pecho. Cuando tuvimos llenas las copas, sentí la fuerza de la bebida por primera vez.

—Por nosotros —farfullé.

Lee y Kay me miraron como si estuvieran moviéndose a cámara lenta y me di cuenta de que las manos que no estaban ocupadas con las copas reposaban sobre la mesa, separadas entre sí solo por unos pocos centímetros. Kay observó que yo me daba cuenta de ello y me guiñó el ojo.

—Así es como aprendí a hacerlo —dijo Lee.

Nuestras manos se movieron hasta unirse.

—Por nosotros —dijimos al unísono los tres.

Contrincantes; después, compañeros; más tarde, amigos. Y con la amistad llegó Kay, jamás se interpuso entre nosotros, pero siempre llenó nuestras vidas fuera del trabajo con su gracia y su estilo.

Ese otoño del 46 fuimos a todas partes juntos. Si estábamos en el cine, Kay ocupaba el asiento del medio y se agarraba a las manos de los dos en las escenas de miedo; cuando pasábamos las veladas de los viernes oyendo a las orquestas en el Malibú Rendezvous, alternaba los bailes con nosotros dos y siempre lanzaba una moneda al aire para ver quién conseguiría bailar el último lento. Lee nunca manifestó ni una pizca de celos y el atractivo inicial de Kate sobre mí se fue volviendo más calmado y profundo, como una iridiscencia en el aire. Y en él estaba cada vez que nuestros hombros se rozaban, cada vez que una canción de la radio, un anuncio gracioso o una palabra de Lee nos afectaba del mismo modo y nuestros ojos se encontraban al instante. Cuanto más callado y tranquilo era, más sabía yo que podía tener a Kay... y más la deseaba. Pero dejaba que las cosas

100

siguieran su curso, no porque eso fuera a destruir mi compañerismo con Lee, sino porque hubiera trastornado lo perfecto de nuestra relación a tres bandas.

Después del trabajo, Lee y yo íbamos a su casa y encontrábamos a Kay ocupada en leer, en subrayar pasajes en los libros con un lápiz de color amarillo. Hacía la cena para los tres. Algunas veces, Lee se iba a correr por Mulholland en su motocicleta. Entonces, ella y yo hablábamos.

Nuestra conversación casi siempre eludía a Lee, como si discutir el puro y simple centro de nuestra relación a tres sin que él se hallara presente fuese hacer trampas. Kay hablaba de sus seis años de universidad y de los dos títulos que Lee le había financiado con el dinero de sus combates y de que su trabajo como profesora suplente era perfecto para la «diletante demasiado educada» en que se había convertido; yo hablaba de crecer siendo un *kraut* en Lincoln Heights. Nunca comentábamos nada de mis chivatazos al Departamento de Extranjeros o de su vida con Bobby de Witt. Ambos percibíamos cuál era la historia general del otro; pero ninguno de los dos quería detalles. Ahí, yo jugaba con ventaja: los hermanos Ashida y Sam Murakami llevaban mucho tiempo fuera del mapa, pero Bobby de Witt se encontraba a sólo un mes de rondar Los Ángeles en libertad condicional... y yo me daba cuenta de que Kay temía su regreso.

Si Lee estaba asustado, nunca lo demostró desde el momento en que Harry Sears le dio la noticia, y jamás le molestó durante los mejores ratos de nuestras horas juntos... las que pasábamos trabajando para la Criminal. Ese otoño aprendí lo que era en realidad el trabajo de la policía, y Lee fue mi maestro.

De mediados de noviembre hasta año nuevo capturamos un total de once delincuentes, dieciocho tipos con órdenes de búsqueda por infracciones de tráfico y tres fugitivos que habían violado su libertad condicional y se ocultaban. Nuestras batidas hechas sobre tipos de aire sospechoso que rondaban por la calle nos proporcionaba media docena de arrestos más, todos ellos por problemas de narcóticos. Trabajábamos a las órdenes directas de Ellis Loew; también usábamos los informes de la sala común y los sumarios delictivos, todo ello filtrado por el instinto de Lee. A veces, sus técnicas eran cautelosas y llenas de rodeos; en otras ocasiones, brutales, pero siempre se mostraba amable con los niños. Cuando se ponía duro para obtener alguna información, lo hacía porque era el único medio de conseguir algo.

Así que nos convertimos en un equipo de interrogadores «chico bueno-chico malo». El señor Fuego con sombrero negro y el señor Hielo con sombrero blanco. Nuestra fama de boxeadores nos proporcionaba algo más de respeto en la calle, y cuando Lee apretaba las clavijas en busca de información y yo intercedía en bien del interrogado, conseguíamos nuestros deseos.

La relación no era perfecta. En los turnos de veinticinco horas, Lee sacudía un poco a los drogados en busca de tabletas de benzedrina y se las tragaba a puñados para mantenerse alerta; entonces cada negro que veíamos se convertía en «Sambo», cada blanco en «un mierda» y cada mexicano en «Pancho». Toda su dureza y tosquedad emergían a la superficie y destruían su considerable delicadeza habitual; por un par de veces hube de contenerle para que no pasara a mayores cuando se dejaba llevar por su papel de tipo malo del equipo.

Pero era un precio pequeño a pagar por lo que estaba aprendiendo. Bajo la tutela de Lee rápidamente llegué a ser bueno en el oficio y no era yo el único que lo sabía. A pesar de haber perdido medio de los grandes en el combate, Ellis Loew empezó a tratarme mejor cuando Lee y yo le llevábamos unos cuantos tipos a los cuales se le caía la baba por juzgar; y Fritz Vogel, que me odiaba por haberle quitado el puesto de la Criminal a su hijo, acabó admitiendo a regañadientes ante él que yo era un policía de primera.

Y, algo sorprendente, mi celebridad local duró lo suficiente como para proporcionarme algún beneficio extra. Lee era un tipo favorecido por H. J. Caruso, el vendedor de coches que hacía esos famosos anuncios por la radio, y si el trabajo escaseaba, buscábamos coches que no hubieran pagado del todo. Cuando encontrábamos uno, Lee rompía la ventanilla del lado del conductor de una patada y hacía un puente mientras que yo montaba guardia. Luego, formábamos un convoy de dos coches, nos íbamos al terreno que Caruso tenía en Figueroa y H. J. nos soltaba cuarenta pavos por cabeza. Hablábamos con él de los policías, los ladrones y de boxeo. Después, nos entregaba una botella de buen bourbon que Lee siempre le regalaba después a Harry Sears para mantenerle engrasado y que nos diera buenos datos de Homicidios.

Algunas veces nos uníamos a H. J. para el combate de boxeo de la noche del miércoles en el Olímpico. Tenía una especie de palco construido para él junto al ring que nos mantenía protegidos cuando los mexicanos del gallinero arrojaban monedas y vasos de cerveza llenos de orina al cuadrilátero, y Jimmy Lennon nos dejaba participar en las ceremonias anteriores al combate. Benny Siegel se dejaba caer alguna vez por allí y entonces él y Lee se iban para charlar. Lee siempre volvía con aspecto de estar algo asustado. El hombre al que desafió en el pasado era el gángster más poderoso de la costa

Oeste, y se sabía de él que era vengativo y no le costaba nada tirar del gatillo. Por lo general, Lee conseguía buenas indicaciones sobre las carreras... y los caballos que Siegel le mencionaba solían ganar.

Así pasó ese otoño. Mi viejo consiguió un pase para salir del asilo en Navidad y yo le llevé a cenar a casa. Se había recuperado bastante bien de su ataque pero seguía sin acordarse de otro idioma que no fuera el alemán y se pasó todo el tiempo sin hablar otro. Kay le dio de comer pavo y ganso y Lee escuchó sus monólogos de *kraut* toda la noche, intercalando un «Diga que sí, abuelo» y un «Qué locura, oiga» cada vez que él hacía una pausa para respirar.

La víspera de Año Nuevo fuimos en coche a Balboa Island para oír al grupo de Stan Kenton. Entramos bailando en 1947, repletos de champaña, y Kay lanzó monedas al aire para ver quién conseguía el último baile y quién el primer beso cuando sonaron las campanadas de la medianoche. Lee ganó el baile y yo les contemplé girar por la pista a los sones de *Perfidia*, impresionado y sorprendido por el modo en que habían cambiado mi vida. Entonces llegó la medianoche, la orquesta enloqueció y yo no supe muy bien lo que debía hacer.

Kay me libró del problema: me besó en los labios con suavidad.

—Te quiero, Dwight —murmuró.

Una mujer gorda me cogió por los brazos e hizo sonar una trompetilla en mi rostro antes de que yo pudiera devolverle a Kay las mismas palabras.

Regresamos a casa por la autopista de la costa del Pacífico, parte de un largo río de coches repletos con gente alegre que hacía sonar las bocinas. Al llegar a la casa, mi coche no quiso arrancar, así que me preparé la cama en el sofá y no tardé en quedarme dormido como un tronco, había bebido demasiado. Cuando ya debía estar amaneciendo, me desperté y oí unos sonidos extraños, medio ahogados por las paredes. Agucé el oído para identificarlos, entonces distinguí unos sollozos seguidos por la voz de Kay, más dulce y suave de lo que jamás la había oído. Los sollozos se hicieron más fuertes... y acabaron en gemidos. Metí la cabeza debajo de la almohada y me obligué a conciliar el sueño de nuevo.

6

La mayor parte del poco atractivo sumario de crímenes del 10 de enero la pasé dormitando, y me espabilé con el ladrido del capitán Jack.

—Eso es todo. Teniente Millard, sargento Sears, sargento Blanchard y agente Bleichert, vayan a la oficina del señor Loew de inmediato. ¡Pueden salir!

Fui por el pasillo hasta el santuario de Ellis Loew. Los demás ya estaban allí: Lee, Russ Millard y Harry Sears, formando corro junto al escritorio de Loew, con un montón de ejemplares del *Herald* de la mañana.

Lee me guiñó el ojo y me alargó uno de los periódicos, doblado para dejar a la vista la sección local. Vi un artículo titulado «¿Intentará el ayudante del fiscal del distrito de la división criminal conseguir el trabajo de su jefe en las Primarias Republicanas del 48?», leí tres párrafos laudatorios. Ellis Loew y su preocupación por los ciudadanos de Los Ángeles y arrojé el periódico sobre el escritorio antes de que empezara a vomitar.

—Aquí viene el hombre en persona —dijo Lee—.

Eh, Ellis, ¿vas a meterte en la política? Di: «Lo único a lo que debemos tener miedo es al miedo.» Veamos que tal sale.

La imitación de Franklin Delano Roosevelt hecha por Lee consiguió una carcajada general; incluso Loew lanzó una risita mientras nos repartía unos cartones negros con instantáneas unidas a cada uno, y una hoja.

—Éste es el caballero al cual debemos tenerle miedo todos. Leed eso y descubriréis la razón.

Leí el informe. Detallaba la carrera criminal de Douglas «Junior» Nash, blanco, varón, nacido en Tulsa, Oklahoma, en 1908. Los antecedentes de Nash se remontaban a 1926, e incluían estancias en la prisión del estado de Texas por violación, robo a mano armada y haber causado heridas graves a una de sus víctimas. Había cinco cargos contra él en California: tres robos a mano armada en el norte, en Oakland County, y dos de 1944 en Los Ángeles, violación con agravantes y contribuir a que un menor delinquiera. El informe acababa con unas líneas de los investigadores de San Francisco, en las cuales declaraban que Nash era sospechoso de una docena de robos en el área de la bahía y se rumoreaba que formó parte del grupo que participó desde el exterior en el intento de fuga producido en Alcatraz en mayo de 1946. Cuando acabé, le eché un vistazo a las fotos. Junior Nash tenía el típico aspecto de un puro nativo de Oklahoma: cabeza larga y huesuda, labios delgados, ojos pequeños y brillantes y unas orejas que podrían haber pertenecido a Dumbo.

Miré a los demás hombres. Loew estaba leyendo el artículo referido a sí mismo en el *Herald*; Millard y Sears revisaban los informes con cara de póquer.

—Danos las buenas noticias, Ellis. Se encuentra en Los Ángeles y con ganas de armar jaleo, ¿verdad?

Loew comenzó a juguetear con su llavecita de la Phi Beta Kappa.

—Testigos oculares le han implicado en los dos robos a supermercados cometidos en Leimert Park el fin de semana, razón por la cual no figuraban en el informe de crímenes. Durante el segundo robo, golpeó con su pistola a una anciana, y ésta murió hace una hora en el Buen Samaritano.

—¿Se l-l-le conocen aso-aso-asociados? —tartamudeó Harry Sears.

Loew meneó la cabeza.

—El capitán Tierney ha hablado esta mañana con los de San Francisco. Dijeron que Nash es del tipo lobo solitario. Parece ser que fue reclutado para desempeñar su papel en aquella fuga de Alcatraz, pero eso fue una excepción. Lo que yo...

Russ Millard alzó la mano.

—¿Hay algún común denominador en los asuntos sexuales de Nash?

—A eso iba —dijo Loew—. Se supone que a Nash le gustan las negras. Jóvenes, que no hayan llegado a los veinte si puede ser. Todos los delitos sexuales que ha cometido los ha llevado a cabo con chicas de color.

Lee me señaló la puerta.

—Iremos a la comisaría de Universidad, leeremos el informe del agente encargado del asunto y nos lo llevaremos. Apuesto a que Nash está escondido en algún lugar de Leimert Park. La zona es de blancos pero hay algunos embetunados de Manchester por el sur. Existen montones de lugares donde buscar carne negra.

Millard y Sears se levantaron para irse. Loew fue hacia Lee.

—Intente evitar matarle, sargento. Se lo merece, desde luego, pero inténtelo de todas formas.

Lee le dirigió su sonrisa de diablo patentada.

—Lo intentaré, señor. Pero usted debe asegurarse de acabar con él en el tribunal. Los votantes quieren ver a los chicos como Junior bien fritos, eso hace que se sientan seguros por la noche.

Nuestra primera parada fue la comisaría de Universidad. El jefe nos mostró los informes de robos y nos dijo que no perdiéramos el tiempo recorriendo la zona cercana a los dos supermercados, Millard y Sears ya estaban en ello y se dedicaban a obtener una mejor descripción del coche de Nash, que se creía era un sedán blanco de la posguerra. El capitán Jack había llamado allí para dar el aviso de la inclinación que Nash tenía hacia la carne negra, y tres agentes antivicio de paisano habían sido enviados para comprobar los burdeles de la zona sur, especializados en chicas de color jóvenes. Las comisarías de la calle Newton y la Setenta y Siete, donde casi toda la población era de color, enviarían coches con radio en el turno de noche para que recorrieran los bares y los terrenos de juego donde la juventud negra se congregaba, con la orden de que mantuvieran los ojos bien abiertos en busca de Nash y advirtieron a los jóvenes que anduvieran con cuidado. Nosotros no podíamos hacer nada salvo recorrer la zona y batirla con la esperanza de que Nash continuara por allí y avisar a los informadores de Lee. Decidimos llevar a cabo una inspección de Leimert Park y nos pusimos en marcha.

La calle principal del distrito era el bulevar Crenshaw. Amplio, extendiéndose por el norte hasta Wilshire y por el sur hasta Baldwin Hills, deletreaba las palabras «boom de la posguerra» igual que un letrero de neón. Cada manzana de Jefferson a Leimert estaba repleta de casas que en tiempos fueron elegantes y que ahora eran derribadas, y sus fachadas sustituidas por carteles gigantescos que anunciaban grandes almacenes, centros comerciales, parques para niños y cines. Se prometían fechas de finalización que iban desde la Navidad del 47 hasta principios del 49 y comprendí que hacia 1950 esa parte de Los Ángeles sería irreconocible. En dirección este, pasamos por delante de un solar vacío tras otro, lugares que pronto engendrarían casas; luego vinieron un bloque tras otro de bungalós de adobe, anteriores a la guerra y que se distinguían sólo por su color y el estado de sus jardines delanteros. Hacia el sur reinaban las viejas casas de madera, que se volvían más y más descuidadas a medida que avanzábamos.

Y en la calle no había nadie que se pareciera a Junior Nash; y cada uno de los últimos modelos de sedán blanco que vimos iba conducido por una mujer o por un tipo de aspecto respetable.

Cuando nos acercábamos a Santa Bárbara y Vermont, Lee rompió nuestro largo silencio.

—Esto de hacer la gran gira es una mierda inútil. Voy a pedir que me devuelvan algunos favores.

Se dirigió hacia una gasolinera, salió del coche y fue al teléfono público; yo me dediqué a escuchar las llamadas por la radio. Llevaba en eso unos diez minutos cuando Lee volvió al coche, pálido y sudoroso.

—Tengo una pista. Uno de mis chivatos dice que Nash se está acostando con alguna negra en un sitio cerca de Slauson y Hoover.

Quité la radio.

—Por ahí todos son de color. ¿Crees que...?

—Creo que vamos hacia allí cagando leches.

Enfilamos por Vermont hasta Slauson y luego fuimos hacia el este, pasando por delante de fachadas de iglesias y salones de peluquería, solares vacíos y tiendas de licores que no tenían nombre, sólo carteles de neón que se encendían y se apagaban a la una de la tarde, y decían: L-I-C-O-R-E-S. Giramos por la derecha para entrar en Hoover. Entonces, Lee condujo el coche más despacio y empezó a examinar los portales. Pasamos ante un grupo de tres negros y un blanco más viejo que ellos, sentados en los peldaños de una casa que tenía un aspecto singularmente mugriento; me di cuenta de que los cuatro nos identificaban en seguida como polis.

—Drogados —murmuró Lee—. Se supone que a Nash le gusta mezclarse con ellos, así que vamos a echarles una mirada. Si no están limpios, les apretaremos las clavijas un poco para que nos den su dirección.

Asentí. Lee detuvo el coche en mitad de la calle. Salimos de él y nos acercamos a los escalones, los cuatro tipos metieron las manos en los bolsillos y movieron los pies, la rutina de baile que tienen los tipos nacidos en los suburbios, sea donde sea.

—Policía —dije yo—. Besad la pared despacio y con mucho cariño.

Se colocaron en posición de ser registrados, las manos por encima de sus cabezas, las palmas de éstas pegadas a la pared del edificio, los pies hacia atrás y las piernas separadas.

Lee se ocupó de los dos de la derecha.

—¿Qué... Blanchard? —murmuró el blanco.

—Cállate, so mierda —dijo Lee y empezó a cachearle.

Yo escogí el negro del centro en primer lugar, le pasé las manos a lo largo de las mangas de su abrigo y luego se las metí en los bolsillos. Mi mano izquierda sacó un paquete de Lucky y un encendedor Zippo; mi derecha, unos cuantos cigarrillos de marihuana.

—Drogas —dije, y lo solté todo en el suelo, mirando luego rápidamente a Lee de soslayo. El negro con cazadora que estaba junto a él se llevó la mano al cinturón; cuando la retiró, la luz arrancó destellos al metal—. ¡Socio! —grité yo, y saqué mi 38.

El blanco giró sobre sí mismo; Lee le disparó dos veces en el rostro, a quemarropa. El de la cazadora acababa de abrir su navaja cuando le apunté. Hice fuego, él dejó caer la navaja, se agarró el cuello y cayó contra la pared. Me di la vuelta, y vi que el tipo del extremo hurgaba en la parte delantera de sus pantalones, entonces le disparé tres veces. Cayó hacia atrás; oí un grito: «¡Bucky, agáchate!». Cuando golpeaba el cemento vi la imagen de Lee y el último negro a menos de un metro de distancia el uno del otro. Los tres disparos de Lee lo derribaron justo cuando el negro lograba apuntar una pequeña Derringer. Cayó muerto al instante, con medio cráneo reventado.

Me puse en pie, miré los cuatro cuerpos y la acera cubierta de sangre, anduve con pasos inseguros hacia la calzada y vomité en la alcantarilla hasta que me dolió el pecho. Oí sirenas que se acercaban, me puse la placa en la solapa de la chaqueta y me volví. Lee registraba los bolsillos de los fiambres, arrojando navajas y porros sobre la acera, lejos de los charcos de sangre. Vino hacia mí y yo tuve la esperanza de que sabría decirme algo, cualquier broma que me calmara. No lo hizo; estaba llorando igual que una criatura.

Necesitamos todo el resto de la tarde para poner diez segundos en el papel.

Escribimos nuestros informes en la comisaría de la calle Setenta y Siete y fuimos interrogados por un equipo de homicidios que investigaba todos los tiroteos en que estuvieran mezclados policías. Nos dijeron que los tres negros —Willie Walker Brown, Caswell Pritchford y Cato Early— eran conocidos drogadictos y que el blanco —Baxter Finch— había estado dos temporadas a la sombra a finales de los años veinte. Dado que los cuatro hombres estaban armados y en posesión de marihuana, nos aseguraron que no habría ninguna sesión ante el Gran Jurado.

Yo me tomé el interrogatorio con calma; Lee, fatal, temblaba y murmuraba que había detenido a Baxter Finch un montón de veces por vagancia cuando trabajaba en Highland Park y que casi sentía aprecio por aquel tipo. Durante todo el rato que pasamos en la comisaría, me mantuve cerca de él, y luego lo llevé hasta su coche a través de una multitud de reporteros que nos hacían preguntas.

Cuando llegamos a la casa, Kay estaba de pie en el porche delantero; una mirada a su tenso rostro me dijo que ya lo sabía todo. Corrió hacia Lee y lo abrazó, susurrando:

—Oh, cariño, oh, cariño.

Yo los miré y luego vi que había un periódico en la barandilla.

Lo cogí. Era la edición de la tarde del *Mirror*, con un gran titular que ocupaba toda la primera plana: «¡Policías boxeadores en una batalla a tiros! ¡¡Cuatro delincuentes muertos!!» Debajo, había fotos publicitarias de Fuego y Hielo, con calzones y guantes de boxeo, acompañadas por fotos policiales de los cuatro hombres muertos. Leí un relato bastante exagerado del tiroteo y un resumen del combate de octubre; entonces, oí gritar a Lee:

—¡Nunca lo entenderás, así que déjame en paz de una jodida vez!

Lee salió corriendo por el camino hacia el garaje,

con Kay tras él. Me quedé en el porche, sorprendido ante ese núcleo de blandura que había en el hijo de perra más duro que yo jamás había conocido. Oí que la motocicleta de Lee arrancaba y, unos segundos después, él apareció montado en la máquina y giró hacia la derecha con un chirrido de neumáticos. Era indudable que se disponía a desahogarse con una brutal carrera por Mulholland.

Kay volvió justo cuando el ruido de la moto moría en la distancia. Le cogí las manos.

—Lo superará —dije—. Lee conocía a uno de esos tipos, y eso lo ha empeorado todo. Pero lo superará.

Kay me miró de una forma extraña.

—Pareces muy tranquilo.

—Se trataba de ellos o de nosotros. Mañana tendrás que cuidar de Lee. Estamos libres de momento, pero cuando volvamos al trabajo será para perseguir a una auténtica bestia.

—Cuida tú también de él. Bobby de Witt sale dentro de una semana o así, y en su juicio juró matar a Lee y a los otros hombres que lo arrestaron. Lee está asustado y yo conozco a Bobby. Es de lo peor que existe.

Rodeé a Kay con mis brazos, y la oprimí con suavidad.

—Ssssh. Fuego y Hielo se ocupan de ese trabajo, así que descansa tranquila.

Kay se libró de mi abrazo.

—No conoces a Bobby. No sabes las cosas que me obligó a hacer.

Le aparté un mechón de cabello de los ojos.

—Sí, lo sé, y no me importa. Quiero decir que sí me importa, pero que...

—Sé lo que quieres decir —replicó Kay y me apartó de un empellón.

113

Yo la dejé ir, sabía que si iba tras ella me diría un montón de cosas feas que yo no quería oír. La puerta delantera se cerró con un golpe seco y yo me quedé sentado en los escalones. Me alegré de estar solo para intentar ordenar algo las cosas.

Cuatro meses antes, yo era un tipo metido en un coche con radio que no iba a llegar a ninguna parte. Ahora, era un detective de la Criminal que había servido de instrumento para que se aprobara una inversión de un millón de dólares, con dos negros muertos en mi historial. Al mes siguiente tendría treinta años y llevaría cinco en el trabajo. Esto me posibilitaría presentarme a las pruebas para sargento. Si aprobaba y sabía jugar bien mis cartas después, podía ser teniente detective antes de los treinta y cinco años. Y eso era sólo el comienzo.

Empecé a sentirme nervioso, así que entré en la casa y di unas cuantas vueltas por la sala, hojeando rápidamente las revistas y buscando en los estantes algo que leer. De pronto oí ruido de agua corriendo con fuerza, que provenía de la parte trasera de la casa. Fui hacia allí, vi la puerta del cuarto de baño abierta de par en par y sentí el vapor cálido; entonces supe que todo aquello era para mí.

Kay se hallaba desnuda bajo la ducha. Su rostro se mantuvo inexpresivo, incluso cuando nuestros ojos se encontraron. Miré su cuerpo, recorriéndolo con la vista, desde los pecosos senos con sus oscuros pezones hasta las anchas caderas y el liso estómago; entonces, ella se dio la vuelta para ofrecerme la espalda. Vi las antiguas cicatrices de cuchillo que recorrían su espalda desde los muslos hasta la columna. Logré no temblar y me fui con el íntimo deseo de que no me hubiera mostrado eso el mismo día en que había matado a dos hombres.

SEGUNDA PARTE

LA TREINTA Y NUEVE
Y NORTON

7

El teléfono me despertó temprano la mañana del viernes, interrumpiendo un sueño en el que aparecía el titular del *Daily News* del martes —«Los policías Fuego y Hielo dejan fuera de combate a unos criminales negros»— y una hermosa rubia con el cuerpo de Kay. Imaginándome que eran los sabuesos de la prensa que me habían estado haciendo la vida imposible desde el tiroteo, dejé caer el receptor sobre la mesilla de noche y me hundí de nuevo en la tierra de los sueños. Entonces oí: «¡Levántate y brilla, socio!», y cogí el auricular.

—Vale, Lee.

—¿Sabes qué día es hoy?

—El quince. Día de cobro. Me has llamado a las seis de la mañana, me has despertado, para... —Me detuve al percibir una especie de nerviosa alegría en la voz de Lee—. ¿Te encuentras bien?

—¡De maravilla! Corrí por Mulholland a ciento setenta kilómetros por hora y ayer estuve jugando a las casitas con Kay durante todo el día. Ahora me encuentro aburrido. ¿Te sientes con ganas de hacer algún trabajo policial?

—Continúa.

—Acabo de hablar con un chivato que me debe un favor gordo. Dice que Junior Nash tiene un picadero particular... un garaje entre Coliseo y Norton, detrás de un edificio de apartamentos verde. ¿Echamos una carrera hasta allí? El perdedor paga la cerveza en los combates de esta noche.

Nuevos titulares bailaron delante de mis ojos.

—Trato hecho —contesté.

Colgué el auricular y me vestí en un tiempo récord, para salir corriendo luego hasta mi coche y hacerlo cruzar a toda velocidad los trece o quince kilómetros que había hasta Leimert Park. Y Lee ya estaba ahí, apoyado en su Ford, delante de la única edificación que había en un enorme solar vacío: un bungaló verde vómito con un cobertizo para dos pisos en la parte de atrás.

Dejé mi coche detrás del suyo y bajé de él. Lee me guiñó el ojo y dijo:

—Has perdido.

—Has hecho trampa —repuse yo.

Lee se rió.

—Tienes razón. Te he llamado desde un teléfono público. ¿Te han estado molestando los reporteros?

Examiné a mi compañero con atención. Parecía relajado, pero por debajo de eso se le notaba nervioso, a punto de saltar, aunque hubiera vuelto a colocarse su vieja fachada de bromas y jovialidad.

—Me escondí. ¿Y tú?

—Bevo Means vino a verme y me preguntó qué tal me sentía. Le dije que no me gustaría estar siempre sometido a esa misma dieta.

Señalé hacia el patio.

—¿Has hablado con alguno de los inquilinos? ¿Has comprobado si el coche de Nash está ahí?

—No hay ningún vehículo —dijo Lee—, pero he hablado con el encargado. Le ha tenido alquilado ese cobertizo de atrás a Nash. Éste lo ha usado un par de veces para pasárselo bien con negras, pero el encargado no ha vuelto a verle desde hace una semana o así.

—¿Has entrado?

—No, te esperaba para hacerlo.

Saqué mi 38 y la pegué a mi pierna; Lee me guiñó el ojo, hizo lo mismo que yo y los dos cruzamos el patio en dirección al cobertizo. Los dos pisos tenían puertas de madera que parecían frágiles, con unos escalones a punto de caerse que conducían a la segunda planta. Lee probó con la puerta de abajo y ésta se abrió con un crujido. Nos pegamos a la pared, cada uno a un lado del hueco. Entonces, giré sobre mí mismo y entré en el lugar con el brazo de la pistola bien extendido.

Ningún sonido, ningún movimiento, sólo telarañas, un suelo de madera cubierto con periódicos que se habían vuelto amarillos, y viejos neumáticos de recambio. Salí del lugar andando de espaldas y Lee me precedió por la escalera, pisando con la punta de los pies. Una vez en el rellano, giró el pomo, hizo un gesto de negación con la cabeza y le propinó una patada a la puerta, que cayó limpiamente arrancada de sus bisagras.

Subí la escalera corriendo; Lee entró en el piso con la pistola por delante. Cuando yo llegaba al final le vi enfundar de nuevo su arma.

—Basura de Oklahoma —dijo, e hizo un gesto que abarcó toda la habitación.

Yo crucé el umbral y moví la cabeza en señal de asentimiento.

La habitación apestaba a vino barato. Una cama hecha con dos asientos de coche desplegados ocupaba casi todo el suelo; estaba cubierta con una tapicería desgastada y sembrada de condones usados. Botellas de moscatel vacías se encontraban amontonadas en los rincones y la única ventana aparecía cubierta de suciedad y telarañas. El olor empezó a molestarme, así que fui hacia ella y la abrí. Cuando miré hacia fuera, vi un grupo de policías de uniforme y hombres vestidos de civil que se encontraban en la acera de Norton, a mitad de la manzana que daba a la Treinta y Nueve. Todos contemplaban algo que se encontraba entre los hierbajos de un solar vacío; dos coches patrulla y uno policial sin señales identificadoras estaban estacionados junto a la acera.

—Lee, ven aquí —dije.

Lee metió la cabeza por la ventana y entrecerró los ojos para ver mejor.

—Creo que distingo a Millard y a Sears. Se suponía que hoy les tocaba estar haciendo su ronda, así que, quizá...

Salí corriendo del picadero, bajé los peldaños y doblé la esquina hacia Norton, con Lee pisándome los talones. Al ver que un coche del departamento fotográfico y el furgón del forense se detenían con un chirrido de neumáticos, aceleré mi carrera. Harry Sears estaba bebiendo sin esconderse ante media docena de agentes; distinguí un destello de horror en sus ojos. Los hombres de las fotos habían entrado en el solar y se desplegaban por él, apuntando sus cámaras al suelo. Me abrí paso a codazos por entre un par de patrulleros y vi a qué venía todo aquello.

Era el cuerpo desnudo y mutilado de una mujer joven, cortado en dos por la cintura. La mitad inferior yacía entre los hierbajos, a unos metros escasos de la mitad superior, con las piernas bien abiertas. Del muslo izquierdo le habían amputado un gran trozo en forma de triángulo y tenía un corte largo y ancho que iba desde el borde seccionado hasta el inicio del vello púbico. Los faldones de piel que rodeaban la herida habían sido apartados; dentro no había órganos. La mitad de arriba era peor: los senos aparecían cubiertos de quemaduras producidas por cigarrillos; el derecho estaba casi suelto, unido al torso tan sólo por unas hilachas de piel; el izquierdo había sido mutilado con un corte circular rodeando el pezón. La herida llegaba hasta el hueso pero lo más horroroso de todo aquello lo constituía el rostro de la chica. Era un enorme hematoma púrpura, la nariz la había sido aplastada hasta que se confundía con la cavidad facial, la boca estaba tajada de un oído a otro, lo que le daba una especie de burlona sonrisa, como si estuviera riéndose del resto de brutalidades infligidas. Supe que me llevaría esa sonrisa a la tumba.

Cuando miré hacia arriba, sentí mucho frío; la respiración me salía en rápidos jadeos. Noté que me rozaban unos hombros y unos brazos y oí una confusión de voces: «No hay ni una maldita gota de sangre...» «Éste es el peor crimen cometido en una mujer que he visto en mis dieciséis años...» «La ató. Mira, puedes ver las rozaduras de las cuerdas en sus tobillos.» Entonces, se oyó un prolongado y estridente silbido.

La docena aproximada de hombres que había allí dejaron de parlotear y miraron a Russ Millard.

—Antes de que esto escape a nuestro control tenemos que ponernos de acuerdo en una cosa —dijo con voz tranquila—. Si este homicidio consigue mucha publicidad, vamos a obtener gran cantidad de confesiones. A esa chica le han sacado las entrañas. Necesitamos datos con los que eliminar a los chalados, y ésa va a ser la información. No se lo digáis a nadie. No se lo digáis a vuestras mujeres, ni a vuestras chicas ni a cualquier otro policía. ¿Harry?

—De acuerdo, Russ —dijo Harry Sears, al tiempo que tapaba su pitillera con la palma de la mano para que el jefe no la viera.

Millard se dio cuenta de lo que hacía y puso los ojos en blanco con una mueca de disgusto.

—Ningún periodista debe ver el cadáver. Vosotros, los de las fotos, tomad vuestras instantáneas ahora. Que los del forense pongan una sábana encima del cuerpo cuando terminen. Patrulleros, quiero un perímetro alrededor de la escena del crimen que vaya desde la calle hasta unos tres metros por detrás del cadáver. Cualquier periodista que intente cruzarlo debe ser arrestado de inmediato. Cuando los del laboratorio lleguen aquí para examinar el cuerpo, llevad a los periodistas al otro lado de la calle. Harry, llama al teniente Haskins de Universidad y dile que mande aquí a todos los hombres de que pueda prescindir para la batida.

Millard miró a su alrededor y me vio.

—Bleichert, ¿qué estás haciendo aquí? ¿Está también Blanchard?

Lee, acuclillado junto al fiambre, escribía en su cuaderno de bolsillo. Señalé hacia el norte.

—Junior Nash está alquilando un garaje detrás de ese edificio de ahí —expliqué—. Habíamos entrado en él cuando vimos el jaleo.

—¿Había sangre por el lugar?

—No. Esto no es cosa de Nash, teniente.

—Dejaremos que eso lo juzguen los hombres del laboratorio. ¡Harry!

Sears estaba sentado en un coche patrulla, hablando por el micro de una radio. Al oír su nombre gritó:

—¡Sí, Russ!

—Harry, cuando los hombres del laboratorio lleguen aquí que vayan a ese edificio verde de la esquina y que registren el garaje en busca de sangre y huellas dactilares. Además, quiero la calle cerrada...

Millard se detuvo al ver unos coches que giraban para entrar en Norton, yendo en línea recta hacia nosotros; yo bajé los ojos hacia el cadáver. Los técnicos de las fotos continuaban con sus instantáneas desde todos los ángulos; Lee anotaba cosas en su cuadernito. Los hombres de la acera seguían mirando al fiambre para, unos instantes después, apartar los ojos de él. En la calle, periodistas y tipos con cámaras fotográficas salían a chorros de los coches. Harry Sears y un cordón de policías se preparaban para contenerles. Ver todo aquello me puso nervioso y decidí echarle una buena mirada al cadáver.

Sus piernas estaban abiertas en posición de permitir el acto sexual y por el modo en que tenía dobladas las rodillas me di cuenta de que estaban rotas; su cabellera, negra como el azabache, estaba limpia, no tenía sangre seca, como si el asesino se la hubiera lavado con champú antes de tirarla allí. Esa horrible sonrisa muerta era el último y brutal golpe... Unos dientes resquebrajados que asomaban por entre la carne lacerada me obligaron a retirar la mirada.

Encontré a Lee en la acera. Ayudaba a poner en su sitio los cordones que delimitarían la escena del crimen. Miró a través de mí, como si sólo pudiera ver los fantasmas que flotaban en el aire.

—Junior Nash, ¿recuerdas? —dije.

La mirada de Lee se centró en mí.

—Él no lo ha hecho. Es una basura, pero no ha hecho esto.

Hubo un ruido en la calle al llegar más periodistas y un cordón de policías se agarró por los brazos para contenerles.

—¡Mató a golpes a una vieja! —grité para hacer que me oyeran—. ¡Es nuestro fugitivo de mayor prioridad!

Lee me agarró de los brazos y me los apretó con tal fuerza que me los dejó insensibles.

—¡Ésta es nuestra prioridad actual y vamos a quedarnos aquí! ¡Soy el más antiguo y eso es lo que te digo!

Sus palabras resonaron por todo el lugar, y consiguieron que varias cabezas se volvieran en nuestra dirección. Me liberé los brazos de un tirón y miré a quien era el fantasma de Lee.

—De acuerdo, socio —repuse con acritud.

Durante la hora siguiente, la Treinta y Nueve y Norton se llenaron de vehículos de la policía, periodistas y gran multitud de mirones. El cuerpo fue trasladado en dos camillas cubiertas por sábanas; en la parte trasera del furgón, un equipo de laboratorio tomó las huellas de la chica muerta antes de llevarla al depósito de cadáveres. Harry Sears le entregó a la prensa un informe redactado por Russ Millard, con todos los datos exactos del asunto salvo que al fiambre le faltaban las entrañas. Sears fue luego al ayuntamiento para comprobar los registros de la Oficina de Personas Desaparecidas y Millard se quedó para dirigir la investigación.

Técnicos del laboratorio fueron enviados para que recorrieran el solar en busca de posibles armas del crimen y ropas de mujer; otro equipo del forense recorrió el picadero de Junior Nash para buscar huellas dactilares y manchas de sangre. Después, Millard contó a los polis presentes. Había cuatro hombres dirigiendo el tráfico y controlando la morbosa curiosidad de los civiles, doce de uniforme y cinco de paisano, así como Lee y yo. Millard sacó una guía de su coche patrulla y dividió toda la zona de Leimert Park en áreas para batir a pie; le asignó su territorio a cada hombre y nos dijo las preguntas que deberíamos hacerle a cada persona en cada casa, apartamento o comercio: ¿Ha oído gritar a una mujer en algún momento en las últimas cuarenta y ocho horas? ¿Ha visto que alguna persona tirara o quemara ropas de mujer? ¿Se ha fijado en algún coche sospechoso o en gente que rondara por esta zona sin rumbo fijo? ¿Ha pasado usted por la avenida Norton entre las calles Treinta y Nueve y Coliseo durante las últimas veinticuatro horas y, de ser así, se fijó si había alguien en los solares vacíos?

Se me asignó la avenida Olmsted, tres manzanas al este de Norton, desde el sur de Coliseo hasta el bulevar Leimert; a Lee le encargaron las tiendas y los edificios de Crenshaw, de la Treinta y Nueve Norte hasta Jefferson. Quedamos citados en el Olímpico a las ocho y nos separamos; yo empecé a gastar pavimento.

Anduve, llamé a los timbres e hice preguntas. Obtuve respuestas negativas, y anoté las direcciones donde no había nadie en casa para que la segunda oleada de policías encargados de la batida tuviera los números con que trabajar. Hablé con amas de casa que le daban al jerez a escondidas y con mocosos maleducados; con jubilados y con gente que estaba de vacaciones, e incluso con un poli que tenía el día libre y trabajaba en la División Oeste de Los Ángeles. Lancé preguntas sobre Junior Nash y sobre el sedán blanco último modelo y enseñé sus fotografías. Todo lo que conseguí fue un hermoso y gordo cero; a las siete volví a mi coche disgustado con el caso en el cual me había metido por accidente. El automóvil de Lee ya no era visible y estaban instalando las luces para los forenses en la Treinta y Nueve y Norton. Fui hasta el Olímpico en espera de que una buena serie de peleas me quitara de la boca el mal sabor del día.

H. J. Caruso había dejado entradas para nosotros en

el torniquete delantero, junto con una nota diciendo que tenía una cita prometedora y no aparecería. La entrada de Lee seguía en su sobre; cogí la mía y me dirigí hacia el palco de H. J. Estaban en los preliminares de un combate de pesos gallo, y me instalé en el palco para verlo y esperar a Lee.

Los dos pequeños combatientes mexicanos dieron un buen espectáculo, y la multitud estuvo encantada. Desde el gallinero llovieron monedas; el lugar resonó con los gritos en inglés y en castellano. Después de cuatro asaltos, supe que Lee no aparecería; los dos gallos, ambos bastante maltrechos, me hicieron pensar en la chica destripada. Me puse en pie y salí; sabía con toda exactitud dónde se encontraba Lee.

Volví hasta la Treinta y Nueve y Norton. Todo el solar permanecía iluminado con arcos voltaicos: tan brillantes como si fuera de día. Lee se encontraba dentro de la escena del crimen delimitada por los cordones. La noche se había vuelto fría; él tenía el cuerpo encogido dentro de su chaqueta mientras observaba a los técnicos del laboratorio que hurgaban por entre la vegetación.

Me dirigí a donde se encontraba. Lee me vio llegar e hizo un rápido gesto de sacar los revólveres, sus pulgares convertidos en percutores.

Era algo que siempre hacía cuando andaba dándole a la benzedrina.

—Se suponía que tenías que reunirte conmigo, ¿te acuerdas?

El resplandor de los arcos voltaicos le daba al nervioso y hosco rostro de Lee un matiz blancoazulado.

—Dije que esto tenía prioridad. ¿Recuerdas tú eso?

Miré hacia la lejanía y vi otros solares vacíos iluminados.

—Puede que sea prioridad para el Departamento. Igual que Junior Nash tiene prioridad para nosotros.

Lee meneó la cabeza.

—Socio, esto es grande. Horrall y Thad Green han estado aquí hace un par de horas. Jack Tierney ha sido enviado a Homicidios para dirigir la investigación, con Russ Millard apoyándole. ¿Quieres mi opinión?

—Dispara.

—Va a ser un caso de escaparate. Una hermosa chica blanca es liquidada y el Departamento en masa sale para agarrar al asesino y demostrarle a los votantes que cuando han aprobado la propuesta de fondos han conseguido una excelente fuerza policial.

—Quizá no era una chica tan hermosa. Quizá no era buena. Quizá esa anciana a la que Nash liquidó era la abuelita de alguien. Quizá te estás tomando este asunto de forma demasiado personal, quizá debamos dejar que ellos se encarguen de todo y volver a nuestro trabajo antes de que Junior mate a otra persona.

Lee apretó los puños.

—¿Tienes algún quizá más?

Di un paso hacia él.

—Quizá tienes miedo de que Bobby de Witt salga en libertad. Quizá eres demasiado orgulloso para pedirme que te ayude a meterle el susto en el cuerpo y apartarle de la mujer que nos importa a los dos. Quizá deberíamos dejar que le acaben anotando esa chica muerta a la cuenta de Laurie Blanchard.

Le abrió los puños y se dio media vuelta. Permanecí un rato viendo como oscilaba sobre sus talones, a la espera de que se volviera loco de ira o que soltara alguna estupidez o lo que fuera, pero dolido, cuando finalmente vi su cara. Entonces fui yo quien apretó los puños y gritó:

—¡Háblame, maldita sea! ¡Somos compañeros! ¡Matamos a cuatro jodidos hombres juntos y ahora me sales con esta mierda!

Lee se volvió hacia mí. Me dirigió su sonrisa de diablo patentada pero le salió nerviosa y triste, agotada. Su voz sonaba ronca y la tensión hacía que estuviera a punto de quebrarse.

—Solía vigilar a Laurie cuando ella jugaba. Yo era un buscalíos y todos los demás chicos me tenían miedo. Tenía un montón de novias... ya sabes, esos romances, cosas de críos. Las chicas solían tomarme el pelo por lo de Laurie, hablaban del tiempo que pasaba con ella, como si en realidad fuera mi auténtico amor.

»Entiéndeme, yo la cuidaba. Era bonita y siempre había chicos rodeándola.

»Papá solía hablar mucho sobre que Laurie tomara lecciones de ballet y lecciones de piano y de canto. Yo iba a trabajar con los vigilantes de Neumáticos Firestone como él y Laurie iba a ser una artista. Sólo eran palabras, pero para mí, un crío, era real.

»Bueno, cuando desapareció, papá llevaba tiempo hablando de todo eso de las lecciones y había logrado que me enfadara con Laurie. Empecé a dejar de acompañarla cuando iba a jugar después de la escuela. En el barrio había una chica nueva, bastante ligera de cascos. Le gustaba exhibirse. Solía andar por allí en traje de baño, y se lo enseñaba todo a los chicos. Estaba rondándola cuando Laurie desapareció, cuando tendría que haber estado protegiendo a mi hermana.

Alargué la mano hacia el brazo de mi compañero para decirle que lo entendía. Lee me la apartó con un gesto brusco.

—No me digas que lo entiendes, porque voy a contarte lo que hace que me sienta mal. Laurie fue asesinada. Algún degenerado la estranguló o la cortó en pedacitos. Y yo estaba pensando cosas horribles sobre ella cuando murió. Pensaba en cómo la odiaba porque papá la veía como a una princesa y a mí como a un matón barato.

»Me imaginaba a mi propia hermana igual que estaba el fiambre de esta mañana y me regodeaba con ello mientras andaba con esa cualquiera, cuando acabé tirándomela y bebiendo el licor de su padre.

Lee tragó una honda bocanada de aire y señaló hacia el suelo, a unos pocos metros de distancia. Habían marcado con estacas un perímetro interior separado y las dos mitades del cuerpo estaban señaladas con líneas de cal dentro de él. Yo me quedé mirando el perfil de sus piernas abiertas.

—Voy a cogerle —murmuró Lee—. Contigo o sin ti, voy a cogerle.

Logré esbozar el fantasma de una sonrisa.

—Te veré mañana en el trabajo.

—Contigo o sin ti.

—Ya te he oído —repuse y fui hacia mi coche.

Cuando conectaba el motor observé que otro solar vacío se iluminaba, una manzana hacia el norte.

8

Lo primero que vi cuando entré en la sala común a la mañana siguiente fue a Harry Sears que leía la primera página del *Herald* con su titular: «¡¡¡Se busca la guarida del monstruo que cometió el crimen y la torturó!!!»; lo segundo que vi fue una hilera de cinco hombres: dos

129

desgraciados, dos tipos de aire normal y uno que vestía el uniforme de la cárcel, todos esposados a un banco. Harry dejó su periódico y tartamudeó:

—Han c-c-confesado. D-d-dicen que hicieron re-re-banadas a la chica.

Yo asentí cuando oí gritos que nos llegaban desde la sala de interrogatorios.

Un instante después, Bill Koenig hizo salir por la puerta a un tipo gordo doblado sobre sí mismo, se dirigió a toda la habitación en general y anunció:

—No ha sido él.

Un par de policías aplaudieron con gestos de burla desde sus escritorios; media docena más apartaron la vista, disgustados.

Koenig le dio un empujón al gordo y lo metió en el pasillo.

—¿Dónde está Lee? —pregunté a Harry.

Éste señaló la oficina de Ellis Loew.

—C-c-con Loew. Pe-pe-periodistas, también.

Fui hacia allí y miré por una rendija de la puerta. Ellis Loew estaba de pie detrás de su mesa y le hacía el numerito a una docena de periodistas. Lee se hallaba sentado junto a él, vestido con el único traje bueno que tenía. Parecía cansado... pero ni mucho menos tan tenso como la noche anterior.

Loew, con voz firme y severa, decía en ese momento:

—... y la repugnante naturaleza del asesinato hace imperativo que nos esforcemos todo lo posible por atrapar a ese demonio cuanto antes. Unos cuantos agentes especialmente entrenados, entre los que se encuentran el señor Fuego y su compañero el señor Hielo, han sido apartados de sus trabajos regulares para ayudar en la investigación, y con hombres como ellos en la tarea pienso que podemos esperar resultados positivos muy pronto. Además...

El retumbar de la sangre en mi cabeza me hizo imposible oír nada más. Empecé a abrir la puerta del todo; Lee me vio, le hizo una seña con la cabeza a Loew y salió de la oficina. Me llevó casi por la fuerza hasta nuestro cubículo de la Criminal. Una vez allí, giré en redondo para encararme con él.

—Has hecho que nos asignen el caso, ¿verdad?

Lee me puso las manos en el pecho como para contenerme.

—Vamos a tomarlo todo con calma y sin excitarnos, ¿vale? Primero, le he pasado un informe a Ellis. Le he dicho que tenemos datos comprobados de que Nash ya no está en nuestra jurisdicción.

—¡Joder, te has vuelto loco o qué!

—Sssssh. Escúchame, eso sólo ha sido para que las cosas funcionaran mejor. Sigue habiendo una orden de búsqueda contra Nash, están vigilando el picadero y cada policía de la parte sur se encuentra en la calle para agarrar a ese bastardo. Esta noche yo mismo me encargaré de vigilar el picadero. Tengo unos prismáticos potentes y creo que entre ellos y los arcos voltaicos podré ver las matrículas de los coches que bajen por Norton. Es posible que el asesino vuelva para disfrutar del espectáculo. Anotaré todos los números de matrícula que pasen y los comprobaré después con los datos de tráfico.

Lancé un suspiro.

—¡Cristo, Lee...!

—Compañero, todo lo que deseo es una semana para dedicarle a la chica. Nash está cubierto y si no le han cogido para entonces volveremos a él como nuestro objetivo prioritario.

—Es demasiado peligroso para que nos olvidemos de él. Eso ya lo sabes.

—Socio, está cubierto. Y ahora no me digas que no quieres aprovechar a esos dos betunes que te cargaste. No me digas que no estás enterado de que la chica muerta es un plato mucho más jugoso que Junior Nash.

Vi más titulares sobre Fuego y Hielo.

—Una semana, Lee. Ni un minuto más.

Lee me guiñó el ojo.

—Pistonudo.

La voz del capitán Jack nos llegó por el intercomunicador:

—Caballeros, todo el mundo a la sala de reuniones. Ahora.

Cogí mi cuadernillo y atravesé la sala común. Las filas de los que tenían confesiones que hacer habían aumentado y los nuevos se encontraban esposados a los radiadores y las cañerías de la calefacción. Bill Koenig abofeteaba a un viejo que pedía hablar con el alcalde Bowron; Fritzie Vogel anotaba nombres en una tablilla. La sala de reuniones estaba llena hasta los topes con hombres de la Central y el Departamento y un montón de policías de paisano a los cuales nunca había visto antes. El capitán Jack y Russ Millard se encontraban en la parte delantera, de pie junto a un micrófono sostenido por un poste metálico. Tierney golpeó el micrófono con la punta de los dedos, y se aclaró la garganta.

—Caballeros —dijo—, ésta es una reunión general de información sobre el 187 en Leimert Park. Estoy seguro de que todos han leído la documentación repartida y todos saben que va a ser un trabajo condenadamente duro, y muy importante también. La oficina del alcalde ha recibido una gran cantidad de llamadas, nosotros tenemos muchísimas llamadas, el consejo ha recibido un montón de llamadas y al jefe Horrall le han telefoneado bastantes personas a las cuales queremos tener contentas. Todo eso que cuentan del monstruo y el hombre-lobo en los periódicos hará que recibamos muchas más; o sea, hay que ponerse en acción.

»Empezaremos con la cadena de mando. Yo supervido el asunto; el teniente Millard será el oficial ejecutivo; el sargento Sears, el enlace entre los departamentos. El ayudante del fiscal del distrito, Ellis Loew, actuará como enlace con la prensa y las autoridades civiles, y los siguientes policías quedan asignados a la Central de Homicidios, con efectividad 16/1/47: sargento Anders, detective Arcola, sargento Blanchard, agente Bleichert, sargento Cavanaugh, detective Ellison, detective Grimes, sargento Koenig, detective Liggett, detective Navarette, sargento Pratt, detective J. Smith, detective W. Smith y sargento Vogel. Tienen que reunirse después con el teniente Millard. Russ, todos tuyos.

Saqué mi pluma y, al hacerlo, le di un suave codazo al hombre que tenía al lado para obtener un poco más de espacio donde escribir. Cada uno de los policías que me rodeaban estaba haciendo lo mismo: se podía sentir su atención concentrada en la parte delantera de la habitación.

Millard habló con su voz de abogado en la sala del tribunal.

—Ayer, a las siete de la mañana, avenida Norton, entre la Treinta y Nueve y Coliseo. Una joven muerta, desnuda, cortada en dos, junto a la acera en un solar vacío. Obviamente torturada pero no voy a extenderme sobre ello hasta que hable con el forense de la autopsia... El doctor Newbarr hará el trabajo esta tarde en el Reina de Los Ángeles. Nada de periodistas... hay algunos detalles que no deseamos que se den a conocer.

»La zona ha sido batida a fondo una vez... sin pistas de momento. No había sangre donde encontramos el cuerpo; lo cual significa que la chica fue asesinada en algún otro lugar y abandonado el cadáver en el solar. Hay bastantes solares vacíos en la zona y están siendo registrados en busca de armas y manchas de sangre. Un sospechoso llamado Raymond Douglas Nash, que cometió un homicidio durante un robo a mano armada, alquilaba a veces un garaje al final de la calle. También ha sido examinado en búsqueda de huellas dactilares y manchas de sangre. Los chicos del laboratorio no han obtenido nada y Nash no es sospechoso del asesinato de la chica.

»No la hemos identificado todavía y no encaja con ninguna descripción en los archivos de Personas Desaparecidas. Se han mandado sus huellas por teletipo, así que pronto deberíamos obtener algún tipo de información. Por cierto, una llamada anónima a los de Universidad lo puso todo en marcha. El agente que atendió la denuncia nos ha dicho que era una mujer histérica que llevaba su niña a la escuela. La mujer no dio su nombre y colgó, creo que podemos eliminarle a ella como sospechosa.

Millard pasó a utilizar un paciente tono de profesor.

—Hasta que el cuerpo sea identificado, la investigación debe centrarse en la Treinta y Nueve con la avenida Norton. El paso siguiente es volver a dar una batida por la zona.

Se oyó un gran gemido colectivo.

—Universidad será el puesto de mando —continuó Millard, con el ceño fruncido—, y allí habrá gente que pasará a máquina y reunirá los informes de los agentes que examinen la zona. Habrá policías para montar los sumarios a base de los informes y los índices de pruebas. Serán colocados en el tablero común de Universidad y se repartirán copias por todo Los Ángeles y en las demarcaciones del sheriff. Los hombres aquí presentes que pertenezcan a otros departamentos deberán explicar en sus comisarías todo lo hablado en esta reunión, consignarlo en cada informe delictivo general y pasarlo a cada turno. Cualquier información que reciban de los patrulleros ha de ser enviada telefónicamente a la Central de Homicidios, extensión 411. Bien, tengo listas de direcciones que deben ser visitadas de nuevo para todo el mundo, excepto Blanchard y Bleichert. Bucky, Lee, coged las mismas zonas que ayer. Los que sean de otras divisiones que se queden; el resto de hombres liberados de sus puestos por el capitán Tierney que pasen a verme luego. ¡Eso es todo!

Me escabullí por la puerta y bajé por la escalera de servicio hasta llegar al estacionamiento. Quería evitar a Lee y poner alguna distancia entre él y mi visto bueno a su informe sobre Nash. El cielo se había vuelto de un gris oscuro y durante todo el trayecto hasta Leimert Park no hice más que pensar en los chaparrones que podían eliminar algunas pistas en los solares vacíos, llevándose con ellos la investigación de la chica cortada a trocitos y el dolor y la pena que Lee sentía por su hermana pequeña; al arrastrarlo, todo eso iría a parar a la alcantarilla, hasta conseguir que ésta se desbordara y que Junior Nash asomara su cabeza por ella, con la súplica de ser arrestado. Mientras estacionaba mi coche las nubes empezaron a dispersarse; muy pronto estuve registrando la zona con un sol espléndido cayendo sobre mí... y una nueva ristra de respuestas negativas acabaron con mis fantasías. Hice las mismas preguntas que el día anterior, aunque encarriladas todavía más hacia Nash. Pero esta vez fue diferente. Los policías peinaban el área, anotaban los números de matrícula de todos los coches estacionados y dragaban las cloacas en busca de ropa femenina... Además, la gente de la zona había escuchado la radio y leído los periódicos.

Una vieja que le daba bastante al jerez, a juzgar por su aliento, me enseñó un crucifijo de plástico y me preguntó si eso mantendría alejado al hombre-lobo. Un carcamal, con ropa interior de franela y un cuello de clérigo, me dijo que la chica muerta era un sacrificio a Dios porque Leimert Park había votado a los demócratas en las elecciones de 1946 para el Congreso. Un chaval me enseñó una foto de Lon Chaney, Jr. como el hombre-lobo y dijo que el solar vacío de la Treinta y Nueve con Norton era el terreno de lanzamiento de su nave cohete. Un aficionado al boxeo, que me reconoció gracias al combate con Blanchard, me pidió un autógrafo y luego, muy serio, me espetó que el asesino era el bassett de su vecino y que si tendría la bondad de pegarle un tiro al capullo ese. Las negativas racionales que obtuve fueron tan aburridas como fantasiosas las respuestas de los chalados y empecé a sentirme como si fuera el único hombre que actuaba de forma normal en una monstruosa comedia de enredo.

Acabé a la una y media y regresé a pie a mi coche. Iba pensando en el almuerzo y en pasarme por Universidad cuando vi un trozo de papel metido bajo el limpiaparabrisas: una hoja con el membrete personal de Thad Green y que en el centro, escrito a máquina, ponía: «Agente de policía que esté de guardia: permita la entrada a este agente en la autopsia de la desconocida 31, a las 2 de la tarde, 16/1/47».

La firma de Green estaba garabateada al final... y recordaba sospechosamente a la letra del sargento Leland C. Blanchard. Riendo contra mi voluntad, me dirigí hacia el hospital Reina de Los Ángeles.

136

Los corredores estaban repletos de monjas-enfermeras y ancianos en camilla. Le enseñé mi placa a una de las hermanas y pregunté dónde estaba la sala de autopsias; ella se persignó y luego me guió a lo largo del pasillo; al final, señaló una doble puerta sobre la que se veía la palabra PATOLOGÍA. Fui hasta el patrullero que montaba guardia y le enseñé mi invitación; se puso muy serio, irguió el cuerpo y abrió las puertas. Entré en una habitación pequeña y fría, toda de un blanco antiséptico, con una larga mesa metálica en el centro. Dos objetos, cubiertos con sábanas, yacían sobre ella. Tomé asiento en un banco de cara a la mesa, estremeciéndome ante la idea de ver otra vez la muerta sonrisa de la chica.

Las dobles puertas se abrieron unos segundos después. Un hombre alto y de avanzada edad que fumaba un puro entró por ellas seguido de una monja con un cuaderno para tomar notas taquigráficas entre las manos.

Russ Millard, Harry Sears y Lee entraron detrás acompañados por el oficial ejecutivo de Homicidios meneando la cabeza.

—Tú y Blanchard estáis siempre por todos lados, igual que la falsa moneda. Doctor, ¿podemos fumar nosotros?

El anciano sacó un escalpelo de su bolsillo trasero y lo limpió en la pernera de su pantalón.

—Por supuesto. A la chica no le molestará, va a quedarse para siempre en la tierra de los sueños. Hermana Margaret, ayúdeme a retirar esta sábana, ¿quiere?

Lee tomó asiento en el banco, a mi lado; Millard y Sears encendieron sus cigarrillos y sacaron cuadernillos y plumas. Lee bostezó.

—¿Has conseguido algo? —me preguntó.

Pude observar que se le había terminado el efecto de la benzedrina.

—Sí. Un hombre-lobo asesino que viene de Marte cometió el crimen. Buck Rogers le está persiguiendo en su nave espacial y tú deberías irte a casa a dormir.

Él bostezó de nuevo.

—Luego. Lo mejor que he sacado yo ha sido una pista sobre los nazis. Un tipo me ha dicho que vio a Hitler en un bar entre la Treinta y Nueve y Crenshaw. ¡Oh, Jesús, Bucky!

Lee bajó los ojos; entonces, yo miré hacia la mesa de autopsias. La chica muerta estaba destapada, su cabeza vuelta en nuestra dirección. Clavé la vista en mis zapatos hasta que el doctor empezó a parlotear una jerga médica.

—En el primer examen patológico, tenemos aquí a una hembra caucasiana. El tono muscular indica que su edad está entre los dieciséis y los treinta años. El cadáver viene presentado en dos mitades, con la bisección a nivel del ombligo. En la mitad superior la cabeza está intacta, con grandes fracturas craneales, los rasgos faciales significativamente oscurecidos por considerables equimosis, hematomas y edema. Desplazamiento hacia abajo del cartílago nasal. Laceraciones en ambas comisuras de la boca que atraviesan los músculos maseteros y se extienden por las articulaciones de la mandíbula hasta llegar a los lóbulos. No hay signos visibles de hematomas en el cuello. Múltiples laceraciones en la parte anterior del tórax, centradas en los dos senos. Quemaduras de cigarrillos en ambos. El derecho casi totalmente amputado del tórax. La inspección de la cavidad abdominal superior media revela que no existe flujo sanguíneo. Intestinos, estómago, hígado y bazo quitados.

El doctor aspiró un poco de aire; yo alcé los ojos y le observé chupar su puro. La monja taquígrafa acabó de anotar lo que había dicho, y Millard y Sears siguieron con los ojos clavados en el fiambre mientras Lee miraba al suelo y se enjugaba el sudor de la frente. El doctor palpó los senos y continuó:

—La falta de hipertrofia —dijo— indica que no había embarazo en el momento de la muerte. —Cogió su escalpelo y empezó a hurgar en la mitad inferior del cadáver. Yo cerré los ojos y escuché—. La inspección de la mitad inferior del cadáver revela una incisión longitudinal desde el ombligo a la sínfisis pubiana. Mesenterio, útero, ovarios y recto extraídos; múltiples laceraciones, tanto en la pared anterior de la cavidad como en la posterior. Gran hendidura triangular en el muslo izquierdo. Hermana, ayúdeme a darle la vuelta.

Oí abrirse las puertas.

—¡Teniente! —gritó alguien.

Abrí los ojos y vi a Millard poniéndose en pie y al doctor y la monja colocando al fiambre de bruces. Cuando el cadáver tuvo la espalda al aire, el doctor le alzó los tobillos para flexionarle las piernas.

—Las dos piernas rotas en la rodilla, leves marcas de heridas a medio curar en hombros y parte superior de la espalda. Señales de ataduras en ambos tobillos. Hermana, déme un espéculo y un depresor.

Millard volvió a entrar y le entregó un papel a Sears. Éste lo leyó y le dio un codazo a Lee. El doctor y la monja dieron la vuelta a la mitad inferior del cadáver, para dejar bien abiertas las piernas. Mi estómago se agitó.

—Bingo —dijo Lee.

Mientras el doctor hablaba con voz monótona de la falta de abrasiones vaginales y la presencia de semen ya antiguo, Lee miraba el papel, una hoja de teletipo. La frialdad de su voz me irritó; cogí el papel con brusquedad y leí: «Russ, es Elizabeth Ann Short, nacida el veintinueve de julio de 1924, en Medford, Mass. Los federales han identificado las huellas. Fue arrestada en Santa Bárbara en septiembre de 1943. Se están haciendo más investigaciones sobre la historia. Preséntate en el ayuntamiento después de la autopsia. Convoca a todos los agentes disponibles. J. T.».

—Eso es todo en examen preliminar —dijo el doctor—. Luego haré algunas pruebas más específicas y efectuaré unas cuantas comprobaciones toxicológicas. —Volvió a tapar las dos mitades de Elizabeth Ann Short y añadió—: ¿Preguntas?

La monja se dirigió hacia la puerta con el cuaderno con las notas taquigráficas apretado con fuerza entre sus dedos.

—¿Puede darnos una reconstrucción? —preguntó Millard.

—Claro, con reservas de lo que las otras pruebas den. Esto es lo que no sucedió: no estaba embarazada, no fue violada pero tuvo una relación sexual voluntaria en algún momento de la semana pasada, aproximadamente. En esa semana recibió lo que podría llamarse una paliza suave; las últimas señales de su espalda son más antiguas que los cortes de su parte delantera. Esto es lo que yo creo que sucedió: la ataron y la torturaron con un cuchillo durante un mínimo de treinta y seis a cuarenta y ocho horas. Creo que le rompieron las piernas con un instrumento liso y de forma curva, como un bate de béisbol, por ejemplo, mientras todavía estaba con vida. Creo que o bien la mataron a golpes con algo parecido a un bate o bien murió ahogada por la sangre que fluyó de la herida de la boca. La cortaron en dos con un cuchillo de carnicero o algo parecido a eso después de que muriese y el asesino usó algo similar a un cortaplumas para sacarle los órganos. Más tarde, una vez acabado todo eso, desangró el cuerpo y lo lavó, yo diría que en una bañera. Hemos tomado unas cuantas muestras de sangre de los riñones y en unos cuantos días podremos decirles si había alguna droga o licor en su organismo.

—Doctor, ¿sabía algo ese tipo de anatomía o medicina? —preguntó Lee—. ¿Por qué le hizo todo eso por dentro?

El doctor examinó la colilla de su puro.

—Dígamelo usted. Los órganos de la mitad superior podrían haber sido extraídos con suma facilidad. Para sacar los órganos de la mitad inferior, tuvo que hurgar con un cuchillo, como si eso fuera lo que le interesaba. Tal vez tuviera cierta instrucción en medicina, aunque también es posible que la tuviera en veterinaria, o en taxidermia, o en biología, o podría haber asistido al curso 104 de Fisiología en el sistema escolar de Los Ángeles o a mi clase de Patología para principiantes en la Universidad de California. Dígamelo usted. Le diré lo que yo sé con seguridad: unas seis a ocho horas antes de que la encontraran ya estaba muerta y la mataron en algún recinto cerrado donde había agua corriente. Harry, ¿tiene esta chica nombre ya?

Sears intentó responder pero sus labios se limitaron a moverse sin emitir sonido alguno. Millard le puso una mano sobre el hombro.

—Elizabeth Short —respondió.

El doctor alzó su puro, como si saludara al cielo.

—Elizabeth, Dios te ama. Russell, cuando cojan al hijo de puta que le hizo esto, denle una patada en los huevos y díganle que es de parte de Frederick D. Newbarr, doctor en Medicina. Ahora, salgan todos de aquí. Dentro de diez minutos tengo una cita con un tipo que se ha suicidado tirándose por la ventana.

Al salir del ascensor oí la voz de Ellis Loew, una octava más alta y más ronca de lo habitual, que despertaba ecos a lo largo del pasillo. Logré entender: «Vivisección de una hermosa joven», «Monstruo psicópata» y «Mis aspiraciones políticas están subordinadas a mi deseo de que se haga justicia». Abrí una puerta que daba a la sala de Homicidios y vi como declamaba el genio de los republicanos ante los micrófonos de la radio y un equipo de técnicos. Llevaba una insignia de la Legión Americana en la solapa, probablemente comprada al legionario borrachín que dormía en el estacionamiento de Archivos, un hombre al que en tiempos acusó con virulencia por vagancia.

El lugar estaba lleno de gente, así que continué pasillo adelante hasta la oficina de Tierney. Allí, Lee, Russ Millard, Harry Sears y dos veteranos a los que apenas si yo conocía —Dick Cavanaugh y Vern Smith—, formaban un grupo alrededor de la mesa del capitán Jack, examinando un papel que el jefe sostenía entre sus dedos.

Miré por encima del hombro de Harry. En la página, pegadas con cinta adhesiva, había seis fotografías; tres eran de una morena que dejaba sin respiración; las otras tres, del cadáver encontrado entre la Treinta y Nueve y Norton. La sonrisa de su boca rajada pareció saltar de la página hacia mí.

—Las fotografías son de la policía de Santa Bárbara —dijo el capitán Jack—. Pillaron a la Short en septiembre del 43 por beber alcohol siendo menor de edad y la devolvieron a casa de su madre, en Massachusetts. La policía de Boston se puso en contacto con ella hace una hora. Viene hacia aquí en avión para identificar mañana el cadáver. Los de Boston están haciendo investigaciones en el Este y todos los permisos han sido cancelados. Si alguien se queja, me limito a enseñarle estas fotos. ¿Qué ha dicho el doctor Newbarr, Russ?

—Torturada durante dos días —respondió Millard—. Causa de la muerte, la herida de la boca o los golpes en la cabeza. No hay violación. Faltan los órganos internos. Muerta de seis a ocho horas antes de que el cuerpo fuera dejado en el solar. ¿Qué más tenemos sobre ella?

Tierney examinó algunos papeles de su escritorio.

—Salvo por ese problema con la bebida no hay nada más. Cuatro hermanas, padres divorciados, trabajó en la cantina del Campamento Cooke durante la guerra. El padre está aquí, en Los Ángeles. ¿Qué viene ahora?

Yo fui el único que parpadeó cuando el gran jefe le pidió consejo al número dos.

—Quiero dar otra vuelta por Leimert Park con las fotos —dijo Millard—. Harry, yo y otros dos hombres. Luego, iré a Universidad para leer informes y contestar llamadas. ¿Ha dejado Loew que la prensa le eche un vistazo a las fotos?

Tierney asintió.

—Ajá, y Bevo Means me ha dicho que el padre le ha vendido al *Times* y al *Herald* unas cuantas fotos antiguas de la chica. Saldrá en primera página en las ediciones de la noche.

—¡Maldición! —gruñó Millard, el único taco que se le había oído decir jamás—. Se volverán locos por ella —dijo con expresión enfurecida—. ¿Ha sido interrogado el padre?

Tierney meneó la cabeza y consultó unos cuantos papeles.

—Cleo Short, 10201/2 South Kingsley, distrito de Wilshire. Hice que un agente le llamara y le dijera que no se moviera de allí, que enviaríamos algunos hombres para hablar con él. Russ, ¿crees que los chalados se van a enamorar de este caso?

—¿Cuántas confesiones hay de momento?

—Dieciocho.

—Por la mañana habrá el doble, más aún si Loew ha puesto nerviosa a la prensa con su oratoria sentimental.

—Creo que les he motivado bastante, teniente. Y yo diría que mi oratoria está a la altura del crimen cometido.

Ellis Loew se hallaba de pie en el umbral, con Fritz Vogel y Bill Koenig detrás, a su espalda. Millard clavó sus ojos en el.

—Ellis, demasiada publicidad es un estorbo. Si usted fuese policía, sabría eso.

Loew se ruborizó y sus dedos buscaron la llavecita Phi Beta Kappa.

—Tengo el rango de enlace entre la policía y los medios civiles, y he sido nombrado especialmente para ello por la ciudad de Los Ángeles.

Millard sonrió.

—Ayudante, usted es un civil.

Loew puso cara de irritación y luego se volvió hacia Tierney.

—Capitán, ¿ha enviado hombres para que hablen con el padre de la víctima?

—Todavía no, Ellis —dijo el capitán Jack—. Pronto irán.

—¿Qué hay de Vogel y Koenig? Ellos conseguirían averiguar lo que necesitamos saber.

Tierney miró al teniente Millard. Éste meneó la cabeza de una forma casi imperceptible.

—Ah, Ellis —dijo el capitán Jack—, en los casos importantes de Homicidios el responsable del Departamento es quien asigna a los hombres. Ah, esto... Russ... ¿quién piensa que debería ir?

Millard examinó primero a Cavanaugh y a Smith: después a mí, que intentaba pasar desapercibido y luego a Lee, que bostezaba apoyado en la pared.

—Bleichert y Blanchard, par de monedas falsas —dijo—, interroguen al padre de la señorita Short. Lleven su informe mañana a la comisaría de Universidad.

Las manos de Loew dieron tal tirón a su llavecita Phi Beta que la arrancaron de su cadena y ésta cayó al suelo. Bill Koenig cruzó el umbral y la recogió; Loew giró sobre sus talones y salió al pasillo. Vogel miró fijamente durante un segundo a Millard y luego siguió a Loew. Harry Sears, con su aliento soltando emanaciones de «Old Grand Dad», exclamó:

—Manda unos cuantos negros a la cámara de gas y se le sube a la cabeza.

—Los negros debieron confesar —dijo Vern Smith.

—Con Fritzie y Bill todos confiesan —añadió Dick Cavanaugh.

—Hijo de puta, tiene la cabeza llena de mierda... —murmuró Russ Millard.

Fuimos en coches separados al distrito de Wilshire, teniendo como punto de cita el número 10201/2 de South Kingsley al anochecer. Era un apartamento con garaje situado detrás de una gran casa victoriana. En su interior, había luces encendidas.

—El bueno y el malo —dijo Lee con un bostezo, y llamó al timbre.

Un hombre flaco que rondaría los cincuenta abrió la puerta.

—Polis, ¿eh? —afirmó más que preguntó.

Tenía el cabello oscuro y ojos claros, parecidos a los de la chica de las fotos, pero ahí acababa cualquier semejanza familiar.

Elizabeth Short era una bomba y él parecía la víctima de un bombardeo: cuerpo huesudo metido en unos abultados pantalones marrones y una camiseta sucia, los hombros cubiertos de lunares y el arrugado rostro marcado por las cicatrices del acné. Nos indicó el interior de la casa con una seña.

—Tengo una coartada —dijo—, por si se les hubiera ocurrido pensar que lo hice yo. Es más sólida que el culo de un cangrejo, y eso es realmente muy sólido.

—Soy el detective Bleichert, señor Short —dije, jugando a fondo mi papel de señor Sombrero Blanco—. Este es mi compañero, el sargento Blanchard. Nos gustaría expresarle nuestras condolencias por la pérdida de su hija.

Cleo Short cerró la puerta con un golpe seco.

—Leo los periódicos y sé quiénes son ustedes. Ninguno de los dos habría durado un asalto con «Caballero» Jim Jeffries. Y en lo que respecta a sus condolencias... *c'est la vie*, eso digo yo. Betty pidió bailar y tenía que acabar pagándole a la orquesta. Nada es gratis en esta vida. ¿Quieren oír mi coartada?

Me senté en un sofá con la tapicería desgastada y examiné la habitación. Las paredes aparecían cubiertas del suelo al techo con estantes de los que desbordaban montones de noveluchas; había el sofá en el que yo me sentaba, una silla de madera y nada más. Lee sacó su cuadernillo.

—Dado que está tan ansioso por contárnosla, adelante.

Short se dejó caer en la silla y movió las piernas varias veces, como un animal que remueve el polvo con las pezuñas antes de actuar.

—Estuve clavadito en mi trabajo desde el martes día catorce a las dos de la tarde hasta el miércoles quince a las cinco de la tarde. Veintisiete horas seguidas, cobrando como extras las últimas diecisiete. Arreglo neveras. soy el mejor de todo el Oeste. Trabajo en El Rey del Hielo, Berendo Sur 4831. El nombre de mi jefe es Mike Mazmanian. Me proporcionará una coartada tan buena como el pedo de una palomita de maíz y eso es realmente muy bueno.

Lee bostezó y anotó lo que le había dicho; Cleo Short cruzó los brazos sobre su huesudo pecho, desafiándonos a que hiciéramos algo en contra suya.

—¿Cuándo vio a su hija por última vez, señor Short? —pregunté.

—Betty llegó al Oeste en la primavera del 43, con estrellas en los ojos y ganas de armar jaleo en la cabeza. No la había visto desde que abandoné a ese palo seco que tenía por mujer en Charleston, Mass, el uno de marzo del año del Señor de 1930, y nunca miré hacia atrás. Pero Betty escribió para decirme que necesitaba que le echara una mano, un techo y entonces yo...

—Abrevie el discurso, papi —le interrumpió Lee—. ¿Cuándo vio a Elizabeth por última vez?

—Tranquilo, socio —dije yo—. El hombre está cooperando. Siga, señor Short.

Éste se pegó a la silla, los ojos clavados en Lee.

—Antes de que este fortachón se pusiera nervioso,

iba a decirles que eché mano de mis ahorros y le mandé a Betty un billete de cien pavos para que viniera al Oeste y le prometí pagarle treinta y cinco a la semana si mantenía limpia la casa. Una oferta generosa, si quieren saber mi opinión al respecto. Pero Betty tenía otros pensamientos. Era una desastre como ama de casa, así que le di la patada el dos de junio de 1943, año del Señor, y no la he visto desde entonces.

Anoté la información y luego le pregunté:

—¿Sabía que se encontraba en Los Ángeles recientemente?

Cleo Short dejó de clavarle los ojos a Lee y me los clavó a mí.

—No.

—¿Tenía algún enemigo, que usted supiera?

—Sólo ella misma.

—Basta de contestaciones brillantes, papi —ordenó Lee.

—Déjale hablar —dije yo en un murmullo y luego, en voz alta, añadí—: ¿Adónde se fue Elizabeth cuando se marchó de aquí en junio del 43?

Short señaló a Lee con un dedo.

—¡Dígale a su amigo que si continúa llamándome papi, yo lo llamaré a él desgraciado! ¡Dígale que a no tener respeto podemos jugar los dos! ¡Dígale que le arreglé su modelo Maytag 821 al jefe Horrall y que se lo arreglé muy bien!

Lee se fue al cuarto de baño; le vi engullir un puñado de píldoras con agua del grifo.

—Señor Short —dije, con mi más tranquila voz de chico bueno—, ¿adónde se fue Elizabeth en junio del 43?

—Si ese gorila me pone la mano encima, me encargaré de que le caiga un paquete muy gordo —continuó Short con sus protestas.

—Estoy seguro de ello. ¿Querría usted cont...?

—Betty se fue a Santa Bárbara y consiguió un trabajo en la cantina del Campamento Cooke. Me mandó una postal en julio. Decía que un soldado le había dado una paliza. Eso fue lo último que supe de ella.

—¿Mencionaba en la postal el nombre del soldado?

—No.

—¿Mencionaba los nombres de alguna amistad que tuviera en el Campamento Cooke?

—No.

—¿Novios o algo así?

—¡Ja!

Aparté mi pluma del cuadernillo.

—¿Por qué «ja»?

Short rió tan fuerte que me hizo pensar si no explotaría su flaco pecho de gallina. Lee salió del cuarto de baño; entonces, le hice señas para que se tomara las cosas con calma. Asintió y se dejó caer en el sofá, a mi lado. Nos quedamos a la espera de que Short se cansara de reír. Cuando su risa se hubo convertido en un seco cacareo, continué.

—Hábleme de Betty y los hombres.

Short rió de nuevo.

—Le gustaban, y ella les gustaba a ellos. Betty creía más en la cantidad que en la calidad y no creo que fuera demasiado buena a la hora de decir no, a diferencia de su madre.

—Precise más —dije—. Nombres, fechas, descripciones.

—Hijo, debe haber recibido demasiado en el ring porque tiene filtraciones de agua en la sesera. Einstein sería incapaz de recordar los nombres de todos los chicos de Betty, y yo no me llamo Albert.

—Díganos los que recuerde.

Short se metió los pulgares en el cinturón y se meció atrás y adelante en la silla, igual que si fuera un orgulloso gallo en su corral.

—Betty estaba loca por los hombres y estaba loca por los soldados. Le gustaba cualquier cosa blanca que hubiera dentro del uniforme. Cuando se suponía que debía limpiar la casa, ella andaba por el bulevar Hollywood, y se dejaba invitar a copas por los soldados que estaban de permiso. Y cuando la tenía aquí, mi casa parecía una dependencia oficial de las Fuerzas Armadas.

—¿No le importa llamar fulana a su propia hija? —preguntó Lee.

Short se encogió de hombros.

—Tengo cinco hijas. Una manzana podrida entre cinco no es mal promedio.

Lee estaba tan furioso que la ira parecía rezumar de su cuerpo; le puse una mano en el brazo para contenerle y casi pude notar el zumbido de su sangre.

—¿Qué hay de esos nombres, señor Short?

—Tom, Dick, Harry... que más da. Todos esos desgraciados le echaron una breve mirada a Cleo Short y se lanzaron encima de Betty. Eso es todo lo preciso que puedo ser. Busquen a cualquiera de uniforme que no sea demasiado horrible y no se equivocarán de persona.

Pasé la hoja del cuadernito para empezar otra.

—¿Qué hay de los empleos? ¿Tenía algún trabajo Betty cuando estaba aquí?

—¡Su empleo era trabajar para mí! —gritó el viejo—. ¡Dijo que buscaba trabajo en el cine pero me engañaba! ¡Todo lo que ella deseaba era pasear por el bulevar con esos trajes negros suyos, y perseguir a los hombres! ¡Destrozó mi bañera por teñirse la ropa de negro en ella y luego se escapó antes de que yo pudiera deducirle los daños de su salario! ¡Vagaba por las calles igual que si fuera una araña viuda negra, y no me extraña que acabaran haciéndole daño! ¡Es culpa de su madre, no mía, culpa de esa puta irlandesa que apenas si tenía coño! ¡No es culpa mía!

Lee se pasó un rígido dedo a través de la garganta. Salimos a la calle, dejando a Cleo Short gritándole a sus cuatro paredes.

—Mierda santa —murmuró Lee.

—Sí —suspiré, mientras pensaba en que nos acababa de señalar a todas las Fuerzas Armadas de los Estados Unidos como sospechosos. —Hurgué en mis bolsillos buscando una moneda—. ¿Echamos a suertes quién escribe el informe?

—Hazlo tú, ¿quieres? —me pidió Lee—. Yo he de mantenerme pegado al picadero de Junior Nash y conseguir algunos números de matrícula.

—Intenta conseguir también un poco de sueño.

—Lo haré.

—No, no lo harás.

—Me es imposible dejar este asunto. Oye, ¿irás a casa y le harás compañía a Kay? Ha estado preocupada por mí y no quiero dejarla sola tanto tiempo.

Pensé en lo que yo había dicho en la Treinta y Nueve y Norton la noche anterior, aquello que los tres sabíamos pero de lo cual no hablábamos nunca, ese paso hacia delante que sólo Kay tenía el suficiente valor para dar.

—Claro, Lee.

Encontré a Kay en su postura habitual durante las noches de los días laborables: leyendo en el diván de la sala. Cuando entré, no levantó la mirada; se limitó a lanzar un perezoso anillo de humo.

—Hola, Dwight —me saludó.

Cogí una de las sillas que había al lado de la mesita del café y la llevé junto a ella.

—¿Cómo sabías que era yo?

Kay marcó un pasaje del libro con un círculo.

—Lee pisa fuerte, tú andas con más cautela.

Me eché a reír.

—Eso es algo simbólico, pero no se lo cuentes a nadie. —Kay apagó su cigarrillo y dejó el libro.

—Pareces preocupado.

—Lee ha perdido la cabeza con eso de la chica muerta —dije—. Ha hecho que nos retiren del caso que investigábamos, buscar a un fugitivo prioridad uno, y ha estado tomando benzedrina y portándose casi como una ardilla histérica. ¿Te ha hablado de ella?

Kay asintió.

—Un poco.

—¿Has leído los periódicos?

—He procurado evitarlo.

—Bueno, se dedican a presentar a la chica como la atracción más sonada desde la bomba atómica. Hay cien hombres trabajando en un solo homicidio, Ellis Loew sacará una buena tajada del asunto, Lee no piensa más que en ello...

Kay logró desarmarme y cortar mi discurso con una sonrisa.

—Y tú estuviste en los titulares del lunes pero hoy eres un trozo de pan rancio. Y deseas perseguir a ese ladrón tuyo, que es muy grande y muy malo, para conseguir otro titular para ti.

—*Touché!* Pero eso es sólo parte del asunto.

—Lo sé. En cuanto consigues los titulares, te escondes y no lees los periódicos.

Suspiré.

—Cristo, desearía que no me superaras tanto en inteligencia.

—Y yo desearía que no fueras tan cauteloso y complicado. Dwight, ¿qué va a pasarnos?

—¿A los tres?

—No, a nosotros.

Mis ojos deambularon por la sala, toda madera, cuero y cromo. Había en ella un armarito de caoba con la parte frontal de vidrio; estaba lleno con los suéteres de cachemira de Kay, en todos los matices del arco iris, a cuarenta dólares cada uno. Y esa misma mujer, una basura blanca de Dakota del Sur moldeada por el amor de un policía, se hallaba frente a mí. Por una vez, dije exactamente lo que pensaba.

—Nunca lo dejarías. Nunca abandonarías todo esto. Quizá si lo hicieras, quizá si Lee y yo estuviéramos a la par... quizá entonces pudiéramos tener una oportunidad juntos. Pero nunca podrías abandonarlo todo.

Kay se tomó su tiempo para encender otro cigarrillo.

—¿Sabes lo que ha hecho por mí? —preguntó entre el humo exhalado.

—Y por mí —dije yo.

Kay echó la cabeza hacia atrás y clavó los ojos en el techo, estuco con paneles y molduras de caoba. Siguió lanzando anillos de humo.

—Estaba enamorada de ti como una colegiala —comentó—. Bobby de Witt y Lee solían llevarme a los combates. Yo cogía mi cuaderno de dibujo para no sentirme como una de esas horribles mujeres que le seguían la corriente a sus hombres fingiendo que les gustaba el boxeo. Lo que a mí me gustaba eras tú. El modo en que te reías de ti mismo por tus dientes, cómo te cubrías para que no te dieran. Después entraste en la policía y Lee me contó que se había enterado de cómo denunciaste a esos amigos japoneses tuyos. No te odié por eso, lo único que ocurrió fue que me pareciste más real. También pasó lo mismo con el asunto de las cazadoras de cuero. Eras mi héroe de cuento, sólo que mi cuento era real, había pedacitos y fragmentos de él por aquí y por allí... Entonces, llegó el combate y aunque odiaba esa idea, le dije a Lee que siguiera adelante con ella, porque parecía prometerme que los tres íbamos a ser algo, lo que debíamos ser.

Pensé en una docena de cosas que decir, todas ellas ciertas, y referentes tan sólo a nosotros dos. Pero no pude y busqué la imagen de Lee para refugiarme en ella.

—No quiero que te preocupes por Bobby de Witt. Cuando salga, yo me encargaré de él, haré todo lo que sea preciso. Nunca se acercará ni a ti ni a Lee.

Kay apartó sus ojos del techo y me clavó una mirada extraña, dura pero triste por debajo de esa dureza.

—He dejado de preocuparme acerca de Bobby. Lee puede manejarle.

—Creo que Lee le tiene miedo.

—Por supuesto que sí. Aunque pienso que eso se debe a lo mucho que Bobby sabe de mí y Lee tiene miedo de que se lo cuente a todo el mundo. No es que a nadie le importe, claro.

—A mí sí me importa. Y como agarre a Bobby de Witt, tendrá suerte si luego puede pronunciar cualquier clase de palabra.

Kay se puso en pie.

—Para ser un hombre cuyo corazón desea coger lo que le gusta, resulta difícil hacerte entender las cosas. Me voy a la cama. Buenas noches, Dwight.

Cuando oí un cuarteto de Schubert saliendo del dormitorio de Kay cogí pluma y papel del armarito donde se guardaban las cosas de escribir y redacté mi informe sobre el interrogatorio del padre de Elizabeth Short. Incluí una mención de su «muy sólida» coartada, su relato sobre la conducta de la chica cuando vivió con él en el año 43, la paliza que recibió a manos de un soldado del Campamento Cooke y su desfile de novios anónimos. Rellenar el informe con detalles innecesarios hizo que mi mente se apartara casi por completo de Kay. Cuando terminé, me hice dos bocadillos de jamón, los engullí con un vaso de leche y me quedé dormido en el sofá.

Mis sueños consistieron en fugaces visiones de criminales recientes, con un Ellis Loew que representaba al lado bueno de la ley y llevaba los números de un detenido escritos sobre su pecho. Betty Short se unió a él en blanco y negro, primero de frente y luego del perfil izquierdo. Después, todos los rostros se disolvieron para convertirse en formularios de policía que pasaban ante mí sin acabar nunca mientras que yo intentaba anotar información sobre el paradero de Junior Nash en los espacios que estaban en blanco. Me desperté con dolor de cabeza, y con la certeza de que tenía un día muy largo ante mí.

El sol estaba apareciendo. Salí al porche y recogí el *Herald* de la mañana. El titular era: «Búsqueda de los novios en el asesinato con torturas», con un retrato de Elizabeth Short centrado bajo el titular. Llevaba el pie de «*La Dalia Negra*», seguido por: «Las autoridades investigaban hoy la vida amorosa de la joven Elizabeth Short, de 22 años, víctima del Licántropo Asesino, cuyos romances la habían convertido, según sus amistades, de una chica inocente a una delincuente loca por los hombres y siempre vestida de negro conocida como la *Dalia Negra*.» Noté la presencia de Kay a mi lado.

Cogió el periódico y examinó rápidamente la primera página con un leve estremecimiento. Cuando me lo devolvió, dijo:

—¿Acabará pronto todo esto?

Pasé toda la primera parte del periódico casi sin leerla. Elizabeth Short ocupaba seis páginas enteras, con la mayor parte de la tinta gastada retratándola como una escurridiza mujer fatal de ajustado traje negro.

—No —respondí.

9

Los periodistas rodeaban la comisaría de Universidad. El estacionamiento se hallaba repleto y la acera cubierta por una hilera de furgonetas de la radio, así que dejé el coche en doble fila, puse el letrero de «Vehículo oficial de la policía» bajo mi limpiaparabrisas y me abrí paso a través del cordón de sabuesos de la prensa con la cabeza gacha para evitar que me reconocieran.

No funcionó; oí gritar: «Buck-kee» y «Bleichert», luego, varias manos se agarraron a mí, me arrancaron un bolsillo de la chaqueta y tuve que entrar casi a puñetazos.

El vestíbulo se encontraba lleno de policías que salían a empezar el turno de día; una puerta daba a una sala común atestada. A lo largo de las paredes había catres; vi a Lee dormido en uno de ellos, con las piernas tapadas con hojas de periódico. Los teléfonos sonaban al unísono en todas las mesas que me rodeaban, y mi dolor de cabeza volvió de inmediato, con el latido en las sienes dos veces peor que antes. Ellis Loew estaba pegando tiras de papel en un tablón de anuncios; le di una palmada en el hombro, con bastante fuerza.

Giró en redondo.

—No quiero formar parte de este circo —dije—. Soy un agente de la Criminal, no un tipo de Homicidios, y tengo fugitivos con prioridad. Quiero ser asignado de nuevo a mi puesto. Ahora.

—No —siseó Loew—. Trabajas para mí y quiero tenerte en el caso Short. Ésa es mi decisión, absoluta e irrevocable. Y no pienso aguantarte exigencias de *prima donna*, agente. ¿Entiendes?

—¡Ellis, maldita sea!

—Necesitarás tener galones en la manga antes de poder llamarme así, Bleichert. Hasta entonces soy el señor Loew para ti. Ahora, ve a leer el informe de Millard.

Hecho una furia me dirigí hacia la parte trasera de la sala.

Russ Millard estaba dormido en una silla con los pies apoyados en el escritorio que tenía delante. Cuatro hojas de papel escritas a máquina se hallaban clavadas con chinchetas al tablero de corcho que había a unos metros de él. Las leí:

Primer informe
187 P. C., Víct: Short, Elizabeth Ann, B. H.
F. N. 2917124. Denunciado 17/1/47 6.00 horas.
Caballeros:
Éste es el primer informe sobre E. Short, F. M. 15/1/47, Treinta y Nueve y Norton, Leimert Park.
1. Treinta y tres confesiones falsas o quizá falsas por el momento. Los que eran claramente inocentes han sido liberados, los incoherentes y los desequilibrados retenidos en la prisión en espera de comprobacio-

nes de coartadas y exámenes médicos. Los enfermos mentales conocidos están siendo interrogados por el doctor De River, psiquiatra titular, con apoyo de la Div. Det. Nada sólido todavía.

2. Resultados del post mort. prelim. y posteriores: víct. asfixiada hasta morir, hemorragia resultado cuchillada oreja a oreja a través boca. Ni alcohol ni narcóticos en sangre en el momento de la muerte. (Para det. ver caso archivo 14-187-47.)

3. D. P. Boston comprobando ambiente E. Short, familia, viejos novios y sus paraderos en momento del crimen. Padre (C. Short) tiene coartada válida: está eliminado como sospechoso.

4. D.I.C. Campamento Cooke está investigando informes de paliza recibida E. Short obra soldado cuando trabajaba en la cantina en 9/43. E. Short arrestada por beber alcohol sin edad legal para ello en 9/43, D.I.C. dice que soldados arrestados con ella se encuentran todos fuera del país, por lo tanto, eliminados como sospechosos.

5. Alcantarillas de toda la ciudad siendo dragadas en busca de ropa E. Short. Toda ropa de mujer encontrada será analizada en el lab. criminal central. (Ver inf. lab. criminal para det.)

6. Informes ciudad 12/1/47-15/1/47 reunidos y leídos. Una pista seguida: mujer de Hollywood llamó para quejarse sobre gritos que «sonaban extraños, como balbuceos» en H. W. Hills noches del 13/1 y 14/1. Resultado investigación: descartado como asistentes una fiesta haciendo ruido. Agentes en la zona: no hacer caso repetición.

7. De llamadas telefónicas verificadas: E. Short vivió la mayor parte del 12/46 en San Diego, en casa de Elvera French. Víct. conoció a hija señora French,

Dorothy, en cine donde Dorothy trabajaba, contó historia (sin verificar) sobre haber sido abandonada por esposo. Los French la aceptaron en su casa y E. Short les contó varias historias contradictorias: viuda mayor cuerpo aéreo; dejada encinta por piloto marina; comprometida con aviador ejército. Víct. tuvo muchas citas con hombres diferentes durante su estancia en casa de los French. (Véanse entrevistas 14-187-47 para det.)

8. E. Short dejó casa de los French 9/1/47 en compañía de hombre al que llamaba «Red» (desc. como: B. V., 25-30, alto, «apuesto», metro setenta u ochenta, cabello rojo, ojos azules). «Red» teóricamente viajante de comercio. Conduce un sedán Dodge de la preguerra con placas de Huntington Park. Iniciada búsqueda vehículo. Orden de búsqueda para «Red».

9. Información verificada: Val Gordon (B. H.) Riverside, Calif., llamó diciendo es hermana difunto mayor fuerza aérea Matt Gordon. Dijo: E. Short le escribió a ella y a sus padres en otoño 46, poco después May Gordon muriera al estrellarse avión. Mintió acerca de ser prometida de Gordon, les pidió $. Padres señorita Gordon, se negaron a la petición.

10. Baúl perteneciente a E. Short localizado en oficina Railway Express, parte baja Los Ángeles (empleado R. E. vio nombre víct. y foto en periódicos, la recordó depositando baúl finales 11/46). Baúl siendo examinado. Copias centenar cartas amor a varios hombres (casi todos soldados), encontradas, y (muchas menos) notas escritas a ella. También, muchas fotos E. Short con soldados de uniforme. Cartas siendo leídas, nombres y descripciones hombres serán anotados.

11. Información telefónica verificada: antiguo ten. Cuerpo Aéreo J. G. Fickling llamó de Mobile, Ala., cuan-

do vio nombre y foto E. Short en periódicos Mobile. Dijo él y víct. habían tenido «breve asunto» en Boston finales 43 y que «continuamente tenía como a diez hombres más haciendo cola». Fickling tiene coartada para momento del crimen. Eliminado como sospechoso, niega también haber estado nunca comprometido con E. Short.

12. Numerosas llamadas con pistas a todo el D.P.L.A. y oficinas del sheriff: Las que parecían de chalados descartadas, otras dirigidas a las áreas correspondientes a través Cent. Homicidios. Todas pistas siendo verificadas de forma cruzada.

13. Información direcciones verificadas: E. Short vivió en esas direcciones en 1946. (Nombres siguiendo direcciones son de quien ha llamado o residentes verificados misma dirección. Todos salvo Linda Martin comprobados en registros.)

13. A-1611 N. Orange doctor, Hollywood. (Harold Costa, Donald Leyes, Marjorie Graham) 6024 Carlos Ave., Hollywood. 1842 N. Cherokee, Hollywood (Linda Martin, Sheryl Saddon) 53 Linden, Long Beach.

14. Resultados hallazgos en solares vacíos DIC: no se encontró ropa de mujer, sí numerosos cuchillos y hojas de cuchillo, todos demasiado oxidados para ser arma del crimen. No se halló sangre.

15. Resultados batida Leimert Park (con fotos E. Short): nada (todas afirmaciones de haberla visto obviamente de chalados).

En conclusión: creo que todos los esfuerzos investigadores deberían centrarse alrededor interrogatorios relaciones conocidas de E. Short, en particular sus numerosos amantes. Sargento Sears y yo iremos a San Diego para interrogar sus R.C. de allí. Entre orden de búsqueda «Red» y los interrogatorios R.C.L.A. deberíamos obtener información significativa.

Russell A. Millard, Ten.,
Número de Placa 493, Central Homicidios

Me di la vuelta para encontrarme con Millard, que me observaba.

—Venga, sin pensarlo, ¿qué te parece todo eso? —dijo.

Hurgué en mi bolsillo arrancado.

—¿Se merece todo esto, teniente?

Millard sonrió; me di cuenta de que las ropas arrugadas y un poco de barba necesitada de la navaja no lograban empañar su aureola de clase.

—Creo que sí. Tu compañero piensa que sí.

—Lee está persiguiendo al hombre del saco, teniente.

—Ya sabes que puedes llamarme Russ.

—De acuerdo, Russ.

—¿Qué obtuvisteis tú y Blanchard del padre?

Le entregué mi informe de Millard.

—Nada detallado, sólo más datos sobre que la chica era una cualquiera. ¿Qué es todo eso de la *Dalia Negra*?

Millard golpeó con las palmas de las manos los brazos de su asiento.

—Podemos darle las gracias a Bevo Means por eso. Fue a Long Beach y habló con el conserje del hotel donde la chica estuvo el verano pasado. El conserje le dijo que Betty Short siempre llevaba vestidos negros ceñidos. Bevo pensó en esa película de Alan Ladd, *La dalia azul*, y lo sacó de allí. Supongo que la imagen servirá para tener por lo menos una docena más de confesiones al día. Como dice Harry cuando ha tomado unos tragos: «Hollywood te joderá cuando nadie más lo haga.» Eres un tipo listo y duro, Bucky. ¿Qué piensas?

—Pienso que quiero volver a la Criminal. ¿Puedes hacer que Loew lo permita?

Millard meneó la cabeza.

—No. ¿Vas a responder a mi pregunta o no?

Dominé el impulso de golpear a lo que fuera o de suplicar.

—Le dijo que sí o que no al tipo equivocado en el momento y en el lugar equivocados. Y dado que por esa chica han pasado más tipos que neumáticos por la autopista de San Berdoo, y como ella no va a contárnoslo, yo diría que encontrar a ese tipo equivocado va a ser un trabajo de todos los demonios.

Millard se puso en pie y se desperezó.

—Bien, chico listo, ve a la comisaría de Hollywood y reúnete con Bill Koenig. Luego, los dos vais a interrogar a los inquilinos de las direcciones de Hollywood que figuran en mi informe resumen. Concentraos en los amigos. Si puedes, no dejes muy suelto a Koenig y redacta tú el informe, porque Billy es prácticamente un analfabeto. Vuelve aquí cuando hayas terminado.

Obedecí, con mi dolor de cabeza convirtiéndose en jaqueca. Lo último que oí antes de salir a la calle fue a un grupo de polis que se estaban riendo de las cartas de amor de Betty Short.

Recogí a Koenig en la comisaría de Hollywood y fui con él a la dirección de la avenida Carlos. Estacioné delante del 6024.

—Tú tienes más rango, sargento —dije—. ¿Cómo quieres que juguemos la partida?

Koenig carraspeó ruidosamente y luego se tragó el nudo de flema que había logrado expectorar.

—Fritzie es el que pregunta pero se encuentra en cama, enfermo. ¿Qué te parece si hablas tú y yo me quedo en segundo plano, como apoyo? —Abrió su chaqueta para mostrarme una porra de cuero metida en el cinturón—. ¿Crees que va a ser un trabajo de músculos?

—Va a ser un trabajo de hablar —respondí, y salí del coche.

Había una anciana sentada en el porche del 6024, una casa marrón de tres plantas construida con madera de chilla y un letrero que ponía HABITACIONES PARA ALQUILAR sobre una estaca clavada en la hierba. La anciana vio que me acercaba, y cerró su Biblia.

—Lo siento, joven —me espetó—, pero sólo alquilo a chicas que tengan carrera y referencias.

Le enseñé mi placa.

—Somos agentes de policía, señora. Hemos venido para hablar con usted sobre Betty Short.

—Yo la conocía como Beth —respondió la anciana, y luego miró a Koenig, que estaba con los pies en el césped, mientras se hurgaba la nariz con disimulo.

—Está buscando pistas —dije yo.

La mujer lanzó un bufido.

—No las encontrará dentro de eso tan gordo que tiene en medio de la cara. ¿Quién mató a Beth Short, agente?

Saqué pluma y cuadernito.

—Para descubrir eso hemos venido aquí. ¿Podría decirme su nombre, por favor?

—Soy la señorita Loretta Janeway. Llamé a la policía cuando oí el nombre de Beth en la radio.

—Señorita Janeway, ¿cuándo vivió Elizabeth Short en esta dirección?

—Comprobé mis libros justo después de oír las noticias. Beth se quedó en mi habitación trasera de la tercera planta, a la derecha, desde el catorce de septiembre al diecinueve de octubre pasados.

—¿La envió alguien con referencias?

—No. Lo recuerdo muy bien, porque Beth era una chica tan guapa... Llamó a la puerta y dijo que subía por Gower cuando había visto mi letrero. Me contó que era aspirante a actriz y que necesitaba una habitación barata hasta que llegara su gran oportunidad. Yo dije que ya había oído eso antes y le expliqué lo bien que le iría perder ese horrible acento de Boston que tenía. Bueno, Beth se limitó a sonreír y me dijo: «Ahora es el momento de que todos los hombres acudan en ayuda de su rey», sin el más mínimo acento. Luego, añadió: «¿Ve? ¿Ve cómo sigo los consejos?» Estaba tan ansiosa de caer bien que le alquilé la habitación, aunque mi política es no alquilárselas nunca a la gente del cine.

Anoté la información pertinente y luego le pregunté:

—¿Qué tal inquilina era?

La señorita Janeway meneó la cabeza.

—Que Dios le dé reposo a su alma, pero se trataba de una inquilina horrible y me hizo lamentar el haber roto mi regla sobre la gente del cine. Siempre pagaba con retraso, siempre andaba empeñando sus joyas para comer e intentaba que la dejara pagar por días en vez de por semanas. ¡Quería pagar un dólar al día! ¿Puede imaginarse el espacio que ocuparían mis libros de contabilidad si le dejara hacer eso a todas mis inquilinas?

—¿Mantenía relaciones sociales con las demás inquilinas?

—¡Dios santo, no! Su habitación disponía de escalera particular, así que Beth no necesitaba entrar por la puerta principal como las demás chicas y nunca asistió a los cafés con pastas que yo les servía a las chicas al volver de la iglesia los domingos. Beth nunca fue a la iglesia y me dijo: «Las chicas están bien para hablar con ellas alguna vez, pero yo prefiero a los hombres de todas todas.»

—Aquí viene mi pregunta más importante, señorita Janeway. ¿Tuvo Beth algún amigo mientras vivió aquí?

La anciana recogió la Biblia y la apretó contra sí.

—Agente, si hubieran entrado por la puerta principal como los pretendientes de las otras chicas, yo los habría visto. No quiero blasfemar de una muerta, así que limitémonos a decir que oí montones de pasos por la escalera de Beth a las horas menos convenientes.

—¿Mencionó alguna vez que tuviera enemigos? ¿Alguien a quien temiera?

—No.

—¿Cuándo la vio por última vez?

—A finales de octubre, el día en que se fue. Me dijo: «He encontrado una cueva más agradable», y lo hizo con su mejor voz de chica californiana.

—¿Le comentó adónde se iba?

—No —respondió la señorita Janeway. Luego se inclinó hacia mí como para hacerme una confidencia, al tiempo que señalaba a Koenig, que volvía al coche rascándose la ingle—. Tendría que hablar con ese hombre respecto a su higiene. Con franqueza, es repugnante.

—Gracias, señorita Janeway —repuse yo, regresando al coche e instalándome detrás del volante.

—¿Qué te ha dicho ese vejestorio de mí? —gruñó Koenig.

—Que eres encantador.

—¿De veras?

—De veras.

—¿Y qué más?

—Que un hombre como tú podría hacer que volviera a sentirse joven.

—¿De veras?

—De veras. Le he dicho que lo olvide, que estás casado.

—No estoy casado.

—Lo sé.

—Entonces, ¿por qué le has mentido?

Metí el coche en el tráfico.

—¿Quieres que te mande notitas amorosas al trabajo?

—Oh, ya entiendo. ¿Qué ha contado de Fritzie?

—¿Conoce a Fritzie?

Me miró como si el retrasado mental fuera yo.

—Montones de personas hablan de Fritzie cuando él no está delante.

—¿Y qué dicen?

—Mentiras.

—¿Qué clase de mentiras?

—Mentiras con mala intención.

—¿Por ejemplo?

—Que pilló la sífilis por tirarse a las putas cuando trabajaba en Antivicio. Que le dejaron un mes sin empleo y sueldo para que se curara con mercurio. Que le trasladaron a la Central por eso. Mentiras con mala intención, y cosas aún peores que eso.

Sentí escalofríos que me subían y bajaban por la columna vertebral. Giré para entrar en Cherokee.

—¿Como cuáles? —pregunté.

Koenig se acercó un poco más a mí, inclinándose desde su asiento.

—¿Me estás sonsacando o qué, Bleichert? ¿Buscas cosas malas que contar sobre Fritzie?

—No. Soy curioso, nada más.

—La curiosidad mató al gatito lindo. Recuerda eso.

—Lo haré. ¿Qué sacaste en el examen de sargento, Bill?

—No lo sé.

—¿Cómo?

—Fritzie lo hizo por mí. Recuerda al gatito lindo, Bleichert. No quiero que nadie diga nada malo de mi compañero.

El número 1842, una gran casa de apartamentos de estuco, apareció ante nosotros. Estacioné junto a la casa.

—Trabajo de hablar —murmuré, y luego fui en línea recta hacia el vestíbulo.

En la pared había un directorio con S. Saddon y nueve nombres más en él —pero ninguna Linda Martin—, y el número del apartamento era el 604. Cogí el ascensor hasta la sexta planta, caminé a lo largo de un pasillo que tenía un leve olor a marihuana y llamé a la puerta. La música de una gran orquesta se apagó de repente, la puerta se abrió y una chica no demasiado mayor con un aparatoso atuendo egipcio apareció en el umbral, sosteniendo en sus manos un tocado de *papier-mâché*.

—¿Es usted el chófer de la RKO? —preguntó.

—Policía —respondí yo.

La puerta se cerró en mis narices. Oí el ruido de un retrete dejando escapar el agua; un instante después, la chica apareció de nuevo y yo entré en el apartamento sin haber sido invitado a ello. La sala tenía el techo muy alto y abovedado; catres no muy bien arreglados se alineaban a lo largo de las paredes. Maletas, bolsos y baúles de viaje asomaban por la puerta de un armario abierto y una mesa de linóleo estaba metida en diagonal, como si fuera una cuña, entre un montón de catres sin colchones. La mesa aparecía cubierta de cosméticos y espejitos de maquillaje; el resquebrajado suelo de madera estaba cubierto por un círculo de polvos faciales y colorete.

—¿Es por esas multas que se me olvidó pagar? —preguntó ella—. Oiga, tengo tres días de trabajo en *La maldición de la tumba de la momia* en la RKO; cuando me paguen les mandaré un cheque. ¿Le parece bien?

—Es por Elizabeth Short, señorita... —dije yo.

La chica lanzó un gemido exagerado, como si estuviera actuando en el escenario.

—Saddon. Sheryl con una Y-L Saddon. Oiga, hablé por teléfono con un policía esta mañana. El sargento fulano o mengano, que tartamudeaba de forma terrible. Me hizo nueve mil preguntas sobre Betty y sus nueve mil novios y yo le respondí nueve mil veces que montones de chicas duermen aquí y se citan con montones de tipos y la mayoría son aves de paso. Le expliqué que Betty vivió aquí desde principios de noviembre hasta principios de diciembre y que no recuerdo los nombres de ninguna de sus citas. Por lo tanto, ¿puedo irme ahora? El camión de los extras tiene que llegar en cualquier momento y necesito ese trabajo.

A Sheryl Saddon se le había terminado el aliento y su traje de oropeles la hacía sudar. Señalé hacia uno de los catres.

—Siéntese y responda a mis preguntas o la arresto por los porros que acaba de tirar en el retrete.

La Cleopatra de los tres días obedeció, aunque me lanzó una mirada que habría fulminado a Julio César.

—Primera pregunta —dije—: ¿Vive aquí una tal Linda Martin?

Sheryl Saddon cogió un paquete de Old Golds del catre y encendió un cigarrillo.

—Ya se lo conté al sargento Tartamudeos. Betty mencionó a Linda Martin un par de veces. Vivía en el otro sitio de Betty, el que está entre De Longpre y Orange... Ya sabe que necesita pruebas para arrestar a una persona, ¿no?

Saqué mi pluma y mi cuadernito.

—¿Qué hay de los enemigos de Betty? ¿Amenazas de violencia contra ella?

—El problema de Betty no eran los enemigos, era el tener demasiados amigos, si es que quiere entenderme. ¿Lo ha pescado? A-mi-gos, del género masculino.

—Chica lista. ¿Alguno de ellos llegó al extremo de amenazarla?

—No, que yo sepa. Oiga, ¿podemos ir un poco más rápido con todo esto?

—Tranquila. ¿Qué trabajo hacía Betty mientras vivió aquí?

Sheryl Saddon lanzó un bufido.

—Actriz. Betty no trabajaba. Siempre le pedía dinero suelto a las otras chicas y le sacaba la bebida y las cenas a los abuelitos que corren por el bulevar. En un par de ocasiones, se largó dos o tres días y volvió con dinero; después contaba ridículas historias sobre de dónde venía. Era una mentirosa tan pésima que nadie creyó jamás una sola palabra suya.

—Hábleme de esas historias ridículas. Y sobre las mentiras de Betty en general.

Sheryl apagó su cigarrillo y, de inmediato, encendió otro. Fumó en silencio unos segundos, y yo me di cuenta de que su parte de actriz comenzaba a entusiasmarse ante la idea de hacer una caricatura de Betty Short.

—¿Sabe todo eso sobre la *Dalia Negra* que sale en los periódicos? —dijo por fin.

—Sí.

—Bueno, Betty siempre se vestía de negro como un truco para impresionar a todos los directores de reparto cuando iba con las demás chicas, algo que no ocurría muy a menudo porque le gustaba dormir cada día hasta las doce del mediodía. Sin embargo, algunas veces te contaba que iba de negro porque su padre había muerto o que estaba de luto por los chicos que habían muerto en la guerra. Y luego, al día siguiente, te decía que su padre vivía. Cuando se largaba un par de días y regresaba con pasta, le contaba a una de las chicas que se le había muerto un tío rico y le había dejado una buena herencia y a otra que había ganado ese dinero jugando al póquer en Gardena. A todo el mundo le dijo nueve mil mentiras sobre estar casada con nueve mil héroes de guerra distintos. ¿Pesca la imagen?

—Con gran claridad —respondí—. Cambiemos de tema.

—Soberbio. ¿Qué le parecen las finanzas internacionales?

—¿Qué tal las películas? Todas las chicas de aquí están intentando entrar en el cine, ¿verdad?

Sheryl me lanzó una mirada de vampiresa.

—Yo lo he conseguido. He salido en *La mujer jaguar*, *El ataque de la gárgola fantasma* y *Dulce será la madreselva*.

—Felicidades. ¿Consiguió Betty trabajar alguna vez en el cine?

—Quizá. Puede que lo consiguiera una vez y puede que no, porque Betty era tan embustera...

—Siga.

—Bueno, el día de Acción de Gracias todas las del sexto aparecieron para una de esas cenas en las que tienes que traer algo, lo que sea, y Betty tenía pasta y compró dos cajas enteras de cerveza. Alardeaba de estar metida en una película y no paraba de enseñar un fotómetro que decía le había regalado el director. Verá, hay montones de chicas que tienen fotómetros de baratillo que les dan los tipos de las películas, pero ese suyo era caro, estaba montado en una cadenilla y llevaba un pequeño estuche de terciopelo. Recuerdo que Betty se pasó toda la noche como encima de una nube, hablando sin parar.

—¿Le dijo el nombre de la película?

—Si lo hizo, no me acuerdo.

Paseé los ojos por la habitación, conté doce catres a un dólar la noche cada uno y pensé en un propietario que engordaba con ellos.

—¿Sabe lo que es un sofá de reparto?

Sus falsos ojos de Cleopatra llamearon.

—No, amigo. Esta chica aquí presente no, nunca.

—¿Y Betty Short?

—Es probable que sí.

Oí sonar un claxon, fui hasta la ventana y miré por ella. Un camión con la trasera descubierta y una docena de Cleopatras y faraones en ella se encontraba en la acera, justo detrás de mi coche. Me volví para decírselo a Sheryl, pero ella había salido ya.

La última dirección en la lista de Millard era el 1611 de North Orange Drive, una de esas casas de estuco rosa que se hacen pensando en los turistas y que se encontraba a la sombra de la secundaria de Hollywood. Koenig salió bruscamente de su ensueño y su búsqueda en el interior de la nariz cuando detuve el coche delante del edificio, en doble fila.

Señaló a dos hombres que examinaban un montón de periódicos en los escalones.

—Yo me encargo de ellos y tú de las niñitas. ¿Tienes nombres que darles?

—Puede que sean Harold Costa y Donald Leyes —dije—. Oye, sargento, pareces cansado. ¿Quieres descansar y que lo haga yo todo?

—Estoy aburrido. ¿Qué tengo que preguntarle a esos tipos?

—Yo los manejaré, sargento.

—Acuérdate del gatito lindo, Bleichert. Lo mismo que le ocurrió a él les pasa a los tipos que intentan molestarme cuando Fritzie no anda alrededor. Bueno, ¿de qué debo acusarles?

—Sargento...

Koenig me roció con una lluvia de salivazos.

—¡Soy el de más rango, chico listo! ¡Harás lo que diga el Gran Bill!

Viéndolo todo rojo, dije:

—Consigue coartadas y pregúntales si Betty Short practicó la prostitución alguna vez.

Por toda réplica, Koenig lanzó una risita.

Crucé el césped y subí los peldaños a paso de carga, con los dos hombres echándose a un lado para dejarme pasar. La puerta principal daba a una salita bastante miserable; un grupo de jóvenes andaban por ahí, fumando o leyendo revistas de cine en los asientos.

—Policía —dije—. Busco a Linda Martin, Marjorie Graham, Harold Costa y Donald Leyes.

Una rubia color miel que llevaba pantalones dobló la esquina de la página del *Photoplay* que tenía delante.

—Yo soy Marjorie Graham; Hal y Don están fuera.

Los demás se pusieron en pie y formaron un rápido abanico a mi alrededor como si yo fuera una gran dosis de malas noticias.

—Se trata de Elizabeth Short —dije—. ¿La conocía alguno de ustedes?

Obtuve una media docena de meneos de cabeza diciendo que no y expresiones de asombro y pena; en el exterior oí a Koenig.

—¡Dime la verdad! —gritaba—. ¿La Short hacía la calle o no?

—Yo fui la que llamó a la policía, agente —dijo Marjorie Graham—. Les di el nombre de Linda porque ella también conocía a Betty.

Señalé hacia la puerta.

—¿Qué hay de esos tipos de ahí fuera?

—¿Don y Harold? Los dos salieron con Betty. Harold les llamó a ustedes porque sabía que andarían buscando pistas. ¿Quién es ese hombre que les está gritando?

Ignoré la pregunta, me senté junto a Marjorie Graham y saqué mi cuadernito.

—¿Qué pueden decirme sobre Betty que no sepa ya? ¿Pueden darme hechos? ¿Nombres de otras relaciones suyas, descripciones, fechas precisas? ¿Enemigos? ¿Posibles motivos para que alguien deseara matarla?

Ella se encogió un poco y yo me di cuenta de que había levantado el tono de voz.

—Empecemos con las fechas —continué con tono algo más bajo—. ¿Cuándo vivió Betty aquí?

—A principios de diciembre —dijo Marjorie Graham—. Lo recuerdo porque un montón de nosotros estábamos sentados escuchando un programa de radio sobre el quinto aniversario de Pearl Harbour cuando se inscribió.

—¿Así que fue el siete de diciembre?

—Sí.

—¿Y cuánto tiempo permaneció aquí?

—No más de una semana o algo así.

—¿Cómo llegó a conocer este sitio?

—Creo que Linda Martin le habló de él.

El informe de Millard afirmaba que Betty Short pasó la mayor parte de diciembre en San Diego.

—Pero ella se fue poco tiempo después, ¿verdad? —dije.

—Sí.

—¿Por qué, señorita Graham? Betty vivió en tres sitios durante el otoño pasado, que sepamos... todos ellos en Hollywood. ¿Por qué circulaba tanto?

Marjorie Graham sacó un pañuelito de papel de su bolso y empezó a estrujarlo entre sus dedos.

—Bueno, en realidad no estoy nada segura de saberlo.

—¿Andaba algún novio celoso detrás de ella?

—No lo creo.

—Señorita Graham, ¿qué cree usted?

Marjorie lanzó un suspiro.

—Agente, Betty utilizaba a la gente, la gastaba... Les pedía dinero prestado y les contaba cuentos chinos y... bueno, aquí viven bastantes chicos que no son tontos y creo que entendieron a Betty bastante deprisa.

—Hábleme de ella —le dije—. Usted la apreciaba, ¿verdad?

—Sí. Era dulce, confiada, y a veces parecía incluso algo tonta pero tenía... inspiración. Poseía ese extraño don, por así decirlo. Hubiese hecho cualquier cosa para que la quisieran y era capaz de adoptar los rasgos y las manías de quien estuviera con ella. Aquí todo el mundo fuma, y Betty empezó a fumar para ser parte de la pandilla, aunque eso le perjudicara por su asma y ella odiara los cigarrillos. Y lo extraño es que intentaba hablar o caminar como tú, pero siempre era ella misma cuando estaba haciendo eso. Siempre era Betty o Beth o cualquier abreviatura de Elizabeth que utilizara en ese momento.

Archivé ese triste dato en mi cabeza.

—¿De qué hablaban usted y Betty?

—La mayor parte del tiempo yo la escuchaba —dijo Marjorie—. Solíamos sentarnos aquí a oír la radio. Entonces, Betty contaba historias. Historias de amor sobre todos esos héroes de guerra... el teniente Joe y el mayor Matt y etcétera y etcétera. Yo sabía que sólo eran fantasías. A veces hablaba de convertirse en una estrella de cine, como si sólo le hiciera falta pasearse de un lado a otro con sus trajes negros y que, más pronto o más tarde, alguien la descubriría. Eso me ponía bastante furiosa, porque he estado dando clases en el Pasadena Playhouse y sé que actuar es un trabajo difícil y duro.

Pasé mis notas con rapidez hasta llegar al interrogatorio de Sheryl Saddon.

—Señorita Graham, ¿habló Betty de que andaba metida en una película en algún momento de noviembre pasado?

—Sí. La primera noche que estuvo aquí alardeaba de ello. Dijo que tenía un papel principal en ella y nos enseñó un fotómetro. Un par de chicos la acosaron para que les diera detalles y a uno de ellos le contó que para la Paramount y a otro, para la Fox. Yo pensé que lo único que hacía era exhibirse para llamar la atención.

Escribí «Nombres» en una página en blanco y lo subrayé tres veces.

—Marjorie, ¿qué hay de los nombres? ¿Los chicos de Betty, la gente con quien la vio?

—Bueno, sé que salió con Don Leyes y Harold Costa y una vez la vi con un marinero...

Marjorie se calló y percibí una expresión de inquietud en sus ojos.

—¿Qué ocurre? Puede contármelo, no se preocupe. La voz de Marjorie era tan tensa que sonó casi estridente.

—Muy poco antes de que se fuera, vi a Betty y a Linda Martin hablando con una mujerona, una vieja del bulevar. Llevaba un traje de hombre y tenía el cabello tan corto como el de un hombre. Sólo las vi con ella esa vez, así que quizás eso no quiera decir que...

—¿Intenta decirme que aquella mujer era lesbiana?

Marjorie movió la cabeza con rapidez de arriba abajo y buscó un kleenex en su bolso; Bill Koenig entró en la habitación y me hizo una seña con el dedo. Fui hacia él.

—Los tipos han hablado —me susurró—. Dicen que la difunta vendía su tiempo cuando se veía muy apurada. He llamado al señor Loew. Me ha ordenado que lo mantengamos en secreto, «porque resulta más bonito si la chica es limpia y buena».

Contuve el impulso de gritarlo a los cuatro vientos; lo más probable sería que el fiscal del distrito y su ayudante se encargaran de echar tierra al asunto.

—Yo también tengo una buena pista. Consigamos declaraciones de esos tipos, ¿de acuerdo?

Koenig lanzó una risita y salió de la habitación; yo le dije a Marjorie que no se moviera y fui hacia el final del pasillo. Había un mostrador y un libro de registro abierto sobre él. Me puse delante del mostrador y pasé las páginas hasta ver un garabato infantil que decía «Linda Martin», con «Habitación 14» puesto al lado con tampón.

Tomé por el pasillo de la primera planta hasta llegar a la habitación, llamé a la puerta y esperé a que me contestaran. Cuando no me llegó respuesta alguna después de transcurridos cinco segundos, probé con el pomo. La puerta no estaba cerrada y la abrí de un empujón.

La habitación era muy pequeña y sólo contenía una cama por hacer. Miré en el armario; estaba vacío por completo. La mesilla de noche sostenía un montón de periódicos del día anterior, todos doblados por las páginas que hablaban del «Crimen del Hombre-Lobo» y, de repente, supe que la Martin era una fugitiva. Me puse de rodillas en el suelo, pasé la mano por debajo de la cama y noté un objeto aplanado. Di un tirón y lo saqué.

Era un bolso de plástico rojo. Lo abrí y encontré dos monedas de cinco centavos, una de diez y una tarjeta de la escuela secundaria Cornhusker, Cedar Rapids, Iowa. La tarjeta estaba extendida a nombre de Lorna Martilkova, nacida el 19 de diciembre de 1931. Bajo el escudo de la escuela había la foto de una joven preciosa; en mi mente, la imagen ya se estaba añadiendo a todas las líneas necesarias para completar el informe sobre una jovencita escapada de casa a la cual se buscaba.

Marjorie Graham apareció en el umbral. Sostuve la tarjeta ante ella.

—Es Linda —dijo—. Dios, sólo tiene quince años.

—Eso es una edad casi madura para Hollywood. ¿Cuándo la ha visto por última vez?

—Esta mañana. He hablado con ella y le he dicho que había llamado a la policía, que vendrían para hablar con nosotras sobre Betty. ¿Acaso he hecho mal?

—Usted no podía saberlo. Gracias, de todos modos.

Marjorie sonrió y me encontré deseándole una vía rápida de una sola dirección para abandonar el mundo del cine. Mantuve el deseo en silencio mientras le devolvía la sonrisa y salía de la habitación. En el porche estaba Bill Koenig, igual que si se encontrara en un desfile, y Donald Leyes y Harold Costa se hallaban derrumbados en un par de tumbonas con ese aspecto verdoso de pez boqueante que proporcionan unos cuantos puñetazos en el vientre.

—Ellos no han sido —aseguró Koenig.

—Joder, Sherlock, me asombras —repuse.

—No me llamo Sherlock —dijo Koenig.

—Joder, me asombras —repetí.

—¿Qué...? —murmuró Koenig.

En la comisaría de Hollywood ejercí la prerrogativa especial de un poli de la Criminal, e hice emitir una orden de búsqueda juvenil a todas las comisarías y una orden de búsqueda con prioridad como testigo material a nombre de Lorna Martilkova/Linda Martin, dejándole al jefe del turno de día los impresos. Éste me aseguró que los difundiría al cabo de una hora y que enviaría varios agentes al 1611 de North Orange Drive para interrogar a los inquilinos sobre el posible paradero de Linda/Lorna. Una vez me hube ocupado de eso, escribí mi informe sobre la serie de interrogatorios, recalcando que Betty Short mentía de forma habitual y la posibilidad de que hubiera actuado en una película en algún período de noviembre del 46. Antes de terminarlo, vacilé respecto de la lesbiana. Si Ellis Loew se enteraba de ese dato, era probable que lo ocultara, junto con el de que Betty trabajaba algunas veces de prostituta, por lo que decidí omitirlo del informe y darle la información a Russ Millard de manera verbal.

Usando el teléfono de la sala común llamé al Sindicato de Actores de la Pantalla y a la Central de Reparto y pregunté por Elizabeth Short. Un empleado me dijo que jamás habían tenido en sus registros a nadie con ese nombre o con un diminutivo de Elizabeth, lo cual hacía improbable que hubiera aparecido en alguna producción legal de Hollywood. Colgué con la seguridad de que la película había sido otro cuento de hadas de Betty y que el fotómetro era sólo algo para darle verosimilitud.

La tarde estaba terminando. Encontrarse libre de Koenig era como haber sobrevivido a un cáncer, y las tres entrevistas me daban la impresión de haber sido una sobredosis de Betty/Beth Short y sus últimos meses de alquiler barato en la Tierra. Me sentía cansado y hambriento, así que conduje hasta la casa para comer un bocadillo y echar una siesta... y acabé en otra parte del espectáculo *Dalia Negra*.

Kay y Lee se hallaban junto a la mesa del comedor, examinando fotos de la escena del crimen tomadas entre la Treinta y Nueve y Norton. Allí estaba la cabeza aplastada de Betty Short; los pechos acuchillados de Betty Short; la vacía mitad inferior de Betty Short y las piernas bien separadas de Betty Short... todo ello en satinado blanco y negro. Kay fumaba con nerviosismo mientras echaba miraditas a las fotos. Lee tenía los ojos clavados en ellas; los músculos de su rostro se movían en una media docena de direcciones distintas, el hombre benzedrina del espacio exterior. Ninguno de los dos me dirigió ni una palabra así que me quedé quieto, jugando a ser el único que no se dejaba impresionar por el fiambre más celebrado de toda la historia de Los Ángeles.

—Hola, Dwight —dijo Kay finalmente, y Lee clavó un dedo tembloroso en una ampliación de las mutilaciones del torso.

—Sé que no es un trabajo casual. Vern Smith dice que algún tipo se limitó a recogerla en la calle, la llevó a algún sitio donde la torturó, y la echó luego en el solar.

¡Una mierda de caballo! El tipo que hizo esto la odiaba por una razón determinada y quería que todo el maldito mundo lo supiera. Jesús, estuvo cortándola dos jodidos días. Niña, tú has tomado clases preparatorias de medicina, ¿crees que este tipo tenía algún entrenamiento médico? ¿Sabes lo que quiero decir, como si fuera alguna especie de doctor loco?

Kay apagó su cigarrillo.

—Lee, Dwight está aquí —dijo.

Él giró en redondo sobre sí mismo.

—Socio... —saludé, y Lee intentó guiñar el ojo, sonreír y hablar al mismo tiempo. Le salió una mueca bastante horrible.

—Bucky, escucha a Kay, sabía que toda la universidad que le pagué acabaría por servirme de algo —logró decir por fin, y yo no pude hacer otra cosa que apartar la mirada.

Cuando Kay habló, lo hizo con una voz suave y llena de paciencia.

—Todas estas teorías no son más que estupideces pero te daré una si comes algo para calmarte un poco.

—Adelante, profesora, venga tu teoría.

—Bueno, sólo es una suposición, pero quizá hubo dos asesinos: las heridas de las torturas se ven toscas, mientras que la bisección del cuerpo y la herida del abdomen, que son obviamente posteriores a la muerte, aparecen precisas y limpias. Pero tal vez no hay más que un asesino, y se calmó después de matar a la chica, luego la cortó en dos e hizo la incisión abdominal. Cualquiera podría haber sacado los órganos interiores con el cuerpo en dos partes. Creo que los doctores locos sólo existen en las películas. Cariño, debes calmarte. Tienes que dejar de tomar esas píldoras y has de comer. Escucha a Dwight, él te lo dirá.

Miré a Lee.

—Estoy demasiado cargado para comer —exclamó, y luego extendió su mano, como si yo acabara de entrar en la casa—. Eh, socio. ¿Has descubierto algo bueno hoy sobre la chica?

Pensé contarle que había descubierto que no se merecía a cien policías trabajando a jornada completa; pensé en soltarle la pista de la lesbiana y decirle que Betty Short era una pobre mentirosa insignificante para apoyar lo primero. Pero el rostro de Lee, lleno con la nerviosa energía de la droga, me hizo cambiar de opinión.

—Nada que justifique lo que te estás haciendo —respondí—. Nada que valga la pena de verte convertido en un inútil cuando un tipo al que enviaste a San Quintín se encuentra a tres días de aparecer por Los Ángeles. Piensa en tu hermana pequeña viéndote así. Piensa en ella...

Me detuve al ver que las lágrimas empezaban a fluir de los ojos tipo espacio exterior de Lee. Ahora le tocaba el turno a él de quedarse allí, haciendo de espectador ante su propia hermana. Kay se colocó entre nosotros dos, una mano sobre el hombro de cada uno. Me fui antes de que Lee empezara a llorar en serio.

La comisaría de Universidad era otro puesto avanzado en la manía de la *Dalia Negra*.

En los vestuarios habían colocado una lista de apuestas. Era un cuadrado toscamente recortado en fieltro con espacios para apostar en los que ponía: «Resuelto —se paga 2 a 1», «Un trabajo sexual debido al azar —se paga 4 a 1», «Sin resolver —a la par», «Novio(s) —se paga 1 a 4», y «"Red" —no hay apuestas hasta que el sospechoso sea capturado». El «Hombre $ de la casa» anotado era el sargento Shiner y de momento la gran acción estaba en «novio(s)», con una docena de agentes apuntados; todos habían soltado su billete con la esperanza de ganar doscientos cincuenta pavos.

La sala común era otra atracción cómica. Alguien había colgado del dintel las dos mitades de un traje negro barato. Harry Sears, medio borracho, daba vueltas de vals alrededor de la negra de la limpieza, y la presentaba como la auténtica *Dalia Negra*, la mejor ave cantora de color después de Billie Holliday. Mientras le daba tragos a la petaca de Harry, la mujer de la limpieza y él hipaban canciones religiosas en tanto los agentes que intentaban hablar por teléfono se tapaban la oreja libre con la mano.

También el trabajo serio andaba bastante frenético. Había hombres dedicados a las matrículas y las guías callejeras de Huntington Park, en un intento de hallar al «Red» que se fue de San Diego con Betty Short; otros leían sus cartas de amor y dos agentes se ocupaban de la línea policial que daba información sobre las matrículas que Lee había conseguido la noche anterior mientras estaba apostado ante el picadero de Junior Nash. Millard y Loew no se encontraban allí, así que dejé mi informe respecto de los interrogatorios y una nota sobre las órdenes de búsqueda emitidas por mí en una gran bandeja señalada como INFORMES DETECTIVES. Luego me marché antes de que algún payaso de mayor rango que el mío me obligara a unirme al circo.

Estar sin saber qué hacer me hizo pensar en Lee; pensar en él me hizo desear encontrarme de nuevo en la sala común, donde, al menos, había cierto sentido del humor en torno a la chica muerta. Luego, pensar en Lee hizo que me enfadase y empezase a pensar en Junior Nash, pistolero profesional, más peligroso que cincuenta novios celosos asesinos. Nervioso, volví a ser un policía de la Criminal y recorrí Leimert Park en busca suya.

Pero no había escapatoria de la *Dalia Negra*.

Al pasar por la Treinta y Nueve y Norton vi a unos cuantos mirones que contemplaban boquiabiertos el solar vacío mientras varios vendedores de helados y perritos calientes se encargaban de abastecerles; una vieja vendía fotos de Betty Short delante del bar de la Treinta y Nueve y Crenshaw, y me pregunté si el encantador Cleo Short se habría encargado de proporcionarle los negativos a cambio de un sustancial porcentaje. Enfadado, aparté todas esas payasadas de mi mente y trabajé.

Caminé durante cinco horas seguidas por Crenshaw Sur y Western Sur, enseñando las fotos de Nash y explicando su *modus operandi* habitual de buscar negras jóvenes. Todo lo que obtuve fue «No» y la pregunta «¿Por qué no anda detrás del tipo que hizo pedacitos a esa chica tan guapa de la *Dalia*?» Hacia mitad de la tarde, me rendí a la idea de que quizá Junior Nash se hubiera largado realmente de Los Ángeles. Y, todavía nervioso, me uní al circo de nuevo.

Tras engullir una cena a base de hamburguesas llamé al número nocturno de Antivicio y pregunté sitios conocidos donde se reunieran lesbianas. El agente de guardia comprobó en los archivos de Inteligencia de la Antivicio y volvió con los nombres de tres bares, todos en el mismo bloque del bulevar Ventura, por el Valle: Holandesa, Sitio Divertido y Escondite de La Verne. Estaba a punto de colgar el teléfono cuando añadió que se encontraban fuera de la jurisdicción de la policía de Los Ángeles y que pertenecían al territorio del condado no incorporado a ésta patrullado por el departamento del sheriff y que era probable operaran sancionados por él... a cambio de un precio.

No pensé en jurisdicciones durante mi trayecto hasta el valle, sino en mujeres que andaban con mujeres.

No lesbianas, sino chicas suaves con ángulos duros, como mi ristra de ocasiones logradas con los combates. Cuando iba por el paso Cahuenga intenté emparejarlas. Todo lo que pude conseguir fueron sus cuerpos y el olor a linimento y tapicería de coche... ningún rostro. Entonces usé a Betty/Beth y a Linda/Lorna, fotos policiales y la tarjeta de la escuela combinadas con los cuerpos de las chicas que recordaba de mis últimos combates como profesional. El asunto se fue haciendo cada vez más y más gráfico; entonces apareció ante mí el bloque 11000 del bulevar Ventura y tuve una auténtica dosis de mujeres-con-mujeres.

La fachada de Sitio Divertido semejaba una cabaña de troncos y tenía dobles puertas batientes como las de los bares en las películas del Oeste. El interior era pequeño y con una pobre iluminación; hicieron falta varios segundos para que mis ojos se acostumbraran a la oscuridad. Cuando lo conseguí, me encontré con una docena de mujeres que intentaban obligarme a bajar la mirada.

Algunas de ellas eran marimachos con camisetas caqui y pantalones de soldado; otras, chicas delicadas con faldas y suéteres. Una tipa corpulenta y malcarada me miró de la cabeza a los pies; la chica que se hallaba a su lado, una esbelta pelirroja, apoyó la cabeza sobre su hombro y pasó un brazo alrededor de su gruesa cintura. Al sentir que empezaba a sudar busqué el bar con la mirada y también a alguien que tuviera el aspecto de estar al mando. Localicé una zona situada en la parte trasera de la habitación que tenía sillas de bambú y una mesa cubierta con botellas de licor, todas ellas rodeadas por una pared de neón que parpadeaba primero en púrpura, luego en amarillo y después en naranja. Fui hacia allí y varias parejas cogidas por los brazos se apartaron para dejarme espacio, el justo para que pudiera moverme.

La lesbiana de la barra me sirvió un vaso lleno de whisky y lo colocó ante mí.

—¿Eres del Control de Bebidas? —preguntó.

Tenía los ojos claros y penetrantes; los reflejos del neón los volvían casi traslúcidos. Tuve la extraña sensación de que sabía lo que yo había estado pensando durante el trayecto.

—Homicidios de Los Ángeles —dije, y me tragué la bebida.

—No estás en tu zona. ¿A quién se han cargado? —preguntó ella.

Busqué mi instantánea de Betty Short y la tarjeta de Lorna/Linda y las puse encima de la barra. El whisky había logrado lubricar un poco la ronquera de mi voz.

—¿Has visto a cualquiera de ellas?

La mujer le echó un buen vistazo a los dos fragmentos de papel y luego me los devolvió.

—¿Me estás diciendo que la *Dalia* es una hermana?

—Cuéntamelo tú.

—Te diré que nunca la he visto salvo en los papeles y que a la colegiala no la he visto nunca, porque yo y mis chicas no tratamos con material que no tenga la edad. ¿Captas?

Señalé el vaso; la lesbiana volvió a llenarlo. Bebí; mi sudor se volvió caliente y luego se enfrió.

—Lo captaré cuando tus chicas me lo digan y yo las crea.

La mujer lanzó un silbido y la zona de la barra se llenó. Cogí las fotos y se las pasé a una mujer pegada a una dama que parecía un leñador. Miraron las fotos y menearon las cabezas, luego se las pasaron a una mujer que vestía un mono de vuelo de la Hughes Aircraft.

—No —dijo esta última—, pero son de primera calidad —y se las dio a una pareja que tenía al lado.

Ellas murmuraron «*Dalia Negra*», con auténtica sorpresa en sus voces. Ambas dijeron: «No»; la otra lesbiana exclamó: «*Nyet, nein*, no, además no es mi tipo.» Me devolvió las fotos con un gesto brusco y luego escupió en el suelo.

—Buenas noches, señoras —dije y me dirigí hacia la puerta, con la palabra «*Dalia*» murmurada una y otra vez a mi espalda.

En la Holandesa hubo otras dos copas gratis, una docena más de miradas hostiles y contestaciones de «No», todo ello envuelto en viejos motivos decorativos ingleses. Cuando entré en el Escondite de La Verne me encontraba medio borracho y muy nervioso por algo que no era capaz de localizar con precisión.

La Verne estaba oscuro por dentro, con pequeños focos circulares unidos al techo que arrojaban una luz sombría sobre paredes tapizadas con papel barato que tenía palmeras dibujadas. Parejas de lesbianas se arrullaban en los reservados; la visión de dos mujeres besándose me obligó a mirarlas. Después desvié la vista y busqué el bar.

Estaba en la pared izquierda, un mostrador bastante largo con luces de colores que se reflejaban en un paisaje de la playa de Waikiki. No había nadie atendiéndolo ni clientes sentadas en ninguno de los taburetes. Fui hasta la parte trasera de la habitación, entre carraspeos para que las tortolitas de los reservados pudieran bajar de sus nubes y volver a la tierra. La estrategia funcionó; abrazos y besos terminaron y ojos sobresaltados y llenos de enfado se alzaron para ver llegar las malas noticias.

—Homicidios de Los Ángeles —dije y le entregué las fotos a la lesbiana más próxima—. La del pelo negro es Elizabeth Short. La *Dalia Negra*, si habéis leído los periódicos. La otra es amiga suya. Quiero saber si alguna de vosotras las ha visto y, si es así, con quién.

Las fotos hicieron la ronda de los reservados; fui estudiando las reacciones cuando me di cuenta de que debería ponerme duro para obtener las más sencillas respuestas de sí o no. Nadie dijo ni palabra; todo lo que saqué en limpio de leer rostros fue curiosidad mezclada con un par de casos de lujuria. Las fotos volvieron a mí, entregadas por una mujer corpulenta vestida como un conductor de diésel. Las cogí y me dirigí hacia la calle y el aire fresco. Antes de salir, me detuve al ver a una mujer que secaba vasos detrás del mostrador.

Fui hacia el bar y coloqué mis fotos sobre la barra y le hice una seña con el dedo.

Cogió la instantánea policial.

—La he visto en el periódico y eso es todo —dijo.

—¿Qué hay de esta chica? Se hace llamar Linda Martin.

La mujer alzó la tarjeta de Lorna/Linda entre sus dedos y la miró con los ojos entrecerrados; por su rostro vi pasar un fugaz destello de reconocimiento.

—No, lo siento.

Me incliné sobre el mostrador.

—Nada de mentiras, mierda. Tiene quince jodidos años y ahora suéltalo todo o te meteré tal paquete que pasarás tus próximos cinco años lamiendo coños en Tehachapi.

La lesbiana retrocedió; por un momento, yo había estado medio esperando que cogiera una botella y me sacara los sesos con ella.

—La chica solía venir —dijo con los ojos clavados en la barra—. Puede que haga dos o tres meses. Pero nunca he visto a la *Dalia* y creo que a la niña le gustaban los chicos. Quiero decir que se limitaba a sacarles copas a las hermanas y eso era todo.

Cuando miré por el rabillo del ojo vi que una mujer a punto de sentarse ante el mostrador cambiaba de opinión, cogía su bolso y se dirigía hacia la puerta, como asustada por mi conversación con la lesbiana de la barra.

Uno de los reflectores iluminó su rostro; percibí un fugaz parecido con Elizabeth Short.

Recogí mis fotos, conté hasta diez y salí en persecución de la mujer. Llegué a mi coche cuando ella abría la portezuela de un cupé Packard blanco como la nieve estacionado un par de sitios delante del mío. Cuando arrancó, conté hasta cinco y luego la seguí.

Mi vigilancia sobre ruedas me llevó por el bulevar Ventura al paso Cahuenga y luego a Hollywood. El tráfico era escaso a esas horas de la noche, así que dejé al Packard varios largos delante de mí mientras se dirigía hacia el sur por Highland, salía de Hollywood y entraba en el distrito de Hancock Park. La mujer torció en la calle Cuatro. Pasados unos segundos nos encontrábamos en el corazón de Hancock Park, una zona que los policías de Wilshire llamaban «Pavos Reales en Exhibición».

El Packard torció por la esquina de Muirfield Road y se detuvo ante una enorme mansión estilo Tudor delante de la cual había un césped del tamaño de un campo de fútbol. Seguí adelante, mis faros iluminaban la matrícula trasera del coche: CAL RQ 765. Miré por el retrovisor y distinguí a la mujer que cerraba la portezuela; incluso desde esa distancia resultaba fácil fijarse en su esbelta silueta.

Cogí por la Tercera para salir de Hancock Park. En Western vi un teléfono público y llamé a la línea nocturna de tráfico, para pedir una comprobación sobre un

Packard cupé blanco matrícula CAL RQ 765. La telefonista me hizo esperar durante casi cinco minutos y luego me contestó con su informe:

—Madeleine Cathcart Sprague, blanca, hembra, nacida 14/11/25, Los Ángeles, South Muirfield Road, 482; no buscada, nada de infracciones, sin antecedentes.

Mientras volvía a casa se me fueron pasando los efectos de la bebida. Empecé a preguntarme si Madeleine Cathcart Sprague tenía algo que ver con Betty/Beth y Lorna/Linda o si sólo era una lesbiana rica a la que le gustaba la vida de los bajos fondos. Mientras sujetaba el volante con una mano, saqué las fotos de Betty Short, puse el rostro de la Sprague encima de ellas y acabé obteniendo un parecido común, nada del otro mundo. Después me imaginé arrancándole el traje y supe que me daba igual.

10

A la mañana siguiente, conecté la radio durante el trayecto a Universidad. El cuarteto de Dexter Gordon me puso de buen humor con su *bebop* hasta que, de repente, «Billie el saltarín» dejó de saltar y fue sustituido por una voz febril: «Interrumpimos nuestra emisión habitual para darles un boletín de noticias. ¡Ha sido detenido un importante sospechoso en la investigación sobre el asesinato de Elizabeth Short, la muchacha de vida fácil y cabello ala de cuervo conocida como la *Dalia Negra*! Previamente conocido por las autoridades tan solo como "Red", el hombre ha sido identificado ahora como

Robert "Red" Manley, de veinticinco años de edad, un viajante de comercio de Huntingdon Park. Manley ha sido capturado esta mañana en South Gate, en la casa de un amigo, y ahora se le retiene en la comisaría de Hollenbeck, Los Ángeles Este, donde está siendo interrogado. En una conversación exclusiva con la KGFJ, el ayudante del fiscal del distrito, Ellis Loew, el águila de las leyes que trabaja en el caso como enlace policía-civiles, dijo: "Red Manley es un sospechoso muy importante. Lo hemos identificado como el hombre que trajo a Betty Short de San Diego el nueve de enero, seis días antes de que su cuerpo destrozado por las torturas fuera encontrado en un solar vacío de Leimert Park. Esto parece el gran avance que hemos estado esperando y por el cual rezábamos. ¡Dios ha respondido a nuestras oraciones!"»

Los sentimientos de Ellis Loew fueron sustituidos por un anuncio del Preparado H, con garantía de que calmaba la dolorosa hinchazón de las hemorroides o devolvían el doble del dinero. Desconecté la radio y cambié de dirección, para dirigirme hacia la comisaría de Hollenbeck.

Delante de ésta, la calle se encontraba bloqueada con signos que indicaban desvío obligatorio; los patrulleros se encargaban de contener a la gente de la prensa. Estacioné en el callejón que había detrás de la comisaría y entré por la puerta trasera en la sala de espera. En las celdas reservadas a los delitos leves, los borrachos parloteaban sin cesar; tipos de aspecto duro me miraron con expresión feroz desde la hilera de celdas reservadas a los criminales. La cárcel estaba llena pero en ningún sitio había carceleros. Abrí una puerta que daba a la comisaría propiamente dicha, y vi la causa de ello.

Lo que parecía todo el contingente policial de la comisaría se amontonaba en un breve pasillo que daba a los cubículos de interrogatorios; todos los hombres se esforzaban por ver algo a través del espejo de un solo sentido que dominaba el cuarto central de la izquierda. La voz de Russ Millard brotaba de un altavoz montado en la pared: suave, incansable, queriendo lograr una confesión como fuera.

Toqué con el codo al agente que tenía más cerca.

—¿Ha confesado?

Él sacudió la cabeza.

—No. Millard y su compañero le están dando el tratamiento del bueno y el malo.

—¿Ha admitido conocer a la chica?

—Sí. Lo pillamos gracias a las comprobaciones hechas con los registros de tráfico y vino pacíficamente. ¿Quieres hacer una pequeña apuesta? Inocente o culpable, escoge. Hoy tengo la sensación de que es mi día de suerte.

Ignoré su oferta y me abrí paso merced a suaves codazos hasta llegar ante el espejo. Millard estaba sentado sobre una maltrecha mesa de madera. Ante ésta había un tipo joven y apuesto, con el pelo color zanahoria repleto de brillantina, que manoseaba un paquete de cigarrillos. Parecía cagado de miedo. Millard tenía el mismo aspecto que el sacerdote simpático de las películas, el que lo ha visto todo y da la absolución por todas las guarradas cometidas.

La voz de cabeza-de-zanahoria brotó del altavoz.

—Por favor, ya lo he contado tres veces.

—Robert —dijo Millard—, nos vemos obligados a esto porque no viniste voluntariamente a vernos. Betty Short lleva ya tres días en la primera página de cada periódico de Los Ángeles y tú sabías que deseábamos hablar contigo. Pero te escondiste. ¿Qué aspecto te parece que tiene eso?

Robert «Red» Manley encendió un cigarrillo, inhaló el humo y tosió.

—No quería que mi esposa se enterara de que había estado andando con ella.

—Pero si no llegasteis a nada. Betty no quiso. Te lo prometió todo y luego no te dio nada. Ésa no es una razón para que te escondieras de la policía.

—Salí con ella en Dago. Bailé unos cuantos lentos con ella. Es lo mismo.

Millard puso la mano sobre el brazo de Manley.

—Volvamos al principio. Cuéntame cómo encontraste a Betty, lo que hicisteis y de qué hablasteis. Tómate tu tiempo, nadie quiere meterte prisa.

Manley apagó su cigarrillo en un cenicero lleno a rebosar, encendió otro y se enjugó el sudor de la frente. Me volví hacia el otro lado del pasillo y vi a Ellis Loew apoyado en la pared, con Vogel y Koenig flanqueándole igual que dos perros gemelos que esperan la orden de atacar.

Un suspiro filtrado a través de la estática se oyó por el altavoz; me di la vuelta y vi al sospechoso retorciéndose en su silla.

—¿Y ésta será la última vez que deba contarlo?

Millard sonrió.

—Eso es. Adelante, hijo.

Manley se puso en pie, se estiró y empezó a caminar de un lado a otro mientras hablaba.

—Conocí a Betty la semana antes de Navidad, en un bar en la parte baja de Dago. Empezamos a conversar y a Betty se le escapó que su situación no era demasiado buena, que vivía con esa tal señora French y su hija, que se trataba de algo temporal. La invité a cenar en un sitio italiano cerca de Old Town, más tarde fuimos a bailar a la Sala del Cielo, en el hotel Cortez. Estuvimos... —Millard le interrumpió.

—¿Siempre buscas ligues cuando estás fuera de la ciudad por negocios?

—¡No buscaba ligue! —gritó Manley.

—Entonces, ¿qué hacías?

—Un capricho, eso fue todo. No lograba decidir si Betty andaba buscando mi dinero o si era una buena chica y quería averiguarlo. Quería poner a prueba mi lealtad hacia mi esposa y sólo...

La voz de Manley acabó extinguiéndose.

—Hijo, di la verdad, por Dios —pidió Millard—. Andabas buscando un coñito, ¿no?

Manley se derrumbó en su silla.

—Sí.

—Tal y como haces siempre en los viajes de negocios, ¿verdad?

—¡No! ¡Betty era diferente!

—¿En qué era diferente? Los líos que se buscan fuera de la ciudad son siempre iguales, ¿no?

—¡No! ¡No me dedico a engañar a mi mujer cuando ando de viaje! Betty era tan sólo...

La voz de Millard sonó tan baja que el altavoz apenas si pudo recogerla.

—Betty jugó contigo, ¿verdad?

—Sí.

—Te hizo desear cosas que nunca habías hecho antes, te hizo volver loco, hizo que...

—¡No! ¡No! ¡Yo quería tirármela, no quería hacerle daño!

—Ssssh. Ssssh. Volvamos a la Navidad. Tuviste esa primera cita con Betty. ¿Le diste un beso de buenas noches?

Manley cogió el cenicero con las dos manos; le temblaban y las colillas se desparramaron sobre la mesa.

—En la mejilla.

—Vamos Red... ¿No hubo nada más fuerte?

—No.

—Tuviste una segunda cita con Betty dos días antes de la Navidad, ¿verdad?

—Sí.

—Más baile en el Cortez, ¿no?

—Sí.

—Luces suaves, bebida, música agradable... y entonces actuaste, ¿verdad?

—¡Maldita sea, deje de decir «¿verdad?» de esa forma! Intenté besar a Betty y ella me soltó un montón de cuentos sobre que no podía acostarse conmigo porque el padre de su criatura tenía que ser un héroe de guerra y no un tipo que sólo hubiera estado en la banda militar, como yo. ¡Estaba condenadamente loca con eso! ¡Todo lo que hizo fue hablar sobre esos jodidos héroes de guerra!

Millard se puso en pie.

—¿Por qué dices eso de «jodidos», Red?

—Porque sabía que eran mentiras. Betty me contó que estaba casada con un tipo, luego me dijo que estaba comprometida con otro. Yo sabía que intentaba rebajarme porque nunca llegué a entrar en combate.

—¿Mencionó algún nombre?

—No, sólo rangos. Mayor esto y capitán aquello, como si yo debiera avergonzarme de ser un cabo.

—¿La odiaste por ello?

—¡No! ¡No ponga palabras en mi boca!

Millard se estiró y volvió a sentarse.

—Después de esa segunda cita, ¿cuándo volviste a ver a Betty?

Manley suspiró y apoyó la frente en la mesa.

—Le he contado toda la historia tres veces.

—Hijo, cuanto más pronto vuelvas a contármela antes podrás irte a casa.

Manley se estremeció y se rodeó el cuerpo con los brazos.

—Después de la segunda cita no tuve noticias de Betty hasta el ocho de enero, cuando recibí un telegrama en mi oficina. En él me decía que le gustaría verme cuando hiciera mi siguiente viaje de ventas a Dago. Mandé un cable con la respuesta de que yo debía ir a Dago al día siguiente por la tarde y que la recogería. Así lo hice y ella me suplicó que la llevara en coche hasta Los Ángeles. Yo dije que...

Millard alzó una mano.

—¿Te contó Betty por qué tenía que ir a Los Ángeles?

—No.

—¿Dijo si iba a reunirse con alguien?

—No.

—¿Estuviste de acuerdo en llevarla porque pensaste que al final acabaría acostándose contigo?

Manley suspiró.

—Sí.

—Continúa, hijo.

—Ese día llevé a Betty conmigo durante mis visitas. Se quedaba en el coche mientras yo me entrevistaba con los clientes. A la mañana siguiente tenía que hacer algunas visitas en Oceanside, por lo que pasamos la noche en un motel de allí, y...

—Oigamos de nuevo el nombre de ese sitio, hijo.

—Se llamaba la Cornucopia del Motor.

—¿Y Betty volvió a darte esquinazo esa noche?

—Dijo... dijo que tenía el período.

—¿Y tú picaste con ese viejo truco?

—Sí.

—¿Te enfadaste?

—¡Maldita sea, yo no la maté!

—Ssssh. Dormiste en la silla y Betty durmió en la cama, ¿verdad?

—Sí.

—¿Y por la mañana?

—Por la mañana fuimos a Los Ángeles. Betty me acompañó en mis visitas e intentó sacarme un billete de cinco pavos pero yo le dije que no. Después me contó una historia sobre que debía encontrarse con su hermana delante del hotel Biltmore. Yo quería librarme de ella, así que la dejé ante el Biltmore esa tarde, alrededor de las cinco. Y nunca volví a verla, salvo por todo eso de la *Dalia* que sale en los periódicos.

—¿Eran las cinco de la tarde del viernes diez de enero cuando la viste por última vez? —dijo Millard.

Manley asintió. Millard miró directamente hacia el espejo, se ajustó el nudo de la corbata y salió del cuarto. Una vez en el pasillo, un enjambre de agentes lo rodeó mientras le lanzaban sus preguntas. Harry Sears entró en el cuarto y una voz familiar se alzó cerca de mí, dominando la conmoción.

—Ahora verás por qué Russ tiene siempre a Harry cerca.

Era Lee, su rostro lucía una sonrisa de lo más alegre, y tenía el mismo aspecto que un millón de dólares libres de impuestos. Le pasé el brazo alrededor del cuello.

—Bienvenido otra vez a la Tierra.

Lee me devolvió el gesto.

—Es culpa tuya que tenga tan buen aspecto. Apenas te largaste, Kay me echó un tranquilizante en la bebida, algo que había comprado en la farmacia. Dormí diecisiete horas seguidas, me levanté y comí igual que un caballo.

—La culpa es tuya por haberle costeado esas clases de química. ¿Qué piensas de Red?

—En el peor de los casos, un sabueso que siempre anda en busca de coñitos y que será un sabueso divorciado cuando acabe la semana. ¿Estás de acuerdo?

—Por completo.

—¿Conseguiste algo ayer?

Ver a mi mejor amigo con el aspecto de un hombre nuevo me hizo fácil tergiversar un poco la verdad.

—¿Has leído mi informe?

—Sí, en Universidad. Has hecho bien emitiendo esa orden por la menor. ¿Tienes alguna otra cosa?

Mentí con todo descaro, una esbelta silueta con un traje ajustado bailaba en el fondo de mi cabeza.

—No. ¿Y tú?

Lee miró por el espejo de un solo sentido.

—No —dijo—, pero lo de antes sobre coger a ese bastardo sigue en pie. Jesús. fíjate en Harry.

Lo hice. Nuestro tartamudo de suaves y apacibles modales daba vueltas a la mesa del cuarto de interrogatorios, al tiempo que hacía girar en su mano una porra con remaches metálicos y golpeaba fuertemente la madera con ella cada vez que completaba una circunferencia. Los golpes de la porra llenaban el altavoz; Red Manley, con los brazos alrededor del pecho, temblaba con el eco de cada golpe. Lee me dio un codazo.

—Russ tiene una regla: nada de golpes reales. Pero observa como...

Aparté la mano de Lee y miré por el cristal. Sears estaba dándole a la mesa con la porra a sólo unos centímetros de Manley, su voz, que ya no tartamudeaba, dejaba caer gotitas de fría rabia.

—Querías algo de carne fresca y pensaste que Betty resultaría fácil.

»Empezaste en plan duro y no funcionó, así que le suplicaste. Tampoco funcionó, entonces le ofreciste dinero. Te dijo que tenía el período y ésa fue la gota de agua que colmó el vaso. Quisiste hacer que sangrara de veras. Dime cómo le rebanaste las tetas. Dime...

—¡No! —gritó Manley.

Sears dejó caer la porra sobre el cenicero de cristal, éste se partió y las colillas salieron volando por todos lados.

Red se mordió el labio; la sangre empezó a brotar de él y fue resbalando por su mentón. Sears golpeó el montón de cristales rotos; la habitación se llenó con un explosivo diluvio de fragmentos.

—No, no, no, no, no —gimoteó Manley.

—Sabías lo que querías hacer —siseó Sears—. Eres un viejo cazador de coños y conocías montones de sitios a los cuales llevar a las chicas. Amansaste a Betty con unas cuantas copas, le hiciste hablar de sus viejos novios e interpretaste para ella el numerito de que eras un buen chico, el pequeño cabo simpático dispuesto a dejar a Betty para los auténticos hombres, los hombres que vieron el combate, los que merecían acostarse con algo tan soberbio como ella...

—¡No!

Sears golpeó la mesa. ¡Ca-tac!

—Sí, Red, sí. Creo que la llevaste a un cobertizo, puede que a uno de esos almacenes abandonados que hay junto a la vieja fábrica Ford, en Pico-Rivera. Por ahí habría cuerda y un montón de herramientas cortantes tiradas, y se te puso dura. Entonces te lo hiciste en los pantalones antes de poder metérsela a Betty. Antes te habías enfadado pero ahora estabas realmente enfadado. Empezaste a pensar en todas las chicas que se han reído de esa pollita de nada que tienes y en todas las veces en que tu mujer ha dicho: «Esta noche no, Red, tengo dolor de cabeza.» Así que la golpeaste, la ataste, empezaste a darle, ¡y la hiciste pedazos! ¡Admítelo, degenerado de mierda!

—¡No!

¡Ca-tac!

La fuerza del golpe hizo que la mesa se levantara del suelo. Manley casi saltó de su silla; sólo la mano de Sears, apoyada en el respaldo, le impidió caerse.

—Sí, Red. Sí. Pensaste en cada una de las chicas que ha dicho: «Yo no la chupo»; en cada paliza que tu madre te dio en el trasero; en cada mirada maligna que obtuviste de los auténticos soldados cuando tocabas tu trombón en la banda militar. Una polla como una aguja, unos coños que nunca conseguías, un trabajo de mierda, eso es lo que estabas pensando, y Betty debía pagar por todo ello, ¿verdad?

Manley dejó caer una mezcla de sangre y babas sobre su regazo y gorgoteó.

—No. Por favor, pongo a Dios por testigo, no.

—Dios odia a los mentirosos —dijo Sears, y aporreó la mesa tres veces: ¡Ca-tac! ¡Ca-tac! ¡Ca-tac! Manley bajó la cabeza y empezó a sollozar sin lágrimas; Sears se arrodilló junto a su silla—. Cuéntame cómo chilló y suplicó Betty, Red. Cuéntamelo y luego se lo cuentas a Dios.

—No. No. No le hice daño a Betty.

—¿Volvió a ponérsete dura? ¿Te corrías y te corrías y volvías a correrte cuanto más la cortabas a pedacitos?

—No. Oh, Dios, oh, Dios.

—Eso es, Red. Habla con Dios. Cuéntaselo todo. Él te perdonará.

—No, Dios, por favor.

—Dilo, Red. Cuéntale a Dios cómo golpeaste, torturaste y destripaste a Betty Short durante tres jodidos días y cómo la cortaste luego en dos mitades.

Sears golpeó la mesa una, dos, tres veces. Después la volcó de un manotazo. Red se levantó tambaleándose de su silla y cayó de rodillas. Juntó las manos y empezó a murmurar:

—El Señor es mi pastor y no querré... —y comenzó a sollozar.

Sears miró hacia el cristal con el asco y el desprecio que sentía hacia sí mismo marcados en cada línea de su rostro, hinchado por la bebida. Hizo un signo hacia abajo con el pulgar y salió de la habitación.

Russ Millard se reunió con él apenas hubo cruzado la puerta y lo apartó de la multitud de agentes, acercándose un poco a mí. Presté atención a su conversación, mantenida entre susurros, y logré pillar lo principal de ella: ambos pensaban que Manley estaba limpio pero querían darle una inyección de pentotal y hacerle pasar una prueba con el detector de mentiras para estar seguros. Miré de nuevo hacia el cristal y vi a Lee y a otro policía de paisano que le ponían las esposas a Red y le sacaban del cuarto de interrogatorios. Lee lo trataba con guantes de seda, algo que, por lo general, reservaba para los niños, y le hablaba en voz muy baja y suave, con una mano sobre su hombro. La multitud se dispersó cuando los tres desaparecieron en la sala de espera. Harry Sears volvió al cubículo y empezó a recoger el jaleo que había armado; Millard se volvió hacia mí.

—Buen informe el de ayer, Bleichert.

—Gracias —repuse, con el convencimiento de que me estaba midiendo. Nuestras miradas se encontraron—. ¿Qué sigue ahora? —le pregunté.

—Dímelo tú.

—Primero, me envías de regreso a la Criminal, ¿no?

—Te equivocas, pero continúa.

—De acuerdo, entonces, batimos la zona del Biltmore e intentamos reconstruir los movimientos de Betty Short a partir del día diez, cuando Red la dejó, hasta el doce o el trece, cuando la liquidaron. Cubrimos el área, examinamos los informes y rezamos para que ninguno de los grandes cerebros se pierda con todas esas tonterías que la publicidad dada al caso nos induce a creer.

—Sigue.

—Sabemos que Betty estaba loca por el cine, que era muy promiscua y que alardeaba de haber trabajado en una película el mes de noviembre pasado, por lo que yo pienso que no sería de las que rechazan un revolcón en el sofá del reparto. Creo que deberíamos interrogar a los productores y directores de reparto y ver lo que conseguimos.

Millard sonrió.

—He llamado a Buzz Meeks esta mañana. Es un ex policía y trabaja como jefe de seguridad en la Hugues Aircraft. Es nuestro enlace no oficial con los estudios y se dedicará a preguntar por ahí. Lo estás logrando, Bucky. Sigue con tu juego de la pelota.

Vacilé... quería impresionar a un veterano; quería ser yo mismo quien se encargara de la lesbiana rica. Lo que hacía Millard en ese momento, todo ese sonsacarme, me daba la impresión de ser una mera condescendencia, unos huesos y unas palmaditas en el lomo para que un policía joven siguiera trabajando con entusiasmo en un caso que no le gustaba. Con Madeleine Cathcart Sprague enmarcada en mi mente, dije:

—Todo lo que sé es que deberías mantenerle un ojo echado a Loew y sus chicos. No lo puse en mi informe pero Betty Short vendía sus favores cuando se encontraba lo bastante necesitada de dinero, y Loew ha intentado mantenerlo oculto. Creo que tapará cualquier cosa que haga aparecer a la chica como una fulana. Cuanta más simpatía sienta el público por ella, más le sacará a ejercer como acusación si este embrollo llega alguna vez a los tribunales.

Millard se rió.

—Oye, chico listo, ¿te atreves a calificar a tu propio jefe de supresor de pruebas?

Pensé que yo mismo lo era.

—Sí, y de ser un mierda y un hijo de puta de primera categoría especial.

—*Touché!* —dijo Millard y me entregó un papel—. Sitios donde vieron a Betty... restaurantes y bares en Wilshire. Puedes encargarte de ello, solo o con Blanchard, no me importa.

—Preferiría batir el Biltmore.

—Ya lo sé, pero quiero tipos que conozcan el área para trabajar allí y necesito chicos listos para eliminar las pistas falsas de la lista.

—¿Y qué harás tú?

Millard sonrió con tristeza.

—Mantenerle la vista encima a un mierda hijo de puta que suprime pruebas y a sus chicos para asegurarme de que no intentan sacarle por la fuerza una confesión a ese hombre inocente que está detenido.

No pude encontrar a Lee en ninguna parte de la comisaría, así que empecé a comprobar la lista yo solo. El territorio a batir estaba centrado en Wilshire y los restaurantes, bares y tabernas se hallaban en Western, Normandie y la calle Tercera. Las personas con quienes hablé eran básicamente moscas de bar, bebedores diurnos ansiosos de tomarle el pelo a la autoridad o de par-

se le ha ocurrido la idea de extorsionarle a su clien-
rica.

Cogí el dinero, conté cien dólares y se lo devolví.

—Probemos con el Departamento de Homicidios,
ía de Los Ángeles. Probemos con Elizabeth Short
da Martin.

La coraza de Madeleine Sprague se derritió de gol-
u rostro se encogió en una mueca de preocupación
di cuenta de que su parecido con Betty/Beth se de-
ás al peinado y al maquillaje que a otra cosa; en
unto, sus rasgos eran menos refinados que los de la
y y sólo parecidos superficialmente. Estudié aquel
o: ojos color avellana, cargados de pánico e ilumi-
s por el resplandor de la calle; la frente arrugada,
que si su cerebro se dedicara a trabajar horas extra.
anos le temblaban así que cogí las llaves del coche
inero, los metí dentro de su bolso y arrojé éste so-
capota del Packard. Sabía que quizás estuviera a
o de conseguir una pista muy importante.

—Puede hablar conmigo aquí o en otro sitio, seño-
prague. Lo único que debe hacer es no mentirme.
e usted la conocía; si intenta engañarme, tendrá
r en la comisaría y con un montón de publicidad
sted no desea.

a chica logró recomponer su coraza un poco.

—¿Aquí o en otro sitio? —repetí.

lla abrió la portezuela del Packard opuesta al
o del conductor y entró en él, deslizándose sobre
nto hasta colocarse detrás del volante. Me puse
a ella, y encendí la luz del salpicadero para poder
el rostro. Sentí el olor del cuero de la tapicería y
rfume pasado.

—Cuénteme cómo conoció a Betty Short —dije.
adeleine Sprague se removió, incómoda.

lotear con personas distintas a las que encontraban cada noche en los tugurios. Cuando intenté hallar hechos
me encontré con fantasías de lo más sinceras... Casi todo el mundo había tenido a Betty Short delante soltán-
doles un discurso sacado de los periódicos o de la radio
cuando, en realidad, estaba en Dago con Red Manley o
en un sitio ignorado siendo torturada hasta la muerte.
Cuanto más los escuchaba más hablaban de ellos mismos, entretejiendo sus tristes historias con la historia de
la *Dalia Negra*, de la cual en verdad creían que era una
sirena fascinante, directa hacia el estrellato en Hollywood. Era como si estuvieran dispuestos a cambiar sus
propias vidas por una espectacular muerte de primera
página. Incluí preguntas sobre Linda Martin/Lorna
Martilkova, Junior Nash y Madeleine Cathcart Sprague
y su Packard blanco nieve pero todo lo que conseguí
con ellas fueron miradas de estupor. Decidí que mi informe consistiría en dos palabras: «Todo gilipolleces.»

Terminé un poco después del anochecer y fui a la
casa para cenar algo.

Cuando frenaba el coche vi a Kay que salía corriendo por la puerta, bajaba a toda prisa los escalones y arrojaba un montón de papeles sobre la hierba; y luego volvió a correr hacia la casa mientras Lee se reunía con ella,
gritando y agitando los brazos. Fui hasta los papeles y
me arrodillé junto a ellos. Al examinarlos, me di cuenta
de que eran pruebas, sumarios de interrogatorios, listas
de llamadas y todo un protocolo de autopsia completo...

Cada papel con «E. Short, B. H., muerta 15/1/47»
escrito a máquina en la parte superior. Obviamente, habían sido sustraídos de Universidad... y su sola posesión
bastaba para garantizarle a Lee una suspensión de servicio.

Kay volvió con otro montón de papeles.

—Después de todo lo que ha pasado y todo lo que podría pasar —gritó—, ¿cómo puedes hacer esto? ¡Es repugnante, algo de locos!

Arrojó los papeles junto al primer montón y entre ellos vi relucir fotos de la Treinta y Nueve y Norton.

Lee la cogió por los brazos y la sujetó mientras ella se retorcía.

—Maldita sea, tú sabes lo que esto significa para mí. Lo sabes. Ahora alquilaré una habitación para guardarlo todo, cariño, pero tienes que apoyarme en esto. Es mío y te necesito y tú... lo sabes.

En ese momento se fijaron en mí.

—Bucky, explícaselo tú —me pidió Lee—. Hazle entrar en razón.

De todos los números de circo sobre la *Dalia* éste era el más extraño que había visto hasta entonces.

—Kay tiene razón. Has acumulado tres infracciones como mínimo con esto y empieza a ser algo... —Me callé, pues pensé en lo que yo había hecho y adónde iría a medianoche. Miré a Kay, di rápidamente marcha atrás—. Le he prometido una semana de margen trabajando en esto. Eso quiere decir cuatro días más. El miércoles, se habrá terminado.

—Dwight, a veces parece que no tengas entrañas ni valor —dijo Kay con un suspiro y entró en la casa.

Lee abrió la boca para decir algo gracioso. Yo fui hacia mi coche, abriéndome paso a patadas por entre los papeles oficiales de la Policía de Los Ángeles.

El Packard blanco nieve estaba aparcado en el mismo sitio que la noche anterior. Lo vi con claridad desde mi coche y me detuve justo detrás. Acurrucado en el asiento delantero, pasé las horas viendo el tráfico que

entraba y salía de los tres bares del bl
irritado: lesbianas duras, chicas suave
con ese aire nervioso natural en todo
cobrar. La medianoche llegó y se fue
mó un poco, casi todo él compuesto
dirigían hacia los hoteluchos del otro
entonces, ella salió por la puerta de
Verne, sola, haciendo que la circula
de su vestido de seda verde.

Cuando bajaba de la acera yo s
me obsequió con una mirada de sosl

—¿Visitando los barrios bajos, s

Madeleine Sprague se detuvo y y
la distancia que nos separaba. Hurg
las llaves del coche y un grueso fajo

—Así que papá me espía de nue
una de sus pequeñas cruzadas calvi
que no debe ser sutil, ¿verdad? —Ca
rapidez y se puso a imitar con habil
un escocés—. Moza alocada, no deb
gares de tan poca categoría. Moza,
alguien te viera allí con gente de la

Las piernas me temblaban igual
ba a que la campana del primer asal

—Soy agente de policía —dije.

Madeleine Sprague volvió a su

—Oh, ¿así que papá se dedica
ahora?

—A mí no me ha comprado.

Extendió el dinero hacia mí y m
de atención.

—No, es probable que no. Si tr
ría mejor. Bueno, probemos enton
West Valley... Ya que ellos extorsio

ted s
tela

poli
y Li

pe. S
y me
bía r
conj
Dali
rostr
nado
igual
Las r
y el d
bre la
punt

rita S
Sé q
que s
que u

L

E
asien
el asi
junto
verle
del pe

M

—¿Cómo sabe que la conocía?

—Salió corriendo igual que un conejo asustado la otra noche, cuando yo interrogaba a la mujer del bar. ¿Qué hay de Linda Martin? ¿La conoce?

Madeleine pasó sus largos dedos de uñas rojas por el volante.

—No tengo nada que ver con todo eso. Conocí a Betty y a Linda en La Verne el otoño pasado. Betty dijo que era la primera vez que estaba allí. Creo que hablé con ella una vez después de eso. Con Linda hablé varias veces, pero sólo fueron conversaciones banales mientras tomábamos unas copas.

—¿En qué momento del otoño pasado?

—Creo que en noviembre.

—¿Se acostó con alguna de las dos?

Madeleine se encogió.

—No.

—¿Por qué no? Ése es el móvil que usted tiene para venir aquí, ¿verdad?

—No del todo.

Mi mano fue hacia su hombro cubierto de seda verde, con fuerza.

—¿Es usted lesbiana?

Madeleine volvió a utilizar el acento de su padre.

—Muchacho, podría afirmarse que lo tomo donde lo encuentro.

Sonreí y luego le di una palmadita suave en el sitio que casi había golpeado un momento antes.

—¿Me está diciendo que su único contacto con Linda Martin y Betty Short consistió en un par de charlas de bar hace dos meses?

—Sí. Eso es exactamente lo que le estoy diciendo.

—Entonces, ¿por qué se fue con tanta rapidez la otra noche?

Madeleine puso los ojos en blanco.

—Amiguito... —empezó a decir con su acento escocés.

—Basta de estupideces —la interrumpí—, y cuéntemelo todo.

La chica de la coraza, con voz dura y rápida, dijo:

—Míster, mi padre es Emmett Sprague. El único Emmett Sprague que hay. Ha construido la mitad de Hollywood y Long Beach, y lo que no ha construido lo ha comprado. No le gusta la publicidad y no le agradaría ver en los periódicos algo así como: «Hija de magnate interrogada en el caso de la *Dalia Negra* anduvo divirtiéndose con la joven muerta en un club nocturno de lesbianas.» Y ahora, ¿ha visto por fin claro el cuadro?

—En tecnicolor —dije yo y le di una palmadita en el hombro.

Madeleine se apartó de mí y suspiró.

—¿Va a figurar mi nombre en toda clase de archivos policiales para que toda clase de policías babosos y periodistas de la prensa sensacionalista puedan verlo?

—Tal vez sí; tal vez no.

—¿Qué he de hacer para que no figure?

—Convencerme de unas cuantas cosas.

—¿Como cuáles?

—Darme primero su impresión sobre Betty y Linda. Es una chica lista... dígame lo que opina de ellas.

Madeleine acarició el volante y después el reluciente salpicadero de roble.

—Bueno, no pertenecían a la hermandad. Se limitaban a utilizar el Escondite para sacar bebida y cenas gratis.

—¿Cómo lo sabe?

—Porque las vi rechazar unas cuantas invitaciones hechas en serio.

Pensé en la mujer hombruna y dura de Marjorie Graham.

—¿Hubo algún problema a causa de ello? Ya sabe lo que quiero decir, ¿algún juego duro? ¿Hubo alguna que se pusiera insistente?

Madeleine se rió.

—No, las invitaciones que yo vi fueron hechas con auténtico estilo de señora.

—¿Quién las hizo?

—Gente a la cual nunca había visto antes.

—¿Ni después?

—Eso es, después tampoco.

—¿De qué charlaba con ellas?

Madeleine volvió a reír, esta vez con más fuerza.

—Linda hablaba del chico que había dejado atrás en Pueblo Tonto, Nebraska, o como se llamara el sitio del que venía, y Betty lo hacía del último número de *Screen World*. En cuanto a su nivel como conversadoras, estaban justo a la par que usted, sólo que eran más guapas.

—Y usted encantadora —dije, y le sonreí.

—Usted, no —repuso Madeleine con otra sonrisa—. Mire, estoy cansada. ¿No va a pedirme una prueba de que no maté a Betty? Dado que puedo probarlo, ¿no le pondrá eso fin a toda esta farsa?

—Llegaré a ello dentro de un minuto. ¿Habló Betty alguna vez de trabajar en una película?

—No, pero todo lo del cine la volvía loca.

—¿Le mostró alguna vez un fotómetro de cine? ¿Una cosa con una lente montada en una cadenita?

—No.

—¿Qué hay de Linda? ¿Hablaba también de estar metida en una película?

—No, sólo hablaba de su enamorado del pueblecito.

—¿Tiene alguna idea de adónde iría ella si tuviera que esconderse?

—Sí. A Pueblo Tonto, Nebraska.

—Aparte de allí.

—No. ¿Puedo...?

Mis dedos tocaron el hombro de Madeleine, más en una caricia que en una palmada.

—Sí, hábleme de su coartada. ¿Dónde estuvo y qué hizo desde el lunes trece de enero hasta el miércoles quince?

Madeleine se llevó las manos a la boca, formando bocina, dio un trompetazo y luego las apoyó en el asiento del coche, junto a mi rodilla.

—Estuve en una casa de Laguna desde la noche del domingo hasta la mañana del jueves. Mis padres y mi hermana Martha se encontraban allí conmigo, al igual que nuestra servidumbre. Si quiere verificarlo llame a papá. Nuestro número es Webster 4391. Pero sea discreto. No le diga dónde me ha encontrado. Y ahora, ¿tiene alguna pregunta más?

Mi pista particular sobre la *Dalia* se había esfumado pero eso me daba luz verde en otra dirección.

—Sí. ¿Lo hace alguna vez con hombres?

Madeleine me tocó la rodilla.

—Últimamente no me he encontrado con ninguno pero lo haré con usted si mantiene mi nombre lejos de los periódicos.

Las piernas se me habían vuelto de gelatina.

—¿Mañana por la noche?

—De acuerdo. Recójame a las ocho, igual que un caballero. La dirección es Muirfield Sur, 482.

—Conozco la dirección.

—No me sorprende. ¿Cuál es su nombre?

—Bucky Bleichert.

—Le va bien a sus dientes* —comentó Madeleine.

—A las ocho —dije yo y salí del Packard mientras aún me funcionaban las piernas.

11

—¿Quieres ver las películas de combates esta noche en el Wiltern? —preguntó Lee—. Dan unas cuantas cosas viejas... Dempsey, Ketchel, Greb. ¿Qué dices?

Estábamos sentados en dos escritorios de la sala común de Universidad, uno frente al otro y atendíamos los teléfonos.

A los burócratas asignados al caso Short les habían dado el día de fiesta, así que los auténticos policías teníamos que encargarnos de su trabajo, que consistía en recibir las llamadas, que anotábamos para luego pasar los posibles datos interesantes a los detectives más próximos.

Llevábamos en eso una hora sin parar para nada, con la frase de Kay sobre mi falta de entrañas y de valor suspendida en el aire entre nosotros dos. Cuando miré a Lee me di cuenta de que sus pupilas empezaban a convertirse en cabezas de alfiler, una señal de que otra orgía de benzedrina se aproximaba.

—No puedo —dije.

—¿Por qué no?

—Tengo una cita.

Lee me dedicó una sonrisa algo temblona.

---

* «Bucky» quiere decir, en argot, caballo o conejo. (N. del T.)

—¿Ah, sí? ¿Con quién?

Cambié de tema.

—¿Has hecho las paces con Kay?

—Sí, alquilé una habitación para mis papelotes. Hotel El Nido, Santa Mónica y Wilcox. Nueve billetes a la semana no son nada si eso hace que se sienta mejor.

—Lee, De Witt sale mañana. Creo que yo debería presionarle un poquito, quizá hacer que Vogel y Koenig se encargaran de él.

Lee dio una patada a la papelera. Papeles arrugados y vasos de cartón vacíos salieron por los aires; unas cuantas cabezas se alzaron rápidamente en los escritorios vecinos. Entonces, su teléfono sonó.

Lee cogió el auricular.

—Homicidios, sargento Blanchard al habla.

Clavé los ojos en los papeles que tenía delante; Lee escuchaba al autor de la llamada. Miércoles, el día en que nos despedíamos de la *Dalia*, parecía estar a una eternidad de nosotros y me pregunté si Lee tendría problemas después para dejar la benzedrina. Madeleine Sprague apareció de pronto en mi mente. Ésa era su aparición número nueve millones desde que me había dicho: «Lo haré con usted si mantiene mi nombre lejos de los periódicos.» Lee llevaba ya un buen rato pendiente de su llamada sin hacer comentarios ni preguntas; yo empecé a desear que el mío sonara para conseguir que Madeleine se alejara.

Lee colgó el auricular.

—¿Algo interesante? —pregunté.

—Otro chalado. ¿Bien, con quién estás citado esta noche?

—Una vecina.

—¿Buena chica?

—Soberbia. Socio, si vuelvo a encontrarte drogado

después del martes, habrá una nueva versión del combate Bleichert-Blanchard.

Lee me obsequió con una de sus sonrisas del espacio exterior.

—El combate se llamó Blanchard-Bleichert y volverías a perder. Voy a buscar café. ¿Quieres un poco?

—Solo, sin azúcar.

—Marchando.

Obtuve un total de cuarenta y seis llamadas, la mitad de las cuales eran más o menos coherentes. Lee se fue a primera hora de la tarde y Ellis Loew me largó el trabajo de escribir a máquina el nuevo informe de Russ Millard. Decía que Red Manley había sido devuelto a su esposa tras haber pasado sin problemas las pruebas del Pentotal y el detector de mentiras y que las cartas amorosas de Betty Short habían sido examinadas a conciencia. Se había conseguido la identificación de algunos de sus pretendientes, los cuales estaban libres de sospecha, al igual que la mayor parte de los tipos con los que aparecía en las fotos. Seguían los esfuerzos para identificar al resto de los hombres y la policía militar del campamento Cooke había llamado para decir que el soldado que le dio una paliza a Betty había muerto en el desembarco de Normandía el año 43. En cuanto a los muchos matrimonios y compromisos formales de Betty, una investigación en los registros de cuarenta y ocho capitales de tantos estados reveló que nunca había sido expedida licencia matrimonial alguna a su nombre.

A partir de ahí, el informe iba cuesta abajo. Los números de matrícula que Lee había visto desde la ventana del picadero de Junior Nash no habían dado resultado alguno; unas trescientas llamadas diarias de gente que afirmaba haber visto a la *Dalia* inundaban las centralitas de la policía de Los Ángeles y el departamento del sheriff. De momento se habían recibido noventa y tres confesiones de chalados y cuatro de los peores que no tenían coartada estaban retenidos en la prisión, a la espera de exámenes médicos y un probable envío a Camarillo. Los interrogatorios seguían desarrollándose a toda velocidad: 190 hombres trabajaban toda su jornada en el caso. El único rayo de esperanza lo constituía el resultado de mis interrogatorios del día 17: Linda Martin/Lorna Martilkova fue vista en un par de bares de Encino y se estaba haciendo un gran esfuerzo para localizarla con esa área como centro. Acabé el trabajo mecanográfico con la seguridad de que el asesino de Elizabeth Short jamás sería encontrado y aposté dinero por ello: dos billetes a «Sin resolver —se paga 2 a 1» en el tablero de la sala común.

Hice sonar el timbre de la mansión Sprague a las ocho en punto. Iba con mi mejor atuendo: chaqueta azul, camisa blanca y pantalones de franela gris. Me sentía como un idiota por prestarle tanta atención a mi apariencia... Tan pronto como Madeleine y yo llegáramos a mi casa me quitaría la ropa. Las diez horas de trabajo al teléfono seguían pegadas a mí pese a la ducha que había tomado en la comisaría. Tenía la sensación de hallarme fuera de lugar, y ese sentimiento era mucho más agudo de lo que hubiera debido ser. Además, todavía me dolía la oreja izquierda después de tanto oír hablar sobre la *Dalia*.

Madeleine me abrió la puerta, todo un espectáculo con falda y un apretado suéter de cachemira. Me echó un rápido vistazo y me cogió de la mano.

—Mira —dijo—, odio esto pero papá se ha enterado de que existes. Insistió para que te quedaras a cenar. Le dije que nos habíamos visto en esa exposición de arte, en la librería de Stanley Rose, por lo que si debes hacerle preguntas a los demás para confirmar mi coartada intenta comportarte con sutileza, ¿de acuerdo?

—Por supuesto —respondí, y le permití que enlazara su brazo con el mío y me guiara hacia el interior de la casa.

El vestíbulo de entrada era tan de estilo español como Tudor la fachada: tapices y espadas suspendidas de los muros encalados, gruesas alfombras persas sobre un suelo de madera pulida. El vestíbulo daba a una sala gigantesca con la atmósfera de un club masculino: sillones de cuero verde colocados alrededor de mesitas y divanes; una enorme chimenea de piedra; pequeñas alfombras orientales de todos los colores aparecían colocadas en ángulos distintos, de tal forma que se hallaban delimitadas por la cantidad justa de suelo de roble. Las paredes eran de madera de cerezo y en ellas se veía enmarcada a la familia y sus antepasados.

Me fijé en un spaniel disecado que había junto a la chimenea con un periódico amarillento enrollado en su boca.

—Ése es *Balto* —me explicó Madeleine—. El periódico es un ejemplar de *Los Ángeles Times*, del 1 de agosto de 1926. Fue el día que papá se enteró de que había ganado su primer millón. *Balto* era nuestro perro. El contable de papá llamó y le dijo: «¡Emmett, eres millonario!» Papá estaba limpiando sus pistolas y entonces entró *Balto* con el periódico. Papá quería consagrar ese momento, así que le disparó. Si lo miras de cerca, puedes ver el agujero de la bala en su pecho. Contén el aliento, cariño. Aquí está la familia.

Un tanto boquiabierto, dejé que Madeleine me condujera hasta una salita.

Las paredes estaban cubiertas con fotografías enmarcadas; el lugar se hallaba ocupado por tres Sprague sentados en sillones que hacían juego. Alzaron la vista al unísono; ninguno se puso en pie.

—Hola —dije sin descubrir mis dientes.

Madeleine hizo las presentaciones mientras yo, desde lo alto, contemplaba lo que parecía ser un conjunto de figuras de cera.

—Bucky Bleichert, permite que te presente a mi familia. Mi madre, Ramona Cathcart Sprague. Mi padre, Emmett Sprague. Mi hermana, Martha McConville Sprague.

Las figuras de cera cobraron vida con sonrisas y pequeños gestos de la cabeza. Entonces Emmett Sprague se puso en pie con una sonrisa deslumbrante y alargó la mano hacia mí.

—Es un placer, señor Sprague —dije, y se la estreché, mientras le observaba al tiempo que él me observaba a mí.

El patriarca era bajito y tenía el pecho como un barril, con el rostro agrietado y curtido por el sol y una abundante cabellera blanca que en tiempos debió ser color arena. Situé su edad un poco más allá de la cincuentena y su apretón fue el de alguien que había hecho un buen montón de trabajo físico. Su acento era escocés, sí, pero tenía la precisión de un cristal tallado y no se parecía en nada al zumbido de la imitación hecha por Madeleine.

—Le vi pelear con Mondo Sánchez. Casi logra dejarle sin pantalones. Era usted otro Billy Conn.

Yo pensé en Sánchez, un peso medio rígido y quizá demasiado gordo con el cual había peleado porque mi representante quería labrarme una reputación a base de que me cargara mexicanos.

—Gracias, señor Sprague.

—Gracias a usted por habernos dado tan buen espectáculo. Mondo también era un buen chico. ¿Qué le ocurrió?

—Murió por una sobredosis de heroína.

—Que Dios lo bendiga. Es una pena que no muriera en el ring, le habría ahorrado un montón de pena a su familia. Y, hablando de familias, por favor, déle la mano al resto de la mía.

Martha Sprague se puso en pie de inmediato ante la orden. También era baja, regordeta y rubia, con un tenaz parecido a su padre. Sus ojos tenían un azul tan claro que era como si los hubiese mandado a lavar, y un cuello, cubierto de acné, aparecía enrojecido de tanto rascarse. Parecía una adolescente que nunca lograría dejar atrás su gordura de niña y madurar hasta la belleza. Estreché su firme mano sintiendo compasión por ella. Martha se dio cuenta de lo que yo pensaba en ese momento. Sus pálidos ojos se incendiaron y retiró su mano de la mía con cierta brusquedad.

Ramona Sprague era la única de los tres que tenía cierto parecido con Madeleine; de no haber sido por ella, yo hubiera pensado que la chica de la coraza era adoptada. Poseía una versión de la lustrosa cabellera negra y la piel clara de Madeleine acercándose a los cincuenta, pero no había ningún otro atractivo en ella. Estaba gorda, tenía el rostro fláccido y tanto el colorete como el lápiz de labios habían sido aplicados de forma algo errática, con lo que todo su rostro se hallaba extrañamente torcido. Me cogió la mano y dijo:

—Madeleine nos ha contado muchas cosas excelentes de usted.

Tenía la voz un tanto pastosa. En su aliento no había licor; me pregunté si preferiría lo que puede encontrarse en las farmacias.

—Papá, ¿podemos cenar? —preguntó Madeleine con un suspiro—. Bucky y yo queremos ver un espectáculo a las nueve y media.

Emmett Sprague me dio una palmada en la espalda.

—Siempre obedezco a mi primogénita. Bucky, ¿nos distraerá con anécdotas del boxeo y la policía?

—Entre bocado y bocado —prometí.

Sprague me dio otra palmada en la espalda, ésta más fuerte.

—Ya me doy cuenta de que no ha recibido demasiados golpes en la cabeza. Es usted igual que Fred Allen. Vamos, familia. La cena está servida.

Nos dirigimos en fila india hasta un gran comedor con paneles de madera en las paredes. La mesa que había en el centro era pequeña y ya estaban colocados cinco cubiertos.

Junto a la puerta había un carrito para servir las comidas del que salía el inconfundible aroma del buey con repollo.

—La comida sana cría gente sana —dijo el viejo Sprague—, la *haute cuisine* cría degenerados. Sírvete, chico. Las noches del domingo la criada va a sus sesiones de vudú, así que aquí sólo estamos nosotros, los blancos.

Cogí un plato y lo llené de comida. Martha Sprague sirvió el vino. Madeleine se sirvió unas pequeñas porciones en su plato y tomó asiento a la mesa, con una indicación de que me sentara junto a ella. Lo hice, y Martha le anunció a la habitación:

—Quiero sentarme delante del señor Bleichert para poder dibujarle.

Emmett me miró y me guiñó el ojo.

—Bucky, te van a hacer una caricatura cruel. El lápiz de Martha jamás vacila. Tiene diecinueve años y ya es una artista muy cotizada. Mi chica guapa es Maddy pero en Martha tengo a mi genio con certificado.

Ésta torció el gesto. Colocó su plato justo delante de mí y tomó asiento, dejando un lápiz y un cuadernillo de dibujo al lado de su servilleta. Ramona Sprague ocupó el asiento contiguo y le dio una palmadita en el brazo; Emmett, que estaba de pie junto a su silla, en la cabecera de la mesa, propuso un brindis:

—Por las nuevas amistades, la prosperidad y el gran deporte del boxeo.

—Amén —dije yo, y me metí un trozo de carne en la boca. Tenía demasiada grasa y estaba seca pero compuse la expresión de «qué bueno», y exclamé—: Esto es delicioso.

Ramona Sprague me dirigió una mirada más bien vacua.

—Lacey, nuestra criada —dijo Emmett—, cree en el vudú. Es una especie de variación del cristianismo. Probablemente, le echó un maleficio a la vaca e hizo un pacto con su Jesús negrito para que el animal saliera bueno y jugoso. Y respecto de nuestros hermanos de color, ¿qué sentiste cuando les disparaste a esos dos desgraciados, Bucky?

—Síguele la corriente —murmuró Madeleine.

Emmett la oyó y lanzó una risita.

—Sí, muchacho, sígueme la corriente. De hecho, deberías seguirle la corriente a todos los hombres ricos que se van acercando a los sesenta. Puede que acaben en la senilidad y te confundan con sus herederos.

Me reí, y, al hacerlo, dejé mis dientes al descubierto; Martha alargó la mano hacia su lápiz para capturarlos.

—No sentí gran cosa. Se trataba de ellos o nosotros.

—¿Y tu compañero? ¿Ese rubio con el que peleaste el año pasado?

—Lee se lo tomó un poco peor que yo.

—Los rubios son demasiado sentimentales —aseguró Emmett—. Lo sé, pues yo lo soy. Gracias a Dios, hay dos morenas en la familia para que nos hagan conservar el pragmatismo. Maddy y Ramona tienen esa tenacidad de bulldogs que a Martha y a mí nos falta.

Sólo la comida que masticaba me impidió relinchar de risa. Pensé en la niña mimada, que gustaba de visitar las cloacas, y a quien iba a tirarme más avanzada la noche, y en su madre, sentada al otro lado de la mesa y sonriendo con expresión atontada. El impulso de reír se hizo más y más fuerte; finalmente, logré tragar mi bocado, eructé en vez de aullar y alcé mi copa.

—Por usted, señor Sprague. Por haberme hecho reír la primera vez en una semana entera.

Ramona me lanzó una mirada de disgusto; Martha se concentró en su obra de arte. Madeleine intentó pisarme por debajo de la mesa y Emmett me devolvió el brindis.

—¿Has pasado una mala semana, chico?

Me reí.

—Desde luego. Me han asignado a Homicidios para trabajar en ese asunto de la *Dalia Negra*. Me han dejado sin días libres, mi compañero está obsesionado con ello y aparecen lunáticos hasta en la sopa. Hay doscientos policías trabajando en un solo caso. Resulta absurdo.

—Trágico, eso es lo que resulta —dijo Emmett—. ¿Cuál es tu teoría, chico? ¿Quién, en toda esta bendita tierra de Dios, podría haberle hecho algo así a otro ser humano?

Entonces supe que la familia no estaba enterada de la tenue conexión entre Madeleine y Betty Short y decidí que lo mejor sería no intentar que confirmaran su coartada.

—Creo que fue una casualidad. La chica Short era lo que podría llamarse una chica fácil; una mentirosa compulsiva con un centenar de amiguitos. Si agarramos a su asesino, será por casualidad.

—Que Dios la bendiga —dijo Emmett—. Espero que le pilléis y que acabe teniendo una cita muy cálida en esa habitacioncita verde que hay en San Quintín.

Madeleine pasó los dedos de su pie por encima de mi pierna.

—Papá —dijo con un mohín—, estás monopolizando la conversación. Da la sensación de que has invitado a Bucky para que se gane la cena con sus respuestas.

—¿Tengo que ser yo quien se la gane, muchacha? ¿Aunque sea quien trae el pan?

El viejo Sprague estaba enfadado: me di cuenta de ello por el color que comenzaba a teñir su rostro y por el modo en que cortaba la carne. Sentí curiosidad acerca de su persona.

—¿Cuándo llegó a Estados Unidos? —pregunté.

Emmett me miró con expresión radiante.

—Actuaré para cualquiera que quiera oír la historia de mi éxito como inmigrante. ¿Qué clase de nombre es Bleichert? ¿Holandés?

—Alemán —dije.

Emmett alzó su copa.

—Un gran pueblo el alemán. Hitler era algo exagerado pero acuérdate bien de mis palabras: algún día lamentaremos no haber unido nuestras fuerzas a las de él para luchar contra los rojos. ¿De qué parte de Alemania es tu gente, chico?

—De Munich.

—¡Ah, München! Me sorprende que se fueran. Si yo hubiera crecido en Edimburgo o en algún otro lugar civilizado, todavía llevaría la faldita a cuadros. Pero vine de la espantosa Aberdeen, así que me fui para Norteamérica justo después de la primera guerra. Maté a un montón de tus excelentes paisanos alemanes durante esa guerra, chico. Pero ellos intentaban matarme a mí, así que tenía la sensación de estar justificado. ¿Has visto a *Balto* en la sala?

Yo asentí; Madeleine lanzó un gemido, Ramona Sprague torció el gesto y atravesó una patata con el tenedor como si éste fuera una lanza.

—Mi viejo y soñador amigo Georgie Tilden lo disecó —dijo Emmett—. Georgie el soñador tenía un montón de talentos diferentes. Estuvimos en un regimiento escocés durante la guerra y yo le salvé la vida cuando un grupo de tus excelentes paisanos alemanes se puso pesado y cargó sobre nosotros con las bayonetas caladas. Georgie estaba enamorado del cine; nada le gustaba más que una buena película. Después del armisticio volvimos a nuestra Aberdeen, vimos lo asquerosa que era y Georgie me convenció para que le acompañara a California... él quería trabajar en el negocio de las películas mudas. Nunca sirvió para nada si yo no estaba para llevarle cogido de la nariz, así que le eché una larga mirada a mi Aberdeen, me di cuenta de que era un destino de tercera clase y dije: «De acuerdo, Georgie, vaya por California. Puede que nos hagamos ricos. Y si no lo conseguimos, al menos habremos fracasado allí donde siempre brilla el sol.»

Pensé en mi viejo, que vino a los Estados Unidos en 1908 con grandes sueños... pero se casó con la primera emigrante alemana que conoció. Así, acabó como un trabajador cualquiera por un salario de esclavo con la Pacific Gas and Electric, y se conformó con ello.

—¿Qué pasó después?

Emmett Sprague golpeó la mesa con su tenedor.

—Hay que tocar madera: elegimos el momento justo de venir. Hollywood era sólo un campo para que las vacas pastaran pero el cine mudo estaba dirigiéndose hacia su gran momento. George consiguió colocarse como iluminador y yo encontré trabajo en la construcción de casas condenadamente buenas... condenadamente buenas y baratas. Vivía al aire libre e invertía cada maldita moneda de diez centavos que ganaba en mi negocio; luego le pedí préstamos a cada banco y cada usurero dispuesto a dejarme dinero y compré propiedades condenadamente buenas... condenadamente buenas y baratas. Entonces, Georgie me presentó a Mack Sennett; le ayudé a construir los platós de su estudio en Edendale y cuando acabamos le pedí un préstamo para comprar más propiedades. El viejo Mack sabía reconocer a un tipo destinado al éxito en cuanto lo veía, ya que él mismo era de ésos. Me concedió el préstamo con la condición de que le ayudara con ese proyecto inmobiliario en el cual estaba embarcado —Hollywoodlandia—, por debajo de ese horrible letrero de cuarenta metros que erigió en Monte Lee para anunciarlo. El viejo Mack sabía cómo exprimirle todo el jugo a un dólar, cierto que sí. Hacía que los extras trabajaran de forma clandestina para él como obreros, y viceversa. Los llevaba a Hollywoodlandia después de haber estado diez o doce horas en una película de los Keystone Kops y entonces trabajábamos seis horas más a la luz de los faroles. Incluso llegué a figurar como ayudante del director en un par de películas, tan agradecido se sentía el viejo Mack hacia mí por cómo sabía yo exprimir a sus esclavos.

Madeleine y Ramona removían el contenido de sus platos con expresión abatida, como si hubieran tenido que escuchar esa historia antes, público cautivo; Martha seguía con su dibujo, los ojos clavados en mí, su cautivo.

—¿Qué le pasó a su amigo? —pregunté.

—Que Dios le bendiga pero por cada historia de triunfo hay una de fracaso que le corresponde. Georgie no supo tratar con la gente adecuada. No tenía el impulso necesario para aprovechar el talento que Dios le había dado y se quedó tirado en la cuneta. Sufrió un accidente de coche en el treinta y seis que le dejó desfigurado y ahora es lo que podrías llamar un tipo que nunca llegó a nada. Le doy trabajo de vez en cuando en algunas de las propiedades que tengo alquiladas y también recoge basura por cuenta de la ciudad...

Oí una especie de seco chirrido y miré hacia el otro lado de la mesa. Ramona había fallado su blanco, una patata, con el consiguiente resbalón del tenedor sobre el plato.

—Madre, ¿te encuentras bien? —preguntó Emmett—. ¿Te gusta la comida?

Ramona clavó la mirada en su regazo.

—Sí, padre —respondió.

Daba la impresión de que Martha le estuviera sosteniendo el codo.

Madeleine empezó a jugar de nuevo con mi pie.

—Madre —dijo Emmett—, tú y nuestra genio certificada no habéis cumplido muy bien con vuestra tarea de entretener al invitado. ¿Os importaría participar en la conversación?

Madeleine hundió los dedos de su pie en mi tobillo... justo cuando yo pensaba hacer un intento de aliviar la atmósfera con una broma. Ramona Sprague cogió una pequeña cantidad de comida con su tenedor, y la masticó con delicadeza.

—Señor Bleichert, ¿sabía usted que el bulevar Ramona recibió su nombre de mí? —preguntó.

El rostro de la mujer, que parecía una porcelana a medio cocer, se congeló alrededor de sus palabras; las había pronunciado con una extraña dignidad.

—No, señora Sprague, no lo sabía. Pensé que su nombre venía del desfile.

—Me llamaron así por el desfile —comentó ella—. Cuando Emmett se casó conmigo para obtener el dinero de mi padre, le prometió a mi familia que utilizaría su influencia sobre la Junta de Planificación Ciudadana para que le pusieran mi nombre a una calle, ya que todo su dinero estaba invertido en propiedades inmobiliarias y no podía permitirse el comprarme un anillo de boda. Papá dio por sentado que sería alguna bonita calle residencial pero Emmett sólo pudo conseguir un callejón sin salida en un distrito de mala fama, en Lincoln Heights. ¿Está usted familiarizado con ese vecindario, señor Bleichert?

Había un matiz de furia en su voz, tan reseca y átona como una alfombrilla de bienvenida.

—Crecí allí —dije.

—Entonces sabe que las prostitutas mexicanas se muestran en las ventanas para atraer a la clientela. Bien, después de que Emmett lograra que se cambiara la calle Rosalinda para que fuera el bulevar Ramona me llevó a dar una vueltecita por allí. Las prostitutas lo saludaron por su nombre. Algunas incluso tenían apodos anatómicos que darle. Eso me dolió mucho y me hizo entristecer, pero esperé el tiempo suficiente y acabé cobrándome lo que se me debía. Cuando las niñas eran pequeñas yo dirigía mis propios desfiles y mascaradas, delante de nuestra puerta, sobre la hierba. Utilizaba a los niños de los vecinos como extras y representaba episodios sacados del pasado del señor Sprague, episodios que él preferiría olvidar. Que él preferiría...

La cabecera de la mesa fue golpeada con fuerza; los vasos y copas cayeron, los platos tintinearon. Yo clavé la mirada en mi regazo para dar tiempo a que los combatientes familiares recuperaran algo de su dignidad y pude observar que Madeleine estaba apretando la rodilla de su padre con tal fuerza que tenía los dedos de un blanco azulado. Con su otra mano cogió la mía... con una fuerza diez veces superior a la que yo le habría creído capaz de ejercer. A esto siguió un horrible silencio.

—Padre —dijo Ramona Cathcart por fin—, actuaré para ganarme la cena cuando el alcalde Bowron o el concejal Tucker vengan, pero no lo haré para los fulanos de Madeleine. Un policía, nada menos. ¡Dios mío, Emmett, qué concepto tan bajo tienes de mí!

Oí ruidos de sillas que arañaban el suelo y rodillas que golpeaban la mesa; después el sonido de pasos que se alejaban del comedor; me di cuenta de que mi mano apretaba los dedos de Madeleine formando un puño, igual que cuando llevaba los guantes de boxeo.

—Lo siento, Bucky. Lo siento —murmuraba la chica de la coraza.

Entonces una voz alegre y animada dijo:

—¿Señor Bleichert?

Yo alcé los ojos porque la voz me había parecido feliz y cuerda.

Martha McConville Sprague era quien había hablado y sostenía ante mí una hoja de papel. La cogí con mi mano libre.

Martha sonrió y se fue. Madeleine seguía con sus disculpas mientras yo examinaba el dibujo. Éramos nosotros dos, desnudos. Madeleine tenía las piernas abiertas. Yo estaba metido entre ellas, y la roía con unos gigantescos dientes de Bucky Bleichert.

Cogimos el Packard para ir a los hoteluchos de La Brea Sur. Me dediqué a la conducción y Madeleine fue lo bastante lista como para no decir nada hasta que pasamos por delante del estacionamiento de un sitio llamado Hotel Flecha Roja. Entonces dijo:

—Aquí. Es limpio.

Detuve el coche junto a una hilera de automóviles anteriores a la guerra; Madeleine fue a la oficina y volvió con la llave de la habitación número once. Abrió la puerta; yo accioné el interruptor de la pared.

El cuarto estaba pintado en una mortecina tonalidad marrón y apestaba a sus ocupantes anteriores. Oí cómo discutían una venta de droga en la número doce; Madeleine empezaba a parecerse a la caricatura dibujada por su hermana. Alargué la mano hacia el interruptor de la luz para borrarlo todo.

—No, por favor —pidió ella—. Quiero verte.

El trato sobre los narcóticos empezó a convertirse en una pelea a gritos. Vi una radio encima de la cómoda y la conecté; un anuncio de Aerodinámicos Gorton se tragó las irritadas voces. Madeleine se quitó el suéter y, aún de pie, se bajó las medias de nailon; se había quedado en ropa interior antes de que yo empezara a manotear torpemente con mi traje. Le di un tirón a la cremallera y conseguí dejarla medio atascada antes de quitarme los pantalones; cuando me quitaba la correa de la pistolera del hombro rompí una costura de la camisa. Para entonces, Madeleine estaba en la cama, desnuda... y el dibujo de su hermana se difuminó en la nada.

Un segundo después yo me hallaba desnudo y dos segundos más transcurrieron para que me reuniera con la chica de la coraza. Murmuró algo parecido a: «No odies a mi familia, no son tan malos», y yo le hice callar con un beso salvaje. Ella me lo devolvió; nuestros labios y lenguas jugaron entre ellos hasta que nos vimos obligados a separarnos para respirar. Bajé mis manos hacia sus senos, cubriéndolos, moldeándolos de nuevo; Madeleine, entre jadeos, decía frases medio ininteligibles, como que deseaba compensar lo hecho con los demás Sprague.

Cuanto más la besaba y la tocaba y la probaba, y cuanto más le gustaba, más hablaba en susurros de ellos... así que la agarré del cabello.

—Ellos no, yo —dije con voy sibilante—. Hazlo por mí, hazlo conmigo.

Madeleine obedeció, y se zambulló entre mis piernas como si pretendiera invertir el dibujo de Martha. Capturado de ese modo tuve la sensación de que iba a explotar. Aparté a Madeleine para evitarlo.

—Yo, no ellos —murmuré mientras acariciaba su cabello, e intentaba concentrarme en una estúpida musiquilla publicitaria de la radio.

Madeleine me sujetaba con más fuerza de lo que había hecho ninguna chica fácil de los combates; cuando me hube enfriado un poco y estuve preparado, hice que se acostara de espaldas y penetré en ella.

Ya no se trataba de un policía del montón y una chica rica que juega a la fulana. Ahora estábamos juntos, nos arqueábamos, nos movíamos y cambiábamos de postura, sin parar pero con todo el tiempo del mundo. Nos movimos al unísono hasta que los anuncios acabaron y la música bailable y la radio se llenó de estática que subía y bajaba, y en ese cuarto de citas no hubo ningún sonido salvo el producido por nosotros. Entonces terminamos... de forma perfecta, juntos.

Después nos quedamos abrazados, bolsas de sudor atándonos desde la cabeza hasta los pies. Pensé que entraba de servicio menos de cuatro horas después y lancé un gemido; Madeleine rompió nuestro abrazo e imitó mi marca de fábrica, con el relucir de su dentadura.

—Bien —dije con una sonrisa—, has mantenido tu nombre fuera de los periódicos.

—¿Hasta que anunciemos las nupcias Bleichert-Sprague?

Me reí con fuerza.

—A tu madre le encantaría eso.

—Mamá es una hipócrita. Toma las píldoras que le da el doctor, así que no es una adicta. Yo me divierto donde puedo, así que soy una puta. Ella tiene permiso legal, yo no.

—Sí, sí lo tienes. Eres mi... —No pude pronunciar la palabra «puta».

Madeleine me hizo cosquillas en el tórax.

—Dilo. No te comportes como un poli fino. Dilo.

Le sujeté la mano antes de que las cosquillas me dejaran indefenso.

—Eres mi amor, mi cariño, mi adorada, eres la mujer por la cual he suprimido pruebas...

Madeleine me mordió el hombro.

—Soy tu puta —murmuró.

Me reí.

—De acuerdo, eres mi infractora del CP A-234.

—¿Qué es eso?

—La designación que el código penal de California da a la prostitución.

Madeleine enarcó las cejas.

—¿Código penal?

Alcé las manos.

—Ahí me has cogido.

La chica de la coraza se frotó contra mí.

—Me gustas, Bucky.

—Tú también a mí.

—No fue así como empezó la cosa. Di la verdad... al principio, sólo querías joder conmigo.

—Es cierto.

—Entonces, ¿cuándo empecé a gustarte?

—En cuanto te has quitado la ropa.

—¡Bastardo! ¿Quieres saber cuándo empezaste a gustarme tú?

—Di la verdad.

—Cuando le conté a papá que había conocido a un policía muy simpático, un tal Bucky Bleichert, a él se le aflojó la mandíbula. Quedó impresionado, y Emmett McConville Sprague es un hombre muy difícil de impresionar.

Pensé en la crueldad de aquel hombre hacia su esposa e hice un comentario neutral:

—Es un hombre impresionante.

—Qué diplomático —dijo Madeleine—. Es un escocés hijo de puta duro como el hierro de la cabeza a los pies, pero es un hombre. ¿Sabes cómo ganó su dinero, de verdad?

—¿Cómo?

—Se dedicó a prestar ayuda a los gángsters, y cosas peores. Papá compró los decorados podridos y las fachadas de Mack Sennett y construyó casas con ellos. Tiene sitios donde cualquiera puede esconderse y lugares para la gente con problemas por todo Los Ángeles, a nombre de sociedades falsas. Es amigo de Mickey Cohen. Su gente se encarga de cobrar los alquileres.

Me encogí de hombros.

—Mick es uña y carne con Bowron y con media Junta de Supervisión. ¿Ves mi pistola y mis esposas?

—Sí.

—Cohen las pagó. Puso el dinero necesario para crear un fondo de ayuda a los agentes jóvenes para que se compraran el equipo. Así se hacen buenas relaciones públicas. El recaudador de las tasas municipales nunca comprueba sus libros porque Mick paga la gasolina y el aceite de los coches de toda su gente. Por lo tanto, no puedo decir realmente que me dejes asombrado.

—¿Quieres enterarte de un secreto? —preguntó Madeleine.

—Por supuesto.

—Medio bloque de las casas construidas por papá en Long Beach se derrumbó durante el terremoto del treinta y tres. Doce personas murieron. Papá pagó dinero para hacer que su nombre no figurase en los registros de los contratistas.

Miré a Madeleine, sosteniéndola todo lo que mi brazo daba de longitud.

—¿Por qué me estás contando esas cosas?

—Porque papá está impresionado por ti —respondió mientras acariciaba mis manos—. Porque eres el único hombre de los que he llevado a casa a quien ha dado algún valor. Porque papá adora la dureza y piensa que tú lo eres y si acaba habiendo entre tú y yo algo serio es probable que él mismo te lo cuente. Esa gente le preocupa y se desahoga con mamá porque construyó el bloque con su dinero. No quiero que le juzgues por lo de esta noche. Las primeras impresiones perduran y me gustas, por eso no quiero que...

Atraje a Madeleine hacia mí.

—Cálmate, niña. Ahora estás conmigo, no con tu familia.

Madeleine me abrazó con fuerza. Yo quería hacerle saber que todo iba sobre ruedas, así que le alcé el mentón con suavidad. Había lágrimas en sus ojos.

—Bucky, no te lo he contado todo sobre Betty Short —dijo.

La cogí de los hombros.

—¿Qué?

—No te enfades conmigo. No es nada, sólo que no deseo hacer un secreto de ello. Al principio no me gustabas, así que no...

—Dímelo ahora.

Madeleine me miró; un pedazo de sábana manchada de sudor nos separaba.

—El verano pasado andaba mucho por los bares... los bares normales, los de Hollywood, los elegantes. Oí hablar de una chica que decían se parecía mucho a mí. Sentí curiosidad por ella y dejé notas en un par de sitios... «A tu doble le gustaría conocerte.» Y mi número de teléfono privado de casa. Betty me llamó y nos vimos. Hablamos, y eso fue todo. Volví a encontrarla en La Verne el mes de noviembre pasado, con Linda Martin. Sólo fue una coincidencia.

—¿Y eso es todo?

—Sí.

—Entonces, niña, será mejor que te vayas preparando. Hay unos cincuenta policías recorriendo los bares y bastará con que uno de ellos se entere de tu numerito de la doble para que consigas un viaje a la primera página. No puedo hacer ni una maldita cosa para impedirlo y si eso ocurre, no acudas a mí... porque ya he hecho cuanto pienso hacer.

Madeleine se apartó de mí.

—Yo me ocuparé de eso —dijo.

—Significa que tu papaíto se hará cargo.

—Oye, Bucky, ¿estás celoso de un hombre que tiene dos veces tu edad y la mitad de tu estatura?

Entonces pensé en la *Dalia Negra*, su muerte había eclipsado mis titulares por el tiroteo.

—¿Por qué deseabas conocer a Betty Short?

Madeleine se estremeció; la flecha de neón rojo que daba su nombre al hotelucho se encendía y apagaba más allá de la ventana y encima de su rostro.

—He luchado mucho para ser libre —dijo—. Pero la gente describía a Betty de una forma que la hacía parecer una auténtica experta en eso. Una verdadera chica salvaje...

Le di un beso a mi chica salvaje. Hicimos el amor otra vez y durante todo ese tiempo me la imaginé con Betty Short... las dos unas verdaderas expertas.

12

Russ Millard examinó mis arrugadas ropas.

—¿Un camión de diez toneladas o una mujer? —preguntó.

Paseé la mirada por la sala común de Universidad, que ya empezaba a llenarse con los policías del turno de día.

—Betty Short. Hoy nada de teléfono, ¿de acuerdo, jefe?

—¿Estás de humor para tomar el aire?

—Sigue hablando.

—La noche pasada vieron a Linda Martin en un par de bares de Encino. Intentaba que le sirvieran una copa.

Ve al Valle con Blanchard y buscadla. Empezad por el bloque veinte mil del bulevar Victoria y seguid hacia el oeste. Mandaré más hombres tan pronto como se presenten.

—¿Cuándo?

Millard miró su reloj.

—De inmediato. Y si puede ser más pronto, mejor.

Busqué a Lee con la mirada y no le localicé. Hice una seña de asentimiento y alargué la mano hacia el teléfono de mi escritorio. Llamé a la casa, a la oficina criminal del ayuntamiento y a información para que me dieran el número del hotel El Nido. No conseguí respuesta a la primera llamada y las otras me dieron dos negativas en cuanto a que Blanchard estuviera allí. Entonces Millard volvió, con Fritz Vogel y, sorprendente, con Johnny Vogel de paisano.

Me puse en pie.

—No puedo encontrar a Lee, jefe.

—Ve con Fritzie y John —dijo Millard—. Coged un coche con radio y sin identificaciones, para que así podáis manteneros en contacto con el resto de los hombres.

Los gorditos Vogel me observaron y luego se miraron entre ellos. La mirada que habían intercambiado indicaba que mi poco aliñado estado era una falta grave.

—Gracias, Russ —dije.

Fuimos en coche hasta el Valle, los Vogel en el asiento delantero, yo en el posterior. Intenté dormir un poco pero el monólogo de Fritzie sobre los deportes y los asesinos de mujeres me lo impidió. Johnny asentía con la cabeza; cada vez que su padre hacía una pausa para tomar aire, decía: «Cierto, papá.» Cuando íbamos por el paso Cahuenga a Fritzie se le acabó el vapor verbal y

Johnny dejó de representar su numerito de asentidor. Cerré los ojos y me apoyé en la ventanilla. Madeleine estaba realizando un lento *striptease* al compás del zumbido del motor cuando oí el susurro de los Vogel.

—... está dormido, papá.

—No me llames «papá» en el trabajo, te lo he dicho un maldito millón de veces. Da la impresión de que eres medio marica.

—Ya he demostrado que no lo soy. Los homosexuales no podrían hacer lo que yo hice. Y ya me he estrenado, así que no me llames eso.

—Cállate, maldito seas.

—Papá... quiero decir, padre...

—He dicho que te calles, Johnny.

El policía gordo y bravucón reducido de repente a un niño, despertó mi interés; fingí que roncaba para que los dos siguieran con su charla.

—Mira, padre, está dormido —murmuró Johnny—. Y el marica es él, no yo. Lo he demostrado. Bastardo dentón... Habría podido acabar con él, papá. Sabes que habría podido. El bastardo me robó el trabajo, lo tenía en el bolsillo hasta que él...

—John Charles Vogel, o te callas ahora mismo o te doy una paliza con el cinturón, aunque seas policía y tengas veinticuatro años.

Entonces la radio empezó a ladrar; yo fingí dar un gran bostezo. Johnny se volvió.

—¿Ya has echado tu sueñecito para estar guapo? —dijo con una sonrisa y bañándome en su legendario mal aliento.

Mi primer instinto fue contestarle que demostrara su fanfarronada sobre que podía acabar conmigo... pero mi sentido común se impuso, sabiendo cómo eran las cosas en la comisaría.

—Sí, me fui a dormir muy tarde.

Johnny me guiñó el ojo de forma más bien inepta.

—Yo también soy de ésos. En cuanto me paso una semana sin oler a una, me subo por las paredes.

El altavoz seguía su zumbido.

—... repito, 10-A-94, confirme su posición.

Fritzie cogió el micro.

—10-A-94, en Victory y Saticoy.

—Hablen con el camarero del Caledonia Lounge, Victory y Valley View —contestó el encargado de la radio—. La fugitiva Linda Martin está allí ahora según los informes. Código tres.

Fritzie puso la sirena y apretó el acelerador. Los coches se pegaban a la acera y nosotros nos lanzamos como un rayo por el centro de la calle. Le mandé una oración al Dios calvinista en el cual creía de niño: «No permitas que la Martin mencione a Madeleine Sprague.» La avenida Valley View apareció ante el parabrisas; Fritzie giró bruscamente a la derecha, y apagó la sirena cuando nos detuvimos ante una falsa cabaña de bambú.

La puerta del bar, también hecha de bambú falso, se abrió de golpe; Linda Martin/Lorna Martilkova, con el mismo aspecto de inocente juventud que tenía en su foto, salió a toda velocidad por ella. Yo descendí del coche y eché a correr por la acera, con los bufidos y gruñidos de los Vogel detrás de mí. Linda/Lorna corría igual que un antílope, con un bolso enorme pegado a su pecho; yo, lanzado al máximo, fui acortando la distancia que nos separaba. La chica llegó a la calle lateral con bastante tráfico y se metió entre él como una flecha; los coches tuvieron que desviarse para no atropellarla. Entonces miró por encima de su hombro; yo esquivé a un camión de cervezas y una moto que seguían su rumbo de colisión, tragué aire y corrí. La chica llegó a la otra acera, tropezó y su bolso salió volando. Di un último salto hacia delante y la cogí.

Se levantó del suelo entre gruñidos mientras me daba golpes en el pecho. Sujeté sus minúsculos puños, se los retorcí por detrás de la espalda y le esposé las muñecas. Entonces Lorna probó con las patadas que dieron con bastante precisión en mis piernas. Una de ellas me acertó en la espinilla, y la chica, desequilibrada por las esposas, cayó sentada al suelo.

La ayudé a levantarse y recibí un escupitajo en la pechera de mi camisa.

—¡Soy una menor emancipada y si me tocas sin que haya una matrona delante, te demandaré! —comenzó a chillar Lorna.

Mientras intentaba recuperar el aliento fui llevándola hasta donde estaba su bolso; medio tiraba de ella medio la empujaba para conseguir que se moviera.

Cogí el bolso, sorprendido ante su peso y su tamaño. Cuando miré dentro vi una pequeña lata metálica, de las que se usan para llevar películas.

—¿De qué va la película?

—P-p-por favor, señor —tartamudeó la chica—, mis p-p-padres...

Sonó un bocinazo; vi a Johnny Vogel que se asomaba por la ventanilla del automóvil.

—Millard ha dicho que llevemos la chica a la calle Georgia, chaval.

Tiré de Lorna hasta meterla en el coche de un empujón, echándola sobre el asiento trasero. Fritzie puso la sirena y salimos a toda velocidad.

El trayecto nos llevó treinta y cinco minutos.

Millard y Sears nos esperaban en los peldaños del Tribunal Juvenil de la calle Georgia. Hice entrar a la chica con Vogel y éste por delante. Una vez dentro, las matronas del tribunal y los tipos de la juvenil nos abrieron paso; Millard entró en una sala donde ponía «INTERROGATORIOS DETENIDOS». Le quité las esposas a Lorna y Sears entró en la habitación, colocó las sillas y dispuso varios ceniceros y cuadernos de notas sobre la mesa.

—Johnny, vuelve a Universidad y ocúpate de los teléfonos —dijo Millard.

«Niño Gordo» se dispuso a protestar pero antes miró a su padre. Éste afirmó con la cabeza y Johnny salió de la habitación con expresión de orgullo herido.

—Voy a llamar al señor Loew —anunció Fritzie—. Tendría que estar presente en esto.

—No —dijo Millard—. No hasta que tengamos una declaración.

—Entréguemela a mí y le conseguiré una declaración.

—Una declaración voluntaria, sargento.

Fritzie se ruborizó.

—Millard, considero que eso ha sido un maldito insulto.

—Puede considerarlo como le dé la gana pero, maldita sea, hará lo que le diga, con el señor Loew o sin él.

Fritz Vogel se quedó inmóvil, sin mover ni un músculo. Parecía una bomba atómica humana lista para explotar y su voz era la espoleta.

—Anduviste haciendo la calle con la *Dalia*, ¿verdad que sí, niña? Estuviste vendiendo tu coñito junto a ella. Dime dónde te encontrabas durante sus días perdidos.

—Que te jodan, amigo —respondió Lorna.

Fritzie dio un paso hacia ella y Millard se interpuso entre los dos.

—Yo haré las preguntas, sargento.

Se habría podido oír el ruido de un alfiler cayendo al suelo. Vogel estaba tan cerca de Millard que sus pies casi se tocaban. Los segundos se fueron alargando y por fin Fritzie abrió la boca.

—Es usted un maldito bolchevique de corazón blando —graznó.

Millard dio un paso hacia delante; Vogel uno hacia atrás.

—¡Fuera, Fritzie!

Vogel retrocedió tres pasos. Sus tacones golpearon la pared y giró sobre sí mismo para salir por la puerta, que cerró con un golpe seco. El eco resonó en la habitación y Harry desmontó los restos de la bomba.

—¿Qué se siente siendo objeto de todo este jaleo, señorita Martilkova?

—Soy Linda Martin —dijo la chica, dándose tirones de la falda.

Yo cogí una silla y, cuando Millard me miró, señalé hacia el bolso que había sobre la mesa, con el recipiente de la película asomando de él. El teniente asintió y tomó asiento al lado de Lorna.

—Sabes que todo esto guarda relación con Betty Short, ¿verdad, cariño?

La chica bajó la cabeza y empezó a resoplar y llorar; Harry le alargó un kleenex. Ella lo rasgó en pequeñas tiras y luego las puso sobre la mesa, alisándolas.

—¿Y eso quiere decir que deberé volver con los míos?

Millard asintió.

—Sí.

—Mi padre me pega. Es un eslavo idiota que se emborracha y me pega.

—Cariño, cuando vuelvas a Iowa estarás bajo la protección del tribunal. Dile al agente encargado de eso

239

que tu padre te pega y te aseguro que él se ocupará de ponerle fin a esa situación en seguida.

—Si mi padre descubre lo que he hecho en Los Ángeles, me dará una paliza horrible.

—No lo descubrirá, Linda. Le pedí a esos otros dos policías que se fueran para asegurarme de que cuanto digas sea confidencial.

—Si me manda otra vez a Ceder Rapids, volveré a escaparme.

—Estoy seguro de ello. Y ahora, cuanto más pronto nos digas lo que deseamos saber sobre Betty y antes te creamos, más pronto estarás en el tren y podrás escaparte. Por lo tanto, eso te da una buena razón para ser sincera con nosotros, ¿verdad, Linda?

La chica volvió a juguetear con su kleenex. Tuve la sensación de que su pequeño y cansado cerebro estaba considerando todos los ángulos y las salidas posibles. Acabó con un suspiro.

—Llámeme Lorna. Si voy a volver a Iowa, deberé acostumbrarme a ese nombre.

Millard sonrió; Harry Sears encendió un cigarrillo, con su pluma suspendida sobre el cuadernillo.

Mi presión sanguínea se aceleró siguiendo el ritmo de esta canción: «Madeleine no, Madeleine no, Madeleine no.»

—Lorna —dijo Russ—, ¿estás lista para hablar con nosotros?

—Dispare —respondió la antigua Linda Martin.

—¿Cuándo y dónde conociste a Betty Short? —preguntó Millard.

Lorna contempló sus tiras de kleenex con aire pensativo.

—El otoño pasado, en ese lugar de Cherokee para estudiantes.

—¿El mil ochocientos cuarenta y dos de Cherokee Norte?

—Ajá.

—¿Y entablasteis amistad?

—Ajá.

—Por favor, Lorna, di sí o no.

—Sí, entablamos amistad.

—¿Qué hacíais cuando estabais juntas?

Lorna se mordió las cutículas.

—Hablábamos de lo que hablan todas las chicas, nos dedicábamos a buscar papeles en el cine, gorreábamos copas y comida en los bares...

—¿Qué clase de bares? —la interrumpí.

—¿A qué se refiere?

—Quiero decir si eran sitios de clase o no. ¿Tugurios? ¿Los bares de los camioneros?

—Oh. Sitios de Hollywood, nada más. Sitios donde pensábamos que no nos pedirían la documentación.

Mi presión sanguínea se frenó un poco.

—Lorna, le hablaste a Betty de la pensión de Orange Drive, el sitio donde te hospedabas, ¿no? —siguió Millard.

—Ajá. Quiero decir sí.

—¿Por qué se fue Betty de ese sitio en Cherokee?

—Estaba demasiado lleno y ya le había pedido dinero a todas las chicas, un dólar aquí, otro allí, y estaban enfadadas con ella.

—¿Había alguna que estuviera más enfadada que las demás con ella?

—No lo sé.

—¿Estás segura de que Betty no se mudó debido a problemas con algún novio suyo?

—Estoy segura.

—¿Recuerdas el nombre de algunos de los hombres

con quienes salió Betty el último otoño... cualquiera de ellos?

Lorna se encogió de hombros.

—Eran tipos que había encontrado por casualidad, nada más.

—¿Qué hay de sus nombres, Lorna?

La chica empezó a contar con los dedos, y se detuvo cuando hubo llegado al tres.

—Bueno, estaban esos dos tipos de Orange Drive, Don Leyes y Hal Costa, y también un marinero llamado Chuck.

—¿Ningún apellido para ese Chuck?

—No, pero sé que era artillero de segunda.

Millard abrió la boca para hacerle otra pregunta pero yo alcé mi mano, interrumpiéndole.

—Lorna, el otro día hablé con Marjorie Graham y ella dijo haberte comentado que la policía iría a Orange Drive para hablar con los inquilinos sobre Betty. Después de eso, huiste. ¿Por qué?

Lorna se arrancó un trozo de uña de un mordisco y se chupó el dedo herido.

—Porque sabía que si mi foto salía en los periódicos como una amiga de Betty mis padres la verían y harían que la policía me mandara a casa.

—¿Adónde fuiste después de huir?

—Encontré a un hombre en un bar y conseguí que me alquilara una habitación en un motel del Valle.

—¿Hiciste...?

Millard me mandó callar con un gesto de su mano, como si cortara algo.

—Dijiste que tú y Betty buscabais interpretar algún papel juntas. ¿Conseguiste trabajo en el cine?

Lorna puso las manos sobre el regazo y empezó a retorcer los dedos.

—No.

—Entonces, ¿podrías decirme qué hay en la película de tu bolso?

Lorna Martilkova mantuvo los ojos clavados en el suelo mientras soltaba unos lagrimones.

—Es sólo una película —murmuró.

—¿Una película pornográfica?

Lorna asintió con la boca cerrada. Las lágrimas de la chica se habían convertido en ríos de maquillaje; Millard le alargó un pañuelo.

—Cariño, tienes que contárnoslo todo, desde el principio, así que piensa bien en ello y tómate tu tiempo. Bucky, tráele un poco de agua.

Salí de la habitación, encontré una fuente de agua potable y un aparato que daba vasos de cartón en el vestíbulo, llené uno de ellos con agua y volví a la habitación. Cuando dejé el vaso encima de la mesa, delante de ella, Lorna hablaba en voz muy baja.

—... y yo buscaba que me invitaran a tomar algo en ese bar de Gardena. El mexicano Raúl, Jorge o lo que fuera, empezó a hablar conmigo. Yo creía estar embarazada y necesitaba dinero con verdadera desesperación. Dijo que me daría doscientos dólares por actuar desnuda en una película.

Lorna se calló, bebió agua, inhaló una honda bocanada de aire y siguió su relato.

—Ese hombre dijo que necesitaba otra chica, así que llamé a Betty a ese sitio de Cherokee. Dijo que sí y el mexicano y yo la recogimos. Nos drogó con cigarrillos de marihuana, creo que por miedo de que nos asustáramos y nos echáramos atrás. Fuimos hasta Tijuana e hicimos la película en una casa muy grande, en las afueras. El mexicano se encargaba de los focos y de la cámara y nos decía lo que debíamos hacer. Después nos llevó de regreso a Los Ángeles, y eso fue todo, desde el principio, así que ahora, ¿quiere llamar a mi casa o no?

Miré a Russ y luego a Harry; los dos estaban contemplando a la chica, el rostro impasible. Yo deseaba llenar los espacios en blanco de mi pista particular.

—¿Cuándo hiciste la película, Lorna? —pregunté.

—Alrededor del Día de Acción de Gracias.

—¿Puedes darnos una descripción del mexicano?

Lorna miró al suelo.

—No era más que un mexicano grasiento. Puede que tuviera treinta años, tal vez cuarenta, no lo sé. Estaba drogada y no lo recuerdo demasiado bien.

—¿Parecía interesado por Betty en especial?

—No.

—¿Os tocó a ti o a ella? ¿Se puso duro con vosotras? ¿Os hizo insinuaciones?

—No. Lo único que hacía era ponernos en posturas distintas.

—¿Juntas?

—Sí —gimoteó Lorna.

La sangre me zumbaba. Mi voz resultaba rara incluso a mis propios oídos, como si fuera la de un muñeco de ventrílocuo.

—Entonces, no sólo era estar desnudas, ¿verdad? ¿Betty y tú hacíais cosas de lesbianas?

Lorna emitió un leve y seco sollozo y asintió; pensé en Madeleine y decidí seguir adelante, sin pensar qué podía revelar la chica.

—¿Eres lesbiana? ¿Lo era Betty? ¿Fuisteis a bares de lesbianas?

—¡Basta, Bleichert! —ladró Millard.

Lorna se echó hacia delante, rodeó con sus brazos a su buen papaíto policía y lo abrazó con fuerza. Russ me miró y luego bajó lentamente la mano, plana, igual que un director de orquesta pidiéndoles una pausa a sus músicos. Acarició la cabeza de la chica con su mano libre y luego le hizo una seña con el dedo a Sears.

—No soy lesbiana, no soy lesbiana —gimió la chica—, sólo fue esa vez.

Millard la acunaba igual que a una criatura.

—Lorna, ¿era lesbiana Betty? —le preguntó Sears.

Contuve el aliento. Lorna se limpió los ojos en la chaqueta de Millard y me miró.

—No soy lesbiana y Betty tampoco lo era —dijo—. Sólo íbamos a los bares de gente normal y ocurrió nada más esa vez de la película porque no teníamos ni un centavo y estábamos drogadas. Si esto sale en los periódicos, mi padre me matará.

Miré a Millard, y pude percatarme de que él creía aquella historia. Mi instinto me dijo con mucha fuerza que todo el aspecto lésbico descubierto por la investigación hasta ahora no nos llevaría a nada.

—¿El mexicano le dio un fotómetro a Betty? —preguntó Harry.

—Sí —murmuró Lorna, su cabeza sobre el hombro de Millard.

—¿Te acuerdas de su coche? ¿La marca, el color?

—Yo... creo que era negro y viejo.

—¿Recuerdas el bar donde le conocisteis?

Lorna alzó la cabeza; vi que sus lágrimas se habían secado.

—Creo que era en el bulevar Aviación, cerca de todas esas fábricas de aeroplanos.

Lancé un gemido; esa parte de Gardena, casi un kilómetro y medio de lado, estaba repleta de tugurios, salas de apuestas y burdeles permitidos por la policía.

—¿Cuándo viste a Betty por última vez? —preguntó Harry.

Lorna volvió a su silla, con el cuerpo tenso para así contener más muestras de emoción... una reacción que demostraba dureza, pues provenía de una chica de quince años.

—La última vez que vi a Betty fue un par de semanas después, justo antes de que se largara de Orange Drive.

—¿Sabes si Betty vio alguna otra vez al mexicano?

Lorna contempló el agrietado barniz de sus uñas.

—El mexicano era un ave de paso. Nos pagó, nos devolvió a Los Ángeles y desapareció.

Decidí meter baza de nuevo en la conversación.

—Pero tú volviste a verle, ¿verdad? No pudo hacer una copia de la película antes de que los tres volvierais de Tijuana, es imposible.

Lorna estudió sus uñas.

—Cuando leí lo que los periódicos ponían sobre Betty lo busqué en Gardena. Estaba a punto de regresar a México y logré sacarle una copia de la película. Bueno... él no leía los periódicos y por eso ignoraba que, de repente, Betty se había hecho famosa. Bueno... pensé que una película de la *Dalia Negra* desnuda era una pieza de colección y si la policía intentaba mandarme de nuevo con los míos podría venderla y contratar a un abogado para que lo impidiera. Me la devolverán, ¿verdad? No dejarán que nadie la vea, ¿verdad que no?

Es sorprendente lo que puede llegar a salir de los labios de una criatura.

—¿Volviste a Gardena y encontraste de nuevo a ese hombre? —preguntó Millard.

—Ajá. Quiero decir sí.

—¿Dónde?

—En uno de esos bares que hay en Aviación.

—¿Puedes describir el sitio?

—Estaba oscuro y en la fachada había luces que se encendían y se apagaban.

—¿Y él estuvo de acuerdo en darte una copia de la película? ¿Gratis?

Lorna clavó la mirada en el suelo.

—Tuve que atenderle a él y a sus amigos.

—Entonces puedes mejorar tu descripción de él, ¿verdad?

—¡Era gordo y la tenía muy pequeña! ¡Era horrible, y sus amigos también!

Millard le indicó la puerta a Sears; Harry salió de puntillas, sin hacer ningún ruido.

—Intentaremos mantener todo esto fuera de los periódicos y destruiremos la película —dijo Russ—. Una pregunta antes de que la matrona te lleve a tu habitación. Si te trasladáramos a Tijuana, ¿crees que podrías encontrar la casa donde se rodó la película?

—No —respondió Lorna, al tiempo que meneaba la cabeza—. No deseo volver a ese sitio horrible. Quiero irme a casa.

—¿Para que tu padre pueda pegarte?

—No. Para que yo pueda escaparme otra vez.

Sears entró de nuevo en la habitación con una matrona; la mujer se llevó a Linda/Lorna, la chica dura/blanda/patética/fantasiosa. Harry, Russ y yo nos miramos durante unos segundos; sentí toda la tristeza de la chica, asfixiándome. Finalmente nuestro superior habló.

—¿Algún comentario?

Harry fue el primero en hablar.

—Se nota que intenta proteger al mexicano y a su picadero de Tijuana. Tal vez él le dio una paliza y se la tiró, y la chica teme las represalias. Aparte de eso, creo en su historia.

Russ sonrió.

—¿Y tú, chico listo?

—Está usando todo lo de México como tapadera. Pienso que ese tipo se la tiraba con regularidad y que ahora ella lo protege de una acusación por violación de una menor. También apostaría a que el tipo es blanco, que todo ese cuento del mexicano es falso para no desentonar con lo de Tijuana, cosa que sí me creo, porque ese sitio es un auténtico pozo de mierda y la mayor parte de los cerdos que pillé cuando patrullaba conseguían allí su material.

Millard guiñó el ojo al estilo Lee Blanchard.

—Bucky, hoy estás siendo un chico realmente muy listo. Harry, quiero que hables con el teniente Walters. Dile que mantenga incomunicada a la chica durante setenta y dos horas. Quiero una celda privada para ella y que Meg Caulfield sea liberada de su puesto en Wilshire para que juegue a ser su compañera de celda. Dile a Meg que le saque cuanto pueda y que informe cada veinticuatro horas.

»Cuando termines con eso, llama a los de Antivicio y a los de Investigación y Registros para que busquen los informes sobre todos los varones blancos y los mexicanos que tengan condenas por traficar con pornografía; después avisa a Vogel y Koenig y envíales a Gardena para que registren los bares en busca de ese hombre de las películas de Lorna. Llama a la Central y dile al capitán Jack que tenemos por ver una peliculita sobre la *Dalia*. Luego telefonea al *Times* y cuéntales todo esto antes de que Ellis Loew lo tape con su trasero. Ocúltales la identidad de Lorna, diles que lo escriban para animar cualquier tipo de llamada o pista sobre traficantes de pornografía y luego haz el equipaje, porque después nos iremos a Dago y a Tijuana.

—Russ, ya sabes que esto es un tiro a ciegas —dije.

—El mayor desde que tú y Blanchard os molisteis a golpes y os hicisteis compañeros. Vamos, chico listo. Esta noche dan películas guarras en el ayuntamiento.

Habían instalado un proyector y una pantalla en la sala de informes; un reparto de estrellas esperaba ver la estrella de las películas porno. Lee, Ellis Loew, Jack Tierney, Thad Green y el jefe de policía C. B. Horrall en persona estaban sentados ante la pantalla; Millard le entregó el recipiente de la película al chupatintas encargado de manejar el proyector.

—¿Dónde están las palomitas de maíz? —murmuró.

El gran jefe vino hacia mí y me obsequió con uno de los apretones de manos de cuando estaba de buen humor.

—Es un placer, señor —dije.

—El placer es mutuo, señor Hielo, y mi esposa le manda sus saludos, aunque sea algo tarde, por el aumento de sueldo que nos consiguieron usted y el señor Fuego. —Señaló el asiento contiguo al de Lee—. ¡Luces! ¡Cámara! ¡Acción!

Tomé asiento junto a mi compañero. Lee parecía algo cansado, pero no drogado. Sobre su regazo yacía un *Daily News* desdoblado y leí su titular: «El cerebro del Boulevard-Citizens es liberado mañana – Vuelve a Los Ángeles tras 8 años de prisión.» Lee me echó un vistazo y se fijó en mi mal aspecto.

—¿Algo que contar? —dijo.

Iba a responderle cuando las luces se apagaron. En la pantalla apareció una imagen borrosa; el humo de los cigarrillos ondulaba ante ella. Hubo el breve destello de un título —*Esclavas del infierno*—, y luego apareció una gran habitación de techo muy alto con jeroglíficos egipcios en las paredes, todo en un granuloso blanco y negro. Por la habitación se hallaban repartidas columnas en forma de serpientes enroscadas; la cámara se acercó a una de ellas para ofrecer un primer plano de dos serpientes de escayola engulléndose mutuamente la cola. Después hubo un fundido y se convirtieron en Betty Short, que sólo llevaba medias y ejecutaba un bailecito de aficionada.

Sentí como se me tensaba la ingle; oí el seco siseo de Lee al tragar aire. En la pantalla apareció un brazo que entregó un objeto cilíndrico a Betty. Ella lo cogió y la cámara se le aproximó. Era un consolador, con el mango cubierto de escamas y unos colmillos brotando de la gruesa punta circuncidada. Betty se lo metió en la boca y lo chupó, los ojos muy abiertos y vidriosos.

La pantalla se puso negra y, un instante después, Lorna estaba tendida en un diván con las piernas abiertas. Betty apareció en escena. Se arrodilló entre las piernas de Lorna, metió el consolador dentro de ella y fingió que lo usaba para el acto sexual. Lorna arqueó el cuerpo, hizo girar las caderas y la imagen se desenfocó, dando un salto para pasar luego a un primer plano: Lorna se retorcía en un falso éxtasis. Hasta un niño de dos años habría podido darse cuenta de que estaba retorciendo el rostro para contener los gritos. Betty volvió a entrar en cuadro, inclinada entre los muslos de Lorna.

Alzó los ojos hacia la cámara y su boca articuló las palabras: «No, por favor.» Entonces alguien le bajó la cabeza de un empujón y Betty empezó a usar su lengua junto al consolador, en un plano tomado tan de cerca que cada uno de los feos detalles parecía ampliado diez millones de veces.

Quise cerrar los ojos pero no pude.

—Russ, ¿qué opinas? —dijo con voz tranquila el jefe Horrall, sentado junto a mí—. ¿Crees que esto tiene algo que ver con el asesinato de la chica?

Millard le respondió con voz ronca.

—Es difícil saberlo, jefe. La película fue hecha en noviembre y, por lo que dijo la Martilkova, el mexicano no se dedica a los asesinatos. Pero hay que comprobarlo. Quizá el mexicano le enseñó la película a otra persona y ésta enloqueció por Betty. Lo que yo...

Lee derribó su silla de una patada.

—¡Mierda! ¿A quién le importa si la mató él o no? —gritó—. ¡He mandado chicos de los exploradores a la habitación verde por menos de eso! ¡Y si nadie piensa actuar al respecto, yo sí lo haré!

Todo el mundo se quedó inmóvil, paralizado por la sorpresa. Lee estaba de pie ante la pantalla, y parpadeaba a causa del cálido chorro de luz blanca que le daba en los ojos. Giró en redondo y sus manos hicieron pedazos la obscenidad que estábamos viendo; la pantalla y el trípode cayeron ruidosamente al suelo. Betty y Lorna siguieron con su espectáculo sexual sobre una pizarra cubierta con garabatos de tiza; Lee echó a correr hacia delante. Oí el ruido del proyector que caía a mi espalda.

—¡Bleichert, deténle! —gritó Millard.

Me puse en pie, tropecé, recobré el equilibrio y salí a toda velocidad de la sala de informes, a tiempo de ver a Lee que entraba en el ascensor del final del pasillo. Cuando las puertas se cerraron y el ascensor empezó a bajar me dirigí a toda velocidad hacia la escalera, bajé a saltos las seis plantas, y entré en el aparcamiento con el tiempo justo de ver a Lee quemando neumáticos por Broadway, hacia el norte. En un lado del estacionamiento había una hilera de patrulleros sin señales de identificación; fui hacia ellos y metí la mano bajo el asiento del más próximo. Las llaves estaban ahí. Le di al encendido, apreté el acelerador y salí volando.

Gané terreno con rapidez; me pegué al Ford de Lee cuando él se metió por la calzada central de Sunset, hacia el oeste. Le solté tres breves bocinazos; él respondió haciendo sonar su claxon con el código de la policía de Los Ángeles que significaba «agente en persecución». Los coches se apartaban para darle paso: yo no podía hacer más que apretar mi claxon y mantenerme pegado a su cola.

Cruzamos Hollywood a toda velocidad por el paso Cahuenga hacia el Valle. Cuando nos metimos por el bulevar Ventura me asustó la proximidad del bloque donde estaban los bares de lesbianas. Lee detuvo su Ford con un chirrido justo en mitad del bloque y sentí que una oleada de pánico me asfixiaba, entonces pensé: «No puede saber nada de mi chica de la coraza, es imposible; la película de lesbianas tiene que haberle hecho pensar en esto.» Lee saltó del coche y abrió la puerta del Escondite de La Verne de un empujón. Un pánico todavía peor me hizo pisar el freno con brusquedad y aproximar el coche entre esos a la acera; la idea de una acusación por haber suprimido pruebas y de Madeleine allí dentro hizo que me lanzara al bar detrás de mi compañero.

Lee se había plantado ante los reservados llenos de lesbianas duras y chicas suaves, gritando maldiciones. Busqué a Madeleine con la mirada y a la mujer del mostrador que yo había interrogado; al no verlas, me dispuse a calmar a mi mejor amigo.

—Pervertidas de mierda, ¿habéis visto una peliculita que se llama *Esclavas del infierno*? ¿Le compráis vuestra mierda a un mexicano gordo de unos cuarenta años? ¿Es que...?

Cogí a Lee por detrás con una doble llave nelson y le hice girar hacia la puerta. Tenía sus brazos bien cogidos y llevaba la espalda arqueada y luego nos derrumbamos sobre el pavimento en un confuso montón de brazos y piernas. Yo mantuve la presa con todas mis fuerzas y, cuando oí aproximarse una sirena pude darme cuenta de que Lee no se resistía... lo único que hacía era yacer, inmóvil, mientras murmuraba «Socio» una y otra vez.

El gemido de la sirena se hizo más fuerte y luego se extinguió; oí el ruido de las portezuelas de un coche. Me aparté de Lee y le ayudé a levantarse como si fuera una fláccida muñeca de trapo. Ellis Loew se materializó ante nosotros. Llevaba las ansias de matar escritas en los ojos. Comprendí que la explosión de Lee procedía de su extraña castidad, de toda una semana de muerte, droga y ambiente pornográfico. Como suponía que a mí no podía reprocharme nada, pasé un brazo por los hombros de mi compañero.

—Señor Loew, fue esa maldita película, nada más. Lee pensó que las lesbianas de aquí podrían darnos alguna pista sobre el mexicano...

—Cállate, Bleichert —siseó Loew. Después concentró toda su aterciopelada rabia sobre Lee—. Blanchard, te conseguí el puesto en la Criminal. Eres mi hombre y has logrado que yo parezca un imbécil ante las dos personas más poderosas del Departamento. Esto no es ningún crimen de lesbianas, las dos chicas estaban drogadas y la cosa no les hacía ninguna gracia. Te he tapado ante Horrall y Green pero no sé de qué te servirá eso a largo plazo. Si no fueras el señor Fuego, el Gran Lee Blanchard, ya te habrían suspendido del servicio. Te has involucrado personalmente en el caso Short y eso es una muestra de poca profesionalidad que no toleraré. Mañana por la mañana vuelves a la Criminal.

Preséntate a mí a las ocho en punto y trae cartas de disculpa para el jefe Horrall y el jefe Green. Por el bien de tu pensión, te aconsejo que beses el suelo.

—Quiero ir a Tijuana para buscar al tipo de la película —repuso Lee, el cuerpo desmadejado.

Loew meneó la cabeza.

—Dadas las circunstancias, yo calificaría esta petición de ridícula. Vogel y Koenig irán a Tijuana, tú vuelves a la Criminal; y Bleichert, tú te quedas en el caso Short. Buenas noches, señores.

Loew regresó hecho una furia hacia su coche patrulla que trazó una curva en U para volver a meterse en el tráfico.

—Tengo que hablar con Kay —dijo Lee.

Yo asentí y un patrullero del sheriff pasó junto a nosotros, con el agente que no conducía soplándoles besos a las lesbianas congregadas en la puerta del local. Lee fue hacia su coche.

—Laurie. Laurie, oh, niña —murmuró.

13

A la mañana siguiente aparecí en la Central a las ocho. Quería ayudar un poco a Lee durante la ignominia de su regreso allí y compartir la dieta de sapos que, indudablemente, Ellis Loew le estaría dando. En nuestros escritorios había dos notas idénticas del jefe Green: «Presentarse en mi oficina mañana, 22/1/47, 6 p.m.» Las palabras, escritas a mano, me parecieron ominosas.

Lee no apareció a las ocho y yo me quedé sentado

ante mi escritorio durante la hora siguiente. Me lo imaginaba nervioso y preocupado por la liberación de Bobby de Witt, cautivo de sus fantasmas; la persecución que le habría redimido de ellos se había esfumado ahora que ya no estaba en el caso de la *Dalia*. A través del panel que me separaba de la oficina del fiscal del distrito oí los ladridos y las súplicas de Loew por el teléfono, mientras hablaba con los editores del *Mirror* y el *Daily News*, periódicos republicanos de los que se rumoreaba simpatizaba con sus aspiraciones políticas. La sustancia de sus palabras era que les ayudaría a terminar con el *Times* y el *Herald* dándoles información sobre la *Dalia* desde dentro de la policía, siempre que ellos no hicieran mucho hincapié en sus titulares sobre lo ligera de cascos que era Betty Short y la retrataran como una chica buena que se había salido un poco del camino recto pero nada más.

Por la satisfacción que noté en sus palabras al colgar me di cuenta de que los tipos de la prensa habían quedado convencidos y se habían tragado la frase anterior de Loew: «Cuanta más simpatía atraigamos hacia la chica, más sacaremos cuando me encargue de acusar al asesino».

A la una, Lee seguía sin aparecer. Fui a la sala de informes y me leí el abultado expediente del caso E. Short, con el deseo de quedar satisfecho en cuanto a que el nombre de Madeleine no figuraba en él. Dos horas y doscientas páginas después estaba satisfecho: no se la mencionaba entre los centenares de personas interrogadas ni en ninguna de las llamadas o delaciones. La única referencia a lesbianas que había en el informe era obviamente cosa de chalados: tipos enloquecidos por la religión que habían llamado por teléfono para informar que una secta rival estaba compuesta de «monjas lesbianas que habían sacrificado la chica al papa Pío XII» y «lesbianas que celebraban rituales comunistas anti-Jesucristo».

Lee seguía sin aparecer. Llamé a la casa, a Universidad y al hotel El Nido, sin éxito. Como deseaba aparentar estar ocupado para que nadie me pusiera a trabajar en algo, me dediqué a recorrer los tablones y a leer los informes clavados en ellos.

Russ Millard había preparado un nuevo resumen antes de marcharse para San Diego y Tijuana la noche anterior. En su resumen decía que él y Harry Sears se encargarían de comprobar los archivos de la Antivicio en busca de convictos y sospechosos de traficar con pornografía y que buscarían el lugar donde se había rodado la película en Tijuana. Vogel y Koenig habían sido incapaces de localizar al mexicano de Lorna Martilkova en Gardena y también iban a Tijuana para ocuparse de la película. El día anterior el forense leyó su informe públicamente; la madre de Elizabeth Short estaba presente e identificó los restos. Marjorie Graham y Sheryl Saddon testificaron sobre la vida de Betty en Hollywood, «Red» Manley sobre cómo había llevado a Betty en coche desde Dago y la había dejado ante el hotel Biltmore el diez de enero. Una intensa batida de la zona que rodeaba al Biltmore no había logrado dar, por el momento, con nadie que la hubiera visto; aún se estaban examinando los archivos de los maníacos y delincuentes sexuales condenados, los cuatro chalados que habían confesado seguían retenidos en la cárcel a la espera de que sus coartadas fueran comprobadas, que se les hicieran exámenes médicos y nuevos interrogatorios. El circo continuaba, las llamadas dando pistas afluían a las centralitas, y eso conducía a interrogatorios de tercera, cuarta y quinta mano... agentes que hablaban con personas que conocían a personas que conocían a personas que habían conocido a la famosa *Dalia*. De momento la cosa seguía siendo tan difícil como encontrar una aguja en un pajar.

Los hombres que trabajaban en sus escritorios empezaban a mirarme mal, así que regresé a mi cubículo. Madeleine apareció de repente en mi mente: cogí el teléfono y la llamé.

Contestó al tercer timbrazo.

—Residencia Sprague.

—Soy yo. ¿Quieres que nos veamos?

—¿Cuándo?

—Ahora. Te recogeré en cuarenta y cinco minutos.

—No vengas aquí. Papá tiene una velada de negocios. ¿Nos vemos en el Flecha Roja?

Suspiré.

—Ya sabes que tengo un apartamento.

—Sólo lo hago en los moteles. Es uno de mis rasgos particulares de chica rica. ¿Habitación once en la Flecha dentro de cuarenta y cinco minutos?

—Allí estaré —dije, y colgué.

Ellis Loew dio unos golpecitos en el panel de separación.

—A trabajar, Bleichert. Llevas patinando por aquí toda la mañana y empiezas a ponerme nervioso. Y cuando veas a tu compañero fantasma le dices que su pequeña no-función le ha costado tres días de paga. Ahora, coge un coche con radio y lárgate.

Me largué directamente al motel Flecha Roja. El Packard de Madeleine se hallaba estacionado en el callejón que había detrás de las cabañas; la puerta de la habitación número once estaba abierta. Entré en ella, olí su perfume y me esforcé por ver algo en la oscuridad hasta ser recompensado con una risita. Mientras me desnudaba, mis ojos se acostumbraron a la falta de luz y vi a Madeleine... un faro desnudo sobre una colcha mugrienta.

Nuestros cuerpos se unieron con tal fuerza que los resortes del colchón golpearon el suelo. Madeleine se abrió paso hasta mis piernas dándome besos, me puso a punto y luego dio la vuelta rápidamente sobre sí misma hasta quedar de espaldas. La penetré con el pensamiento puesto en Betty y en el consolador que parecía una serpiente; luego borré esa imagen para concentrarme en el roto papel de pared que tenía delante de los ojos. Yo quería ir despacio pero Madeleine, con un jadeo, dijo:

—No te contengas, estoy lista.

Empujé con fuerza, e hice chocar nuestros cuerpos, mis manos agarradas al barrote de la cabecera. Madeleine me pasó las piernas alrededor de la espalda, se cogió al barrote que había por encima de su cabeza y empezó a moverse junto a mí, entre vueltas y empujones. Nos corrimos con segundos de diferencia, en un violento y tenso contrapunto; cuando mi cabeza cayó sobre la almohada, la mordí para calmar mis temblores.

Madeleine se movió, y dejó de estar bajo mi cuerpo.

—Cariño, ¿te encuentras bien?

Yo veía la serpiente de nuevo. Madeleine me hizo cosquillas; rodé sobre mi espalda y la miré para hacer que la imagen desapareciera.

—Sonríeme. Pon cara de ser buena y dulce.

Madeleine me obsequió con una mueca digna de Pollyanna. Su rojo lápiz de labios, todo corrido, me recordó la muerta sonrisa de la *Dalia*; cerré los ojos y la abracé con fuerza. Ella me acarició la espalda con suavidad.

—Bucky, ¿qué ocurre? —murmuró.

Clavé los ojos en las cortinas de la otra pared.

—Ayer cogimos a Linda Martin. Llevaba una copia de una película porno en su bolso, con ella y Betty Short en un juego de lesbianismo. La rodaron en Tijuana y en la película había cosas bastante raras, cosas feas. Me asustó un poco y a mi compañero le puso enfermo.

Madeleine dejó de acariciarme.

—¿Mencionó Linda mi nombre?

—No, y he revisado el expediente del caso. No hay ninguna referencia a esa nota que dejaste. Pero tenemos a una mujer policía en la celda de la chica para que le saque información, y si habla, estás perdida.

—No estoy preocupada, cariño. Es probable que Linda ni siquiera me recuerde.

Me moví a una posición en la cual pudiera contemplar a Madeleine de cerca. Su lápiz de labios parecía una revuelta mancha de sangre y se lo limpió con la almohada.

—Niña, estoy ocultando pruebas por ti. Es un trato justo por lo que recibo a cambio, pero sigo asustado. Por lo tanto, ya puedes asegurarte bien de estar limpia. Te lo preguntaré una sola vez: ¿hay algo que no me hayas contado sobre ti, Betty y Linda?

Madeleine pasó los dedos sobre mis costillas; exploró las cicatrices que yo había conseguido en el combate con Blanchard.

—Cariño, Betty y yo hicimos el amor una vez, cuando nos encontramos el verano pasado. Sólo fue porque quise saber cómo sería con una chica que se parecía tanto a mí.

Tuve la sensación de hundirme; como si la cama se alejara de mi cuerpo, dejándome caer. Madeleine parecía estar al final de un largo túnel, capturada por alguna especie de extraño truco hecho con una cámara.

—Bucky, eso es todo, te juro que eso es todo —dijo, con altibajos en el tono de su voz, que me llegaba desde la nada.

Me puse en pie y me vestí. Sólo al colocarme la 38 y las esposas dejé de tener la impresión de que andaba sobre arenas movedizas.

—Quédate, cariño, quédate —me suplicó Madeleine.

Salí de la habitación antes de sucumbir a su ruego. Una vez en mi coche, conecté la radio; intentaba encontrar un poco de agradable y cuerdo ruido policial para que me distrajera.

—Código cuatro a todas las unidades en Crenshaw y Stocker —ladró el agente—. Robo, dos muertos, sospechoso muerto. Unidad 4-A-82 informa que el sospechoso es Raymond Douglas Nash, blanco, varón, objeto orden de búsqueda número...

Desconecté la radio de un manotazo, puse el motor en marcha, y apreté el acelerador y el botón de la sirena en lo que me pareció un solo gesto. Cuando salía disparado me pareció oír la voz de Lee, que me calmaba: «Ya sabrás que la chica muerta es algo mucho mejor que junior Nash, ¿no?», y mientras iba hacia la parte baja de la ciudad me vi siguiéndoles la corriente a los fantasmas de mi compañero aun a sabiendas de que el asesino de Oklahoma era el real y vivo hombre del saco, un asesino. Cuando entré en el aparcamiento vi a Lee que me acosaba con palabras y halagos para convencerme y salirse con la suya; cuando corría escalera arriba, en la Central, lo veía todo rojo.

Pisé el último escalón, gritando:

—¡Blanchard!

Dick Cavanaugh, que salía del cuarto común, señaló hacia los servicios. Abrí la puerta de una patada; Lee se estaba lavando las manos en el lavabo.

Las alzó para mostrármelas, con la sangre brotando de las heridas que había en sus nudillos.

—Le he dado puñetazos a una pared. En penitencia por Nash.

No era suficiente. Entonces, di rienda suelta a la marea escarlata. Me lancé sobre mi mejor amigo y no acabé hasta que también mis manos estuvieron destrozadas y él quedó inconsciente, tendido a mis pies.

14

Perder el primer combate Bleichert-Blanchard me dio una buena celebridad local, el puesto de la Criminal y cerca de nueve mil dólares en efectivo; ganar el segundo combate me proporcionó dos nudillos partidos, la muñeca izquierda dislocada y un día en la cama, aturdido a causa de una reacción alérgica a las píldoras de codeína que el capitán Jack me recetó al enterarse de la pelea y verme en el cubículo intentando vendarme el puño. Lo único bueno que salió de mi «victoria» fue un respiro de veinticuatro horas sin Elizabeth Short; lo peor estaba todavía por llegar... enfrentarme a Lee y Kay para ver si yo podía salvarnos a los tres, sin perder mis pelotas en ello.

Fui a la casa el miércoles por la tarde, el día que debíamos despedirnos de la *Dalia* y el aniversario de la primera semana en que el célebre fiambre había aparecido. La reunión con Thad Green estaba fijada para las seis de esa tarde, y si había alguna forma de arreglar un poco las cosas con Lee antes de eso, yo tenía que intentarlo.

La puerta principal estaba abierta; en la mesita del café había un ejemplar del *Herald*, abierto por la segunda y tercera página. Todos los detritus de mi revuelta vida estaban esparcidos en ellas... La *Dalia*; el flaco y anguloso rostro de Bobby de Witt que volvía a casa; Junior Nash muerto por un agente del sheriff, que no estaba de servicio, después de haber atracado a un verdulero japonés y matado al propietario y a su hijo de catorce años.

—Somos famosos, Dwight.

Kay se hallaba de pie en el umbral, inmóvil. Me reí; mis maltrechos nudillos latían.

—Algo conocidos, quizá. ¿Dónde está Lee?

—No lo sé. Ayer por la tarde se marchó.

—Sabes que se encuentra en apuros, ¿verdad?

—Sé que le diste una paliza.

Fui hacia ella. El aliento de Kay apestaba a cigarrillos y su rostro aparecía enrojecido a causa del llanto. La abracé; ella me devolvió el abrazo.

—No te culpo por ello —dijo.

Hundí mi cara en su cabello.

—Es probable que De Witt se encuentre ya en Los Ángeles. Si Lee no vuelve esta noche, vendré aquí para estar contigo.

Kay me apartó.

—No vengas, a no ser que quieras acostarte conmigo.

—Kay, no puedo hacerlo —dije.

—¿Por qué? ¿A causa de esa chica del vecindario con la que te ves?

Recordé la mentira que le había contado a Lee.

—Sí... No, no es por eso. Es sólo que...

—¿Es sólo que qué, Dwight?

La abracé para que no pudiera mirarme a los ojos y saber que la mitad de lo que iba a contarle me hacía sentir como un niño y la otra mitad como un embustero.

—Que Lee y tú sois mi familia, y él es mi compañero, y hasta que hayamos solucionado este problema en el cual anda metido y sepamos si todavía somos compañeros, el que tú y yo nos acostemos no sirve de nada, maldita sea. La chica a la cual he estado viendo no es nada. De hecho, no significa nada para mí.

—Estás asustado de cualquier cosa que no sea el pelear, los policías y las pistolas, eso es todo —dijo Kay, y me abrazó con más fuerza.

Me dejé rodear por sus brazos con la certeza de que me había calado a la perfección. Luego me aparté de ella y me fui hacia todas las cosas que había dicho.

El reloj que había en la sala de espera de Thad Green llegó a las seis y Lee seguía sin aparecer. A las seis y un minuto, la secretaria de Green abrió la puerta y me hizo entrar. El jefe de detectives alzó la mirada de su escritorio.

—¿Dónde está Blanchard? Es a él a quien deseo ver en realidad.

—No lo sé, señor —respondí, y permanecí inmóvil, como en un desfile cuando te dicen que descanses.

Green me señaló una silla. Me instalé en ella y el jefe clavó sus duros ojos en mí.

—Le concedo cincuenta palabras, o quizá menos todavía, para explicar la conducta de su compañero la noche del lunes. Le escucho.

—Señor, la hermana pequeña de Lee fue asesinada cuando él era un crío; el caso de la *Dalia* es para él lo que podría llamarse una obsesión —dije—. Bobby de Witt, el hombre que él mandó a la cárcel por el asunto del Boulevard-Citizens, salió ayer; hace una semana matamos a esos cuatro tipos; así que, la película fue el detonador final. Hizo que Lee estallara y montó ese escándalo en el bar de lesbianas porque creía poder conseguir una pista sobre el tipo que rodó la película.

Green, que había estado moviendo la cabeza como si asintiera, dejó de hacerlo.

—Habla usted igual que un picapleitos que intenta justificar las acciones de su cliente. En mi departamento, un hombre sabe mantener controlado su equipaje emocional cuando se coloca la placa, o, de lo contrario, sale del departamento. Pero con el fin de hacerle ver a usted que simpatizo un poco con Blanchard, le diré algo: pienso suspenderle del servicio para que se enfrente a una investigación pero no lo haré por las rabietas que nos montó la noche del lunes. Suspendo del servicio a Blanchard por un informe en el que afirmaba que Junior Nash se había largado de nuestra jurisdicción. Creo que ese informe era falso. ¿Qué piensa usted al respecto, agente?

Sentí que las piernas me temblaban.

—Yo lo creí, señor.

—Entonces, no es usted tan inteligente como sus calificaciones de la academia me habían inducido a creer. Cuando vea a Blanchard, dígale que devuelva su arma y su placa. Usted sigue en la investigación del caso Short y, por favor, no libre más combates en edificios públicos. Buenas tardes, agente.

Me puse en pie, y saludé. Después giré sobre mis talones y salí de la oficina, manteniendo mi porte militar hasta llegar a la sala común. Me dirigí hacia uno de los teléfonos y llamé a la casa, a Universidad y al hotel El Nido... sin ningún resultado. Entonces, una idea bastante negra cruzó por mi mente y marqué el número de la oficina de Libertades Condicionales.

—Libertades Condicionales, condado de Los Ángeles —me respondió una voz masculina—. ¿En qué puedo ayudarle?

—Aquí el agente Bleichert, Departamento de Policía de Los Ángeles. Necesito saber dónde se encuentra un tipo que ha salido recientemente de la cárcel.

—Dispare, agente.

—Robert «Bobby» de Witt. Salió ayer de San Quintín.

—Sencillo. Todavía no se ha presentado al encargado de vigilarle. Llamamos a la estación de autobuses de Santa Rosa y descubrimos que De Witt no sacó billete para Los Ángeles sino para San Diego, con Tijuana como destino final. Todavía no hemos emitido la orden de búsqueda. Su encargado de vigilancia cree que De Witt puede haberse largado a Tijuana a esconderse. Piensa darle de plazo hasta mañana para que aparezca.

Colgué, aliviado al ver que De Witt no pensaba acudir directamente a Los Ángeles. Con la idea de buscar a Lee, bajé en el ascensor hasta el aparcamiento y vi a Russ Millard y Harry Sears que se dirigían hacia la escalera de atrás. Russ me vio y me hizo una seña con el dedo; yo fui trotando hacia ellos.

—¿Qué pasó en Tijuana? —pregunté.

Harry, con el aliento oliéndole a «Sen-Sen», se encargó de responderme.

—Nada sobre la película. Buscamos el lugar del rodaje y no pudimos encontrarlo, así que interrogamos a unos cuantos traficantes de esa mercancía. Doble nada. Hablamos con algunas relaciones de la Short en Dago... Triple nada. Yo...

Millard puso una mano sobre el hombro de su compañero.

—Bucky, Blanchard está en Tijuana. Un patrullero de la frontera con el que hablamos lo vio y lo reconoció gracias a toda la publicidad del combate. Andaba con un grupo de rurales que parecía bastante duro.

Pensé en De Witt, que iba hacia Tijuana, y me pregunté por qué razón estaría Lee hablando con la policía estatal mexicana.

—¿Cuándo?

—Anoche —respondió Sears—. Loew, Vogel y Koenig también están allí, en el hotel Divisidero. Han estado hablando con los policías de Tijuana. Russ cree que tratan de encontrar algún mexicano al que cargarle lo de la *Dalia*.

La imagen de Lee expulsó de mi mente a los demonios de la pornografía; lo vi tendido a mis pies, cubierto de sangre, y me estremecí.

—Lo cual es una estupidez —comentó Millard—, porque Meg Caulfield ha logrado sacarle a la Martilkova quién es el tipo en cuestión. Se trata de un blanco llamado Walter «Duke» Wellington. Comprobamos su expediente en la Antivicio y tiene media docena de cargos por traficar en pornografía. Perfecto, en principio, salvo por el hecho de que el capitán Jack ha recibido una carta de Wellington con matasellos de hace tres días. Se ha escondido, asustado por toda la publicidad de la *Dalia*, y confiesa haber rodado la película con Betty Short y Lorna. Tenía miedo de que le cargaran el crimen, por lo que ha mandado una detallada coartada que cubre todos los días perdidos de Betty. Jack la comprobó personalmente y es a toda prueba. Wellington ha mandado una copia de la carta al *Herald* y van a publicarla mañana.

—Entonces, ¿lo que hacía Lorna era mentir para protegerle? —dije.

Sears asintió.

—Eso parece. Wellington, con todo, todavía tiene

viejas acusaciones por proxeneta de las que esconderse. Lorna no ha soltado nada más después de haberle contado eso a Meg. Y aquí viene lo bueno: llamamos a Loew para decirle que todo eso del mexicano era una idiotez, pero un amigo nuestro de los rurales dice que Vogel y Koenig continúan con sus interrogatorios a mexicanos.

El circo comenzaba a convertirse en una farsa.

—Si la carta del periódico pone fin a su trabajo mexicano, empezarán a buscar alguien de por aquí que cargue con el mochuelo —dije—. Tendríamos que mantener nuestra información a salvo de ellos. Lee está suspendido de servicio pero tiene copias del expediente y las guarda en la habitación de un hotel, en Hollywood. Tendríamos que ir allí y usarla para guardar nuestro material.

Millard y Sears volvieron la cabeza lentamente, asintiendo; y fue entonces cuando percibí cuál era el auténtico problema.

—Los de Libertades Condicionales me dijeron que Bobby de Witt ha sacado un billete para Tijuana. Si Lee también está allí abajo, puede que haya jaleo.

Millard se estremeció.

—Esto no me gusta nada. De Witt es un mal bicho y quizás haya descubierto que Lee iba hacia allí. Llamaré a la Patrulla de Fronteras y haré que emitan una orden contra él y que lo detengan.

En ese momento, de repente, supe todo lo que aquello significaba para mí.

—Iré.

15

Crucé la frontera al amanecer. Tijuana empezaba a despertarse cuando entré por Revolución, su calle principal. Niños mendigos buscaban algo para desayunar en los cubos de basura; los vendedores de tacos removían sus estofados hechos con carne de perro; marineros e infantes de marina salían escoltados por la puerta de los burdeles tras sus rondas nocturnas. Los más inteligentes se tambaleaban camino de la calle Colón y sus traficantes de penicilina; los estúpidos se iban hacia el este de Tijuana, hacia el Zorro Azul y el Club Chicago... indudablemente ansiosos de no perderse el primer espectáculo de la mañana. Los coches de los turistas empezaban a formar filas ante las tiendas y los comercios; rurales conduciendo Chevys de la preguerra iban y venían como buitres, con sus negros uniformes que parecían haber sido confeccionados para los nazis.

Yo también anduve de acá para allá, en busca de Lee y su Ford del cuarenta. Por un momento, pensé en ir al cobertizo de la Patrulla de Fronteras o al puesto de los rurales para buscar ayuda, pero recordé que mi compañero había sido suspendido de servicio, que iba con un arma ilegal y que, probablemente estaría tan tenso que si el chicano equivocado le decía algo, provocaría en él sólo Dios sabía qué reacción. Acordándome del hotel Divisidero gracias a las excursiones al sur hechas durante la secundaria, fui hasta los confines de la ciudad para buscar ayuda estadounidense.

La monstruosidad rosada estilo *art déco* se alzaba sobre una pequeña loma, dominando una extensión de chabolas con techos de chapa. Intimidé un poco al tipo de recepción y me dijo que «la fiesta Loew» era en la suite 462. La encontré en la parte trasera del primer piso, voces irritadas tronaban al otro lado de la puerta.

—¡Sigo diciendo que debemos encontrar un mexicano! —estaba gritando Fritzie Vogel—. ¡La carta al *Herald* no decía nada de la película, sólo comentaba que Wellington vio a la *Dalia* y a la otra chavala en noviembre! Aún podemos...

—¡No podemos hacer eso! —le respondió Ellis Loew a gritos—. ¡Wellington admitió haber hecho la película, Tierney lo sabe! ¡Es el oficial al mando y no podemos pasar por encima de él!

Abrí la puerta y vi a Loew, Vogel y Koenig acurrucados en sus asientos, todos ellos sostenían ejemplares del *Herald* en sus manos, todavía calientes de la rotativa. La sesión de conjurados guardó silencio; Koenig me miraba con la boca abierta; Loew y Vogel farfullaron: «Bleichert» al unísono.

—¡Que se joda la jodida *Dalia*! —exclamé—. Lee está aquí, Bobby de Witt está aquí y las cosas se van a poner mal. Tienen que...

—Que se joda Blanchard —dijo Loew—, está suspendido de servicio.

Fui en línea recta hacia él. Koenig y Vogel se interpusieron en mi camino, como una cuña; intentar abrirme paso con ellos habría sido como darle coces a una pared de ladrillos. El ayudante del fiscal retrocedió hasta el otro lado de la habitación, Koenig me cogió de los brazos y Vogel, poniéndome las manos en el pecho, me hizo salir de un empujón. Loew me miró con expresión maligna cuando me hallaba en el umbral y Fritzie me tocó con suavidad el mentón con su puño.

—Tengo debilidad por los pesos semipesados. Si prometes que no pegarás a Billy, te ayudaré a encontrar a tu compañero.

Asentí y Koenig me soltó.

—Iremos en mi coche —dijo Fritzie—. No pareces estar en condiciones de conducir.

Fritzie llevaba el volante; yo observaba. Mantuvo un continuo torrente de charla sobre el caso Short y el grado de teniente que le iba a conseguir; yo miraba a los enjambres de mendigos que acechaban a los turistas, las putas que se encargaban de chuparla en el asiento delantero y los chicos vestidos de cuero que vagaban en busca de borrachos a quienes robar. Tras cuatro horas infructuosas, las calles se pusieron tan llenas de coches que resultaba de todo punto imposible maniobrar en ellas y empezamos a caminar.

Yendo a pie, la pobreza y la suciedad eran peores. Los niños que mendigaban aparecían delante de ti con su parloteo y te metían crucifijos en la cara. Fritzie les daba bofetadas y patadas para que se apartaran pero sus rostros, acosados por el hambre, me afectaban, así que cambié cinco dólares en pesos y cada vez que convergían sobre nosotros yo arrojaba puñados de monedas a la calzada. Con eso logré poner en marcha feroces peleas en las que había arañazos, mordiscos y dedos metidos en los ojos. Era mejor que contemplar sus miradas vacuas y ver la nada.

Una hora de vagar por las calles nos dejó sin Lee, sin el Ford 40 de Lee y sin ningún gringo que se pareciera a Bobby de Witt. Entonces, un rural que llevaba botas de caña y una camisa negra me hizo una seña desde el umbral en el que se apoyaba.

—¿Policía? —dijo.

Yo me detuve, y le enseñé mi placa a modo de respuesta.

El rural metió la mano en el bolsillo y acabó sacando una foto transmitida por teletipo. La imagen era demasiado borrosa para resultar identificable pero el «Robert Richard de Witt» que había debajo era tan claro como el día. Fritzie palmeó los galones del rural.

—¿Dónde, almirante?

El mexicano hizo entrechocar sus talones y ladró:

—Estación, vámonos.

Echó a andar delante de nosotros y torció por un callejón repleto de clínicas para enfermedades venéreas. Por fin, nos señaló un cobertizo rodeado por alambre de espino. Fritzie le alargó un dólar; el mexicano saludó al estilo Mussolini y se marchó. Me dirigí a la estación.

El umbral estaba flanqueado por rurales con ametralladoras. Mostré mi placa; ellos hicieron sonar sus tacones y me dejaron entrar. Fritzie entró tras de mí; con un billete de dólar en la mano, fue en línea recta hacia el mostrador. El policía sentado detrás de él agarró el billete.

—¿Fugitivo? —preguntó Fritzie—. ¿Norteamericano? ¿De Witt?

El tipo del mostrador sonrió y apretó un botón que tenía junto a su silla: unas puertas de barrotes que había al lado se abrieron con un chasquido.

—Con exactitud, ¿qué deseamos que nos cuente esa basura? —dijo Fritzie.

—Lee está aquí —respondí—. Es probable que persiga algún rastro particular. De Witt vino aquí directamente desde San Quintín.

—¿Sin presentarse al encargado de su vigilancia?

—Así es.

—¿Y De Witt se la tiene guardada a Blanchard por el trabajo del Boulevard-Citizens?

—Correcto.

—Ya me has dicho suficiente.

Fuimos a lo largo de un pasillo con celdas. De Witt estaba en la última, solo, sentado en el suelo. La puerta se abrió con un zumbido y el tipo que se había cuidado de humillar y degradar a Kay Lake se puso en pie. Los años pasados en la cárcel no habían sido amables con él: el rostro duro y afilado aparecido en las fotos de los periódicos del año 39 era ahora una estructura gastada con algo de barba canosa. Había engordado y su corte de cabello resultaba tan anticuado como su traje del Ejército de Salvación.

Fritzie y yo entramos en la celda. El saludo que De Witt nos dirigió fue una bravata de criminal típico, con el toque justo de servilismo.

—Polis, ¿eh? Bueno, al menos son norteamericanos. Nunca pensé que me alegraría al verlos, amigos.

—¿Por qué empezamos? —le preguntó Fritzie... y le pateó los huevos a De Witt.

Éste se dobló sobre sí mismo; Fritzie le cogió por el corto vello de la nuca y le soltó un buen revés. De Witt empezó a echar espuma por la boca; Fritzie le dejó libre el cuello y se limpió la brillantina en la manga de su chaqueta. De Witt cayó al suelo, se arrastró hacia el retrete y vomitó en él. Cuando intentaba erguirse, Fritzie le metió la cabeza dentro y se la mantuvo allí usando uno de sus grandes zapatos limpiados con salivazos. El ex proxeneta y atracador de bancos empezó a tragar agua con orina y vómitos.

—Lee Blanchard está en Tijuana —dijo Vogel—, y tú has venido aquí en línea recta nada más salir de la Gran Q. Es una coincidencia condenadamente rara y no me gusta. No me gustas tú, no me gusta la puta sifilítica de la que naciste y no me gusta estar aquí, en un país extranjero infestado de ratas, cuando podría encontrarme en casa con mi familia. Lo que sí me gusta es hacerle daño a los criminales, así que será mejor para ti que contestes a mis preguntas con toda sinceridad o te haré mucho daño.

Fritzie apartó su pie; De Witt emergió del retrete, boqueando en busca de aire. Cogí una camiseta manchada que había en el suelo para dársela cuando recordé las cicatrices de látigo que había en las piernas de Kay.

La imagen hizo que se la arrojase al rostro. Luego, cogí una silla del pasillo y busqué mis esposas. Fritzie limpió el rostro del ex convicto con la mayor brutalidad, y yo le hice sentarse de un empujón para después esposarle las muñecas a las tablillas del respaldo.

De Witt alzó la mirada hacia nosotros; las perneras de su pantalón se fueron oscureciendo al soltársele el esfínter.

—¿Sabías que el sargento Blanchard está aquí, en Tijuana? —preguntó Fritzie.

De Witt meneó la cabeza, lo que hizo que los restos de su chapuzón en el retrete volasen por el aire.

—¡No he visto a Blanchard desde mi jodido juicio!

Fritzie le soltó un pequeño revés y su anillo de los masones le rompió a De Witt una vena en la mejilla.

—No utilices ese tipo de palabras conmigo, y llámame señor cuando me hables. Ahora, ¿sabías que el sargento Blanchard está aquí, en Tijuana?

—No —farfulló De Witt.

—No, señor —dijo Fritzie y lo abofeteó.

De Witt dejó colgar la cabeza, el mentón pegado al pecho. Fritzie se la levantó con un dedo.

—No, ¿qué?

—¡No, señor! —graznó De Witt.

Incluso a través de la neblina de mi oído me di cuenta de que era sincero.

—Blanchard te tiene miedo. ¿Por qué? —pregunté.

Retorciéndose en su asiento, con su grasienta cabellera medio caída sobre la frente, De Witt se rió. Fue una carcajada salvaje, del tipo que se abre paso a través del dolor y que luego lo empeora. Lívido, Fritzie apretó el puño, dispuesto a castigarle.

—Déjale —dije yo.

Vogel se quedó quieto y De Witt siguió con sus carcajadas como si estuviera loco hasta que acabó por callarse. Luego, tragando aire, dijo:

—Oh, caramba, vaya risa. Lee debe tenerme miedo por lo que dijo mi bocaza durante el juicio, pero todo cuanto sé es lo que he leído en los periódicos y debo decirles que le he cogido un pavor mortal a ese chico, que me cuelguen si miento. Puede que pensara en vengarme hasta entonces; quizá les dije varias estupideces a mis compañeros de celda, de acuerdo, pero cuando Lee se cargó a los negros y...

Vogel golpeó a De Witt haciéndole caer al suelo, con silla incluida. El envejecido terror de las calles gimió y rió al mismo tiempo mientras escupía sangre y dientes. Fritzie se arrodilló junto a él y le pellizcó la carótida, cortando así el riego sanguíneo a su cerebro.

—Bobby, niño, no me gusta el sargento Blanchard pero es un compañero, un policía, y no voy a consentir que un canalla sifilítico como tú lo difame. Has corrido el riesgo de violar tu libertad condicional y obtener un viaje de regreso hasta San Quintín para venir aquí. Cuando te suelte el cuello me dirás la razón o volveré a pellizcártelo hasta que tus células grises empiecen a crujir y chasquear igual que los Kellogg's para el desayuno.

Fritzie le soltó el cuello. El rostro de Bobby pasó del azul al rojo oscuro. Vogel cogió al sospechoso y a la silla con una sola mano y los colocó de nuevo en posición vertical. Bobby empezó a reírse otra vez; luego, escupió sangre y se calló. Cuando alzó los ojos para mirar a Fritzie me recordó a un perro que ama a su cruel propietario porque es el único que tiene. Su voz era el gimoteo de un perro apaleado.

—Vine aquí para conseguir un poco de caballo y llevármelo a Los Ángeles antes de presentarme a mi encargado de vigilancia. Parece que ese tipo es un blando, que basta con decirle: «Oh, señor, he estado ocho años en la cárcel y necesitaba que me quitaran un poco el polvo», y entonces no te acusará por haber llegado un poco tarde.

De Witt tragó una honda bocanada de aire.

—Crujir y chasquear —dijo Fritzie, y el perrito Bobby gimoteó rápidamente el resto de su confesión.

—El tipo de aquí es un mexicano llamado Félix Chasco. Se supone que debe reunirse conmigo en el motel Jardines Calexico esta noche. El hombre de Los Ángeles es el hermano de un tipo que conocí en San Quintín. No lo he visto todavía, y, por favor, no me haga más daño.

Fritzie soltó un potente relincho de alegría y salió corriendo de la celda para informar del botín conseguido; De Witt se lamió la sangre de los labios y me miró, perro de un nuevo amo, ahora que Vogel se había marchado.

—Termina de contarme lo que hay entre tú y Lee Blanchard. Y esta vez no te pongas histérico.

—Señor, lo único que hay entre Blanchard y yo es que me tiraba a Kay Lake —dijo De Witt.

Recuerdo haber avanzado hacia él y recuerdo haberle cogido el cuello con las dos manos, al tiempo que me preguntaba cuánta fuerza sería necesaria ejercer sobre el cuello de un perro para conseguir que se le saltaran los ojos. Recuerdo su cambio de color, voces en castellano y a Fritzie que gritaba: «Su historia encaja.» Luego recuerdo que alguien tiró de mí hacia atrás y que pensé: «Ah, eso se siente al darse con unas rejas.» Después, no recuerdo nada más.

Recobré el conocimiento con la idea de que me habían noqueado en el tercer combate Bleichert-Blanchard, preguntándome el daño que le habría hecho a mi socio.

—¿Lee? ¿Lee? —farfullé—. ¿Te encuentras bien?

Entonces vi a dos polis mexicanos con sus camisas negras cubiertas de cintas y galones ridículos, como si se los hubieran comprado en una tienda barata. Fritzie Vogel apareció ante ellos, alto como una torre.

—Dejé marchar a Bobby para que pudiéramos seguirle hasta su socio —dijo—. Pero logró despistarnos mientras tú descansabas, lo cual tuvo muy malas consecuencias para él.

Alguien con una fuerza tremenda me levantó del suelo de la celda; emergiendo de mi estupor, supe que debía tratarse del Gran Bill Koenig. Todavía aturdido y con las piernas de goma, dejé que Fritzie y los policías mexicanos me sacaran al exterior. Estaba anocheciendo y el cielo de Tijuana ya estaba iluminado por los neones. Un coche patrulla Studebaker frenó junto a nosotros; Fritzie y Bill me hicieron entrar en el asiento trasero. El conductor puso en marcha la sirena más estruendosa que el mundo había oído jamás y aceleró al máximo.

Salimos de la ciudad rumbo al oeste y acabamos en el centro de un estacionamiento cubierto de gravilla y con forma de herradura. Policías de Tijuana con camisas caqui y pantalones bombachos montaban guardia ante un cobertizo con escopetas en las manos. Fritzie me guiñó el ojo, al tiempo que me ofrecía su brazo para que me apoyara en él; sin hacerle caso, salí del coche por mis propios medios. Fritzie abrió la marcha; los policías nos saludaron con un gesto de sus armas y luego abrieron la puerta.

La habitación era un matadero que apestaba a cordita. Bobby de Witt y un mexicano yacían muertos en el suelo, cubiertos con agujeros de bala por los que la sangre fluía. Una pared entera estaba cubierta de sesos y líquido; De Witt tenía el cuello morado en el sitio que yo le había apretado. Mi primer pensamiento coherente fue que lo había hecho yo durante el período que no recordaba, la venganza de un vigilante solitario para proteger a las dos únicas personas que amaba. Fritzie debió leerme la mente, porque se rió y dijo:

—No has sido tú, chico. El mexicano es Félix Chasco, un conocido traficante de drogas. Quizá ló ha hecho otro drogado, quizá Lee, quizá fue Dios. Creo que debemos permitir que nuestros colegas mexicanos laven su ropa sucia entre ellos, volver a Los Ángeles y coger al hijo de puta que hizo rodajas a la *Dalia*.

16

El asesinato de Bobby de Witt obtuvo media columna en el *Mirror* de Los Ángeles; yo conseguí un día libre de un Ellis Loew sorprendentemente amable, y la desaparición de Lee consiguió que todo un pelotón de la Policía Metropolitana trabajara a jornada completa.

Pasé la mayor parte del día libre en la oficina del capitán Jack, contestando a sus preguntas. Me hicieron centenares de ellas con respecto a Lee, desde las razones de su explosión al ver la película y lo del Escondite de La Verne hasta su obsesión con el caso Short, pasando por el informe sobre Nash y lo que hacía con Kay. Fui bastante liberal con los hechos y mentí por omisión... mantuve la boca cerrada sobre el asunto de la benzedrina, los archivos en su habitación del hotel El Nido y que su vida común se realizara dentro de la castidad. Los duros de la metropolitana me preguntaron repetidas veces si yo creía que Lee había matado a Bobby de Witt y Félix Chasco; yo les respondí que él era incapaz de cometer un asesinato. Cuando me pidieron una interpretación de la huida de mi compañero, les dije que Lee había fracasado con Nash. Añadí que era un ex boxeador, que quizá pronto iba a ser un ex policía, demasiado viejo de espíritu para volver a los combates y demasiado temperamental para llevar una vida de paisano... y que, probablemente, el interior de México era un sitio tan bueno como cualquier otro para un hombre como él. A medida que el interrogatorio se desarrollaba, tuve la sensación de que a ellos no les interesaba la seguridad de Lee: montaban un caso para expulsarle de la policía de Los Ángeles. Se me dijo repetidas veces que no metiera mis narices en su investigación y cada vez que acaté sus palabras me clavé las uñas en las palmas de las manos para no gritarles insultos y cosas aún peores.

Del ayuntamiento fui a la casa para ver a Kay. Dos matones de la metropolitana ya la habían visitado, y exprimido cuanto les fue posible acerca de su vida con Lee al tiempo que daban un repaso a su vieja relación con Bobby de Witt. La mirada de iceberg que ella me dirigió indicaba que yo era una basura por pertenecer al mismo Departamento que ellos. Intenté consolarle y ofrecerle alguna seguridad de que Lee volvería.

—Y todo eso —dijo mientras me apartaba de un empujón.

Después fui a echar una mirada a la habitación 204 del hotel El Nido, con la esperanza de que en ella hubiera algún tipo de mensaje o de pista que dijera «Volveré, y los tres seguiremos adelante». Lo que hallé fue un altar consagrado a Elizabeth Short.

La habitación era el típico refugio de Hollywood para solteros: cama, lavabo y armario. Pero las paredes estaban adornadas con retratos de Betty Short, fotos de periódicos y revistas, instantáneas horrendas de la Treinta y Nueve y Norton, docenas de ellas aumentadas para ampliar cada uno de sus espantosos detalles. La cama parecía cubierta con cajas de cartón... Un archivo entero: copias de un sinfín de informes, listas de llamadas, índices de pruebas, identificaciones y copias de interrogatorios... todo ello archivado de forma alfabética.

Como no tenía nada que hacer y a nadie con quien hacerlo, fui ojeando las carpetas. Había allí una masa impresionante de información, y lo que había costado reunirla resultaba más impresionante todavía; además el hecho de que toda ella hiciera referencia a una chica estúpida era lo más impresionante de todo. No sabía qué hacer, si quitarme el sombrero ante Betty Short o arrancarla de las paredes, así que cuando salí, hablé con el conserje, le pagué un mes por adelantado y me quedé con la habitación tal y como le había prometido a Millard y Sears... aunque, en realidad, la estaba conservando para el sargento Leland C. Blanchard.

Quien se encontraba perdido en alguna parte del Gran Vacío.

Llamé a los servicios de anuncios del *Times*, el *Mirror*,

el *Herald* y el *Daily News*, y ordené que publicaran por tiempo indefinido lo siguiente en la sección de anuncios personales: «Fuego – La habitación de la flor nocturna seguirá intacta. Mándame un mensaje – Hielo.» Una vez hecho eso, me dirigí al único lugar desde el cual se me ocurrió podría mandarle uno a él.

La Treinta y Nueve y Norton era un bloque de solares vacíos y nada más. No había arcos voltaicos, ni coches de la policía, ni mirones nocturnos. Mientras estaba allí, el Santa Ana empezó a soplar y cuanto más deseaba el regreso de Lee más sabía que mi emocionante vida de gran policía se había esfumado, igual que la chica muerta favorita de todos.

17

Por la mañana envié un mensaje a los grandes jefes. Escondido en un cuarto usado para guardar suministros situado al otro extremo del pasillo donde tenía mi cubículo, redacté una carta en la que pedía el traslado. Hice una copia para Loew, otra para Russ Millard y otra para el capitán Jack. La carta decía así:

Pido que se me aparte de inmediato de la investigación sobre Elizabeth Short y se me devuelva a mi trabajo en la Criminal. Tengo la impresión de que el personal asignado al caso Short es más que suficiente y está compuesto por agentes con mucha más experiencia que éste, quien podría servir con más efectividad al Departamento si desarrollara su trabajo en la Criminal. Además, al no hallarse aquí mi compañero, el sargento L. C. Blanchard, estaré en la posición de mayor antigüedad y me veré necesitado de un sustituto suyo cuando lo más probable es que haya una larga lista de casos con prioridad. De cara a mis deberes como agente de mayor antigüedad en la Criminal, me he preparado para el examen de sargento, y espero pasar por él en la siguiente serie de ascensos de esta primavera. Pienso que esto me servirá como entrenamiento para el mando y compensará mi relativa falta de experiencia como agente de paisano.

Respetuosamente,
Dwight W. Bleichert, Placa 1611,
Central Detectives

Cuando hube terminado, releí la carta y decidí que llevaba la mezcla exacta de respeto y exasperación necesaria, y que esa media mentira sobre el examen de sargento era una buena línea final. Estaba firmando las copias cuando oí gritos y mucho jaleo en la sala común.

Doblé las páginas, las metí en el bolsillo de mi chaqueta y salí a investigar. Un grupo de técnicos de laboratorio con batas blancas y unos cuantos detectives se hallaban alrededor de una mesa, a la que miraban y señalaban con el dedo mientras hacían gestos. Me uní al grupo para ver lo que les tenía tan nerviosos.

—¡Mierda santa! —murmuré al acercarme.

En una de las bandejas metálicas utilizadas para las pruebas había un sobre. Llevaba un sello con su matasellos correspondiente y despedía un leve olor a gasolina. Su parte delantera estaba cubierta con letras recortadas de periódicos y revistas que habían sido pegadas a la superficie blanca del sobre. Las letras formaban estas palabras:

AL *HERALD* Y OTROS PERIÓDICOS
DE LOS ÁNGELES.
AQUÍ ESTÁN LAS PERTENENCIAS
DE LA *DALIA*. SEGUIRÁ CARTA.

Un hombre del laboratorio que llevaba guantes de goma abrió el sobre y sacó lo que contenía: un cuadernito negro para direcciones, una tarjeta de la Seguridad Social en una funda de plástico y un delgado fajo de fotografías. Forzando la vista, leí el nombre que había en la tarjeta —Elizabeth Ann Short—, y supe que el caso de la *Dalia* acababa de explotar. El hombre que estaba a mi lado explicaba cómo había sido entregada la carta: un cartero encontró el sobre en un buzón cercano a la biblioteca, estuvo a punto de sufrir un ataque cardíaco y después habló con el par de patrulleros más próximo, los cuales se llevaron el trofeo a toda velocidad.

Ellis Loew se abrió paso por entre los técnicos del laboratorio, con Fritzie Vogel pisándole los talones. El jefe de los técnicos movió las manos en un gesto de ira y la sala se llenó de voces excitadas que hacían especulaciones. Entonces, se oyó un fuerte silbido.

—Maldita sea —gritó Russ Millard—, retrocedan y déjenles trabajar. Y que tengan un poco de silencio.

Eso hicimos.

Los técnicos se lanzaron encima del sobre. Lo cubrieron de polvo para huellas, pasaron las páginas del cuadernillo, examinaron las fotos y se comunicaron los hallazgos entre ellos, como cirujanos en la mesa de operaciones:

—Dos parciales en la solapa de atrás, borrosas, sólo

uno o dos puntos de comparación, no basta para mirar los archivos, quizá sirvan para compararlas con las de futuros sospechosos...

—No hay huellas en la tarjeta de la Seguridad Social...

—Páginas de la agenda legibles pero saturadas de gasolina, imposible que hayan mantenido huellas. Casi todos los nombres y números de teléfono son de hombres, no están clasificados alfabéticamente, algunas páginas arrancadas...

—Las fotos son de la chica Short con tipos de uniforme, los rostros de los hombres han sido tachados...

Aturdido, me pregunté si vendría luego una carta. ¿Se habría ido al diablo mi teoría sobre un crimen debido a la casualidad? Dado que todo ese material había sido mandado obviamente por el asesino, ¿era él uno de los soldados de las fotos? ¿Estaba jugando al gato y al ratón por correo, o era esto sólo un preliminar a su entrega y confesión? A mi alrededor, otros policías examinaban los mismos datos y se hacían las mismas preguntas, hablaban en grupos de dos o tres o componían expresiones absortas, como si estuvieran conversando consigo mismos. Los técnicos del laboratorio se marcharon con el tesoro de nuevos datos, acunándolos en sus manos, enguantadas de goma. Después, el único hombre que no había perdido la calma en toda la habitación volvió a silbar.

Y, una vez más, el jaleo se calmó. Russ Millard, el rostro inescrutable, contó nuestras cabezas y nos señaló el tablero de anuncios e informes. Formamos una hilera ante él.

—No sé qué significa esto —dijo Millard—, aunque estoy seguro casi por completo de que la persona que lo ha mandado es el asesino. Los chicos del laboratorio van a necesitar más tiempo para trabajar con el sobre y luego harán fotos de las páginas y nos darán una lista de gente con quien hablar.

—Russ, ése está jugando con nosotros —dijo Dick Cavanaugh—. Algunas de las páginas habían sido arrancadas y te apuesto diez contra uno a que su nombre se encontraba en alguna de ellas.

Millard sonrió.

—Puede que sí y puede que no. Quizás está loco y quiere que lo pillen, quizás alguna de las personas que hay en esa agenda lo conoce. Puede que los técnicos logren sacar huellas de las fotos o que consigan identificar a cualquiera de esos hombres gracias a las insignias de sus uniformes. Es posible que el bastardo acabe mandando una carta. Son muchos quizá y por eso os diré de qué podemos estar seguros: vosotros once dejaréis lo que estabais haciendo y batiréis el área alrededor del buzón donde el sobre fue encontrado. Harry y yo repasaremos el expediente para ver si alguno de nuestros anteriores sospechosos vive o trabaja por allí. Después, cuando tengamos la lista de nombres de la agenda, empezaremos con discreción: Betty era bastante liberal en sus relaciones con los hombres y romper hogares no entra en mi estilo. ¿Harry?

Sears estaba en pie junto al mapa mural de la parte baja de Los Ángeles. Sostenía entre sus dedos un lápiz y una tablilla para anotaciones.

—H-h-haremos batidas a pi-pi-pie —tartamudeó.

Vi el sello de «Rechazada» sobre mi petición de ser trasladado. Y entonces oí que alguien discutía al otro lado de la sala común.

Quienes discutían eran Ellis Loew y Jack Tierney, los dos intentaban vencer a su contrario sin levantar demasiado la voz y sin llamar la atención. Se mantenían pegados a una pared para tener algo de intimidad y yo me escondí detrás de un teléfono que había en la pared para oír algo más... en espera de enterarme sobre Lee.

Pero su discusión no era acerca de Lee... hablaban de ella.

—... Jack, Horrall quiere quitar a tres cuartas partes de los hombres de la investigación. Con propuesta de fondos o sin ella, cree que ya le ha dado suficiente espectáculo a los votantes. Podemos dejarle de lado si nos concentramos en los nombres de la agenda al ciento por ciento. Cuanta más publicidad obtenga el caso, más poder tendremos sobre Horrall...

—Ellis, maldita sea...

—No. Limítate a escucharme. Antes, yo era partidario de echar tierra al máximo sobre eso de que la chica fuera una fulana. Bien, tal como lo veo ahora, la cosa ya ha tenido demasiada difusión y es imposible taparla. Sabemos lo que era y nos lo confirmarán unas doscientas veces los hombres que hay en ese cuadernito negro. Tenemos que mantener a nuestros hombres con los interrogatorios y yo iré dándoles sus nombres a mis contactos de la prensa y así conseguiremos conservar el vapor de este asunto hasta que pillemos al asesino.

—Me parece una idiotez, Ellis. Es probable que el nombre del asesino no figure en la agenda. Se trata de un psicópata que nos enseña el trasero y nos dice: «A ver qué podéis sacar de esto.» Y que la chica era una zorra, Ellis, lo he sabido desde el principio, igual que tú. Pero esto puede acabar con malos resultados para nosotros: tal vez nos salga el tiro por la culata. Estoy trabajando en media docena más de homicidios sin tener apenas gente, y como los hombres casados de esa agenda vean salir sus nombres en los periódicos sus vidas acabarán hundidas en la mierda sólo porque buscaron a

Betty Short para pasar un ratito agradable con ella y nada más.

Esas palabras fueron seguidas por un largo silencio.

—Jack —dijo Loew después—, sabes que más pronto o más tarde seré fiscal del distrito. Si no es el año que viene, será en el cincuenta y dos. También sabes que Green se jubilará dentro de unos años y a quién quiero para sustituirle. Jack, tengo treinta y seis años y tú cuarenta y nueve. Es posible que a mí se me presente otra oportunidad tan grande como ésta. A ti, no. Por el amor de Dios, intenta ver el asunto con algo de perspectiva.

Más silencio. Me imaginé al capitán Jack Tierney sopesando los pros y los contras de venderle su alma a un Satanás con una llavecita de la Phi Beta Kappa y el deseo de tener en su puño a la ciudad de Los Ángeles. Cuando le oí decir «De acuerdo, Ellis», hice pedazos mi petición y me marché para unirme al circo de nuevo.

18

Durante los diez días siguientes, el circo se convirtió en una completa farsa, con alguna que otra tragedia incluida.

No se obtuvo ninguna pista más de la «Carta de la Muerte», y los doscientos cuarenta y tres nombres de la agenda fueron repartidos entre cuatro equipos, el no muy elevado número de policías que el plan de Jack Tierney pensaba destinar a sacarle todo el jugo posible a esa parte de la investigación de cara a los periódicos y la radio. Russ Millard pidió veinte equipos y una barrida rápida y limpia; el capitán Jack, apoyado por el Satanás de Los Ángeles, se negó a ello. Cuando el Gran Bill Koenig fue considerado demasiado inflamable para trabajar en los interrogatorios y le dieron trabajo con el papeleo, me pusieron de pareja con Fritz Vogel. Juntos interrogamos a unas cincuenta personas, hombres en su mayoría, indagando sobre su relación con Elizabeth Short. Oímos relatos predecibles sobre hombres que se encontraron con Betty en los bares y le pagaron las copas y la cena, mientras escuchaban sus fantasías de ser la novia o la viuda de un héroe de guerra, para, al final, acostarse con ella o sin conseguirlo. Unos cuantos de los hombres ni tan siquiera conocían a la famosa *Dalia*: eran «amigos de unos amigos» y sus nombres habían sido transmitidos gracias a la camaradería de los buscadores de carne femenina.

De nuestro grupo de nombres, dieciséis de los tipos eran lo que Fritzie etiquetó como «Jodedores de *Dalia* Autentificados». Casi todos pertenecían a los escalones más bajos de la gente de cine: agentes, buscadores de talentos y directores de reparto que rondaban por Schwab's en persecución de chicas crédulas que aspiraban a ser estrellas, con promesas huecas en sus labios y un montón de tarjetas para presumir en los bolsillos. Contaban historias de cama tan tristes como los cuentos de Betty sobre el éxtasis alcanzado con sus sementales de uniforme, algunos con cara de orgullo, otros con cara de vergüenza. En última instancia, los hombres que figuraban en la agenda negra de Elizabeth Short tenían dos cosas en común: sus nombres acabaron saliendo en los periódicos de Los Ángeles y escupieron coartadas que los eliminaron como sospechosos. Y según se rumoreaba en la sala común, la publicidad había eliminado a una cantidad relativamente elevada de ellos de la categoría de maridos.

Las mujeres formaban un grupo bastante variado. La mayoría era sólo de conocidas: chicas con las que había hablado, compañeras en la caza de la copa gratis y aspirantes a actrices con rumbo hacia ninguna parte. Una docena o algo así eran prostitutas y semiprofesionales, instantáneas compañeras del alma que Betty encontró en los bares. Nos dieron pistas que fueron agonizando con rapidez al ser luego investigadas: básicamente, nos informaron de que Betty se vendía por su cuenta a los asistentes de las convenciones celebradas en unos cuantos hoteles de poca categoría. Aparte de eso, afirmaban que Betty rara vez se dedicaba a la prostitución y no pudieron identificar por el nombre a ninguno de sus clientes; la batida de los hoteles hecha por Fritzie no obtuvo resultado alguno, y el hecho de que unas cuantas de las mujeres de la agenda —que los archivos confirmaron como prostitutas— no pudieran ser localizadas, todavía lo exasperó más.

El nombre de Madeleine Sprague no aparecía en el librito y tampoco surgió en ninguno de mis interrogatorios posteriores. De los doscientos cuarenta y tres nombres no salió ninguna pista que llevara a lesbianas o a bares frecuentados por éstas, y yo, cada noche, me dedicaba a comprobar los tablones de anuncios e informes de Universidad para ver si alguno de los demás equipos había tropezado con ella. Ninguno de ellos la detectó y empecé a sentirme bastante seguro en cuanto a mi numerito particular de supresión de pruebas.

Mientras las investigaciones sobre la agenda conseguían la mayor parte de los titulares, el resto del circo continuaba su marcha: llamadas, llamadas y más llamadas hacían malgastar miles de horas de tiempo policial; las cartas y las llamadas envenenadas hacían que los tipos de las comisarías se vieran obligados a lidiar con todos los chalados llenos de odio que se dedicaban a soltar acusaciones contra sus enemigos por centenares de ofensas, tanto graves como insignificantes. Los vestidos de mujer encontrados se examinaban en el laboratorio de la central y cada prenda femenina de la talla de la *Dalia* que era encontrada desencadenaba otra intensa batida en el vecindario del hallazgo.

La mayor sorpresa de mi gira con el librito negro fue Fritz Vogel. Libre de Bill Koenig, poseía un sorprendente ingenio y, dentro de su estilo rudo y musculoso, resultó ser un interrogador tan hábil y astuto como Russ Millard. Sabía cuando era necesario presionar en busca de información y entonces golpeaba rápido y duro, impulsado por un rencor personal que era capaz de apartar de su mente cuando el interrogado soltaba lo que deseábamos saber. Algunas veces tuve la sensación de que se contenía por respeto a mi estilo de buen chico en los interrogatorios, pues el pragmático encerrado dentro de él sabía que, en tales casos, era lo mejor para obtener resultados. Nos convertimos en un rápido y eficaz dúo de bueno-y-malo y pude observar que ejercía una buena influencia sobre Fritzie, era un freno y un contrapeso al confesado entusiasmo que éste sentía por hacerle daño a los criminales. Empezó a concederme un cauteloso respeto por lo que yo le había hecho a Bobby de Witt y cuando pasaron unos días de nuestra relación provisional ya hablábamos un entrecortado alemán para matar el tiempo entre interrogatorios y trayectos en coche. Si estaba conmigo, Fritzie no se dedicaba tanto a los monólogos y se portaba más como un policía normal... aunque con cierto mal fondo. Hablaba de la *Dalia* y de su ansiado grado de teniente, pero no de encontrar a un tipo que cargara con el mochuelo y, dado que nunca intentó tomarme el pelo y se mostraba honesto en sus informes, acabé por pensar que o Loew había renunciado a su idea o estaba a la espera de tiempos mejores. También me daba cuenta de que Fritzie siempre estaba tomándome la talla, a sabiendas de que Koenig no podría figurar nunca entre los detectives de altura, pero que al no estar Lee, yo sí podía hacerlo. Ese proceso de medida y apreciación me halagaba y, durante los interrogatorios, procuré mantenerme cortante como una navaja en todo momento. Cuando trabajaba con Lee en la Criminal, siempre había sido el segundo de a bordo, y si Fritzie y yo acabábamos siendo compañeros quería hacerle saber que yo no jugaría a ser el secundario —o el lacayo—, como Harry Sears hacía con Russ Millard.

Millard, la antítesis policíaca de Fritzie, ejercía su propia presión sobre mí. Se acostumbró a usar la habitación 204 del hotel El Nido como su oficina de campaña, e iba allí al final del turno diario para leer la soberbia colección de documentos interrelacionados reunida por Lee. Con éste fuera, el tiempo pesaba sobre mí como una losa y casi todas las tardes me reunía allí con él. Cuando miraba las horribles fotos de la *Dalia* siempre hacía el signo de la cruz y murmuraba «Elizabeth» con reverencia; al marcharse, decía: «Le cogeré, cariño.» Siempre se iba a las ocho en punto para volver a casa con su mujer y sus hijos. El que un hombre pudiera sentirse tan afectado y que, con todo, luego fuera capaz de apartar el asunto de su mente con tal despreocupación me asombraba. Un día le hablé de ello.

—No permitiré que la brutalidad gobierne mi vida —me respondió.

Después de las ocho, mi vida particular estaba gobernada por dos mujeres y un fuego cruzado de sus extrañas y fuertes voluntades.

Cuando salía de El Nido iba a ver a Kay. Con Lee

ausente, y sin que pagara las facturas, ella tenía que buscar un trabajo a jornada completa y así lo hizo: encontró un puesto de profesora en una escuela elemental, a unas manzanas del Strip. Cuando yo llegaba, Kay se hallaba sentada ante los trabajos de sus alumnos, examinando con aire estoico los dibujos de los críos, alegre de verme pero con un fondo de causticidad, como si continuar con la fachada del todo-como-siempre fuera capaz de mantener a distancia su pena por la ausencia de Lee y su desprecio ante mi reluctancia. Le dije que la quería para hacer mella en esa fachada pero que sólo viviría con ella una vez que el escamoteo particular de Lee hubiera llegado a su fin; ella me respondió con un exceso de erudita jerga psicológica sobre nuestra tercera parte ausente, dándole la vuelta a la educación que él le había pagado para utilizarla como un arma en su contra. Yo explotaba ante frases como «tendencias paranoicas» o «egoísmo patológico» y le respondía una y otra vez con «él te salvó, él te creó». Me faltaban formas de responder a la verdad que había detrás de aquella jerga y el hecho de que sin Lee como pivote central los dos no sabíamos qué hacer, éramos una familia sin el patriarca. Era esa parálisis de las cosas la que siempre me hacía salir de la casa a la carrera... directo al motel Flecha Roja.

Y, de esa forma, me llevaba a Kay conmigo hacia donde Madeleine estaba.

Primero jodíamos, después hablábamos. La conversación giraba siempre en torno a la familia de Madeleine y era seguida por fantasías que yo iba tejiendo para no sentirme tan superado ante sus relatos. La chica de la coraza tenía a su papá, el barón de los ladrones, el único Emmett Sprague, compinche de Mack Sennett en los días gloriosos de Hollywood; a su mamá, atiborrada de elixires medicinales y pseudoexperta en arte, descendiente directa de los grandes terratenientes californianos, los Cathcart, los únicos; a su hermana Martha, el genio, una artista en la cúspide, una de las estrellas ascendentes de la calle de las agencias publicitarias. Y, como reparto de secundarios, estaba el alcalde Fletcher Bowron, el gángster Mickey Cohen, siempre con un ojo puesto en las relaciones públicas, Georgie «Soñador» Tilden, el antiguo sicario de Emmett, el hijo de un famoso anatomista escocés y artista fracasado del cine mudo. Los Doheny, los Sepúlveda y los Mulholland también eran amigos íntimos de la familia, así como el gobernador Earl Warren y Burton Fitts, el fiscal del distrito. Yo, que sólo tenía al senil Dolph Bleichert, a la difunta Greta Heilbruner Bleichert, a los japoneses que había delatado y a las amistades y conocidos del boxeo, hilaba historias del aire: medallas ganadas en la escuela, bailes a los que había asistido; ser guardaespaldas de Franklin Delano Roosevelt en 1943. Así iba pasando el tiempo hasta que la hora de joder llegaba de nuevo, siempre agradecido al hecho de que mantuviéramos las luces apagadas entre nuestros combates, para que así Madeleine no pudiera leer mi expresión y darse cuenta de que la envidia y el anhelo de todo eso eran lo que hacían que me corriera.

O la *Dalia*.

La primera vez ocurrió de forma accidental. Hacíamos el amor, los dos cerca del clímax. Mi mano resbaló por el barrote de la cabecera y accionó el interruptor de la pared, lo que iluminó a Betty Short bajo mi cuerpo. Durante unos breves segundos creí que era ella y grité llamando a Lee y Kay para que me ayudaran. Cuando mi amante volvió a ser Madeleine, alargué la mano hacia el interruptor pero ella me cogió por la muñeca. Con un movimiento salvaje, que consiguió crujidos de los muelles del somier, y bajo aquella luz deslumbrante, cambié a Madeleine por Betty... hice que sus ojos fueran azules en vez de castaños, fabriqué el cuerpo de Betty a partir del que había en la película y la hice articular un «No, por favor» en silencio. Cuando me corría, supe que nunca podría ser tan maravilloso si sólo tenía a Madeleine, y lloré sin lágrimas cuando la chica de la coraza murmuró: «Sabía que, más pronto o más tarde, ella te poseería», porque todas las historias que había contado sobre mi almohada eran mentiras y, sin detenerme a pensar, le solté la auténtica historia de Lee y Kay y Bucky, llegando hasta la fijación que el señor Fuego sentía hacia la chica muerta y cómo se había esfumado de la faz de la tierra. Cuando hube terminado, Madeleine dijo:

—Nunca seré una maestra de Sioux Falls, Dakota del Sur, pero seré Betty o quien tú quieras que sea.

Dejé que acariciara mi cabeza, y me sentí agradecido porque ya no tendría que mentir, pero triste porque era ella —no Kay— mi confesora.

Y así, Elizabeth Short y yo nos comprometimos formalmente.

19

Lee continuó sin aparecer y Madeleine siguió siendo Betty y no había nada que yo pudiera hacer respecto de esa transformación. Haciendo caso a la advertencia de los duros de la metropolitana, mantuve mi nariz fuera de su investigación, aunque me preguntaba de continuo si el señor Fuego había decidido poner pies en polvorosa de forma accidental o si lo tenía planeado de antemano. Le eché un vistazo a sus cuentas bancarias y descubrí que disponía de ochocientos dólares de los que no había retirado nada recientemente. Cuando me enteré de que la búsqueda de Lee y su Ford del 40 se había extendido a toda la nación y a México, sin resultado alguno, mi instinto me indicó que había huido al sur de la frontera, donde los rurales usaban los boletines policiales de los gringos como papel para el retrete. Russ Millard me contó que dos mexicanos, ambos conocidos traficantes de droga, habían sido arrestados en Juárez por el asesinato de Bobby de Witt y Félix Chasco, lo cual me tranquilizó un poco en cuanto a que los de la metropolitana quisieran cargarle el trabajito a Lee... pero, más tarde empezaron a filtrarse rumores desde círculos muy, muy altos. El jefe Horrall había anulado la orden de búsqueda y captura y su decreto era: «Que se esconda si quiere.» La secretaria de Thad Green le contó a Harry Sears que, según había oído, Lee sería expulsado de la policía de Los Ángeles si no aparecía en los treinta días siguientes al de su huida.

Enero fue muriendo poco a poco, días lluviosos con sólo un chispazo de emoción. El correo trajo un sobre a la Central. Su dirección estaba compuesta con letras recortadas y dentro había una hoja de papel sin marcas con el siguiente mensaje, también recortado:

HE CAMBIADO DE OPINIÓN.
NO ME DARÍAN UN TRATO JUSTO.
ASESINATO DE LA *DALIA* JUSTIFICADO.
— EL VENGADOR DE LA *DALIA NEGRA*.

Unida a la hoja con cinta adhesiva iba la foto de un hombre bajo y corpulento que vestía un traje de estilo formal, con el rostro borrado. Ni en la foto ni en el sobre se encontraron huellas u otro tipo de pista y, dado que a los periodistas no se les había comunicado que se esperaba otra carta, para así poder eliminar sospechosos, sabíamos que la carta número dos era auténtica. La opinión reinante en la Central era que la foto representaba al asesino y que así éste se eliminaba simbólicamente de la «imagen» general.

Con las pistas de la película y la carta de la muerta reducidas a polvo, pronto empezó a tener fuerza una segunda opinión: jamás pillaríamos al bastardo. Las apuestas a favor de «Sin resolver» se hicieron tan abundantes que pronto se pagaban a la par; Thad Green le dijo a Russ y al capitán Jack que Horrall iba a terminar con todo aquel embrollo de la *Dalia* el cinco de febrero, devolviendo un gran número de policías a sus trabajos de costumbre. Según los rumores, yo era uno de los que volverían, con Johnny Vogel como compañero. Me dolía lo de «Mal Aliento» Johnny pero el regreso a la Criminal sería como recobrar el paraíso. Entonces Betty Short existiría sólo en el único sitio donde yo deseaba que existiera... como el punto focal de mi imaginación.

20

Los siguientes agentes de la Central y de Detectives asignados de forma temporal a la investigación sobre E. Short volverán a sus puestos normales, efectividad mañana, 6/2/47:

Sgt. T. Anders – reg. a la Central.

Det. J. Arcola – reg. a Central Atracos.

Sgt. R. Cavanaugh – reg. a Central Robos.

Det. G. Ellison – reg. de Central Detectives.

Det. A. Grimes – reg. a Central Detectives.

Det. C. Ligget – reg. a Central Juvenil.

Det. R. Navarrete – reg. a Central.

Sgt. J. Pratt – reg. a Homicidios Central.

(Ver a teniente Ruley para asignación de puesto.)

Det. J. Smith – reg. a Homicidios Central.

(Ver teniente Ruley.)

Det. W. Smith – reg. a Central Detectives.

El jefe Horrall y su ayudante, el jefe Green, desean darles las gracias por su colaboración en este caso y, de forma muy especial, por las muchas horas que han invertido en él. A todos ustedes se les enviarán cartas personales de felicitación con una mención honorífica.

Con mi agradecimiento personal,

Capitán J. V. Tierney, jefe de la Central de Detectives.

Entre el tablón de anuncios y la oficina de Millard habría unos nueve metros; los cubrí en aproximadamente una décima de segundo. Russ alzó la vista de su escritorio.

—Hola, Bucky. ¿Cómo andan tus trucos de chico genial?

—¿Por qué no figuro en esa lista de cambios?

—Le pedí a Jack que te mantuviera en el caso Short.

—¿Por qué?

—Porque vas a convertirte en un detective condenadamente bueno y Harry se retira en el cincuenta. ¿Quieres más?

Me preguntaba a mí mismo qué decir cuando el teléfono sonó. Russ cogió el auricular.

—Central Homicidios, Millard —respondió.

Luego permaneció a la escucha durante unos instantes y me señaló una extensión que había sobre el escritorio, delante de él. Levanté el auricular y oí a una ronca voz masculina que estaba a mitad de una frase:

—... de la unidad del DIC en Fuerte Dix. Ya sé que les han caído encima un montón de confesiones que no valían nada pero ésta me ha parecido bastante buena.

—Siga, mayor —dijo Russ.

—El nombre del soldado es Joseph Dulange. Se trata de un policía militar y sirve en la compañía del puesto de mando de aquí. Le hizo la confesión a su oficial superior después de una borrachera. Sus compañeros dicen que lleva cuchillo y que voló a Los Ángeles de permiso el ocho de enero. Además de eso, hemos hallado manchas de sangre en unos pantalones suyos... demasiado pequeñas para indicar el tipo. Personalmente, creo que es un mal bicho. Ha tenido un montón de peleas cuando servía fuera del país y su oficial superior dice que golpea a su mujer.

—Mayor, ¿tiene a Dulange por ahí cerca?

—Sí. Encerrado en una celda, al otro lado del pasillo.

—Haga algo por mí, se lo ruego. Pídale que le describa qué señales de nacimiento tenía Elizabeth Short. Si lo hace con precisión, mi compañero y yo estaremos en el próximo vuelo que salga del Campamento Mac-Arthur.

—Sí, señor —dijo el mayor, y con ello terminó la charla por parte de Fuerte Dix.

—Harry está con gripe. ¿Tienes ganas de hacer un viaje a Nueva Jersey, chico listo? —preguntó Russ.

—¿Lo dices en serio?

—Si ese soldado habla de las pecas que Elizabeth tenía en el trasero, desde luego.

—Pregúntale por las cuchilladas, por lo que no salió en los periódicos.

Russ meneó la cabeza.

—No. Podría ponerle demasiado nervioso. Si esto es auténtico, iremos en avión hasta allí y enviaremos el informe desde Jersey. Si Jack o Ellis se enteran del asunto, mandarán a Fritzie, y mañana tendremos a ese soldado en la silla eléctrica, tanto si es culpable como si no.

La frase sobre este último me irritó.

—Fritzie no es tan malo. Y creo que Loew ya no piensa en eso de encontrar un culpable como sea.

—Entonces, resulta que eres un chico demasiado fácil de impresionar. Fritzie es de lo peor que hay, y Ellis...

El mayor habló de nuevo al otro lado de la línea.

—Señor, Dulange dice que la chica tenía tres pequeños lunares oscuros en la parte izquierda de su... ejem... su trasero.

—Podría haber dicho usted culo, mayor. Vamos para allá.

El cabo Joseph Dulange era un hombre alto y musculoso de veintinueve años, con el cabello oscuro y cara de caballo provista de un bigote tan delgado que parecía dibujado con un lápiz. Vestía su uniforme verde oliva y estaba sentado al otro lado de la mesa que ocupábamos en la oficina del jefe de la policía militar de Fuerte Dix, y parecía tan malo como el demonio. Junto a él había un capitán del cuerpo legal, quizá para asegurarse de que Russ y yo no probáramos a aplicarle el tercer grado como si fuera un civil. El trayecto de ocho horas en avión había sido algo agitado; a las cuatro de la madrugada yo seguía funcionando según el horario de Los Ángeles, agotado pero con todos los nervios tensos. Durante el viaje desde el aeropuerto, el mayor con el que habíamos hablado por teléfono nos dio informaciones sobre Dulange.

Era un veterano de guerra, casado dos veces, amante de la bebida y temido en las peleas. Su declaración no era completa pero había dos hechos que la apoyaban bastante: había ido en avión a Los Ángeles el mes de enero y fue arrestado por ebriedad en la estación de Pennsylvania, Nueva York, el diecisiete de enero.

Russ empezó sin rodeos.

—Cabo, mi nombre es Millard y éste es el detective Bleichert. Pertenecemos al Departamento de Policía de Los Ángeles y si nos convence de que mató a Elizabeth Short lo arrestaremos y nos lo llevaremos con nosotros.

Dulange se removió en su silla.

—Yo la corté a pedazos —dijo con una voz aguda y nasal.

Russ suspiró.

—Hay un montón de gente que nos ha dicho eso.

—Además, me la tiré.

—¿De veras? ¿Engaña a su mujer?

—Soy francés.

—Yo soy alemán —dije adoptando mi papel de chico malo—, así que ¿le importa eso una mierda a quien sea? ¿Qué tiene eso que ver con engañar a su mujer?

Dulange nos enseñó la lengua, metiéndola y sacándola tan deprisa como un reptil.

—Yo lo hago a la francesa. A mi mujer no le gusta eso. —Russ me dio un codazo.

—Cabo, ¿por qué pasó su permiso en Los Ángeles? ¿Qué le interesaba allí?

—Los coños. El Johnnie Walker Etiqueta Roja. La diversión.

—Podría haber encontrado eso al otro lado del río, en Manhattan.

—El sol. Las estrellas de cine. Las palmeras.

Russ se rió.

—En Los Ángeles tenía todo eso. Da la impresión de que su mujer le deja muy suelto, Joe. Ya sabe, pasar todo un permiso usted solito...

—Sabe que soy francés. Cuando estoy en casa, no se puede quejar. Estilo misionero, veinticinco centímetros. No tiene quejas, se lo hago bien.

—¿Y si se quejara, Joe? ¿Qué le haría usted?

—Una queja, uso los puños —repuso Dulange sin inmutarse—. Dos quejas, la parto por la mitad.

—¿Me está diciendo que voló casi cinco mil kilómetros para comerse un coño? —pregunté.

—Soy francés.

—A mí me parece más bien homosexual. Los tipos que se lanzan sobre la raja son unos reprimidos, eso es algo probado. ¿Tienes una respuesta a eso, tío mierda?

El abogado militar se puso en pie y murmuró algo al oído de Russ; éste me dio un rodillazo por debajo de la mesa. Dulange convirtió su inexpresividad en una gran sonrisa.

—La respuesta me cuelga entre las piernas, pies planos.

—Tendrá que excusar al detective Bleichert, Joe —dijo Russ—. No tiene mucho aguante.

—Lo que no tiene es mucha polla. Les pasa a todos los alemanes. Soy francés, por eso lo sé.

Russ lanzó una feroz carcajada, como si acabara

de oír un chiste realmente soberbio en el Club de los Alces.

—Joe, usted es tremendo.

Dulange nos enseñó la lengua.

—Soy francés.

—Joe, usted es impulsivo y el mayor Carroll me ha dicho que golpea a su mujer. ¿Es cierto?

—¿Saben los negros bailar?

—Por supuesto que saben. ¿Le agrada golpear a las mujeres, Joe?

—Cuando lo piden.

—¿Con qué frecuencia lo pide su mujer?

—Pide el gran cañón cada noche.

—No, quiero decir que cuántas veces pide que la maltrate.

—Cada vez que he estado dándole al Johnnie Red y se hace la chica lista, entonces es cuando me lo pide.

—¿Se hacen mucha compañía usted y Johnnie?

—Es mi mejor amigo.

—¿Lo acompañó a Los Ángeles?

—Fue en mi bolsillo.

Hacer fintas con un psicópata alcoholizado comenzaba a desgastarme; pensé en Fritzie y en su estilo directo de enfocar el asunto.

—¿Tienes *delirium tremens* o qué, tío so mierda? ¿Quieres que te dé unos masajes en la cabeza para aclararte las ideas?

—¡Bleichert, basta!

Me callé. El capitán me miraba con fijeza; Russ se enderezó el nudo de la corbata... era la señal de que mantuviera mi boca cerrada. Dulange hizo crujir uno a uno los nudillos de su mano derecha. Russ arrojó un paquete de cigarrillos sobre la mesa, el más viejo de todos los trucos «soy amigo tuyo» que hay en el libro.

—A Johnnie no le gusta que fume si no es cuando estoy con él —dijo el francés—. Si le traen aquí, fumaré. Además, confieso mejor en su compañía. Pregúntenle al capellán católico de North Post. Me ha contado que siempre huele a Johnnie cuando voy a confesar.

Yo empecé a barruntarme que el cabo Joseph Dulange babeaba por conseguir la atención de quien fuera.

—Joe, una confesión en estado de embriaguez no es válida ante un tribunal —dijo Russ—. Pero haremos un trato: convénzame de que mató a Betty Short y yo me aseguraré de que Johnnie nos acompañe en el viaje de vuelta a Los Ángeles. Un hermoso vuelo de ocho horas le dará mucho tiempo para trabar nuevas amistades con él. ¿Qué me dice?

—Digo que yo corté en rebanadas a la *Dalia*.

—Y yo digo que no. Yo digo que usted y Johnnie van a estar separados durante mucho tiempo.

—Yo lo hice.

—¿Cómo?

—Se lo hice en las tetitas, de oreja a oreja y por la cintura. Chop. Chop. Chop.

Russ suspiró.

—Volvamos atrás, Joe. Se salió en avión de aquí el miércoles ocho de enero y aterrizó en el Campamento MacArthur esa misma noche. Usted y Johnnie están en Los Ángeles, con muchas ganas de buscar jaleo. ¿Adónde van primero? ¿Hollywood Bulevar? ¿Sunset Strip? ¿La playa? ¿Dónde?

Dulange hizo crujir sus nudillos.

—Al Salón de Tatuajes de Nathan, en el 463 de Alvarado Norte.

—¿Qué hizo allí?

Joe «el loco» se subió la manga derecha, revelando

la lengua bífida de una serpiente bajo la cual se leía la palabra «Franchute». Cuando flexionó el bíceps el tatuaje se movió.

—Soy francés —dijo Dulange.

Millard le soltó su réplica patentada.

—Yo soy policía y comienzo a aburrirme. Cuando eso ocurre, el detective Bleichert toma el mando. El detective Bleichert fue en el pasado el peso semipesado número diez de todo el mundo y no es una persona agradable. ¿Verdad que no, socio?

Apreté los puños.

—Soy alemán.

Dulange se rió.

—Lengua seca, no hay saliva. Si no hay Johnnie, no hay historia.

Estuve a punto de saltar por encima de la mesa para lanzarme sobre él. Russ me cogió del brazo y me retuvo con la fuerza de unas tenazas mientras intentaba convencer a Dulange.

—John, haré un trato con usted. Primero, convénzanos de que conocía a Betty Short. Dénos algunos datos. Nombres, fechas, descripciones... Haga eso y cuando nos tomemos el primer descanso, usted y Johnnie pueden volver a su celda y familiarizarse de nuevo el uno con el otro. ¿Qué me dice?

—¿Una pinta de Johnnie?

—No, su hermano mayor. Una botella entera.

El francés cogió el paquete de cigarrillos y lo sacudió para sacar uno; Russ ya tenía el mechero en la mano y lo alargaba hacia él. Dulange tragó una monumental bocanada de humo y luego lo soltó, dejando escapar un chorro de palabras con él.

—Después de los tatuajes, Johnnie y yo tomamos un taxi para ir a la parte baja de la ciudad y conseguir una habitación. Hotel Habana, Novena y Olive, un par cada noche, grandes cucarachas. Empezaron a hacer jaleo, así que puse unas cuantas trampas. Eso las mató. Yo y Johnnie dormimos y al día siguiente nos fuimos a cazar coños. No hubo suerte. Al día siguiente conseguía un coño filipino en la estación de autobuses. Me dice que necesita el precio del billete para San Francisco así que le ofrezco uno de cincuenta para que nos lleve a mí y a Johnnie. Dice que para dos tipos lo mínimo es el doble. Yo le digo que Johnnie es mejor que el Cristo, y que ella es quien debería pagar. Volvemos al hotel y todas las cucarachas se han escapado de las trampas. La presento a Johnnie y le digo que él va primero. Ella se asusta y dice: «¿Te crees que eres Fatty Arbuckle?»* Le digo que soy un francés, que quién se piensa que es ella, ¿cree acaso que puede despreciar a Johnnie Red?

»Las cucarachas se ponen a chillar igual que negros apaleados. La filipina dice que no señor, que Johnnie tiene los dientes afilados. Sale corriendo a toda velocidad, yo y Johnnie nos quedamos encerrados hasta última hora del sábado. Queremos un coño, lo necesitamos. Vamos a esa tienda de ropa militar que hay en Broadway y me consigo unas cuantas insignias para mi chaqueta Ike. Cruz de Servicios Distinguidos con hojas de roble; estrella de plata; estrella de bronce y cintas por todas las campañas contra los japoneses. Parezco George S. Patton, sólo que la tengo más grande. Yo y Johnnie vamos a ese bar llamado el Búho Nocturno. La *Dalia* entra y Johnnie dice: "Sí, señor,

---

* Fatty Arbuckle, estrella del cine mudo, vio, destrozada su carrera y su vida por la muerte de una jovencita a la que, según las malas lenguas, había desangrado metiéndole el gollete de una botella de licor en la vagina. El caso nunca quedó aclarado del todo. (*N. del T.*)

ésa es mi chica; no, señor, nada de quizá; sí, señor, ésa es mi chica".»

Dulange apagó su cigarrillo y alargó la mano hacia el paquete. Russ tomaba notas; yo me imaginé el momento y el lugar, recordando al Búho Nocturno de los días en que trabajaba con la Patrulla Central. Estaba en la Sexta y Hill, a dos manzanas del hotel Biltmore, donde Red Manley dejó a Betty Short el viernes, diez de enero. El francés, sin descartar del todo que sus recuerdos se debieran al *delirium tremens*, había logrado un poco más de credibilidad.

—Joe, eso ocurrió entre el sábado once y el domingo doce, me está hablando de ese período, ¿verdad? —dijo Russ.

Dulange encendió otro cigarrillo.

—Soy un francés, no un calendario. Ya se puede imaginar que inmediatamente después del sábado viene el domingo.

—Continúe.

—Bueno, la *Dalia*, yo y Johnnie tenemos una pequeña conversación y yo la invito al hotel. Llegamos ahí. Las cucarachas andan sueltas, cantan y muerden la madera. La *Dalia* dice que de abrirse de piernas nada a menos que yo las mate. Cojo a Johnnie y empiezo a darles con él, Johnnie me dice que no le duele. Pero el coño de la *Dalia* no se abrirá hasta que las cucarachas hayan sido eliminadas al estilo científico. Bajo a la calle y busco a ese médico. Les da inyecciones de veneno a las cucarachas a cambio de uno de cinco. Yo y la *Dalia* jodemos igual que conejos, Johnnie Red nos mira. Está enfadado porque la *Dalia* es tan buena que no quiero darle ni un poquito.

Hice una pregunta destinada a que se dejara de tantas memeces.

—Describe su cuerpo. Haz un buen trabajo o no verás a Johnnie Red hasta que salgas del calabozo militar.

El rostro de Dulange se ablandó; parecía un niño pequeño amenazado con perder a su osito de peluche.

—Responda a su pregunta, Joe —dijo Russ.

Dulange sonrió.

—Hasta que se las rebajé, tenía las tetitas subidas con pezones rosa. Piernas algo gruesas, un matorral soberbio. Con esos lunares de los que le hablé al mayor Carroll y unos arañazos en la espalda realmente muy nuevos, como si acabaran de darle una paliza.

Sentí un cosquilleo, recordando las «marcas de látigo no muy profundas» que el forense mencionó en la autopsia.

—Siga, Joe —dijo Russ.

Dulange sonrió igual que un ogro en un cementerio.

—Entonces, la *Dalia* empieza a portarse raro y dice: «¿Cómo es que eres sólo cabo si ganaste todas esas medallas?» Empieza a llamarme Matt y Gordon y no para de hablar sobre nuestra criatura, aunque sólo lo hicimos una vez y yo llevaba un condón. Johnnie se asusta y yo y las cucarachas empezamos a cantar: «No, señor, ésa no es mi chica.» Yo quiero más coñito así que me llevo la *Dalia* a la calle para ver al doctor de las cucarachas. Le suelto uno de diez y él hace ver que la examina. «La criatura está sana y llegará dentro de seis meses», le dice.

Más confirmaciones, brotadas del mismísimo centro de la neblina creada por el *delirium tremens*... ese Matt y ese Gordon eran, obviamente, Matt Gordon y Joseph Gordon Fickling, dos de los esposos de fantasía que Betty Short tuvo. Pensé que estábamos acercándonos al blanco y que debíamos conseguírselo al gran Lee Blanchard.

—¿Y después qué, Joe? —dijo Russ.

Dulange pareció realmente sorprendido: ahora estaba más allá de toda bravata, de los recuerdos de un cerebro empapado en alcohol y el deseo de reunirse otra vez con Johnnie Red.

—Entonces, la corté.

—¿Dónde?

—Por la cintura.

—No, Joe. ¿Dónde cometió el crimen?

—Oh. En el hotel.

—¿Qué número de habitación?

—La 116.

—¿Cómo llevó el cuerpo hasta la Treinta y Nueve y Norton?

—Robé un coche.

—¿Qué clase de coche?

—Un Chevy.

—¿Año y modelo?

—Sedán del 43.

—Joe, durante la guerra no se fabricaron coches en Estados Unidos. Pruebe otra vez.

—Sedán del 47.

—¿Alguien se dejó las llaves puestas en un bonito coche nuevo como ése? ¿En la parte baja de Los Ángeles?

—Le hice un puente.

—¿Cómo le hace usted un puente a un coche, Joe?

—¿Qué?

—Explíqueme el procedimiento.

—Se me ha olvidado cómo lo hice. Estaba borracho.

—¿Dónde queda el cruce de la Treinta y Nueve y Norton? —pregunté, metiendo baza.

Dulange jugueteó con el paquete de cigarrillos.

—Está cerca del bulevar Crenshaw y la calle Coliseum.

—Dime algo que no apareciera en los periódicos.

—Le hice un tajo de oreja a oreja.

—Eso lo sabe todo el mundo.

—Yo y Johnnie la violamos.

—No fue violada, y Johnnie habría dejado señales. No había ninguna. ¿Por qué la mataste?

—No jodía bien.

—Estupideces. Has dicho que Betty jodía igual que una coneja.

—Una coneja mala.

—Oye, imbécil, de noche todos los gatos son pardos. ¿Por qué la mataste?

—No le iba el francés.

—Ésa no es una razón. Puedes conseguir el francés en cualquier burdel de cinco dólares. Un francés como tú debería saberlo.

—Lo hacía mal.

—Eso es algo que no se puede hacer mal, idiota.

—¡La hice rebanadas!

Golpeé la mesa al estilo Harry Sears.

—¡Eres un hijo de puta mentiroso!

El abogado militar se levantó; Dulange puso cara de pena y gimoteó:

—Quiero a mi Johnnie.

—Que vuelva aquí dentro de seis horas —dijo Russ al capitán, y me sonrió... la sonrisa más suave y amable que le había visto jamás en el rostro.

Así que habíamos dejado la cosa en 50-50 y luego se había puesto 75-25 en contra.

Russ se marchó para mandar su informe y enviar un

equipo de investigación a la habitación 116 del hotel Habana en busca de manchas de sangre; yo me fui a dormir en la habitación del ala de oficiales que el mayor Carroll nos asignó.

Soñé con Betty Short y Fatty Arbuckle en blanco y negro; cuando el despertador sonó, alargué la mano en busca de Madeleine.

Al abrir los ojos vi a Russ vestido con un traje muy limpio.

—Nunca subestimes a Ellis Loew —dijo, y me alargó un periódico. Era de Newark y llevaba el titular: «¡Soldado de Fuerte Dix acusado en Sensacional Asesinato de Los Ángeles!» Bajo el titular había fotos de Joe Dulange, «el francés», y Loew, posando en una forma más bien teatral detrás de su escritorio. El texto decía lo siguiente:

> En una revelación exclusiva a nuestra publicación hermana, el *Mirror* de Los Ángeles, el ayudante del fiscal del distrito, Ellis Loew, encargado legal del enigmático asesinato de la *Dalia Negra*, anunció que la noche anterior se había logrado un gran avance en el caso. «Dos de mis más apreciados colegas, el teniente Russell Millard y el agente Dwight Bleichert, acaban de informarme que el cabo Joseph Dulange, de Fuerte Dix, Nueva Jersey, ha confesado haber asesinado a Elizabeth Short y que la confesión ha sido refrendada por hechos que sólo el asesino podría conocer. El cabo Dulange es un conocido degenerado. Proporcionaré más datos a la prensa sobre la confesión tan pronto como mis hombres vuelvan con Dulange a Los Ángeles para que sea acusado legalmente.»

El caso de Elizabeth Short ha tenido perplejas a

las autoridades desde la mañana del 15 de enero, cuando el cuerpo desnudo y mutilado de la señorita Short, cortado en dos por la cintura, fue encontrado en un solar vacío de Los Ángeles. El ayudante del fiscal del distrito, Ellis Loew, no desea revelar los detalles de la confesión del cabo Dulange, pero ha dicho que Dulange era una de las relaciones íntimas que se le conocían a la señorita Short. «Ya habrá más detalles —dijo—. Lo importante es que ese demonio se halla custodiado en un sitio donde no podrá volver a matar.»

Me reí.

—¿Qué le dijiste a Loew en realidad?

—Nada. Cuando hablé por primera vez con el capitán Jack le comenté que Dulange se presentaba como una buena posibilidad. Me dio la bronca por no haberle informado antes de irnos, y eso fue todo. La segunda vez que llamé le dije que Dulange me estaba empezando a parecer otro chiflado. Se preocupó mucho y ahora sé la razón.

Me puse en pie y me desperecé.

—Bueno, esperemos que realmente la matara.

Russ meneó la cabeza.

—Los de investigación dijeron que no había manchas de sangre en la habitación del hotel y tampoco agua corriente con la que desangrar el cadáver. Y Carroll ha solicitado información en tres Estados sobre el paradero de Dulange desde el diez al diecisiete de enero: hospitales, sitios especiales para borrachos, todo ese jaleo. Acabamos de recibir la respuesta a esa petición: nuestro franchute estuvo en el ala especial del hospital de San Patricio de Brooklyn desde el catorce hasta el diecisiete de enero. *Delirium tremens* severo. Fue dado de alta esa mañana y recogido dos horas más tarde en la estación de Pennsylvania. Ese hombre está limpio.

No sabía con quién irritarme. Loew y compañía deseaban acabar con el caso como fuera, Millard quería justicia, yo volvía a casa con unos titulares que me harían aparecer como un imbécil.

—¿Qué hay de Dulange? ¿Quieres tener otra sesión con él?

—¿Y oír más sobre las cucarachas que cantan? No. Carroll le dijo cuál había sido la respuesta a nuestra petición. Confesó que había inventado esa historia para obtener publicidad. Quiere reconciliarse con su primera esposa y pensó que esa atención le haría obtener algo de simpatía por su parte. He vuelto a hablar con él y todo fue fruto del *delirium tremens*. No puede contarnos nada más al respecto.

—Jesús.

—Sí, ya puedes mencionar al Salvador. Joe va a ser liberado a toda velocidad y nosotros cogeremos un avión para regresar a Los Ángeles, dentro de cuarenta y cinco minutos. Por lo tanto, ve vistiéndote, compañero.

Me puse mi traje sucio y, después, Russ y yo fuimos a esperar el jeep que nos llevaría hasta la pista para el despegue. A lo lejos distinguí una silueta alta y vestida de uniforme que se nos acercaba. Me estremecí al notar el frío que hacía; el hombre se aproximó más. Me di cuenta de que era el mismísimo cabo Joseph Dulange en persona.

Cuando estuvo ante nosotros, extendió hacia mí un periódico de la mañana y señaló su foto en la primera página.

—Lo he conseguido y ahora tú eres letra pequeña, que es donde los alemanes deben estar.

Olí a Johnnie Red en su aliento y le di un buen directo en la mandíbula. Dulange se derrumbó igual que una tonelada de ladrillos; la mano derecha me latía con fuerza. La expresión de Russ Millard me recordó a la de Jesús preparándose a reñir a los paganos.

—No seas tan condenadamente educado —dije—. No te hagas el jodido santo.

21

—He convocado esta pequeña reunión por varias razones, Bucky —dijo Ellis Loew—. Una, disculparme por haberme apresurado a cargarle el mochuelo a Dulange. Me precipité al hablar con mis contactos de los periódicos y tú has salido perdiendo por eso. Mis disculpas.

Miré a Loew y a Fritz Vogel, que se hallaba sentado a su lado. La «pequeña reunión» tenía lugar en la sala de Fritzie; los dos días de titulares sobre Dulange me habían retratado como un policía demasiado ansioso por lograr resultados, que había perseguido una pista equivocada, pero nada más.

—¿Qué quiere, señor Loew?

Fritzie se rió.

—Llámame Ellis —repuso Loew.

Con eso lograba establecer un nuevo fondo en el Departamento de sutilezas, superando incluso a los cócteles y el cuenco de galletitas saladas que la *hausfrau* de Fritzie había servido como tentempié. Yo tenía que encontrarme con Madeleine al cabo de una hora y confraternizar con mi jefe fuera del trabajo era lo último que deseaba en el mundo.

—De acuerdo, Ellis —dije.

Loew se erizó visiblemente ante mi tono de voz.

—Bucky, en el pasado hemos tenido muchos desacuerdos. Puede que ahora mismo estemos a punto de tener otro. Pero creo que en unas cuantas cosas sí estamos de acuerdo. A los dos nos gustaría ver cerrado el caso Short y volver al trabajo normal. Tú quieres regresar a la Criminal y yo, por mucho que me guste la idea de acusar al asesino, he visto cómo mi parte en la investigación se iba haciendo incontrolable y ha llegado el momento de que vuelva a mis viejos casos.

Me sentí igual que un viejo jugador de cartas con una mano imbatible.

—¿Qué quieres, Ellis?

—Que vuelvas mañana a la Criminal y hagamos una última intentona con el caso Short antes de volver a mis viejos asuntos pendientes. Bucky, los dos somos tipos destinados a triunfar. Fritzie te quiere como compañero en cuanto consiga ser teniente y...

—Russ Millard me quiere tener en cuanto Harry Sears se jubile.

Fritzie se tomó un buen trago de su cóctel.

—Eres demasiado tosco para él, chico. Le ha comentado a unos cuantos que no puedes controlar tu temperamento. El viejo Russ es una hermanita de la caridad y yo soy mucho más de tu tipo.

No estaba mal como carta; pensé en la mirada de disgusto que me había soltado Russ después de que yo dejara frío a Joe Dulange.

—¿Qué quieres, Ellis?

—Muy bien, Dwight, te lo diré. En las celdas del ayuntamiento siguen cuatro tipos que han confesado.

No tienen coartadas para los días perdidos de Betty Short, no se mostraron coherentes cuando les interrogaron por primera vez y todos son lunáticos violentos de los que sueltan espuma por la boca. Quiero que vuelvan a ser interrogados, con lo que podrías llamar «el equipo adecuado». Es un trabajo que requiere músculos. Fritzie había elegido a Bill Koenig para él, pero Bill está un poco demasiado enamorado de la violencia, por eso te he escogido a ti. Bien, Dwight, ¿sí o no? ¿Volver a la Criminal o trabajar removiendo mierda en Homicidios hasta que Russ Millard se canse de ti? Millard es un hombre paciente y con un montón de aguante, Dwight. Podría pasar un tiempo muy largo.

Mi gran mano ganadora se había esfumado.

—Sí.

Loew irradiaba felicidad.

—Ve a la cárcel ahora. El encargado nocturno ha expedido órdenes de traslado para los cuatro hombres. Hay una camioneta en el aparcamiento del turno de noche con las llaves bajo la alfombrilla. Lleva a los sospechosos al 1701 de Alameda Sur, donde Fritzie te estará esperando. Bienvenido una vez más a la Criminal, Dwight.

Me puse en pie. Loew cogió una galletita del cuenco y la mordisqueó con gesto delicado; Fritzie apuró su copa con mano temblorosa.

Los chiflados me esperaban en una celda, vestidos con el uniforme de la cárcel, unidos con cadenas y con grilletes en los tobillos. Las órdenes que el encargado me había entregado iban acompañadas por fotos y copias de los informes; cuando la puerta de la celda fue abierta por el mando electrónico, me dediqué a encajar las fotos con los rostros.

Paul David Orchard era bajo y corpulento, con una nariz achatada que se desparramaba por la mitad de su rostro y una larga cabellera rubia cubierta de brillantina; Cecil Thomas Durkin era un mulato de unos cincuenta años, calvo, pecoso y rozando el metro noventa y cinco de estatura; Charles Michael Issler tenía unos enormes y hundidos ojos castaños; Loren (segundo nombre desconocido) Bidwell era un viejo de aire frágil que temblaba como un azogado y tenía la piel cubierta por esas manchas que produce un hígado en mal estado. Este último resultaba tan patético que comprobé su informe por dos veces para asegurarme de que tenía al hombre correcto; una lista de acusaciones y condenas por perseguir niños que se remontaba hasta 1911 me dijo que así era.

—Salid al pasillo —dije—. Poneos en fila.

Los cuatro salieron de la celda. Arrastraban los pies y caminaban de lado, las piernas rígidas como tijeras, con las cadenas rozando el suelo. Les indiqué una salida lateral que había en el pasillo; el carcelero abrió la puerta desde fuera. Mi hilera de chalados salió al aparcamiento; el carcelero se encargó de mantenerles vigilados mientras yo localizaba la camioneta y la acercaba marcha atrás.

El carcelero abrió la portezuela trasera; miré por el espejo retrovisor y comprobé que mi cargamento subía a bordo. Hablaban entre ellos en voz baja, murmurando y tragando grandes sorbos del fresco aire nocturno antes de subir a la camioneta con paso vacilante. El carcelero cerró la portezuela a su espalda y me hizo una seña con su arma; me puse en marcha.

El 1701 de Alameda Sur estaba en el distrito Industrial Este de Los Ángeles, a unos tres kilómetros de la cárcel. Cinco minutos después de llegar, lo encontré:

un gigantesco almacén perdido en mitad de un bloque de almacenes gigantescos, el único con la fachada que daba a la calle iluminada: «EL REY DE LA CARNE DEL CONDADO — SIRVIENDO A LA ADMINISTRACIÓN DE LOS ÁNGELES CON COMIDAS PÚBLICAS DESDE 1923.» Cuando estacionaba, hice sonar el claxon; debajo del letrero se abrió una puerta, la luz se apagó y Fritzie Vogel apareció en el umbral con los pulgares metidos en su cinturón.

Salí del vehículo y abrí la portezuela trasera. Los chalados salieron a la calle.

—Por aquí, caballeros —gritó Fritzie.

Los cuatro se pusieron en marcha hacia esa voz; una luz se encendió detrás de Fritzie. Yo cerré la portezuela y fui hacia ellos.

Fritzie hizo entrar al último chiflado y me saludó desde el umbral.

—Una ayudita del condado, chaval. El tipo propietario de este lugar le debe un favor al sheriff Biscailuz y él tiene un teniente cuyo hermano es médico y me debe un favor a mí. Pronto verás de qué te hablo.

Cerré la puerta y eché el pestillo; Fritzie me guió, dejando atrás a los chiflados con su rígido paso, y me condujo por un pasillo que apestaba a carne. Al final de éste había una habitación enorme: el suelo era de cemento y estaba cubierto de serrín, del techo colgaban hileras tras hileras de oxidados ganchos para carne. De casi la mitad de ellos pendían cuartos de buey, sin ningún tipo de protección y expuestos a la temperatura ambiente: los tábanos se estaban dando el banquete con ellos. Mi estómago dio un salto mortal; luego, en la parte de atrás, vi cuatro sillas situadas directamente bajo cuatro ganchos vacíos y me di cuenta de lo que iba a ocurrir.

Fritzie les quitó las cadenas a los chalados y luego les esposó las manos delante del cuerpo. Yo me quedé quieto y fui juzgando sus reacciones. El temblor del viejo Bidwell acababa de pisar el acelerador, Durkin canturreaba en voz baja para sí mismo, Orchard lucía una expresión burlona, la cabeza inclinada hacia un lado, como si el engrasado peso de su cabellera le pesara. El único que parecía lo bastante lúcido para mostrar preocupación era Charles Issler: no paraba de mover las manos y sus ojos iban de Fritzie a mí, en un movimiento incesante.

Fritzie sacó un rollo de cinta adhesiva de su bolsillo y me lo arrojó.

—Coloca los informes en la pared, junto a los ganchos. En orden alfabético, en hilera.

Lo hice, al tiempo que me fijaba en una mesa cubierta con una sábana, colocada a modo de cuña, en un umbral que se abría a unos metros de distancia de donde yo estaba. Fritzie hizo que los prisioneros se acercaran y les obligó a ponerse de pie sobre las sillas, pasando a continuación las cadenas de sus esposas por encima de los ganchos de la carne. Yo examiné rápidamente los informes con la esperanza de hallar hechos que me hicieran odiar a esos cuatro tipos lo bastante como para aguantar la noche y volver a la Criminal.

Loren Bidwell, un perdedor nato, había estado tres veces en Atascadero, todas sus condenas eran por agresión sexual a menores con agravantes. Entre sus estancias en prisión se dedicaba a confesar todos los grandes crímenes sexuales cometidos e incluso había sido uno de los sospechosos principales en el asesinato del chico Hickman, allá por los años veinte.

Cecil Durkin se drogaba, usaba demasiado el cuchillo y se dedicaba a violar a quien podía cuando estaba en la cárcel; además, había tocado la batería en algunos buenos grupos de jazz. Había sido encerrado dos veces en San Quintín por incendiario y le pillaron masturbándose en la escena de su última traca: la casa de un director de orquesta que, al parecer, le había timado en el pago por una actuación. Eso le costó doce años de cárcel; desde su liberación había estado trabajando como lavaplatos y vivía en una casa del Ejército de Salvación.

Charles Issler era proxeneta y confesor de carrera especializado en los homicidios de prostitutas. Sus tres condenas le habían valido un año en tiempo de cárcel; sus confesiones falsas, dos períodos de noventa días bajo observación en la granja para idos de Camarillo.

Paul Orchard se prostituía, jugaba y, en tiempos, había sido ayudante del sheriff de San Bernardino. Además de sus condenas por prostitución, tenía dos cargos por agresión con agravantes.

Sentí nacer un poco de odio en mi interior. Era bastante tenue, como si me encontrara a punto de subir al ring con un tipo al cual no estaba muy seguro de poder vencer.

—Un cuarteto encantador, ¿verdad, chaval? —exclamó Fritzie.

—Unos auténticos chicos del coro.

Fritzie me hizo una seña de «ven aquí» con el dedo. Fui hacia él y me encaré con los cuatro sospechosos. Cuando habló, sentí que mi odio aguantaba bastante bien.

—Todos habéis confesado el asesinato de la *Dalia*. No podemos probar que lo hicierais, así que es asunto vuestro el convencernos. Bucky, tú haces las preguntas sobre los días perdidos de la chica. Yo escucharé hasta que oiga mentiras de sifilítico.

Empecé con Bidwell. Sus ataques de temblores hacían bailar la silla bajo sus pies; alcé la mano y sujeté el gancho de la carne para que no se moviera.

—Háblame de Betty Short, abuelo. ¿Por qué tenías que matarla?

El viejo me miró con ojos implorantes; yo aparté la vista.

Fritzie, que examinaba los informes de la pared, se dio cuenta del repentino silencio.

—No seas tímido, chaval. Ese pájaro hacía que los niños le chuparan el trasto.

Mi mano se estremeció, e hizo que el gancho se moviera.

—Suéltalo, abuelo. ¿Por qué tenías que matarla?

Bidwell me respondió con la voz asmática y jadeante de un viejo senil.

—No la maté, señor. Sólo quería un billete para la fama y la granja. Sólo quería tres comidas calientes y un catre. Por favor, señor.

El vejestorio no parecía lo bastante fuerte ni para levantar un cuchillo, menos todavía para atar a una mujer y llevar las dos mitades de su fiambre hasta un coche. Fui hacia Cecil Durkin.

—Háblame de ello, Cecil.

El mulato me miró con expresión burlona.

—¿Hablarte de ello? ¿De dónde has sacado esa frase, de *Dick Tracy* o de *Los intocables*?

Por el rabillo del ojo vi que Fritzie me observaba, tomándome las medidas.

—Una vez más, capullo. Háblame de ti y de Betty Short.

Durkin lanzó una risita.

—¡Me tiré a Betty Short y me tiré a tu mamá! ¡Soy tu papaíto!

Le solté un rápido uno-dos en el plexo solar, golpes

breves y duros. A Durkin se le doblaron las piernas pero logró mantener sus pies sobre la silla. Jadeó, en busca de aire, logró tragar una bocanada y volvió a sus fanfarronadas.

—Te crees muy listo, ¿eh? Tú eres el malo y tu compinche es el bueno. Tú me vas a pegar y él me va a rescatar de eso. Vamos, payasos, ¿no sabéis que ese truco murió con los tiempos del vodevil?

Me di masaje en la mano derecha, con los huesos todavía doloridos por culpa de Lee Blanchard y Joe Dulange.

—Yo soy el bueno, Cecil. Piensa un poco en eso.

Como frase no estaba mal. Durkin intentó encontrar una réplica y yo me concentré en Charles Michael Issler.

Él bajó la mirada.

—No maté a Liz —dijo—. No sé por qué hago estas cosas y me disculpo por hacerlas, así que, por favor, no permita que ese hombre me haga daño.

Había hablado de forma tranquila y sincera pero había algo en él que me molestaba.

—Convénceme —dije.

—Yo... no puedo. No lo hice, eso es todo.

Pensé en Issler de proxeneta, en Betty prostituyéndose de vez en cuando, y me pregunté si habría alguna relación entre ellos... Entonces, recordé que las prostitutas del librito negro habían dicho, al ser interrogadas, que ella siempre trabajaba por libre.

—¿Conocías a Betty Short? —pregunté.

—No.

—¿Habías oído hablar de ella?

—No.

—¿Qué razón tenías para confesar que la mataste?

—Ella... ella parecía tan bonita y tan dulce y yo me

sentí tan mal cuando vi su foto en el periódico. Yo... siempre lo confieso con las que son bonitas.

—Tu informe dice que sólo confiesas cuando matan a una prostituta. ¿Por qué?

—Bueno, yo...

—¿Le pegas a tus chicas, Charlie? ¿Les obligas a tomar drogas? ¿Haces que le presten servicio a tus amigos y...?

Me detuve al pensar en Kay y en Bobby de Witt. Issler empezó a subir y bajar la cabeza, despacio al principio, luego cada vez más deprisa y con más fuerza. Muy pronto, sollozaba.

—Hice cosas tan malas, cosas tan feas, tan feas... Feas, feas, feas.

Fritzie vino hacia mí y se puso a mi lado, unos nudillos de hierro colocados en cada mano.

—Esto de tratarles con guante blanco no nos lleva a ninguna parte —dijo y, de una patada, le quitó la silla a Issler. El proxeneta confesor lanzó un grito y se derrumbó igual que un pez arponeado; cuando las esposas soportaron todo su peso se oyó un crujido de huesos rotos—. Mira bien, chaval —dijo Fritzie.

Gritando «¡Negro!», «¡Jodeniños!» y «¡Maricona!» tiró las otras tres sillas al suelo.

Ahora teníamos una fila de cuatro confesores colgando del techo, chillando, que intentaban sujetarse con las piernas al que estaban más cerca, un pulpo vestido con uniforme de cárcel. Los gritos parecían una sola voz... hasta que Fritzie se concentró en Charles Michael Issler.

Fue hundiendo los nudillos de hierro en su estómago, izquierda-derecha, izquierda-derecha, izquierda-derecha, muy rápido. Issler chillaba y gorgoteaba; Fritzie aullaba:

—¡Háblame de los días perdidos de la *Dalia*, chulo sifilítico!

Yo tenía la sensación de que mis piernas estaban a punto de ceder.

—No... sé... nada —graznó Issler.

Fritzie le soltó un gancho en la ingle.

—Dime lo que sabes.

—¡Que te conocí en la Antivicio!

Fritzie empezó a lanzarle ganchos cortos.

—¡Cuéntame lo que sabes! ¡Cuéntame qué te dijeron tus chicas, chulo sifilítico!

Issler intentaba vomitar; Fritzie se acercó a él y empezó a trabajarle el cuerpo. Oí costillas que se partían y miré hacia mi izquierda, donde había la palanca de una alarma antirrobo colocada en la pared junto al umbral. La miré y la miré y la miré. Fritzie entró corriendo en mi campo visual y se inclinó sobre la mesa cubierta con una sábana en la cual me había fijado antes.

Los chiflados se agitaban en sus ganchos, y gemían en voz baja. Fritzie vino hacia mí, me miró, soltó una risita y luego arrancó la sábana de un manotazo.

En la mesa había un cadáver de mujer desnudo, cortado en dos por la cintura... una chica regordeta a la cual habían peinado y maquillado para que se pareciera a Elizabeth Short. Fritzie cogió a Charlie Issler por el pescuezo.

—Para que te des el gusto de rebanarla —dijo con voz sibilante—, permite que te presente a la Chica sin Nombre número cuarenta y tres. ¡Todos vosotros os encargaréis de hacerla trocitos, y quien lo haga mejor ganará el premio!

Issler cerró los ojos y se mordió el labio hasta atravesárselo. El viejo Bidwell se puso púrpura y empezó a echar espuma por la boca. Olí el hedor de las heces que se le habían escapado a Durkin y vi las muñecas rotas de Orchard, torcidas en ángulo recto, con los huesos y los tendones al descubierto. Fritzie sacó de su bolsillo una gran navaja de las que usan los mexicanos y abrió la hoja.

—Enseñadme cómo lo hicisteis, basuras. Enseñadme lo que no salió en los periódicos. Enseñádmelo y seré bueno con vosotros. Haré que tooooodo vuestro dolor se esfume. Bucky, quítales las esposas.

Las piernas se me doblaron. Caminé hacia Fritzie como si fuera a caerme, le tiré al suelo y luego corrí hasta la alarma y bajé la palanca. Una sirena empezó a aullar, tan fuerte, tan dura, tan agradable que tuve la sensación de que las olas del sonido eran las que me hacían salir del almacén, me llevaban a la camioneta y me hacían recorrer todo el trayecto hasta la puerta de Kay sin excusas ni palabras de lealtad hacia Lee.

Así quedamos formalmente comprometidos Kay Lake y yo.

22

Poner en marcha esa alarma fue el acto que pagué más caro de toda mi vida.

Loew y Vogel consiguieron que no se armara ningún escándalo. Me dieron la patada, me echaron de la Criminal y me devolvieron al uniforme... rondas a pie balanceando la porra en Central, mi viejo hogar. El teniente Jastrow, jefe del turno y era uña y carne con el ayudante demoníaco. Me daba cuenta de que se dedicaba a controlar cada uno de mis actos, en espera de que intentara escurrir el bulto, irme de la lengua o, fuera como fuese darle una continuación al gran error que había cometido.

No hice nada al respecto. Era la palabra de un agente con cinco años de servicio contra la de un hombre con veintidós y el futuro fiscal del distrito de la ciudad, y estaban respaldados por una buena carta oculta: los agentes del coche patrulla que acudió a la señal de alarma fueron convertidos en el nuevo equipo de la Criminal, una asombrosa casualidad destinada a garantizar que se mantuvieran calladitos y felices. Dos cosas me consolaban y me impedían volverme loco: Fritzie no había matado a nadie. Cuando comprobé los registros de salida de la cárcel, me enteré de que los cuatro confesores habían sido atendidos por «heridas sufridas en un accidente de coche» en el hospital Reina de Los Ángeles y luego los habían repartido por distintas granjas psiquiátricas del estado para su «observación». Y mi horror me empujó hasta el sitio al que durante mucho, mucho tiempo, mi exceso de miedo y mi estupidez me habían impedido llegar.

A Kay.

Esa primera noche fue tanto mi amante como el receptáculo de mi pena. Me daba miedo cualquier ruido o movimiento brusco, así que ella me desnudó y me hizo estar quieto, murmurando: «Y todo eso, ¿qué?», cada vez que yo intentaba hablar de Fritzie o de la *Dalia*. Me tocaba con tal suavidad que era casi como no ser tocado; yo acaricié todas y cada una de las partes de su cuerpo hasta sentir que el mío dejaba de ser puños y músculos de poli. Después, nos excitamos poco a poco el uno al otro e hicimos el amor, con Betty Short muy lejos.

Una semana después, rompí con Madeleine, la «vecina» cuya identidad había mantenido en secreto para

324

Lee y Kay. No le di ninguna razón y la niña rica que gustaba de frecuentar las cloacas me caló cuando ya estaba a punto de colgar el teléfono.

—¿Has encontrado a una mujer segura? Ya sabes que volverás. Me parezco a ella.

Ella.

Pasó un mes. Lee no volvió Los dos traficantes de droga fueron juzgados, condenados y ahorcados por los asesinatos de Chasco y De Witt. Mi anuncio del Fuego y el Hielo siguió apareciendo en los cuatro periódicos de Los Ángeles. El caso Short se desplazó de los titulares a las últimas páginas, las llamadas bajaron casi a cero y todo el mundo volvió a sus puestos de costumbre salvo Russ Millard y Harry Sears. Asignados todavía a ella, Russ y Harry siguieron con su trabajo de ocho horas en la oficina y en la calle; pasaban las tardes en El Nido y revisaban los archivos. Cuando salía de la comisaría a las nueve, les hacía una breve visita yendo de camino hacia Kay, calladamente sorprendido de ver hasta qué punto estaba obsesionado el señor Homicidios, con su familia abandonada mientras que él hurgaba en los documentos hasta la medianoche. Era un hombre que inspiraba confianza; cuando le conté la historia de Fritzie y del almacén, su absolución fue un abrazo paternal y esta admonición:

—Pasa el examen de Sargentos. Dentro de un año o algo así iré a ver a Thad Green. Me debe un favor y tú serás mi compañero cuando Harry se retire.

Era una promesa sobre la cual podía ir construyendo algo e hizo que siguiera yendo al archivo. En mis días libres y con Kay en su trabajo, no tenía nada que hacer, así que lo leí una y otra vez. Faltaban las carpetas de la R, la S y la T, lo cual suponía una molestia pero, aparte de eso, era la perfección misma. Mi mujer real de ahora había hecho retroceder a Betty Short más allá

325

de una Línea Maginot al terreno de la curiosidad profesional, así yo leía, pensaba y hacía hipótesis con la meta de convertirme en un buen detective... el camino en el cual me hallaba hasta que hice funcionar esa alarma. Algunas veces, tenía la sensación de que en esos hechos había conexiones que rogaban ser establecidas; otras veces, me maldecía a mí mismo por no tener un diez por ciento más de sustancia gris; en ocasiones los papeles sólo me hacían pensar en Lee.

Seguí con la mujer a la cual él había salvado de una pesadilla. Kay y yo jugábamos a las casitas tres o cuatro veces a la semana, siempre tarde, dado el turno que yo tenía ahora. Hacíamos el amor a nuestra tierna manera particular y hablábamos esquivando los acontecimientos desagradables de los últimos meses. Aunque me mostrara amable y bondadoso, por dentro seguía hirviendo con el ansia de que se produjera una conclusión exterior a mí... que Lee volviera, que el asesino de la *Dalia* estuviera sobre una bandeja, otras sesión de Flecha Roja con Madeleine o Ellis Loew y Fritzie Vogel clavados en una cruz.

Lo que siempre llegaba con eso era ver de nuevo en una fea ampliación mi imagen que golpeaba a Cecil Durkin, seguida por la pregunta: «¿Hasta dónde habrías llegado esa noche?»

Durante mis rondas, esa pregunta me acosaba con más fuerza que nunca. Hacía la Cinco Este, desde Main a Stanford, la peor zona. Bancos de sangre, licorerías que sólo vendían medias pintas y minibocadillos, hoteles de cincuenta centavos la noche y misiones medio en ruinas. Allí la regla escrita era que los agentes de a pie no se andaban nunca con bromas. Las pesadillas de borrachos eran dispersadas a golpes de porra; los tipos que intentaban ser cogidos en la lista de algún negrero cuando se ponían demasiado pesados y no había trabajo eran echados a empujones.

Recogías borrachos y gente que vivía rebuscando en la basura, para cumplir con la cuota, sin hacer ninguna discriminación, y les dabas una paliza si intentaban escaparse del furgón. Era un trabajo horrible y asqueroso y los únicos agentes buenos en él eran los tipos trasladados de Oklahoma a los que se cogió en el Departamento durante la falta de hombres producida por la guerra. Yo patrullaba pero no me lo tomaba demasiado en serio: rozaba a los tipos con mi porra, sin apretar; les daba calderilla a los borrachos para sacarlos de la calle y meterlos en las tabernas donde no me vería obligado a lidiar con ellos y obtenía cuotas bajas en mis recogidas. Conseguí la reputación de «el blando» de la Central; Johnny Vogel me pilló en dos ocasiones en que le daba calderilla a un borracho y se rió a carcajadas. Después de mi primer mes vestido de uniforme, el teniente Jastrow me puso una D, lo más bajo posible, en su apreciación de mi capacidad: uno de los chupatintas me contó que citaba mi «renuencia a emplear la fuerza necesaria con los delincuentes recalcitrantes». A Kay le hizo mucha gracia eso pero yo imaginé una montaña de papeles con malos informes tan alta que ni toda la influencia de Russ Millard sería capaz de hacerme volver a mi trabajo.

Así pues, me hallaba en el mismo sitio que antes del combate y la votación sobre los fondos, sólo que un poco más al este y andando a pie. Durante mi ascensión a la Criminal, los rumores hicieron furor; ahora, las especulaciones se centraban en mi caída. Una de las historias decía que me habían castigado por pegar a Lee, otras me hacían meterme en el territorio de la División Este del Valle y librar un combate con el duro de la calle

Setenta y Siete que había ganado los Guantes de Oro en el año 46 o incurrir en las iras de Ellis Loew por haber filtrado información sobre la *Dalia* a una emisora que se oponía a su candidatura como fiscal del distrito. Cada uno de los rumores me retrataba como un tipo amante de acuchillar por la espalda, un bolchevique, un cobarde y un idiota; cuando el informe de mi segundo mes terminó con la frase «la conducta pasiva observada por este agente durante sus patrullas le ha ganado la enemistad de todos los policías de su turno que desean mantener el orden», empecé a pensar en darles billetes de cinco dólares a los borrachos y una paliza a cada tipo vestido de azul que me mirara de reojo.

Entonces, ella volvió.

Nunca pensaba en ella durante mi ronda; cuando estudiaba el archivo, hacía un mero trabajo policial, buscaba hechos sobre un cadáver normal y construía teorías sobre él.

Cuando hacerle el amor a Kay se transformaba en algo demasiado lleno de afecto, ella acudía al rescate, servía a su propósito y era expulsada tan pronto como habíamos terminado. Vivía cuando yo estaba dormido e indefenso.

Siempre era el mismo sueño. Yo me hallaba en el almacén con Fritzie Vogel, matando a Cecil Durkin a golpes. Ella miraba, y gritaba que ninguno de aquellos pobres tipos babeantes la había matado, después prometía amarme si conseguía que Fritzie dejara de pegar a Charlie Issler. Yo me detenía pues deseaba el sexo prometido. Fritzie continuaba con su carnicería y Betty lloraba por Charlie mientras yo la poseía.

Siempre me despertaba agradecido por la luz diurna, en especial cuando Kay se encontraba a mi lado.

El 4 de abril, casi dos meses y medio después de la

desaparición de Lee, Kay recibió una carta en un sobre oficial del Departamento de Policía de Los Ángeles.

3/4/47

Querida señorita Lake:

Esta carta tiene como fin informarle de que Leland C. Blanchard ha sido expulsado oficialmente del Departamento de Policía de Los Ángeles por haber faltado a sus deberes, con efectividad del 15/3/47. Usted era la beneficiaria de su cuenta en el Los Ángeles City Credit Union, y dado que sigue siendo imposible entrar en contacto con el señor Blanchard, nos parece que lo justo es remitirle el efectivo existente en ella.

Con mis mejores deseos,
Leonard V. Strock,
Sargento,
División de Personal

En el sobre había un cheque por valor de 14,11 dólares. Aquello me hizo enloquecer de rabia y ataqué el archivo para así no tener que atacar a mi nuevo enemigo: la burocracia que me poseía.

23

Dos días después, la conexión emergió de las copias de los informes y me cogió por las pelotas.

Era mi propio informe, emitido el 17/1/47. Debajo

de «Marjorie Graham» yo había escrito: «M. G. afirmó que E. Short usaba variaciones del nombre "Elizabeth" según la compañía en que se hallara.»

Bingo.

Había oído hablar de Elizabeth Short como «Betty», «Beth» y una o dos veces como «Betsy», pero sólo Charles Michael Issler, un proxeneta, se había referido a ella como «Liz». En el almacén había negado conocerla pero yo seguía encontrando algo raro y sospechoso en él. Cuando pensaba en el almacén lo que más recordaba era a Durkin y al cadáver; ahora, me dediqué a pasar nuevamente la película de nuevo, en busca de hechos nada más.

Fritzie le había dado una paliza casi mortal a Issler, ignorando a los otros tres chiflados.

Se había dedicado a recalcar ciertos temas, gritando: «Háblame de los días perdidos de la *Dalia*», «Cuéntame lo que tú sabes», «Dime lo que te contaron tus chicas».

Issler le había contestado: «Te conocí en Antivicio.»

Pensé en las manos de Fritzie, que temblaban al principio de esa noche; lo recordé cuando estaba ante Lorna Martilkova, y gritaba: «Te prostituías con la *Dalia*, ¿verdad, chica? Dime dónde estabas durante sus días perdidos». Y luego, el bombazo final: Fritzie y Johnny Vogel que hablaban entre susurros durante el trayecto al Valle.

«He demostrado que no soy ningún marica. Los homosexuales no podrían hacer lo que yo hice.»

«¡Cállate, maldito seas!»

Corrí hacia el pasillo, metí una moneda de veinticinco en el teléfono público y marqué el número de Russ Millard, en la Central.

—Central de Homicidios, teniente Millard.

—Russ, soy Bucky.

—¿Pasa algo malo, chico listo? Pareces nervioso.

—Russ, creo que tengo algo. No puedo explicártelo ahora, pero necesito que me hagas dos favores.

—¿Es sobre Elizabeth?

—Sí. Maldita sea, Russ.

—No grites y cuéntamelo.

—Necesito que me consigas el archivo de Antivicio sobre Charles Michael Issler. Tiene tres condenas por proxeneta, así que debe haber un expediente con su nombre.

—¿Y?

Tragué saliva: tenía la garganta reseca.

—Quisiera que comprobaras por dónde andaban Fritz Vogel y John Vogel del diez al quince de enero.

—¿Me estás diciendo que...?

—Te estoy diciendo que quizá. Te lo estoy diciendo de forma realmente muy insistente.

Hubo un largo silencio; luego:

—¿Dónde estás?

—En El Nido.

—Quédate allí. Volveré a llamarte dentro de media hora.

Colgué y esperé, pensando en un bonito envoltorio lleno de gloria y venganza. Diecisiete minutos después, el teléfono sonó; me lancé sobre el.

—Russ, ¿qué...?

—El expediente no está. Yo mismo he comprobado toda la letra I. Los había dejado sin ordenar, por lo cual supongo que se lo han llevado hace poco. En cuanto a lo otro, Fritzie estuvo de guardia en la Central todos esos días, hacía horas extra en viejos casos pendientes, y Johnny se encontraba de vacaciones, no sé dónde. Ahora, ¿quieres explicarme todo esto?

Tuve una idea.

—En este momento, no. Reúnete conmigo esta noche. Tarde. Si no estoy aquí, espérame.

—Bucky...

—Más tarde, padre.

Esa tarde telefoneé y dije que estaba enfermo; esa noche cometí dos delitos.

Mi primera víctima estaba trabajando; llamé a la División de Personal y fingí que era un chupatintas encargado de las nóminas para conseguir su dirección y su número telefónico. El agente que cogió el teléfono me lo dijo sin problemas; cuando anochecía, aparqué al otro lado de la calle y contemplé el apartamento al que John Vogel llamaba hogar.

La casa tenía cuatro plantas, era de estuco y se encontraba cerca de la línea divisoria entre Los Ángeles y Culver City; una estructura de un rosa asalmonado flanqueada por edificios idénticos pintados de marrón y verde claro. En la esquina había un teléfono público; lo usé para marcar el número de «Mal Aliento» Johnny, una precaución extra para asegurarme de que el bastardo no se encontraba allí. Sonaron veinte timbrazos sin que contestaran. Anduve tranquilamente hacia la casa, encontré una puerta que tenía puesto «Vogel» en la ranura del correo, metí una horquilla doblada en la cerradura y me franqueé la entrada.

Una vez dentro, contuve el aliento, medio a la espera de que un perro asesino saltara sobre mí. Comprobé el dial luminoso de mi reloj, decidí que lo máximo serían diez minutos y forcé la vista en busca de una luz que encender.

Mis ojos distinguieron una lámpara de pie. Me dirigí hacia ella y tiré del cordoncillo, iluminando una salita bastante ordenada. Había un sofá con sillones haciendo juego, una chimenea de imitación, fotos de Rita Hayworth, Betty Grable y Ann Sheridan pegadas con cinta adhesiva a la pared, y lo que parecía una auténtica bandera japonesa capturada en combate que cubría la mesita del café. El teléfono estaba en el suelo, junto al sofá, con una agenda cerca de él; pasé allí la mitad del tiempo de permanencia que me había concedido a mí mismo. Comprobé cada página. No figuraban ni Betty Short ni Charles Issler y ninguno de los nombres anotados repetía los del archivo principal o los nombres del «librito negro» de Betty. Cinco minutos perdidos, cinco más que gastar.

Anexos a la sala había una cocina-comedor y un dormitorio. Apagué la luz y me moví en la oscuridad hacia la puerta de éste que estaba medio abierta. Tanteé la pared con la mano, en busca de un interruptor. Cuando lo encontré, encendí la luz.

Una cama por hacer, cuatro paredes repletas de banderas japonesas y una gran cómoda con cajones fueron reveladas por el resplandor. Abrí el primer cajón, allí había tres Luger alemanas, cargadores de repuesto y un montón de balas sueltas... Me reí al trabar conocimiento con «Eje» Johnny. Luego abrí el cajón del medio y todo mi cuerpo empezó a hormiguear.

Arneses de cuero negro, cadenas, látigos, collares de perro con remaches metálicos, y condones hechos en Tijuana que te daban quince centímetros extra y una punta como un garrote... Libritos con fotos de mujeres desnudas azotadas por otras mujeres mientras chupaban las grandes pollas de tipos ataviados con arneses de cuero. Primeros planos que capturaban la grasa, las marcas de la aguja, la laca mellada de las uñas y los ojos vidriados por la droga. Nada de Betty Short, ni de Lorna Martilkova, ni una señal del telón de fondo egipcio de *Esclavas del infierno* o una conexión con Duke Wellington pero el surtido de látigos —«ligeras marcas de látigo», según el forense— bastaba para convertir a Johnny Vogel en el sospechoso número uno del caso *Dalia.* Cerré los cajones y apagué la luz. Después caminé de puntillas hasta la sala y encendí la lámpara de pie, alargando luego la mano hacia la agenda. El número de «Papá & Mamá» era el Granite-9401. Si no obtenía respuesta, mi segundo delito de allanamiento de morada se encontraba a diez minutos en coche.

Marqué; el teléfono de Fritz Vogel sonó veinticinco veces. Apagué la luz y salí a toda velocidad.

Cuando detuve el coche ante la casita de madera de Vogel Senior, ésta se hallaba totalmente a oscuras. Permanecí sentado detrás del volante recordando el escenario de mi visita anterior, dos dormitorios al final de un largo pasillo, la cocina, un porche trasero y una puerta cerrada que había delante del cuarto de baño. Si Fritzie disponía de una madriguera privada, tenía que ser ésa.

Fui por el sendero hasta la parte trasera de la casa. La puerta de alambre que daba al porche se encontraba abierta; anduve de puntillas, y pasé junto a una lavadora para llegar a la barrera que protegía la casa propiamente dicha. Esa puerta era de madera sólida pero al tantear el quicio, descubrí que estaba unida a la pared sólo mediante un gancho y un aro metálico. Sacudí el pomo y noté que daba mucho juego; si podía hacer saltar la piececita metálica, me encontraría dentro.

Me puse de rodillas y busqué por el suelo, deteniéndome cuando mi mano encontró un pedazo alargado de metal. Le di vueltas entre mis dedos igual que un ciego.

Me di cuenta de que había encontrado un alambre para medir el contenido de aceite. Sonreí ante mi suerte, me puse en pie y abrí la puerta.

Me concedí un máximo de quince minutos, y avancé por la cocina hasta el pasillo, que comencé a recorrer con las manos ante mí para detectar los obstáculos invisibles. Dentro del cuarto de baño brillaba una de esas lucecitas que se dejan encendidas por la noche... y que me indicó el camino hacia lo que yo esperaba fuera el escondite secreto de Fritzie. Giré el pomo... y la puerta se abrió.

La pequeña habitación estaba a oscuras. Avancé, siguiendo la pared, dándome contra los marcos. Sentí un pavor helado cuando mi pierna rozó un objeto alto y no muy grueso. Éste estuvo a punto de volcarse antes de que comprendiera que se trataba de una lámpara de pie y alargase la mano hacia lo alto, para encenderla.

Luz.

Los marcos eran fotos de Fritzie en uniforme, de paisano y en posición de firmes, con el resto de su clase de la academia en 1925. En la pared del fondo había un escritorio encarado hacia una ventana cubierta por una cortina de terciopelo, así como una silla giratoria y un archivador.

Abrí el primer cajón y mis dedos hurgaron por entre carpetas de papel manila con sellos que decían: «Archivo Dtos. – División Central» «Archivo Dto. – División Robos», «Archivo Dto. – División Atracos», todos ellos con los nombres de los individuos escritos a máquina en solapillas. Comprobé las primeras hojas de las tres carpetas situadas al principio pues quería encontrar alguna especie de denominador común... y descubrí que en cada una de ellas sólo había una copia hecha en papel carbón.

Pero aquellas hojas de papel bastaban.

Eran registros financieros, listas de balances bancarios y otras propiedades, datos económicos sobre conocidos criminales a los que el Departamento no podía tocar legalmente. Lo que había escrito en la cabecera de cada hoja lo dejaba bien claro; se trataba de los datos que el Departamento de Policía de Los Ángeles daba a los federales para que ellos pudieran iniciar investigaciones por evasión de impuestos. Había notas escritas a mano que llenaban los márgenes: números de teléfono, nombres y direcciones, y reconocí la letra de Fritzie Vogel.

Sentía mi aliento frío, que entraba y salía rápidamente de mis pulmones mientras pensaba: «Cálmate. O les está apretando los tornillos a esos delincuentes en base a los informes que hay en otros archivos o les da aviso de lo que les va a caer encima por parte de los federales.»

Extorsión en primer grado.

Robo y posesión no autorizada de documentos oficiales de la policía de Los Ángeles.

Poner en peligro el avance de investigaciones federales.

Pero nada de Johnny Vogel, Charlie Issler o Betty Short.

Miré catorce carpetas más y encontré los mismos informes financieros sucintamente garabateados en todas ellas. Me aprendí de memoria los nombres de las solapillas y luego pasé al último cajón. En la primera carpeta que contenía vi «Archivo Delinc. Conocidos – División Antivicio»... y supe que había dado con el gran pastel.

La página uno detallaba los arrestos, las condenas y la carrera de confesiones de Charles Michael Issler, blanco, varón, nacido en Joplin, Missouri, en 1911; la página dos contenía la lista de sus «Relaciones Conocidas». Un «libro de putas» de junio de 1946, que había sido comprobado por el encargado de su libertad condicional, me dio seis nombres de chicas, seguidos por números de teléfono, las fechas de arresto y sus condenas por prostitución. Bajo el encabezamiento «?—Sin historial como prostitutas» había cuatro nombres femeninos más. El tercer nombre era «Liz Short –¿De paso?».

Miré la página tres y fui leyendo la columna encabezada como «RC, cont.» y un nombre en ella me produjo el mismo efecto que si me hubieran clavado un lanzazo: «Sally Stinson.» Se hallaba en el librito negro de Betty Short y ninguno de los cuatro equipos de interrogadores había sido capaz de localizarla. Junto a su nombre, entre paréntesis, algún poli de la Antivicio había anotado: «Trabaja el bar del Biltmore – tipos de las convenciones.» La anotación estaba rodeada por circulitos hechos con la tinta de color que Fritzie usaba.

Me obligué a pensar como un detective, no como un niño encantado ante la perspectiva de una venganza. Aparte el asunto de la extorsión, lo cierto era que Charlie Issler conocía a Betty Short. Ésta a Sally Stinson, quien se prostituía en el Biltmore. Fritz Vogel no quería que nadie supiera eso. Era probable que hubiera preparado el circo del almacén para descubrir lo que Sally y/o sus otras chicas le habían contado a Issler sobre Betty y los hombres con los cuales había estado recientemente.

«He demostrado que no soy ningún marica. Los homosexuales no podrían hacer lo que yo hice. Ya me he estrenado, así que no me llames eso.»

Volví a ordenar las carpetas, cerré el cajón, apagué la luz y pasé de nuevo el gancho de la puerta trasera antes de salir por la principal, igual que si fuera el propietario de la casa. Me preguntaba si habría alguna conexión entre Sally Stinson y la letra S que faltaba en el archivo del hotel. Camino de mi coche me di cuenta de que era imposible que la hubiera... Fritzie no sabía nada sobre la existencia de la habitación del hotel El Nido. Y, entonces, se me ocurrió otra idea: si Issler hubiera empezado a hablar sobre «Liz» y sus trucos, yo podía haberme enterado de lo que dijera. Fritzie confiaba en su capacidad para mantenerme callado. Le haría pagar caro el que me hubiera subestimado.

Russ Millard me esperaba con dos palabras preparadas:

—Informe, agente.

Le conté la historia con todo detalle. Cuando hube terminado, él le hizo un saludo a la Elizabeth Short de la pared.

—Estamos progresando, querida —dijo, y extendió su mano hacia mí con un gesto teatral.

Nuestro apretón de manos fue parecido al de un padre y su hijo después del gran partido.

—¿Y ahora qué, padre?

—Ahora vuelves al trabajo como si nada de esto hubiera ocurrido. Harry y yo interrogaremos a Issler en la granja de los chiflados y asignaré unos cuantos hombres para que busquen a Sally Stinson en su zona.

Tragué saliva.

—¿Y Fritzie?

—Tendré que pensar en ello.

—Quiero verle crucificado.

—Ya lo sé. Pero debes pensar en esto: los hombres a quienes ha extorsionado son criminales que nunca prestarían testimonio contra él en los tribunales, y si se entera del registro y destruye sus copias de los informes, ni tan siquiera seremos capaces de hacerle cargar con una falta contra las normas del Departamento. Todo esto requiere ser corroborado, así que, por el momento, el asunto queda limitado a nosotros dos. Y lo mejor será que tú te calmes y controles tu temperamento hasta que haya terminado.

—Quiero ser yo quien le coja —dije.

Russ asintió.

—No dejaré que ocurra de otra forma.

Cuando iba hacia la puerta, saludó a Elizabeth con una leve inclinación del ala de su sombrero.

Volví a la ronda y seguí mi juego de blando; Russ puso hombres en la calle para que buscaran a Sally Stinson. Un día más tarde me llamó a casa con una dosis de malas noticias y otra de buenas.

Charles Issler había encontrado un abogado para que redactara una demanda de *habeas corpus* en su nombre; y lo habían liberado de la granja de Mira Loma hacía tres semanas. Su apartamento de Los Ángeles estaba limpio; resultaba de todo punto imposible encontrarle. Eso era igual que una patada en los huevos pero que confirmara el hecho de que Vogel se dedicaba a la extorsión casi lo compensaba.

Harry Sears comprobó el historial de arrestos hechos por Fritzie, desde el año 1934 hasta su posición actual en la Central de Detectives. En un momento u otro, Vogel había arrestado a cada uno de los nombres que figuraban en sus copias de informes del FBI y el Departamento de Policía de Los Ángeles. Y los federales no habían logrado condenar ni a uno solo de ellos.

Al día siguiente tenía el turno libre y lo pasé con el archivo del hotel, durante todo el tiempo no pensaba en otra cosa: corroboración. Russ llamó para decir que no había conseguido ninguna pista sobre el paradero de Issler, quien daba la impresión de haberse largado de la ciudad. Harry mantenía a Johnny Vogel bajo discreta vigilancia tanto dentro como fuera del trabajo; un tipo del sheriff metido en la Antivicio, en Hollywood Oeste, había estado hablando con él y le había dado unas cuantas direcciones de relaciones conocidas... amistades de Sally Stinson. Russ me dijo media docena de veces que me lo tomara con calma y no hiciera ninguna locura. Sabía condenadamente bien que yo ya había metido en mente a Fritzie en la cárcel de Folsom y a Johnny en la Pequeña Habitación Verde.

Tenía que volver al trabajo el jueves y me levanté temprano para pasar una larga mañana con el archivo del hotel. Mi café se estaba haciendo cuando el teléfono sonó.

Cogí el auricular.

—¿Sí?

—Russ. Tenemos a Sally Stinson. Reúnete conmigo en el 1546 de Havenhurst Norte dentro de media hora.

—Voy para allá.

La dirección correspondía a un edificio de apartamentos construidos igual que un castillo español: cemento encalado al que le habían dado la forma de almenas ornamentales, con balcones coronados por zócalos gastados por el sol. Pequeños caminos ascendentes llevaban hasta las puertas de cada apartamento; Russ se encontraba ante una de ellas, a la derecha.

Dejé el coche en una zona roja y fui trotando hacia

él. Un hombre vestido con un traje arrugado y un sombrero de papel de los que dan en las fiestas bajaba por el caminito, una estúpida sonrisa de felicidad alegraba su rostro.

—El siguiente, ¿eh? —dijo con voz pastosa—. ¡*Oh la la*, esta chica nunca para!

Russ me precedió por los escalones. Llamé a la puerta; una rubia que ya no era joven y llevaba el cabello revuelto y el maquillaje fuera de sitio la abrió con brusquedad.

—¿Qué te has olvidado ahora? —preguntó y luego añadió—: Oh, mierda.

Russ le enseñó su placa.

—Policía de Los Ángeles. ¿Es usted Sally Stinson?

—No, soy Eleanor Roosevelt. Oiga, últimamente he cumplido con el sheriff mucho más de lo que me tocaba cumplir, así que en cuanto a efectivo estoy a cero. ¿Quiere lo otro?

Di un paso hacia delante, y me dispuse a entrar sin demasiadas contemplaciones cuando Russ me cogió del brazo.

—Señorita Stinson, es sobre Liz Short y Charlie Issler y será aquí o en la cárcel de mujeres.

Sally Stinson agarró su albornoz con fuerza, para ceñírselo más al cuerpo.

—Oiga, ya le dije al otro tipo que...

Se calló y se rodeó el rostro con los brazos. Tenía el aspecto de la víctima atontada que se enfrenta al monstruo en las viejas películas de horror; yo sabía con toda exactitud quién era su monstruo.

—No trabajamos con él. Sólo queremos hablar de Betty Short.

Ella nos midió con la mirada.

—¿Y él no se va a enterar?

Russ le dedicó una veloz sonrisa de padre-confesor, y mintió.

—No, será algo estrictamente confidencial.

Sally se apartó del umbral. Russ y yo entramos en el vestíbulo de un picadero arquetípico: muebles baratos, paredes desnudas, las maletas alineadas en un rincón para una despedida rápida... Sally cerró la puerta y pasó el pestillo.

—¿Quién es el tipo del que hablamos, señorita Stinson?

Russ se arregló el nudo de la corbata; yo cerré el pico. Sally nos señaló el sofá con un dedo.

—Que sea rápido. Volver sobre las viejas penas va en contra de mi religión.

Me senté; a unos centímetros de mi rodilla se abrió un agujero por el que asomó algo de relleno y la punta de un muelle. Russ se instalo en una silla y saco su cuaderno; Sally se acomodó encima de las maletas, con la espalda pegada a la pared y los ojos clavados en la puerta igual que si fuera una consumada artista de la fuga. Empezó con la frase de presentación más conocida en todo el repertorio del caso Short.

—No sé quién la mató.

—Me parece bien, pero empecemos por el principio —dijo Russ—. ¿Cuándo conoció a Liz Short?

Sally se rascó el escote.

—El verano pasado. Junio, quizá.

—¿Dónde?

—En el bar del Yorkshire House Grill. Yo estaba algo bebida, esperaba a mi... esperaba a Charlie I. En esos momentos, Liz se trabajaba a un vejestorio con pinta de rico, pero se le estaba yendo la mano. Acabó asustándolo. Después, nos pusimos a conversar y entonces apareció Charlie.

—¿Y luego, qué? —pregunté.

—Bueno, descubrimos que los tres teníamos montones de cosas en común. Liz comentó que le hacía falta dinero, Charlie dijo: «Quieres ganar deprisa un par de billetes.» Y Liz respondió: «Claro.» Charlie nos mandó a las dos a una convención de representantes del ramo textil en el Mayflower.

—¿Y?

—Y Liz era sobeeeerbia. Si quiere detalles, espere a que publique mis memorias. Pero voy a decirle algo: soy bastante buena cuando toca fingir que hacerlo me encanta pero Liz resultaba magnífica. Tenía la manía de no quitarse las medias pero era toda una virtuosa. Se merecía un Oscar de la Academia de Hollywood.

Pensé en la película... y en la extraña herida que había en el muslo izquierdo de Betty.

—¿Sabe si liz apareció en alguna película pornográfica?

Sally meneó la cabeza.

—No, pero si lo hizo tenía que estar sobeeeerbia.

—¿Conoce a un hombre llamado Walter «Duke» Wellington?

—No.

—¿Y a Linda Martin?

—Nanay.

Russ me relevó.

—¿Trabajó alguna otra vez con Liz?

—Cuatro o cinco veces durante el verano pasado —dijo Sally—. En los hoteles. Siempre con tipos de convenciones.

—¿Recuerda algunos nombres? ¿Sus organizaciones? ¿Aspectos?

Sally se rió y volvió a rascarse el escote.

—Señor Policía, mi primer mandamiento es mantener los ojos cerrados y tratar de olvidar. Soy muy buena en eso.

—¿Alguno de los trabajos los llevaron a cabo en el Biltmore?

—No. El Mayflower, el Casa Hacienda. Puede que el Rexford.

—¿Hubo algún hombre que reaccionara de forma extraña ante Liz?

¿Alguien que se pusiera duro con ella?

Sally lanzó una carcajada que pareció un rebuzno.

—La mayor parte estaban encantados de lo bien que sabía fingir.

Impaciente por llegar a Vogel, cambié de tema.

—Hábleme de usted y Charlie Issler. ¿Sabía que confesó haber matado a la *Dalia*?

—No, al principio no lo supe —repuso Sally—. Luego... bien, de todas formas no me sorprendió al enterarme. Charlie tiene lo que podría llamarse una compulsión de confesar. Si a una zorra la matan y la cosa sale en los periódicos, adiós a Charlie; ya puedes sacar la tintura de yodo en cuanto vuelva, porque siempre se asegura de que los chicos del tubo de goma le hayan trabajado bien.

—¿Por qué cree usted que lo hace? —le preguntó Russ.

—¿Qué le parece lo de tener la conciencia culpable?

—¿Qué le parece esto? —dije yo—. Háblenos de dónde estuvo del diez al quince de enero y luego háblenos de ese tipo que no nos gusta a ninguno.

—Me parece que en realidad no tengo donde elegir.

—Oh, sí. Hable con nosotros aquí o con una matrona en otro sitio.

Russ tiró de su corbata... con fuerza.

—¿Recuerda dónde se encontraba en esas fechas, señorita Stinson?

Sally sacó cigarrillos de sus bolsillos y encendió uno.

—Todos los que conocieron a Liz recuerdan dónde estaban entonces. Ya sabe, es igual que cuando Roosevelt murió. Sigues deseando que te fuera posible volver al pasado y cambiar las cosas, ¿sabe?

Me dispuse a disculparme por mi táctica pero Russ se me adelantó.

—Mi compañero no tenía intención de ser desagradable, señorita Stinson. Para él este asunto es algo casi personal.

Era la frase perfecta. Sally Stinson tiró su cigarrillo al suelo, lo aplastó con el pie descalzo y luego le dio unas palmaditas a las maletas.

—Tan pronto como ustedes salgan por esa puerta yo le diré adiós a esto. Se lo contaré pero no se lo repetiré ante el fiscal del distrito, ni ante el Gran jurado ni ante otros polis. Hablo en serio. Cuando salgan por esa puerta, pueden despedirse de Sally.

—Trato hecho —dijo Russ. El rostro femenino cobró un poco más de color; eso y la ira que había en sus ojos le quitaron diez años de encima por lo menos.

—El viernes diez, recibí una llamada en el hotel donde me alojaba. Un tipo me dice que es amigo de Charlie y que quiere contratarme para un chaval que no se ha estrenado. Una sesión de dos días en el Biltmore, uno de cien y la mitad de otro. Yo le adviento que no he visto a Charlie desde hace tiempo, ¿cómo ha conseguido mi número? El tipo dice: «No importa, reúnete conmigo y con el chico mañana al mediodía, delante del Biltmore.»

»No tengo ni un centavo, así que digo de acuerdo y voy a verles. Duros por fuera y blandos por dentro, como una bolsa de guisantes, en seguida veo que son padre e hijo, y polis. El dinero cambia de manos. El chaval tiene halitosis pero he visto cosas peores. Me dice cuál es el nombre de su papaíto y yo me asusto un poco, pero papaíto se larga y el chaval resulta manso, tanto que puedo ocuparme de él sin problemas.

Sally encendió otro cigarrillo. Russ me pasó las fotos de los Vogel sacadas del Departamento de Personal; se las pasé a Sally.

—Blanco —dijo ella, y les quemó los rostros con la punta de su Chesterfield; luego, siguió hablando—: Vogel había alquilado una suite. Sonny y yo empezamos y él intentó que yo jugara con todos esos cachivaches raros que se había traído. «Nanay, nanay, nanay», le dije. Me prometió veinte más si le dejaba que me azotara un poquito, suave, sólo para divertirse. «Cuando se congele el infierno», le contesté. Entonces, él...

Interrumpí su relato.

—¿Habló de películas? ¿Cosas de lesbianas?

Sally bufó.

—Bueno... habló de béisbol y de su chisme. El Gran Schnitzel lo llamaba y, ¿sabe una cosa?, no lo era.

—Siga, señorita Stinson —dijo Russ.

—Bueno, estuvimos jodiendo toda la tarde y yo tuve que escuchar como el niño parloteaba sobre los Dodgers de Brooklyn y el Gran Schnitzel hasta que no pude aguantar más. Entonces le dije: «Vamos a cenar y a tomar un poco de aire fresco.» Y bajamos al vestíbulo.

»Y allí está Liz, sentada y sola. Me dice que necesita dinero, y dado que observo la mirada del chaval y veo que ella le gusta, preparo un trabajito particular dentro del otro trabajito. Volvemos a la suite y yo me tomo un respiro mientras que ellos se lo hacen en el dormitorio. Ella sale a eso de las doce y media, y me susurra:

346

"Pequeño Schnitzel." Nunca más volví a ver a Liz hasta que me encontré su foto en los periódicos.

Dirigí mis ojos a Russ. Él articuló la palabra «Dulange». Asentí. Me imaginaba a Betty Short vagando por la ciudad hasta encontrar a Joe «el francés» la mañana del doce. Los días perdidos de la *Dalia* empezaban a quedar aclarados.

—¿Y después usted y John Vogel volvieron a lo de antes? —preguntó Russ.

Sally arrojó al suelo las fotos.

—Sí.

—¿Le habló de Liz Short?

—Dijo que a ella le había encantado mucho el Gran Schnitzel.

—¿Habló de si habían hecho planes para volver a verse?

—No.

—¿Hizo mención de su padre y de Liz, fuera en el contexto que fuese?

—No.

—¿Qué comentó de Liz?

Sally se rodeó el cuerpo con los brazos.

—Dijo que le gustaba jugar a su misma clase de juegos. «¿Cuáles?», le pregunté. Sonny dijo: «Amo y Esclava» y «Poli y Puta».

—Acabe de contarlo. Por favor —le pedí.

Sally clavó los ojos en la puerta.

—Dos días después de que Liz saliera en todos los periódicos, Fritz Vogel fue a mi hotel y me dijo lo que el chaval le contó, que lo había hecho con ella. Me explicó que había sacado mi nombre de algún archivo policial y me interrogó sobre mis... empresarios. Mencioné a Charlie I. Al oír el nombre, Vogel se acordó de él y de los tiempos en que trabajaba con la Antivicio. Entonces

347

se asustó, porque se acordó de que Charlie tenía ese problema con las confesiones. Llamó a un compañero suyo desde mi teléfono y le dijo que buscara no sé qué expediente de Charlie en la Antivicio, luego hizo otra llamada y se volvió loco porque la persona con la cual habló le dijo que Charlie ya estaba detenido, y que había confesado lo de Liz.

»Después, me pegó. Me hizo montones de preguntas, cosas como si Liz le hablaría a Charlie de que lo había hecho con el hijo de un poli. Yo le dije que Charlie y Liz no eran amigos, sólo conocidos, que él había encontrado trabajo para ella unas cuantas veces, hacía ya meses, pero Vogel no paraba de golpearme, dijera lo que dijese; al final, amenazó con matarme si le contaba a la policía lo de su hijo y la *Dalia*.

Me puse en pie para marcharme; Russ seguía sentado, sin moverse.

—Señorita Stinson, ha dicho que cuando John Vogel le mencionó el nombre de su padre usted se asustó. ¿Por qué?

—Una historia que había oído contar.

De repente, pareció algo más que desgastada por la vida... pareció una antigüedad.

—¿Qué clase de historia?

El susurro de Sally se quebró.

—Cómo lo expulsaron de la Antivicio.

Recordé lo que Bill Koenig me había dicho... Fritzie había pillado la sífilis con alguna puta cuando trabajaba en la Antivicio y le hicieron tomar la cura del mercurio.

—Había pillado algo feo, ¿no?

Sally consiguió que su voz sonara normal.

—Oí contar que pilló la sífilis y que se volvió loco. Pensó que se la había pegado una chica de color, por lo que fue a ese burdel de Watts y obligó a todas las chicas a que se acostaran con él antes de someterse a la cura. Se la frotó a todas en la cara, en los ojos, y dos de las chicas se quedaron ciegas por ello.

Yo sentía las piernas más flojas que aquella noche del almacén.

—Gracias, Sally —dijo Russ.

—Vamos a por Johnny —le urgí yo.

Cogimos el coche para ir a la parte baja. Johnny había estado trabajando en el turno de día con algunas horas extra, por lo que yo sabía que a las once de la mañana teníamos una buena oportunidad de pillarle a solas.

Conduje con lentitud pues buscaba su familiar silueta envuelta en el uniforme de sarga azul. En el salpicadero Russ guardó una jeringuilla y una ampolla de Pentotal que había quedado de cuando interrogaron a Red Manley; incluso él sabía que para ese trabajo haría falta la fuerza bruta. Íbamos por el callejón que había detrás de la Misión Jesús Salva cuando lo localicé... Se encontraba solo, y le buscaba las cosquillas a un par de vagabundos que habían hurgado en un cubo de basura.

Salí del coche.

—¡Eh, Johnny! —grité.

Vogel Junior agitó un dedo ante las caras de los vagabundos y vino hacia mí, los pulgares metidos en su cinturón Sam Browne.

—¿Qué haces vestido de civil, Bleichert? —me dijo.

Le solté un gancho en la barriga. Se dobló limpiamente; entonces lo agarré por la cabeza y se la golpeé contra el techo del vehículo. Johnny se derrumbó, casi inconsciente. Lo sostuve para que Russ le subiera la manga izquierda y le metiera el jarabe de la estupidez en la vena del brazo.

Ahora estaba inconsciente por completo. Cogí la 38 de su funda, la tiré al asiento delantero y metí a Johnny en el posterior. Me puse a su lado y Russ se encargó del volante. Salimos quemando neumáticos por el callejón mientras que los vagabundos nos saludaban con la mano aún con restos de comida que habían encontrado en el cubo de la basura.

El trayecto hasta El Nido duró una media hora. Johnny se reía suavemente en el sopor producido por la droga y, en un par de ocasiones, estuvo a punto de recobrar el conocimiento; Russ conducía en silencio. Cuando llegamos al hotel, Russ echó un vistazo al vestíbulo, comprobó que estuviera vacío y desde la puerta me hizo una seña de que podía entrar. Me eché a Johnny sobre el hombro y lo llevé hasta la habitación 204... el minuto de trabajo más duro de toda mi vida.

La subida por la escalera lo animó bastante; cuando le dejé caer en una silla, los párpados se le movían y le esposé la muñeca izquierda a una tubería del radiador.

—El efecto del Pentotal durará unas cuantas horas más —dijo Russ—. No puede mentirnos, es imposible.

Mojé una toalla en el lavabo y la puse sobre el rostro de Johnny. Él tosió y retiré la toalla.

Johnny se rió.

—Elizabeth Short —dije yo, y señalé las fotos de la pared.

—¿Qué pasa con ella? —murmuró Johnny, el rostro como de goma y la voz pastosa.

Le di una dosis de toalla, como si le estuviera limpiando las telarañas. Johnny farfulló algo; yo dejé caer la toalla húmeda sobre su regazo.

—¿Qué pasa con Liz Short? ¿La recuerdas?

Johnny se rió; Russ me hizo una seña para que me sentara junto a él sobre la barandilla de la cama.

—Esto tiene un método propio. Deja que yo le haga las preguntas. Limítate a contener tu mal genio.

Asentí. Ahora Johnny había logrado enfocarnos a los dos pero sus pupilas eran como cabezas de alfiler y sus rasgos se habían aflojado en una expresión extraña.

—¿Cuál es tu nombre, hijo? —preguntó Russ.

—Ya lo conoces, capullo —repuso Johnny, su voz perdiendo la pastosidad.

—Dímelo de todos modos.

—Vogel, John Charles.

—¿Cuándo naciste?

—El seis de mayo de mil novecientos veintidós.

—¿Cuánto son dieciséis más cincuenta y seis?

Johnny estuvo pensando durante un instante y dijo:

—Setenta y dos —y luego clavó su mirada en mí.

—¿Por qué me has pegado, Bleichert? Nunca te he tratado mal.

Chico Gordo parecía auténticamente perplejo. Yo mantuve la boca cerrada.

—¿Cuál es el nombre de tu padre, hijo? —le preguntó Russ.

—Oh, claro... como Liz. Betty, Beth, *Dalia*... montones de nombres.

—Piensa en este mes de enero, Johnny. Tu papá quería que te estrenaras, ¿verdad?

—¿Eh...?, sí.

—Te compró una mujer por dos días, ¿verdad?

—No era una mujer. No era una mujer auténtica. Una zorra. Una zooooorra. —La palabra prolongada se convirtió en una carcajada; Johnny intentó aplaudir. Una mano golpeó su pecho; la otra osciló al extremo de

351

la cadena metálica—. Esto no está bien —dijo—. Se lo contaré a papá.

—Sólo será durante un ratito —le respondió Russ tranquilamente—. Estuviste con la prostituta en el Biltmore, ¿no?

—Correcto. Papá consiguió una tarifa especial porque conocía al detective del hotel.

—Y a Liz Short también la conociste en el Biltmore, ¿no?

El rostro de Johnny se agitó en una serie de movimientos espásticos: tics en los ojos, el labio torcido, venas que sobresalían en su frente. Me recordó a un boxeador noqueado que intentara levantarse de la lona.

—Eh... sí, eso es.

—¿Quién te la presentó?

—¿Cómo se llama...? La zorra.

—¿Y qué hicisteis tú y Liz después, Johnny? Háblame de ello.

—Luego... luego nos metimos en la camita durante tres horas y jugamos. Yo le di el Gran Schnitzel. Jugamos a «Caballo y jinete» y Liz me gustaba, así que la azoté muy suave. Era mejor que la zorra rubia. No se quitaba las medias, porque decía que tenía una marca de nacimiento que nadie podía mirar. Le gustaba el Schnitzel y me dejó que la besara sin haber hecho gárgaras con Listerine como hacía la rubia, y con ella el gusto me daba náuseas.

Pensé en la señal que Betty tenía en el muslo y contuve el aliento.

—Johnny, ¿mataste a Liz? —preguntó Russ.

Chico Gordo se removió en su silla.

—¡No! ¡No no no no! ¡No!

—Ssssh. Tranquilo, hijo, tranquilo. ¿Cuándo te dejó Liz?

—¡Yo no la maté!

—Te creemos, hijo. Ahora, ¿cuándo te dejó Liz?

—Tarde. Tarde, el sábado. Quizá eran las doce, quizá la una.

—¿Te refieres a la madrugada del domingo?

—Sí.

—¿Dijo adónde iba?

—No.

—¿Mencionó el nombre de algún tipo? ¿Novios? ¿Hombres que iba a ver?

—Eh... un tipo con el que estaba casada.

—¿Eso es todo?

—Sí.

—¿Volviste a verla?

—No.

—¿Conocía tu padre a Liz?

—No.

—¿Hizo que el detective del hotel cambiara el nombre en el registro después de que el cuerpo de Liz fue encontrado?

—Eh... sí.

—¿Sabes quién mató a Liz Short?

—¡No! ¡No!

Johnny empezaba a sudar. Yo también... anhelaba encontrar hechos con los cuales crucificarle, porque ahora empezaba a parecerme que su relación con la *Dalia* había sido cosa de una noche tan sólo.

—Le contaste a tu padre lo de Liz cuando ella salió en los periódicos, ¿verdad? —dije.

—Eh... sí.

—¿Y él te habló de un tipo llamado Charlie Issler? ¿Un tipo que había sido proxeneta de Liz Short?

—Sí.

—¿Y te dijo que Issler estaba detenido porque había confesado?

—Eh... sí.

—Bueno, imbécil, ahora cuéntame lo que él te dijo que haría al respecto. Cuéntamelo, muy despacito y con mucho detalle.

Chico Gordo, siempre amante de las atrocidades, se sintió motivado por ese desafío.

—Papá intentó que el judío Ellis soltara a Issler pero él no quería hacerlo. Papá conocía a un ayudante del depósito de cadáveres que le debía un favor, y él tenía ese fiambre sin identificar y convenció al judío para que aceptara su idea. Papá quería al tío Bill para el asunto, pero el judío dijo que no, que te llevara. Papá dijo que servirías porque sin Blanchard para decirte lo que debías hacer eras como gelatina. Dijo que eras una hermanita de la caridad, un blando, un dientes de caballo...

Johnny empezó a reírse con carcajadas histéricas al tiempo que sacudía la cabeza y nos rociaba de sudor, haciendo sonar la esposa de su muñeca igual que un animal del zoológico con un nuevo juguete. Russ se acercó a mí.

—Haré que firme una declaración. Necesitaremos una media hora para que se calme. Le daré café y cuando vuelvas pensaremos en lo que debemos hacer luego.

Fui hasta la salida de incendios, me senté en ella y dejé colgar las piernas en el vacío. Estuve mirando los coches que subían por Wilcox hacia Hollywood y pensé en el precio que esto me exigiría cuando todo hubiera terminado. Después, me puse a jugar al *blackjack* con los números de las matrículas, los que iban hacia el sur contra los que se dirigían al norte; con los coches que no eran del Estado como *jokers*. Los del sur me representaban a mí, la casa; los del norte, a Lee y Kay. El sur se quedó con un miserable diecisiete; el norte consiguió un as y una reina para un *blackjack* puro. Con mi dedicatoria del jaleo a nosotros tres, volví a la habitación.

Johnny Vogel estaba firmándole la declaración a Russ, la cara roja y sudorosa, con unos temblores realmente malos. Leí la confesión por encima de su hombro: explicaba limpiamente lo de Biltmore, Betty y la paliza que Fritzie le dio a Sally Stinson, de forma sucinta y lista para ser bailada con música de cuatro faltas y dos delitos graves.

—Quiero mantener esto en silencio por el momento —dijo Russ—, y deseo hablar con alguien del departamento legal.

—No, padre —dije y me volví hacia Johnny—. Estás arrestado por pagar a una prostituta, ocultar pruebas, obstruir la acción de la justicia y ser cómplice de una agresión en primer grado.

—Papá —farfulló Johnny, y miró a Russ.

Éste me miró... y me alargó la declaración. La guardé en mi bolsillo y le esposé las muñecas a Johnny por detrás de la espalda mientras que él sollozaba muy bajito.

El padre suspiró.

—Vivirás entre la mierda hasta que te jubiles.

—Lo sé.

—Nunca volverás a la Central.

—Ya he probado la mierda, padre, y me voy acostumbrando a ella. No creo que sea tan malo.

Llevé a Johnny hasta mi coche y conduje las cuatro manzanas hasta la comisaría de Hollywood. En los escalones delanteros había periodistas y cámaras; cuando vieron a un tipo de paisano que llevaba a un poli uniformado y esposado se volvieron locos. Los flashes empezaron a estallar, los sabuesos de la prensa me reconocieron y gritaron mi nombre y yo les respondí «Sin comentarios», también a gritos. En el interior, policías uniformados de azul contemplaban boquiabiertos el espectáculo. Llevé a Johnny de un empujón hasta el mostrador y, en un murmullo, le hablé al oído:

—Dile a tu papaíto que estoy enterado del negocio de extorsión que tiene montado con los informes federales, y que sé lo de la sífilis y el burdel de Watts. Dile que mañana iré a los periódicos con todo eso.

Johnny empezó a sollozar de nuevo sin hacer ruido. Un teniente de uniforme se acercó a nosotros.

—Por Dios, ¿a qué viene todo esto? —balbuceó.

Un flash hizo explosión casi en mis ojos; ahí estaba Bevo Means, con su cuadernillo preparado.

—Soy el agente Dwight Bleichert y éste es el agente John Charles Vogel. —Le entregué la declaración al teniente y le guiñé el ojo—. Enciérrelo.

Almorcé un bistec enorme y luego fui a la comisaría Central y a mi patrulla de costumbre. Cuando me dirigía a los vestidores oí ladrar el intercomunicador:

—Agente Bleichert, vaya de inmediato a la oficina del comandante de turno.

Cambié de dirección y llamé a la puerta del teniente Jastrow.

—Está abierto —me respondió él.

Entré y saludé igual que si fuera un recluta lleno de ideales. Jastrow se puso en pie, ignoró mi saludo y se ajustó las gafas como si me estuviera viendo por primera vez.

—A partir de ahora tiene dos semanas de permiso, Bleichert. Cuando vuelva, preséntese al jefe Green. Será asignado a otro departamento.

—¿Por qué? —pregunté, con la intención de sacarle todo el jugo a ese momento.

—Fritz Vogel acaba de volarse la tapa de los sesos. Ése es el porqué.

Mi saludo al despedirme fue dos veces más rígido que el primero; Jastrow volvió a ignorarlo. Crucé el vestíbulo y, entretanto, pensaba en las dos putas ciegas y me preguntaba si acabarían enterándose de eso o si les importaría algo. La sala común estaba llena de policías que esperaban el reparto de los turnos... el último obstáculo antes de llegar al estacionamiento y a casa. Me enfrenté a él muy despacio, tieso como un soldado, mirando a los ojos que buscaban los míos y obligándoles a bajar la vista. Todos los siseos de «traidor» y «bolchevique» me llegaron cuando yo ya les daba la espalda. Casi había cruzado el umbral cuando oí aplausos y me volví para ver a Russ Millard y Thad Green, que me despedían de esa forma.

24

Exiliado a la casa de la mierda y orgulloso de ello; dos semanas que matar antes de que empezara a cumplir sentencia en algún pútrido puesto avanzado de la policía de Los Ángeles. Al arresto-suicidio de Vogel le dieron una capa de barniz con el fin de que pasara como unas cuantas faltas contra los reglamentos y la vergüenza de un padre ante la ignominia. Cerré mis días de gloria de la única forma que me parecía decente: persiguiendo al hombre que había desaparecido.

Empecé a reconstruir su acto de escamoteo en Los Ángeles.

Repetidas lecturas del libro de arrestos de Lee no me proporcionaron dato alguno. Durante mi interrogatorio a las lesbianas del Escondite de La Verne, les pregunté si el señor Fuego había aparecido una segunda vez para molestarlas... sólo conseguí respuestas negativas y unas cuantas burlas. El padre me pasó a hurtadillas una copia de todo el archivo de arrestos hechos por Blanchard: no me dijo nada nuevo. Kay, feliz y contenta con nuestra monogamia, me dijo que yo estaba haciendo algo peor que una estupidez... y supe que tenía miedo.

Desenterrar la conexión Issler/Stinson/Vogel me había convencido de una cosa: yo era un detective. Pensar como tal en lo concerniente a Lee era otro asunto, pero me obligué a ello. Ese ímpetu temerario que siempre había visto en él, y que yo había admirado en secreto, hizo que mi preocupación por Lee fuese aún más clara. También me preocupaban los hechos a los cuales volvía siempre:

Lee desapareció cuando la *Dalia*, la benzedrina y la inminente libertad condicional de Bobby de Witt convergieron sobre él.

Fue visto por última vez en Tijuana, cuando De Witt se dirigía hacia allí y el caso Short estaba centrado en la frontera con México.

De Witt y su compinche en el asunto de las drogas, Félix Chasco, fueron asesinados entonces, y aunque dos mexicanos cargaron con el muerto quizá sólo se trató de una tapadera, con los rurales limpiando un homicidio que no deseaban en sus libros.

Conclusión: Lee Blanchard podía haber asesinado a De Witt y Chasco, y tenía su motivo: el deseo de protegerse a sí mismo de cualquier intento de venganza y a

Kay de los posibles abusos del viejo Bobby. Conclusión dentro de esa conclusión: los motivos no me importaban.

Mi siguiente paso fue estudiar la transcripción del juicio a De Witt. En los archivos encontré más datos.

Lee dio el nombre de los informadores que le habían proporcionado la pista sobre De Witt como el «cerebro» del trabajo Boulevard-Citizens y luego dijo que se habían marchado de la ciudad para evitar represalias de los amigos de aquél. Mi llamada a los de Investigación no me dejó muy tranquilo: no tenían ningún dato sobre eso. De Witt afirmó en el juicio que todo había sido una trampa policial debida a sus antiguos arrestos por tráfico de drogas; el fiscal basó su acusación en el dinero marcado procedente del robo que fue encontrado en la casa de Bobby de Witt y en el hecho de que éste no tenía coartada para el momento del atraco. De los cuatro hombres de la banda, dos murieron en la escena del crimen, De Witt fue capturado y el cuarto seguía suelto. De Witt afirmó ignorar de quién se trataba... a pesar de que delatarle podría haberle proporcionado una reducción de sentencia.

Conclusión: quizá todo fue una trampa de la policía de Los Ángeles, quizá Lee estaba metido en ella, quizá había puesto todo eso en marcha para ganarse los favores de Benny Siegel, cuyo dinero había sido robado por los auténticos atracadores y de quien Lee estaba aterrorizado por una buena razón: había estado muy duro con su contrato de las peleas. Entonces Lee conoció a Kay en el juicio a De Witt, se enamoró de ella a su manera casta-culpable y aprendió a odiar realmente a Bobby. Conclusión dentro de esa conclusión: Kay no podía saber nada de eso. De Witt era un canalla que, por fin, había recibido su merecido.

Y la conclusión final: tenía que oírle en persona, que él me lo confirmara o negara todo.

Cuando llevaba ya cuatro días de mis «vacaciones» partí hacia México. En Tijuana distribuí pesos y monedas de diez centavos, enseñé fotos de Lee y me guardé las monedas de veinticinco centavos para adquirir «información importante». Conseguí varias cosas: rodearme de gente, ninguna pista y la certeza de que si continuaba enseñando dinero, me pisotearían. A partir de entonces me limité al tradicional intercambio confidencial de un dólar entre el poli gringo y el poli mexicano.

Los policías de Tijuana eran buitres vestidos con camisas negras que hablaban muy poco inglés... pero que entendían muy bien el lenguaje internacional. Detuve a unos cuantos «patrulleros» por la calle, les enseñé mi placa y mis fotos, metí billetes de dólar entre sus dedos y les hice preguntas en el mejor inglés-castellano del que fui capaz. Los tipos no tardaron en comprender lo que deseaba y obtuve meneos de cabeza, tacos bilingües y una extraña serie de historias que sonaban a ciertas.

En una de ellas figuraba «el blanco explosivo» que lloraba en una sesión clandestina de cine porno celebrada en el Club Chicago a finales de enero; en otra, aparecía un tipo alto y rubio que le había dado una gran paliza a tres camellos, y se había quitado a la policía de encima con billetes de veinte sacados de un gran fajo. La mejor de todas fue una en la que Lee le regalaba doscientos dólares a un sacerdote leproso que había conocido en un bar, pagaba rondas y se iba después en coche a Ensenada. Esos datos le ganaron cinco dólares al que me los dio y que le pidiera más explicaciones.

—El sacerdote es mi hermano —dijo el policía—.

Se ordenó él mismo. Vaya con Dios. Guarde su dinero en el bolsillo.

Tomé por la carretera de la costa para hacer los 130 kilómetros a Ensenada, en el sur, y por el camino me preguntaba de dónde había sacado Lee tanto dinero para repartir. El trayecto resultaba muy agradable; colinas y valles de espeso follaje a mi izquierda. El tráfico era escaso, con un continuo flujo de peatones que iban hacia el norte: familias enteras llevando maletas, con rostros en los que el miedo y la felicidad se entremezclaban, como si no supieran lo que les traería su aventura al otro lado de la frontera, pero con el convencimiento de que sería algo mejor que chupar polvo mexicano y pedirles calderilla a los turistas.

Cuando me acercaba a Ensenada anochecía y el flujo de peatones se convirtió en una auténtica migración. En el lado del camino que llevaba al norte había una fila continua de personas, con sus pertenencias envueltas en mantas y suspendidas de los hombros. Cada cinco o seis de ellas, había una con linterna o antorcha, y los niñitos iban sujetos sobre la espalda de sus madres, al estilo indio. Al rebasar la última colina anterior a los límites de la ciudad, vi Ensenada, una borrosa mancha de neón extendida a mis pies, con puntos de antorchas en la oscuridad hasta que la fluorescencia general se las tragó.

Cuando entré en ella, le tomé la medida al pueblo nada más verlo, como una versión de Tijuana aireada por la brisa marina y dirigida a una clase más alta de turismo. Los gringos se portaban bien, no había niños que mendigaran en las calles y delante de los muchos bares y locales no se veía gente dedicada a la venta de drogas u otras cosas o que animase al transeúnte a entrar. La línea de espaldas mojadas tenía su origen en las tierras cubiertas de maleza, y sólo cruzaba Ensenada para alcanzar la carretera de la costa... y pagar tributo a los rurales por dejarles pasar.

Era el chantaje más descarado que yo había visto en mi vida. Rurales con camisas marrones, pantalones bombachos y botas de caña iban de un campesino a otro, recibían dinero y colocaban unas etiquetas en sus hombros con grapadoras; policías de paisano vendían paquetes de carne y frutos secos, y se guardaban las monedas que recibían en cilindros metálicos colgados junto a sus pistoleras. En cada bloque había un rural dedicado a comprobar las etiquetas; cuando me aparté de la calle principal para entrar en lo que era un obvio distrito de luces rojas, vi en una ojeada fugaz a dos camisas marrones que dejaban inconsciente a un hombre con las culatas de sus armas: escopetas de cañón recortado.

Decidí que sería mejor hablar con la ley antes de empezar con mis interrogatorios a los ciudadanos de Ensenada. Además, Lee había sido visto hablando con un grupo de rurales cerca de la frontera, poco después de haber dejado Los Ángeles, y era posible que los policías locales pudieran contarme algo sobre él.

Seguí una caravana de coches de los años treinta por el bloque de las luces rojas y a través de la calle que corría paralela a la playa... allí estaba la comisaría. Era una iglesia que habían transformado: ventanas con barrotes y la palabra «POLICÍA» pintada en negro sobre las escenas religiosas esculpidas en la fachada de adobe blanco. Sobre la hierba tenían montado un reflector; cuando bajé del coche, enseñando la placa y con la sonrisa estadounidense dibujada en los labios, me enfocaron con él.

Proseguí mi avance hacia el resplandor, mientras

me protegía los ojos con la mano y sentía cómo me escocía el rostro a causa del calor.

—Poli yanqui, J. Edgar, Texas Rangers —dijo un hombre con una risita.

Tenía la mano extendida cuando pasé junto a él. Metí un billete de dólar en ella y entré en la comisaría.

El interior parecía aún más propio de una iglesia: colgaduras de terciopelo en las paredes que representaban a Jesús y su vida pública decoraban el vestíbulo; los bancos, llenos de camisas marrones que holgazaneaban, hacían pensar en una congregación religiosa. El mostrador era un gran bloque de madera oscura y en él se veía tallado a Jesús clavado en la cruz: probablemente se trataba de un altar retirado del uso. El rural gordo que montaba guardia detrás de él se lamió los labios al verme llegar, y me hizo pensar en un viejo verde dispuesto a no abandonar nunca su afición de perseguir niños.

Yo había sacado ya mi obligatorio billete de dólar pero lo retuve entre los dedos.

—Policía de Los Ángeles para ver al jefe.

El camisa marrón se frotó los pulgares y los índices y luego señaló hacia mi pistolera. Se la entregué junto con el billete de dólar; después, me guió a lo largo de un pasillo adornado con frescos de Jesucristo hasta una puerta donde ponía «CAPITÁN». Permanecí ante ella mientras él entraba y hablaba en un castellano rápido como una sarta de disparos; cuando salió, me gané un taconazo y un algo tardío saludo.

—Agente Bleichert, pase, por favor.

Que esas palabras fueran dichas sin acento alguno me sorprendió; entré en la habitación para responder a ellas. Un mexicano alto, de traje gris, se hallaba de pie en el centro del cuarto, con la mano extendida para estrechar la mía, no para recibir un billete de dólar.

363

Nos dimos la mano. Después, él tomó asiento tras un gran escritorio y le dio unos golpecitos con los dedos a una placa donde se leía «CAPITÁN VÁSQUEZ».

—¿Cómo puedo ayudarle, agente?

Cogí mi pistolera de encima de la mesa y, en su lugar, puse una foto de Lee.

—Este hombre es un agente de la policía de Los Ángeles. Ha desaparecido desde finales de enero y se dirigía hacia aquí cuando fue visto por última vez.

Vásquez examinó la foto. Las comisuras de sus labios tuvieron un breve movimiento que intentó tapar al convertir ese gesto de inmediato en una sacudida negativa de la cabeza.

—No, no lo he visto. Redactaré un boletín de búsqueda para mis hombres y haré que investiguen en la comunidad estadounidense de aquí.

Decidí poner un poco a prueba su mentira.

—Es difícil que pase desapercibido, capitán. Rubio, metro ochenta, la misma constitución que una letrina de ladrillos.

—Ensenada atrae a los tipos duros, agente. Por eso, el contingente policial de aquí está tan bien armado y se muestra tan vigilante. ¿Se quedará usted algún tiempo?

—Esta noche por lo menos. Quizá se les pasó por alto a sus hombres y yo pueda conseguir alguna pista.

Vásquez sonrió.

—Lo dudo. ¿Está usted solo?

—Tengo dos compañeros esperando en Tijuana.

—¿Y a qué división está asignado?

Mentí a lo grande.

—La metropolitana.

—Es usted muy joven para una labor tan prestigiosa.

Cogí la foto.

—Nepotismo, capitán. Mi papá es jefe de policía y mi hermano está en el consulado de Ciudad de México. Buenas noches.

—Y buena suerte, Bleichert.

Alquilé una habitación en un hotel situado de tal forma que podía ir a pie hasta el distrito de los clubs nocturnos y las luces rojas. Por dos dólares conseguí un cuarto en la planta baja con vista al océano; una cama, con un colchón delgado como una galleta; un lavabo y una llave para el retrete comunitario, que se hallaba fuera del cuarto. Dejé mis cosas en el armario y, como precaución antes de salir, me arranqué dos cabellos y los pegué con saliva a través del quicio de la puerta. Si los fascistas decidían registrar mi cuarto, yo lo sabría.

Fui hasta el corazón de la mancha de neones.

Las calles estaban repletas de hombres vestidos de uniforme: camisas marrones, marineros e infantes de marina de los Estados Unidos. No se veía a ningún mexicano y todo el mundo se portaba de forma bastante correcta y pacífica... incluso los grupos de marinos que andaban haciendo eses. Decidí que era el arsenal ambulante de los rurales el que mantenía esa paz. La mayoría de los camisas marrones estaba formada por correosos pesos gallo, nada imponentes, pero que llevaban encima montones de potencia de fuego: recortadas, ametralladoras, automáticas del 45 y nudillos de hierro colgando de sus cartucheras.

Faros fluorescentes, que se encendían y apagaban, me llamaban: Klub Llama, El Horno de Arturo, Club Boxeo, La Guarida del Halcón, Klub Imperial de Chico. Al ver el letrero que ponía «boxeo» decidí hacer mi primera parada en ese sitio.

Cuando esperaba la oscuridad, me encontré con una habitación brillantemente iluminada y atestada de marineros.

Encima de un largo mostrador había chicas mexicanas que bailaban con los senos al aire, y billetes de dólar metidos en sus bikinis. Música de marimba enlatada y muchos gritos hacían del sitio una ensordecedora bolsa de ruidos; me puse de puntillas, en busca de cualquiera con aires de ser el propietario.

En la parte trasera vi un cuartucho cubierto con carteles y fotos de boxeadores.

Me atrajo como si fuese un imán y me dirigí hacia él pasando junto a un nuevo cargamento de chicas medio desnudas que se dirigía hacia el mostrador para subir a él.

Y ahí estaba yo, en compañía de dos grandes semipesados, metido como la loncha de jamón de un bocadillo entre Gus Lesnevich y Billy Conn.

Y ahí estaba Lee, justo al lado de Joe Louis, con quien podría haber peleado si se hubiera dejado dirigir por Benny Siegel.

Bleichert y Blanchard. Dos esperanzas blancas a las que les habían ido mal las cosas.

Estuve mirando las fotos durante largo tiempo, hasta que el estruendo que me rodeaba se disipó y ya no me hallaba en una cloaca tapizada, había vuelto a los años 40 y 41, cuando ganaba combates y me iba a la cama con las chicas fáciles que amaban el boxeo y se parecían a Betty Short. Y Lee amontonaba victorias por KO y vivía con Kay... y, de una forma extraña, volvíamos a ser una familia.

—Primero Blanchard y ahora tú. ¿Quién es el siguiente? ¿Willie Pep?

Volví de inmediato a la cloaca.

—¿Cuándo? —farfullé—. ¿Cuándo lo ha visto?

Giré sobre mí mismo y vi a un viejo encorvado y corpulento. Su rostro era todo cuero agrietado y huesos rotos, un saco de entrenamiento, pero su firme voz no tenía nada de ruina ni de boxeador sonado.

—Hace un par de meses. Las grandes lluvias de febrero. Creo que hablamos de combates durante diez horas seguidas.

—¿Dónde está ahora?

—No lo he visto desde aquella vez y quizás él no desee verte. Intenté hablar de ese combate que habíais librado pero el Gran Lee no quiso. «Ya no somos compañeros», me dijo, y empezó a hablarme de que los pesos pluma son la mejor división del boxeo, kilo por kilo. Yo le dije que nanay... son los medios. Zale, Graziano, La Motta, Cerdan, ¿a quién intentas tomarle el pelo?

—¿Sigue en el pueblo?

—No lo creo. Este sitio es mío y seguro que por aquí no ha vuelto a pasar. ¿Le buscas para sacarte una espina? ¿Otro combate, quizá?

—Le busco para ver si consigo sacarle del montón de mierda en el que se ha metido.

El viejo sopesó mis palabras unos segundos.

—Me vuelven loco los bailarines como tú —dijo—, así que te daré la única pista que tengo. Oí decir que Blanchard había armado un gran jaleo en el Club Satán y que tuvo que salir del apuro merced a un buen soborno al capitán Vásquez. Si caminas cinco manzanas hacia la playa, allí está el Satán. Habla con Ernie, el cocinero. Él lo vio. Dile que sea sincero contigo, y traga mucho aire antes de entrar en ese lugar porque no se parece en nada al sitio del que vienes.

El Club Satán era una choza de adobe con tejado de pizarra, y que poseía un ingenioso anuncio de neón: un diablillo rojo que amenazaba el aire con su rígido miembro en forma de tridente.

Tenía un camisa marrón particular en la puerta, un mexicano bajito que examinaba a los clientes sin dejar de acariciar la guarda y el gatillo de una ametralladora con trípode. Sus galones aparecían repletos de billetes de dólar; yo añadí uno a la colección antes de entrar, haciendo acopio de fuerzas.

De la cloaca al huracán de la mierda.

El bar consistía en un canalillo parecido a los que hay en los retretes. Marineros e infantes de marina se masturbaban sobre él mientras le metían los dedos en la raja a las chicas que se encontraban en cuclillas en la tarima. Bajo las mesas que cubrían la parte delantera de la habitación se hacían chupadas, al igual que ocurría bajo el gran estrado de la orquesta. Un tipo vestido de Satanás se la estaba metiendo a una mujer gorda encima de un colchón. Un burro, con cuernos de terciopelo rojo atados a sus orejas, estaba junto a ellos, comiendo paja de un cuenco que había en el suelo. A la derecha del escenario, un gringo vestido de frac ronroneaba por el micrófono:

—¡Tengo una chica soberbia, su nombre es Roseanne, usa una tortilla como diafragma! ¡Eh! ¡Eh! ¡Tengo una chica que se llama Sue, es un billete de ida a la gran jodida! ¡Eh! ¡Eh! ¡Tengo una chica llamada Corrine, sabe cómo sacarle crema a mi plátano! ¡Eh! ¡Eh! ¡Tengo...!

La «música» fue ahogada por un cántico que brotó de las mesas: «¡Burro! ¡Burro!» Me quedé inmóvil, sintiendo los codazos de los que pasaban junto a mí. Un instante después, una nube de aliento cargado de ajo me envolvió.

—¿Quieres ir al mostrador, guapo? Desayuno de

campeones, un dólar. ¿Quieres estar conmigo? La vuelta al mundo, dos dólares.

Reuní el valor necesario para mirarla. Era vieja y gorda, los labios cubiertos de chancros. Saqué unos billetes de mi bolsillo y se los alargué. La puta se inclinó ante su Jesucristo del club nocturno.

—Ernie —grité—. Tengo que verle ahora mismo. Me envía el tipo del Club Boxeo.

—Vámonos —exclamó la *mamacita* y se encargó de abrirme paso, atravesando una hilera de marinos que esperaban conseguir asientos delante del mostrador.

Me llevó hasta una cortina que ocultaba un pasillo situado detrás del escenario y por él hasta la cocina. Un olor a especias excitó levemente mis papilas gustativas hasta que vi los cuartos traseros de un perro que asomaban bajo la tapa de una olla de estofado. La mujer habló en castellano con el *chef*, un tipo que daba la impresión de ser un cruce entre mexicano y chino. Éste asintió y vino hacia mí.

Yo tenía entre los dedos la foto de Lee.

—He oído contar que este hombre te dio unos cuantos problemas hace cierto tiempo.

El tipo examinó la foto sin demasiado interés.

—¿Quién quiere saberlo?

Le enseñé mi placa, dejando que el gesto revelara un breve instante mi herramienta.

—¿Amigo tuyo? —dijo.

—Mi mejor amigo.

El mestizo tenía las manos metidas bajo el delantal; yo sabía que una de ellas empuñaba un cuchillo.

—Tu amigo se bebió catorce vasos seguidos de mi mejor mescal, el récord de la casa. Eso me gustó. Brindó montones de veces por mujeres muertas. Eso no me importaba. Pero intentó joder mi número del burro, y eso no lo aguanto.

—¿Qué pasó?

—Acabó con cuatro de mis chicos; con el quinto no pudo, los rurales se lo llevaron antes para que durmiera la mona.

—¿Eso es todo?

El mestizo sacó un estilete de su delantal, apretó el resorte y se rascó el cuello con el lado sin filo de la hoja.

—*Finito*.

Salí por la puerta trasera y me encontré en un callejón; temía por Lee. Dos tipos con trajes inmaculados estaban inmóviles bajo una farola, cuando me vieron, aceleraron el ritmo con que sus pies cambiaban de posición y estudiaron el suelo como si la tierra y el polvo se hubieran vuelto fascinantes de pronto. Eché a correr el chirriar de la grava a mi espalda me indicó que los dos me perseguían.

El callejón terminaba en un sendero que llevaba al bloque de las luces rojas, con otro camino de tierra apisonada casi intransitable que salía de él en ángulo hacia la playa. Tomé éste a toda velocidad, mis hombros rozaban el alambre de los gallineros, y había perros atados a estacas que intentaban llegar hasta mí por los dos lados. Sus ladridos apagaron cualquier otro ruido callejero; no tenía ni la menor idea de si aquellos dos tipos me pisaban los talones. Vi alzarse ante mí el bulevar de la playa, intenté orientarme un poco; supuse que el hotel se encontraría una manzana a la derecha y reduje la velocidad de mi carrera a un paso normal.

Había calculado mal por media manzana... a mi favor.

El hotel se encontraba a unos noventa metros de distancia. Fui hacia él mientras intentaba recobrar el aliento, el señor estadounidense Sin Nada que Ocultar daba un paseo. El patio del hotel aparecía vacío, así como el vestíbulo; alargué la mano hacia la llave de mi habitación. Entonces, una luz procedente de la segunda planta lanzó un brillo fugaz sobre la puerta de mi habitación, en la que no estaba mi contraseña de cabellos pegados con saliva.

Saqué mi 38 y abrí la puerta de una patada. Un hombre blanco, sentado junto a la cama, ya tenía las manos levantadas y una ofrenda de paz en los labios.

—Calma, chico. Soy amigo tuyo. No voy armado y, si no me crees, dejaré que me registres ahora mismo.

Señalé con mi arma hacia la pared. El hombre se puso en pie y colocó las palmas de las manos sobre ella, por encima de su cabeza, con las piernas bien abiertas. Le pasé la mano por todo el cuerpo, con la 38 pegada a su columna, y encontré una cartera, llaves y un peine grasiento. Clavé el cañón de la 38 en su espalda y examiné la cartera. Estaba llena de dólares; además, en una fundita de plástico llevaba una licencia de detective privado expedida en California. Decía que el nombre del tipo era Milton Dolphine y daba como su dirección comercial el 986 de Copa de Oro, en San Diego.

Arrojé la cartera sobre la cama y aflojé un poco la presión de mi arma; Dolphine se removió, nervioso.

—Ese dinero es una mierda comparado con lo que llevaba Blanchard. Si trabajas conmigo, todo será coser y cantar.

Hice que sus piernas se doblaran merced a una patada. Dolphine cayó al suelo y chupó el polvo de la alfombra.

—Cuéntamelo todo y ten cuidado con lo que dices sobre mi compañero, o te acusaré de intento de robo y verás la cárcel de Ensenada.

Dolphine se puso de rodillas.

—Bleichert —boqueó—, ¿cómo coño crees que me enteré de que debía venir aquí? ¿Se te ha ocurrido pensar, por casualidad, que a lo mejor estaba cerca cuando hiciste tu número del poli gringo con Vásquez?

Mis ojos le examinaron rápidamente. Había dejado atrás los cuarenta, estaba gordo y empezaba a quedarse calvo, pero era probable que fuera duro, igual que un ex atleta cuya fuerza se había ido convirtiendo en astucia a medida que su cuerpo se aflojaba.

—Alguien más me sigue —dije—. ¿Quién es?

Dolphine escupió telarañas.

—Los rurales. Vásquez tiene ciertos intereses que proteger y no quiere que encuentres a Blanchard.

—¿Saben que me alojo aquí?

—No. Le dije al capitán que yo me encargaría de localizarte. Esos chicos suyos debieron encontrarte por casualidad. ¿Los has despistado?

Asentí, al tiempo que le daba un papirotazo a la corbata de Dolphine con mi pistola.

—¿Por qué tienes tantas ganas de cooperar?

Dolphine alzó la mano hasta el cañón del arma y lo apartó de él con sumo cuidado.

—Yo también tengo ciertos intereses que proteger y soy condenadamente bueno cuando se trata de trabajar para dos bandos. Y además hablo mucho mejor cuando estoy sentado. ¿Crees que es posible conseguir eso?

Cogí la silla y la puse ante él. Dolphine se levantó del suelo, se limpió el traje y se dejó caer en el asiento. Volví a enfundar mi arma.

—Despacio y desde el principio.

Dolphine se echó el aliento en las uñas y luego las frotó contra su camisa. Cogí la otra silla de la habitación y la coloqué con el respaldo ante mí para que mis manos tuvieran algo a lo que agarrarse.

—Habla, maldición.

Dolphine obedeció.

—Hace cosa de un mes, una mexicana entró en mi oficina de Dago. Estaba algo entrada en carnes y llevaba diez toneladas de maquillaje encima, pero vestía de primera. Me ofreció quinientos dólares por localizar a Blanchard y me informó que según creía estaba por Tijuana o por Ensenada. Dijo que era un poli de Los Ángeles y que se ocultaba de algo o de alguien. Como yo sé que a los polis de Los Ángeles les encanta el papel verde, empecé a pensar de inmediato en algo relacionado con dinero.

»Les hice preguntas a mis chivatos de Tijuana sobre él y di unas cuantas vueltas enseñando la foto de periódico que la mujer me había entregado; Blanchard había estado en Tijuana a finales de enero, se había metido en peleas, bebido y gastado montones de pasta. Después, un amigo de la Patrulla Fronteriza me contó que se ocultaba aquí y pagaba protección a los rurales, los cuales le permitían beber y buscar camorra en su pueblo, algo que Vásquez no tolera prácticamente jamás.

»Bueno, al saber todo eso vine aquí y empecé a buscarle: Blanchard estaba jugando a ser un gringo rico. Le vi darle una paliza a dos mexicanos que habían insultado a una señorita, con los rurales al lado y sin que éstos hicieran nada por evitarlo. Eso significaba que mi dato sobre la protección que ellos le prestan es cierto y empecé a pensar en dinero, dinero y dinero.

Dolphine trazó en el aire el signo del dólar y yo agarré las tablillas del asiento con tanta fuerza que noté como la madera empezaba a ceder.

—Aquí es donde la cosa se pone interesante. Un rural cabreado, el cual no figura en la nómina de Blanchard, me dice que, según ha oído contar, Blanchard había contratado a dos rurales de paisano para que mataran a dos enemigos suyos en Tijuana a finales de enero. Volví a Tijuana, pagué unos cuantos sobornos a la poli de allí y me enteré de que dos tipos llamados Robert de Witt y Félix Chasco habían sido liquidados en Tijuana el veintitrés de enero. El nombre del primero me resultaba familiar, por lo que llamé a un amigo que trabaja en la policía de San Diego. Hizo unas comprobaciones y luego me informó. Bueno, entérate de esto por si no lo sabías ya: Blanchard mandó a De Witt a San Quintín en el 39 y éste juró vengarse. Supongo que De Witt consiguió la libertad condicional y Blanchard, al saberlo, hizo que se lo cargaran para proteger su trasero. Llamé a mi socio de Dago y le dejé un mensaje para que se lo diera a la mexicana. Blanchard se encuentra aquí, protegido por los rurales, quienes, probablemente, se cargaron a De Witt y a Chasco por encargo suyo.

Solté las tablillas del asiento, tenía las manos entumecidas.

—¿Cuál era el nombre de la mujer?

Dolphine se encogió de hombros.

—Se hacía llamar Dolores García pero es obvio que se trata de un nombre falso. Tras haberme enterado de lo ocurrido con De Witt y Chasco, la clasifiqué como una de las muñequitas de este último. Se suponía que era un gigoló con un montón de rajitas mexicanas cargadas de dinero haciendo cola y pensé que la dama quería vengar su muerte. Creí que se había enterado de que Blanchard era el responsable de los asesinatos, y por eso me necesitaba para localizarle.

—¿Estás enterado del asunto de la *Dalia Negra*, lo de Los Ángeles? —dije.

—¿Crees que el papa reza o no?

—Lee estaba trabajando en ese caso justo antes de venir aquí, y a finales de enero apareció una pista que llevaba a Tijuana. ¿Oíste comentar si había hecho preguntas sobre la Dalia?

—Nada —dijo Dolphine—. ¿Quieres oír el resto?

—Rápidamente.

—De acuerdo. Volví a Dago y mi socio me contó que la dama mexicana había recibido mi mensaje. Me fui hacia Reno para tomarme unas vacaciones y en las mesas de juego me pateé todo el dinero que ella me había dado. Empecé a pensar en Blanchard y en todo el dinero de que disponía; me preguntaba el destino que la dama mexicana le tenía reservado. Acabó convirtiéndose en una obsesión y volví a Dago, hice algunos trabajitos de buscar a personas desaparecidas y luego regresé a Ensenada como unas dos semanas después. Y ¿sabes una cosa? No había ni jodido rastro de Blanchard.

»Sólo un loco le habría preguntado a Vásquez o a sus chicos por él, así que me dediqué a rondar por el pueblo y me mantuve atento. Vi a un vagabundo que llevaba una chaqueta vieja de Blanchard y a otro con su chándal del estadio Legión. Me enteré de que en Juárez habían colgado a dos tipos por el trabajo De Witt-Chasco y pensé que eso apestaba a una tapadera inventada por los rurales. Seguí en el pueblo, bien pegadito a Vásquez, entregándole de vez en cuando algún adicto para mantener buenas relaciones con él. Y, finalmente, junté todas las piezas del rompecabezas Blanchard, así que si era tu amigo, prepárate.

Ante ese «era», mis manos rompieron la tablilla que agarraban.

—Calma, chico —dijo Dolphine.

—Termina —jadeé yo.

El investigador privado habló con voz lenta y tranquila, como si se estuviera dirigiendo a una granada de mano.

—Está muerto. Le hicieron pedazos con un hacha. Unos vagabundos lo hallaron. Entraron en la casa donde él se alojaba y uno de ellos se fue de la lengua con los rurales para que no acabaran cargándoles el mochuelo. Vásquez les dio unos cuantos pesos por su silencio, así como parte de las pertenencias de Blanchard, y los rurales enterraron el cuerpo en las afueras del pueblo. Oí rumores de que no habían encontrado nada de dinero y seguí rondando el lugar porque pensaba que Blanchard era un fugitivo y que, más pronto o más tarde, algún poli de los Estados Unidos vendría a buscarle. Cuando apareciste en la comisaría, con ese cuento de que trabajabas en la metropolitana, supe que tú eras esa persona.

Intenté decir que no pero mis labios no se movieron; Dolphine soltó el resto de su relato a toda velocidad.

—Quizá lo hicieron los rurales, quizá fue la mujer o alguna amistad suya. Puede que alguien se quedara con el dinero y puede que no, y nosotros podemos conseguirlo. Tú conocías a Blanchard, podrías averiguar a quién...

Salté de mi asiento y golpeé a Dolphine con la tablilla rota; recibió el golpe en el cuello, cayó al suelo y volvió a chupar alfombra. Apunté con mi pistola hacia su nuca y el detective de mierda gimoteó, para empezar luego a balbucear, más rápido que antes, una súplica.

—Mira, no sabía que fuera algo personal para ti. Yo no lo maté y te ayudaré, si quieres localizar a quien lo hizo. Por favor, Bleichert, ¡maldita sea...!

—¿Cómo sé que todo esto es cierto? —dije yo, mi voz también cerca del gimoteo.

—Hay un pozo junto a la playa. Los rurales tiran los

376

fiambres allí. Un chaval me contó que había visto como un grupo de ellos enterraba a un hombre blanco muy corpulento más o menos por esas fechas, cuando Blanchard desapareció. ¡Maldito seas, es verdad!

Solté el percutor de la 38 con gran lentitud.

—Entonces, enséñamelo.

El lugar se encontraba a unos dieciséis kilómetros al sur de Ensenada, casi pegado a la carretera de la costa, en un promontorio que dominaba el océano. El sitio aparecía marcado por una gran cruz llameante. Dolphine frenó junto a ella y apagó el motor.

—No es lo que piensas. Los de este lugar mantienen ardiendo esa maldita cosa porque no saben quién está enterrado aquí, y montones de ellos han perdido a gente querida. Para ellos, es un ritual. Le prenden fuego a las cruces y los rurales lo consienten, como si eso fuera una especie de panacea para mantenerles tranquilos y que no les entren ganas de encender otra clase de fuego. Y, hablando de fuegos, ¿quieres apartar eso?

Mi revólver apuntaba al vientre de Dolphine; me pregunté cuánto tiempo llevaba enfilado hacia él.

—No. ¿Tienes herramientas?

Dolphine tragó saliva.

—De jardinería. Oye...

—No. Llévame al sitio del que el chaval te habló y cavaremos.

Dolphine bajó del coche, dio la vuelta y abrió el maletero. Yo le seguí y le observé mientras sacaba una gran pala. El brillo de las llamas iluminaba el viejo cupé Dodge del detective privado; me fijé que había un montón de estacas y unos trapos junto al neumático de repuesto. Metiéndome la 38 en el cinturón, fabriqué dos antorchas con unos trapos al extremo de dos estacas, y después les prendí fuego en la cruz.

—Ve delante de mí —le ordené, al tiempo que le daba una a Dolphine.

Entramos en el arenal; dos forajidos sostenían bolas de fuego clavadas en un palo. Lo blando del terreno hacía que el avance fuera lento; la luz de las antorchas me permitió distinguir las ofrendas funerarias: pequeños ramos de flores y estatuillas religiosas colocadas aquí y allá sobre las dunas. Dolphine no paraba de murmurar que a los gringos los echaban al final; oí el ruido de huesos que se rompían bajo mis pies. Llegamos a una duna más alta que el resto y Dolphine agitó su antorcha ante una maltrecha bandera de los Estados Unidos desplegada sobre la arena.

—Aquí. El vagabundo dijo que estaba donde la bandera.

Aparté la bandera de una patada; un enjambre de insectos se alzó del suelo con un fuerte zumbido.

—Capullos —graznó Dolphine, y empezó a intentar matarlos con su antorcha.

Del gran cráter que había a nuestros pies se alzó un fuerte olor a putrefacción.

—Cava —dije.

Dolphine empezó a hacerlo; yo pensé en fantasmas —Betty Short y Laurie Blanchard—, esperando a que la pala tropezara con sus huesos. Cuando pensé eso por primera vez, recité un salmo que el viejo me había obligado a memorizar; la segunda vez, usé el Padrenuestro que Danny Boylan solía canturrear antes de nuestras sesiones de entrenamiento. Cuando Dolphine dijo: «Un marinero. Veo su uniforme», no supe si quería tener a Lee vivo y sufriendo o muerto y en ninguna parte, por lo que aparté a Dolphine de un empujón y empecé a cavar yo mismo.

Mi primer golpe de pala desenterró el cráneo del

marinero, el segundo desgarró la pechera de su uniforme, y arrancó el torso del resto del esqueleto. Tenía las
piernas hechas pedazos. Seguí cavando en ese lugar hasta que encontré arena entre la que relucían brillantes
pedacitos de mica. Después, apareció un nido de gusanos y entrañas y un vestido de crinolina manchado de
sangre y arena y huesos sueltos y nada más, y entonces
apareció una piel rosada a la que el sol había quemado
y unas cejas rubias cubiertas de cicatrices que me resultaron familiares. Después, Lee sonrió igual que la *Dalia*,
con los gusanos que se arrastraban por entre sus labios y
por los agujeros donde antes estaban sus ojos.

Dejé caer la pala y eché a correr.

—¡El dinero! —gritó Dolphine a mi espalda.

Me dirigí hacia la cruz en llamas con el pensamiento de que yo le había hecho esas cicatrices a Lee, de que
era yo quien le había pegado. Llegué al coche, entré en
él, metí la marcha atrás y derribé el crucifijo, haciéndo-
lo caer sobre la arena; después puse mi mano sobre el
cambio de marchas y, con un chirrido, hice que la palanca se moviera a través de todas las posiciones, hasta
meter primera.

—¡Mi coche! ¡Mi dinero!

Oí chillar a Dolphine mientras entraba patinando
en la carretera de la costa, rumbo al norte. Alargué mi
mano hacia el interruptor de la sirena, y le di un golpe al
salpicadero cuando comprendí que los vehículos civiles
no tienen sirena.

Logré llegar a Ensenada, al doble de la velocidad
permitida. Dejé el Dodge en la calle contigua al hotel y
luego corrí en busca de mi coche, y frené el paso cuando vi a tres hombres que se me acercaban en semicírcu-
lo, rodeándome, las manos dentro de las chaquetas.

Mi Chevy estaba a nueve metros; el hombre del

centro cobró claridad, el capitán Vásquez, mientras que los otros dos se desplegaban para cubrirme desde los lados. Mi único refugio lo constituía una cabina de teléfonos que se encontraba junto a la primera puerta, a la izquierda del patio en forma de U. Bucky Bleichert iba a ingresar cadáver en un arenal mexicano y su mejor amigo lo acompañaría durante el viaje. Decidí que lo mejor sería permitir que Vásquez se acercara a mí y volarle los sesos a quemarropa. En ese momento, una mujer blanca salió por la puerta de la izquierda y comprendí que era mi billete de vuelta a casa.

Corrí hacia ella y la agarré por el cuello. Quiso gritar. Ahogué el sonido poniéndole la mano izquierda en la boca. La mujer agitó los brazos y, un segundo después, se quedó rígida. Saqué mi 38 y le apunté a la cabeza.

Los rurales avanzaban cautelosos, sus armas pegadas a los flancos. Empujé a la mujer para meterla en la cabina telefónica, susurrándole:

—Grita y estás muerta. Grita y estás muerta.

Luego hice que se pegara al tabique con un golpe de las rodillas y aparté la mano; gritó, pero no hizo ningún otro ruido. Le metí la pistola en la boca para que la cosa siguiera así; cogí el auricular, puse un cuarto de dólar en la ranura y marqué el número de la telefonista. Ahora, Vásquez se hallaba delante de la cabina, el rostro lívido, apestando a colonia estadounidense barata.

—¿Qué? —dijo la operadora al otro extremo de la línea.

—¿Habla inglés? —farfullé.

—Sí, señor.

Apreté el auricular entre el mentón y el hombro y metí a tientas todas las monedas de mi bolsillo dentro de la ranura; mantuve mi 38 pegado al rostro de la mu-

380

jer. Cuando el aparato se hubo tragado una carretada de pesos, pedí:

—FBI, oficina de San Diego. Es una emergencia.

—Sí, señor —musitó la operadora.

Oí el ruido de la conexión al establecerse. Los dientes de la mujer castañeteaban contra el tambor de mi revólver. Vásquez decidió probar suerte con el soborno:

—Amigo mío... Blanchard era muy rico. Podríamos encontrar su dinero. Aquí viviría usted muy bien. Usted...

—FBI, agente especial Rice.

Mis ojos se clavaron en Vásquez, intentando matarle con la mirada.

—Aquí el agente Dwight Bleichert, Departamento de Policía de Los Ángeles. Le hablo desde Ensenada y tengo un jaleo muy gordo con unos cuantos rurales. Están a punto de matarme sin razón alguna y he pensado que usted podría hablar con el capitán Vásquez y convencerle de que no lo hicieran.

—¿Qué...?

—Señor, soy un policía de Los Ángeles y será mejor que se dé prisa con esto.

—Oye, hijo, ¿intentas tomarme el pelo o qué?

—Maldita sea, ¿quiere pruebas? He trabajado en la Central de Homicidios con Russ Millard y Harry Sears. He trabajado en la Criminal, he trabajado...

—Pásame al mexicano, hijo.

Le entregué el auricular a Vásquez. Lo tomó y me apuntó con su automática; yo mantuve mi 38 pegado a la mujer. Los segundos fueron pasando con tremenda lentitud; aquella situación de tablas se mantuvo mientras el jefe de los rurales escuchaba al federal, poniéndose cada vez más y más pálido. Finalmente, dejó caer el auricular y bajó su arma.

—Vete a casa, hijo de puta. Sal de mi ciudad y de mi país.

Enfundé mi revólver y abandoné la cabina; la mujer comenzó a chillar. Vásquez dio un paso hacia atrás e indicó a sus hombres que se apartaran. Entré en mi coche y salí a toda velocidad de Ensenada, igual que si el motor funcionara con mi pánico. Sólo volví a obedecer las leyes de velocidad cuando me encontré de nuevo en los Estados Unidos, y fue entonces cuando lo de Lee empezó a sentarme realmente mal.

El amanecer se abría paso sobre las colinas de Hollywood en el momento en que yo llamaba a la puerta de Kay. Me quedé inmóvil en el porche, tembloroso, con las nubes de tormenta y los rayos de sol que se alzaban al fondo como objetos extraños que no deseaba ver. Le oí decir «¿Dwight?» dentro de la casa y después el ruido de un cerrojo al ser abierto. Un instante más tarde, el otro miembro superviviente del trío Blanchard/ Bleichert/Lake apareció en el umbral.

—Todo acabado —dijo.

Era un epitafio que yo no quería oír.

Entré en la casa, asombrado y aturdido al ver lo extraña y bonita que era la sala.

—¿Ha muerto? —preguntó Kay.

Por primera vez, me senté en el lugar favorito de Lee.

—Lo mataron los rurales o una mexicana y sus amigos. Oh, cariño, yo...

Llamarla como Lee la llamaba me hizo sentir un escalofrío. Miré a Kay, inmóvil junto a la puerta, su silueta iluminada por el extraño trazado de los rayos de sol que brillaban a su espalda.

—Pagó a los rurales para que mataran a De Witt; sin embargo, eso no quiere decir nada, mierda, nada... Tenemos que buscar a Russ Millard, conseguir que él y unos cuantos policías mexicanos decentes se...

Dejé de hablar, fijándome en el teléfono colocado sobre la mesita de café. Empecé a marcar el número del padre y la mano de Kay me detuvo.

—No. Antes quiero hablar contigo.

Fui del sillón al sofá; Kay se sentó junto a mí.

—Si pierdes la cabeza con esto, le harás daño a Lee.

Entonces supe que lo había estado esperando; y comprendí que ella sabía más de todo el asunto que yo.

—No se le puede hacer daño a un muerto —dije.

—Oh, sí, cariño, sí que puedes.

—¡No me llames así! ¡Esa palabra era suya!

Kay se acercó a mí y me acarició la mejilla.

—Puedes hacerle daño a él y también a nosotros.

—Cuéntame por qué, cariño.

Me aparté de su caricia.

Kay se apretó un poco más el cinturón del albornoz y me miró con frialdad.

—No conocí a Lee en el juicio de Bobby —dijo—. Lo había conocido antes. Trabamos amistad y mentí en cuanto adónde vivía para que Lee no supiera nada de Bobby. Después, él solo lo descubrió y yo le dije lo mal que estaban las cosas; y entonces me habló de una oportunidad que se le había presentado, un buen negocio. No quiso contarme los detalles del asunto. Poco después, Bobby fue arrestado por el atraco al banco y el caos empezó.

»Lee planeó el robo y consiguió tres hombres para que lo ayudaran. Había necesitado mucho dinero para conseguir que su contrato no acabara en manos de Ben Siegel y eso le costó hasta el último centavo que había ganado como boxeador. Dos de los hombres murieron durante el robo, otro escapó a Canadá, y Lee era el cuarto. Él le cargó el mochuelo a Bobby porque lo odiaba a causa de lo que me había hecho. Bobby no estaba enterado de que nos veíamos y fingimos habernos conocido en el juicio. Bobby sabía que todo era un engaño, aunque no sospechaba de Lee sino de la policía de Los Ángeles en general.

»Lee quería proporcionarme un hogar, y lo hizo. Siempre se mostró muy cauteloso con su parte del dinero robado y no dejaba de hablar de sus ahorros del boxeo y de sus apuestas, con el fin de que los jefazos no pensaran que se mantenía por encima de sus ingresos. Dañó su carrera al vivir con una mujer sin casarse con ella, aunque, en realidad, no era así como vivía conmigo. Todo transcurría como en un cuento de hadas hasta el otoño pasado, cuando tú y Lee llegasteis a ser compañeros.

Me acerqué un poco a ella, atónito ante la idea de que Lee fuera el policía-delincuente más audaz de toda la historia.

—Sabía que era capaz de cosas así.

Kay se apartó de mí.

—Déjame terminar antes de que te pongas sentimental. Cuando Lee se enteró de que Bobby había conseguido tan pronto la libertad condicional, fue a ver a Ben Siegel e intentó conseguir que lo mataran. Tenía miedo de que Bobby hablara de mí, que estropeara nuestro cuento de hadas con todas las cosas feas que sabía sobre tu segura servidora. Siegel no quiso hacerlo y le dijo a Lee que eso no importaba, que ahora estábamos los tres juntos y que la verdad no podía hacernos daño. Y justo antes de Año Nuevo, el tercer hombre del atraco apareció. Sabía que Bobby de Witt iba a salir en libertad e hizo chantaje a Lee: debía pagarle diez mil dólares o le diría a Bobby quién había planeado el atraco para luego cargarle a él con el muerto.

»El plazo que le dio fue la fecha en que Bobby sería liberado. Lee le dijo que se marchara y luego fue a ver a Ben Siegel para que le dejara el dinero. Siegel no quiso hacerlo y Lee le suplicó que ordenara matar a ese tipo. Siegel tampoco quiso. Lee se enteró de que ese tipo solía andar con unos negros que vendían marihuana, y entonces él...

Lo vi venir, enorme y negro como los titulares que me había ganado con eso con las palabras de Kay como las nuevas noticias.

—El nombre de ese tipo era Baxter Fitch. Siegel no pensaba ayudar a Lee y por eso te buscó. Los hombres iban armados, por lo cual supongo que teníais una justificación moral y también supongo que fuisteis condenadamente afortunados de que a nadie se le ocurriera husmear más en el asunto. Es lo único que no puedo perdonarle, lo que me hace odiarme cada vez que pienso en cómo permití que hiciera algo así. ¿Sigues sintiéndote sentimental, pistolero?

Fui incapaz de responder; Kay lo hizo por mí.

—Algo así pensaba yo. Acabaré de contarte la historia y luego me dirás si continúas con tus deseos de venganza.

»Entonces ocurrió lo de la Short y él se obsesionó con el asunto por lo de su hermana pequeña y sólo Dios sabe por qué más. Le aterrorizaba pensar que quizá Fitch hubiese hablado con Bobby, que éste supiera cómo lo cargaron con el muerto. Quería matarle o hacer que alguien lo matara; una y otra vez le supliqué que lo diera por hecho, le aseguré que nadie creería lo que Bobby dijera y que no era necesario que dañara a nadie más. Si no hubiera sido por esa maldita chica muerta quizá le hubiera convencido. Pero el caso acabó señalando hacia México y todos, Bobby, Lee y tú, os fuisteis para allá. Sabía que el cuento de hadas había terminado. Y así ha sido.

LOS POLICÍAS FUEGO Y HIELO NOQUEAN A UNOS DELINCUENTES NEGROS. TIROTEO EN EL LADO SUR. POLICÍA 4 – GÁNGSTERS 0. POLICÍAS-BOXEADORES MATAN A CUATRO DROGADOS EN UN SANGRIENTO TIROTEO OCURRIDO EN LOS ÁNGELES

Con todo mi cuerpo como muerto, hice el gesto de levantarme; Kay me cogió por el cinturón con las dos manos y me hizo sentar de nuevo.

—¡No! ¡No intentes usar la huida marca Bucky Bleichert conmigo! Bobby sacaba fotos de cuando yo lo hacía con animales, y Lee consiguió que todo eso terminara. Me hacía acostarme con sus amigos y me pegaba con un afilador de navajas, y Lee terminó con ello. Quería hacer el amor conmigo, no joderme, y que estuviéramos juntos, y si no te hubiera dado tanto miedo desde el principio, eso es algo que ya sabrías. No podemos arrastrar su nombre por el fango. Hemos de olvidarlo todo, debemos perdonar y seguir adelante, los dos, y...

Y entonces fue cuando salí huyendo, antes de que Kay destruyera el resto de la tríada.

Pistolero.
Imbécil.
Un detective que estaba demasiado ciego como para hallar la solución del caso en el que había sido utilizado como accesorio.

El punto débil en un triángulo de cuento de hadas.

El mejor amigo de un poli que robó un banco, ahora el guardián de sus secretos.

«Olvidarlo todo.»

Me quedé en mi apartamento durante la semana siguiente, acabando con los restos de mis «vacaciones». Golpeé el saco de entrenamiento, salté a la comba y escuché música; me senté en los escalones de atrás y medí con la vista a los arrendajos que se posaban en la colada de mi patrona. Condené a Lee por cuatro homicidios relacionados con el atraco al Boulevard-Citizens y lo absolví en base al homicidio número cinco... el suyo. Pensé en Betty Short y en Kay hasta que las dos se mezclaron; reconstruí mi relación con Lee bajo la forma de una seducción mutua y acabé pensando que mi anhelo hacia la *Dalia* nacía de que la había calado hasta lo hondo, y que amaba a Kay porque ella sabía entenderme.

Y examiné los últimos seis meses. Todo estaba allí:

El dinero que Lee había estado gastando en México debía proceder de una parte del botín obtenido en el atraco, una parte que él había dejado aparte.

La víspera de Año Nuevo le oí llorar; Baxter Fitch había pretendido chantajearle unos días antes.

Durante ese otoño, Lee había tratado de ver a Benny Siegel en privado, cada vez que íbamos a las peleas del Olímpico intentaba convencerle de que matara a Bobby de Witt.

Justo antes del tiroteo, Lee había hablado por teléfono con un chivato sobre Junior Nash, según me había dicho. El «chivato» había delatado el paradero de Fitch y los negros, y Lee volvió al coche con expresión asustada. Diez minutos después, cuatro hombres morían.

La noche que conocí a Madeleine Sprague, Kay le gritó a Lee: «Después de eso podría pasar cualquier cosa...» Sí, una frase increíble, quizá prediciendo el desastre relacionado con Bobby de Witt. Durante el tiempo que estuvimos trabajando en el caso de la *Dalia*, Kay se había mostrado nerviosa y malhumorada, preocupada por el bienestar de Lee y, sin embargo, aceptando de forma extraña su lunática conducta. Yo pensé que estaba preocupada por la obsesión que Lee sentía hacia el asesinato de Betty Short; en realidad, pensaba en el final del cuento de hadas e intentaba escapar a él.

Todo estaba allí.

«Olvídalo todo.»

Cuando mi nevera se quedó vacía, salí huyendo al estilo Bucky Bleichert con rumbo al supermercado para volver a llenarla. Al entrar vi a uno de los mozos de carga que leía la sección local del *Herald*: la foto de Johnny Vogel aparecía al final de la página. Miré por encima de su hombro y vi que había sido expulsado de la policía de Los Ángeles con el pretexto de que hubo un defecto formal en su nombramiento. Una columna después, el nombre de Ellis Loew me llamó la atención. Según le hacía decir Bevo Means, «la investigación del caso Elizabeth Short ya no es mi objetivo esencial... tengo otros peces más importantes que freír». Me olvidé de la comida y fui a Hollywood Oeste.

Era la hora del recreo. Kay se hallaba en medio del patio, vigilando a los chavales que jugaban en un gran cajón de arena. La estuve observando un rato desde el coche y luego fui hasta ella.

Los chavales fueron los primeros en verme. Les enseñé los dientes hasta que por fin empezaron a reírse. Entonces, fue cuando Kay se volvió hacia mí.

—El avance patentado marca Bucky Bleichert.

—Dwight —dijo Kay; los chicos nos miraron como si se hubieran dado cuenta de que ése era un gran momento. A Kay le ocurrió lo mismo unos segundos después que a ellos—. ¿Has venido aquí para decirme algo?

Me reí; los críos se carcajearon ante esa nueva exhibición de mis dientes.

—Sí. He decidido olvidarlo todo. ¿Quieres casarte conmigo?

—¿Y enterraremos el resto del asunto? —repuso ella, con rostro inexpresivo—. ¿Y también a esa maldita chica asesinada?

—Sí. A ella también.

Kay dio un paso hacia delante y de repente cayó en mis brazos.

—Entonces, sí.

Nos abrazamos.

—¡La señorita Lake tiene novio, la señorita Lake tiene novio! —gritaron los niños.

Nos casamos tres días después, el 2 de mayo de 1947. Fue algo apresurado: un sacerdote protestante de la policía de Los Ángeles se encargó de la ceremonia y el servicio matrimonial fue celebrado en el patio trasero de la casa de Lee Blanchard. Kay llevaba un vestido rosa para burlarse de que no era virgen; yo usé mi mejor uniforme del cuerpo. Russ Millard fue el padrino y Harry Sears acudió como invitado. Empezó con su tartamudeo habitual que, según pude observar, cesaba a la cuarta copa. Saqué a mi viejo del asilo con un pase temporal; aunque el pobre no tenía ni la menor idea de quién era yo, pareció pasárselo muy bien; se dedicó a tomar tragos de la petaca de Harry, clavar sus ojos en Kay y dar saltitos al compás de la música emitida por la radio. Había una mesa con bocadillos y ponche, tanto del fuerte como del suave. Comimos y bebimos los seis y hubo gente, a la cual no conocíamos de nada y que pasaba por el Strip, que oyó la música y las risas y se unió a la fiesta. Cuando anochecía, el patio se encontraba lleno de personas desconocidas y Harry hubo de hacer una escapada al Mercado Rancho de Hollywood en busca de más comida y bebida. Le quité las balas a mi revólver reglamentario y dejé que esos civiles desconocidos jugaran con él; Kay bailó polcas con el sacerdote. Cuando se hizo de noche no quise ponerle fin a la fiesta, así que pedí guirnaldas de luces navideñas a los vecinos y las colgué encima de la puerta y en los alambres de la ropa, incluso en el árbol yuca favorito de Lee. Bailamos, bebimos y comimos bajo unas constelaciones falsas, con estrellas rojas, azules y amarillas. Sobre las dos de la madrugada cerraron los clubs nocturnos del Strip; entonces, la gente que salía del Trocadero y el Mogambo se apoderó del lugar, y Errol Flynn estuvo un rato por allí, cambiándome el frac por la chaqueta del uniforme, con insignia y medallas incluidas. De no haber sido por el repentino chaparrón que cayó sobre nosotros, la cosa podría haber durado para siempre... y eso deseaba yo. Pero la multitud se dispersó entre besos y abrazos frenéticos y Russ se encargó de llevar a mi viejo al asilo. Kay Lake Bleichert y yo nos retiramos al dormitorio para hacer el amor. Dejé la radio encendida para que me ayudara a no pensar en Betty Short. No era necesario: ni una sola vez su imagen cruzó por mi mente.

TERCERA PARTE

KAY Y MADELEINE

25

Pasó el tiempo. Kay y yo trabajábamos y jugábamos a ser un matrimonio joven.

Tras nuestra rápida luna de miel en San Francisco, yo volví a los restos de mi carrera como policía. Thad Green me habló sin rodeos: admiraba lo que había hecho con los Vogel pero me consideraba inútil para el trabajo de patrulla... Me había ganado la enemistad de los jefes y de los policías de a pie y mi presencia entre los tipos de uniforme no haría más que crear problemas. Dado que en mi único año de universidad había obtenido muy buenas notas tanto en química como en matemáticas, me asignó al departamento de investigación científica como técnico encargado de recoger y analizar pruebas.

El trabajo se hacía casi de paisano: bata blanca en el laboratorio y traje gris en los escenarios de los crímenes. Clasifiqué tipos de sangre, esparcí polvo en busca de huellas dactilares y escribí a máquina informes balísticos; rasqué la suciedad viscosa de las paredes donde habían sido cometidos crímenes y la estudié bajo un microscopio, dejando que los tipos de Homicidios continuaran a partir de ahí. Todo consistía en probetas, mecheros de gas y sangre y tripas clínicas... una intimidad con la muerte que nunca me llegó a gustar del todo; un recordatorio constante de que no era un detective, de que no se podía confiar en mí para que avanzara a partir de mis propios hallazgos.

Desde distancias variadas fui siguiendo a los amigos y enemigos que el caso de la *Dalia* me había proporcionado.

Russ y Harry mantuvieron intacto el archivo en la habitación de El Nido, y siguieron trabajando durante sus horas libres en la investigación sobre el caso Short. Yo tenía una llave de la puerta pero no la utilicé... para cumplir la promesa que le había hecho a Kay de enterrar a «esa... chica asesinada». Algunas veces me reunía con el padre para almorzar y le preguntaba qué tal iban las cosas. Él siempre decía «despacio» y yo sabía que jamás encontraría al asesino aunque nunca dejaría de intentarlo.

En junio de 1947, Ben Siegel murió en el apartamento que su chica tenía en Beverly Hills; le pegaron un tiro. A Bill Koenig, asignado a la calle Setenta y Siete después del suicidio de Fritz Vogel, le soltaron un escopetazo en el rostro a principios del 48, en una esquina de Watts. Los dos asesinatos quedaron sin resolver. Ellis Loew recibió una paliza horrible en las primarias republicanas de junio del 48 y yo lo celebré a mi manera: destilé aguardiente en los frascos de precipitación del laboratorio, usando mi mechero Bunsen, y conseguí que todo el personal pillara una borrachera.

Las elecciones generales del 48 me trajeron noticias de los Sprague. Un equipo reformista del Partido Demócrata se presentaba a los puestos del ayuntamiento y la junta de supervisión urbanística, siendo su tema básico de la campaña, «planificar la ciudad». Afirmaban que por toda Los Ángeles había viviendas mal diseñadas e inseguras y pedían un gran jurado investigador de todos los constructores que se encargaron de edificar el gran boom de viviendas en los años veinte. Los periódicos sensacionalistas se encargaron de avivar el fuego, y publicaron artículos sobre los «barones del boom» —Mack Sennett y Emmett Sprague entre ellos—, y sus «lazos con los gángsters». La revista *Confidential* publicó una serie de reportajes sobre el negocio que Sennett hizo con Hollywoodlandia y cómo la Cámara del Comercio de Hollywood quiso quitar el L-A-N-D-I-A del gigantesco letrero que había en el Monte Lee, y sacó fotos del director de los Keystone Kops junto a un hombre fornido con una niña muy mona al lado. No estaba seguro del todo de que se tratara de Emmett y Madeleine; de todos modos, recorté las fotos.

Mis enemigos. Mis amigos. Mi esposa.

Yo examinaba pruebas y Kay enseñaba en la escuela. Durante cierto tiempo nos divertimos con la novedad de vivir una existencia normal y ordenada. Con la casa pagada y dos sueldos, había montones de dinero que gastar y lo usamos para alejarnos de Lee Blanchard y el invierno del 47, dándonos todos los lujos posibles. Íbamos al desierto los fines de semana, así como a las montañas; comíamos en restaurantes tres y cuatro noches por semana. Nos registrábamos en los hoteles fingiendo ser amantes que debían ocultarse y me hizo falta bastante más de un año para darme cuenta de que hacíamos esas cosas porque nos alejaban de aquel lugar que había sido pagado con el dinero del atraco al Boulevard-Citizens. Y me hallaba tan inmerso en esa persecución de diversiones que hizo falta una considerable sacudida para sacarme de tal estado.

Uno de los tablones del vestíbulo se había soltado y acabé de quitarlo para encolarlo bien. Cuando miré en el agujero, encontré un rollo de dinero, dos mil dólares en billetes de cien sujetos con una goma. No sentí ni alegría ni sorpresa; mi cerebro continuó con su tic, tic,

tic, y acabó con las preguntas que mi apresurada huida hacia la vida normal habían acallado:

Si Lee tenía este dinero, más la pasta que estuvo gastando en México, ¿por qué no había pagado el chantaje de Baxter Fitch?

Si tenía ese dinero, ¿por qué había acudido a Ben Siegel para intentar que le prestara diez de los grandes con que pagar a Fitch?

¿Cómo era posible que Lee hubiera comprado y amueblado esa casa, que le hubiera costeado la universidad a Kay y que siguiera conservando una suma tan importante cuando su parte del atraco no podía haber superado en mucho los cincuenta mil?

Por supuesto, se lo dije a Kay, quien, por supuesto, no pudo responder a esas preguntas; por supuesto, me odió por continuar hurgando en el pasado. Le dije que podíamos vender la casa y conseguir un apartamento igual que otras parejas normales... y, por supuesto, no quiso ni oír hablar de ello. La casa significaba comodidad y estilo, un eslabón con su antigua vida que no estaba dispuesta a romper.

Quemé el dinero en la chimenea estilo *art déco* de Lee Blanchard. Kay nunca me preguntó qué había hecho con el. Ese acto tan sencillo me devolvió una parte de mi ser que había sido sofocada, me costó casi todo lo que había logrado ganar con mi esposa... y me devolvió mis fantasmas.

Kay y yo hacíamos el amor cada vez menos. Cuando ocurría, se trataba de que ella obtuviera una especie de confirmación rutinaria y yo una apagada explosión. Acabé pensando en Kay Lake Bleichert como una mujer destrozada por la obscenidad de su antigua existencia, una mujer con apenas treinta años que empezaba a volverse casta. Entonces llevé la cloaca a nuestra cama, los rostros de las prostitutas que veía en la parte baja unidos al cuerpo de Kay en la oscuridad. Funcionó las primeras veces, no muchas, hasta que me di cuenta de dónde quería llegar yo en realidad. Cuando finalmente actué y acabé jadeante, Kay me acarició igual que si fuera una madre y tuve la sensación de que ella sabía cómo había roto mi juramento matrimonial... con ella delante.

1948 se convirtió en 1949. Hice un gimnasio de boxeo del garaje con sacos de entrenamiento y combas incluidas. Recuperé la forma y decoré las paredes con fotos del joven Bucky Bleichert, años 40-41 aproximadamente. Ver mi imagen a través de los ojos nublados por el sudor hacía que me sintiera más cerca de ella y empecé a recorrer las librerías de segunda mano en busca de suplementos dominicales y revistas. Encontré instantáneas amarillentas en *Colliers*; unas cuantas fotos de familia reproducidas en viejos números del *Globe* de Boston. Las mantuve ocultas en el garaje y el montón fue creciendo para desvanecerse de repente una tarde. Esa noche oí llorar a Kay dentro de la casa; cuando fui al dormitorio para hablar con ella, la puerta de la habitación estaba cerrada.

26

El teléfono sonó. Alargué la mano hacia la extensión de la mesilla de noche; entonces recordé de pronto que durante la mayor parte del último mes había estado durmiendo en el sofá y avancé, tambaleándome, hacia la mesita del café.

—¿Sí?

—¿Todavía duermes?

Era la voz de Ray Pinker, mi jefe en el Departamento de Investigación Científica.

—Dormía.

—Perfecto, el tiempo pasado es el más adecuado. ¿Me oyes bien?

—Sigue hablando.

—Tenemos un suicidio, de ayer. Un disparo, June Sur, 514, Hancock Park. El cuerpo ya no está, le echaron un vistazo breve al lugar y lo cerraron. Dale un repaso completo y deja el informe en Wilshire, al teniente Reddin. ¿Has entendido?

Bostecé.

—Sí. ¿Se puede entrar allí?

—La mujer del fiambre te hará los honores. Sé cortés, tratamos con un tipo asquerosamente rico.

Colgué el teléfono y lancé un gemido. En ese momento recordé que la mansión de los Sprague se encontraba a una manzana de esa dirección, en la calle June. De repente, la perspectiva de ese trabajo me resultó fascinante. Una hora más tarde llamaba al timbre de la casa, una mansión estilo colonial con columnatas. Una mujer de unos cincuenta años y cabello gris, bien conservada, me abrió la puerta vestida con un chándal polvoriento.

—Soy el agente Bleichert, policía de Los Ángeles —dije—. ¿Me permite expresarle mi condolencia, señora...?

Ray Pinker no me había dado ningún nombre.

—Aceptadas, y yo soy Jane Chambers —respondió ella—. ¿Es usted el hombre del laboratorio?

Por debajo de esa brusquedad, la mujer estaba temblando; me gustó de inmediato.

—Sí. Basta con que me indique el lugar; yo me encargaré de todo y no la molestaré más.

Jane Chambers me hizo entrar en un apacible vestíbulo donde todo era de madera.

—El estudio, detrás del comedor. Ya verá el cordel. Y ahora, si me disculpa, quiero trabajar un poco en el jardín.

Se marchó, limpiándose los ojos. Encontré la habitación, pasé por encima del cordel que delimitaba la escena del suicidio y me pregunté por qué ese bastardo había decidido acabar consigo mismo en un lugar donde sus seres queridos verían toda la carnicería.

Parecía un trabajo clásico de suicidio por disparo de escopeta: un sillón de cuero volcado, con el contorno del fiambre trazado con tiza en el suelo junto a ella. El arma, una escopeta del calibre 12 de cañón doble, se encontraba justo allí donde habría debido estar, a un metro escaso delante del cuerpo, la punta de los cañones cubierta de sangre y fragmentos de tejido. Tanto las paredes de estuco claro como el techo mostraban sangre y pedazos de cerebro bien esparcidos, con los restos de dientes y pólvora delatando que la víctima se había metido ambos cañones en la boca.

Tardé una hora en medir las trayectorias y el tamaño de las manchas; también cogí muestras de sustancia en tubos de ensayo y cubrí de polvo el arma del suicidio en busca de huellas. Cuando hube terminado, envolví la escopeta en una bolsa de mi equipo a sabiendas de que ésta terminaría siendo propiedad de algún deportista de la policía de Los Ángeles. Después salí al vestíbulo y me detuve al ver un retrato enmarcado que estaba colgado a la altura de mis ojos.

Era el retrato de un payaso, un joven ataviado con las ropas de un bufón cortesano de hacía mucho, mucho tiempo. Su cuerpo estaba deformado y encogido sobre sí mismo; lucía una estúpida sonrisa de oreja a oreja que parecía una sola y profunda cicatriz.

Me quedé mirando el retrato, absorto, mientras pensaba en Elizabeth Short, encontrada cadáver entre la Treinta y Nueve y Norton. Cuanto más lo miraba, más se mezclaban ambas imágenes; finalmente, aparté los ojos del cuadro y los posé en una foto de dos mujeres jóvenes y cogidas del brazo que se parecían mucho a Jane Chambers.

—El resto de supervivientes. Bonitas, ¿verdad?

Me di la vuelta. La viuda llevaba dos veces más polvo encima que antes y olía a tierra e insecticida.

—Como su madre. ¿Cuántos años tienen?

—Linda veintitrés y Carol veinte. ¿Ha terminado ya en el estudio?

Pensé en las dos chicas como contemporáneas de las chicas Sprague.

—Sí. Dígale a quien tenga que limpiarlo que utilice amoníaco puro. Señora Chambers...

—Jane.

—Jane, ¿conoce a Madeleine y Martha Sprague?

Jane Chambers lanzó un bufido.

—Esas chicas y esa familia... ¿Cómo es que las conoce usted?

—Hice cierto trabajo para ellos en el pasado.

—Considérese muy afortunado si el encuentro fue breve.

—¿A qué se refiere?

Entonces sonó el teléfono del vestíbulo.

—Más condolencias —dijo Jane Chambers—. Gracias por haberse portado tan bien, señor...

—Llámeme Bucky. Adiós, Jane.

—Adiós.

Escribí mi informe en la comisaría de Wilshire y luego comprobé el expediente rutinario de suicidio abierto para Chambers, Eldridge Thomas, muerto el 12/4/49. No me dijo gran cosa: Jane Chambers oyó la detonación de la escopeta, encontró el cuerpo y llamó a la policía de inmediato.

Cuando los detectives llegaron les contó que su esposo estaba deprimido a causa de su mala salud y el matrimonio fracasado de su hija mayor. Suicidio: caso cerrado a la espera de que se realizara la investigación forense en el lugar del crimen.

Lo hecho por mí confirmó el veredicto anterior en todos sus detalles. Pero yo tenía la sensación de que no bastaba. Me agradaba la viuda, los Sprague vivían a una manzana de distancia y seguía sintiendo curiosidad. Usé un teléfono de la sala común y llamé a los contactos periodísticos de Russ Millard, dándoles dos nombres: Eldridge Chambers y Emmett Sprague. Ellos se encargaron de hacer sus propias llamadas, excavaron un poco y luego me telefonearon a la extensión de la comisaría que yo había ocupado. Cuatro horas después sabía lo siguiente:

Que Eldridge Chambers había muerto siendo inmensamente rico.

Que de 1930 a 1934 fue presidente de la Junta de Propiedades Inmobiliarias del Sur de California.

Que presentó la candidatura de Sprague como miembro del Club de Campo de Wilshire en 1929, pero el escocés fue rechazado a causa de «sus conexiones judías en los negocios»... es decir, los gangsters de la Costa Este.

Y la guinda: Chambers, a través de intermediarios, hizo que Sprague fuera expulsado de la Junta de Propiedades Inmobiliarias cuando varias de sus casas se derrumbaron durante el terremoto del 33.

Era suficiente para una jugosa nota necrológica en la prensa pero no lo suficiente para un poli cargado de tubos de ensayo, con un matrimonio que se hundía y montón de tiempo libre.

Esperé cuatro días; después, cuando los periódicos me dijeron que Eldridge Chambers ya estaba enterrado, volví para hablar con su viuda.

Respondió al timbre con ropa de jardín, y unas tijeras de podar en la mano.

—¿Ha olvidado algo o es usted tan curioso como me pareció el otro día?

—Lo segundo.

Jane se rió y se limpió la suciedad del rostro.

—Después de que se fuera, recordé por qué me sonaba su nombre. ¿No era usted alguna especie de atleta o algo parecido?

Me reí.

—Era boxeador. ¿Están sus hijas en casa? ¿Tiene alguien que le haga compañía?

Jane meneó la cabeza.

—No, y lo prefiero así. ¿Quiere tomar el té conmigo en el patio de atrás?

Asentí. Jane me guió a través de la casa hasta llegar a un porche sombreado que dominaba una gran extensión de césped, más de la mitad del cual estaba arado en forma de surcos.

Tomé asiento en una silla de jardín y ella me sirvió té helado.

—Hice todo eso desde el domingo pasado. Creo que me ha ayudado más que todas las llamadas de simpatía que he recibido.

—Se lo está tomando usted bastante bien.

Jane se instaló junto a mí.

—Eldridge tenía cáncer, así que medio me lo esperaba. Pero no que lo hiciera con una escopeta en nuestra propia casa.

—¿Estaban muy cerca el uno del otro?

—No, ya no. Con las chicas mayores, nos habríamos divorciado más pronto o más tarde. ¿Está casado?

—Sí. Casi dos años ya.

Jane tomó un sorbo de té.

—Dios, un recién casado... No hay nada mejor que eso, ¿verdad?

Mi rostro debió traicionarme.

—Lo siento —dijo Jane, y cambió de tema—. ¿Cómo conoció a los Sprague?

—Tuve una cierta relación con Madeleine antes de conocer a mi mujer. ¿Les ha tratado usted mucho?

Jane pensó en lo que le había preguntado, sus ojos clavados en la tierra llena de surcos.

—Eldridge y Emmett se conocían desde hacía tiempo —dijo por fin—. Los dos hicieron un montón de dinero con las propiedades inmobiliarias y estuvieron en la junta del Sur de California. Quizá no debería contarle esto, dado que es usted policía, pero Emmett no era trigo limpio. Muchas de sus casas se derrumbaron durante el gran terremoto del 33 y Eldridge dijo que un montón de sus otras propiedades tendrían que acabar así, más pronto o más tarde... casas hechas con el peor material posible. Eldridge hizo que echaran a Emmett de la junta cuando descubrió que sociedades falsas controlaban las ventas y los alquileres; le enfurecía el pensar que Emmett jamás sería el responsable de las posibles pérdidas de vidas que se produjeran en el futuro.

Recordé haber hablado con Madeleine de lo mismo.

—Me parece que su esposo era un buen hombre.

Los labios de Jane se curvaron en una sonrisa... daba la impresión de que contra su voluntad.

—Tenía sus momentos.

—¿Nunca fue a la policía por lo de Emmett?

—No. Temía a sus amigos, los gángsters. Sólo hizo lo que pudo, causarle una pequeña molestia a Emmett. Ser eliminado de la junta probablemente le hizo perder algunos negocios.

—«Hizo lo que pudo» no es un mal epitafio.

Ahora, los labios de Jane formaron una mueca despectiva.

—Lo hizo porque se sentía culpable. Eldridge poseía unos cuantos bloques de casas miserables en San Pedro. Al enterarse de que tenía cáncer, empezó a sentir complejo de culpa. El año pasado votó a los demócratas y cuando ocuparon el ayuntamiento tuvo reuniones con algunos de los nuevos miembros del consejo. Estoy segura de que les contó cuantas cosas feas sabía sobre Emmett.

Pensé en el Gran Jurado investigador que andaban profetizando los periódicos sensacionalistas.

—Quizás Emmett acabe llevándose un disgusto. Su esposo pudo haber sido...

Jane golpeó la mesa con el anillo de su dedo.

—Mi esposo era rico, guapo y bailaba fatal el charlestón. Le amé hasta que descubrí que me engañaba y ahora empiezo a quererle de nuevo. Es algo tan extraño...

—No es tan extraño —dije.

Jane me sonrió, una sonrisa muy leve y dulce.

—¿Cuántos años tienes, Bucky?

—Treinta y dos.

—Bueno, yo tengo cincuenta y uno y creo que es algo extraño, muy extraño. No deberías mostrarte tan dispuesto a comprender y aceptar el corazón humano a tu edad. Deberías tener ilusiones.

—Te estás riendo de mí, Jane. Soy un policía. Los policías no tienen ilusiones.

Jane se rió... con ganas.

—*Touché*. Ahora soy yo la curiosa. ¿Cómo es posible que un policía ex boxeador se relacionara con Madeleine Sprague?

Mentí.

—La paré por haberse saltado una luz roja y una cosa llevó a la otra. —Sintiendo un nudo en las entrañas, y como sin darle importancia, le pregunté—: ¿Qué sabes de ella?

Jane dio una patada en el suelo para asustar a un cuervo que contemplaba los rosales, justo al lado del porche.

—Lo que sé sobre los Sprague tiene como mínimo diez años de antigüedad y es muy extraño. Barroco, casi.

—Soy todo oídos.

—Algunos dirían que eres todo dientes —respondió Jane. Cuando no me reí, sus ojos fueron hacia Muirfield Road y la residencia del barón del boom, cruzando rápidamente por encima del jardín lleno de surcos—. En la época que mis chicas y Maddy y Martha eran pequeñas, Ramona dirigía mascaradas y ceremonias en ese enorme jardín suyo. Pequeñas representaciones teatrales con las niñas vestidas de animales y delantalitos de encaje. Yo dejaba que Linda y Carol participaran en ellas, aun a sabiendas de que Ramona estaba trastornada. Cuando las chicas crecieron un poco más, después de cumplir los diez años, las mascaradas se fueron volviendo más extrañas. Ramona y Maddy eran muy buenas con el maquillaje y Ramona puso en escena ciertas... obras, que representaban lo que les había ocurrido a Emmett y su amigo Georgie Tilden durante la primera guerra mundial.

»Bueno, ahí estaban las niñas, con falditas de color caqui, los rostros tiznados, y fusiles de juguete en las manos, todo ello obra de Ramona. A veces les echaba falsa sangre y hubo ocasiones en las que Georgie llegó a filmarlo todo. La cosa llegó a ser tan grotesca y tan desproporcionada que obligué a Linda y a Carol a que dejaran de jugar con las chicas Sprague. Entonces, un día, Carol llegó a casa con unas cuantas fotos que Georgie le había sacado. En ellas se estaba haciendo la muerta, cubierta toda ella de pintura roja. Ésa fue la gota de agua que desbordó el vaso. Fui a la casa de los Sprague hecha una furia y le dije a Georgie de todo sabiendo que, en realidad, Ramona no era responsable de sus actos. El pobre hombre se limitó a callarse y a aguantar; después, me sentí muy mal por ello... había quedado desfigurado en un accidente de coche y eso le había convertido casi en un vagabundo, alguien que no servía para nada. Antes trabajaba con Emmett en el asunto de las inmobiliarias, ahora lo único que hace es quitar hierbajos y basura de los solares por cuenta de la ciudad.

—¿Y qué ocurrió después con Madeleine y Martha? Jane se encogió de hombros.

—Martha se convirtió en una especie de prodigio artístico y Madeleine en una cabeza loca, lo cual supongo que ya sabías.

—No seas mala, Jane.

—Me disculpo —dijo ella mientras golpeaba la mesa con su anillo—. Quizás estoy deseando que me fuera posible hacer todo eso en su lugar. Lo cierto es que no puedo pasarme el resto de mi vida cuidando el jardín y soy demasiado orgullosa para tener gigolós. ¿Qué opinas del asunto?

—Conseguirás encontrar otro millonario.

—Improbable. Además, uno fue suficiente para que me dure toda la vida. ¿Sabes lo que no paro de pensar? Que casi estamos en 1950 y yo nací en 1898. Es algo que me sienta fatal.

Dije lo que llevaba pensando durante la última media hora.

—Me haces desear que las cosas hubieran sido distintas. Que el tiempo fuera otro.

Jane sonrió y lanzó un suspiro.

—Bucky, ¿es eso lo mejor que puedo esperar de ti?

Le devolví el suspiro.

—Creo que nadie puede esperar algo mejor.

—Tengo la impresión de que te gusta mirar, ¿sabes?

—Y yo de que a ti te gusta cotillear.

—*Touché!* Ven, te acompañaré hasta la salida.

Durante el camino hacia la puerta fuimos cogidos de la mano. Una vez en el vestíbulo, el retrato con el payaso que tenía la boca como una cicatriz volvió a fascinarme.

—Dios, es terrorífico —murmuré señalando hacia él.

—Y valioso, además. Eldridge lo compró para mi cuarenta y nueve cumpleaños, pero lo odio. ¿Te gustaría llevártelo?

—Muchas gracias, pero no.

—Entonces, gracias. De todas mis visitas de condolencia, tú has sido la mejor.

—Lo mismo digo.

Nos abrazamos durante un segundo y luego me marché.

27

El chico del mechero Bunsen.

Dormir en el sofá.

Detective sin caso.

Trabajé en esos tres asuntos durante la primavera del 49. Kay salía temprano para la escuela cada mañana; yo fingía dormir hasta que se iba. Luego, solo en la mansión del cuento de hadas, acariciaba las cosas de mi mujer: los suéteres de cachemira que Lee le había comprado, los trabajos de graduación, los libros amontonados en espera de ser leídos. Busqué siempre un diario, pero nunca lo encontré. Cuando estaba en el laboratorio me imaginaba que ella hurgaba entre mis pertenencias. Jugueteé con la idea de escribir un diario y dejarlo donde Kay pudiera encontrarlo, con un relato detallado de todas las veces en que me había acostado con Madeleine Sprague, para hacer que se enfrentase al hecho, y frotárselo por las narices ya fuera para conseguir el perdón de mi obsesión hacia la *Dalia* o para hacer que nuestro matrimonio estallara y sacarlo de su parálisis. Llegué a garrapatear cinco páginas en mi cubículo... pero me detuve cuando olí el perfume de Madeleine mezclándose con la peste a lisol del motel Flecha Roja. El arrugar las páginas y tirarlas sólo sirvió para avivar el fuego hasta convertirlo en un feroz incendio.

Mantuve bajo vigilancia la mansión de Muirfield Road durante cuatro noches seguidas. Aparcado al otro lado de la calle, veía encenderse y apagarse las luces, y contemplaba las sombras que parpadeaban al otro lado de los emplomados ventanales. Jugaba con la idea de hacer pedazos la vida familiar de los Sprague, de sacarle todo su jugo por el mero hecho de ser un tipo duro que le agradaba a Emmett, o de acostarme de nuevo con Madeleine en cualquier tugurio. Durante esas noches, ningún miembro de la familia salió de la casa: sus cuatro noches no se movieron del sendero circular. Yo no cesaba de preguntarme qué hacían, qué historia compartida estaban volviendo a desmenuzar, qué posibilidades había de que alguien mencionara al poli que fue a cenar dos años antes.

A la quinta noche, Madeleine, con pantalón y un suéter rosa, anduvo hasta la esquina para echar una carta al buzón. Cuando volvió, vi que notaba la presencia de mi coche y los faros de los vehículos que pasaban iluminaron la sorpresa que su rostro reflejaba.

Esperé hasta que ella hubo vuelto a entrar, presurosa, en la fortaleza estilo Tudor y regresé a casa, con la voz de Jane Chambers, que me decía en tono burlón: «Mirón, mirón.»

Cuando entraba, oí correr el agua de la ducha; la puerta del dormitorio estaba abierta. El quinteto de Brahms favorito de Kay sonaba en el tocadiscos. Entonces, recordé la primera vez que había visto desnuda a mi esposa, y, ante ese recuerdo, me quité la ropa y me tendí en la cama.

El ruido de la ducha se detuvo; Brahms se oyó mucho más fuerte. Kay apareció en el umbral envuelta en una toalla.

—Cariño —dije.

—Oh, Dwight —repuso ella, y dejó caer la toalla.

Los dos nos pusimos a hablar al mismo tiempo, con disculpas por parte de ambos. No logré entender todas sus palabras y sabía que ella no podía descifrar las mías. Quise levantarme para apagar el tocadiscos pero Kay vino hacia la cama antes de que lo hiciera.

Lo estropeamos con los besos. Abrí demasiado

pronto la boca, olvidando cómo le gustaba ser corteja-
da y seducida. Al sentir su lengua, aparté mi rostro del
suyo pues sabía que odiaba eso. Cerré los ojos y mis labios se movieron por su cuello; Kay gimió, y supe que
su gemido era falso. Los sonidos del amor empeoraron
cada vez más... se convirtieron en eso que esperas de la
actriz de una película pornográfica. Sus senos pendían
fláccidos en mis manos y mantenía las piernas apretadas
una contra otra, dobladas de la misma forma que si pretendiera apartarme. Se las separé con la rodilla... obtuve
una respuesta tensa, espasmódica. Excitado, humedecí a
Kay con mi lengua y penetré en ella.

Mantuve los ojos abiertos y clavados en los suyos
para que pudiera saber que no había nadie más, sólo
nosotros dos; Kay ladeó la cabeza y me di cuenta de que
había captado mi mentira. Intenté calmarme, hacerlo
despacio y con suavidad, mas ver latir una vena en el
cuello de Kay me volvió loco: no podía tenerla más tie-
sa. Me corrí.

—¡Maldita sea! —gruñí—, siento muchísimo que lo
sientas.

Y lo que Kay dijera quedó ahogado por la almohada
en la cual había enterrado su cabeza.

28

La noche siguiente me hallaba en el coche delante
de la mansión Sprague. Esta vez iba en el Ford sin dis-
tintivos policiales que usaba para acudir a los trabajos
del Departamento. El tiempo era algo inexistente para

mí pero sabía que cada segundo me acercaba más a llamar a esa puerta o a tirarla abajo.

Mi mente jugaba con la imagen de Madeleine desnuda; mis réplicas ingeniosas hacían que los demás Sprague lanzaran exclamaciones de sorpresa. Entonces, un haz luminoso hendió el camino, la puerta dio un golpe y las luces del Packard se encendieron. Fue hacia Muirfield, giró a la izquierda por la Sexta y se dirigió hacia el este. Yo esperé unos discretos tres segundos y lo seguí.

El Packard se mantenía en el carril central; yo lo seguía desde el de la derecha, con unos cuatro coches como mínimo entre nosotros. Salimos de Hancock Park para entrar en el distrito de Wilshire, fuimos por el sur hacia Normandie y por el este a la Octava. Vi todo un kilómetro y medio de bares relucientes e iluminados... y supe que Madeleine estaba a punto de hacer algo.

El Packard se detuvo ante la Sala Zimba, un local con lanzas de neón cruzadas sobre la entrada. El único espacio vacío que había en el estacionamiento se encontraba justo detrás, así que me dirigí hacia él y mis faros capturaron a la silueta que cerraba la portezuela y todos los cables de mi cerebro saltaron cuando vi quién no era y quién era.

Elizabeth Short.

Betty Short.

Liz Short.

La *Dalia Negra*.

Mis rodillas se alzaron de golpe hasta que chocaron con el volante; mis temblorosos dedos accionaron el claxon. La aparición se protegió los ojos y entornó los párpados cuando miró hacia los haces de mis faros, después, se encogió de hombros. Distinguí el movimiento de unos hoyuelos familiares y regresé del lugar hacia el cual me había estado encaminando, fuera el que fuese.

Era Madeleine Sprague, vestida y maquillada como la *Dalia*. Llevaba un traje ceñido y absolutamente negro, con el rostro y el peinado idénticos a las mejores fotos de Betty Short. La vi entrar en el bar, percibí un puntito amarillo en sus negros rizos peinados hacia arriba y supe que había llevado su transformación hasta incluir la joya particular de Betty. Ese detalle me golpeó igual que el uno-dos de Lee Blanchard. Conseguí moverme, con las piernas de un borracho, y perseguí al fantasma.

El interior de la sala Zimba era una masa de humo que iba de pared a pared y en ella había soldados y música de jazz brotando de una gramola automática; Madeleine se encontraba ante la barra con una copa en la mano. Cuando miré a mi alrededor, vi que era la única mujer del lugar y que ya había creado toda una conmoción: soldados y marineros se transmitían la buena nueva a codazos, y señalaban hacia la figura enfundada en tela negra al tiempo que intercambiaban unos murmullos.

Encontré un reservado cubierto con piel de cebra en la parte de atrás; estaba lleno de marineros que compartían una botella. Una mirada a sus pieles de melocotón me dijo que no tenían la edad legal de beber, así que, enseñé mi placa.

—Largo o dentro de un minuto tendré aquí a la policía naval.

Los tres jóvenes salieron en un torbellino de uniformes azules; su botella quedó allí olvidada. Me senté en el reservado para ver cómo Madeleine interpretaba a Betty.

Engullir medio vaso de bourbon me calmó los nervios. Podía ver en ángulo a Madeleine en la barra, rodeada de aspirantes a ser sus enamorados que bebían cada una de sus palabras. Me encontraba demasiado lejos para poder oír algo de lo que decía; sin embargo, cada gesto que le vi hacer no era suyo, sino de otra mujer. Y cada vez que tocaba a uno de los miembros de su círculo, mi mano iba hacia mi 38.

El tiempo se fue estirando en una neblina de azul marino y caqui con centro de azabache.

Madeleine bebió, habló y rechazó un avance tras otro, con su atención centrada en un corpulento marinero. A medida que el hombre lanzaba miradas asesinas a sus pretendientes, éstos se iban esfumando; yo acabé la botella. La contemplación del bar hacía innecesario todo pensamiento; la fuerte música de jazz mantenía aguzados mis oídos hacia cualquier palabra que pudiera sonar por encima de ella; la bebida me impedía arrestar al hombretón por media docena de acusaciones inventadas. Y, de repente, la mujer de negro y el marinero de azul se dirigieron hacia la salida, cogidos del brazo, Madeleine unos pocos centímetros más alta gracias a sus tacones.

Les di cinco segundos, calmados con un poco de bourbon, y me puse en marcha. El Packard giraba en la esquina cuando me senté detrás del volante. Arranqué y también giré a la derecha con bastante brusquedad, vi sus pilotos traseros al final de la manzana. Aceleré hasta ponerme detrás de ellos con tal rapidez que casi rocé su parachoques trasero; Madeleine sacó el brazo por la ventanilla y luego entró en el estacionamiento de un motel de brillante iluminación.

Patiné hasta detenerme, después di marcha atrás y apagué los faros. Desde la calle pude ver al marinerito en pie, junto al Packard, con un cigarrillo en la mano, mientras Madeleine iba a la recepción del motel para recoger la llave del cuarto. Salió un momento después, igual que en nuestra vieja rutina; le indicó al marinero que anduviera delante de ella tal y como hacía conmigo. Las luces de la habitación se encendieron y se apagaron. Cuando me acerqué a escuchar, las persianas estaban bajadas y la radio tenía puesta nuestra vieja emisora.

Ir en coche de un lado a otro.

Interrogatorios y registros.

El chico del mechero Bunsen se había convertido en un detective con un caso.

Durante cuatro noches más vigilé la representación de Madeleine en el papel de la *Dalia*; cada vez actuaba del mismo modo: tugurio de la Octava, chico duro con montones de *confetti* en el pecho, el picadero entre la Novena e Irolo. Cuando los dos se metían en la cama, yo volvía e interrogaba a los tipos de los bares y los soldados a los cuales les había dado calabazas.

¿Cómo ha dicho que se llamaba esa mujer vestida de negro?

No lo ha dicho.

¿De qué habló?

La guerra y meterse en el cine.

¿Se fijó en su parecido con la *Dalia Negra*, esa chica a la que mataron hace un par de años y, de ser así, qué piensa usted que pretendía ella?

Respuestas negativas y teorías: es una chiflada que cree ser la *Dalia Negra*; es una puta que se aprovecha de su parecido con la *Dalia* para sacar dinero; es una trampa de la policía para pillar al asesino de la *Dalia*; es una loca que se está muriendo de cáncer e intenta atraer al que rebanó a la *Dalia* y engañar a la gran C.

Sabía que el siguiente paso era interrogar a los amantes de Madeleine... pero no confiaba lo suficiente en que fuera capaz de llevarlo a cabo de una manera racional. Si decían lo que no debían o lo que debían, o si me señalaban la dirección equivocada/correcta, sabía que quizá no fuera responsable de lo que pudiera acabar haciendo.

Aquellas cuatro noches de bebida, de cabezadas en el coche y siestas en el sofá de casa, con Kay recluida en el dormitorio, se cobraron su precio sobre mí. Cuando estaba en el trabajo, las diapositivas se me caían al suelo y me equivocaba al etiquetar las muestras de sangre; escribía los informes sobre las pruebas en mi particular taquigrafía del agotamiento y, por dos veces, me quedé dormido encima de un microscopio de balística, despertando bruscamente con la mente llena de fugaces visiones de Madeleine vestida de negro. Como sabía que sería incapaz de aguantar la quinta noche por mis propios medios, robé unas cuantas tabletas de benzedrina que estaban a la espera de análisis para la División de Narcóticos. Me sacaron de mi fatiga y me llevaron a una pegajosa sensación de repugnancia y disgusto por lo que me había estado haciendo a mí mismo... y sacudieron mi cerebro lo suficiente para salvarme de Madeleine/la *Dalia* y convertirme de nuevo en un auténtico policía.

Thad Green movía la cabeza mientras que yo le suplicaba-hacía un trato con él: llevaba siete años en el Departamento; mi tropezón con los Vogel había tenido lugar dos años antes, y ya estaba casi olvidado; odiaba trabajar en el departamento científico y quería volver a un puesto de uniforme... en el turno de noche si era posible. Estaba estudiando para el examen de sargento y el departamento científico me había ido bien como terreno de entrenamiento para mi meta definitiva... los detectives.

Empecé a soltarle todo un discurso sobre mi des-

415

graciado matrimonio, de cómo el servicio nocturno me mantendría alejado de mi esposa... Se me acababa el vapor cuando las imágenes de la dama de negro me asaltaron y me di cuenta de que me faltaba poco para caer de rodillas. El Jefe de Detectives me silenció con una mirada interminable y me pregunté si la droga me estaría traicionando.

—De acuerdo, Bucky —dijo al fin, y señaló hacia la puerta.

Esperé en la antesala durante una eternidad de benzedrina; cuando Green salió de su despacho con una sonrisa en el rostro casi abandono mi piel de un salto.

—Turno de noche en la calle Newton a partir de mañana —me comunicó—. Y procura ser educado con nuestros hermanos de color que viven ahí. Pareces andar un tanto mal de los nervios y no querría que se lo contagiaras.

La comisaría de la calle Newton se encontraba al sureste de la parte baja de Los Ángeles y contaba con un 95 % de suburbios, un 95 % de negros y un 100 % de problemas. Había tipos que bebían y jugaban en cada esquina; licorerías, salones donde se estiraba el cabello y billares en cada bloque, con llamadas en código tres a la comisaría durante las veinticuatro horas de cada jornada. Los que hacían la ronda a pie llevaban porras con remaches metálicos; los de la sala común, automáticas del 45 cargadas con balas dum-dum, en contra del reglamento. Los borrachos locales bebían Lagarto Verde, colonia cortada con oporto blanco Viejo Monterrey, y la tarifa habitual de una puta era de un dólar, un dólar y veinticinco centavos si utilizabas «su sitio», los coches abandonados que había en el cementerio de chatarra entre la Cincuenta y Seis y Central. Los chicos de la calle estaban flacos y tenían el vientre hinchado, los perros sin amo exhibían su sarna y un gruñido perpetuo, los comerciantes guardaban escopetas debajo del mostrador. La comisaría de la calle Newton era zona de guerra.

Me presenté a trabajar después de veintidós horas de cama, habiéndome quitado de encima la benzedrina a base de bebida. El jefe de la comisaría, un viejo teniente llamado Getchell, me dio una cálida bienvenida, y me dijo que, según Thad Green, yo era un buen tipo y que por ello me aceptó como tal hasta que la cagara y le demostrara lo contrario. Personalmente, él odiaba a los boxeadores y a los chivatos pero estaba dispuesto a olvidar el pasado. Sin embargo, era probable que a mis compañeros les hiciera falta ser persuadidos de ello; odiaban realmente a los polis famosos, los boxeadores y los bolcheviques, y Fritzie Vogel era recordado con cariño de cuando había paseado la calle Newton cuatro años antes. Mi cordial jefe me asignó una ronda a pie en solitario. Salí de esa primera entrevista decidido a ser más bueno que el mismísimo Dios.

Mi primera visita a la sala común tuvo peor desarrollo.

Fui presentado a los chicos por el sargento de guardia, y no obtuve ningún aplauso aunque sí un amplio surtido de miradas que se apartaban de las mías, eran pupilas inexpresivas y miradas malignas. Tras la lectura del resumen de crímenes, de los casi cincuenta y cinco hombres que había en la sala, siete se detuvieron para estrechar mi mano y desearme buena suerte. El sargento me proporcionó una gira silenciosa por la zona y me acabó dejando con un callejero en el confín este de mi ronda.

—No dejes que los negros te toquen las pelotas —fue su despedida.

Cuando le di las gracias, me respondió:

—Fritz Vogel era un buen amigo mío.

Y se marchó a toda velocidad.

Decidí que debía empezar a ser bueno tan deprisa como pudiera.

Mi primera semana en Newton la pasé usando los músculos y reuniendo información sobre quiénes eran los auténticos chicos malos. Interrumpí fiestas de Lagarto Verde con mi porra, y prometí no arrestar a ningún borracho si me daban nombres. Si no soltaban la lengua, los arrestaba; si lo hacían, los arrestaba de todas formas. Olí el humo de porro en la acera delante del tugurio donde estiraban el cabello, entre la Sesenta y Ocho y Beach, abrí la puerta de una patada y saqué a la calle a tres tipos que llevaban la cantidad suficiente de hierba encima como para acusarles. Delataron a su proveedor y me avisaron de que se acercaban problemas entre los Slauson y los Rebanadores a cambio de mi promesa de clemencia; yo pasé la información a la comisaría por teléfono y paré a un coche patrulla para que se llevara a los drogados al mismo sitio. Mi recorrido por el cementerio automovilístico de las putas me proporcionó unos cuantos arrestos por prostitución y el que amenazase a los tipos que estaban allí con hacer unas cuantas llamadas a sus esposas me proporcionó más nombres. Al final de la semana, tenía veintinueve arrestos acreditados... nueve de ellos por delitos de mayor cuantía. Y tenía nombres. Nombres con los cuales poner a prueba mi valor. Nombres para compensar todo aquello que había estado rehuyendo. Nombres para hacer que los policías que me odiaban me temieran.

Me encontré a «Barrios Bajos» Willy Brown saliendo del bar y bodega La Hora Afortunada.

—Tu madre chupa las pollas que no debe, negrito —le dije.

Willy se lanzó sobre mí. Encajé tres golpes para darle seis. Cuando hube terminado, Brown estaba echando dientes por la nariz. Y dos policías que tomaban el fresco al otro lado de la calle lo vieron todo.

Roosevelt Williams, violador en libertad condicional, aparte de chulo y corredor de apuestas, era más duro. Su respuesta a mi «Hola, capullo» fue «Eres un blanco de mierda...» y él golpeó primero. Estuvimos intercambiando puñetazos durante casi un minuto, delante de todo un grupo de Rebanadores sentados en los portales. Me iba tomando la delantera y estuve a punto de recurrir a mi porra... objeto con el cual no se fabrican las leyendas precisamente.

Entonces, empleé el truco de Lee Blanchard, y le lancé una serie de golpes de arriba abajo, el último de los cuales envió a Williams al país de los sueños y a mí al enfermero de la comisaría para que me entablillara dos dedos.

Ahora, el uso de los nudillos quedaba eliminado. Mis dos últimos nombres. Crawford Johnson y su hermano Willis, dirigían un tugurio donde se jugaba a las cartas y se hacían trampas, instalado en la iglesia baptista del Poderoso Redentor, entre la Sesenta y Uno y Enterprise, al lado del restaurante barato donde los polis de Newton comían a mitad del precio normal. Cuando entré por la ventana, Willis repartía las cartas. Alzó la mirada.

—¿Qué...? —preguntó.

Mi porra hizo puré sus manos y la mesa de juego. Crawford intentó meter la mano en el cinturón; mi segundo golpe de porra arrancó de sus dedos una 45 con silenciador. Los hermanos salieron por la puerta a toda velocidad, entre aullidos de dolor; me guardé mi nueva herramienta para cuando estuviera libre de servicio y le dije al resto de jugadores que recogieran su dinero y se fueran a casa. Cuando salí, tenía público: policías de azul masticando bocadillos en la acera observaban a los hermanos Johnson que corrían por ella apretándose las manos fracturadas.

—¡Hay gente que no sabe responder a la buena educación! —grité.

Un viejo sargento, del cual se rumoreaba que no podía verme ni en pintura, me gritó:

—¡Bleichert, eres un hombre blanco honorario!

Entonces supe que había logrado ser bueno.

El asunto de los hermanos Johnson me convirtió en una pequeña leyenda. Mis compañeros fueron abriéndose poco a poco, aunque lo hicieran de la manera como uno actúa con los tipos que son demasiado temerarios para su bien, los tipos que, en el fondo, te alegras de no ser. Era como haberse convertido de nuevo en una celebridad local.

Mi primera evaluación mensual me dio excelentes calificaciones en todo y el teniente Getchell me recompensó con un coche con radio para hacer la ronda. Era una especie de ascenso, también lo era el territorio en que debería llevarla a cabo.

Se rumoreaba que tanto los Slauson como los Rebanadores querían acabar conmigo y si ellos fracasaban, Crawford y Willis Johnson estaban esperando turno para intentarlo. Getchell quería sacarme de en medio hasta que las cosas se enfriaran un poco, por lo cual me asignó un sector en la parte occidental de la zona.

La nueva ronda era una invitación al aburrimiento. Había mezcla de blancos y negros, pequeñas fábricas, casitas agradables... La mejor diversión que podías esperar era algún conductor borracho y prostitutas que le hacían proposiciones a los motoristas, en un intento de ganarse unos cuantos dólares mientras se dirigían en autostop a los tugurios del barrio negro. Me dediqué a detener borrachos y estropeé unas cuantas citas amorosas con el parpadeo de los faros del coche, redacté montones de multas y, en general, me dediqué a recorrer las calles para no hacer nada extraordinario. En Hoover y Vermont estaban brotando como hongos los restaurantes para coches, sitios modernos y aparatosos donde podías comer dentro de tu automóvil y escuchar música en altavoces que suspendían de tu ventanilla. Me pasé horas estacionado en ellos, con la KGFJ emitiendo be-bop a toda pastilla y con mi radio baja por si las ondas me enviaban alguna noticia interesante. Mientras estaba sentado y escuchaba, mis ojos recorrían la calle, en busca de prostitutas de raza blanca y yo me decía que si veía alguna que se pareciera a Betty Short, le advertiría que la Treinta y Nueve y Norton se encontraba a sólo unos kilómetros de distancia y la instaría a que se anduviera con cuidado.

Pero la mayoría de las prostitutas eran negras y rubias oxigenadas. A ésas no merecía la pena que las avisara y sólo compensaba meterlas entre rejas cuando mi cuota de arrestos se encontraba baja. Con todo, eran mujeres, sitios seguros por los cuales dejar que mi mente se extraviara; sustitutas sin problemas de mi mujer en casa y de Madeleine vagando por las cloacas de la Octava. Jugueteé con la idea de escoger a una que se pareciera a la Dalia/Madeleine para irme a la cama con ella, pero siempre acabé desechando tal pensamiento... se parecería demasiado a lo de Johnny Vogel y Betty en el Biltmore.

Cuando acababa de trabajar a medianoche, siempre me encontraba nervioso e inquieto, sin humor para regresar a casa y acostarme. Algunas veces iba a los cines de sesión continua de la parte baja; otras, a los clubs de jazz en Central Sur. El bop estaba avanzado hacia sus días de gloria y una sesión que durara toda la noche con su buena dosis de licor, solía bastar para que me calmara y volviese a casa para caer en un sopor sin sueños poco después de que Kay se fuera a trabajar por la mañana.

Pero cuando aquello no funcionaba, el sudor y el payaso sonriente de Jane Chambers aparecían, y Joe Dulange, «el franchute», que aplastaba cucarachas, y Johnny Vogel y su látigo y Betty con la súplica de que me la tirara o acabara con su asesino, no le importaba cuál de las dos cosas hiciera. Y lo terrible era despertarse solo en la casa del cuento de hadas.

El verano llegó. Días cálidos en los que dormía la mona en el sofá; noches calientes dedicadas a patrullar el oeste del barrio negro, con la bebida cerca, el Royal Flush y Bido Lito, Hampton Hawes, Dizzy Gillespie, Wardell Gray y Dexter Gordon. Nerviosos intentos de estudiar para el examen de sargentos y conseguir un polvo barato en algún punto de mi ronda. Si no hubiera sido por el borracho espectral, ese plan hubiera podido continuar para siempre.

Estaba aparcado en Duke's y, entretanto, contemplaba a un grupo de chicas desaliñadas que se encontraban en la parada del autobús a unos nueve metros de mí. Tenía la radio apagada y los salvajes acordes de Kento brotaban por el altavoz suspendido de mi ventanilla. La humedad carente de brisa hacía que el uniforme se me pegara al cuerpo; no había llevado a cabo un arresto en toda la semana. Las chicas le hacían señas a los coches que pasaban y una rubia fabricada con peróxido meneaba las caderas ante ellos. Empecé a sincronizar sus movimientos con los de la música, y acaricié la idea de pillarlas a todas y buscar luego en los archivos por si tenían algún delito pendiente. En ese momento un viejo vagabundo harapiento entró en escena, un bocadillo en una mano y la otra extendida suplicando algo de calderilla.

La rubia oxigenada dejó de bailar para hablar con él; la música se volvió loca sin su acompañamiento, e hizo toda una serie de chirridos y graznidos. Encendí mis faros; el viejo se tapó los ojos y me dedicó un gesto obsceno. Un segundo después yo estaba fuera del coche patrulla y encima de él, con la banda de Stan Kenton cubriéndome la espalda.

Ganchos de izquierda y derecha, golpes cortos al cuerpo, los chillidos de la chica superaban en decibelios al Gran Stan. El borracho me maldijo con insultos dirigidos a mi padre y a mi madre. Sirenas en mi cabeza, el olor de la carne podrida en el almacén, aun sabiendo que eso era imposible.

—Por favor —gorgoteó el viejo.

Con paso inseguro me dirigí al teléfono de la esquina, le entregué una moneda de veinticinco y marqué mi propio número. Diez timbrazos, Kay no contestaba. Marqué el WE-4391 sin pensar en nada. Su voz: «Hola, residencia Sprague.» Mis tartamudeos y luego ella que me decía:

—¿Bucky? Bucky, ¿eres tú?

El vagabundo avanzaba haciendo eses hacia mí, mientras chupaba su botella con labios ensangrentados.

Metí las manos en mis bolsillos, y saqué billetes para arrojarle, dinero sobre el pavimento.

—Ven, cariño. Los demás están en Laguna. Podría ser como en los viejos...

Dejé caer el auricular, y al viejo que recogiera la mayor parte de mi última paga. Conduje a toda velocidad hacia Hancock Park, sólo esta vez, sólo por estar de nuevo dentro de la casa. Cuando llamé a la puerta ya me había convencido a mí mismo. Y apareció Madeleine, seda negra, cabello hacia arriba, joya amarilla incluida. Alargué mi mano hacia ella y Madeleine retrocedió, se soltó el cabello y lo dejó caer sobre sus hombros.

—No. Todavía no. Es lo único que tengo para conservarte junto a mí.

CUARTA PARTE

ELIZABETH

29

Durante un mes me mantuvo prisionero en su puño de terciopelo.

Emmett, Ramona y Martha estaban pasando el mes de junio en la casa de la playa que la familia poseía en Orange County, y dejaban que Madeleine cuidara la propiedad de Muirfield Road. Teníamos veintidós habitaciones en las que jugar, una casa de ensueño construida por la ambición de un inmigrante. Era una gran mejora comparada con el motel Flecha Roja y el monumento al robo de bancos y el asesinato levantado por Lee Blanchard.

Madeleine y yo hicimos el amor en cada dormitorio; lanzamos todas y cada una de las sábanas de seda y las colchas de brocado al suelo, rodeados de Picasso y maestros holandeses y jarrones de la dinastía Ming que valían cientos de los grandes. Dormíamos hasta bien entrada la mañana y, a veces, hasta la tarde, cuando yo me iba hacia el barrio negro. Las miradas que sus vecinos me dirigían cuando entraba en mi coche vestido de uniforme no tenían precio.

Éramos dos vagabundos convictos y confesos que vuelven a reunirse, dos seres enloquecidos por el sexo, con el convencimiento de que ninguno de los dos volvería a pasárselo tan bien con otra persona distinta.

Madeleine me explicó que su número de la *Dalia*

había sido una estrategia para hacerme volver: me había visto dentro de mi coche aquella noche y sabía que con una seducción por Betty Short conseguiría mi vuelta. Me conmovió el deseo que había detrás de aquello, al tiempo que lo elaborado de la astucia me repugnó.

Abandonó su disfraz nada más cerrarse la puerta esa primera vez. Una ducha rápida consiguió que su cabello volviera a su castaño oscuro natural, usó de nuevo el corte a lo paje e hizo desaparecer el ceñido vestido negro. Yo lo intenté todo salvo la súplica y las amenazas de marcharme; Madeleine me apaciguaba con «quizás algún día». Nuestro compromiso implícito era hablar de Betty.

Yo hacía preguntas; ella hablaba y hablaba. Los hechos se nos acabaron con rapidez; a partir de ahí, todo se convirtió en pura especulación.

Madeleine hablaba de lo maleable que era, Betty la camaleón, que se convertiría en cualquier persona para complacer a quien hiciera falta. Para mí era el centro de la más asombrosa cantidad de trabajo detectivesco jamás vista en el Departamento la que había trastornado la mayor parte de las vidas cercanas a la mía, el acertijo humano del cual tenía que saberlo todo. Ésa era mi perspectiva final, y no parecía gran cosa.

Después de Betty, desvié la conversación hacia los Sprague. Nunca le mencioné a Madeleine que conocía a Jane Chambers y fui abordando, en forma disimulada y tortuosa, algunos temas de los que ésta me había hablado. Madeleine dijo que Emmett estaba algo preocupado por las demoliciones que pronto se llevarían a cabo junto al cartel de Hollywoodlandia; que las mascaradas de su madre y su amor hacia los libros extraños y las cosas de la Edad Media no eran nada, sólo «chifladuras... mamá con mucho tiempo libre y todas las drogas legales que quiera».

Pasado cierto tiempo, mis preguntas empezaron a molestarle y exigió ser ella quien las hiciera. Yo mentí y me pregunté adónde iría si sólo me quedara mi pasado.

30

Cuando estacionaba delante de la casa vi un camión de mudanzas en el camino, y el Plymouth de Kay con la capota levantada y lleno de cajas. Mi viaje en busca de uniformes limpios estaba a punto de convertirse en algo más.

Dejé el coche en doble fila y subí los escalones a la carrera, oliendo el perfume de Madeleine todavía en mi cuerpo. El camión empezó a moverse marcha atrás.

—¡Eh! —chillé—. ¡Maldita sea, vuelva aquí!

El conductor no me hizo caso; las palabras que me llegaron desde el porche hicieron que no saliera tras él.

—No he tocado tus cosas. Y puedes quedarte con los muebles.

Kay llevaba su chaqueta Eisenhower y su falda de mezclilla, igual que cuando la vi por primera vez.

—Cariño... —dije, y me disponía a preguntar «¿Por qué?» cuando mi esposa contraatacó.

—¿Pensabas que dejaría que mi esposo se esfumara durante tres semanas sin más? Hice que unos detectives te siguieran, Dwight. Se parece a esa jodida chica muerta... Así que con ella puedes hacerlo y conmigo no.

Los secos ojos de Kay y su voz tranquila eran peores aún que sus palabras. Sentí que el temblor iba a dominarme, que iba a tener un feo ataque de nervios.

—Cariño, maldita sea...

Kay retrocedió, se apartó de mí para que no pudiera abrazarla.

—Putero. Cobarde. Necrófilo.

Los temblores empeoraron; Kay se dio la vuelta y fue hacia su coche. De esa manera, con una diestra y elegante pirueta, salía de mi vida. Noté otra vez el perfume de Madeleine y entré en la casa.

Los muebles parecían iguales que antes pero no había revistas literarias sobre la mesa del café y tampoco suéteres de cachemira doblados en el armario del comedor. Los almohadones del sofá donde yo dormía habían sido cuidadosamente colocados, como si nadie se hubiera recostado en ellos jamás. Mi tocadiscos seguía junto a la chimenea, pero todos los discos de Kay habían desaparecido.

Cogí la silla favorita de Lee y la arrojé contra la pared; después, lancé la mecedora de Kay contra el armario; éste quedó reducido a un montón de cristales. Volqué la mesita del café y la estrellé contra la ventana delantera, tirando luego los restos al porche. Le di patadas a las alfombras hasta amontonarlas en una revuelta pila; saqué los cajones y tiré la nevera al suelo; luego, cogí un martillo para utilizarlo en el lavabo del cuarto de baño, del que también arranqué las cañerías. Me sentía igual que si acabase de pelear diez asaltos a todo vapor; cuando mis brazos estuvieron demasiado fláccidos como para causar más daños, cogí mis uniformes y mi 45 con silenciador y salí, dejando la puerta abierta para que los carroñeros pudieran acabar de limpiar el lugar.

Con el resto de los Sprague a punto de regresar cualquier día a Los Ángeles, sólo había un sitio al que ir. Me dirigí en coche hasta El Nido, le enseñé mi placa al conserje y le dije que tenía un nuevo inquilino. Encontró otra llave de la habitación; segundos más tarde, me hallaba oliendo el humo rancio de los cigarrillos de Russ Millard y el licor que se le había caído a Harry Sears. Y a Elizabeth en las cuatro paredes, pegada a mis ojos: viva y sonriente, fascinada por sus sueños baratos, diseccionada en un solar vacío lleno de hierbajos.

Y sin ni tan siquiera decírmelo, supe qué haría.

Quité los archivadores de la cama, los metí en el armario y convertí en tiras las sábanas y las mantas. Las fotos de la *Dalia* estaban clavadas a la pared; fue sencillo colocar aquellas tiras por encima para dejarlas totalmente cubiertas. Cuando el lugar estuvo perfecto, fui en busca de los accesorios.

Encontré una peluca negroazabache peinada hacia arriba en Trajes Western, una barrita amarilla en una tienda barata del Bulevar. Entonces, los temblores volvieron... peores, cada vez peores. Me acerqué al Salón Luciérnaga; esperaba que aún tuviera permiso de la Antivicio de Hollywood.

Un rápido vistazo al interior me convenció de que así era. Me instalé ante la barra, pedí un Old Forester doble y contemplé a las chicas congregadas en un escenario tan grande como una caja de cerillas. Las candilejas que había empotradas en el suelo las iluminaban desde abajo; eran lo único iluminado que había en aquel vertedero.

Engullí mi bebida. Todas ellas parecían típicas: prostitutas adictas a la droga con quimonos baratos abiertos a los lados. Contando cinco cabezas, las vi fumar cigarrillos y colocarse los quimonos para enseñar más pierna. No había ninguna que estuviera ni tan siquiera cerca de parecérsele.

Entonces, una morena delgaducha, que llevaba un traje de cóctel demasiado grande para ella, subió al escenario. Parpadeó ante el brillo de las luces, se rascó la pequeña y afilada nariz, y empezó a mover los pies trazando ochos en el suelo.

Le hice una seña con el dedo al tipo de la barra. Se acercó a mí con la botella; yo tapé mi vaso con la mano.

—La chica de rosa. ¿Cuánto cuesta llevarla a mi apartamento una hora más o menos?

El camarero suspiró.

—Señor, aquí tenemos tres habitaciones. A las chicas no les gusta...

Le cerré la boca con un billete de cincuenta, nuevo y crujiente.

—Va a hacer una excepción para mí. Ande, sea generoso consigo mismo.

Los cincuenta desaparecieron y el tipo también. Llené mi vaso y me lo terminé, con los ojos clavados en el mostrador hasta sentir una mano en mi hombro.

—Hola, soy Lorraine.

Me di la vuelta.

Vista de cerca podría haber sido cualquier morena agradable, arcilla perfecta que moldear.

—Hola, Lorraine. Yo soy... B-B-Bill.

La chica lanzó una risita.

—Hola, Bill. ¿Quieres irte ya?

Asentí; Lorraine me precedió hasta la salida. La luz del día dejaba ver las carreras de sus medias y las viejas cicatrices de aguja en sus brazos. Cuando entró en el coche, observé que sus ojos eran de un castaño apagado y opaco; al tamborilear con sus dedos sobre el salpicadero me di cuenta de que su mayor lazo de unión con Betty estaba en el barniz de uñas agrietado.

Aquello bastaba.

Fuimos hasta El Nido y subimos a la habitación sin decir palabra. Abrí la puerta y me hice a un lado para

432

dejar entrar a Lorraine; ella puso los ojos en blanco ante el gesto y lanzó un leve silbido para hacerme saber que el lugar le parecía una maravilla. Cerré la puerta, desenvolví la peluca y se la tendí.

—Toma. Quítate las ropas y ponte esto.

Lorraine hizo un *striptease* nada hábil. Sus zapatos cayeron al suelo con un golpe seco y cuando tiró de sus medias para quitárselas, estuvo a punto de romperlas. Fui hacia ella para bajarle la cremallera del vestido pero al darse cuenta se volvió, y lo hizo ella misma. Todavía de espaldas, se quitó el sostén y luego las bragas, con un meneo de caderas; después, cogió la peluca con torpeza y comenzó a darle vueltas. De cara a mí, dijo:

—¿Es ésta tu idea de pasárselo en grande?

La peluca le quedaba torcida, igual que esas pelucas de estopa que usan en los vodeviles; sólo sus senos estaban bien. Me quité la chaqueta y empecé con el cinturón. Vi en los ojos de Lorraine algo que me detuvo; comprendí, de repente, que mi pistola y mis esposas le daban miedo. Sentí el impulso de calmarla diciéndole que era policía, pero aquella expresión hizo que se pareciera más a Betty, y no se lo dije.

—No me harás daño, ¿verdad? —preguntó.

—No hables —repliqué y le puse bien la peluca, metiendo dentro de ella su reseco cabello castaño.

La imagen de conjunto seguía mal: nada encajaba y se parecía demasiado a una puta.

Lorraine estaba temblando; estremecimientos que iban de la cabeza a los pies mientras yo metía la barrita amarilla en la peluca para arreglar las cosas y que tuviera el aspecto adecuado.

Todo lo que conseguí con ello fue arrancar unos cuantos mechones de cabello negro, quebradizo como la paja, y hacer que toda la peluca se inclinara a un lado, igual que si la chica fuera el payaso de la boca rajada, no mi Betty.

—Tiéndete en la cama —dije.

La chica obedeció, las piernas rígidas y pegadas la una a la otra, las manos bajo su cuerpo, un flaco manojo de tics y estremecimientos. Acostada, la peluca había quedado mitad en su cabeza y mitad sobre la almohada. A sabiendas de que las fotos de la pared conseguirían hacer que todo se inflamara, que resultara perfecto, quité las tiras de tela que las cubrían.

Clavé mis ojos en la Betty/Beth/Liz perfecta del retrato; la chica gritó:

—¡No! ¡Asesino! ¡Policía!

Me volví con rapidez, y vi a un fraude paralizado por la Treinta y Nueve y Norton. Me lancé sobre la cama, puse mis manos sobre su boca y no dejé que se moviera. Entonces se lo conté todo, sin un solo error, a la perfección.

—Tiene que ser todos esos nombres distintos, nada más, y esta mujer no quiere ser ella para mí, y yo no puedo ser cualquiera, como ella, y cada vez que lo intento lo jodo todo, y mi amigo se volvió loco porque su hermanita podía haber sido ella si alguien no la hubiera matado...

—ASES...

La peluca revuelta sobre la almohada.

Mis manos en el cuello de la chica.

La solté y me puse en pie poco a poco, con las palmas de las manos extendidas hacia ella, no quiero hacerte daño. Las cuerdas vocales de la chica se tensaron pero no logró emitir ni un solo sonido. Se frotó el cuello, allí donde mis manos habían estado, con su huella aún brillando en rojo. Retrocedí hacia la otra pared, incapaz de hablar.

Tablas mexicanas.

La chica se masajeó la garganta; algo parecido al hielo se hizo visible en sus ojos. Saltó de la cama y se vistió mirándome todo el tiempo, el hielo se volvía más frío y espeso.

Era una mirada que yo me sabía incapaz de resistir o igualar, así que saqué mi cartera y la abrí por el compartimento de la placa para que la viera: policía de Los Ángeles, 1611. Sonrió; traté de imitarla; la chica se me acercó y escupió en el pedazo de latón. Al cerrar la puerta de golpe, las fotos de la pared aletearon y recobré la voz, entrecortada y ronca:

—Le cogeré por ti, nunca más te hará daño, yo te compensaré, oh, Betty, Jesús, mierda, lo haré.

31

El aeroplano volaba hacia el este, y me abría paso a través de los bancos de nubes en el brillante cielo azul. Tenía los bolsillos repletos de dinero sacado de mi cuenta bancaria, que se había quedado casi a cero. Conseguí que el teniente Genchell se tragara mi historia sobre un amigo de los tiempos escolares que vivía en Boston y que estaba enfermo de gravedad, para que me concediera una semana de permiso disfrazada de baja. En mi regazo llevaba un fajo de notas con las comprobaciones hechas por la policía de Boston sobre los antecedentes del caso, copiadas con paciencia y laboriosidad del archivo de El Nido. Ya tenía preparado un itinerario de interrogatorios, ayudado por la guía metropolitana de Boston que había comprado en el aeropuerto de Los Ángeles. Cuando el avión aterrizara me encontraría inmerso en el pasado de Elizabeth Short, en Medford/Cambridge/Stoneham... la única parte que no estaba manchada desde la primera página.

Acudí al archivo por la tarde, tan pronto como dejé de temblar y pude darme cuenta de cuán cerca había estado de perder el control de mi cerebro, o, al menos, la parte frontal de él. Un rápido vistazo al archivo me indicó que la rama Los Ángeles de la investigación estaba muerta, un segundo y un tercero me dijeron que aún estaba más muerta de lo que yo había pensado y un cuarto me convenció de que si me quedaba en la ciudad, acabaría hundido en la mierda por culpa de Madeleine y Kay. Tenía que salir a toda prisa y si el juramento que le había hecho a Elizabeth Short significaba algo, debería correr en dirección a ella. Y aunque fuese como si persiguiera un espejismo, al menos iría a un territorio limpio, donde mi insignia y mis mujeres vivas no me involucraran en ningún problema.

La repugnancia que había visto en el rostro de la prostituta no quería abandonarme; todavía era capaz de oler su perfume barato y me la imaginaba escupiendo acusaciones, las mismas palabras que Kay había usado a primera hora de ese día, aunque peores, pues ella sabía qué era yo: una ramera con insignia. Pensar en esa mujer era igual que si rascara lo más bajo de mi vida mientras estaba de rodillas, y el único consuelo radicaba en el hecho de que ya no podía llegar más abajo, porque antes masticaría el cañón de mi 38.

El avión aterrizó a las 7.35. Fui el primero en la cola para desembarcar, cuadernillo y bolsa de viaje en mano. En la terminal había un sitio donde alquilaban coches; elegí un cupé Chevy y me dirigí hacia la metrópoli de Boston, con el anhelo de aprovechar el tiempo de luz diurna que aún quedaba... casi una hora.

Mi itinerario incluía varias direcciones para visitar: la madre de Elizabeth, dos de sus hermanas, su escuela, un lugar de Harvard Square donde estuvo sirviendo comidas en el 42 y el cine en el que trabajó como vendedora de golosinas en los años 39 y 40. Decidí cruzar Boston para ir a Cambridge y luego a Medford, el auténtico terreno nativo de Betty.

Boston, pintoresca y antigua, produjo en mí la misma impresión que una imagen borrosa. Fui siguiendo los letreros de las calles hasta el puente del río Charles y crucé a Cambridge: elegantes mansiones georgianas y calles repletas de universitarios. Más letreros me condujeron a Harvard; allí estaba la primera parada: Otto's Hofbrau, una estructura de pan de jengibre que derramaba aroma de coles y cerveza.

Estacioné en un espacio reservado y entré en el local. Los motivos tipo Hansel y Gretel abarcaban todo el espacio: reservados de madera tallada, jarras de cerveza que colgaban de las paredes, camareras con falditas rebordeadas de encaje. Miré a mi alrededor en busca del jefe y mis ojos acabaron por detenerse en un hombre ya mayor que llevaba delantal y se hallaba junto a la caja registradora. Fui hacia él y algo hizo que me contuviera y no le enseñara la placa.

—Discúlpeme. Soy periodista y estoy escribiendo un artículo sobre Elizabeth Short. Tengo entendido que ella trabajó aquí en el año 42 y pensé que usted podría decirme algo sobre cómo era ella entonces.

—¿Elizabeth qué? —preguntó él—. ¿Es alguna estrella de cine o algo parecido?

—La mataron en Los Ángeles hace unos años. Se trata de un caso famoso. ¿Sabe usted...?

—Compré este sitio durante el 46 y la única empleada que me queda de la guerra es Roz. ¡Rozzie, ven aquí! ¡Este hombre quiere preguntarte algo!

La camarera más imponente del universo se materializó ante mí, una cría de elefante con faldas por encima de la rodilla.

—Este tipo es un periodista —dijo el dueño—. Quiere hablar contigo sobre Elizabeth Short. ¿La recuerdas?

Rozzie me miró, con el chicle en la boca y haciendo globos.

—Ya se lo dije al *Sentinel*, al *Globe* y a los polis la primera vez y no voy a cambiar mi historia. Betty Short era una soñadora a la que siempre se le caían los platos y si no hubiera sido porque atraía a mucha clientela de Harvard, no habría durado ni un solo día. He oído contar que contribuyó con lo suyo al esfuerzo bélico, pero no conocí a ninguno de sus hombres. Fin de la historia. Y usted no tiene nada de periodista, es policía.

—Gracias por ese comentario tan perceptivo —dije, y salí de allí.

Mi guía situaba Medford a unos veinte kilómetros más lejos, en línea recta por la avenida Massachusetts. Llegué allí justo cuando empezaba a anochecer, aunque ya lo había olido antes de verlo.

Medford era un pueblo industrial, con las chimeneas de las fundiciones que escupían humo formando su perímetro. Subí la ventanilla para dejar afuera el hedor del azufre; el área industrial comenzó a reducirse hasta convertirse en pequeñas casas de ladrillo rojo tan juntas que apenas si había medio metro de distancia entre ellas. Cada bloque tenía dos bares, por lo menos, y cuando vi el bulevar Swasey —la calle donde se encontraba el cine—, abrí el deflector para ver si se había disipado la peste de las fundiciones. Seguía allí, y el parabrisas empezaba a cubrirse de grasa y hollín.

Encontré el Majestic unos cuantos bloques más abajo, un típico edificio Medford de ladrillo rojo. Su marquesina anunciaba *El abrazo de la muerte*, con Burt Lancaster, y *Duelo al sol*, «Un gran reparto de estrellas». La taquilla estaba vacía, así que entré en el vestíbulo y me acerqué al puesto de bocadillos y golosinas.

—¿Algún problema, agente? —preguntó el hombre que lo atendía. Que los nativos me calaran con tanta rapidez cuando me hallaba a casi cinco mil kilómetros de casa, no era algo que me agradara mucho.

—No, ninguno. ¿Es usted el encargado?

—No, soy el propietario. Ted Carmody. ¿Policía de Boston?

Le enseñé mi placa, no tenía más remedio que hacerlo.

—Departamento de Policía de Los Ángeles. Es sobre Beth Short.

Ted Carmody se persignó.

—Pobre Lizzie. ¿Tienen alguna pista buena? ¿Ha venido aquí por eso?

Puse una moneda de veinticinco centavos sobre el mostrador, cogí una barra de Snickers y le quité el envoltorio.

—Digamos tan sólo que me siento en deuda con Betty y tengo unas cuantas preguntas que hacer.

—Pregunte.

—Primero, he visto la investigación hecha por la policía de Boston sobre el ambiente de Betty y su nombre no figuraba en la relación de los interrogatorios. ¿No hablaron con usted?

Carmody me devolvió la moneda.

—La casa invita, y no hablé con la policía de Boston

porque se referían a Lizzie como si se tratara de una especie de fulana. No coopero con la gente que tiene la boca sucia.

—Eso es admirable, señor Carmody. Pero, dígame, ¿qué le habría contado?

—Nada sucio, de eso puede estar bien seguro. Para mí, Lizzie era una chica soberbia. Si los policías hubieran mostrado el debido respeto hacia los muertos, eso mismo les habría dicho a ellos.

El hombre comenzaba a cansarme.

—Soy un tipo respetuoso. Imagine que hemos retrocedido en el tiempo y cuéntemelo.

Carmody no parecía demasiado familiarizado con mi estilo, así que mastiqué la barra de caramelo para calmarle un poco.

—Les habría dicho que Lizzie era una mala empleada —empezó por fin—. Y también que no me importaba que lo fuera. Atraía a los chicos igual que un imán y si no cesaba de meterse en el cine de hurtadillas para ver la película, ¿qué más me daba? Por cincuenta centavos a la hora no podía esperar que me hiciera de esclava.

—¿Y sus amigos, sus novios? —pregunté.

Carmody dio una palmada en el mostrador. Jujubees y Milk Duds cayeron en cascada.

—¡Lizzie no era de ésas! El único chico con el que la vi era ese joven ciego y yo sabía que no se trataba más que de una amistad. Oiga, ¿quiere saber la clase de chica que era Lizzie? Se lo diré. Yo tenía la costumbre de no cobrarle al ciego por escuchar la película, y Lizzie se metía en el cine con él para contarle lo que había en la pantalla. Ya sabe, se lo explicaba. ¿Le parece que las fulanas se comportan así?

Fue como si me hubieran dado un puñetazo en el corazón.

—No, desde luego. ¿Recuerda el nombre del ciego?

—Tommy algo. Tiene una habitación encima del VFW Hall, más abajo, y si él es un asesino yo agitaré los brazos y volaré hasta Nantucket.

Le alargué la mano.

—Gracias por el caramelo, señor Carmody.

Nos estrechamos las manos.

—Si agarra al tipo que mató a Lizzie —comentó Carmody—, le compraré la fábrica que hace estas malditas cosas.

Al pronunciar las palabras, supe que ése era uno de los mejores instantes de mi vida.

—Lo agarraré.

El VFW Hall estaba al otro lado de la calle, un poco más abajo del Majestic, otro edificio de ladrillo rojo manchado de hollín. Fui hacia él pensando en Tommy el ciego como algo que debía acabar de pagarse, alguien con quien tenía que hablar para calmar a Betty y hacer que viviera cómodamente dentro de mí, pero nada más.

Subí al piso superior por una escalera lateral; al hacerlo, pasé junto a un buzón donde se leía T. GILFOYLE. Cuando pulsé el timbre, oí música; al mirar por una de las ventanas vi la más completa oscuridad. Entonces, una suave voz masculina me llegó desde el otro lado de la puerta.

—¿Sí? ¿Quién es?

—Policía de Los Ángeles, señor Gilfoyle. Es sobre Elizabeth Short.

La ventana se iluminó y la música dejó de sonar. Al abrirse la puerta, un hombre alto y algo grueso, con gafas oscuras, me hizo una seña para que entrara. Iba inmaculadamente vestido con una camisa deportiva a rayas y pantalones, pero la habitación era una pocilga, con polvo y mugre por todas partes y un ejército entero de bichos dispersándose ante la inusitada explosión de luz.

—Mi profesor de Braille me ha leído los periódicos de Los Ángeles —dijo Tommy Gilfoyle—. ¿Por qué contaban esas cosas tan horribles sobre Beth?

Probé con la diplomacia.

—Porque no la conocían igual que usted.

Tommy sonrió y se dejó caer en una maltrecha silla.

—¿Está realmente muy mal el apartamento?

El sofá aparecía cubierto de discos; aparté un puñado y me senté en él.

—No le vendría mal una barrida, y la promesa de repetirla.

—Algunas veces me dan ataques de pereza. ¿Han vuelto a empezar con la investigación sobre Beth? ¿Es asunto de prioridad?

—No. Me encuentro aquí por mi cuenta. ¿Dónde ha aprendido la jerga policial?

—Tengo un amigo policía.

Aparté una cucaracha bastante gorda de mi manga.

—Tommy, hábleme de ustedes dos. Déme algún detalle que no saliera en los periódicos. Alguna pista buena.

—¿Se trata de algo personal para usted? ¿Como una *vendetta*?

—Más que eso.

—Mi amigo dice que si los policías se toman su trabajo como algo personal suelen meterse en apuros.

Aplasté a una cucaracha que exploraba mi zapato.

—Sólo quiero coger a ese bastardo.

—No hace falta que hable tan fuerte. Soy ciego, no sordo. Tampoco era ciego a los pequeños defectos de Beth.

—¿Como cuáles?

442

Tommy acarició con los dedos el bastón que había junto a su silla.

—Bueno, no voy a extenderme en ello pero Beth era bastante promiscua, tal y como los periódicos daban a entender. Yo conocía la razón pero me la callé porque no deseaba manchar su memoria y sabía que no ayudaría a que la policía encontrara a su asesino.

Su voz tenía ahora un tono quejoso, atrapado entre el deseo de hablar y de guardar secreto.

—Deje que sea yo quién juzgue eso —le contesté—. Soy un detective con experiencia.

—¿A su edad? Por su voz me doy cuenta de que es joven. Mi amigo dijo que para llegar a detective tienes que servir como mínimo diez años en el cuerpo.

—Maldita sea, no me dé lecciones sobre el oficio. He venido aquí por mi cuenta y no he venido a...

Me detuve al darme cuenta de que le había asustado, ya que su mano se tendía hacia el teléfono.

—Mire, lo siento. Ha sido un día muy largo y estoy lejos de casa.

Tommy me sorprendió con una sonrisa.

—Yo también lo siento. Estaba dando rodeos para prolongar su rato de compañía y eso no es de buena educación, así que le hablaré de Beth, de sus pequeñas manías y de todo lo demás.

»Es probable que sepa los sueños que tenía de llegar a ser una estrella, ésa es la verdad. Quizás haya adivinado que no tenía mucho talento, y eso también es cierto. Beth me leía obras de teatro, e interpretaba todos los papeles, y era terrible... sencillamente espantosa. Entiendo bastante de libros y créame cuando se lo digo.

»Para lo que sí valía Beth era para escribir. Yo solía sentarme en el Majestic y Beth acostumbraba a contarme las cosas para que tuviera algo con que acompañar el diálogo. Resultaba brillante, y yo la animaba a que escribiera para el cine pero lo único que ella deseaba era ser una actriz, como todas las demás chicas tontas que anhelaban escapar de Medford.

Yo habría sido capaz de cometer una matanza para escapar de ahí.

—Tommy, ha dicho que conocía la razón de que Beth anduviera con tantos hombres.

Tommy suspiró.

—Cuando Beth tenía dieciséis o diecisiete años, dos canallas la atacaron en Boston. Uno la violó y cuando el otro estaba a punto de hacerlo, un marinero y un infante de marina aparecieron por aquel lugar y les hicieron huir.

»Beth pensó que aquel hombre podía haberla dejado embarazada y fue a un médico para que la examinara. Éste le dijo que tenía quistes ováricos benignos y que nunca podría tener hijos. Beth se volvió como loca: ella siempre había deseado montones de críos. Buscó al marinero y al infante de marina que la habían salvado y les suplicó que fueran los padres de su hijo. El infante le respondió que no y el marinero... utilizó a Beth hasta que le mandaron fuera del país.

Pensé de inmediato en Joe Dulange, «el franchute»... su historia sobre que la *Dalia* creía estar embarazada y cómo la había engañado con un «amigo médico» y un falso examen. Esa parte del relato de Dulange no había sido fruto de la bebida como Russ Millard y yo habíamos pensado en un principio, y ahora resultaba una sólida pista sobre los días perdidos de Betty, con el «amigo médico» como un testigo de primera importancia, y quizá un sospechoso.

—Tommy, ¿conoce los nombres del marinero y el infante? —pregunté—. ¿Y del médico?

Tommy meneó la cabeza.

—No. Pero entonces fue cuando Betty empezó a liarse tanto con los uniformes. Pensaba que eran sus salvadores, que podían darle una criatura, una niña para que fuera una gran actriz en caso de que ella no lo consiguiera. Es triste pero, según he oído decir, Beth sólo era una gran actriz en la cama.

Me puse en pie.

—¿Y qué ocurrió luego con Beth y usted?

—Perdimos contacto. Se fue de Medford.

—Me ha dado usted una pista muy buena, Tommy. Gracias.

El ciego golpeó el suelo con su bastón al oír mi voz.

—Entonces coja a quien lo hizo, pero no permita que le hagan más daño a Beth.

—No lo permitiré.

32

El caso Short estaba al rojo de nuevo... al menos para mí.

Horas visitando los bares de Medford me dieron una versión Costa Este de la promiscua Betty, todo un anticlímax tras las revelaciones de Tommy Gilfoyle. Cogí un vuelo de medianoche para regresar a Los Ángeles y llamé a Russ Millard desde el aeropuerto. Estuvo de acuerdo conmigo: el «médico de las cucarachas» de Joe «el franchute» era, probablemente, real, con independencia de los *delirium tremens* de Dulange. Propuso llamar a Fuerte Dix para que intentáramos sacarle más detalles al chalado, ahora licenciado, y una batida de las oficinas de los médicos de la parte baja, hecha por tres hombres, concentrada en los alrededores del hotel Habana, donde Dulange se acostó con Betty. Yo sugerí que quizás el «médico» era una mosca de bar, un abortista o un charlatán; Russ estuvo de acuerdo conmigo también en eso. Dijo que hablaría con sus chivatos y con los de investigación, que él y Harry Sears estarían empezando a llamar a las puertas dentro de una hora.

Nos dividimos el territorio: de Figueroa a Hill y de la Sexta a la Novena para mí; de Figueroa a Hill y de la Quinta a la Primera para ellos. Colgué y me fui directamente a la parte baja.

Robé un listín de páginas amarillas e hice una lista: médicos auténticos y quiroprácticos, vendedores de hierbas medicinales y místicos, chupasangres que vendían religión y medicina embotellada bajo el caduceo de «médico». En el listín había unas cuantas entradas para ginecólogos y especialistas en obstetricia pero el instinto me dijo que el truco del médico empleado por Joe Dulange había sido algo fruto del momento, no el resultado de que en realidad buscara a un especialista para calmar a Betty. Funcionando a base de adrenalina, empecé a trabajar.

Localicé a la mayor parte de los médicos al comienzo de su jornada y obtuve el más amplio surtido de negativas sinceras que jamás me había encontrado como policía. Cada uno de los sólidos y respetables curalotodo con quién hablé me convenció un poco más de que el amigo del franchute tenía que ser por lo menos un tanto turbio. Tras engullir un almuerzo a base de bocadillos, empecé con la categoría siguiente: los cuasi-médicos.

Los chiflados de las hierbas eran todos chinos; los

místicos, la mitad mujeres y la otra mitad tipos de aspecto normal. Creí todos y cada uno de sus asombrados noes; me los imaginé demasiado aterrados ante el franchute como para tomar en consideración su oferta. Estaba a punto de empezar con los bares para buscar datos sobre médicos alcoholizados cuando el cansancio pudo más que yo. Fui a mi «casa», en El Nido, y dormí durante... veinte minutos.

Demasiado nervioso para dormirme de nuevo, intenté pensar de forma lógica. Eran ya las seis, las consultas de los médicos comenzaban a cerrar, los bares no estarían maduros para una batida hasta unas tres horas después, por lo menos. Russ y Harry me llamarían si conseguían algo prometedor. Alargué la mano hacia el archivo y empecé a leer.

El tiempo se me pasó volando; nombres, datos y lugares en la jerga policial me mantuvieron despierto. Entonces, vi algo que ya había examinado una docena de veces antes, sólo que ahora pareció destacar del resto.

Eran dos tiras de anotaciones:

18/1/47: Harry – Llama a Buzz Meeks en Hugues y haz que llame a posibles relaciones neg. películas E. Short. Bleichert dice que la chica quería ser estrella. Hazlo con independencia de Loew – Russ.

22/1/47: Russ – Meeks dice que nada. Lástima. Tenía ganas de ayudar – Harry.

Con la manía fílmica de Betty fresca en mi mente, esas tiras tenían un aspecto diferente. Recordé a Russ diciéndome que iba a hablar con Meeks, el jefe de seguridad de Hughes y el «enlace no oficial» del departamento con la comunidad de Hollywood; recordé que eso ocurrió durante la época en que Ellis Loew se dedicaba a suprimir pruebas sobre la promiscuidad de Betty para conseguirse un caso en el cual poder exhibir mejor sus habilidades como fiscal. Además, el librito negro de Betty tenía anotado cierto número de gente del cine en escalones no muy altos, nombres que habían sido comprobados durante los interrogatorios del libro negro en el 47.

La gran pregunta:

Si Meeks había hablado de verdad con sus conexiones, ¿por qué no dio al menos con algunos de los nombres del libro negro y se los pasó a Russ y Harry?

Salí al vestíbulo, busqué el número de seguridad de la Hughes en las páginas amarillas y lo marqué. Una mujer de voz cantarina y algo nasal me respondió.

—Seguridad. ¿En qué puedo ayudarle?

—Buzz Meeks, por favor.

—El señor Meeks no se encuentra ahora en su despacho. ¿Quién debo decirle que ha llamado?

—Detective Bleichert, de policía de Los Ángeles. ¿Cuándo volverá?

—Al término de la reunión presupuestaria. ¿Puedo preguntarle cuál es el motivo de la llamada?

—Asunto policial. Dígale que estaré en su despacho dentro de media hora.

Colgué y fui hasta Santa Mónica, a todo gas, en veinticinco minutos. El guardia de la puerta me dejó entrar en el estacionamiento de la fábrica y me señaló la oficina de seguridad, un barracón prefabricado Quonset al final de una larga hilera de hangares para aviones. Estacioné el coche y llamé a la puerta; me abrió la mujer de la voz cantarina.

—El señor Meeks dice que debe esperarle en su despacho. No tardará mucho.

Entré y la mujer se marchó, pareciendo aliviada de que su jornada laboral hubiera terminado. Las paredes estaban empapeladas con cuadros de los aeroplanos Hughes, arte militar que se hallaba al mismo nivel que los dibujos de las cajas de cereales para el desayuno. El despacho estaba mejor decorado: fotos de un hombre corpulento que llevaba el cabello cortado a cepillo en compañía de unos cuantos pesos pesados de Hollywood, actrices cuyo nombre no logré recordar junto con George Raft y Mickey Rooney.

Me instalé en una silla. El hombre corpulento apareció unos minutos después, con la mano extendida hacia mí de forma automática, como alguien cuyo trabajo fuera en un noventa y cinco por ciento relaciones públicas.

—Hola. Detective Blyewell, ¿verdad?

Me puse en pie. Nos estrechamos las manos; me di cuenta de que a Meeks le disgustaba un poco mi barba de tres días y las ropas que no me había cambiado desde hacía dos.

—Bleichert.

—Por supuesto. Usted dirá.

—Tengo que hacerle unas cuantas preguntas sobre un antiguo caso en el cual usted ayudó a Homicidios.

—Ya veo. Está con ellos, ¿no?

—Patrulla de Newton.

Meeks tomó asiento detrás de su escritorio.

—Un poco lejos de su jurisdicción, ¿no? Y mi secretaria dijo que era usted detective.

Cerré la puerta y me apoyé en ella.

—Es algo personal.

—Entonces, perderá usted sus veinte arrestos diarios de negros vagabundos que se mean en la calle. ¿O no le ha dicho nadie que los policías que se toman el trabajo como algo personal acaban muriéndose de hambre?

—No paran de repetírmelo y yo les digo una y otra vez que ése es mi problema. ¿Se tira usted a muchas aspirantes a estrella, Meeks?

—Me tiré a Carole Lombard. Le daría su número de teléfono, pero está muerta.

—¿Jodió con Elizabeth Short?

Tilt, bingo, premio gordo, resultados perfectos en el detector de mentiras en cuanto Meeks enrojeció y empezó a remover los papeles que había sobre su escritorio; su voz convertida en un jadeo para acabar de arreglarlo todo.

—¿Recibió unos cuantos golpes de más peleando con Blanchard o qué? Esa puta ha muerto.

Me abrí un poco la chaqueta para enseñarle a Meeks el 45 que llevaba.

—No hable así de ella.

—De acuerdo, chico duro. Ahora, supongamos que me dice lo que desea. Después lo arreglaremos y le pondremos fin a esta pequeña farsa antes de que se salga de madre. ¿Comprende?

—En el 47, Harry Sears le pidió que hablara con sus contactos del cine sobre Betty Short. Usted informó que no había conseguido averiguar nada. Mintió. ¿Por qué?

Meeks cogió un abridor de cartas. Pasó un dedo a lo largo de la hoja, vio lo que estaba haciendo y volvió a dejarlo.

—No la maté y no sé quién lo hizo.

—Convénzame o llamo a Hedda Hopper y le doy en bandeja su columna de mañana. ¿Qué tal le suena esto?: «Hombre relacionado con Hollywood suprimió pruebas del caso *Dalia* porque... blanco, blanco, blanco». Llene esos espacios para mí o lléneselos a Hedda. ¿Comprende?

Meeks probó una vez más con la bravata.

—Bleichert, si quiere joder a alguien, se ha equivocado de hombre.

Saqué el 45, me aseguré de que el silenciador estuviera bien colocado y metí una bala en la recámara.

—No, el que se ha equivocado es usted.

Meeks alargó la mano hacia un frasco de cristal tallado que había en un estante junto a su escritorio, se sirvió una buena ración de licor y la engulló.

—Lo que obtuve fue una pequeña pista que no llevaba a ninguna parte, pero puede quedarse con ella si tanto la desea.

Dejé oscilar el arma, sosteniéndola con un dedo por la guarda del gatillo.

—Me muero por saberlo, capullo. Démela.

Meeks abrió una pequeña caja fuerte incorporada a su escritorio y sacó un fajo de papeles de ella. Los estudió un momento, hizo girar su asiento y le habló a la pared.

—Me dijeron algo sobre Burt Lindscott, un productor de la Universal. Le saqué el dato a un tipo que odiaba a uno de los amigos de Lindscott, Scotty Bennett. Scotty era un chulo y un apostador, y le daba el número de teléfono de Lindscott en Malibú a todas las jovencitas de buen ver que pedían trabajo en la oficina de repartos de la Universal. La Short consiguió una de las tarjetas de Scotty y llamó a Lindscott.

»El resto, las fechas y todo eso, lo conseguí del mismo Lindscott. La noche del diez de enero, la chica le llamó desde el Biltmore. Burt le pidió una descripción del aspecto físico, y le gustó lo que oyó. Le comunicó a la chica que le haría una prueba de pantalla por la mañana, cuando volviera de una sesión de póquer en su club. La chica dijo que no tenía ningún sitio adonde ir hasta entonces, por lo que Lindscott le contestó que pasara la noche en su casa: su criado le daría de cenar y le haría compañía. Ella cogió el autobús hasta Malibú y el criado —era marica— le hizo compañía. Después de eso, al mediodía del día siguiente, Lindscott y tres amigos suyos volvieron borrachos a casa.

»Pensaron que sería divertido, así que le hicieron la prueba a la chica; ella tuvo que leer un guión que Burt tenía por ahí. Era mala y se le rieron en la cara; después, Lindscott le hizo una oferta: si les trabajaba a los cuatro, él le daría un papelito en su siguiente película. La chica seguía enfadada con ellos porque se habían reído durante su prueba y perdió el control. Les llamó traidores, dijo que deberían estar de uniforme y que no tenían lo necesario para ser soldados. Burt la echó alrededor de las dos y media de esa tarde, sábado, día once. El criado dijo que no tenía ni un centavo y que, según había contado, pensaba volver andando a la ciudad.

»Así que Betty caminó o hizo autostop los cuarenta kilómetros hasta la ciudad, y así se encontró a Sally Stinson y Johnny Vogel en el vestíbulo del Biltmore unas seis horas después.

—Meeks, ¿por qué no informó de esto? —dije—. Y míreme a la cara.

Meeks se volvió hacia mí; en sus rasgos se leía la vergüenza.

—Intenté hablar con Russ y Harry pero estaban trabajando en la calle, así que llamé a Ellis Loew. Me dijo que no debía informar de lo que había descubierto y me amenazó con revocar mi licencia como responsable de seguridad. Más tarde, descubrí que Lindscott era un pez gordo de los republicanos y le había prometido a Loew un montón de dinero para su campaña como fiscal del distrito. Loew no quería verle implicado en lo de la *Dalia*.

Cerré los ojos para no tener que ver a ese hombre; Meeks siguió con sus disculpas mientras yo me pasaba imágenes mentales de Betty aguantando risas, proposiciones y siendo echada a patadas con destino a su muerte.

—Bleichert, hablé con Lindscott, con su criado y sus amigos. Lo que tengo son declaraciones auténticas, no les falta nada, lo comprobé. Ninguno de ellos pudo haberla matado. Todos estaban en casa y en sus trabajos desde el día doce hasta el viernes diecisiete. Ninguno de ellos pudo llevar a cabo el crimen y no me lo habría callado si el asesino fuera uno de esos bastardos. Tengo las declaraciones aquí mismo, se lo demostraré.

Abrí los ojos; Meeks hacia girar el dial de una caja fuerte empotrada en la pared.

—¿Cuánto le pagó Loew para comprar su silencio? —pregunté.

—Uno de los grandes —farfulló Meeks y retrocedió igual que si temiera ser golpeado.

Le aborrecía demasiado como para darle la satisfacción del castigo y me fui dejando suspendida en el aire la etiqueta de su precio.

Ahora tenía a medio llenar los días perdidos de Elizabeth Short.

Red Manley la dejó delante del Biltmore al anochecer del viernes, diez de enero; desde allí llamó a Burt Lindscott, y sus aventuras de Malibú duraron hasta las 2.30 de la tarde siguiente. Esa noche, el sábado once, estaba de nuevo en el Biltmore, donde se encontró con Sally Stinson y Johnny Vogel en el vestíbulo, jodió con Johnny hasta un poco después de la medianoche y luego se marchó. Entonces encontró al cabo Joseph Dulange, o quizá fuera más avanzada la mañana, en el bar Búho Nocturno, entre la Sexta y Hill, a dos manzanas del Biltmore. Estuvo con Dulange, allí y en el hotel Habana, hasta la tarde o la noche del domingo, doce de enero, cuando él la llevó a ver a su «amigo médico».

De vuelta a El Nido, una pieza que faltaba seguía acosándome pese a mi cansancio. Logré definirla cuando pasé ante una cabina telefónica: si Betty llamó a Lindscott a Malibú, lo cual suponía poner una conferencia, tenía que existir un registro en la Bell Costa del Pacífico. Si puso otras conferencias, entonces o el día once, antes o después de acostarse con Johnny Vogel, la B.C.P. tendría la información en sus registros: la compañía guardaba los recibos de las conferencias de ese tipo para hacer estudios de coste y precios.

Mi fatiga se esfumó una vez más. Durante el resto del camino fui por las calles de menos tráfico, y me salté las señales de stop y las luces rojas; cuando llegué, estacioné delante de una boca de riego y subí los escalones de tres en tres hasta la habitación en busca de un cuadernillo.

Me dirigía hacia el teléfono del vestíbulo cuando éste se me adelantó con su sonido.

—¿Sí?

—¿Bucky? Cariño, ¿eres tú?

Madeleine.

—Mira, ahora no puedo hablar contigo.

—Teníamos una cita ayer, ¿recuerdas?

—Me he visto obligado a salir de la ciudad. Un asunto del trabajo.

—Podías haber llamado. Si no me hubieras contado lo de este pequeño escondite tuyo, habría pensado que estabas muerto...

—Madeleine, por Cristo...

—Cariño, necesito verte. Mañana van a derribar esas letras del cartel de Hollywoodlandia y también algunos bungalós que papá posee allá arriba. Bucky, las concesiones del terreno han vuelto a la ciudad pero papá compró esas propiedades y construyó esas casas con su propio nombre. Usó los peores materiales, y un investigador del concejo ha estado metiendo las narices y rondando a los abogados fiscales de papá. Uno de ellos le dijo que ese viejo enemigo suyo que se suicidó le dejó al concejo un informe sobre las propiedades de papá y...

No parecía tener el menor sentido: papá, un tipo duro, metido en problemas; Bucky, un tipo duro, el segundo en la fila de los consoladores.

—Mira, ahora no puedo hablar contigo —repuse, y colgué.

Tenía por delante la peor parte del trabajo detectivesco, la auténtica mierda. Coloqué mi cuadernillo y mi pluma sobre el estante que había junto al teléfono. Después, vacié las monedas acumuladas durante cuatro días en mis bolsillos, y conseguí unos dos dólares... suficiente para cuarenta llamadas. Primero telefoneé a la supervisora nocturna de la Bell Costa del Pacífico, y le pedí una lista de todas las conferencias puestas en los teléfonos públicos del hotel Biltmore las tardes y noches del 10, 11 y 12 de enero de 1947; los nombres y direcciones de los destinatarios de las llamadas, y las horas de éstas.

Me quedé sosteniendo, nervioso, el auricular mientras la mujer hacía su trabajo, lanzándole miradas feroces a los demás residentes de El Nido que deseaban utilizar el teléfono. Luego, una media hora más tarde, la supervisora llamó y empezó a hablar de nuevo.

El número y la dirección de Lindscott figuraba entre los anotados el diez de enero pero nada más de lo registrado esa noche me pareció sospechoso. De todas formas, anoté su información al completo; después, cuando la mujer llegó a la noche del once —más o menos cuando Betty se encontró a Sally Stinson y Johnny Vogel en el vestíbulo del Biltmore—, me tocó la lotería.

Se hicieron cuatro llamadas a consultas de especialistas en obstetricia de Beverly Hills. Anoté los números y los nombres, junto con los números de servicio nocturno de los médicos y la lista de llamadas que vino a continuación. Ésa no me produjo ninguna chispa, pero las copié de todas formas. Después, ataqué Beverly Hills con un arsenal de monedas de veinticinco centavos.

Hizo falta toda mi calderilla para conseguir lo que deseaba.

Les dije a las telefonistas de los servicios de llamadas nocturnas que era una emergencia policial; me pusieron con los domicilios particulares de los médicos. Hicieron que sus secretarias fueran en coche a sus consultas para comprobar sus registros y luego me telefonearon a El Nido. La totalidad del proceso requirió dos horas. Al final, había obtenido lo siguiente:

A primera hora de la noche del once de enero de 1947, una tal «señora Fickling» y una tal «señora Gordon» llamaron a un total de cuatro especialistas en obstetricia distintos de Beverly Hills, en petición de hora para una prueba de embarazo. Las telefonistas del servicio de llamadas nocturnas concertaron las citas para las mañanas del catorce y el quince de enero. El teniente Joseph Fickling y el mayor Matt Gordon eran dos de los héroes de guerra con los que Betty había salido y con los que fingió estar casada; nadie acudió a las citas porque el día catorce estaba siendo torturada hasta morir; el día quince era un montón de carne mutilada entre la Treinta y Nueve y Norton. Llamé a Russ Millard a la Central; una voz vagamente familiar me respondió:

—Homicidios.

—Teniente Millard, por favor.

—Está en Tucson, con la extradición de un prisionero.

—¿Harry Sears también?

—Sí. ¿Cómo te encuentras, Bucky? Soy Dick Cavanaugh.

—Me sorprende que hayas reconocido mi voz.

—Harry Sears me dijo que llamarías. Te ha dejado una lista de médicos pero no consigo encontrarla. ¿Era eso lo que deseabas?

—Sí, y necesito hablar con Russ. ¿Cuándo estará de vuelta?

—Supongo que a última hora de mañana. ¿Hay algún sitio al cual pueda llamarte si consigo encontrar la lista?

—Estoy moviéndome mucho. Ya te llamaré.

Había que probar con los demás números pero la pista de esos médicos era demasiado potente como para dejarla reposar. Volví a la parte baja para buscar al médico amigo de Dulange, después de que me hubiera desprendido de mi agotamiento igual que si fuera una patata caliente.

Estuve en ello hasta la medianoche. Me concentré en los bares alrededor de la Sexta y Hill; hablé con las moscas que los frecuentaban, pagándoles copas y recogiendo comentarios a propósito de sus problemas y un par de indicaciones sobre abortistas que casi parecían ser autenticas.

Así terminó otro día sin dormir; empecé a ir en coche de un bar a otro, haciendo sonar la radio para no cerrar los ojos. Las noticias no paraban de hablar sobre la «importante remodelación» del letrero de Hollywoodlandia. La consideraban un hecho clave e interpretaban el que se quitara L-A-N-D-I-A como lo más importante que había ocurrido desde Jesucristo. Mack Sennet y su proyecto de Hollywoodlandia estaban consiguiendo mucho tiempo de emisión y un cine de Hollywood estaba exhumando un montón de sus viejas películas con los Keystone Kops.

Cuando se acercaba la hora de cierre de los bares, me sentía igual que un Keyston Kop y parecía un vagabundo: barba de varios días, ropas sucias, una febril atención a todo que no dejaba de extraviarse de continuo. Cuando los borrachos ansiosos de encontrar más bebida y camaradería empezaron a buscarme, me lo tomé como un serio aviso, fui hasta un estacionamiento desierto, entré en él y me dormí.

Los calambres en las piernas me despertaron al amanecer. Salí del coche con inseguridad, y me tambaleé en busca de un teléfono; un coche patrulla pasó junto a mí y el conductor me miró durante unos segundos con expresión de pocos amigos. Encontré un teléfono público en la esquina y marqué el número del padre.

—Oficina de Homicidios. Sargento Cavanaugh.

—Dick, soy Bucky Bleichert.

—Justo el hombre con quien quería hablar. He conseguido la lista. ¿Tienes un lápiz?

Saqué un cuadernillo de notas.

—Dispara.

—De acuerdo. Son médicos a los cuales les quitaron la licencia. Harry dijo que ejercían en la parte baja en el año 47. Uno, Gerald Constanzo, Breakwater, 1841, Long Beach. Dos, Melvin Praeger, Verdugo Norte, 9661, Glendale. Tres, Willis Roach, igual que el bicho*, en custodia en el Wayside Honor Rancho, convicto de vender morfina en...

Dulange.

El *delirium tremens*.

«Así que me llevo a la *Dalia* por la calle para ver al médico de las cucarachas. Le suelto uno de diez y le hace un examen falso...»

—Dick —dije casi entre jadeos—, ¿escribió Harry la dirección donde estaba ejerciendo ese Roach?

—Sí. Olive Sur, 614.

El hotel Habana se hallaba a dos manzanas de distancia.

—Dick, llama a Wayside y dile al encargado que ahora mismo voy para allá y que quiero interrogar a Roach sobre el homicidio de Elizabeth Short.

—¡Ya lo tenemos!

Una ducha, un afeitado y un cambio de ropas en El Nido me hicieron parecer un detective de Homicidios; la llamada de Dick Cavanaugh a Wayside me daría el resto de la cobertura que necesitaba. Fui por la autopista de Crest hacia el norte, pensando en que había un cincuenta por ciento de posibilidades de que Willis Roach fuera el asesino de Elizabeth Short.

El trayecto requirió poco más de una hora; la cantinela sobre el letrero de Hollywoodlandia me acompañó en la radio. El ayudante del sheriff que estaba en la garita de entrada examinó mi placa y mi identificación y llamó al edificio principal antes de permitirme la entra-

* Roach, en inglés, significa cucaracha. *(N. del T.)*

da; no sé qué le dijeron, pero tuvo el efecto de hacer que adoptara la posición de firmes y me saludara. La puerta de alambre giró sobre sí misma, abriéndose; pasé junto a los barracones de los internados y me dirigí hacia una gran estructura de estilo español, en cuya parte delantera había un porche de baldosas. Cuando estacionaba mi coche, un capitán del departamento del sheriff de Los Ángeles, vestido de uniforme, vino hacia mí con la mano extendida y una sonrisa nerviosa en los labios.

—Detective Bleichert, soy Patchett, el encargado.

Salí del coche y le obsequié con un apretón de manos rompehuesos, tipo Lee Blanchard.

—Es un placer. ¿Ha dicho Roach algo?

—No. Está en la sala de interrogatorios, le esperaba a usted. ¿Cree que mató a la *Dalia*?

Me puse en movimiento; Patchett me guió en la dirección correcta.

—Todavía no estoy seguro. ¿Qué puede contarme sobre él?

—Tiene cuarenta y ocho años, es anestesista y fue arrestado en octubre del 47 por vender morfina del hospital a un agente de narcóticos de la policía de Los Ángeles. Le cayeron de cinco a diez años y cumplió uno en San Quintín. Se encuentra aquí porque necesitábamos ayuda en la enfermería y la Autoridad de Presos pensó que no habría problemas con él. No tiene arrestos anteriores y ha sido un prisionero modelo.

Nos desviamos hacia un edificio achaparrado de ladrillos marrones, una de las típicas construcciones oficiales del condado: largos pasillos, puertas de acero empotradas en los quicios, con números en vez de nombres. Cuando pasábamos ante una hilera de ventanas provistas con cristales de un solo sentido, Patchett me cogió por el brazo.

—Aquí. Ése es Roach.

Miré por el cristal. Un hombre huesudo de mediana edad, vestido con el uniforme de la institución, se hallaba sentado a una mesita para jugar a cartas, leyendo una revista. Su expresión era de inteligencia: una frente despejada cubierta por mechones de cabellos canosos que ya empezaban a ralear, ojos brillantes y el tipo de manos grandes y venosas que se asocian con los médicos.

—¿Quiere entrar? —pregunté a Patchett.

Éste abrió la puerta.

—No querría perdérmelo por nada del mundo.

Roach alzó la mirada.

—Doc, éste es el detective Bleichert —dijo Patchett—. Pertenece a la policía de Los Ángeles y tiene unas cuantas preguntas que hacerte.

Roach dejó su revista —*El Anestesista estadounidense*— encima de la mesa. Patchett y yo nos sentamos delante de él.

—Le ayudaré en lo que pueda —dijo el médico-traficante de drogas, con un cultivado acento del Este.

Fui directo al grano.

—Doctor Roach, ¿por qué mató a Elizabeth Short?

Roach dejó que una lenta sonrisa apareciera en sus labios, una sonrisa que se fue extendiendo de forma gradual de oreja a oreja.

—Le esperaba a usted en el 47. Después de que el cabo Dulange hiciera esa lamentable confesión suya, esperaba que usted irrumpiera en cualquier momento por la puerta de mi consulta. De todas formas, el que aparezca dos años y medio después de aquello me sorprende.

Sentía un cosquilleo en la piel, como si me zumbara; igual que si un montón de insectos se preparasen para comérseme en el desayuno.

—Los asesinatos no prescriben.

La sonrisa de Roach desapareció para ser sustituida por una expresión de seriedad; el médico de las películas se preparaba para soltar unas cuantas malas noticias.

—Caballeros, el lunes 13 de enero de 1947 fui en avión a San Francisco y me alojé en el hotel Saint Francis. Allí, me preparaba para pronunciar mi discurso de la noche del martes en la convención anual de la Academia de Anestesistas Estadounidenses. Pronuncié ese discurso la noche del martes y hablé en el desayuno de despedida, el miércoles por la mañana, quince de enero. Estuve continuamente en compañía de mis colegas durante toda la tarde del quince y dormí con mi ex mujer en el Saint Francis las noches del lunes y el martes. Si desean corroborarlo, llamen a la academia, a su número de Los Ángeles, y a mi ex mujer, Alice Carstairs Roach, al CR-1786 de San Francisco.

—Por favor, encargado, ¿quiere tener la bondad de comprobar eso por mí? —dije, con los ojos clavados en Roach.

Patchett salió.

—Parece decepcionado —dijo el médico.

—Bravo, Willis. Ahora, hábleme de usted, de Dulange y de Elizabeth Short.

—¿Informará a la Junta de Libertades Condicionales de que he cooperado con usted?

—No, pero si no me lo cuenta, haré que el fiscal del distrito de Los Ángeles le acuse por obstrucción a la justicia.

Roach reconoció con una sonrisa que me había apuntado el tanto.

—Bravo, detective Bleichert. Por supuesto, ya sabe que si las fechas se han quedado tan bien grabadas en mi mente se debe a toda la publicidad que la muerte de la señorita Short obtuvo. Por lo tanto, le ruego que confíe en mi memoria.

Saqué mi pluma y el cuadernito.

—Adelante, Willis.

—En el cuarenta y siete, me había montado un lucrativo negocio particular con la venta de productos farmacéuticos —dijo Roach—. Los vendía casi todos en las fiestas, y con preferencia a los soldados que habían descubierto sus placeres en el extranjero durante la guerra. De esa forma, conocí al cabo Dulange. Fui yo quien se aproximó a él pero me informó de que sólo apreciaba los placeres del whisky escocés Johnnie Walker Red.

—¿Dónde fue eso?

—En el bar Yorkshire House, entre la Sexta y Olive, cerca de mi consultorio.

—Siga.

—Bueno, eso ocurrió el jueves o el viernes antes de que la señorita Short muriera. Le entregué mi tarjeta al cabo Dulange —de forma nada juiciosa, como se demostró más tarde—, y di por sentado que jamás volvería a ver a ese hombre. Por desgracia, me equivocaba.

»En aquellos tiempos, mi economía era bastante mala, debido a los caballos, y vivía en mi consultorio. A primera hora de la noche del domingo, el doce de enero, el cabo Dulange apareció ante mi puerta con una hermosa joven llamada Beth detrás de él. Estaba muy borracho. Me llevó a un rincón de la consulta, puso diez dólares en mi mano y me contó que la hermosa Beth estaba convencida de hallarse embarazada. ¿Tendría yo la bondad de hacerle un rápido examen y asegurarle que era cierto?

»Bien, cumplí con lo que me pedía. El cabo Dulange esperó en mi antesala mientras yo le tomaba el pulso y la presión sanguínea a la hermosa Beth, y le informaba que, desde luego, estaba embarazada. Su respuesta a mi aseveración fue de lo más extraña: pareció triste y aliviada al mismo tiempo. Yo lo interpreté como una necesidad que tenía de justificar sus obvias libertades con los hombres; el tener una criatura parecía la mejor de esas posibles justificaciones.

Suspiré.

—Y cuando su muerte se convirtió en una noticia, no fue a la policía porque no deseaba ver cómo metían las narices en su negocio con las drogas, ¿verdad?

—Sí, correcto. Pero hay algo más. Beth pidió usar mi teléfono. Accedí a ello y le vi marcar un número con un prefijo de Webster, pidió hablar con Marcy. «Soy Betty», dijo, y estuvo escuchando durante unos momentos. Después, dijo: «¿De veras? ¿Un tipo que ha estudiado medicina?» No oí el resto de la conversación y Beth colgó. «Tengo una cita», me explicó. Fue a la antesala para reunirse con el cabo Dulange y se marcharon. Yo miré por la ventana y me dio la sensación de que intentaba quitárselo de encima. El cabo Dulange se fue hecho una furia y Beth cruzó la Sexta para sentarse en la parada de autobuses del bulevar Wilshire. Eso ocurría a las siete y media del domingo, el doce. Ahí tiene. Usted no conocía esta última parte, ¿verdad que no?

Acabé de anotarla en mis abreviaturas particulares.

—No, no la conocía.

—¿Le dirá a la Junta que le he entregado una información valiosa?

Patchett abrió la puerta.

—Está limpio, Bleichert.

—No me haga reír —dije yo.

Otro fragmento de los días perdidos de Betty revelado; otro viaje a El Nido, esta vez para comprobar el archivo en busca de números telefónicos con el prefijo de Webster. Mientras revisaba los papeles, no cesaba de pensar que los Sprague tenían un número de Webster, que el autobús de Wilshire pasaba a unas dos manzanas de su casa y la de Roach. «Marcy» podía ser una confusión de «Maddy» o «Martha». Claro que nada de eso parecía tener mucha lógica: toda la familia se encontraba en su casa de la playa de Laguna la semana en que Betty desapareció; Roach estaba seguro de haber oído «Marcy» y yo había exprimido a Madeleine hasta sacarle su último gramo de conocimientos sobre la *Dalia*.

Con todo, la idea hervía con lentitud en mi cerebro, como si alguna parte soterrada de mí deseara hacerle daño a la familia a causa de los revolcones que yo me había dado en la cloaca con su hija y por cómo me había aprovechado de su riqueza a escondidas. Lancé otro anzuelo a la nada para continuar con esa idea pero al enfrentarla a la lógica, cayó por su propio peso.

Cuando Lee Blanchard desapareció en el 47, faltaban sus archivos de la R, la S y la T: quizá el archivo de los Sprague se hallaba entre ésos.

Pero no había ningún archivo Sprague. Lee no sabía que los Sprague existieran. Yo le había ocultado todo lo relativo a ellos por mi deseo de que las hazañas de Madeleine en los bares de lesbianas no fueran reveladas.

Seguí con el archivo, empapado de sudor en aquella habitación caliente y sin ventilación. No aparecía ningún prefijo de Webster y empecé a tener breves imágenes de pesadilla: Betty, sentada en la parada del autobús de Wilshire que iba hacia el este, a las 7.30, 12/1/47, me decía adiós Buck, adiós, con la mano, a punto de saltar a la eternidad. Pensé en hablar con la compañía de autobuses, hacer un interrogatorio entre los conductores de esa ruta... y luego comprendí que la pista estaba demasiado fría, que cualquier conductor que se acordara de haber recogido a Betty habría aparecido por voluntad propia durante toda la publicidad del 47. Pensé en llamar a los otros números que había conseguido en la Bell Costa del Pacífico y comprendí que, cronológicamente, quedaban descartados, que no encajaban con mi nuevo conocimiento de dónde había estado Betty en aquellos momentos. Llamé a Russ y supe que seguía en Tucson, mientras que Harry se estaba encargando de controlar a los mirones junto al letrero de Hollywoodlandia. Terminé de vagabundear por entre los papeles con un total de cero en prefijos Webster. Pensé en pedirle a la B.C.P. la lista de llamadas de Roach pero descarté la idea de inmediato. Parte baja de Los Ángeles, prefijo Madison a Webster... eso no era una conferencia... no habría nada registrado, a diferencia de lo ocurrido en el Biltmore.

Entonces, lo vi con toda claridad, en su enorme y total fealdad: adiós, Bleichert, adiós en la parada del autobús, adiós, capullo, nunca llegaste a nada, nunca llegarás a nada, sólo a ser un tonto útil para matar negros. Cambiaste a una buena mujer por un coño de zorra, convertiste cuanto se te había entregado en pura mierda sin rebajar, tus «lo haré» se redujeron al octavo asalto en el gimnasio de la academia cuando te metiste delante de un derechazo de Blanchard... para caer de cabeza en otra montaña de mierda, las flores que convertiste en excremento de caballo. Adiós, Betty, Beth, Betsy, Liz, fuimos un par de vagabundos, es una pena que no nos conociéramos antes de la Treinta y Nueve y Norton, quizá hubiera podido funcionar, quizá nosotros hubiéramos podido ser los únicos que no hubiésemos jodido hasta el punto en el cual ya no era posible arreglar nada...

Bajé la escalera corriendo, subí al coche y fui como si acudiera a un código tres, aunque mi coche era de civil, quemando neumáticos mientras hacía chirriar los frenos, con el deseo de tener luces rojas y sirena para que me abrieran paso e ir más rápido. Cuando pasaba por Sunset y Vine, el tráfico se atascó: montones de coches que circulaban por Gower y Beachwood hacia el norte. Incluso a kilómetros de distancia podía ver el letrero de Hollywoodlandia, del cual goteaban los andamios, con docenas de personas parecidas a hormigas que trepaban por la cara del Monte Lee. El que todo movimiento cesara me calmó, me dio un destino.

Me dije que el asunto no había terminado, que iría a la Central y esperaría a Russ, que los dos seríamos capaces de juntar el resto del rompecabezas, que yo sólo tenía que llegar a la parte baja, nada más.

El atasco empeoró; los camiones de la industria cinematográfica iban disparados hacia el norte mientras que motociclistas de uniforme mantenían paradas las calzadas con los vehículos que iban hacia el este y el oeste. Por entre las filas de coches, había niños que ofrecían recuerdos del letrero de Hollywoodlandia hechos en plástico y entregaban folletos. Oí gritar: «¡Los Keystone Kops en el Admiral! ¡Aire acondicionado! ¡Vea esta nueva gran función!». Me pusieron en la cara un papel del que apenas si leí las frases «Keystone Kops», «Mack Sennett» y «Cine Admiral Gran Lujo Aire acondicionado», pero la foto que había al final sí que la vi, y fue como un cuchillo fuerte y claro, igual que si hubiese sido yo el del grito.

Tres Keystone Kops estaban de pie entre columnas con forma de serpientes que se tragaban mutuamente la cola; de detrás de ellos había una pared con jeroglíficos egipcios. Una chica vestida al estilo de los años veinte se hallaba reclinada en un diván con borlas al extremo derecho de la foto. No había confusión posible: era el fondo que aparecía en la película porno de Linda Martin/ Betty Short.

Me obligué a seguir inmóvil; me dije que el hecho de que Emmett Sprague conociera a Mack Sennett en los años veinte y le hubiera ayudado a construir platós en Edendale, eso no significaba que tuviera ninguna relación con una película sucia de 1946. Linda Martin había dicho que la película se rodó en Tijuana; Duke Wellington, que seguía sin ser encontrado, admitió haberla hecho él. El tráfico empezó a moverse y giré rápidamente a la izquierda por el bulevar, donde estacioné; cuando compré mi entrada en la taquilla del Admiral, la chica retrocedió un poco al verme. Entonces observé que jadeaba y que un apestoso olor a sudor se desprendía de mí.

Una vez dentro, al aire acondicionado heló ese sudor, con lo que mis ropas parecieron un envoltorio de hielo. En la pantalla se veían desfilar los créditos finales de una película, sustituidos de inmediato por los del inicio de otra, superpuestos a unas pirámides de *papier-mâché*. Cuando leí «Emmett Sprague, Ayudante del Director», apreté los puños; contuve el aliento a la espera de un título que me indicara dónde se había rodado la película. En ese momento, apareció un prólogo impreso y me instalé en un asiento de pasillo para ver la película.

La historia era algo sobre los Keystone Kops trasplantados a los días bíblicos; la acción consistía en persecuciones, pasteles al rostro y patadas en el trasero. El escenario de la película pornográfica aparecía varias veces, confirmado por más detalles a cada aparición. Los planos exteriores parecían ser las colinas de Hollywood, pero no había escenas que mezclaran exteriores e interiores para aclarar si el decorado era de estudio o de una residencia privada. Sabía lo que tendría que hacer más tarde, pero quería otro consistente para apoyar todos los «y si» lógicos que se amontonaban en mi mente.

La película seguía y seguía, interminable; empecé a temblar con un sudor frío. Entonces, aparecieron los títulos finales, «Filmada en Hollywood, EE.UU.», y todos los «y si» se desplomaron igual que bolos.

Salí del cine para recibir con otro estremecimiento el calor parecido a un horno que había fuera. Me di cuenta de que había dejado El Nido sin coger ni mi revólver reglamentario ni mi 45 clandestina, así que fui por unas cuantas calles secundarias y recuperé la artillería. Entonces, oí decir:

—Eh, amigo. ¿Es usted el agente Bleichert?

Era el tipo de la puerta de al lado, inmóvil en el vestíbulo, con el auricular del teléfono sostenido hasta el máximo de distancia que el cordón permitía. Fui corriendo hacia él.

—¿Russ? —farfullé.

—Soy Harry. Estoy en el final de B-B-Beachwood Drive. Están derribando un mo-mo-montón de b-bungalós y u-u-un patrullero h-h-ha encontrado un cobertizo lleno de sa-sa-sangre. H-H-Había una denuncia del doce y el tre-trece y y-y-yo...

Y Emmett Sprague tenía propiedades allí arriba; y era la primera vez que había oído a Harry tartamudeando por la tarde.

—Llevaré mi equipo para buscar pruebas. Veinte minutos.

Colgué, cogí las huellas de Betty Short del archivo y

bajé al coche a la carrera. El tráfico había aflojado un poco; a lo lejos pude ver el letrero de Hollywoodlandia con las dos últimas letras fuera. Fui hacia el este para llegar a Beachwood Drive y luego hacia el norte. Cuando me aproximaba al área de estacionamiento que rodeaba al Monte Lee, vi que unos cordeles protegidos por una hilera de policías se encargaban de mantener la calma. Estacioné en doble fila, y vi a Harry Sears acercándose a mí, con la placa sujeta a la pechera de su chaqueta. Su aliento estaba cargado de licor y el tartamudeo se había esfumado.

—Jesucristo, vaya suerte. A ese patrullero le habían encargado que echara a los vagabundos antes de que empezaran con las demoliciones. Entró por casualidad en el cobertizo, salió y me buscó. Parece ser que los vagabundos han estado utilizándolo desde el 47, pero quizá puedas encontrar algo todavía.

Cogí mi equipo; Harry y yo empezamos a subir por la colina. Las cuadrillas de demolición derribaban bungalós en la calle paralela a Beachwood y los obreros se gritaban algo sobre fugas de gas en las cañerías. Cerca había camiones de bomberos, con las mangueras listas enfocadas hacia enormes montones de escombros. Aplanadoras y excavadoras se alineaban en las aceras, con patrulleros que apartaban a la gente del lugar para que nadie se hiciera daño. Y arriba, ante nosotros, el vodevil. Habían colocado un sistema de poleas unido al Monte Lee, sostenido por unos grandes andamios que se hundían en su base. La «A» final de Hollywoodlandia, que tendría unos quince metros de alto, se deslizaba por un grueso cable mientras las cámaras rodaban, los fotógrafos hacían fotos, los mirones se quedaban boquiabiertos y los políticos bebían champaña. El polvo de los arbustos arrancados de raíz flotaba por todas partes; los componentes de la banda de la escuela superior de Hollywood se hallaban sentados en sillas plegables sobre un estrado improvisado, unos cuantos metros al final de donde terminaba el sistema de poleas. Cuando la letra «A» cayó sobre el polvo, empezaron a tocar *Hurra por Hollywood*.

—Por aquí —dijo Harry.

Nos desviamos por un sendero de tierra apisonada que daba la vuelta a la base de la montaña. Un espeso follaje nos encerraba por los dos lados; Harry caminaba delante, y tomó por un camino que subía a lo largo de la cuesta. Lo seguí entre los arbustos, que me tiraban de la ropa y me rozaban el rostro. Después de unos diez metros cuesta arriba, el sendero se volvió llano para acabar en un pequeño claro frente al cual corría un arroyuelo. Y en el claro había una minúscula choza estilo caja de píldoras, con la puerta abierta de par en par.

Entré en ella.

Las paredes estaban empapeladas con fotos pornográficas de mujeres lisiadas y desfiguradas. Rostros mongoloides chupando consoladores, chicas desnudas con piernas marchitas rodeadas por abrazaderas metálicas abiertas al máximo, atrocidades sin miembros que miraban a la cámara con fijeza. En el suelo había un colchón que aparecía cubierto con varias capas de sangre superpuesta. Un enjambre de moscas e insectos varios, atrapados en la sangre, se daban el último banquete. La pared del fondo estaba llena de fotos que parecían haber sido arrancadas de textos de anatomía: primeros planos de órganos enfermos rezumando sangre y pus. En el suelo había montones de marcas secas; un pequeño reflector unido a un trípode estaba colocado junto al colchón, enfocado hacia su centro. Me pregunté de dónde tomarían la electricidad y examiné la base del artefacto:

funcionaba a pilas. En una esquina había un montón de libros rociados de sangre, la mayor parte de ellos novelas de ciencia ficción, con la *Anatomía Avanzada*, de Gray, y *El hombre que ríe*, de Victor Hugo, destacando entre ellas.

—¿Bucky?

Me volví.

—Busca a Russ. Dile lo que tenemos. Me encargaré de hacer un examen del lugar.

—Russ no volverá de Tucson hasta mañana. Y, chico, ahora mismo no me parece que te encuentres muy...

—¡Maldición, sal de aquí y déjame hacerlo!

Harry se marchó, hecho una furia y escupiendo su orgullo herido; yo pensé en la proximidad a las propiedades Sprague y en Georgie Tilden, el soñador, el fracasado, el hijo de un famoso anatomista escocés. «¿De veras? ¿Un tipo que ha estudiado medicina?» Luego, abrí mi equipo y violé la cuna de la pesadilla en busca de pruebas.

Primero examiné de arriba abajo. Aparte de unos rastros de barro recientes —era probable que fueran de los vagabundos de Harry—, encontré unas hebras de cuerda bajo el colchón. Raspé de ellas lo que parecían ser partículas de carne erosionada; llené otro tubo de ensayo con cabellos oscuros tomados del colchón y cubiertos de sangre seca. Comprobé la costra de sangre para buscar colores distintos, y pude ver que toda ella era de un marrón uniforme; entonces, tomé una docena de muestras. Le puse etiquetas a la cuerda y la guardé, junto con las páginas del texto de anatomía y las fotos pornográficas. Vi una huella de bota masculina en el suelo, perfilada con sangre, la medí y tracé las rayas de la suela en una hoja de papel transparente.

Después, comencé con las huellas dactilares.

Le eché polvo a cada una de las superficies susceptibles de ser tocadas, apretadas o sostenidas en la habitación; a los pocos lomos lisos y tapas relucientes de los libros del suelo. Estos últimos sólo me dieron unas cuantas marcas borrosas; el resto de las superficies, manchones, señales de guantes y dos juegos de huellas separadas y claras. Cuando hube terminado, cogí un lápiz y dibujé círculos alrededor de las más pequeñas en la puerta, el quicio y la pared situada junto al colchón. Después saqué mi lupa y las huellas de Betty Short, y las compare.

Una huella idéntica.

Dos.

Tres... Suficiente para un tribunal.

Cuatro, cinco, seis, mis manos temblaban porque, sin duda alguna, era en ese lugar donde la *Dalia Negra* había sido torturada; temblaban tanto que no pude pasar el otro juego de huellas a las placas. Raspé un juego de cuatro huellas de la puerta con mi cuchillo y lo envolví en celofán... la noche del investigador aficionado. Luego recogí mi equipo, y salí con paso vacilante al exterior. Al hacerlo, vi el agua que corría y supe que era allí donde el asesino había lavado y desangrado el cuerpo. Entonces fue cuando un extraño destello de color llamó mi atención hacia algunas rocas cercanas al arroyo. Un bate de béisbol... con el extremo usado para el trabajo manchado de marrón oscuro.

Fui hacia el coche con el pensamiento puesto en Betty viva, feliz, enamorada de algún tipo que nunca fuera capaz de engañarla.

Cuando cruzaba el estacionamiento alcé los ojos hacia el Monte Lee. Ahora, el letrero sólo decía *Hollywood*; la orquesta tocaba *No hay ningún negocio como el negocio del espectáculo*.

Fui a la parte baja. La oficina de personal de la ciudad de Los Ángeles y la oficina del Servicio de Inmigración y Naturalización estaban cerradas. Llamé a los del Registro para pedirles datos sobre George Tilden, nacido en Escocia, y supe que me volvería loco si esperaba toda la noche para hacer la confirmación de huellas. Sólo tenía tres caminos: llamaba a un oficial de rango superior, entraba por las malas o sobornaba a alguien.

Al acordarme de que había un tipo de la limpieza delante de la oficina de personal, probé con el tercero. El viejo oyó mi cuento, aceptó mis veinte pavos, abrió la puerta y me llevó hasta una hilera de archivadores. Abrí un cajón marcado como CUSTODIA PROPIEDADES PÚBLICAS – TIEMPO PARCIAL, saqué mi lupa y el trozo de madera con las huellas y contuve el aliento.

Tilden, George Redmond, nacido en Aberdeen, Escocia, 4/3/1896, metro ochenta, 84 kilos, cabello castaño, ojos verdes. Sin dirección, registrado como «Sin domicilio fijo – contactar para trabajo a través de E. Sprague, WE-4391». Licencia de conducir de California LA68224, vehículo: camioneta Ford 1939, licencia 68119A, territorio para recoger basura Manchester a Jefferson, La Brea a Hoover... con la Treinta y Nueve y Norton justo en el centro. Huellas dactilares de la mano izquierda y la derecha al final de la página; uno, dos, tres, cuatro, cinco, seis, siete, ocho, nueve puntos de comparación que encajaban... tres para ser acusado, seis más para un billete de ida a la cámara de gas. ¡Hola, Elizabeth!

Cerré el cajón, le di al conserje un billete de diez más para mantenerle callado, recogí el equipo de pruebas y salí. Grabé el instante en mi memoria: las 8.10 de la noche, miércoles, 29 de junio de 1949, la noche en que un tonto que sólo servía para matar negros había encontrado la solución al homicidio sin resolver más famoso de la historia de California. Toqué la hierba para ver si su textura era diferente, saludé con la mano a los tipos que pasaban, me imaginé contándoles la noticia al padre, a Thad Green y al jefe Horrall. Me vi de nuevo en la Central, teniente al cabo de un año, el señor Hielo superando las más salvajes esperanzas de Fuego y Hielo. Vi mi nombre en los titulares, a Kay que volvía conmigo.

Vi a los Sprague exprimidos, arruinados por su complicidad en el crimen, todo su dinero inútil ahora... Eso fue lo que acabó con mis ensueños: no había forma de que hiciera el arresto sin admitir que había suprimido pruebas sobre Madeleine y Linda Martin en el 47. O la gloria anónima o el desastre público.

O la justicia a escondidas.

Fui a Hancock Park. El Cadillac de Ramona y el Lincoln de Martha habían desaparecido del sendero circular; el Chrysler de Emmett y el Packard de Madeleine seguían allí. Estacioné mi nada deslumbrante Chevy cerca de ellos, los neumáticos traseros hundidos en el límite de los rosales del jardín. La puerta principal parecía inconquistable pero una ventana que había junto a ella permanecía abierta. Me subí a fuerza de brazos y entré en la sala.

Balto, el perro disecado, seguía junto a la chimenea como si vigilara una docena de cajas alineadas que había a lo largo de la pared. Las examiné, estaban a rebosar de ropa, plata y porcelana cara. Una caja de cartón situada al final de la hilera dejaba escapar unos cuantos vestidos de noche baratos, de tan llena... una extraña anomalía. En un rincón había un cuaderno de dibujo, con la primera hoja cubierta por esbozos de rostros femeninos.

Pensé en Martha, la artista publicitaria, y entonces me llegaron voces de arriba.

Fui hacia ellas, con la 45 en la mano y el silenciador bien enroscado. Procedían del dormitorio principal: el zumbido de Emmett, la queja y el mohín de Madeleine. Me pegué a la pared del pasillo, y fui deslizándome hasta la puerta para escuchar.

—... además, uno de mis hombres dice que las malditas cañerías están soltando gas. Se armará un lío de mil demonios, muchacha. Como mínimo, violación del código de seguridad y salubridad. Ha llegado el momento de que os enseñe Escocia a las tres y que le deje utilizar su talento para las relaciones públicas a nuestro amigo judío Mickey C. Se encargará de cargarle el muerto al viejo Mack, a los rojos o a quien resulte conveniente, puedes confiar en mi palabra de que lo hará. Y cuando las cosas vuelvan a estar bien, regresaremos a casa.

—Pero yo no quiero ir a Europa, papá. ¡Oh; Dios, Escocia! Nunca has podido hablar de ella sin decir lo aburrida y provinciana que resulta.

—¿Crees acaso que echarás de menos a tu amigo dentón? Ah, sospecho que se trata de eso. Bueno, deja que te devuelva la paz a tu corazón. En Aberdeen, hay campesinos que harían morirse de vergüenza a ese desgraciado que parece una excusa de hombre. Chicos menos entrometidos, que conocen cuál es su sitio. Permíteme asegurarte que no te faltarán jinetes resistentes. Bleichert hace mucho que sirvió a nuestro propósito y es precisamente esa parte tuya que ama el peligro la que lo atrajo. Una parte muy poco juiciosa, podría añadir.

—Oh, papá, yo no...

Entré en el dormitorio. Emmett y Madeleine estaban tendidos en la gran cama con dosel, vestidos, la cabeza de ella en el regazo de él, sus rudas manos de carpintero dándole masaje en los hombros. El padre amante fue el primero en percatarse de mi presencia; Madeleine hizo un mohín cuando las caricias de papá se detuvieron.

Mi sombra cayó sobre la cama y ella gritó. Emmett la hizo callar, con el expeditivo gesto de taparle la boca; una mano rápida como un látigo en la que las piedras preciosas relucían.

—No te estamos poniendo cuernos, muchacho —dijo—. Es sólo afecto, y tenemos dispensa para ello.

Los reflejos de ese hombre y su tono, como si estuviera en la mesa de la cena, eran estilo, puro estilo. Imité su calma.

—Georgie Tilden mató a Elizabeth Short. Llamó aquí el doce de enero y uno de los dos le preparó una cita con Georgie. Cogió el autobús de Wilshire para reunirse con él. Ahora, lléneme los otros huecos de la historia.

Madeleine, los ojos muy abiertos, temblaba bajo la mano de su padre.

Emmett contempló la no demasiado firme pistola que lo apuntaba.

—No discuto lo que has dicho y no discuto tu deseo, un tanto retrasado, de ver que se haga justicia. ¿Debo decirte dónde puedes encontrar a Georgie?

—No. Antes hábleme de ustedes dos y luego cuénteme eso de su dispensa.

—No me parece bien, muchacho. Te felicitaré por tu trabajo como detective, te diré dónde puedes encontrar a Georgie y lo dejaremos en eso. Ninguno de los dos quiere que Maddy reciba daño alguno y discutir desagradables y viejos asuntos familiares le afectaría de una forma adversa.

Como para subrayar su preocupación paternal,

Emmett apartó su mano. Madeleine se limpió el lápiz de labios, que se le había corrido a las mejillas.

—Papá, haz que se calle —murmuró.

—¿Te dijo papá que jodieras conmigo? —pregunté—. ¿Te dijo que me invitaras a cenar para que no comprobara tu coartada? ¿Os pensáis que un poco de hospitalidad y algo de coño pueden hacer que salgáis bien librados de todo? ¿Te...?

—Papá, haz que se calle.

La mano de Emmett volvió a moverse, Madeleine enterró su cara en ella. El escocés hizo el siguiente movimiento más lógico.

—Pasemos a cosas concretas, muchacho. Aparta la historia familiar de los Sprague de tu mente. ¿Qué quieres?

Paseé la mirada por el dormitorio, vi un objeto aquí y otro allí... con sus precios correspondientes, de los que Madeleine había alardeado ante mí: el óleo de Picasso en la pared del fondo, ciento veinte de los grandes; el maestro holandés que estaba sobre la cama había costado doscientos mil, más o menos; la fea gárgola precolombina de la mesilla de noche, sólo doce y medio.

—Sabes apreciar las cosas bellas —dijo Emmett, que ahora sonreía—. Eso me gusta y cosas bellas como éstas pueden ser tuyas. Lo único que debes hacer es decirme lo que quieres.

Primero le disparé al Picasso. El silenciador hizo «zum» y la bala del 45 con punta hueca partió el lienzo en dos. Luego siguieron el mismo camino los dos jarrones Ming, para acabar en fragmentos repartidos por toda la habitación. Fallé mi primer disparo a la gárgola y obtuve como premio de consolación un espejo ribeteado en oro. Papá y su querida hija se abrazaban en la cama. Apunté hacia el Rembrandt o el Tiziano o lo que coño fuera. Mi obús le hizo un hermoso agujero y se llevó un fragmento de la pared con él. El marco se derrumbó y cayó sobre el hombro de Emmett; el calor del arma me quemaba la mano. Pero seguí sosteniéndola, con un proyectil todavía en el cargador para que me consiguiera mi historia.

Cordita, el humo del cañón y la neblina del yeso hacían que el aire fuera casi irrespirable. Cuatrocientos billetes de los grandes hechos pedacitos. Los dos Sprague, un lío de miembros en la cama, permanecían inmóviles. Emmett fue el primero en recobrarse. Acarició a Madeleine, se frotó los ojos y bizqueó.

Puse el silenciador en su nuca.

—Tú, Georgie, Betty. Haz que me lo crea o destrozaré toda tu maldita casa.

Emmett tosió y dio una palmadita en los desordenados rizos de Madeleine.

—Tú y tu propia hija —dije.

Entonces, mi vieja chica de la coraza alzó la mirada, con las lágrimas casi secas y una mezcla de polvo y lápiz labial que le manchaba el rostro.

—Papá no es mi auténtico padre y nunca lo hemos hecho de verdad... así que no hay nada malo.

—¿Quién es, entonces? —dije.

Emmett se volvió y apartó mi arma con suavidad. No parecía vencido ni irritado; sólo un hombre de negocios que empezaba a sentir animación ante la idea de negociar un nuevo contrato, uno bastante duro.

—El padre de Maddy es Georgie, el soñador, y Ramona es su madre. ¿Quieres los detalles o te basta con ese hecho?

Tomé asiento en una silla cubierta de brocado, a un par de metros de la cama.

—Todo. Y no mienta, porque lo sabré.

Emmett se puso en pie y se arregló un poco, mientras examinaba con aire distraído los daños sufridos por la habitación. Madeleine fue al cuarto de baño; unos segundos después oí correr el agua.

Emmett se instaló en el borde del lecho, las manos bien firmes sobre sus rodillas, como si hubiera llegado el momento de hacer una confesión de hombre a hombre. Estaba seguro de lo que pensaba: que podría salir adelante contándome sólo lo que él quisiera contarme. Sabía que le haría largar todo, sin importar lo que hiciera falta para conseguirlo.

—A mediados de la década de los veinte, Ramona quería tener un bebé —dijo—. Yo no, y acabé harto y cansado de que me molestara a cada rato con eso de la paternidad. Una noche me emborraché y pensé: «Mamá, si quieres un crío te daré uno y lo fabricaré igualito a mí.» La obligué a hacerlo sin preservativo, luego se me pasó la borrachera y dejé de pensar en el asunto. Yo no lo sabía pero entonces la emprendió con Georgie, sólo para conseguir ese potrillo que tanto anhelaba. Nació Madeleine y yo pensé que había sido el resultado de esa hora tonta. Me encariñé con ella... mi niña. Dos años después, decidí ir a por la parejita e hicimos a Martha.

»Muchacho, estoy enterado de que has matado a dos hombres y eso es más de lo que yo puedo presumir. Por eso sé que comprendes el dolor, el que te hieran. Maddy tenía once años cuando me di cuenta de que era la viva imagen de Georgie. Le busqué y me dediqué a jugar al tres en raya con su rostro y una navaja de negros. Cuando pensé que se moría, lo llevé al hospital y soborné a los administradores para que pusieran «víctima de un accidente automovilístico» en sus registros. Le rogué que me perdonara, le di dinero y conseguí trabajo para él en mis propiedades y como basurero municipal.

Recordé haber pensado que Madeleine no se parecía ni a su padre ni a su madre; y también que Jane Chambers había mencionado el accidente de Georgie y su descenso a la condición de vagabundo. De momento, yo creía la historia de Emmett.

—¿Qué hay de Georgie? ¿Pensaste alguna vez que estaba loco? ¿Que era peligroso?

Emmett me dio una palmadita en la rodilla, pura empatía de hombre a hombre.

—El padre de Georgie era Redmond Tilden, un médico que tenía bastante fama en Escocia, un anatomista. Por aquellos tiempos, la ley de Kirk era aún muy respetada en Aberdeen y el doctor Redmond sólo podía diseccionar legalmente los cuerpos de los criminales ejecutados o de los tipos que abusaban de los niños y que eran lapidados por los pueblerinos. A Georgie le gustaba tocar los órganos que su padre desechaba. Cuando éramos niños, oí contar una historia, y la creo. Parece ser que el doctor Redmond le compró un fiambre a unos ladrones de cadáveres. Le abrió el pecho hasta llegar al corazón y éste seguía latiendo. Georgie lo vio y eso le dejó encantado. He dicho que creo esa historia porque cuando estábamos en Argonne, Georgie usaba su bayoneta con los alemanes muertos. No puedo asegurarlo con certeza, pero creo que ha profanado tumbas aquí, en Estados Unidos. Cueros cabelludos y órganos. Horrible, un montón de cosas horribles.

Vi una abertura, una cuchillada en la oscuridad que podía dar en el blanco. Jane Chambers había hablado de que Georgie y Ramona filmaban las mascaradas centradas en las aventuras que Emmett había corrido durante la primera guerra mundial; y dos años antes, en la cena,

Ramona había dicho algo sobre «poner en escena episodios del pasado del señor Sprague que él preferiría olvidar». Decidí seguir adelante con mi corazonada.

—¿Cómo podía aguantar a un tipo tan loco?

—Muchacho, tú también has tenido tus momentos de ídolo. Ya sabes lo que ocurre cuando un hombre débil necesita que cuides de él. Se forma un lazo especial, como tener un hermano menor al que quieres mucho pero que no sabe arreglárselas solo.

—Tuve un hermano mayor que era así. Y cuidé de él.

Emmett se rió... muy mal.

—Nunca he estado a ese lado de la valla.

—¿Seguro? Eldridge Chambers no dice eso. Antes de morir, dejó un informe para el concejo. Parece ser que fue testigo de alguna de las mascaradas que Ramona y Georgie celebraban en los años treinta. Niñitas con faldellines de soldado y fusiles de juguete; Georgie, que rechazaba a los alemanes; usted, que daba la vuelta y corría como un maldito cobarde.

Emmett se ruborizó e intentó sonreír; su boca se retorció en un gesto espasmódico a causa del esfuerzo.

—¡Cobarde! —grité y le di una bofetada, bien fuerte, y el duro escocés, el coriáceo hijo de perra, empezó a sollozar igual que un niño.

Madeleine salió del cuarto de baño, recién maquillada y cambiada de ropa. Fue hacia la cama y abrazó a su «papá», del mismo modo a como él la había abrazado hacía sólo unos minutos.

—Cuéntemelo, Emmett —dije.

Emmett seguía con su llanto, apoyado en el hombro de su falsa hija, mientras ella lo acariciaba con una ternura diez veces superior a la que me había dado en toda nuestra relación. Al fin, él logró hablar, con el murmullo de los soldados enloquecidos por los cañoneos.

—No podía dejar que Georgie se fuera porque me había salvado la vida. Nos quedamos separados de nuestra compañía, solos en un campo inmenso lleno de muertos. Una patrulla alemana hacía un reconocimiento y le clavaba una bayoneta a todo inglés que encontraba, muerto o vivo. Georgie nos tapó con un montón de alemanes. Un ataque de morteros los había hecho trizas. Georgie me ayudó a meterme bajo todos aquellos brazos, piernas y tripas, y me hizo quedar allí; cuando todo hubo terminado, me limpió y me habló de los Estados Unidos para ver si conseguía animarme. ¿Te das cuenta? Yo no podía...

El susurro de Emmett se desvaneció. Madeleine le acarició los hombros y le revolvió el cabello.

—Sé que la película porno con Betty y Linda Martin no fue rodada en Tijuana —dije—. ¿Tuvo Georgie algo que ver en ella?

La voz de Madeleine sonó con idéntico timbre que antes la de Emmett, cuando él era quien se encargaba de mantener las líneas.

—No. Linda y yo estábamos hablando en el Escondite de La Verne. Me dijo que necesitaba un sitio para rodar una película muy corta. Yo sabía lo que pretendía decir con eso y quería estar otra vez con Betty, por lo que les dejé utilizar una de las casas vacías de mi padre, una que tenía un viejo decorado en la sala. Betty, Linda y Duke Wellington rodaron la película y Georgie los vio cuando lo hacían. Siempre andaba por las casas vacías de papá... y Betty le volvió loco. Tal vez fue porque se parecía a mí... a su hija.

Me di la vuelta para hacer que le resultara más fácil escupir el resto.

—¿Y luego?

—Cuando faltaba poco para el Día de Acción de

Gracias, Georgie fue a ver a papá y le dijo: «Dame a esa chica.» Si no lo hacía, le prometió que contaría al mundo entero la verdad de mi nacimiento y que mentiría de tal manera respecto a nuestras relaciones que lo haría aparecer como un incesto. Yo busqué a Betty pero no pude encontrarla. Después me enteré de que se hallaba en San Diego por aquella época. Papá dejaba que Georgie se quedara en el garaje, porque cada vez le pedía más y más cosas. Le dio dinero para tenerle callado, pero él seguía con su mal comportamiento, actuaba de una forma horrible.

Entonces, Betty llamó esa noche de sábado, como si saliera de la nada. Había bebido y me llamó Mary, o algo parecido. Dijo que había estado llamando a todas sus amistades del librito negro para conseguir que alguien le prestara algo de dinero. Yo hice que papá se pusiera al teléfono y él se lo ofreció a cambio de que saliera con un hombre estupendo al que conocía. Comprende, pensábamos que Georgie quería a Betty sólo por el... el sexo.

—Después de cuanto sabíais sobre él, ¿creíais eso? —exclamé, asombrado.

—¡Le gustaba tocar cosas muertas! —gritó Emmett—. ¡Era muy pasivo! ¡Jamás pensé que fuera un maldito asesino!

Intenté conseguir que se calmaran.

—¿Y le dijiste que Georgie había estudiado medicina?

—Porque Betty respetaba a los médicos —respondió Madeleine—, y no deseábamos que se sintiera como una puta.

Casi me reí.

—¿Y luego?

—Creo que ya conoces el resto.

—Cuéntamelo de todas formas.

Madeleine obedeció, y pude observar que todo su cuerpo rezumaba odio.

—Betty tomó el autobús para venir aquí. Se marchó con Georgie. Pensamos que irían a cualquier sitio decente para estar Juntos.

—¿Como el motel Flecha Roja?

—¡No! ¡Como una de las viejas casas de papá que Georgie tenía que cuidar! Betty olvidó aquí su bolso y creímos que regresaría a buscarlo pero nunca volvió, y Georgie tampoco. Después las noticias aparecieron en los periódicos y supusimos lo que debía haber sucedido.

Si Madeleine pensaba que su confesión había terminado, se equivocaba.

—Cuéntame qué hiciste luego. Cuéntame cómo te encargaste de tapar el asunto.

Madeleine acariciaba a Emmett mientras hablaba.

—Busqué a Linda Martin y la encontré en un motel del valle. Le di dinero y le dije que si la policía la pillaba y le preguntaba sobre la película, debía decir que había sido rodada por unos mexicanos en Tijuana. Mantuvo su parte del trato cuando la detuvisteis y sólo mencionó la película porque llevaba la copia en su bolso. Intenté encontrar a Duke Wellington pero no pude. Eso me tuvo preocupada hasta que mandó su coartada al *Herald-Express* sin mencionar en ella dónde se había rodado la película. Por lo tanto, estábamos a salvo. Entonces...

—Entonces, yo aparecí. Y me sonsacaste cuanto te fue posible sobre el caso, al tiempo que arrojabas pequeños datos sobre Georgie para ver si picaba.

Madeleine dejó de acariciar a su papá y se estudió la manicura.

—Sí.

—¿Qué hay de la coartada que me contaste? ¿Playa Laguna, que hablara con la servidumbre?

—Les dimos un poco de dinero por si ibas a interrogarles. No hablan demasiado bien nuestro idioma; además, por supuesto, me creíste.

Ahora Madeleine sonreía.

—¿Quién mandó las fotos de Betty y el librito negro por correo? —pregunté—. Vino en sobres y has dicho que Betty se dejó su bolso aquí.

Madeleine se rió.

—Eso fue una idea de Martha, la genio. Sabía que yo conocía a Betty, pero la noche en que ésta y Georgie estuvieron aquí, no se encontraba en casa. Ignoraba que Georgie le estuviera haciendo chantaje a papá o que hubiera matado a Betty. Arrancó del librito la página que llevaba nuestro número de teléfono y raspó los rostros de los hombres de las fotos, porque era su forma de sugerir, «Busquen a una lesbiana», con lo cual se refería a mí. Lo único que deseaba era verme manchada, metida en el caso. También llamó a la policía y les habló de La Verne. Los rostros borrados eran *très* genio Martha... siempre hace eso cuando está enfadada, lo araña todo igual que una gata.

Me daba la impresión de que en sus palabras había algo que no encajaba, pero era incapaz de localizarlo con precisión.

—¿Martha acabó por contártelo?

Madeleine sopló sobre sus garras rojas.

—Cuando los periódicos hablaron del librito negro supe que debía ser cosa suya. Le arranqué una confesión.

Me volví hacia Emmett.

—¿Dónde está Georgie?

El viejo se removió.

—Es probable que se encuentre en una de mis casas vacías. Te daré una lista de ellas.

—Tráigame también los pasaportes de todos ustedes.

Emmett salió del dormitorio-campo de batalla.

—Me gustabas de veras, Bucky —dijo Madeleine—. Es cierto, me gustabas.

—Guarda esas frases para papaíto. Ahora llevas los pantalones, así que ahorra el azúcar para él.

—¿Qué piensas hacer?

—Primero me iré a casa, pondré todo esto en negro sobre blanco y lo uniré a unas órdenes de búsqueda a nombre tuyo y de papaíto como testigos materiales. Después se las dejaré a otro agente para el caso de que a papaíto se le ocurra acudir a su amigo Mickey Cohen con una oferta por mi cabeza. Una vez hecho todo eso, buscaré a Georgie.

Emmett volvió y me alargó cuatro pasaportes de los Estados Unidos y una hoja de papel.

—Si redactas esas órdenes, te destrozaremos en el tribunal —me advirtió Madeleine—. Toda nuestra historia saldría a la luz.

Me puse en pie y besé a la chica de la coraza en los labios, con fuerza.

—En ese caso, nos hundiremos todos juntos.

No fui a casa para escribirlo todo. Estacioné a unas cuantas manzanas de la mansión Sprague y estudié la lista de direcciones, algo asustado por los redaños que Madeleine había demostrado tener y hasta qué punto sabía que nos encontrábamos en situación de tablas.

Las casas se repartían en dos zonas: Echo Park y Silverlake por un lado, y por otro, en Watts, cruzando la ciudad... mal territorio para un hombre blanco de cincuenta y tres años. Silverlake-Echo se encontraba unos cuantos kilómetros al este de Monte Lee, una zona montañosa en la que abundaban las callejas sinuosas, la espesura y los lugares solitarios; el tipo de terreno que un necrófilo podría encontrar relajante. Fui hacia allí, con cinco direcciones de la lista de Emmett rodeadas por un círculo.

Las tres primeras eran cobertizos desiertos: no había electricidad y las ventanas aparecían rotas. En las paredes había pintadas consignas de pandillas mexicanas. No se veía ninguna camioneta Ford del 39 con matrícula 68119A... sólo desolación acompañada por los Santa Ana que bajaban de las colinas de Hollywood. Cuando me dirigía hacia la cuarta dirección, acababa de sonar la medianoche, tuve la idea, o la idea me tuvo a mí.

«Mátale.»

«Nada de gloria pública, nada de público deshonor... Justicia privada. Deja que los Sprague se vayan o sácale una confesión detallada a Georgie antes de que aprietes el gatillo. Que esté escrita; luego encuentra un medio de hacerles daño con ella, como más te apetezca.»

«Mátale.»

«E intenta vivir con ello.»

«Trata de llevar una vida normal con el gran amigo de Mickey Cohen haciendo ese mismo tipo de planes para ti.»

Lo aparté todo de mi mente cuando vi que la cuarta casa se hallaba intacta y se encontraba al final de un callejón sin salida: el exterior parecía decente y la hierba estaba cuidada. Detuve el coche dos portales más abajo y luego recorrí la calle a pie. No había camionetas Ford... y sí montones de espacio para estacionarlas.

Estudié la casa desde la acera. Era uno de esos trabajos en estuco que hacían en los años veinte, pequeña, en forma de cubo, blanco sucio con un techo de vigas de madera. La rodeé, desde la entrada hasta el minúsculo patio trasero para luego seguir un sendero de losas de piedra; volví a la parte delantera. No había luces; todas las ventanas estaban tapadas por lo que parecían esas gruesas cortinas usadas en los tiempos en que se temía a los bombardeos. El lugar se veía totalmente silencioso.

Llamé al timbre con la pistola desenfundada. Veinte segundos, ninguna respuesta. Pasé los dedos por la línea donde se unían la puerta y el quicio, sentí que la madera estaba agrietada, saqué mis esposas y usé como cuña la parte más delgada de uno de sus cierres. El metal aguantó; trabajé con la madera cerca del cerrojo hasta sentir que la puerta se aflojaba. Después le di una patada suave... y se abrió.

La luz del exterior me guió hasta un interruptor de pared; lo accioné; una habitación vacía surcada de telarañas apareció ante mí; entonces, fui hasta el porche y cerré la puerta. Las cortinas antibombardeos no dejaban pasar ni una brizna de luz. Volví a entrar en la casa, cerré la puerta y metí unas astillas de madera en el pestillo para dejarlo atascado.

Habiéndome ocupado de la entrada delantera, fui hacia la parte de atrás de la casa. De una habitación pegada a la cocina brotaba un olor a medicinas. Abrí la puerta con la punta del pie y tanteé la pared para encontrar el interruptor de la luz. Allí estaba; una fuerte luz me cegó. Un instante después, los ojos se me aclararon y conseguí identificar el olor: formaldehído.

Las paredes estaban llenas de estantes en los que había frascos con órganos conservados; en el suelo había un colchón, medio cubierto por una manta del Ejército. Encima de éste se veía un cuero cabelludo enrojecido y un par de cuadernos de anotaciones. Tragué aire con un jadeo y me esforcé en verlo todo.

Cerebros, ojos, corazones e intestinos flotaban en el líquido. Una mano de mujer, con el anillo de casada todavía en su dedo. Ovarios, bultos de vísceras informes, un frasco lleno de penes. Dentaduras postizas repletas de dientes de oro.

Sentí náuseas pero no tenía nada que vomitar en el estómago y me puse en cuclillas junto al colchón para no ver nada más. Cogí uno de los cuadernos y lo hojeé: las páginas estaban llenas de pulcras descripciones de robos cometidos en tumbas... cementerios, nombres de los difuntos y fechas en columnas separadas. Cuando vi «Luterano, Los Ángeles Este», el cementerio donde estaba enterrada mi madre, dejé caer el cuadernillo y alargué la mano hacia la manta, buscando algo a lo que agarrarme; la costra de semen que la cubría de un extremo a otro consiguió que por fin vomitara en el umbral. Después abrí el otro cuadernillo, por el centro, y una letra firme y masculina me llevó de vuelta al catorce de enero del año 1947:

Cuando despertó la mañana del martes, supe que no aguantaría mucho más y que no podía correr el riesgo de seguir mucho tiempo en las colinas. Los desechos humanos y las parejitas vendrían por aquí, con toda seguridad, más pronto o más tarde. Ayer me había dado cuenta de cuán condenadamente orgullosa estaba de sus tetitas, incluso cuando yo les había estado poniendo los Chesterfield encima. Así que decidí cortárselas poco a poco.

Seguía sumida en un cierto estupor, quizá se tratase de una conmoción, incluso. Le enseñé el bate Joe DiMaggio que tanto placer me había dado desde la noche del domingo. La amenacé con él, medio en broma. Eso hizo que despertara. Hurgué en su agujerito con él y casi se tragó la mordaza. Deseé tener clavos para ponerlos en el bate, igual que en la «doncella de hierro» o en un cinturón de castidad, que le costaría mucho tiempo olvidar. Sostuve el bate delante de ella y luego abrí una quemadura de cigarrillo que tenía en la teta izquierda con mi cuchillo. Mordió su mordaza y salió sangre del sitio donde yo había puesto antes el Joe DiMaggio, en sus dientes, porque mordía con mucha fuerza. Apreté el cuchillo contra un hueso pequeño que había notado y luego lo giré. Ella intentó gritar y la mordaza se le metió más adentro, en la garganta. Se la quité durante un segundo y empezó a chillar llamando a su madre. Volví a ponérsela, sin miramientos, bien fuerte, y le hice otro corte en la teta derecha.

Se le están infectando los sitios donde las cuerdas la rozan. Le están cortando los tobillos y el pus las empapa, reblandeciéndolas...

Dejé el cuadernillo con la seguridad de que podía hacerlo; que si flaqueaba, unas cuantas páginas más me harían recobrar las fuerzas. Me puse en pie: los frascos de los órganos atrajeron mi atención, hileras de cosas muertas, tan ordenadas, tan llenas de perfección. Me preguntaba si Georgie habría matado con anterioridad cuando me fijé en un frasco solitario situado en el alféizar de la ventana, encima del colchón.

Un pedazo de carne triangular, con un tatuaje. Un corazón con una insignia de las Fuerzas Aéreas dentro y las palabras «Betty y Mayor Matt» debajo.

Cerré los ojos y me estremecí de la cabeza a los pies;

me rodeé con los brazos e intenté decirle a Betty que lamentaba haber visto esa parte tan especial de ella, que mi intención no era la de husmear tan lejos, hasta ese punto, sino sólo ayudar. Intenté decirlo y decirlo y decirlo. Entonces, algo me tocó con suavidad y yo agradecí la delicadeza de ese contacto.

Giré sobre mí mismo y vi a un hombre, todo el rostro lleno de cicatrices, sus manos sostenían pequeños instrumentos curvados, herramientas para cortar y hurgar en las heridas. Se llevó los escalpelos a las mejillas; comencé a jadear cuando traté de pensar dónde había estado, y busqué mi arma. Dos latigazos de metal cayeron sobre mí; la 45 resbaló de mi cinturón y cayó al suelo.

Le esquivé; las hojas metálicas rasgaron mi chaqueta y se llevaron un pedacito de mi clavícula. Lancé un patadón hacia la ingle de Tilden; el violador de tumbas recibió el golpe cuando ya avanzaba hacia mí, se dobló sobre sí mismo y cayó hacia delante, con lo que me derribó, empujándome hacia los estantes de la pared.

Los frascos se rompieron, hubo un diluvio de formaldehído y horribles fragmentos de carne quedaron liberados. Tilden estaba sobre mí, e intentaba llegar a mi cuerpo con sus escalpelos. Lo cogí por las muñecas y alcé mi rodilla por entre sus piernas con todas mis fuerzas. Lanzó un gruñido pero no se apartó, su rostro cada vez más y más cerca del mío. Cuando estaba a unos centímetros de distancia, abrió la boca, me enseñó los dientes y, luego, cerró las mandíbulas con un chasquido; sentí como me desgarraba la mejilla. Le di otro rodillazo y la presión de su brazo se aflojó un poco. Recibí otro mordisco en el mentón y bajé las manos. Los escalpelos golpearon el estante que había a mi espalda; busqué alocadamente alguna clase de arma y mis dedos encontraron un gran pedazo de cristal. Lo hundí en el rostro de

Georgie justo cuando él lograba liberar los cuchillos; gritó; el acero se clavó en mi hombro.

Los estantes se vinieron abajo. Georgie cayó sobre mí, con la sangre brotando de una órbita vacía. Vi mi 45 en el suelo, a un par de metros de distancia, logré llevar nuestros dos cuerpos hacia ella y la cogí. Georgie alzó su cabeza. Su garganta emitía los sonidos de un animal salvaje. Buscaba mi cuello y su boca se abría como un agujero enorme delante de mí. Metí el silenciador en el agujero de su ojo y le volé los sesos.

33

Russ Millard se encargó de proporcionarle su epitafio al caso Short.

Hirviendo en un baño de adrenalina, salí de la casa de la muerte y fui directamente al ayuntamiento. El padre acababa de llegar de Tucson con su prisionero; cuando el tipo quedó recluido en una celda, me llevé a Russ a un rincón y le conté toda la historia de mi relación con los Sprague... desde lo que Marjorie Graham me había dicho sobre las lesbianas hasta el tiro que yo le había pegado a Georgie Tilden. Russ, atónito al principio, me llevó al Hospital Central. El médico de la sala de urgencias me puso una inyección antitetánica.

—Dios, esos mordiscos casi parecen obra de un ser humano —dijo.

Y se encargó de suturarlos. Las heridas de escalpelo eran superficiales, y sólo requirieron limpieza y vendajes.

—El caso tiene que seguir abierto —dijo Russ, una vez hubimos salido de allí—. Si le cuentas a otra persona lo que ha ocurrido, te expulsarán del Departamento. Ahora, ocupémonos de Georgie.

Cuando llegamos a Silverlake eran las tres de la madrugada. El padre se quedó bastante impresionado por lo que vio pero mantuvo su compostura, tieso como un palo. Y, entonces, el mejor hombre que había conocido en toda mi vida me dejó asombrado.

—Ve y quédate junto al coche —dijo.

Después anduvo hurgando en unas cañerías que había al lado de la casa, se alejó unos dieciocho metros y vació su revólver reglamentario en ese mismo punto. El gas se inflamó y la casa estalló en llamas. Salimos a toda velocidad de aquel lugar con los faros apagados. Russ me soltó su epitafio.

—Esa obscenidad no merecía seguir en pie.

Más tarde le llegó el turno a un agotamiento increíble... y al sueño. Russ me dejó en El Nido. Me lancé sobre la cama y dormí unas veinte horas seguidas, sumido en la más negra inconsciencia. Lo primero que vi al despertarme eran los cuatro pasaportes de los Sprague sobre la cómoda y lo primero que pensé: deben pagar.

Si acababan siendo acusados de violaciones al código de seguridad y salubridad o de algo peor, yo quería tener a la familia dentro del país, donde sufrieran. Llamé a la oficina de pasaportes de los Estados Unidos, fingí que era un capitán de los detectives y suspendí toda posible nueva expedición de pasaportes a la familia Sprague por razones policiales. Tuve la sensación de que era un gesto de impotencia... como un palmetazo en la mano. Después me afeité y me duché, teniendo mucho cuidado de no mojar los vendajes ni las suturas. Pensé en el final del caso para no necesitar hacerlo sobre el desastre en que había terminado siendo mi vida. Recordé que algo de lo dicho por Madeleine el día anterior no sonaba bien, no encajaba, era un error. Jugueteé con la pregunta mientras me vestía; cuando salía de la habitación para ir a comer algo, descubrí de qué se trataba.

Madeleine dijo que Martha había llamado a la policía para hablarles del Escondite de La Verne. Pero yo conocía la documentación del caso Short mejor que cualquier policía vivo y en ningún sitio había anotado algo que se refiriese a aquel lugar. Entonces dos incidentes me pusieron al rojo vivo. Lee que recibía una llamada de larga distancia cuando estábamos a cargo del teléfono la mañana después de que yo conociera a Madeleine; Lee que iba directamente al Escondite después de su estallido durante la proyección de la película pornográfica. Sólo Martha, «la genio», podía darme las respuestas. Fui a la calle de las agencias para hablar con ella.

Encontré a la auténtica hija de Emmett Sprague sola, mientras almorzaba en un banco a la sombra del Edificio Young & Rubicam. Cuando me senté delante de ella, no alzó la vista. En ese momento recordé que el librito negro y las fotos de Betty Short fueron encontrados en un buzón, a una manzana de distancia.

Estuve contemplando a la regordeta muchacha-mujer mientras mordisqueaba una ensalada y leía el periódico. En los dos años y medio transcurridos desde que la conocí parecía haber logrado mantenerse firme ante la grasa y su pésimo cutis... pero seguía pareciendo una versión mal hecha de Emmett.

Martha dejó el periódico y se fijó en mí. Yo esperaba que la rabia encendiera sus ojos, pero me sorprendió.

—Hola, señor Bleichert.

Y lo dijo con una leve sonrisa.

Fui hacia ella y tomé asiento a su lado en el banco. El *Times* estaba doblado de tal forma que se veía un artículo de la agencia Metropolitana: «Extraño incendio al pie de Silverlake – Se encuentra un cadáver tan calcinado que se ha hecho imposible su identificación.»

—Siento haberle hecho ese dibujo la noche en que vino a cenar —se excusó Martha.

Señalé hacia el periódico.

—No parece sorprendida de verme.

—Pobre Georgie. No, no estoy sorprendida en absoluto. Padre me dijo que lo sabía. He sido subestimada durante toda mi vida y siempre he tenido la sensación de que tanto padre como Maddy le subestimaban a usted.

No hice caso del cumplido.

—¿Sabe lo que hizo el «pobre Georgie»?

—Sí. Desde el principio. Vi como Georgie y la Short salían de casa esa noche en la camioneta de Georgie. Maddy y padre no estaban enterados de que yo lo sabía, pero así era. La única que nunca llegó a enterarse de nada fue madre. ¿Lo mató?

No respondí.

—¿Va a hacerle daño a mi familia?

El orgullo que había en ese «mi» era tan hiriente como un cuchillo.

—No sé lo que voy a hacer.

—No le culpo porque desee hacérselo. Padre y Maddy son dos personas horribles y yo misma he intentado herirles.

—¿Cuándo envió las cosas de Betty por correo?

Los ojos de Martha se encendieron por fin.

—Sí. Arranqué la página del libro que tenía nuestro

496

número pero pensé que los otros quizá condujeran a la policía hasta padre y Maddy. No tuve bastante coraje para enviarlo con nuestro número. Debí tenerlo. Yo...

Alcé la mano.

—¿Por qué, Martha? ¿Sabe lo que habría ocurrido si la policía se hubiera llegado a enterar de Georgie y su historia? Acusaciones de complicidad, el tribunal, la cárcel.

—No me importaba. Maddy le tenía a usted y a padre; madre y yo no teníamos nada. Deseaba que todo el barco se hundiera, nada más. Ahora, madre está enferma de lupus, no le quedan más que unos cuantos años. Va a morir y eso es tan injusto...

—Las fotos y las raspaduras. ¿Qué pretendía decir con ellas?

Martha entrelazó sus dedos y los retorció hasta que los nudillos se le quedaron blancos.

—Yo tenía diecinueve años y lo único que podía hacer era dibujar. Quería que Maddy se viera deshonrada por lesbiana y la última foto... era padre, en persona... con su rostro borrado. Pensé que quizá hubiera dejado huellas dactilares en el dorso. Anhelaba desesperadamente hacerle daño.

—¿Porque te acariciaba igual que a Madeleine?

—¡Porque no lo hace!

Me preparé para abordar la peor parte del asunto.

—Martha, ¿llamaste a la policía para darles una pista sobre el Escondite de La Verne?

Ella bajó la mirada.

—Sí.

—¿Hablaste con...?

—Le hablé al hombre de mi hermana, la lesbiana, de cómo había conocido a un policía llamado Bucky Bleichert en La Verne la noche anterior y tenía una cita con él esa misma noche. Maddy presumía todo el tiempo de ti ante la familia y yo estaba celosa. Pero lo único que yo deseaba era hacerle daño a ella... no a ti.

Lee, que recibía la llamada mientras que yo estaba sentado delante de él, separados por un escritorio, en la sala común de Universidad; Lee, que iba directamente a La Verne cuando *Esclavas del infierno* le hizo perder la cabeza.

—Cuéntame el resto.

Martha miró a su alrededor y se dispuso a ello: las piernas juntas, los brazos pegados a los costados, los puños bien apretados.

—Lee Blanchard vino a casa y le contó a padre que había hablado con una mujer en La Verne... con lesbianas que podían establecer una relación entre Maddy y la *Dalia Negra*. Dijo que necesitaba salir de la ciudad y que no transmitiría su información sobre Maddy a cambio de cierto precio. Padre estuvo de acuerdo y le dio todo el dinero que tenía en su caja fuerte.

Lee, enloquecido por la benzedrina, sin aparecer por el ayuntamiento o por la comisaría de Universidad; la inminente libertad condicional de Bobby de Witt había sido su razón para salir de la ciudad. El dinero de Emmett era el que se había gastado en México. Mi propia voz, átona, inexpresiva:

—¿Hay algo más?

El cuerpo de Martha estaba tan tenso como un resorte de acero.

—Blanchard volvió al día siguiente. Pidió más dinero. Padre le respondió que no y entonces él le dio una paliza a padre y le hizo todas esas preguntas sobre Elizabeth Short. Maddy y yo lo oímos desde la habitación contigua. Yo me lo pasé muy bien y Maddy se puso como loca. Cuando no pudo soportar por más tiempo el espectáculo de su querido papaíto arrastrándose por el suelo, se marchó, pero yo seguí escuchando. Padre tenía miedo de que Blanchard nos hiciera cargar con el fiambre, por lo que accedió a darle cien mil dólares y le contó lo que había ocurrido con Georgie y Elizabeth Short.

Los nudillos amoratados de Lee, su mentira: «Penitencia por Junior Nash.» Madeleine al teléfono ese día: «No vengas, papá tiene una cena de negocios.» Nuestro desesperado amor en el Flecha Roja una hora después. Lee, podrido de dinero en México. Lee, que permitió que Georgie Tilden siguiera libre, hijo de puta.

Martha se limpió los ojos, yo me di cuenta de que los tenía secos y me apreté el brazo con la mano.

—Al día siguiente, una mujer vino y recogió el dinero. Y eso fue todo.

Saqué la foto de Kay que llevaba en mi cartera y se la enseñé.

—Sí —dijo Martha—. Ésa es la mujer.

Me puse en pie, solo por primera vez desde que se había formado la tríada.

—Por favor, no le hagas más daño a mi familia —rogó ella.

—Vete, Martha —repuse yo—. No permitas que te destrocen.

Fui a la escuela elemental del Oeste de Hollywood, me quedé sentado en el coche y mantuve un ojo siempre atento al Plymouth de Kay, que se encontraba en el estacionamiento. El fantasma de Lee zumbaba por mi cerebro mientras esperaba... una pésima compañía durante casi dos horas. La campana de las tres sonó a la hora en punto; Kay salió del edificio entre un enjambre de niños y profesores unos minutos después. Cuando estuvo sola junto a su coche, fui hacia ella.

Estaba metiendo un montón de libros y papeles en el maletero, y me daba la espalda.

—¿Qué parte de los cien te dejó conservar Lee? —pregunté.

Se quedó paralizada, sus manos sobre un fajo de dibujos infantiles.

—¿Te habló de mí y de Madeleine Sprague? ¿Es por eso que has odiado a Betty Short durante todo este tiempo?

Kay pasó las yemas de sus dedos por encima de las obras de arte de los críos y luego se volvió para mirarme.

—Hay algunas cosas en las que eres tan... tan bueno...

Era otro cumplido que no deseaba oír.

—Responde a mis preguntas.

Cerró el maletero con un golpe seco, sin apartar sus ojos de los míos.

—No acepté ni un centavo de ese dinero, y no sabía nada sobre tú y Madeleine Sprague hasta que los detectives a los que contraté me dieron su nombre. Lee pensaba huir sin que le importara lo que pudiera pasar. Yo no sabía si volvería a verle alguna vez y quería que estuviera bien, que se encontrara cómodo, si es que tal cosa era posible. Él no confiaba en ser capaz de tratar con Emmett Sprague de nuevo, por lo que yo recogí el dinero. Dwight, él sabía que estaba enamorada de ti y quería que permaneciéramos juntos. Ésa fue una de las razones por las que se marchó.

Tuve la sensación de que me hundía en las arenas movedizas de todas nuestras viejas mentiras.

—No se marchó, huyó a causa del trabajo del

Boulevard-Citizens, por lo que le hizo a De Witt, por el lío en el que se había metido con el Departamento...

—¡Nos quería! ¡No le robes eso!

Mis ojos recorrieron el estacionamiento. Los profesores permanecían inmóviles junto a sus coches, observando la discusión entre marido y mujer. Se encontraban demasiado lejos para oír algo; les imaginé atribuyendo la discusión a los hijos, las hipotecas o alguna infidelidad.

—Kay, él sabía quién mató a Elizabeth Short —dije—. ¿Estabas enterada de eso?

Kay miró al suelo.

—Sí.

—Dejó escapar a su asesino, se olvidó de todo.

—Enloqueció después de eso. Lee fue a México tras la pista de Bobby y dijo que perseguiría al asesino cuando regresara. Pero no regresó y yo no quería que también tú te fueras allí.

Cogí a mi esposa por los hombros y se los apreté hasta que me miró.

—¿Y no pudiste contármelo después? ¿No se lo contaste a nadie?

Kay volvió a bajar la cabeza; yo se la hice levantar con brusquedad.

—¿Y no se lo contaste a nadie?

Kay Lake Bleichert me respondió con su más tranquila voz de maestra:

—Estuve a punto de contártelo. Pero empezaste a ir de putas otra vez, empezaste a guardar sus fotos. Lo único que deseaba era vengarme de la mujer que había destrozado a los dos hombres que yo amaba.

Alcé la mano para golpearle... pero, por un segundo, vi a Georgie Tilden, y eso me detuvo.

34

Pedí el resto de los permisos que me debían y pasé una semana matando el tiempo en El Nido. Leí y sintonicé las emisoras de jazz, con la intención de no pensar en mi futuro.

Examiné el archivo muchas veces, meditando, aunque sabía que el caso estaba cerrado. Versiones infantiles de Martha Sprague y Lee acosaban mis sueños; de vez en cuando, el payaso con la boca desgarrada de Jane Chambers se les unía, y gastaba bromas malignas, mientras hablaba por los agujeros que se abrían en su rostro.

Cada día compraba todos los periódicos de Los Ángeles y los leía de cabo a rabo. El jaleo causado por el letrero de Hollywood había pasado y no se mencionaba a Emmett Sprague para nada, ni a investigaciones del Gran Jurado sobre edificios defectuosos o a la casa incendiada y el cadáver. Empecé a tener la sensación de que algo no iba bien.

Hizo falta cierto tiempo, largas horas de contemplar las cuatro paredes de la habitación sin pensar en nada, pero, por fin, logré descubrir de qué se trataba.

Era la tenue corazonada de que Emmett Sprague había intentado que Lee y yo matáramos a Georgie Tilden. Conmigo, la cosa estaba clara: «¿Debo decirte donde puedes encontrar a Georgie?» Sí, algo que encajaba a la perfección con el carácter de ese hombre... yo hubiera sospechado mucho más si hubiese intentado decírmelo con rodeos. Nada más darle Lee la paliza, lo envió detrás de Georgie.

¿Confiaría en que la ira de Lee sería incontrolable cuando viera al asesino de la *Dalia*? ¿Estaba enterado de los tesoros que Georgie había encontrado robando tumbas y de su escondite... y contaba con que eso nos volviera locos, y lo matáramos? ¿Pensaba que Georgie se encargaría de poner el asunto en marcha... que el jaleo sería tal que acabaría con él o con los polis codiciosos/fisgones que le estaban causando tales molestias? ¿Y por qué? ¿Para protegerse?

La teoría tenía un enorme agujero: sobre todo, la increíble y casi suicida audacia de Emmett, que no era de la clase de tipos que se suicidan.

Y con Georgie Tilden muerto, el asesino de la *Dalia*, sin ningún lugar a dudas... no había ninguna razón lógica para seguir adelante con el caso. Pero quedaba un tenue cabo suelto que sustentaba mi idea:

Cuando me acosté por primera vez con Madeleine en el 47, ella me dijo que le había dejado notas a Betty Short en varios bares: «A tu doble le gustaría conocerte.» Yo le respondí que quizá eso acabara costándole caro y ella repuso que se ocuparía del asunto.

El candidato más probable para «ocuparse del asunto» era un policía... y me negué a ello. Y, en su orden cronológico, Madeleine pronunció esas palabras más o menos cuando Lee Blanchard les hizo su primer chantaje.

Era algo tenue, circunstancial y teórico, tal vez sólo una mentira más o una verdad a medias o una brizna de información inútil. Un cabo suelto encontrado por un policía muerto de hambre cuya vida estaba edificada sobre un cimiento de mentiras. Y ésa era la única buena razón que se me ocurría para querer perseguir una posibilidad tan poco segura. Sin el caso, no me quedaba nada.

Me llevé prestado el coche sin identificaciones de Harry Sears y estuve siguiendo a los Sprague durante tres días y tres noches. Martha iba a trabajar y volvía a casa; Ramona jamás salía; Emmett y Madeleine se dedicaban a las compras y demás tareas diarias. Durante la primera y la segunda noches, los cuatro permanecieron en la mansión; la tercera noche, Madeleine salió vestida como la *Dalia*.

La seguí hasta los bares de la calle Ocho, al Zimba, a un grupo de marineros y moscones y, como final, al picadero de la Novena e Irolo, acompañada por un alférez de marina. Esa vez no sentí celos y tampoco ningún impulso sexual hacia ella. Estuve pegando el oído junto a la habitación número doce y oí a la KMPC; las persianas permanecían bajadas y no había forma de ver nada. Lo único que se apartaba del anterior *modus operandi* de Madeleine era que dejó a su enamorado a las dos de la madrugada y volvió a casa... Y, unos instantes después de que ella cruzara el umbral de su casa, la luz del dormitorio de Emmett se encendió.

Al cuarto día descansé y volví a mi punto favorito de vigilancia en Muirfield Road poco después de anochecer. Salía del coche para dejar que mis entumecidas piernas respiraran un poco cuando oí decir:

—¿Bucky? ¿Eres tú?

Se trataba de Jane Chambers, que paseaba a un spaniel blanco y marrón. Me sentí igual que un crío al que han pillado con la mano metida en el tarro de los dulces.

—Hola, Jane.

—Hola. ¿Qué haces por aquí? ¿Espías? ¿O lloras por Madeleine?

Recordé nuestra conversación sobre los Sprague.

—Gozo del frescor nocturno. ¿Qué te parece eso?

504

—Una mentira. ¿Qué te parecería disfrutar de una copa bien fresca en mi casa?

Mis ojos fueron hacia la fortaleza Tudor.

—Chico, desde luego, esa familia te trae bien loco —dijo Jane.

Me reí... y sentí un leve dolor en mis heridas, allí donde me habían mordido.

—Chica, me has calado bien. Vamos a por esa copa.

Giramos en la esquina hasta llegar a la calle June. Ella soltó al perro y éste trotó delante de nosotros a lo largo de la acera y subió los escalones que daban entrada a la mansión estilo colonial de los Chambers. Un instante después nos reunimos con él; Jane abrió la puerta. Y allí estaba el compañero de mis pesadillas... el payaso con la boca que parecía una cicatriz.

Me estremecí.

—Ese maldito cuadro...

Jane sonrió.

—¿Quieres que te lo envuelva?

—No, por favor.

—Mira, después de que habláramos de él por primera vez, me puse a buscar datos sobre su historia. Me he estado librando de un montón de las cosas que pertenecían a Eldridge y pensé en donarlo a una institución benéfica. Pero tiene demasiado valor para hacer algo así. Es un original de Frederick Yannantuono y está inspirado por un viejo clásico... *El hombre que ríe*, de Victor Hugo. El libro trata de...

En la choza donde Betty Short fue asesinada había un ejemplar de *El hombre que ríe*. En mis oídos había un zumbido tal que apenas si podía enterarme de lo que Jane me decía.

—... un grupo de españoles en los siglos XV y XVI. Les llamaban los Comprachicos; se dedicaban a secues-

505

trar y torturar niños, los mutilaban y los vendían a la aristocracia para que pudieran ser utilizados como bufones de la corte. ¿Verdad que suena terrible? El payaso del cuadro es el personaje principal del libro, Gwynplain. Cuando era niño, le rajaron la boca de una oreja a otra. Bucky, ¿te encuentras mal?

LA BOCA DE UNA OREJA A OTRA.

Me estremecí y logré esbozar una sonrisa a base de un gran esfuerzo.

—Estoy bien. Ese título me ha hecho recordar algo, eso es todo. Un viejo asunto, sólo se trata de una coincidencia.

Jane me escrutó con la mirada.

—No tienes buen aspecto; además... ¿quieres escuchar otra coincidencia? Pensé que Eldridge no se hablaba con ningún miembro de esa familia pero encontré el recibo del cuadro. Quien le vendió la pintura fue Ramona Sprague.

Durante una simple fracción de segundo pensé que Gwynplain me escupía sangre al rostro. Jane me cogió por los brazos.

—Bucky, ¿qué pasa?

Logré recobrar mi voz.

—Me dijiste que tu esposo compró este cuadro para tu aniversario hace dos años, ¿no?

—Sí. ¿Qué...?

—¿En el 47?

—Sí. Buck...

—¿Cuándo es tu cumpleaños?

—El quince de enero.

—Déjame ver el recibo.

Jane, con los ojos llenos de miedo, rebuscó entre los papeles que tenía sobre una mesita al otro lado del vestíbulo. Yo seguí con la mirada puesta en Gwynplain, mientras colocaba fotos sobre su rostro de la Treinta y Nueve y Norton.

—Toma. Ahora, ¿quieres contarme qué te ocurre? Cogí el pedazo de papel. Era de color púrpura y estaba cubierto por una incongruente escritura masculina, en letras de imprenta: «Recibí 3.500 dólares de Eldridge Chambers por la venta de la pintura *El hombre que ríe*, de Frederick Yannantuono. Este recibo prueba que el señor Chambers es su propietario. Ramona Cathcart Sprague, 15 de enero de 1947.»

Las letras eran idénticas a las del diario de torturas que había leído justo antes de matar a Georgie Tilden.

Ramona Sprague había asesinado a Elizabeth Short. Abracé a Jane con la tosca fuerza de un oso y luego me marché mientras ella seguía inmóvil, con expresión de aturdimiento. Volví al coche, y decidí que tenía que jugármelo todo a una sola carta. Vi como las luces se encendían y apagaban en la gran mansión y me pasé una larga noche entre sudores y reconstrucción de los hechos. Ramona y Georgie torturaban juntos, por separado; hacían disecciones, se repartían los trozos, iban en una caravana de dos coches a Leimert Park. Probé todas las variaciones imaginables; jugué con las posibilidades para saber cómo había empezado todo. Sí, pensé en todo salvo en lo que haría cuando me encontrara a solas con Ramona Sprague.

A las 19 horas Martha salió por la puerta principal con una carpeta de dibujo bajo el brazo y se fue hacia el este en su Chrysler.

A las 10.37, Madeleine, maleta en mano, se metió en su Packard y se dirigió hacia el norte y Muirfield. Emmett la despidió desde el umbral; decidí darle más o menos una hora para que él también saliera... o que me lo llevaría por delante junto con su mujer. Un poco después del mediodía, me facilitó las cosas y se fue, la radio de su coche canturreaba una ópera.

Mi mes de jugar a las casitas con Madeleine me había enseñado la rutina de la servidumbre: los martes tanto la doncella como el jardinero tenían el día libre; la cocinera aparecería a las 4.30 para preparar la cena. La maleta de Madeleine daba a entender que estaría un tiempo fuera; Martha no volvería al trabajo hasta las seis. Emmett era el único cuyo regreso no podía prever.

Crucé la calle y examiné el lugar. La puerta principal estaba cerrada, las ventanas tenían el pestillo puesto. O llamaba al timbre o entraba por las bravas.

Entonces, oí unos golpecitos al otro lado de un cristal. Vi una borrosa silueta blanca que se movía, y retrocedía hacia la sala. Unos segundos después, el ruido de la puerta principal al abrirse despertó ecos en el camino de entrada. Fui hacia la puerta para enfrentarme a la mujer.

Ramona estaba en el umbral, inmóvil, su silueta era como la de un espectro gracias a su informe peinador de seda. Tenía el cabello totalmente revuelto, y el rostro rojo e hinchado... probablemente a causa de las lágrimas y el sueño. Sus ojos castaño oscuro —de un color idéntico al de los míos— se mantenían alerta y algo asustados. Sacó una automática para mujeres de los pliegues de su peinador y me apuntó con ella.

—Le dijiste a Martha que me abandonara.

Le quité la pistola de la mano con un golpe seco; el arma cayó sobre una alfombrilla en la que se veía escrito LA FAMILIA SPRAGUE. Ramona se mordió los labios; sus ojos se desenfocaron y su mirada se hizo vaga.

—Martha se merece algo mejor que una asesina —dije.

Ramona se alisó el vestido y se dio palmaditas en el

cabello. Yo clasifiqué su reacción como la propia de una adicta de clase alta. Su voz era puro hielo Sprague.

—No se lo has contado, ¿verdad?

Recogí la pistola y la metí en mi bolsillo. Luego, miré a la mujer. Debía llevar encima el residuo de veinte años de medicinas pero tenía los ojos tan oscuros que no fui capaz de ver el tamaño de sus pupilas.

—¿Me está diciendo que Martha no sabe lo que usted hizo?

Ramona se apartó y con una señal me indicó que entrara.

—Emmett me aseguró que ya no habría problemas, que te habías ocupado de Georgie y que si volvías, perderías demasiadas cosas. Martha le dijo a Emmett que no nos harías daño y él opinó lo mismo. Le creí. Siempre sabe lo que se hace con los negocios.

Entré en la casa. Con excepción de las cajas que había en el suelo, el vestíbulo tenía el mismo aspecto de siempre.

—Emmett hizo que buscara a Georgie, y Martha no sabe que mataste a Betty Short, ¿verdad?

Ramona cerró la puerta.

—Sí. Emmett contaba con que te ocuparías de Georgie. Tenía confianza en que no me implicarías en el asunto... ese hombre estaba loco por completo. Verás, en cuanto se llega al terreno físico, Emmett es un cobarde... No tenía bastante coraje para hacerlo, así que mandó a otro para que lo hiciera por él. Y, por Dios, ¿de verdad me crees capaz de permitir que Martha sepa hasta dónde puedo llegar?

Aquella mujer, una asesina y una torturadora, sentía verdadero asombro de que yo hubiera puesto en duda sus capacidades como madre.

—Lo descubrirá más pronto o más tarde. Y sé que

estaba aquí esa noche. Vio como Georgie y Betty se iban juntos.

—Martha salió una hora después para visitar a no sé quien en Palm Springs. No estuvo aquí la semana siguiente. Emmett y Maddy lo saben. Martha no. Y, oh, Dios santo, no debe saberlo.

—Señora Sprague, ¿sabe lo que ha...?

—¡No soy la señora Sprague, soy Ramona Upshaw Cathcart! ¡No puedes contarle a Martha lo que hice o me abandonará! ¡Dijo que deseaba tener su propio apartamento y no me queda demasiado tiempo!

Le di la espalda al espectáculo y recorrí la sala, mientras pensaba en qué podía hacer. Contemplé los cuadros de las paredes: generaciones de Sprague con faldita y Cathcart cortando cintas delante de naranjales y solares vacíos listos para construir en ellos. Allí estaba una Ramona, pequeña y gorda, con un corsé que debía haberle cortado la respiración y Emmett con una niña de cabello oscuro cogida de la mano, el rostro resplandeciente. Ramona, con los ojos vidriosos, sostenía a Martha sobre un caballete de juguete. Mack Sennett y Emmett, que se hacían cuernos el uno al otro. Al fondo de una foto de grupo hecha en Edendale, me pareció distinguir al joven Georgie Tilden... apuesto, sin cicatrices en la cara.

Sentí que Ramona estaba a mi espalda, temblando.

—Cuéntemelo todo —pedí—. Dígame por qué.

Ramona tomo asiento en un diván y habló durante tres horas, algunas veces con voz enfadada, otras con voz triste, algunas veces brutalmente distanciada de lo que me decía. A su lado había una mesa cubierta con minúsculas figuritas de cerámica; sus manos jugaban con ellas en todo momento. Yo iba haciendo el circuito de las paredes, contemplaba los cuadros y las fotos de la familia, y sentía como se mezclaban a su historia.

Conoció a Emmett y Georgie en 1921, cuando eran dos jóvenes inmigrantes escoceses que buscaban hacer fortuna en Hollywood. Odiaba a Emmett porque trataba a Georgie igual que si fuera un lacayo... y se odiaba a sí misma por no decírselo. Y no lo hacía porque Emmett quería casarse con ella —Ramona sabía que era por el dinero de su padre—, y como no tenía una gran belleza y muy pocas perspectivas de encontrar marido...

Emmett le propuso matrimonio. Ella aceptó y empezó su vida marital con el implacable constructor joven que iba a florecer pronto hasta convertirse en un magnate de la propiedad inmobiliaria. A quien llegó a odiar, de forma gradual hasta acabar por combatirle de un modo pasivo reuniendo información.

Durante sus primeros años de matrimonio, Georgie vivió en un apartamento situado encima del garaje. Ramona descubrió que le gustaba tocar cosas muertas, que Emmett lo aborrecía por ello y que se lo reprochaba. Entonces, ella empezó a envenenar a los gatos callejeros que se metían en su jardín y se los dejaba a Georgie en el portal. Cuando Emmett no supo cumplir con su deseo de tener una criatura, fue a Georgie y lo sedujo... emocionada al darse cuenta de que tenía el poder de excitarle con algo vivo, ese cuerpo gordo que Emmett despreciaba y al que sólo prestaba atención de vez en cuando. Su relación fue breve pero tuvo como resultado una niña: Madeleine. Ramona vivía en un terror continuo de que el parecido con Georgie resultara demasiado evidente y visitó a un médico que le prescribía opiáceos. Dos años después, nació Martha, hija de Emmett. Fue como una traición a Georgie... y volvió a envenenar animales y a dejarle los cadáveres. Emmett la sorprendió un día en ello, y le dio una paliza por tomar parte en la «perversión de Georgie».

Cuando le habló a Georgie de la paliza, él le contó que había salvado la vida de Emmett el cobarde, durante la guerra y le reveló que la versión de Emmett —que él había salvado a Georgie—, era falsa. Y por eso, Ramona empezó a planear sus mascaradas, una forma simbólica de vengarse de Emmett con tal sutileza que él nunca llegaría a saber lo que estaba ocurriendo.

Madeleine estaba loca por Emmett. Era la más hermosa de las dos niñas y él la mimaba. Martha se convirtió en la favorita de su madre... aunque fuera la viva imagen de Emmett. Éste y Madeleine despreciaban a Martha porque estaba gorda y era una llorona; Ramona la protegía, le enseñó a dibujar y la acostaba cada noche diciéndole muy seria que no debía odiar a su hermana y su padre... aunque ella los odiaba. Proteger a Martha y darle una instrucción en el amor al arte acabó por convertirse en su razón para vivir, su única fuerza en ese matrimonio intolerable.

Cuando Maddy tenía once años, Emmett se dio cuenta de su gran parecido con Georgie y destrozó el rostro del auténtico padre hasta dejarlo irreconocible. Ramona se enamoró de Georgie: su ruina física era aún mayor que la de ella y tuvo la sensación de que los dos se encontraban al mismo nivel, que eran iguales.

Georgie rechazaba sus insistentes insinuaciones. Fue entonces cuando descubrió *El hombre que ríe*, de Victor Hugo, y tanto los Comprachicos como sus desfiguradas víctimas la conmovieron. Compró el cuadro de Yannantuono y lo mantuvo oculto, aunque pensaba en él y lo veía como un recuerdo de Georgie en sus momentos de soledad.

Cuando Maddy entró en la adolescencia se dedicó a ir con cualquier hombre, después compartía los detalles con Emmett, el cual seguía mimándola y jugueteaba con ella en la cama. Martha hacía dibujos obscenos de la hermana a la que odiaba; Ramona la obligó a dibujar paisajes bucólicos para que su ira no la hiciera perder el control. Con el propósito de vengarse de Emmett, empezó a representar sus mascaradas, planeadas desde hacía mucho tiempo, mascaradas que hablaban de forma indirecta sobre su codicia y su cobardía. Las casas de juguete que se derrumbaban representaban las chozas construidas por Emmett hechas pedazos en el terremoto del 33; las niñas que se escondían bajo maniquíes de escaparate vestidos con falsos uniformes alemanes retrataban a Emmett, el cobarde. Unos cuantos padres encontraron más bien inquietantes esas mascaradas y les prohibieron a sus hijos que jugaran con las niñas Sprague. Más o menos por esa época, Georgie se alejó de sus vidas, para recoger basura y vigilar edificios, viviendo en las casas abandonadas de Emmett.

Pasó el tiempo. Ramona se concentró en ocuparse de Martha, apremiándola a que terminara pronto sus estudios en la secundaria, entregándole fondos al Instituto de Arte Otis para que recibiera un tratamiento especial en él. Martha destacó en seguida allí; Ramona vivía gracias a sus logros, tomaba sedantes y los dejaba durante breves temporadas; pensaba a menudo en Georgie... y lo echaba de menos, deseándole.

Y Georgie regresó el otoño del 46. Ramona le oyó cuando le hacía su petición de chantaje a Emmett: tenía que «darle» la chica de la película porno o correr el riesgo de ver puesta al descubierto una buena parte del sórdido pasado y presente de la familia.

Sintió unos celos y un odio terrible hacia «esa chica» y cuando Elizabeth Short apareció en la mansión Sprague, el 12 de enero de 1947, su rabia explotó. «Esa chica» se parecía tanto a Madeleine que tuvo la misma sensación que si se le estuviese gastando la más cruel de las bromas. Cuando Elizabeth y Georgie se fueron en la camioneta de éste, se dio cuenta de que Martha había subido a su habitación para hacer el equipaje de su viaje a Palm Springs. Dejó una nota en su puerta despidiéndose y diciendo que estaba dormida. Después, le preguntó a Emmett, como sin darle importancia, que dónde iban «esa chica» y Georgie.

Emmett le dijo que Georgie había mencionado uno de sus edificios abandonados, en North Beachwood. Salió por la puerta trasera, cogió su Packard, fue rápidamente a Hollywoodlandia y esperó. Georgie y la chica llegaron a la base del parque Monte Lee unos cuantos minutos después. Les siguió a pie hasta la choza del bosque. Entraron en ella y Ramona vio encenderse una luz. Ésta proyectó sombras sobre un objeto de madera reluciente que estaba apoyado en el tronco de un árbol... un bate de béisbol. Cuando oyó que la chica se reía y decía: «¿Te hicieron todas esas cicatrices en la guerra?», cruzó el umbral con el bate en la mano.

Elizabeth Short intentó huir. Ramona la dejó inconsciente de un golpe e hizo que Georgie la desnudara, la amordazara y la atara al colchón. Le prometió unas cuantas partes de la chica, partes que podría quedarse para siempre. Sacó un ejemplar de *El hombre que ríe* de su bolso y empezó a leerlo en voz alta; de vez en cuando miraba a la chica que yacía con sus miembros abiertos en forma de X. Después, la torturó, la quemó, y la golpeó con el bate, y lo anotó todo en el cuaderno que siempre llevaba encima mientras la chica estaba inconsciente a causa del dolor. Georgie lo vio todo y los dos, juntos, entonaron a gritos los cánticos de los Comprachicos. Al cabo de dos días enteros de aquello, le hizo un tajo a Elizabeth Short de oreja a oreja, igual que Gwynplain, para que no la odiara después de morir. Georgie cortó el cuerpo en dos mitades, las lavó en el arroyo que había junto a la choza y las llevó al coche de Ramona. Más tarde, bien entrada la noche, fueron a la Treinta y Nueve y Norton, a un solar que Georgie solía limpiar como basurero municipal que era. Allí dejaron a Elizabeth Short para que se convirtiera en la *Dalia Negra*. Una vez hecho eso, Ramona llevó a Georgie hasta donde estaba su camioneta y regresó junto a Emmett y Madeleine. Les dijo que muy pronto descubrirían dónde había estado y que, por fin, respetarían su voluntad. Como penitencia y liberación le vendió su cuadro de Gwynplain a Eldridge Chambers, que amaba el arte y las gangas, y que además le hizo conseguir un beneficio del trato. Después días y semanas transcurrieron con el horror de que Martha lo descubriera todo y la odiara... y cada vez más láudano y codeína y narcóticos para hacer que todo se esfumara.

Me hallaba contemplando una hilera de anuncios enmarcados, los trabajos por los que Martha había ganado sus premios, cuando Ramona dejó de hablar. Aquel silencio repentino me sobresaltó; su historia daba tumbos por mi cabeza, hacia atrás y hacia delante, en una secuencia siempre repetida. En la habitación hacía frío... pero yo estaba empapado de sudor.

El primer premio de Martha otorgado en 1948 por la Asociación Publicitaria representaba a un tipo bastante apuesto, vestido con un traje muy elegante, que andaba por la playa con los ojos clavados en una rubia estupenda que tomaba el sol. Se hallaba tan absorto y tan lejos de cuanto lo rodeaba que una gran ola estaba a punto de darle un revolcón. El texto que había en lo alto de la página decía: «¡No hay de qué preocuparse! Con su Peso Pluma Hart, Shaffner & Marx pronto estará otra vez seco y sin una arruga... ¡y preparado para cortejarla esta noche en el club!» La rubia, delgada y preciosa, tenía los rasgos de Martha... en una versión más suave y hermosa. La casa de los Sprague se podía ver en el fondo del dibujo, rodeada de palmeras.

Ramona rompió el silencio.

—¿Qué harás?

Me sentí incapaz de mirarla.

—No lo sé.

—Martha no debe saberlo.

—Eso ya me lo ha dicho.

El tipo del anuncio empezaba a parecerme un Emmett idealizado... el escocés como un chico guapo al estilo Hollywood. Decidí lanzar la típica pregunta policial que el relato de Ramona me había inspirado.

—En el otoño de 1946 alguien andaba tirando gatos muertos por los cementerios de Hollywood. ¿Era usted?

—Sí. Por aquel entonces estaba tan celosa de ella... sólo quería hacerle saber a Georgie que todavía me importaba. ¿Qué harás?

—No lo sé. Vaya al piso de arriba, Ramona. Déjeme solo.

Oí unos pasos suaves que salían de la habitación y luego sollozos y luego nada. Pensé en el frente unido presentado por la familia para salvar a Ramona y en que el arrestarla haría saltar en pedazos toda mi carrera policial: acusaciones de haber ocultado pruebas, obstrucción a la justicia. El dinero de los Sprague la mantendría lejos de la cámara de gas, y se la comerían viva en Atascadero o en una prisión para mujeres hasta que el lupus acabara con ella, Martha quedaría destrozada, y Emmett y Madeleine aún se tendrían el uno al otro... Acusarles de suprimir pruebas o de obstruir el curso de la justicia no serviría de nada, no se les podría condenar por eso. Si detenía a Ramona, mi vida de policía habría acabado; si la dejaba libre, estaría acabado como hombre; y en ambos casos, Emmett y Madeleine sobrevivirían... juntos.

Y así fue como el ataque patentado marca Bucky Bleichert, repelido y dejado en tablas, se quedó sentado sin moverse en una habitación enorme y lujosa llena de iconos de los antepasados. Estuve examinando las cajas que había en el suelo —el equipaje que los Sprague se llevarían en su huida si el concejo se ponía pesado— y vi los vestidos de noche baratos y el cuaderno de dibujo cubierto con rostros de mujer, obra, sin duda, de Martha que esbozaba sus otros yo para colocarlos en anuncios donde se pregonaban las virtudes de los dentífricos, los cosméticos y los copos de avena. Quizá fuera capaz de preparar una campaña publicitaria para que Ramona no acabara en Tehachapi. Quizá sin mamaíta, la torturadora, no tendría el valor suficiente para seguir trabajando.

Salí de la mansión y pasé el tiempo haciendo una ronda de los viejos lugares. Visité el asilo: mi padre no me reconoció pero parecía animado, lleno de una maliciosa energía. Lincoln Heights estaba cubierto de casas nuevas, edificios prefabricados que aguardaban a sus inquilinos, con un letrero de «No hace falta dar entrada» para los soldados. El Salón Eagle Rock seguía con su cartel que anunciaba la velada de boxeo del viernes noche y mi ronda de la Central continuaba con los borrachos, los tipos que recogían basura y los que anunciaban a gritos la venida de Jesús. Al anochecer me di por vencido: haría un último intento con la chica de la coraza antes de acabar con su madre, una última oportunidad de preguntarle por qué seguía jugando a la *Dalia* cuando sabía que yo nunca volvería a tocarla.

Fui hacia los bares de la Octava, estacioné en la esquina de Irolo y esperé con un ojo clavado en la entrada del Zimba. Tenía la esperanza de que la maleta que le había visto llevarse a Madeleine por la mañana no significara un viaje a otro sitio; tenía la esperanza de que su paseo como la *Dalia* de hacía dos noches no fuera una ocasión aislada.

Me quedé sentado en el coche y me dediqué a contemplar a los peatones: tipos de uniforme, civiles que andaban en busca de una copa, gentes normales del vecindario que entraban y salían del bar contiguo al Zimba. Pensé en dejarlo correr pero sentí miedo ante el paso siguiente —Ramona—, y no supe qué hacer. Cuando era algo más de la medianoche, el Packard de Madeleine apareció. Ella salió del coche, con su maleta en la mano y pareciendo ella misma, no Elizabeth Short.

Sorprendido, la vi entrar en el restaurante. Quince minutos transcurrieron con lentitud. Después salió del local, convertida en la *Dalia Negra*. Arrojó su maleta sobre el asiento trasero del Packard y entró en el Zimba.

Le di un minuto de tiempo y me acerqué a echar una mirada. En el bar había unos cuantos tipos con galones, no demasiados; los reservados tapizados en piel de cebra se hallaban vacíos. Madeleine estaba bebiendo, sola. Dos soldados se encontraban en unos taburetes cerca de ella, y se preparaban para emprender la gran ofensiva. Se lanzaron con medio segundo de diferencia.

El lugar se hallaba demasiado vacío para que me fuera posible vigilarla; me batí en retirada hacia el coche.

Madeleine y un teniente con uniforme de verano salieron del local una hora después. Como de costumbre, entraron en su Packard y giraron en la esquina para ir al estacionamiento de la Novena e Irolo. Yo iba detrás de ellos.

Madeleine aparcó y se dirigió al cobertizo del encargado para buscar la llave del cuarto; el soldado esperó ante la puerta del número doce. Yo pensé en la KMPC puesta al máximo y las persianas bajadas: frustración. En ese momento, Madeleine salió del cobertizo, llamó al teniente y movió la mano hacia el otro lado del estacionamiento, señalando otra habitación. Él se encogió de hombros y fue hacia ella; Madeleine abrió la puerta. La luz se encendió y se apagó en seguida.

Les concedí unos diez minutos y fui hacia el bungaló, resignado a la oscuridad y a escuchar los temas de siempre interpretados por unas cuantas grandes orquestas. Del interior me llegaron gemidos, sin acompañamiento musical. Me di cuenta de que la única ventana del cuarto se hallaba abierta algo así como medio metro, porque un poco de pintura seca en la jamba impedía que se cerrara. Busqué refugio detrás de un emparrado, me puse en cuclillas y escuché.

Gemidos más fuertes, crujidos de los muelles del colchón, gruñidos masculinos. Los ruidos que Madeleine hacía subieron de tono: sonaban más teatrales que cuando estaba conmigo. El soldado lanzó un último gemido. Después, todos los ruidos cesaron y luego Madeleine habló, con un falso acento.

—Ojalá hubiera una radio. En mi tierra, todos los moteles tenían. Estaban atornilladas a la pared y tenías que echarles monedas, pero al menos había música.

El soldado intentaba recuperar el aliento.

—He oído decir que Boston es muy bonito.

Entonces conseguí localizar el falso acento de Madeleine: clase obrera de Nueva Inglaterra, tal y como se suponía que habría hablado Betty Short.

—Medford no tiene nada de bonito, nada de nada. Tuve un trabajo asqueroso después de otro. Camarera, chica de las golosinas en un cine, empleada de las oficinas de una fábrica... Por eso me vine a California en busca de fortuna. Porque Medford era tan horrible.

Las «A» de Madeleine se iban haciendo cada vez más y más duras; parecía una auténtica fulana de Boston.

—¿Viniste aquí durante la guerra? —preguntó él.

—Ajá. Conseguí un trabajo en la cantina del Campamento Cooke. Un soldado me dio una paliza, y un tipo muy rico, un contratista de obras, me salvó. Ahora es mi padre adoptivo. Me deja ir con quien quiera siempre que regrese a casa, a su lado. Me compró mi hermoso coche blanco y todos mis preciosos trajes negros y me frota la espalda, porque no es mi auténtico papá.

—Ése es el tipo de padre que hay que tener. Mi padre me compró una vez una bicicleta y me dio un par de pavos para que pudiera tener un modelo de coche deportivo que anunciaban en una caja de jabón. Pero nunca me compró ningún Packard, de eso puedes estar condenadamente segura. Betty, en verdad tienes un papaíto soberbio.

Me pegué un poco más al suelo y miré por el hueco de la ventana; cuanto podía ver eran dos siluetas oscuras en una cama situada en el centro de la habitación.

—A veces, a mi padre adoptivo no le gustan mis chicos —dijo Madeleine/Betty—. Nunca arma jaleo por eso, ya que no es mi auténtico papaíto y yo le dejo que me frote la espalda. Había un chico, un policía... Mi papaíto dijo que era un mal tipo, que tenía una veta de maldad dentro. Yo no lo creí porque era un chico alto y fuerte y tenía unos preciosos dientes salidos. Intentó hacerme daño pero papaíto le ajustó las cuentas. Papaíto sabe cómo tratar con los hombres débiles que siempre quieren dinero y que intentan hacerle daño a las niñas buenas. Fue un gran héroe en la primera guerra mundial y el policía había escurrido el bulto cuando intentaron reclutarle.

El acento de Madeleine se iba, su voz se convertía en otra, ronca y gutural. Me preparé para recibir unos cuantos azotes verbales más.

—A esos tipos habría que deportarles a Rusia o fusilarles —dijo el soldado—. No, fusilarles sería demasiado compasivo. Colgarles por donde tú ya sabes, eso estaría mejor.

Madeleine, con voz cantarina, un perfecto acento mexicano:

—Mejor un hacha, ¿no? El policía tiene un compañero. Se encarga de arreglarme unos cuantos cabos sueltos... algunas notas que no tendría que haber dejado para una chica que no era tan buena como parecía. El compañero le dio una paliza a mi papaíto y se fue corriendo a México. Yo dibujo una cara y compro vestidos baratos. Contrato a un detective para encontrarle y represento una mascarada. Voy a Ensenada con un disfraz, me pongo vestidos baratos, finjo que soy una mendiga y llamo a su puerta. «Gringo, gringo, necesito dinero.» Me da la espalda, cojo el hacha y le hago pedacitos. Me llevo el dinero que le robó a papaíto. Setenta y un mil dólares, vuelvo a casa con ellos.

—Oye, ¿esto es alguna broma o qué? —preguntó el soldado con voz en la que se traslucía el nerviosismo.

Yo saqué mi 38 y amartillé el percutor. Madeleine, que había hecho de «mexicana rica» para Milt Dolphine, cambió al castellano y soltó un áspero torrente de obscenidades. Metí el cañón del arma por la rendija; dentro del cuarto se encendió la luz y vi al amante de Madeleine que intentaba meterse dentro de su uniforme; eso hizo que no apuntara bien.

Vi a Lee metido en un arenal, con los gusanos que se arrastraban por sus ojos.

El soldado salió a toda velocidad por la puerta a medio vestir. Madeleine era un blanco fácil, mientras se enfundaba en su ceñido vestido negro. La apunté con el arma; un último destello de su desnudez me hizo vaciar el arma en el aire. Abrí la ventana de una patada.

Madeleine me vio trepar por el alféizar. No la habían impresionado ni los tiros ni los fragmentos de cristal que volaron por el cuarto. Cuando me habló lo hizo con dulzura, toda una mujer de mundo.

—Ella era para mí lo único real y necesitaba hablarle a la gente de ella. Cuando estaba a su lado, sentía que yo era falsa, forzada. Tenía un talento natural y yo no era más que una impostora. Y era nuestra, cariño. Tú me la devolviste. Ella fue la razón de que lo nuestro fuera tan bueno. Era nuestra.

Moví el cañón y deshice el peinado de *Dalia* que Madeleine llevaba para que pareciera sólo otra zorra más vestida de negro; le esposé las muñecas a la espalda y me vi en el arenal, cebo para gusanos junto con mi compañero. Las sirenas se acercaban a nosotros de todas las direcciones; las luces de las linternas hicieron brillar la ventana rota. Y en mitad del Gran Vacío, Lee Blanchard pronunció de nuevo su misma frase de los disturbios con las cazadoras de cuero:

«*Cherchez la femme*» Bucky. «Recuerda eso.»

35

Lo que vino después lo afrontamos juntos.

Cuatro coches patrulla respondieron a mis disparos. Les expliqué a los agentes que debíamos ir a Wilshire con las luces encendidas y la sirena puesta: pensaba acusar a esa mujer de homicidio en primer grado. En Wilshire, Madeleine confesó haber asesinado a Lee Blanchard y tejió una brillante fantasía, un triángulo amoroso con Lee/Madeleine/Bucky, y de cómo estuvo relacionada con nosotros dos en el invierno de 1947. Asistí a su interrogatorio y Madeleine estuvo impecable. Los tipos más duros de Homicidios se tragaron su historia, con anzuelo y sedal incluidos: Lee y yo rivalizábamos por conseguir su mano, y Madeleine me había preferido como esposo potencial. Entonces Lee había ido a ver a Emmett, para exigirle que le «entregara» a su hija, y dándole tal paliza que casi lo mata cuando él se negó. Madeleine persiguió a Lee por todo México para vengarse y acabó con él matándolo con un hacha en la habitación de Ensenada. No hubo ni la más mínima mención al asesinato de la *Dalia Negra*.

Yo corroboré la historia de Madeleine, diciendo que sólo en los últimos tiempos había llegado a descubrir por qué había sido asesinado Lee. Luego interrogué a Madeleine repasando todas las circunstancias del crimen y conseguí sacarle una confesión parcial. Fue transportada a la cárcel de mujeres de Los Ángeles y yo volví al Nido... y me preguntaba todavía qué hacer con Ramona.

Al día siguiente volví al trabajo. Cuando acabé mi ronda, un equipo de duros de la metropolitana esperaban en los vestuarios de Newton. Me tuvieron a fuego lento tres horas; yo seguí con el juego de fantasía inventada por Madeleine. Que su historia fuera tan buena y que mi historial fuera de primera me hicieron aguantar el interrogatorio... y nadie mencionó a la *Dalia*.

A la semana siguiente, la maquinaria legal se encargó de todo el asunto.

El gobierno mexicano se negó a procesar a Madeleine por el asesinato de Lee Blanchard: sin un cadáver y sin pruebas que la apoyaran era imposible poner en marcha la extradición. Se convocó un Gran Jurado para decidir su destino; Ellis Loew fue nombrado para presentar el caso en nombre de la ciudad de Los Ángeles. Le dije que sólo pensaba testificar por escrito. Como sabía demasiado bien lo impredecible que yo era, estuvo de acuerdo en ello. Llené diez páginas con mentiras sobre el «triángulo de amantes», fantasías y adornos dignos de los mejores momentos románticos de Betty Short. No paraba de preguntarme si a ella le gustaría esa ironía.

Emmett Sprague fue acusado por otro Gran Jurado de violaciones a los códigos de salubridad y seguridad derivadas de ser propietario de edificaciones peligrosas a través de sociedades falsas. Se le impusieron multas que superaban los 50.000 dólares... pero no hubo acusaciones criminales contra él. Contando los 71.000 dólares que Madeleine le robó a Lee, había salido ganando unos veinte mil de todo el asunto.

El triángulo de los amantes apareció en los periódicos un día después de que el caso de Madeleine se presentara ante el Gran Jurado. Tanto la pelea Blanchard-Bleichert como el tiroteo del Southside fueron reanimados y fui una celebridad local durante una semana. Después, recibí una llamada de Bevo Means, del *Herald*:

—Ten cuidado, Bucky. Emmett Sprague va a devolver el golpe y las salpicaduras de mierda llegarán hasta el techo. No puedo contarte más.

La revista *Confidential* se encargó de crucificarme.

El número del 12 de julio llevaba un artículo sobre el triángulo. Citaba a Madeleine, y Emmett se había encargado de hacerles unas cuantas confidencias de lo más escandalosas. La chica de la coraza había dicho que yo me escapaba del trabajo para acostarme con ella en el motel Flecha Roja; que robaba el whisky de su padre para aguantar los turnos de noche; que le había explicado cómo podía estafar al sistema de parquímetros y que alardeaba de «golpear a los negros». Había insinuaciones que apuntaban a cosas peores... pero cuanto Madeleine decía era cierto.

Fui expulsado de la policía de Los Ángeles por faltar a mis deberes morales y comportarme de una forma indigna en un agente de policía. Fue decisión unánime de una junta especial formada por inspectores y jefes de los departamentos y no protesté ante tal decisión. Pensé en delatar a Ramona con la esperanza de darle la vuelta a la tortilla pero acabé desechando la idea. Russ Millard podía verse obligado a admitir lo que sabía y salir perjudicado por ello; el nombre de Lee quedaría aún más cubierto de fango; Martha lo sabría todo. Mi expulsión llegaba con dos años y medio de retraso; los descubrimientos de *Confidential* eran el último sonrojo que yo le hacía pasar al Departamento de Policía. Nadie sabía eso mejor que yo.

Entregué mi revólver reglamentario, mi 45 clandestino y mi placa, la 1611. Me mudé otra vez a la casa que Lee había comprado, le pedí prestados 500 dólares al padre y esperé a que mi fama muriese antes de ponerme a buscar trabajo. Betty Short y Kay seguían siendo un peso en mi alma y fui a la escuela de Kay para verla. El director, que me miraba como si yo fuera un insecto que hubiese salido a rastras de la madera, dijo que Kay había presentado su carta de dimisión un día después de que mi nombre apareciera en los periódicos. En su escrito decía que iba a hacer un largo viaje en automóvil a través del país y que no volvería a Los Ángeles.

El Gran Jurado acabó juzgando a Madeleine bajo la acusación de homicidio en tercer grado: «homicidio premeditado bajo tensión psicológica y con circunstancias atenuantes». Su abogado, el gran Jerry Giessler, hizo que se declarara culpable y pidió clemencia a los jueces. Teniendo en consideración «una severa esquizofrenia con ilusiones violentas en las cuales podían actuar varias personalidades diferentes», fue sentenciada a reclusión en el Hospital Estatal de Atascadero por un «período indeterminado de tratamiento que no podría ser inferior al tiempo mínimo prescrito por el código penal del Estado: diez años».

Así pues, la chica de la coraza pagó el pato por su familia y yo por mis propias culpas. Mi despedida a los Sprague fue una foto en la primera página del *Daily News* de Los Ángeles. Las matronas se llevaban a Madeleine de la sala del tribunal mientras que Emmett lloraba en la mesa de la defensa y Ramona, las mejillas vaciadas por la enfermedad, era conducida del brazo por Martha, sólida y respetable en un buen traje cortado a medida. La foto sellaba para siempre mi silencio.

36

Un mes después recibí una carta de Kay.

Sioux Falls, S. D.
17/8/49

Querido Dwight:
Ignoro si has vuelto a la casa y por ello no sé si esta carta te llegará. He buscado los periódicos de Los Ángeles en la biblioteca y sé que ya no estás en el Departamento de Policía, por lo que ése es otro sitio al cual no puedo escribirte. Tendré que limitarme a mandar la carta y esperar a ver qué ocurre.

Estoy en Sioux Falls y vivo en el hotel Plainsman. Es el mejor de la ciudad y desde pequeña siempre he querido vivir en él. Por supuesto, no me lo había imaginado así. Lo único que deseaba era quitarme el sabor de Los Ángeles de la boca y Sioux Falls es todo lo contrario a Los Ángeles que puedes encontrar sin marcharte a la Luna.

Mis amigas de la escuela están todas casadas y tienen niños y dos de ellas son viudas de guerra. Todo el mundo habla de la guerra como si aún continuara, y las inmensas praderas que hay junto al pueblo están siendo preparadas para construir casas en ellas. Las que han edificado por el momento son tan feas y brillantes, con unos colores tan chillones... Me hacen echar de menos nuestra vieja casa. Sé que la odias pero fue un santuario durante nueve años de mi vida.

Dwight, he leído todos los periódicos y esa basura de la revista. Debo haber contado una docena de mentiras, por lo menos. Mentiras por omisión y mentiras de las que saltan a la vista. Sigo preguntándome qué pasó, aunque, en realidad, no quiero saberlo. Sigo preguntándome por qué no se mencionó nunca a Elizabeth Short. Tendría que haberme sentido bien, haber pensado que hice lo justo, pero me pasé la última noche en mi habitación, dedicada a contar el número de mentiras, sin hacer nada más. Todas las mentiras que te dije y las cosas que nunca llegué a contarte, ni tan siquiera cuando las cosas iban bien entre nosotros. Me da demasiada vergüenza decirte el número al que llegué.

Me dan pena. Y admiro lo que hiciste con Madeleine Sprague. Nunca supe lo que significaba para ti pero sé lo que te costó su arresto. ¿Mató en realidad a Lee? ¿O no es más que otra mentira? ¿Por qué soy incapaz de creerlo?

Tengo un poco de dinero que Lee me dejó (ya lo sé, una mentira por omisión), y dentro de unos días me iré al este. Quiero estar lejos de Los Ángeles, en algún lugar fresco, bonito y viejo. Quizá Nueva Inglaterra, los Grandes Lagos tal vez. Sólo sé que cuando vea ese lugar, lo reconoceré.

Con la esperanza de que esto llegue a ti,

Kay

P. D.: ¿Sigues pensando en Elizabeth Short? Yo pienso en ella continuamente. No la odio, pienso en ella, nada más. Resulta extraño, después de todo este tiempo.

K. L. B.

Conservé la carta y la releí doscientas veces por lo menos. No pensaba en su significado o en las implicaciones que tenía respecto a mi futuro, o al de Kay, o al de los dos juntos. Lo único que hacia era volver a leerla, y pensar en Betty.

Tiré el archivo de El Nido a la basura y pensé en ella. H. J. Caruso me dio un trabajo de vendedor de coches, y pensaba en ella mientras cantaba las maravillas de los modelos de 1950. Pasé junto a la Treinta y Nueve y Norton, vi que construían casas en ese solar vacío, y pensé en ella. No ponía en duda la moralidad de haber dejado libre a Ramona, no me preguntaba si Betty lo aprobaría o no. Pensaba en ella, nada más. Y había hecho falta que Kay, siempre la más lista de los dos, se encargara de hacer que lo viera todo con claridad.

Su segunda carta tenía remite de Cambridge, Massachusetts, y venía en un sobre del Harvard Motor Lodge.

11/9/49

Querido Dwight:
Sigo siendo una mentirosa, una cobarde, pierdo el tiempo con rodeos. Lo he sabido desde hace dos meses y sólo ahora he reunido el valor suficiente para contártelo. Si esta carta no llega a ti, tendré que telefonear a la casa o a Russ Millard. Es mejor que antes pruebe suerte con esto.

Dwight, estoy embarazada. Tuvo que ocurrir

más o menos un mes antes de que te fueras, esa vez horrible. Espero la criatura para Navidad y quiero que nazca.

Aquí está la huida-avance patentada marca Kay Lake.

Por favor, ¿me llamarás o me escribirás? ¿Pronto? ¿Ya?

Ésas son las grandes noticias. En cuanto a la P. D. de mi última carta, ¿te pareció algo extraña? ¿Elegíaca? Bueno, ha ocurrido algo realmente extraño y gracioso.

No paraba de pensar en Elizabeth Short. En cómo trastornó todas nuestras vidas y en que ni tan siquiera la conocimos. Cuando llegué a Cambridge (¡Dios, cómo adoro las comunidades académicas!), recordé que había crecido cerca de aquí. Fui a Medford, me quedé a cenar y me puse a charlar con un ciego que estaba sentado a la mesa de al lado. Tenía ganas de conversar y mencionó a Elizabeth Short. Al principio él estaba triste y luego se animó. Me habló de un policía de Los Ángeles que vino a Medford hace tres meses para descubrir al asesino de «Beth». Describió tu voz y tu estilo de hablar hasta la última coma. Me sentí orgullosa pero no le dije que ese policía era mi esposo, porque no sé si aún lo eres.

Llena de preguntas,
Kay

Ni llamé ni escribí. Puse en venta la casa de Lee Blanchard y tomé un vuelo a Boston.

37

A bordo del avión pensé en todas las cosas que debería explicarle a Kay, para que un nuevo cimiento de mentiras no destruyera las vidas de los dos... o de los tres.

Debería saber que era un detective sin placa, que durante un mes del año 1949 tuve el valor, la inteligencia y la voluntad necesarias para hacer sacrificios. Debería saber que la pasión de ese tiempo me haría siempre vulnerable, fácil presa de oscuras curiosidades. Debería creer que la más firme de todas mis decisiones era no permitir que ninguna de ellas le hiciera daño a ella.

Y debería saber que era Elizabeth Short quien nos estaba dando esa segunda oportunidad.

Cuando nos aproximábamos a Boston, el avión fue engullido por las nubes. Sentí que todo mi cuerpo se cargaba de miedo, que me volvía pesado, como si la inminente reunión y la paternidad me hubieran convertido en una piedra que caía hacia el abismo. Entonces busqué a Betty; un deseo, casi una plegaria. Las nubes se abrieron y el avión empezó a bajar, y en el crepúsculo había una gran ciudad iluminada a nuestros pies. Le pedí a Betty que me dejara llegar sano y salvo, a cambio de mi amor.

Índice

PRÓLOGO 11

PRIMERA PARTE
FUEGO Y HIELO 25

SEGUNDA PARTE
LA TREINTA Y NUEVE Y NORTON 115

TERCERA PARTE
KAY Y MADELEINE 391

CUARTA PARTE
ELIZABETH 425

OTROS TÍTULOS
DE ESTA COLECCIÓN

RETRATO DE UN ASESINO

Patricia Cornwell

Jack el Destripador: Caso cerrado.

El cruel asesinato de siete mujeres entre agosto y noviembre de 1888 sembró el pánico en Londres y dio lugar a la leyenda de Jack el Destripador. Pero, ¿quién fue ese misterioso asesino?

Entre agosto y noviembre de 1888, siete mujeres fueron asesinadas en el barrio londinense de Whitechapel; la crueldad de sus muertes despertó el pánico entre los habitantes de la ciudad y dio lugar a la leyenda de Jack el Destripador. Durante más de cien años, la identidad de este asesino ha sido considerada como uno de los enigmas más famosos de la historia, existiendo un sinfín de teorías que han apuntado, entre otros posibles autores del crimen, a un miembro de la realeza, un artista, un barbero, un doctor y una mujer.

Patricia Cornwell decidió investigar sobre el misterioso asesino aplicando la rigurosa disciplina de un análisis policial actual, con técnicas desconocidas en la época victoriana.

EL ARTISTA DE LA MUERTE

Jonathan Santlofer

Diez años atrás, Kate McKinnon cambió su trabajo en el Departamento de Policía de Nueva York por un doctorado en Historia del Arte, abandonó su apartamento de Queens y se instaló en un piso con vistas a Central Park, y pasó de tratar con homicidas a codearse con el círculo artístico neoyorquino. Sin embargo, el hecho de que una serie de asesinatos se cebe en la comunidad artística despierta su instinto policial. Kate se enfrenta a un perverso e inteligente asesino, al que apodan el «artista de la muerte» dada su morbosa obsesión por reproducir cuadros de pintores ilustres en los cuerpos de las víctimas.